Romy Schurhammer

Die Wildlinge

Romy Schurhammer

Die Wildlinge

Das abenteuerliche Leben
einer Schwarzwälder Familie im Glottertal,
im Reich des Zaren und
im Indianerland am Mississippi

2001
Buchendorfer Verlag

Allen Schurhammers gewidmet,
deren Stammväter die
»Helden« dieses Buches sind:
Andreas, Blasius und Joseph

Die Deutsche Bibliothek – CIP-Einheitsaufnahme
Schurhammer, Romy:
Die Wildlinge : das abenteuerliche Leben der Familie Schurhammer ;
eine historische Familiensaga aus dem Schwarzwälder Glottertal,
dem Reich des Zaren und dem Indianerland Mississippi /
Romy Schurhammer. – München : Buchendorfer, 2001

Die Schwarzwälder Uhr auf der Umschlagrückseite befindet sich heute
im Kloster Museum in St. Mergen/Schwarzwald

Umschlaggestaltung: Studio Höpfner-Thoma, München
unter Verwendung eines Fotos der Bildagentur Huber, Garmisch
Satz und Repro: SatzTeam Berger, Ellwangen
Druck und Bindung: Kösel, Kempten
Printed in Germany

ISBN 3-934036-68-6

Inhalt

Prolog

»Nein, nein und nochmals nein,« rief Rosina und stemmte ihre Hände in die Hüften. »Niemals erlauben wir das, nie kriegst du unsren Segen dazu!«

Ihr Sohn Georg, schlank, fast asketisch, leuchtende Augen unter dem dunklen Haarschopf, blickte seine Mutter fest an.

»Warum nicht? Sag mir's! Du hast erlaubt, daß ich studiere – warum nicht Theologie?«

»Das fragst du mich? Du weißt doch selbst, was das bedeutet! Stell' dich nicht so dumm!« Georg wollte aufbrausen, beherrschte sich aber.

»Wie meinst du das, Mutter?«

»Genau wie ich's gesagt habe! Ein Kerl wie du, mit einem gesunden, kräftigen Körper, einem klaren Kopf und Verstand – der will Pfarrer werden. Hat man da noch Worte?«

»Mutter, bitte ...»

Aber Rosina ließ sich nicht so leicht bremsen.

»Heiraten sollst du, Sohn! Kinder sollst du haben, alle guten Gaben, die in dir schlummern weitergeben an die nächste Generation. In dir steckt soviel Kraft und du sollst sie nutzen.«

»Es hat keinen Sinn, weiterzureden . . » sagte Georg mit einem Anflug von Resignation.

»Natürlich hat es einen Sinn! Du sollst dich nicht kasteien, das ist widernatürlich! Das hat unser Herrgott nicht so geplant – das haben sich die Päpste in Rom einfallen lassen.«

Georg lächelte und versuchte Rosina die Hände auf die Schultern zu legen. Das war ein Fehler, denn sie schüttelte ihn unwillig ab und ballte die Fäuste.

»Mutter, versuch' doch zu verstehen: Jesus verlangt dieses Opfer von mir – und von dir!«

»Überhaupt nicht! Nur in deinem wirren Kopf steckt diese Idee – seit du in Rom warst auf dieser Pilgerreise. Nein, ich will es nicht!«

»Aber ich *muß* es tun, es ist mein Weg.«

Ihre Augen blitzten vor Empörung.

»Du mußt es nicht! Nicht einer wie du, der den schönsten Maidli vom Glottertal den Kopf verdreht hat, der den Nachbarsknecht vor Eifersucht mit der Axt erschlagen wollte …«

»Ach, Mutter, laß die Vergangenheit, laß sie ruhen und wirf mir nicht meine alten Sünden vor. Denk' daran, daß aus Saulus ein Paulus geworden ist. Und du selbst hast mir den Taufnamen eines Heiligen gegeben.«

»*Du* sollst aber kein Heiliger werden, Schorsch!« In ihrem Eifer sprach Rosina ihren Sohn mit seinem Kosenamen aus den Kindertagen an.

»Was kann ich nur tun, dich zu überzeugen, daß dies der falsche Weg ist? Ich kenne dich besser als jeder andere Mensch auf Erden.«

»Nichts, Mutter,« sagte Georg schlicht , mit leisem Bedauern in der Stimme, »du kannst gar nichts tun.«

Diese einfache Klarheit seiner Worte, seine sanfte, unbeugsam feste Entschlossenheit, raubten Rosina die letzte Beherrschung.

»Statt mit einem alemannischen Sturkopf wie dir zu reden, kann ich gleich einen Ochsen ins Horn pfezen! Alles, alles für die Katz!« rief sie wütend. Sie wußte, daß sie ungerecht wurde, aber sie konnte nicht aufhören hinauszuschreien, was ihr so schwer auf der Seele lag.

»Hab' ich's nicht schon schwer genug mit einem Mann wie deinem Vater Urban? Ja, Gedichte schreiben – das kann er! Hochrad fahren und runterfallen, Karten klopfen und Oboe spielen – das kann er auch. Und wie sieben hungrige Mäuler gestopft werden, das war für ihn schon immer Nebensache, die Arbeit bleibt mir. Und du? Statt mich zu entlasten und eine tüchtige Schwiegertochter heimzubringen, willst du ein Jesusjünger werden. Ach, der Teufel soll dich holen!«

Kaum waren ihr diese Worte entschlüpft, spürte sie, daß sie zu weit gegangen war und bekreuzigte sich. Doch Empörung und Enttäuschung über ihre Hilflosigkeit saßen zu tief.

»Du hast keinen Funken Familiensinn, Sohn, es ist eine Schande!«

»Doch, Mutter, den habe ich und ich werde es dir und dem Vater beweisen«, sagte Georg ruhig und froh darüber, daß er den Jähzorn seiner Jugend überwunden hatte. »Ganz gleich, wieviel

Zeit es mich kostet, ich werde es euch beweisen. Und wenn es dann soweit ist, will ich wieder um euren Segen bitten.«

*

Dieser Disput fand im Jahr 1901 zwischen meiner Großmutter Rosina und meinem Onkel Georg statt, vor runden hundert Jahren. Rosina war eine tatkräftige, bienenfleißige Frau, die sich nicht so leicht entmutigen ließ und auf ihrem steinigen Lebensweg gelernt hatte, sich durchzusetzen. Nur bei ihrem Sohn Georg, der ihrem Herzen besonders nahestand, gelang ihr das nicht.

Georg vermied den Bruch mit seinen Eltern und ließ es nicht zu, daß sich die Fronten weiter verhärteten. Konsequent und mit großer Beharrlichkeit verfolgte er sein Ziel: Den Segen der Eltern für das Studium der Theologie und den Eintritt in den Jesuiten-Orden.

Um den Vorwurf mangelnden Familiensinns zu widerlegen, erforschte er fast zwei Jahre lang die wechselvolle und abenteuerliche Geschichte der Familie Schurhammer bis zurück in das Jahr 1568.

In Fragmenten nur gelang es ihm, die Anfangszeiten nachzuzeichnen. Wenig erhalten geblieben war aus der Epoche des Dreißigjährigen Krieges. Doch immer klarer wurden die Bilder unserer Ahnen, je mehr die Zeit voranschritt.

In diesem Roman versuche ich, die historischen Figuren aus dem 19. Jahrhundert zu neuem Leben zu erwecken. In alten Kirchenbüchern und Gemeindearchiven entdeckte mein Onkel Georg ihre Spuren bei der akribischen Suche nach Details. Dabei wurde seine Leidenschaft für geschichtliche Forschung geweckt und seine Ausdauer geschult. Seine Lehr- und Wanderjahre für die Chronik der Familie Schurhammer gaben so die beste Voraussetzung für seine wissenschaftliche Laufbahn als Historiker im Dienste der »Gesellschaft Jesu«.

Als Biograph des heiligen Franz Xaver erlangte er in Fachkreisen Weltruhm. Sein Lebenswerk wurde mit der Ehrendoktorwürde der Universitäten Freiburg und Rom anerkannt. Seine jahrelangen Studienreisen führten ihn von Europa über Indien, Malaysia und die Philippinen nach Japan, in Zeiten, zu denen diese Länder noch exotische, schwer erreichbare Ziele waren.

Mein Onkel Georg galt als bester europäischer Kenner des Shintoismus, lehrte als Extraordinarius in Tokyo und Bombay. In Rom war er ordentlicher Professor an der Gregorianischen Universität und am Historischen Institut der Societas Jesu. Seine Bücher wurden in 32 Sprachen übersetzt.

Ich kann mir gut vorstellen, wie stolz meine Großmutter Rosina eines Tages doch noch auf ihn war.

Aber auch die ledergebundene, auf feinem Papier handgeschriebene Chronik mit vielen Zeichnungen, die er seinen Eltern nach getaner Arbeit überreichte, konnte deren Sinn zunächst nicht ändern. Selbst die Tatsache, daß er während dieser Zeit seinen Lebensunterhalt selbst verdient und sich die Chronik am Munde abgespart hatte, konnte sie nicht überzeugen.

Erst nach einem zehntägigen Hungerstreik gab Rosina ihrem Sohn Georg – immer noch grollend – den so hartnäckig geforderten Segen. Eine fröhliche Enkelschar wäre ihr vermutlich lieber gewesen als Ruhm und akademische Ehren. Aber allmählich fand sie sich damit ab, daß der Schwarzwälder Dickschädel ihres Sohnes in diesem Fall härter war als ihr eigener.

Auf ihre alten Tage pflegte sie , halb resignierend, halb anerkennend, zu sagen:

»Was den Schorsch angeht – da hat der liebe Gott gewonnen, nicht ich. ER war stärker und nun darf ich nicht hadern, wenn es der Wille Gottes war.«

Das alles weiß ich von meinem Vater, Urban II, von dem viele der mündlichen Überlieferungen stammen.

Meine Großmutter Rosina habe ich nicht mehr kennengelernt. Sie starb zwölf Jahre bevor ich geboren wurde.

Im Juni 2001 *Romy Schurhammer*

ndreas

Auf dem Rinzberghof im Glottertal

1792–1855

Illkirch-Graffenstaden
Innenheim
Goldscheuer
Windschläg
Bühl
Oberkirch
Lautenbach
Kloster-reichenbach
Mitteltal
Baiersbronn
Freudenstadt
Erzgrube
Herzogsweiler
Hallwangen
Durbach
Offenburg
Altenheim
Offenburg Schutterwald
Hindisheim
Plobsheim
875 Moos-Kopf
Oppenau
Kniebis
Griesbach
Ortenberg
Ohlsbach
Erstein
Krafft
Schaeffersheim
Ichenheim
Gengenbach
Niederschopfheim
Meißenheim
Bad Peterstal-
Rippoldsau-
Zwieselberg
Glatten
Loßburg
Diersburg
Berghaupten
Nordrach
Oberharmersbach
Stausee Kl. Kinzig
Schömberg
Benfeld
Gerstheim
Friesenheim
Schapbach
Sermersheim
Herbsheim
Lahr Schwarzwald
Zell
Reinerzau
Busenweiler
Boofzheim
Nonnenweiler
Reichenbach
Biberach
934 Brandenkopf
854 Staufen-Kopf
Alpirsbach
Rhinau
Wittenweiler
Witternheim
Sulz
Seelbach
Steinach
Fischerbach
Oberwolfach
Wolfach
Schenkenzell
Schiltach
Marschalkenzimmern
Diebolsheim
Kappel
Grafenhsn.
Ettenheim
Hilsenheim
Welschensteinach
Haslach im Kinzigtal
Hausach
Rötenberg
Fluorn
Winzeln
Rust
Schuttertal
Ettenheim
Aichhalden
Waldmössing
Ringsheim
Ettenheim-Münster
Mühlenbach
Gutach
879 Mooswaldkopf
Lauterbach
Seedorf
Richtolsheim
Herbolzheim
Oberhausen
Kirchhöfe
Schweighausen
Oberprechtal
Hornberg
Schramberg
Sulgen
Dunningen
Artolsheim
Bleichheim
Weisweil
Kenzingen
Allmend
Unter-
Wittenbach
Tennenbronn
Forchheim
Wyhl
Malterdingen
Riegel
Endingen
Elzach
Hardt
Mariazell
Reichenbach
Landeck
Oberwinden
Niederwinden
Schonach
Langenschiltach
Fischbach
Sasbach
Bahlingen
Teningen
Windenreute
1159 Rohrhardsberg
Triberg
St. Georgen
Königsfeld i. Schwarzwald
Burkheim
Kaiserstuhl
Eichstetten
Emmendingen
Gutach
Bleibach
Oberrotweil
Vogtsburg
557 Totenkopf
Sexau
Simonswald
Schönwald
Oberkirnach
Mönchweiler
Reute
Waldkirch
Bötzingen
Denzlingen
Lilienthal
Wasenweiler
Gottenheim
1146 Brend
Rohrbach
Unterkirnach
Dauchingen
Freiburg-Nord
1241 Kandel
Obersimonswald
Breisach
Ihringen
Unterglottertal
Glottertal
Obersimonswald
Gütenbach
Furtwangen
Vöhrenbach
Villingen-Schwenningen
Umkirch
Gundelfingen
Merdingen
F.-Mitte
Freiburg im Breisgau
St. Peter
Neukirch
Herzogenweiler
Pfaffenweiler
Marbach
St. Märgen
Urach
Kirchdorf
Niederrimsingen
Tiengen
Eschbach
Kaltenherberg
Tannheim
Freiburg-Süd
Erlenbach
Bregenbach
Breg
Donaueschingen
Wolterdingen
Merzhausen
Günterstal
Stegen
Scheilstadt
Kirchzarten
Buchenbach
Eisenbach
Hubertshofen
Bad Krozingen
Sölden
Höllental
Jostal
Oberbränd
Unterbränd
Ehrenkirchen
Horben
Oberried
Rotbach
Hüfingen
Krozingen
Bremgarten
Bollschweil
1284 Schauinsland
Neustadt
Bräunlingen
Tunsel
St. Ulrich
Titisee
Dittishausen
Staufen i. Breisgau
1321 Toter Mann
Hinterzarten
Rötenbach
Löffingen
Grissheim
Heitersheim
Feldsee
Döggingen
Behla
Ballrechten
1493 Feldberg
Todtnauberg
Lenzkirch
Kappel
Göschweiler
Buggingen
Münstertal Schwarzwald
Aftersteg
Riedöschingen
Sulzburg
Mulden
Britzingen
Brandenberg
Fischbach
Gündelwangen
Wutach
Ewattingen
Blumberg
Müllheim
Münsterhalden
Todtnau
Menzenschwand
Glashütte
Münchingen
Schweighof
1414 Belchen
Aitern
Schluchsee
Bonndorf
Lausheim
Auggen
Badenweiler
Neuenweg
Schönenberg
Geschwend
Bernau
Rothaus
Wellendingen
Grimmelshofen
1165 Blauen
Bürchau
Schönau
Oberlehen
Schlüchtsee
Grafenhausen
Feldberg
Marzell
Wembach
Präg
1263 Hochkopf
St. Blasien
Häusern
Schönenbach
Birkendorf
Schwaningen
Schloß Bürgeln
Wies
Schwarzsee
Liel
Sitzenkirch
Malsburg
1077 Zeiler Blauen
Häg
Todtmoos
Albsee
Höchenschwand
Buggenried
Stühlingen
Schleitheim
Tegernau
Mambach
Wiesental
Brenden
Mauchen
Eberfingen
Kandern
Tannenkirch
Endenburg
Zell i. Wiesental
Todtmoos-Au
Amrigschwand
Ühlingen
Untermettingen
Siblingen
Hofen
Wieslet
983 Hohe Möhr
Gersbach
Wolpadingen
Immeneich
Nöggenschwiel
Berau
Hallau
Neukirch
Schlächtenhaus
Hausen i. Wiesental
Eggingen
Hägelberg
Wehratal
Wehra
Herrischried
Bannholz
Schlücht
Albtal
Alb
Wittlingen
Steinen
Schopfheim
Hornberg
Segeten
Wutöschingen
Erzingen
Brombach
Maulburg
Hasel
Niedergebisbach
Görwihl
Oberalpfen
Gurtweil
Tiengen
Lörrach
Weil a.Rh.
Wehr
Waldshut-
Lauchringen
Dettighofen
Adelhausen
Dossenbach
Rickenbach
Oberwihl
Dogern
Kadelburg
Grießen
Riehen
Minseln
Schwörstadt
Willaringen
Rotzel
Albbruck
Leibstadt
Koblenz
Bechtersbohl
Degerfelden
Hänner
Laufenburg
Aare-Stausee
Zurzach
Lienheim
Rheinfelden
Rhein
Bad Säckingen
Leuggern
Grenzach
Wyhlen
Möhlin
Murg
Etzgen
Klingnau
Tegerfelden
Fisibach
Schwarzwald

1

»Ein strammes Kerlchen«, sagt die Hebamme anerkennend und klatscht dem neugeborenen Andreas Schurhammer aufs blutte Fidle, auf das nackte Hinterteil. »Ein eigensinniger Bengel,« seufzt seine Mutter Marie, »hätte er nicht noch ein paar Wochen warten können? Das Kindbett paßt mir jetzt gar nicht in den Kram.«

»Kinder kommen zur Welt, wenn ihre Zeit da ist – das weißt du so gut wie ich, Marie! Sei froh, daß er so gesund und kräftig ist, sonst versündigst du dich!«

Energisch rückt die Hebamme die Kissen zurecht.

»Aber sturköpfig ist er doch!« beharrt Marie, »der tut was er *will*, nicht was er *soll!*«

»Das ist doch nichts Neues, so sind alle Männer – die kleinen wie die großen!«

So macht sich der Dickschädel des kleinen Andreas bereits bemerkbar, als er in einer stürmischen Winternacht anno 1792 auf dem »Rinzberghof« im Glottertal geboren wird: Er erblickt das Licht der Welt drei Wochen zu früh und begrüßt sie mit empörtem Geschrei. Der Wasserkessel auf dem Holzofen brodelt und dampft und hinter den Eisblumen am Fenster geht die Nacht langsam in ein weiches Dämmerlicht über. Das Vieh im Stall wird unruhig und Marie denkt, gleich wird der Bauer aufstehen, gottlob, daß es ein Bub ist und kein Maidli.

Sie ist froh und erleichtert und kann nicht ahnen, wie recht sie mit ihrer – gar nicht so ernst gemeinten – Klage über das querköpfige Baby haben wird. Der unbeugsame Eigensinn ist dem kleinen Andreas angeboren und läßt all ihre Erziehungsversuche scheitern. Er bestimmt das ganze Leben des neuen Erdenbürgers und später den Schicksalsweg seiner eigenen Kinder.

*

Seit der Französischen Revolution sind Jahre ins Land gegangen und der Guillotine fallen keine adeligen Häupter mehr zum Opfer. Jedermann hofft auf Frieden und einen neuen Anfang, doch der Krieg ist nur auf dem Papier zu Ende. Versprengte Söldner aus Frankreich und Rußland kommen aus dem benachbarten Elsaß in den Schwarzwald, morden und brandschatzen und rauben, was ihnen in die Hände fällt – mit dem Recht des Stärkeren.

Die Glottertäler sind Überfälle dieser Art gewohnt und haben seit den schrecklichen Zeiten des Dreißigjährigen Krieges nur kurze Epochen des Friedens und Wohlstands genießen können. Von einer Generation zur anderen hat man die geheimen Plätze »im Holz« weitergegeben: alte Steinbrüche, tiefe, von Sträuchern überwucherte Gräben, vergessene Stollen und undurchdringliches Dickicht im Kandelwald, das nur die Einheimischen kennen. Dort verstecken sich die Bauern, sobald ein Späher meldet, daß wieder einmal marodierende Truppen anrücken. Und wenn die Warnung rechtzeitig genug kommt, können sie auch ihr Vieh in die Wälder treiben.

Der Rinzbergbur und seine Frau Marie haben sich in eines dieser Verstecke zurückgezogen, zusammen mit dem kleinen Andreas. Er zählt inzwischen sechs Lenze und ist kaum zu bändigen. Sein Vater ist der Meinung, daß Erziehung Sache der »Wibervölker« sei. Er macht es sich auf dem weichen Lager aus trockenem Laub bequem und beobachtet, wie Marie ihren Sohn ausschimpft.

»Wenn Du noch einmal rausläufst, versohl' ich dir den Hintern, aber ordentlich!« droht sie.

Das beeindruckt Andreas nicht im geringsten. Aber seine Mutter ist genauso flink wie er, erwischt ihn an einem Bein und verabreicht ihm eine Tracht Prügel. Zur gleichen Zeit hört man Schüsse aus dem Tal heraufklingen und mitten im Dorf lodern Flammen hoch.

Marie läßt ihren Wildfang los, schlägt ein Kreuz und betet: »Gebe Gott, daß Mensch und Tier verschont bleiben.«

Die Bauern, Knechte und Mägde haben sich schon bei der ersten Warnung rechtzeitig aus dem Staub gemacht, aber es gibt immer ein paar »Verrückte« unter ihnen, die im letzten Augenblick noch einmal zurückkehren und versuchen, etwas von ihrer Habe zu retten. Dieses Mal hat es den Oberknecht vom Kapphansenhof getroffen Als die Soldaten abgezogen sind, tragen ihn die Glottertäler gemeinsam zu Grabe.

Wenige Tage später kehren die Bauern aus dem Wald zurück, wie sie es schon so oft getan haben in diesen unruhigen Zeiten. Das Vieh wird wieder auf die Weiden und in die Ställe getrieben. Was geplündert oder zerstört ist, muß verschmerzt werden: So die größte Kirchenglocke, die von den französischen Truppen mitgenommen wurde, weil die Glottertäler die Kriegssteuer nicht bezahlt haben. Auch die Kirche ist beschädigt, aber eine kleinere Glocke hängt noch an ihrem angestammten Platz. Die läßt der Pfarrer nun läuten und das Leben nimmt wieder seinen gewohnten Gang.

Im Gegensatz zu den meisten Kindern freut sich Andreas, daß er wieder in die Schule gehen darf, auch wenn sie nur aus zwei armseligen, niedrigen Räumen besteht, in denen sich neben den Schülern gelegentlich auch das »menschenfreundliche Volk der Hühner« tummelt. Sein Vater, der Rinzbergbur, hält das für blanke Zeitverschwendung, denn er ist zeitlebens ohne diesen neumodischen Kram zurechtgekommen. Sein Wort oder sein Handschlag haben immer gegolten und als Unterschrift genügten drei Kreuze oder der Daumenabdruck. Seine Frau Marie indes beherrscht die Kunst des Lesens und Schreibens, was ihm etwas unheimlich vorkommt und ihn von jeher verdrossen hat.

Er schlägt mit der Faust auf den Tisch: »Warum in Dreiteufelsnamen soll der Bub weiter zu diesem *Steißtrommler* laufen? In der gleichen Zeit könnte er die Kühe hüten und dabei viel mehr nützliche Sachen lernen.«

»Hast schon recht, Mann,« erwidert Marie und geht damit einem Streit geschickt aus dem Weg. Sie hat die Erfahrung gemacht, daß es am einfachsten ist, auf diese Weise in Frieden zu leben – und gleichzeitig ihren Willen durchzusetzen.

Also sitzt Andreas am nächsten Morgen wieder auf der abgewetzten Schulbank und malt mit dem Griffel Buchstaben auf die Schiefertafel. Natürlich ist der Lehrer für alle Kinder eine Respektsperson wie der Pfarrer oder der Doktor und deshalb ist es eine nie dagewesene Dreistigkeit, daß Andreas eine Tatze mit dem Rohrstock auf die rechte Handfläche mit einem kräftigen Tritt gegen das linke Schienbein seines Lehrers beantwortet. Wohlwissend was ihm daraufhin blühen würde, rennt er spornstreichs nach Hause – und sein Lehrer, unchristlich fluchend, hinterher. Der Bengel ist schneller und so erwartet die Bäuerin seinen aufgebrachten und atemlosen Verfolger schon vor der Tür.

»Nur herein, Herr Lehrer,« sagt sie gelassen, »trinkt erst mal einen Schluck von unsrem *Zibärtli* – das ist gut für die Nerven.«

Der Lehrer läßt sich auf die Bank vor dem Hof fallen und schnappt nach Luft.

»Nein, ich denk' nicht dran, ins Haus zu kommen! Es ist unglaublich, eine Frechheit ohnegleichen – Ihr könnt es Euch nicht vorstellen!«

»Da unterschätzt Ihr aber meine Phantasie,« entgegnet die *Rinzbergbüri*, »ich kann mir fast alles vorstellen. Und außerdem weiß ich bereits, was los war.«

»Auch *das* noch!« fährt der Lehrer auf. »Eins ist gewiß: Ein aufsässiger Strolch wie Euer Andreas hat in einer Schule für anständige Kinder keinen Platz. Der kann Analphabet werden wie sein Vater!«

»Das glaube ich nicht«, widerspricht ihm Marie zu seiner Überraschung, »dann unterrichte ich ihn eben selbst!«

Und so kommt es, daß Andreas Schurhammer das Schreiben, Lesen und Rechnen bei seiner Mutter lernt und was ihm darüber hinaus an nötiger Bildung fehlt, bringt er sich selbst bei. Er wird einer der größten Bauern im Glottertal, er wird Bürgermeister und Revolutionär. Und der Eigensinn eines widerborstigen ABC-Schützen, der sich einst empört gegen die Schläge seines Lehrers zur Wehr setzte – dieser Eigensinn sollte sein ganzes Leben bestimmen.

2

Warum dieser eigensinnige Rinzbergbur Andreas Schurhammer aus dem Glottertal, der Bürgermeister und Revolutionär, seine eigenen Söhne Blasius und Joseph »nicht leiden konnte«, wie die Chronik berichtet, warum er ihnen ablehnend, ja fast feindlich gegenübersteht, weiß niemand im Glottertal, vielleicht nicht einmal er selbst.

Die beiden ungleichen Brüder sorgen selbst auch immer wieder für Gesprächsstoff im Dorf: Bläsi, der Ältere, ist ein großer gutaussehender Bursche mit unkompliziertem, fröhlichem Wesen. Seine braunen Augen stehen in auffallendem Kontrast zu den halblangen blonden Haaren. Viel zu lachen hat er in seiner Jugend nicht gehabt, aber er lacht trotzdem oft und gerne und findet für jedermann ein freundliches Wort.

Sepp, der Jüngere, wird wegen seines ungebärdigen schwarzen Haarschopfs auch der »Rinzbergschwarz« genannt. Er hat ein aufbrausendes Temperament und ist bekannt für seine Rauflust. An Körpergröße überragt er die meisten Bauernburschen beträchtlich, sogar seinen Bruder. Es ist, als habe die Natur sich mit der Augenfarbe der beiden einen Scherz erlaubt: Seine hellen, graublauen Augen sind ebenso auffallend wie die dunklen von Bläsi.

Und es gibt natürlich kein Mädchen im Dorf, das nicht für einen von ihnen, oder gleich für alle zwei schwärmt.

»Deine Buben verdrehen noch allen Maidli den Kopf!« hört der Rinzbergbur bei jedem Frühschoppen, ob im »Engel«, in der »Sonne«, im »Hirschen«, oder im »Kreuz«. Die Bauern schmunzeln und klopfen ihm anerkennend auf die Schulter. »Paß' nur auf, daß sie nichts anstellen!«

»*Ich* und aufpassen?« empört sich Andreas dann jedesmal zum Vergnügen seiner Freunde. »*Ich* soll auf meine *Guller* aufpassen?? Sperrt doch ihr eure Hennen ein!«

*

Ein Schwarzwälder Bauer ist im 19. Jahrhundert ein kleiner König in seinem Reich, stolz, mit ausgeprägtem Selbstbewußtsein und oft selbstherrlich. Mit großer Zähigkeit halten auch die Glottertäler an ihren Traditionen fest. Der Bauer hat es nicht nötig, selbst zu arbeiten – dafür hat Gott Knechte und Mägde geschaffen, das Gesinde, genannt die Völcher. Er begnügt sich damit, diese Arbeit einzuteilen. Nur wenn sich's gar nicht vermeiden läßt, packt er selbst mit an.

Andreas Schurhammer, der Herr auf dem Rinzberghof, »regiert« despotisch. Widerspruch duldet er nicht und die Versuche seiner Söhne, gegen ihn aufzumucken, versucht er im Keim zu ersticken. Gute Worte gibt es selten und mit Schlägen ist er schnell bei der Hand. Nur seine Tochter Rosa genießt eine Art Narrenfreiheit bei ihm. Sie ist ein unbedarftes Mädchen von derber, bäuerlicher Schönheit, mit dicken Zöpfen, roten Backen und voll schlichter Genügsamkeit.

Blasius weiß, daß er als Ältester kein Anrecht auf das Hofgut hat. Nach altem Brauch wird der jüngste Sohn *Haupterbe*, die anderen Geschwister gehen bis auf einen äußerst bescheidenen

Anteil leer aus. Sie können auf dem Hof bleiben, für ihren Lebensunterhalt arbeiten und haben damit ein Dach über dem Kopf.

Zu Weihnachten gibt es ein neues Gewand, auch Schuhe, wenn nötig – und ein paar Gulden. Das ist oft sehr hart, aber eine Erbteilung würde Felder, Wälder und Weiden zerreißen und dem Hof die Lebensgrundlage nehmen. Solche Zukunftsaussichten sind nicht verlockend.

»Laßt mich einen Beruf erlernen, Vater!« fordert Bläsi, der Älteste, als er sechzehn wird. Die Antwort auf dieses Ansinnen ist eine schallende Ohrfeige.

»Schlag dir das aus dem Kopf, du Grünschnabel! Die Schurhammers sind Bauern und keine Handwerker und dabei bleibt's!«

»Aber ich kann doch gar kein Bauer werden, das wißt Ihr selbst, Vater. Eines Tages wird der Sepp Euer Nachfolger und ich schau in den Mond.«

Der Rinzbergbur richtet sich drohend vor ihm auf.

»Widersprich mir nicht! Ich will es so, das ist Sitte und Brauch. Vergiß deine dummen Ideen und stiehl mir nicht die Zeit.«

Damit ist das Gespräch beendet. Aber Blasius vergißt seine Ideen nicht und seine Träume von einem selbständigen Leben. Ein paar Wochen später ist er spurlos verschwunden.

*

Im Glottertal hält wieder einmal der Frühling Einzug. Das lichte helle Grün der Laubbäume leuchtet wie Inseln zwischen dem Dunkel der Tannen. Die Obstbäume blühen, die Felder werden bestellt, die Saat in die Erde gebracht und die Zäune repariert. Der Rinzbergbur sitzt mit gerunzelter Stirn über seinen Büchern und rechnet. Er versucht den Gewinn des letzten Jahres auf dem Papier so weit herunter zu drücken, daß seine Abgaben an das Kloster St. Peter kaum noch ins Gewicht fallen. Sein Hof ist als einziger im Unteren Glottertal der einst reichen und mächtigen Benediktiner-Abtei tributpflichtig. Und dieses Feudalrecht ist 1805 an das Großherzogtum Baden übergegangen. Nun setzt der Rinzbergbur allen Ehrgeiz daran, die Abgaben so niedrig wie irgend möglich zu halten, schon deshalb, weil er obendrein dem Ortspfarrer Fidelis Wolf den »Heu-Zehnten« auf eine Matte schuldig ist – neben einem Tribut an Naturalien wie Wein, Fleisch, Brot und Pfingstkäse.

Es ist ein Spiel für ihn, dessen Regeln er festlegt – und der Pfarrer spielt es notgedrungen mit, solange er nicht hinter seine Tricks kommt. Doch er versucht es immer wieder und deshalb wundert es Andreas auch nicht, daß er an diesem Vormittag Besuch bekommt. Der Pfarrer steht vor der Tür und begehrt Einlaß.

»Gelobt sei Jesus Christus«.

»In Ewigkeit Amen. Was verschafft mir die Ehre?«

»Oh, nichts Bestimmtes«, winkt Fidelis Wolf ab und läßt seine Augen hurtig durch die Stube schweifen, ob er – als Zeichen wachsenden Wohlstands – neue Einrichtungsgegenstände entdecken kann. »Ich will nur hören, wie es der Familie Schurhammer so geht und ob das vergangene Jahr gut war.«

»Das letzte Jahr war noch schlechter als das vorherige«, klagt Andreas, »zwei Kühe haben *verkalbt*, im Holz sitzt der Borkenkäfer und die Ernte ... Er macht eine wegwerfende Handbewegung und überhört die Frage nach der Familie.«

»Aha, hab ich mir's fast gedacht«, sagt der Pfarrer bedächtig, »manchmal läßt der Segen des Herrn auf sich warten, aber als Christenmensch darf man die Hoffnung nicht aufgeben.«

Der Rinzbergbur nickt fromm und denkt: *Wenn du doch endlich zum Teufel gingst oder wenigstens zurück in deine Kirche.*

»Allerdings,« so fährt der Pfarrer fort, »allerdings wird der Segen des Herrn manchmal durch Ungeschick verhindert. So sollen im Glottertal die Rinder öfters diejenigen Weiden abgegrast haben, von denen der Heuzehnte fällig ist.« »Tatsächlich?« Andreas zeigt sich überrascht. »Was Euch alles zu Ohren kommt! Es wird so viel geredet . Vielleicht haben die Hirtenbuben geschlafen und nicht aufgepaßt!«

»Schon möglich«, meint der Pfarrer und fügt zweideutig hinzu, »man muß ein wachsames Auge haben.« Er steht auf, greift nach seinem Wanderstab und geht zur Tür.

Bei der nächsten Gemeinderats-Sitzung berichtet Andreas von dem Besuch und dem spärlichen »Heu-Zehnten«, der dabei zur Sprache kommt. Die Bauern freuen sich diebisch, daß Pfarrer Wolf unverrichteter Dinge wieder abziehen mußte und vergeblich auf den Busch geklopft hat.

Natürlich versucht jeder auf seine Weise, die Abgaben niedrig zu halten. Am Ende der Sitzung sind sie sich einig, daß die Feudalherrschaft eine himmelschreiende Ungerechtigkeit sei und der Herrgott ein Auge zudrücken würde, wenn die wahren Erträge der Ernte nicht so genau mit den Zahlen auf dem Papier übereinstimmen.

3

Die beiden Schurhammer-Buben sind nicht nur äußerlich, sondern auch vom Wesen her genau das Gegenteil voneinander. Es gibt niemanden, der den Bläsi nicht gerne mag und sich nicht an der Suchaktion nach seinem Verschwinden beteiligt hätte. Der Sepp dagegen genießt statt Sympathie eher eine Art widerwilligen Respekt, weil er sich schon in jungen Jahren zum erfolgreichsten Raufbold des Dorfes entwickelt hat.

»Auf geht's!« ist sein Schlachtruf, wenn er sich am Wochenende mit Begeisterung in das übliche Gerangel zwischen den Burschen des Unteren und des Oberen Glottertals stürzt. Das geht nie ohne blutige Köpfe, Beulen und Schrammen ab, doch wenn einer mit den Schultern am Boden liegt, steht der Sieger fest und der Kampf ist zu Ende.

Sepp versetzt gerade seinem Widersacher, den Wisserfranz, ein paar gezielte Hiebe, die dieser ungeschickt abwehrt. »Laß' mich in Ruhe!« keucht er.

»Sonst noch was«, knurrt Sepp, »gleich hab ich dich unten! Oder gibst du auf?«

»Nein, zum Teufel – ich will auch mal gewinnen!«

Sepp lacht lauthals. »Und was krieg' ich dafür?«

»Ich verrate dir, wo dein Bruder steckt!«

Darauf senkt Sepp die Fäuste, läßt sich kraftlos zu Boden fallen – und die anderen wundern sich, daß ihn der Kampfgeist so plötzlich verlassen hat.

Ein paar Tage später schwänzt er die Schule und macht sich mit einem Kanten Brot in der Tasche heimlich auf den Weg nach St. Märgen.

Entlang der Glotter, die in ihrem engen Bachbett schäumt und tost, steigt er bergan. Der Weg schlängelt sich in ungezählten Kurven aufwärts und viele davon schneidet er ab, indem er steil durch den Wald geht. Dennoch ziehen sich die sechzehn Kilometer ganz schön in die Länge, bis endlich die beiden barocken Türme der Wallfahrtskirche »Maria Hilf« in der Ferne auftauchen.

Das Haus, das er sucht, steht am Ortsende auf der linken Seite. Ein blankgeputztes Messingschild hängt über dem Eingang und Sepp liest: *Hans Herder – Schwarzwälder Uhren*. Er öffnet die Tür und steht in einem niedrigen Raum, der ganz erfüllt ist vom Geräusch tickender Uhren.

»Was darf's denn sein, junger Mann?« fragt eine freundliche Stimme aus dem Halbdunkel. Er erkennt eine adrette junge Frau, die ihn neugierig mustert.

«Ich – ähh – ich wollte gar nichts kaufen,« stottert Sepp.

»Und was willst du dann? Bist du auf der Wanderschaft?«

»Ja und nein. Ich suche jemand – ich suche den Bläsi.«

»Soso, den Bläsi suchst du. Und was willst du von dem?«

»Sehen will ich ihn und mit ihm reden. Er ist mein Bruder.«

Die Frau sieht ihn voller Zweifel an.

»Dein Bruder?« fragt sie gedehnt, »das kann wohl nicht wahr sein. Der sieht dir ja überhaupt nicht ähnlich!«

»Aber er ist es! Kann ich zu ihm?« Die Fragerei wird dem Sepp langsam lästig.

»Na gut,« gibt sie schließlich nach, »geh' mit mir. Ich bin übrigens die Meisterin!«

Sepp folgt ihr durch einen engen Gang in eine Stube, die gleichzeitig Werkstatt ist.

Zwei Gestalten sitzen gebeugt über einem Holztisch voller zerlegter Uhrwerke.

Eine davon ist Bläsi, der aufspringt, als er seinen Bruder sieht. Verblüfft starrt er ihn an. »Wo kommst du denn her? Und wie hast du mich gefunden?«

»Gelt, das staunst du,« freut sich der Sepp über die gelungene Überraschung.

Jetzt erst blickt Meister Herder von seiner Arbeit auf und betrachtet den Besuch über den Rand seines Kneifers hinweg.

»Die beiden wollen Brüder sein!« sagt seine Frau skeptisch.

»Wird schon stimmen, wenn sie sich einig sind, – dann machen wir für heute mal früher Feierabend und setzen uns zusammen.«

Es gibt *Erdäpfel mit Bibbeliskäs'* dick bestreut mit frischem Schnittlauch. Sepp hat das Gefühl, noch nie etwas Besseres gegessen zu haben, so hungrig ist er. Meister Herder schmunzelt.

»Das ist ein steiniger Weg vom Glottertal nach St. Märgen. Und warum hat es so lange gedauert bis einer von euch hierher gefunden hat?«

Sepp kaut noch auf beiden Backen und statt ihm antwortet Bläsi: »Es ahnt ja keiner, daß er hier ist – er ist heimlich gekommen, der Vater weiß nichts davon.«

»Um Himmels willen – das soll er auch nicht wissen!« bekräftigt der Sepp.

Der Meister ist ein kleiner, lebhafter Mann mit vielen Lachfalten im Gesicht.

Jetzt schaut er ernst drein und schüttelt den Kopf.

»Was ist denn das für ein Vater? Er sollte sich doch freuen, wenn er etwas von seinem verlorenen Sohn hört!«

»*Der* nicht,« sagt Bläsi traurig, »nein, *der* nicht. Sepp hat mir erzählt, daß er mich gar nicht wiedersehen will, weil ich weggelaufen bin. *Warum* ich das gemacht habe, interessiert ihn nicht. Es interessiert ihn nicht mal, wo ich bin und ob ich überhaupt noch lebe.«

»Armer Kerl!« Die Meisterin legt ihre Hand auf die seine und drückt sie mitfühlend.

»Und deine Mutter, was sagt die dazu?«

»Die Mutter hat nichts zu sagen – sie macht ihre Arbeit und das was der Vater will.«

Es wird ein langer Abend und Sepp merkt zum ersten Mal in seinem jungen Leben, daß es Menschen gibt, die zuhören können und sich für die Sorgen und Nöte anderer interessieren. Staunend beobachtet er seinen Bruder. Wie hat der sich verändert! Während der Monate, in denen sie sich nicht gesehen haben, ist ein spürbarer Wandel eingetreten: Er redet frisch von der Leber weg und schaut dabei jedem offen in die Augen. Er schien gewachsen, innerlich wie äußerlich und Sepp hat das Gefühl, daß sein Bruder sich künftig gegen Schläge zur Wehr setzen würde. Plötzlich kommt er sich neben ihm kindisch und tölpelhaft vor. Warum nur hat er sich alles gefallen lassen vom Vater, seine Willkür, die Wutausbrüche, die Demütigungen?

Als könne Bläsi seine Gedanken erraten, sagt dieser:

»Du mußt durchhalten, Sepp. Erstens bist du zu jung und zweitens bist du der Erbe. Dir wird eines Tages der Rinzberghof gehören und dafür lohnt es sich, vieles in Kauf zu nehmen.«

»Dein Bruder hat recht«, pflichtet ihm Meister Herder bei, »es war ein schwerer Entschluß für ihn wegzugehen, aber der richtige. Für dich wär's der falsche. Als Bläsi zu uns kam und nach einer Lehrstelle fragte, habe ich gezögert. Die Zeiten sind nicht gut, er kann kein Lehrgeld bezahlen und ist ein Esser mehr im Haus. Aber nach drei Tagen schon hat er uns überzeugt.«

Er wirft seiner Frau einen liebevollen Blick zu, den diese erwidert.

»Inzwischen ist der Bläsi fast wie ein Sohn für uns – nach so kurzer Zeit«, sagt sie, »er ist nicht nur lernbegierig und fleißig – er sieht die Arbeit auch außerhalb der Werkstatt und hilft, wo er kann. Wir hatten abgemacht, daß er nach der Lehrzeit ein halbes Jahr als Geselle um Gotteslohn bei uns bleibt – aber ich denke, das können wir ihm schenken, wenn sich nichts ändert.«

Ihr Mann nickt zustimmend. Sepp sieht sich in der bescheidenen Küche um, die nur halb so groß war wie die Küche daheim. Das Feuer im Herd brennt langsam nieder, der Wasserkessel darauf summt leise und der Kienspan an der Wand gibt nur noch wenig Licht.

Hier ist gut sein, denkt er, *könnte ich nur auch hierbleiben.*

Der Vergleich mit dem Rinzberghof läßt ihn frösteln und er beneidet seinen Bruder, weil der schon so lange Zeit mit den Herders leben darf. Und weil der sich einen Beruf ertrotzt hat.

4

Über dem Glottertal braut sich ein Gewitter zusammen, aber die dicke Luft auf dem Rinzberghof hat nichts damit zu tun. Knechte wie Mägde schleichen mit hängenden Schultern umher, doch niemand vermag zu sagen, woher das Gefühl eines nahenden Unheils kommt. Was Andreas Schurhammer dem Pfarrer vorgeflunkert hat, ist jetzt wirklich passiert: Eine Kuh hat *verkalbt* und es fuchst den Bauern, daß es gleich zwei Kälber gewesen wären, die seinen Wohlstand gemehrt hätten. Er gibt dem Oberknecht die Schuld, die der nicht auf sich sitzen läßt. Er ist *ungattig*, zankt mit jedem, der ihm ihn den Weg läuft und keiner kann ihm etwas recht machen.

Die Bäuerin hat gerade einen geweihten Wachsstock gegen das Unwetter angezündet. Am liebsten würde auch sie einen weiten Bogen um ihren Mann machen, aber das ist unmöglich. Er stampft und poltert durchs ganze Haus, sucht Streit und weil er niemanden zum streiten findet, geht er in die Küche. Barbara knetet Brotteig in einem großen hölzernen Trog.

Sie hat ein rundes, gutmütiges Gesicht und verweinte Augen. Die Schürze umspannt eine füllige Figur und Andreas betrachtet sie mit Mißfallen. Ist das die hübsche Bärbel, die er einmal geheiratet hat?

Sie blickt nicht auf, als er eintritt.

»Muß das sein, daß die Bäuerin den Teig knetet?« fährt er sie an. »Hast du nichts Besseres zu tun? Wozu gibt's Mägde bei uns? Wozu haben wir eine Tochter im Haus?«

Sie seufzt und sagt nichts, was ihn noch mehr verärgern könnte.

»Warum antwortest du nicht? Redest du nicht mehr mit deinem Mann?«

Sie seufzt wieder und das Bleigewicht auf ihrer Brust wird noch schwerer.

Es gibt keinen ungünstigeren Augenblick, es ihm zu sagen, denkt sie. *Der Herr stehe mir bei.*

»Frau, ich will eine Antwort, wenn ich etwas frage!«

Seine Stimme klingt bedrohlich, trotzdem nimmt sie all ihren Mut zusammennahm und sagt: »Die Rosa kriegt ein Kind.«

»Meine Tochter – ein Kind? Bist du verrückt?«

Sein Gesicht läuft rot an und er ballt die Fäuste. »Wo ist sie?«

»In ihrer Kammer.«

Er zerrt Rosa in die Küche, schüttelt sie, schlägt sie, und als just in diesem Augenblick draußen mit Urgewalt das Gewitter losbricht, denkt jeder der Drei für sich: *Jetzt geht die Welt unter.*

Rosa schluchzt, sinkt in sich zusammen, ihr Vater steht wutschnaubend über ihr.

»Du Hure,« schreit er, »stimmt es, was deine Mutter sagt? Gibst du es zu?«

Sie nickt mit niedergeschlagenen Augen.

»Und wer ist der Saukerl, der dir das Kind gemacht hat?«

Kopfschütteln. Rosa hockt am Boden wie ein Häufchen Elend.

»Wie – du willst nicht reden, gerade wie deine Mutter? Du, meine Lieblingstochter? Ich bring dir das Reden bei!«

Er schnauft verächtlich, setzt seinen derben Stiefel auf ihre Hand und verlagert das Gewicht.

Rosa schreit auf und windet sich vor Schmerz.

»Wer war es?«

»Ich weiß es nicht.«

»Gleich fällt's dir wieder ein«. Er verstärkt den Druck des Stiefels auf ihren Fingern.

»Nein, bitte, nein – ich halt das nicht aus!« Sie hebt ihr tränenüberströmtes Gesicht zu ihm auf. »Ich weiß es wirklich nicht.«

»Soll ich's aus dir rausprügeln?« Er packt sie an den Haaren, zwingt sie, ihm in die Augen zu sehen und plötzlich erlahmt ihr Widerstand.

»Wir – wir – sind nach dem Tanzen ins Heu – und es waren ein paar Burschen. Niemand hat mir gesagt, daß man ein Kind davon bekommt.«

»Du heilige Einfalt!« flüstert Barbara kaum hörbar.

Einen Augenblick scheint es, als wolle Andreas sich auf seine Tochter stürzen, dann tritt er einen Schritt zurück und läßt sich schwer atmend auf einen Küchenstuhl fallen.

»Ich weiß ja, daß du nicht die Hellste bist, Rosa«, sagt er langsam. »ist auch nicht nötig für eine Frau. Aber daß du so saudumm bist, hätte ich mir nicht träumen lassen.«

Barbara steht noch immer an ihrem Trog und läßt die Hände sinken, in denen sie einen dicken Batzen Teig hält.

Mitten ins Gesicht hätte ich ihm das geklatscht, wenn er noch einen Moment weitergemacht hätte, denkt sie erbittert.

Als sie später im Bett liegt und vor Aufregung, Ärger und Kummer nicht schlafen kann, ist ihr letzter Gedanke: *Ich habe diesen einen Moment zu lange gewartet*.

Rosa wälzt sich auf ihre Strohsack hin und her und kann ebensowenig schlafen wie ihre Mutter. Die Hand schmerzt noch, aber es ist erträglich und Ohrfeigen ist sie ebenso gewohnt wie die Zornausbrüche ihres Vaters. Was sie wachhält, sind seine groben

Worte: *Hure* hat er sie genannt und *saudumm*. Unter einer Hure kann sie sich nichts vorstellen, aber es muß wohl etwas sehr Schlimmes sein. Saudumm dagegen ist ein realer Begriff. Sie holt tief Luft und denkt an die laue Sommernacht zurück, als die Grillen zirpten und der Duft der Lindenblüten durch das ganze Glottertal zog.

Im »Kreuz« war Tanz wie an jedem Sonntag den Sommer über, auch wenn es offiziell gar nicht erlaubt war und der Pfarrer dagegen wetterte . . .

Die Musik spielt auf, gelacht und erzählt wird, getanzt und gesungen und alle sind fröhlich. Die Burschen und Maidli sitzen an einem langen Tisch beisammen, trinken Wein und Wasser aus bauchigen Krügen. Auch aus den Nachbargemeinden Föhrenbach und Heuweiler, sogar aus Denzlingen sind junge Leute gekommen und einer von ihnen, den sie noch nie gesehen hat, sagt:

»Prost, Rosa, du bist die Schönste hier!«

Seine Kumpel, die neben ihm sitzen, klatschen in die Hände und heben die Gläser: »Komm, trink mit uns, sei kein Spielverderber!«

Rosa bekommt einen roten Kopf. Schmeicheleien ist sie nicht gewohnt und Wein auch nicht. Und wer will schon ein Spielverderber sein an einem so schönen Abend?

Als sie gar nicht mehr aufhören kann zu kichern über die kleinste Albernheit, werfen sich die Burschen vielsagende Blicke zu und stehen auf.

Zwei von ihnen haken sich bei ihr ein und der Dritte sagt »Wir bringen dich heim, schöne Rosa, damit dich nicht der böse Wolf frißt! Das wird ein Spaß!«

Rosa findet es nett, daß die fremden Burschen sich ihretwegen sorgen und hat auch nichts gegen Spaß auf dem kurzen Heimweg. Sie fühlt sich ganz seltsam, fast wie in einem Karussell – Bäume, Häuser und Sterne schwanken hin und her. Deshalb ist sie froh, als ihre Begleiter eine kleine Pause bei einem Holzschober einlegen. Das Heu ist weich und duftet so gut wie nur frisches Heu riechen kann . . .

Daran erinnert sich Rosa, auch an den Schrecken und die Angst, als ihr in der Dunkelheit plötzlich grobe Hände die Kleider vom Leib ziehen und sie zu Boden stoßen. Sie will um Hilfe rufen, aber der Schrei bleibt ihr in der Kehle stecken, als sich einer der Burschen über ihr Gesicht wirft und sie fast erstickt. Die anderen beiden reißen ihr die Beine auseinander. Sie stöhnt gequält auf, spürt die rohen, gierigen Hände am ganzen Körper und was dann kommt, tut so weh, daß sie die Besinnung verliert.

Sie erwacht frierend und merkt, daß sie nackt und alleine im Heu liegt. Ihre Peiniger sind verschwunden. Sie fühlt sich sterbenselend, zerschlagen an Leib und Seele. Auf den Knien kriecht sie über den Boden, um ihre ringsum verstreuten Kleider zu suchen. Langsam zieht sie sich an und schleicht wie ein geprügelter Hund nach Hause.

Als sie beim Rinzberghof ankommt, ist es noch finster und im Osten zeigt sich das erste Licht des neuen Tages. Über den Ställen rumoren schon die Knechte in ihren Kammern. Im Schutze der Dunkelheit wäscht sie sich hastig am Brunnen das Blut ab und schlüpft unbemerkt ins Haus....

Ja, so ist das gewesen. *Saudumm* hat der Vater gesagt. Das Wort ging ihr nicht aus dem Kopf. *Kein nettes Wort*, denkt sie, als sie endlich einschlafen kann, *aber er hat wohl recht*.

5

Niemand fiel auf, wie lange Sepp unterwegs war, um seinen Bruder zu besuchen. Niemand fragt etwas, als er wieder mit am Tisch sitzt. Er sieht Rosas verschwollene Augen, sieht das verschlossene Gesicht seiner Mutter, die grimmige Miene des Vaters – und alle schweigen bis auf die Tischgebete. Als er wenig später in der Gesindekammer den Grund für die düstere Stimmung erfährt, ist er gleichzeitig verärgert und erleichtert.

Verärgert, weil sich seine Schwester ein Kind aufhängen läßt und nicht einmal weiß von wem. Und erleichtert, daß es nichts Schlimmeres ist. Erst als einer der Knechte hämisch sagt: »Vielleicht ist's der Heilige Geist gewesen!« – erst da packt ihn der Jähzorn und der Spötter bekommt schmerzhaft zu spüren, mit welcher Kraft Sepp zuschlagen kann.

»Noch ein Wort über meine Schwester und du kannst ein zweites blaues Auge haben,« droht er, »und am *Bindelistag*, an Sylvester, kannst du dir Arbeit auf einem anderen Hof suchen!«

»Langsam, langsam,« knurrt der Oberknecht, »bis *du* Rinzbergbur bist, fließt noch viel Wasser die Glotter runter. Werd' du erst mal trocken hinter den Ohren!«

Wütend verläßt Sepp die Kammer und geht in die Stube zurück. Im Grunde ist es ja keine große Schande, ein lediges Kind zu bekommen – das war in jener Zeit in den Dörfern an der Tagesordnung. Paare, die heiraten wollen, dürfen nicht mittellos sein. Eine Heiratserlaubnis wird nur erteilt, wenn die wirtschaftlichen Grundlagen der künftigen Familie stimmen. Bei Knechten und Mägden oder gar Taglöhnern ist das unmöglich – also bekamen sie ihre Kinder ohne Segen von Kirche und Staat.

Was Sepp so gegen den Strich geht, ist die Tatsache, daß dieses Malheur ausgerechnet *seiner* Schwester widerfahren mußte. Obendrein besteht der Pfarrer noch darauf, »gefallene Mädchen« zu bestrafen, in dem er ihrem Nachwuchs so ungebräuchliche Namen gibt, daß sie schon damit als »Kinder der Sünde« gebrandmarkt werden. Euphrasia oder Seraphine etwa heißen die armen Maidli dann, Dionys, Coelestin oder Ladislaus wenn es Buben sind.

Es kostet Andreas Schurhammer einen gehörigen Batzen Geld, den Pfarrer zu bewegen, daß er dieses Recht nicht wahrnimmt. Er tut das ingrimmig und widerwillig, denn der Kirche vergönnt er keinen Heller mehr als unbedingt sein muß und mit Pfarrer Wolf steht er aus Prinzip auf Kriegsfuß. Immerhin bewegt diesen die großzügige Spende, den ersten Enkel des Rinzbergburen ein halbes Jahr später auf den gewünschten Namen Heinrich zu taufen.

Dennoch ist er mit Gott und der Welt unzufrieden. Es gelingt niemandem, dem Rinzbergbur etwas rechtzumachen. Seine Frau und das Gesinde fürchten ihn. Seine Tochter Rosa hat in seinen Augen Schande über den guten Namen der Familie gebracht. Sein Sohn Blasius ist gegen seinen Willen in die Fremde gezogen.

Und sein Sohn Sepp prügelt jeden Sonntag ein halbes Dutzend Kerle aus dem Oberen Gottertal durch und glaubt, damit sei die Arbeit für die nächste Woche getan.

»Du bist ein rechter Nichtsnutz, Sohn«, sagt er an einem Abend, der war wie jeder andere. Nach dem Tischgebet haben sie schweigend gemeinsam mit den Knechten und Mägden die

Mahlzeit eingenommen, die Löffel abgeleckt und in die Lederschlaufen an der Wand gesteckt.

Als der lange Tisch abgeräumt ist, sitzen sie alleine in der Stube und schweigen weiter. Die Mutter flickt Wäsche und sieht nicht auf. Der Vater zieht ingrimmig an seiner Pfeife und Sepp denkt: *Ach, wenn die Zeit doch schneller laufen würde und sie nur schon auf dem Libding wären, auf dem Altenteil. Dann könnte ich alles anders machen und wäre ein freier Mensch.*

»Ein Tunichtgut bist du«, reißt ihn da die Stimme seines Vaters aus den Gedanken »einer, der Raufen und Tanzen mit Arbeit verwechselt. Du hast keine Ahnung wie ein Hof geführt wird. Aber große Reden – die kannst Du führen!«

»Das ist ungerecht!« wehrt sich Sepp, »und was macht Ihr? Ihr laßt doch auch die Völcher arbeiten und rührt keine Hand!«

»Ich und keine Hand rühren? Du Saubub, du liedriger! Sag so etwas nie mehr zu deinem Vater!«

Der Rinzbergbur schlägt seine Pfeife so hart auf den Tisch, daß sie in der Mitte auseinanderbricht. Sepp weiß, welches Unwetter sich da zusammenbraut, springt auf und versucht durch die Tür zu schlüpfen. Im letzten Moment erwischt ihn sein Vater am Hemdzipfel und reißt ihn zurück.

»Paß auf, Bürscherl,« sagt er mit gefährlich leiser Stimme, »leg dich nicht mit mir an, sonst wirst du's bereuen!«

Streitereien dieser Art sind nun an der Tagesordnung und weil Sepp dabei immer den Kürzeren zieht, steigt langsam Haß auf seinen Vater in ihm hoch. Die aufgestaute Wut bekommen an den Sonntagen die anderen Raufbolde zu spüren, die sich in jugendlichem Übermut die Köpfe blutig schlagen. Neben den Fäusten sind Stuhlbeine und leere Weinflaschen beliebte Waffen bei den Keilereien. Und natürlich gibt es jedesmal Verletzte, doch die »Alemannenschädel« halten einiges aus und beweisen damit immer wieder, daß sie von fabelhafter Härte sind.

Der hohen Obrigkeit in Freiburg ist dieses Treiben wohlbekannt und als es gar zu bunt wird, bekommt der bewährte Wachtmeister Weik den ehrenvollen Auftrag, sich um die Glottertäler Streithähne zu kümmern.

»Greifen Sie streng durch«, lautet sein Befehl, »es ist die Aufgabe der Gendarmerie, für Ruhe und Ordnung zu sorgen. Auch die Glottertäler dürfen sich nicht ungestraft ihre Granitköpfe einschlagen!«

Wachtmeister Weik nimmt Haltung an, salutiert und sagt: »Jawoll, wird gemacht!«

Er ist ein untersetzter, stämmiger Mann mit Halbglatze und einem ehrfurchtgebietenden Schnurrbart als Ausgleich für die fehlenden Haare. Wie schmählich dieser Auftrag für ihn enden würde, konnte er nicht ahnen.

Sepp ist gerade wieder dabei, seine Mannschaft anzufeuern, als sich Wachtmeister Weik zu Pferde nähert. Niemand schenkt ihm Beachtung. »Los! Zeigt ihnen, wo der Bartl den Most holt! Jagt sie heim, werft sie ins Wasser!«

Mit blitzenden Augen und erhobenen Fäusten stürzt sich Sepp mitten ins Getümmel. Das ist sein Element! Er überragt die anderen Burschen um Haupteslänge und wirft zwei seiner Angreifer gleichzeitig in die Glotter. Drei triefende Gestalten, die gerade versuchen an der Böschung wieder herauszuklettern, befördert er mit Fußtritten zurück ins Naß.

»Schwimmen ist gesund!« ruft er ihnen übermütig zu, »aber den Bach rauf, nicht runter, sonst kriegt ihr noch mehr Prügel. Bei uns hier habt ihr nichts verloren!«

Einen Angreifer, der ihn von hinten packen will, schüttelt er ab wie Ungeziefer und schlägt die Köpfe von zwei anderen zusammen, die ihn von vorne bedrängen. Es gibt ein dumpfes, häßliches Krachen und beide sinken in sich zusammen.

»Jetzt reicht's!« ruft da plötzlich eine energische Stimme über den Platz, »sofort aufhören! Seid ihr alle des Teufels?«

Die Burschen halten inne und starren verblüfft auf den kleinen Gendarm, der, von seinem Pferd abgestiegen, in kerzengerader Haltung auf sie zumarschiert. Er nimmt keine Notiz davon, daß der Kampf noch in vollem Gang ist, mustert sie streng, deutet auf Sepp und sagt: »Du bist der Schlimmste, der Rädelsführer! Name? Geboren? Wo, wann?«

Er zieht einen Schreibblock hervor und einen Bleistift.

Erst jetzt faßt sich der Sepp und bricht in schallendes Gelächter aus. Das wirkt ansteckend und mit einem Mal lachen alle einhellig miteinander, die vom Oberen und die vom Unteren Glottertal, als seien sie nicht gerade noch mit den Fäusten aufeinander losgegangen.

Einen Augenblick ist Wachtmeister Weik sprachlos, dann verfinstert sich seine Miene und er brüllt lauthals: »Ruhe! Respekt vor der Gendarmerie – oder ich verhafte euch!«

Diese Drohung löst noch mehr Heiterkeit aus, insbesondere als der kleine Wachtmeister furchtlos auf den Sepp zugeht und dabei Handschellen aus der Gürteltasche zieht.

»Das ist eine Amtshandlung«, sagt er, »ich werde ... »

Mitten im Satz wird er unterbrochen, denn schon hat ihn Sepp am Kragen gepackt und zieht ihn hoch wie einen Hampelmann.

»*Was* werdet Ihr ..?« fragt er scheinheilig, kommt aber nicht weiter, denn die Knöpfe der stramm sitzenden Uniformjacke reißen unter dem Gewicht ab und der Wachtmeister fällt zu Boden. Sepp hat nur noch die Jacke in der Hand und wirft sie schwungvoll in die Glotter. Und ehe sich der brave Weik vom Schrecken erholen kann, hat er ihm auch noch die Hosen ausgezogen und hinterhergeworfen.

»Damit Ihr lernt, daß die Freiburger Gendarmen sich nicht in die Raufereien der Glottertäler einmischen«, sagt er in freundlichem Tonfall, »die gehen euch Städter nämlich einen Dreck an!«

So kommt es, daß der ehrsame Wachtmeister Weik in Hemd und Unterhose zurückreiten muß in seine Amtsstube und nur die beginnende Dämmerung verhindert, daß er außerdem zum Gespött der Leute in den umliegenden Dörfern wird. Aber in Windeseile verbreitet sich die Kunde von der neuesten Untat des Rinzbergsepp im ganzen südlichen Schwarzwald und bringt ihm ringsum hohe Anerkennung ein. Sogar sein Erzfeind, der Wälderhansen Chrischte aus dem Oberen Glottertal schlägt ihm auf die Schulter und sagt: »Gut gemacht, Sepp, weiter so!« Für einen so wortkargen Burschen wie den Chrischte ist das eine echte Lobesrede. Und Sepp sonnt sich nun in diesem neuen Ruhm.

Daß die Geschichte aber nicht ohne Folgen bleiben wird, war trotzdem allen klar.

6

Meister Herder ist kein regelmäßiger Zeitungsleser, aber gelegentlich studiert er doch die »Freiburger Tagespost«, wenn eine den Weg nach St.Märgen findet.

Blasius hat gerade die einzelnen Teile einer Kuckucksuhr säuberlich vor sich ausgebreitet, um sie zu montieren. Er ist so vertieft in seine Arbeit, daß der Meister ihn zweimal anreden muß, ehe er aufblickt.

»Schau dir das an, Bläsi,« sagt er und reicht ihm ein Blatt über den Tisch, »und dann sag mir, ob dir das irgendwie bekannt vorkommt?«

An erster Stelle im Lokalteil ist ein fettgedruckter Artikel plaziert:

Widerstand gegen die Obrigkeit

Am vergangenen Wochenende ereignete sich im Unteren Glottertal ein unerhörter Fall von Dreistigkeit und Gewalt gegen die dienstlichen Befehle des Freiburger Wachtmeisters W. Ein ähnlich freches und respektloses Delikt wurde noch nie registriert, dem geneigten Leser mögen die Details erspart bleiben. Die Nachforschungen unserer Redaktion ergaben, daß es sich bei dem Hauptschuldigen um einen gewissen Joseph S., Sohn eines alteingessenen, angesehenen Glottertäler Bürgers handelt. Das Großherzogliche Hofgericht zu Freiburg hat Ermittlungen angeordnet, auf daß der Übeltäter abgeurteilt und seiner gerechten Strafe zugeführt werde.

Blasius schüttelt zuerst den Kopf, dann nickt er und sagt: »Das kommt mir sehr bekannt vor, das muß der Sepp sein. Der dumme Kerl – er kann das Raufen nicht lassen, es macht ihm einfach zu viel Spaß. Und das hat er jetzt davon!«

Zu seiner Überraschung schmunzelte Meister Herder und legt ihm die Hand auf die Schulter: »Dann kriegen wir also bald Besuch!«

Blasius sieht ihn fragend an.

»Ja, ich mag deinen Bruder. Er hat nicht die kleinste Ähnlichkeit mit dir, aber ihr seid beide etwas Besonderes, jeder auf seine Art – ich wollte, ich könnte es beschreiben.«

In seinem lieblosen Elternhaus hat Blasius das Weinen verlernt, doch jetzt steigen ihm Tränen in die Augen. Bei den Herders hat er zum ersten Mal im Leben das Gefühl der Geborgenheit gespürt, das Gefühl anerkannt zu werden und nun wird auch noch sein »kleiner« großer Bruder willkommen geheißen in einer Familie, die ihn kaum kennt – trotz des Vergehens, das ihm angelastet wird.

»Weine ruhig, Bläsi, du brauchst dich nicht zu schämen,« sagt der Meister, »solange es keiner sieht, dürfen auch Männer weinen. Und ich zähle nicht – ich gehöre zur Familie.«

Zwei Tage später steht tatsächlich der Sepp am Abend vor der Tür: Abgerissen, ungewaschen, mit dem wilden schwarzen Haarschopf, der sein Kennzeichen ist und einem halb verlegenen, halb frechen, halb fragenden Lächeln auf den Lippen.

Ein einziges falsches Wort und er wäre über alle Berge gewesen –

Aber so ein Wort kommt nicht. Die Meisterin Resi sagt mit ernster Miene und Schalk in den Augen: »Komm nur rein, Lumpenbub, aufmüpfiger! Du kannst hier bleiben, solange sie dich suchen, wenn du mit anpackst und dir dein Brot verdienst.«

Dem Sepp scheint, als er habe noch nie so liebenswürdige Worte gehört. Er murmelt ein »Vergelts Gott« und stolpert hinter Blasius her in dessen Kammer. Obwohl er hundemüde ist von dem langen Marsch mit den vielen Umwegen, reden die Brüder die halbe Nacht.

Nie zuvor in ihrer Kindheit waren sie einander so nah gewesen. Jetzt haben beide das Gefühl, daß ihre Jugendzeit zu Ende geht, ohne daß sie je über das gesprochen haben, was sie bewegt, freut, bekümmert und ihnen auf dem Herzen liegt.

»Ich kann nicht Knecht auf dem Rinzberghof werden« sagt Blasius, »der Vater will es nicht verstehen, aber du schon? Ich kann einfach nicht.«

Sepp nickt: »Und ich weiß nicht, ob ich's aushalten kann, bis ich übernehme. Ich kenne keinen schlimmeren Vater als den unsren. Wir haben beide so viel Prügel bezogen . . . aber du bist abgehauen und ich muß es aushalten. Und ich frag' mich immer wieder – lohnt sich das? Manchmal denk' ich, es ist wie die Sklaverei in Amerika, von der man immer wieder hört.«

»Ja, es lohnt sich«, sagt Blasius überzeugt, »für dieses Fleckerl Erde lohnt es sich. Überleg' doch mal: Wo gibt es einen schöner gelegenen Hof? An einem Sonnenhang über dem Glottertal, umgeben von Wald, der gutes Geld bringt vom Holzschlag, von saftigen Weiden, von Wiesen und Matten, auf denen auch etwas anderes als Gras wachsen kann – Weinreben zum Beispiel. Denk an die Zukunft – der beste Wein im ganzen Glottertal wird eines Tages hier wachsen, hier auf dem Rinzberghof!«

»Ja, das hört sich gut an«, gibt Sepp zu, »aber es ist viel Arbeit. Und bis der Hof mir gehört, dauert's noch ewig.«

»Ein paar Jahre nur, bis der Vater überschreibt! Die wirst du schon aushalten! Dann bist du der Herr auf dem Hof und alle tanzen nach deiner Pfeife!«

»Ja, das wäre schön! Und ich habe nichts weiter zu tun, als am Wochenende das Tanzbein zu schwingen, die Kerle aus dem Oberen Glottertal durchzuprügeln... und den Gendarmen aus Freiburg das Wams zu zerreißen ... und die Hosen auszuziehen...«

Sein trotziger Gesichtsausdruck verliert sich in einem vergnügten Lächeln als ihm die Augen zufallen.

Blasius betrachtet seinen Bruder liebevoll und sorgenvoll zugleich.

So ein großes Kind , denkt er, *ein so großes, wildes, ungestümes Kind ist mein kleiner Bruder. Ich neide ihm sein Erbe nicht – aber ich hätte die Arbeitslust und die Arbeitskraft, den Rinzberghof zu bewirtschaften und auszubauen. Er würde seine Zeit lieber mit Kämpfen und Raufen verbringen – aber das ist ja kein Beruf. Es sei denn, er wird Soldat wie ein Habenichts. Nein, das geht auch nicht. Der Erbe eines Schwarzwälder Bauernhofes kann sich nicht als Söldner verdingen, so verrückt ist keiner.*

7

Das Großherzogliche Hofgericht in Freiburg beschäftigt sich in den kommenden Monaten verbissen mit dem »Fall Schurhammer Joseph«, in dem es um so schwerwiegende Delikte geht wie tätlicher Widerstand gegen die Staatsgewalt , Körperverletzung einer Amtsperson und Sachbeschädigung behördlichen Eigentums (womit die verlorene Uniformjacke samt Hose des braven Wachtmeisters Weik gemeint sind, der noch lange unter seiner Steißbein-Prellung litt). Solcherlei Sünden eines Bürgers können keinesfalls straflos geduldet werden und bedürfen strenger Maßregelung.

Doch da liegt schon der Hase im Pfeffer: So oft die Freiburger Gendarmen auch ausrücken, um den Rinzbergsepp einzufangen und seiner gerechten Strafe zuzuführen – sie werden seiner nicht habhaft. Natürlich kommen sie unter den gegebenen Umständen nicht mehr einzeln, sondern schwärmen mindestens zu dritt aus, aber es gelingt ihnen nicht, den »gefährlichen und gewalttätigen Raufbold« zu arretieren.

Sepp ist schon nach einer Woche aus St. Märgen nach Hause zurückgekehrt und macht sich einen Spaß daraus, die Hohe Obrigkeit zu foppen. Freund und Feind unter den jungen Burschen helfen ihm dabei, auch diejenigen, die er schon grün und blau geschlagen hat. In einem solchen Fall sind sich die Glottertäler Hitzköpfe einig, daß man zusammenhalten und es den Freiburgern zeigen muß.

Abwechselnd stehen sie Schmiere am Ausgang des Tales, um Sepp zu warnen, wenn Gefahr im Anzug ist. Sogar die größeren Schulbuben beteiligten sich mit Begeisterung am »Räuber- und-Gendarm-Spiel«.

»Sucht Ihr den Rinzbergsepp, Herr Wachtmeister?« fragen die Kecksten eifrig, »für einen Kreuzer Belohnung helfen wir euch... er – er ist vor einer Stunde nach Heuweiler gerannt, dort findet Ihr ihn gewiß!«

Derweil sitzt der Sepp hinter dem väterlichen Hof auf einem Baum und lacht sich ins Fäustchen, wenn die Gendarmen wieder einmal vergebens suchen. Nachdem diese von solchen vermeintlichen Helfern auch auf den hochgelegenen Wuspenhof im Oberen Glottertal geschickt worden sind und erneut mit leeren Händen wiederkehren, läßt der Diensteifer merklich nach.

Dennoch bleibt der Sepp auf der Hut und das ist gut so, denn nach einer längeren Pause kommt erneut uniformierter Überraschungs-Besuch aus Freiburg auf den Rinzberghof.

»Dienstlicher Befehl, den flüchtigen Schurhammer Joseph, wohnhaft daselbst, festzunehmen zwecks Aburteilung«, schnarrt der Anführer.

»Pech, gehabt, ihr Herren, er ist nicht da«, sagt Andreas laut und versperrt mit seiner kompakten Gestalt den Hauseingang. »Ich bin der Bürgermeister und sein Vater und nicht einmal ich weiß, wo der Kerl steckt! Jedenfalls höchst selten an einem Platz, an dem es so viel Arbeit gibt wie hier. Ja, mein Sohn ist ein Faulpelz, Gott sei's geklagt, es ist überhaupt ein Kreuz mit der Jugend heutzutage und… »

»Schwatzt nicht soviel und laßt uns eintreten«, unterbricht ihn der Oberwachtmeister unwirsch, »ich habe einen Durchsuchungsbefehl.«

»Bitte sehr, die Herren, ganz zu Diensten!« Andreas macht jetzt bereitwillig den Eingang frei. Das »ganz zu Diensten« geht ihm zwar schwer über die Lippen, aber nach der kleinen Verzögerungstaktik ist er sicher, daß Sepp während des Palavers längst zur Hintertür hinaus in den Wald entwichen ist.

Dieses Mal drehen die Gendarmen sogar die Strohsäcke in den Betten um, in der Hoffnung, der Gesuchte habe sich darunter versteckt. Rosa kichert und wird von ihrem Vater heftig zurechtgewiesen.

»Das ist nichts zum Lachen, dumme Gans, sondern eine ernste Angelegenheit! Die Herren Gendarmen aus Freiburg kommen nur nach besten Kräften ihrer Beamtenpflicht nach.« Solch wohlgesetzte Worte schmeicheln den Herren, auch wenn sie letztlich unverrichteter Dinge gehen müssen. Zum Abschied verspricht Andreas Schurhammer mit gespieltem Ernst: »Wenn Ihr Euch nächstes Mal vorher anmeldet, sorge ich dafür, daß Ihr nicht wieder umsonst kommt. Und wenn ich meinen mißratenen Sohn mit einem Kälberstrick anbinden müßte.«

Nur selten wurde auf dem Rinzberghof so viel gelacht wie an diesem Abend. Es ist einfach schön, die Obrigkeit an Nase herumzuführen. Und es ist eine gute Übung für das kommende Jahr, in dem Vater und Sohn in seltener Einigkeit mit den Freischaren von Hecker und Struve gegen die bestehende Ordnung ankämpfen werden.

8

Vielleicht hat Andreas seinem Sohn geholfen, weil ihn dessen Widersetzlichkeit und Aufbegehren gegen jeden Druck der Obrigkeit an seine eigene Jugend erinnert.

Er selbst begann ja schon sehr früh aufzumucken, sei es nun gegen den Staat oder gegen die Kirche – einfach alles, das ihn gegen seine Überzeugung zu etwas zwingen wollte. Als Erster bekam das sein Lehrer in der Dorfschule zu spüren, den er als ABC-Schütze mit aller Kraft gegen das Schienbein getreten hat. Noch heute freut er sich, wenn er daran zurückdenkt!

Und wie er sich ehemals gegen seinen Lehrer aufgelehnt hat, so rebellierte er später gegen den Pfarrer. Der arme Pfarrer Fidelis Wolf! Mit welch hochgespannten Erwartungen hat er 1821 seine Stelle hier angetreten! Und wie bald ist er ernüchtert worden, so sehr, daß er sogar von der Kanzel herunter seinem Herzen Luft machte:

»Um diesen Posten hier habe ich mich beworben, weil mir die Landschaft so gut gefiel und ich die Glottertäler für biedere und folgsame Menschen gehalten habe!«

Welch' fataler Irrtum! Kein Spur von Demut und Gehorsam, und da Pfarrer Wolf selbst ein recht cholerischer Mensch war, »paßte« das gerade zu den hitzigen Talbewohnern. Diese Herde hat ihrem Hirten manch harte Nuß zu knacken gegeben.

»Vernünftig christlich und stufenweise wollte ich sie aufklären, Helligkeit und Licht in das Gotteshaus bringen, auf daß Sonnenstrahlen und jenes höhere Licht Verstand und Herzen meiner eigenwilligen Pfarrkinder erleuchten mögen ..«

Aber ach, mit der Erleuchtung ist das so eine Sache! Andreas erinnert sich noch genau, wie der Pfarrer gegen den Aberglauben wetterte, gegen all die Spukgestalten, die in den Höfen ihr Unwesen treiben: den Lederkäppler im Gullerhof, den Lammgeist beim blauen Äckerle, den Geißenmeckerer im Kandelwald – nicht zu vergessen den Geist von Ritter Kuno, dem Furchtbaren.

Von ihren Gespenstern wollen sich die Glottertäler höchst ungern trennen. Erst als der Pfarrer einen lästigen Geist, der in einem Taglöhnerhaus spukte, beschworen und erlöst hat, wird ihm so etwas wie zögerliche Anerkennung zuteil: »Ich vertrieb die im Hause rammelnden Razmäuse durch Lärmen und Aufhebung der sie schützenden Bretter!«

Die größte Prüfung in christlicher Geduld aber stand Pfarrer Wolf bevor, als 1826 der junge Lehrer Anton Steurer ins Tal kam. Er gehörte zu der Sorte Mensch, die sich von niemand etwas sagen lassen, schon gar nicht von einem Pfaffen. Andreas Schurhammer, der damals noch der Rinzbergandres war, freundete sich rasch mit dem eigensinnigen neuen Lehrer an und die beiden Männer setzten alles daran, Pfarrer Wolf das Leben schwer zu machen: Andreas, indem er ihm den Heuzehnten samt den anderen Abgaben vorenthielt und Anton mit der sogenannten »türkischen Musik«, die nichts weiter war als eine Vorgängerin der Blasmusik.

»Mit seinen Musikantenbuben und den erst zwölfjährigen Sängermaidli zieht er die halbe Nacht im Tal herum, stört mich beim Studium mit seiner Teufelsmusik und bringt mich um den Schlaf«, beschwert sich Pfarrer Wolf an höherer Stelle.

Aber es hilft ihm wenig. Der junge Lehrer war hartnäckig und läßt sich durch nichts vom Musizieren abbringen. Wenn er die Kinder heimgeschickt hat, sitzt er oft noch stundenlang bei Andres in der Stube des Rinzberghofes und die beiden reden sich die Köpfe heiß: über Bürgerfreiheiten, Abschaffung der Zehntpflicht und aller Standesvorrechte, über Gleichheit vor dem Gesetz, Glaubens- und Meinungsfreiheit.

Einundzwanzig Jahre lang dauert unsere Freundschaft jetzt schon, denkt Andreas Schurhammer und überlegt, was wohl aus Pfarrer Wolf geworden sein mag, ob er überhaupt noch lebt? 1829 hat er entnervt aufgegeben, nach einer langen Zeit ständiger Auseinandersetzungen. Seine bitteren Klagen haben nichts gefruchtet:

»Die Christenlehre ist miserabel besucht, aber Wallfahrten stehen hoch im Kurs, weil sie mit Wirtshausbesuchen verknüpft werden – mit Fleischessen, Weinsaufen, Tanzen. Und ein derartiger Unfug soll vor dem Fieber sicherstellen und Krankheiten verhüten!«

Doch ebensowenig wie Anton Steuer seine »Teufelsmusik« abschafft, wollen die Glottertälerinnen nimmer von ihrer gescholtenen Art des »Wallfahrens« lassen. Und als der agressive

Pfarrer auch noch mit amtlicher Hilfe »Schlupfwinkel für liederliches Gesindel« im Dorf aufspürte und räumen ließ – da hat er es sich mit seinen widerborstigen Schäflein endgültig verdorben und verläßt »amtsmüde« das Glottertal.

Wie rasch doch die Zeit vergeht!

Andreas erinnert sich so deutlich an die Fehden mit Pfarrer Wolf, als sei es erst gestern gewesen. Er erhebt sich und zündet einen Kienspan an, denn es ist dämmrig geworden, während er seinen Gedanken nachhängt. Er hört Schritte im Hof, gleich darauf wird kräftig an die Tür gepocht.

Die Freiburger Gendarmen werden doch nicht zurückkommen – wo steckt der Sepp, der Tunichtgut?

Gottlob ist es nur der Lehrer Steurer. Andreas begrüßte ihn freudig: »Haben dir die Ohren geklingelt, Anton? Ich mußte gerade an die alten Zeiten mit Pfarrer Wolf denken und daran, wie wir ihn geärgert haben, nachdem er deine türkische Musik verbieten wollte. Weißt du noch?«

Steurer lacht und setzt sich. »Und ob ich das noch weiß! Dem haben wir gründlich die Hölle heiß gemacht! Komm laß uns einen Schluck auf sein Wohl trinken – als späte Buße!«

Der Rinzbergbur ruft herrisch nach der Küchenmagd: »Bring uns Wein, Brot und Speck, hol' Holz und heiz' den Ofen ein.«

»Ja, unsere Pfarrer sind ein Kapitel für sich – so recht froh werden sie alle nicht mit uns. Auch der nächste hat den lockeren Lebenswandel der Glottertäler beklagt. Und damit hat er dich und mich ebenso gemeint wie die Jungen – wir haben damals noch getanzt wie die Lumpen am Stecken!«

»Es ist ein Kreuz mit dem ›Kreuz‹ hat er immer gesagt, diese Wirtschaft ist ein wahrer Sündenpfuhl und der Tanzboden ein Ort der Verwilderung für die Jugend! Davon haben wir uns aber nicht mehr getroffen gefühlt – wir waren ja schon über dreißig!«

Steurer nimmt einen Schluck Glottertäler und streicht über seinen gepflegten Schnurrbart mit den keck aufgezwirbelten Spitzen.

»Mein Schnurrbart mit dem losen Mundwerk darunter war ein besonderes Ärgernis für ihn! Als wenn ich den einzigen Schnauzer im ganzen Tal hätte! Ordinäres Geschlechtszeichen mitten im Gesicht hat er gesagt, ha!«

Beide lachen.

»Und anschließend kam der Vikar Rolfus unter Pfarrer Willin,« sagt Andres, »der junge Hüpfer hat es nur ein paar Monate bei uns ausgehalten. Er konnte besser schreiben als predigen. Kennst du seinen Artikel in der ›Freiburger Tagespost‹? Ich habe ihn aufgehoben, vielleicht finde ich ihn sogar.«

Er geht zu dem bemalten Bauernschrank in der Ecke, kramt in einem Stapel Papiere und zieht eine Zeitungsseite daraus hervor.

»Da ist er ja! Soll ich dir's vorlesen?«

Ohne eine Antwort abzuwarten beginnt er: »*Das Glottertal ist ein prächtiges Schwarzwaldtal mit zerstreuten Höfen und wohlbemittelten Leuten. Es ist sozusagen ein Land, das von Milch und Honig fließt, üppige Weiden, herrlicher Wald, Viehzucht, Obst und Weinbau gedeihen hier. Desto üppiger sind aber auch die Leute. Es ist ein Vergnügungsort der Städter des nahen Freiburg. Die Zuchtlosigkeit ist groß, Sittenlosigkeit und Übermut bei reich wie arm.*«

Anton Steurer schmunzelt: »Wird schon recht haben, der Rolfus – oder hat sich vielleicht viel geändert in den fünf Jahren seit er das geschrieben hat?«

Der Rinzbergbur wirft ihm einen belustigten Blick zu und klopft seine Pfeife aus.

»Der Schluß fehlt noch,« sagt er, »der gefällt mir besonders: *Das Glottertal ist wegen gewisser Verhältnisse bei Neupriestern sehr verschrieen. Manche nennen es sogar ›Lottertal‹. Und jeder hat Angst davor, hierher zu kommen als Seelsorger.*«

»Das wird ja immer schöner! Und mir scheint, du als Bürgermeister hast auch noch Spaß an dem zweifelhaften Respekt, der deiner Gemeinde gezollt wird!«

»Warum nicht – auch ein schlechter Ruf verpflichtet! Mit meinen Glottertälern Holzköpfen wird mir's wenigstens nie langweilig – die sind eine Rasse für sich, da ist immer was im Busch!«

»Dir und langweilig! Den größten Dickschädel hast du doch selbst, Andreas – und deine Söhne haben ihn geerbt. Deshalb gibt es dauernd Streit und Ärger. Du willst dir nur nicht eingestehen wie ähnlich ihr euch seid.«

Andreas brummt etwas Unverständliches und sein Gesicht verfinstert sich. Auf seinen wunden Punkt möchte er nicht angesprochen werden. Steurer weiß das, läßt aber nicht locker: »Du bist ein gestandenes Mannsbild, Herr auf dem Rinzberghof, ein tüchtiger Bauer und Bürgermeister – und stellst dich an wie ein bockiges Kind! So schlimm sind der Bläsi und der Sepp doch gar nicht. Ich möchte wetten, du warst auch nicht viel besser in deiner Sturm- und Drangzeit!«

»Das steht auf einem anderen Blatt! Aber ich hab' wenigstens gearbeitet und der Sepp ist ein notorischer Faulpelz, hat nichts im Kopf als Maidli, Tanzen, Raufen und neuerdings auch Jagen. Die letzte Geschichte mit dem Freiburger Gendarm kennst du ja.«

Er füllt die Gläser auf's Neue und keiner der beiden merkt, daß Sepp vor der Türe steht. Er ist leise die Stiegen heruntergekommen, um sich bei seinem Vater für die Hilfe bei der Hausdurchsuchung zu bedanken. Als er die letzten Worte hört, dreht er sich trotzig um und geht wieder.

9

Die drei Lehrjahre, die Bläsi bei Meister Herder verbringt, sind bei Gott keine Herrenjahre, aber es sind die besten seines bisherigen Lebens. Sein Beruf macht ihm Spaß und manchmal kann ihn der Meister abends nur schwer aus der Werkstatt loseisen:

»Mach Schluß, Bläsi, morgen ist auch noch ein Tag! Es wird schon dämmrig, du kannst ja nichts mehr sehen!«

Es gibt noch kein elektrisches Licht und in vielen Schwarzwalddörfern ist der in eine eiserne Gabel gesteckte Kienspan an der Wand gebräuchlicher – und billiger – als eine Kerze oder gar eine Petroleumlampe.

Erst als der würzige Geruch des Abendessens durchs Haus zieht, legt Bläsi die Werkzeuge beiseite, weil er nichts mehr erkennen kann. Der feine Mechanismus der Uhrwerke fasziniert ihn.

Die Meisterin Resi kocht gerne und vorzüglich, sie ist stets guter Dinge, hat Freude am Leben – und langweilt sich ein wenig mit ihrem Meister Herder, den sie durchaus liebt und schätzt. Er ist ein guter, fleißiger Mann, einer, der nicht trinkt und nicht fremdgeht und dem es nie in den Sinn kommen würde, sie zu schlagen. Sie weiß selbst nicht recht, was ihr in dieser harmonischen Ehe fehlt und schilt sich undankbar, wenn ihre Phantasie Kapriolen schlägt und sie sich in Träumereien verliert.

Der Grund dafür ist Bläsi – inzwischen achtzehn Jahre jung, groß und breitschultrig, ein verflixt gutaussehender Bursche mit schulterlangen blonden Haaren, leuchtenden Augen und einem Lächeln, das ihm alle Türen öffnet. Jeder mag ihn gern, sein liebenswertes Wesen und seine Höflichkeit. Die Mädchen sind hinter ihm her wie der sprichwörtliche Teufel hinter der armen Seele, aber er scheint das gar nicht zu bemerken und ist zu allen gleich freundlich.

Er interessiert sich nur für Uhren und nochmals Uhren und kann stundenlang mit Meister Herder über technische Probleme reden und die gut organisierten Niederlassungen der Schwarzwälder Uhrenhändler in fernen Landen, in denen diese Handwerkskunst noch weitgehend unbekannt ist und ihre Uhren konkurrenzlos billig sind. Insbesondere England und Rußland zählen dazu, aber auch das Osmanische Reich und damit ein großer Teil des Vorderen Orients bis hin zum Schwarzen Meer.

Als Herder und Bläsi sich wieder einmal an einem technischen Problem festgebissen haben, setzt sich Resi zu ihnen und stellte einen Krug Apfelmost auf den Tisch.

»Ihr Männer bekommt noch rauhe Kehlen vom vielen Reden. Trinkt einen Schluck und laßt mich auch mal etwas erzählen. Ich möchte wetten, daß du die Geschichte vom ›Türken-Matthi‹ noch nicht kennst, Bläsi! Stimmt's?«

»Und du, kennst du sie so genau? Du bist ja noch viel zu jung, um sie zu kennen, Resi! Da müßt ihr einen alten Mann wie mich fragen!«

Hans Herder macht gern einen Scherz. Er ist zwar beträchtlich älter als seine Frau, aber von einem »alten Mann« noch meilenweit entfernt.

»Du hast ihn auch nicht mehr erlebt!« Resis Ablenkungsmannöver ist gelungen und Bläsi fragt, neugierig geworden: »Ist das wirklich so interessant?«

Herder nickt. »Es ist die abenteuerlichste Geschichte, die ich kenne. Aber ich weiß wirklich nicht mehr darüber als Resi. Da hat sie recht – und deshalb wird sie jetzt erzählen!« Er gibt ihr einen liebevoll-ermunternden Schubs, der gar nicht nötig gewesen wäre und Resi beginnt im Tonfall eines richtigen Märchenerzählers:

»Es lebten einmal sechs Brüder auf einem schönen Bauernhof im Schwarzwald, auf dem ›Schafhof‹ bei Friedenweiler. Fünf von ihnen waren rechtschaffen und fleißig: Jakob, Joseph, Fides, Georg und Simon. Der sechste aber war das schwarze Schaf der Familie und ein schlimmer Tunichtgut: der Matthias.«

»War er so schlimm wie mein Bruder Sepp?« fragt Bläsi zum Spaß.

»Noch viel, viel schlimmer! Er war nicht nur ein rauflustiger Kerl, sondern auch der größte Faulpelz und Wirtshaushocker, den es je hier gegeben hat. Und außerdem ein Geldverputzer! Keinen Finger wollte er krumm machen, nur Wein trinken mit seinen Kumpanen und von fremden Ländern faseln. Die armen Eltern rauften sich die Haare und seine emsigen Brüder schauten immer grimmiger drein, wenn sie ihn sahen.«

»Wären sich die sechs Faller-Brüder nicht so ähnlich gewesen, hätte man an ein Kuckucksei im Nest denken können«, ergänzt Meister Herder.

»Aber nicht nur das, der Matthi war obendrein ein ›Maidlisverführerelendertropf‹. Kannst du dir darunter etwas vorstellen?« Resi schaut Blasius schelmisch an.

»Verdirb mir den Buben nicht!«

»Ich bin doch nicht von gestern!« wehrt sich Bläsi und versucht vergebens eine Verlegenheit zu verbergen. »Was hat er denn sonst noch angestellt, der Matthi?«

»Reicht das nicht?« neckt ihn Resi und schüttelt gleich darauf den Kopf.

»Nein, damit fängt es erst an! Eines Tages sagten seine Eltern und die Brüder:

»Geh mit Gott, aber geh – egal wohin, damit du der Familie keine Schande mehr machen kannst. Wir zahlen dich aus, wenn du verschwindest.«

»Und dann ist er fortgegangen?«

»Ja, das hat er sich nicht zweimal sagen lassen. Er nahm seinen Anteil am Erbe und kaufte damit die prächtigste Spieluhr, die er finden konnte. Alle dachten, jetzt ist der Matthi restlos verrückt geworden – aber er wußte genau, was er wollte! Mit dem Rest des Geldes und einem Packen Uhren mit osmanischen Ziffern reiste er nach Konstantinopel, und mit dem allerletzten Rest bestach er den Großwesir des Sultans, ihm eine Audienz zu verschaffen. Genau wie er sich erhofft hatte, war Sultan Abd ul-Hamid entzückt von dem neuen Spielzeug. Der höfliche Fremdling, der sich als reisender Uhrmachermeister vorstellte, wurde hoch in seiner Gunst eingereiht, sobald er das nobles Geschenk überreicht hatte.«

Derart in Gnaden ließ ihm der Herrscher bald einen sogenannten ›Ferman‹, ausstellen, eine Art Freibrief für den Uhrenhandel in der Türkei ohne jegliche Abgaben.«

Bläsi begeistert sich an der Geschichte. »So war das also, wenn man in der Gunst des Sultans stand? Waren das alle Gnaden, die ihm zuteil wurden?«

Resi wirft ihm einen verschmitzen Blick zu. »Ich soll dich doch nicht verderben, meint der Meister! Aber wahrscheinlich hat ihm der Sultan eine seiner schönen Haremsdamen ausgeliehen. Oder zwei, oder drei …«

»Jetzt geht aber die Phantasie mit dir durch!« versucht Herder zu bremsen »Tatsache ist, daß Matthias Faller die Lizenz für einen abgabefreien Uhrenhandel in der Türkei bekam und wohl auch das übliche Gegengeschenk des Sultans in Form von einem Beutel Goldmünzen. Und er war schlau genug, seine Chance zu nutzen: Er kleidete sich wie die Osmanen, lernte in kurzer Zeit die Sprache seines Gastlandes und wurde Muslim. Dann reiste er als vornehmer Herr zurück in die Heimat, um eine Wagenladung Schwarzwälder Uhren einzukaufen – überall, nur nicht bei seinen Brüdern. Den Leuten in Neustadt fielen bald die Augen aus dem Kopf, als sie statt des Fallermatthi einen ›*Türkenmatthi*‹ sahen: in bunte Seide gewandet, mit Pluderhosen und einem Fez auf dem Kopf.«

» . . und einer verschleierten Schönen an seiner Seite!« ergänzt Resi mit glänzenden Augen.

»Vielleicht, vielleicht auch nicht! Erzählt wird nur, daß er sich in Konstantinopel eine Art Harem zulegte, was für einem Muslim durchaus rechtmäßig war. Seinen braven Brüdern schmeckte es natürlich nicht, daß das schwarze Familienschaf solche geschäftlichen Erfolge hatte und zudem ein so flottes, lustiges Leben führte, großzügig und verschwenderisch wie er es schon immer geliebt hatte. Sie glaubten ihm kein Wort und sagten ihm bei der einzigen Wiederbegegnung in Friedenweiler: »*Du bisch un blibsch e Großhans!*«

»Und was stimmt nun?« fragt Bläsi.

»Du kannst dir selbst aussuchen, was du glauben willst. Fest steht, daß er als *Türkenmatthi* bei uns in die Geschichte eingegangen ist, daß er im Osmanischen Reich viel Geld verdient hat und sicherlich das abenteuerlichste Leben aller Uhrenhändler führte. Möchtest Du nicht in seine Fußstapfen treten?«

»Das würde ich dem Bläsi nicht raten, den das Ende vom Faller-Matthi war betrüblich«, berichtet Meister Herder weiter, »er wurde nach einem Jahrzehnt in Galate, einem noblen Stadtviertel von Konstantinopel ermordet und ausgeraubt.«

Blasius schüttelt den Kopf. Mit oder ohne errungenen Reichtum, mit glücklichem oder traurigem Ausgang mag er so aufregende Geschichten nicht, so interessant sie auch sein mögen.

Er will noch viel lernen und der Gedanke, den Schwarzwald zu verlassen, ist ihm fremd. Er liebt seine Heimat und findet in nächster Umgebung täglich Neues zu entdecken. Von einem großen deutschen Dichter namens Goethe hat er zwar irgendwann in der Schule gehört, aber nie von dessen Worten »Wozu in die Ferne schweifen, sieh, das Gute liegt so nah. . .«

Doch genau diese Worte treffen auf ihn zu. Er unternimmt allein weite Wanderungen, bleibt oft den ganzen Sonntag über in der freien Natur, an deren Schönheit er sich nicht sattsehen kann. Er liebt den guten, ehrlichen Geruch des Waldes, das würzige Harz der Kiefern und Tannen, wenn die Sonne darauf scheint, die schimmernde Feuchtigkeit von Farn und Moos, wenn es regnet. Schlechtes Wetter gibt es nicht für ihn, ob es stürmt und hagelt oder ob der Himmel blaut, läuft er vom Jägersteig zum Moosberg, manchmal bis zum Hexenloch und kommt mit oft mit dem Hut voller Pilze oder Beeren zurück .

»Du solltest auch mal nach St. Peter gehen«, neckt ihn die Resi, wie sie das so gerne tut, »es ist nicht so weit und vielleicht suchen sie Nachwuchs im Kloster!«

Blasius sieht sie überrascht an und wird rot.

»Ich – ins Kloster?? Wenn mir's im Wald besser gefällt als auf dem Tanzboden, dann brauch' ich doch noch lange kein Mönch zu werden!« sagt er mit einem Anflug von Trotz.

»Bist aber auf dem besten Weg dazu!«

An einem Abend, an dem Meister Herder mit dem Kirchenchor einen neuen Choral einübt, faßt sich Resi ein Herz und beschließt, wenigstens für diesen einen Abend nicht an Sünden und Verbote zu denken – in einem Zwiespalt aus übermütigem Glücksgefühl und Bedenken über ihre Zügellosigkeit.

Es ist eine milde Sommernacht mit einem samtdunklen, blitzenden Sternenhimmel. Der verlockend gute Duft von frisch gemähtem Gras zieht durch die weit geöffneten Fenster und als Bläsi aufsteht, um in seine Kammer zu gehen, hält sie ihn zurück.

»Komm, laß uns noch ein bißchen über die Wiesen laufen, die Nacht ist zu schön, um schon zu schlafen.«

Sie ist aufgeregt, gespannt und neugierig zugleich und hat ein bißchen Angst vor ihrer eigenen Kühnheit, denn in eine so verfängliche Situation hat sie sich niemals begeben.

Und während sie noch überlegt, wie eine junge Meisterin am besten ihren Lehrbuben verführen könnte, nimmt der sie ungestüm in die Arme und küßt sie mit solcher Leidenschaft, daß sie lächelt über ihre Torheit. Wo hat er das gelernt, wer hat ihm das beigebracht? Ist das der gleiche Bläsi, der so schüchtern wirkt und den Mädchen aus dem Weg geht? Ist er vielleicht ein ganz Heimlicher – oder ist er einfach ein Naturtalent?

Doch ihr Lächeln weicht der Erkenntnis, daß sie tatsächlich die erste Frau in seinem Leben ist. Mit großer Zärtlichkeit weiht sie ihn in die Geheimnisse der Liebe ein und er ist ein gelehriger Schüler. Und beide wissen ohne viel Worte, daß diese Liebe *ihr* kostbares Geheimnis bleiben muß.

»Ich bin so glücklich«, flüstert ihr Bläsi ins Ohr, »du bist wunderbar und einzigartig, es ist so schön mit dir, und ich möchte für immer mit dir zusammenbleiben. Aber ich schäme mich… der Meister…«

»Du Närrchen«, flüstert Resi zurück, »denk' jetzt nicht an den Meister, ihm geht nichts ab, im Gegenteil! Nein, es ist auch keine Sünde!«

Sie umarmen sich auf's Neue und es ist so überwältigend, daß sie dabei denkt: *Der liebe Gott kann nichts dagegen haben, es ist wirklich keine Sünde und ich werde es auch nicht beichten!*

Dies ist nicht nur ein kühner, sondern auch ein tapferer Entschluß in der Mitte des 19. Jahrhunderts. Die Bürger von St. Märgen waren nicht so leichtlebig wie die Glottertäler. Aber Resi bleibt ihrem Vorhaben treu, ungeachtet der festgefügten Vorstellungen von Anstand und Moral, ungeachtet auch der bedrohlichen Predigten, die der Herr Pfarrer jeden Sonntag hält und in denen er Fegefeuer samt Höllenpein heraufbeschwört.

Früher hat sie fest daran geglaubt und bei sündigen Gedanken gezittert wie die anderen Mädchen. Seit sie sich aber – wenn auch nur heimlich – zu ihrer Liebe bekennt, wird sie zuerst nachdenklich und dann widerspenstig gegen die Lehren der alleinseligmachenden Kirche.

Schon das Wort »alleinseligmachend« ist ein Widerspruch in sich, findet sie, denn die große Seligkeit schenkt ihr Bläsi und nicht die Kirche. Und wenn sie dafür wirklich in die Hölle kommen soll, ist es auch egal – dafür hat sie den Himmel schon auf Erden gehabt!

Diese schlichte Philosophie verschafft ihr Seelenfrieden und es gelingt ihr fast, auch Bläsi davon zu überzeugen.

Er leidet darunter, seinen Meister zu hintergehen, den er respektiert und hochachtet, ja liebt, aber Resi liebt er auch. Bei Gott, das ist ein schlimmer Zwiespalt! Im Grunde ihres Herzens wissen beide, daß ihrer Leidenschaft nur ein kurzes Glück beschieden sein kann – und gerade dieses Wissen facht die Glut dieser Liebe immer von neuem an, ganz abgesehen von der köstlichen Seltenheit ihrer Begegnungen.

Niemand ahnt etwas von ihrer Verbindung, weil sie äußerste Vorsicht walten lassen und immer wieder, wenn sie ein paar ihrer Glücksstunden für sich haben, erinnert sich Resi an den Text der alten Volksweise:

»Kein Feuer, keine Kohle kann brennen so heiß,
als heimliche Liebe, von der niemanden weiß.«

Wenn Meister Herder doch etwas ahnt, läßt er sich nichts anmerken. Er ist zwanzig Jahre älter als seine Frau und ein kluger Mann. Nicht vom Intellekt her, auch nicht was seine Bildung betrifft. Er versteht sein Handwerk auf's Beste und hat eine Herzensbildung, die sich niemand nur aus Büchern oder auf Universitäten aneignen kann.

Resi ist ihm eine liebevolle Frau, fleißig und fröhlich, sie lamentiert und zankt nicht wie so viele andere, sie achtet ihn und sieht zu ihm auf.

Und Bläsi ist ein prächtiger junger Bursche. Glücklich konnte sich schätzen, wer einen solchen Sohn hatte!

Im ersten Lehrjahr denkt er manches Mal daran, ihn an Kindesstatt anzunehmen, denn er hat nie zuvor einen Lehrling gehabt, der mit so viel Begeisterung und Ausdauer lernt und mit dem er sich gleichzeitig so gut versteht. Erst viel später beschleicht ihn ein nicht greifbares Gefühl, daß diese Idee falsch sein könnte.

Resi bestärkt ihn, als er mit ihr darüber spricht.

»Den Bläsi hier zu behalten in dieser Enge, wäre egoistisch! Er ist so herrlich jung – das ganze Leben liegt vor ihm – die ganze Welt ist offen für einen wie ihn!«

Der Verzicht schnürt ihr die Kehle zu, aber sie läßt sich nichts anmerken, weil sie weiß, daß dies der Preis ist für das glücklichste Jahr ihres Lebens – und diesen Preis schuldet sie den beiden Männern, die sie liebt.

Am Ende der Lehrzeit schreibt Meister Herder dem Bläsi ein Zeugnis, wie es nicht besser sein könnte. Er lobt seinen Fleiß, seine Zuverlässigkeit, die rasche Auffassungsgabe und sein handwerkliches Geschick.

Blasius wird ganz heiß vor Stolz als er das Dokument in den Händen hält und Herder hinzufügt: »Du warst der tüchtigste Lehrbub, den ich je hatte – ich lasse dich ungern ziehen.«

»Dann laßt mich doch bleiben und weiterlernen!« sagt Bläsi rasch, »wer könnte ein besserer Lehrherr sein als Ihr?«

Doch Meister Herder schüttelt den Kopf.

»Nein, Bläsi, das ist keine gute Idee. Nach der Gesellenzeit kommen die Lehr- und Wanderjahre. Du solltest ins ›Uhrenland‹ ziehen – nach England, Frankreich, Amerika oder Rußland. Da hat schon so mancher von unserer Zunft sein Glück gemacht – denk an den Türkenmatthi! Und wenn du jetzt noch keine Wanderlust hast, dann bleib' ein Weilchen im Glottertal. Vielleicht kannst du eine eigene kleine Werkstatt eröffnen. Vor allem sieh zu, daß du mit deinen Eltern wieder ins Reine kommst.«

Alle Versuche, ihn umzustimmen, schlagen fehl und nach ein paar Tagen gibt er es auf, weil er Resis bittenden Blick nicht mehr ertragen kann.

10

Auf dem Rinzberghof hat sich nicht viel verändert während der dreijährigen Abwesenheit von Blasius. Nur die Streitsucht und die üble Laune seines Vaters sind inzwischen noch ausgeprägter, sind ein Dauerzustand und jeder im Tal kennt die Gründe dafür: Der Gemeinderat hat ihn als Bürgermeister abgewählt und seine Tochter Rosa ist zum zweiten Mal Mutter eines ledigen Kindes geworden. Und wieder weiß sie nicht, wer es erzeugt hat. Zum Schaden kommt der Spott und der macht Andreas fuchswild.

Am meisten leidet seine Frau Barbara darunter, die er bei jeder Gelegenheit anfährt:

»*Du* hast die Kinder so schlecht erzogen, daß ich nichts als Ärger mit ihnen habe. *Deine* Tochter Rosa ist eine liederliche Schlampe, die mein gutes Ansehen in den Dreck zieht. Zwei Kinder ohne Vater dazu – wo gibt's denn so was! *Dein* Sohn Blasius hat uns ohne ein Abschiedswort verlassen, nur von Fremden wissen wir, wo er steckt! *Dein* Sohn Joseph ist ein Faulenzer und Raufbold, der zu nichts taugt außer zum Weiberhelden!«

Barbara zieht das Genick ein, läßt die Schultern hängen und entgegnet kein Wort.

Das verärgert Andreas, denn er will sich streiten und daß er keinen Gegner in ihr findet, bringt ihn noch mehr auf.

»Frau, ich rede mit dir«, ruft er lautstark, »bin ich keine Antwort wert? Oder bist du selbst dafür zu dumm? Kein Wunder, daß du eine solche Tochter hast – der Apfel fällt nicht weit vom Stamm!«

Sie ringt die Hände und schweigt.

»Wo hab ich nur meine Augen gehabt, als ich dich zur Frau nahm? Meine Mutter konnte lesen und schreiben und hat es mich besser gelehrt als jeder Schulmeister! Und du – du bringst nicht mal deinen Namen zu Papier! Eine Analphabetin, die mit einem Bürgermeister verheiratet ist – eine Schande ist das!«

Immer wenn er bei diesem Punkt seines grausamen Spiels angelangt ist, beginnen bei Barbara die Tränen zu fließen, also stapft er wortlos aus der Stube, weil er heulende Weiber nicht leiden kann. Leicht wäre es gewesen, etwas zu erwidern und zu sagen, wie gerne sie lesen und schreiben gelernt hätte, statt von

Kindheit an auf dem Hof ihrer Eltern mitzuarbeiten. Aber sie schweigt und weiß nicht, daß sie mit ihrer stummen Duldsamkeit genau das Gegenteil von dem tut, was er insgeheim von ihr erwartet.

*

Jeder Tag, an dem Blasius zurückkehrte in sein Elternhaus wäre der Falsche gewesen, die Stimmung ist stets gleich schlecht: die Mutter niedergedrückt von der schweren Last des Versagens, der Vater ungattig, gereizt und aufgebracht über die Fliege an der Wand. Sepp gelangweilt als »Kronprinz«, als künftiger Hoferbe, der keine Lust hat etwas Ernsthaftes zu tun.

Großen Spaß macht es ihm dagegen, sich zu streiten und mit dem Gesinde anzulegen, bei dem er wenig beliebt ist.

»Er denkt immer noch, wenn er am Sonntag ein halbes Dutzend Kerle aus dem Oberen Glottertal durchgeprügelt hat, ist die Arbeit für die nächste Woche getan«, witzelt der Großknecht und die anderen nicken zustimmend.

Nur die Schwester Rosa hockt zufrieden wie eine Glucke bei ihrer kleinen Brut und verschwendet keinen Gedanken an die Zukunft, geschweige denn an die Vergangenheit.

Ihr begegnet Blasius schon auf der *Matte* vor dem Rinzberghof. Sie spielt mit ihren beiden Kindern im Gras und springt auf, als sie ihn kommen sieht.

»Bläsi, du? Bist du's wirklich? Du bist ziemlich lange weg gewesen – wo warst du nur die ganze Zeit? Schau mal – und inzwischen hab ich diese schönen Kinder gekriegt – ist das nicht wunderbar?« Sie fällt ihm um den Hals, und er hat Mühe, sich aus dieser nicht enden wollenden Umklammerung zu lösen. Besonders schön erscheinen ihm die beiden quakenden Kleinen mit den laufenden Nasen und den schmuddeligen Sabberlätzchen nicht gerade. Er schiebt seine Schwester sanft von sich und sieht im gleichen Augenblick Sepp auf sich zustürmen.

»Ich hab's gar nicht erwarten können, bis du endlich kommst!«

Die Brüder schlagen sich gegenseitig ungestüm und so kräftig auf die Schultern, daß jeder andere in die Knie gegangen wäre. »Paß auf«, warnt ihn Sepp, »es ist dicke Luft hier, aber die ist dauernd, also ist es egal, wann du kommst.«

»Was kann mir denn noch passieren«, meint Bläsi leichthin, »mehr als rauswerfen kann mich der Vater nicht. Und ich bin auch nicht mehr der kleine Kerl von damals, der sich grundlos ohrfeigen läßt.«

Nach den drei Jahren seiner Abwesenheit sieht er den Rinzberghof mit neuen Augen: Das schmucke neugebaute Haupthaus, die alte hölzerne Scheune für Heu und Stroh, die Ställe für Kühe, Schweine, Schafe und Hühner, der steinerne Brunnen vor der Türe. Welcher Schatz ist dieses Erbe, was läßt sich alles daraus machen – auch aus dem reichen Besitz an Wald, den fruchtbaren Äckern und Weiden.

»Du bist ein Glückspilz, Sepp«, sagt er und wehrt sich erfolgreich gegen einen Anflug von Neid.

Sie gehen gemeinsam ins Haus und platzen mitten in einen der Streits, die der Rinzbergbur regelmäßig mit seiner Frau vom Zaun bricht. Barbara ist viel zu aufgeregt, bekümmert und gehemmt, um das zu tun, was sie gerne getan hätte: ihrem verlorenen und heimgekehrten Sohn in die Arme zu schließen und ihn ans Herz zu drücken.

Statt dessen bleibt sie still sitzen und starrt Bläsi an, als sei er ein Fremder.

Andreas dagegen erhebt sich, kneift die Augen zusammen und sagt voll Sarkasmus:

»Der Herr Sohn gibt uns die Ehre – nach so langer Zeit weiß er noch, wo sein Elternhaus steht!«

Blasius schluckt und beherrscht sich.

»Das habe ich nie vergessen, ich bin auch nur gekommen, um Euch mein Zeugnis als Uhrmacher-Geselle zu zeigen.«

Er zieht das sorgsam verpackte Dokument aus dem Wams und überreicht es seinem Vater. Der wirft nur einen flüchtigen Blick darauf und gibt es achtlos zurück.

»Was soll der Wisch? Denkst du, ich weiß nicht mehr, was ich dir sagte? Die Schurhammers sind Bauern, keine lumpigen Handwerker!«

»Vater! Das ist ein ehrbares Handwerk! Ich habe drei Jahre lang hart gearbeitet und gelernt, mir nebenher das Lehrgeld verdient, das ich nicht bezahlen konnte – und Ihr nennt es ein lumpiges Handwerk!«

Starrköpfig nickt Andreas, aber ehe er etwas entgegnen kann, fragt Blasius leidenschaftlich: »Also ist es immer noch Euer Ernst, daß ich lieber Knecht werden soll auf dem Rinzberghof, den mein Bruder erben wird?«

»Natürlich«, sagt sein Vater, »das ist der Brauch und so ist es mein Wille. Einer wie er braucht Helfer wie dich.«

Mehr noch als die Worte erschrecken Blasius die harten Augen des Vaters und die Leblosigkeit der Mutter, die in sich zusammengesunken auf ihrem Hocker sitzt und keinerlei Anteil an dem Geschehen zu nehmen scheint. Und Sepp steht in seiner ganzen Größe und ungestümen Wildheit mit hängenden Armen neben ihr, knirscht mit den Zähnen und schweigt.

Die bittere Enttäuschung über diesen Empfang, verbunden mit dem Schmerz um den Verlust seiner ersten Liebe, verleihen Blasius eine ruhige Kraft, über die er sich selbst wundert.

Er hebt sein Bündel auf, das er abgesetzt hat und schultert es wieder.

»Lebt wohl, Vater«, sagt er, »Ihr vergeßt, daß ich ein erwachsener Mann geworden bin, seit wir uns das letzte Mal gesehen haben. Ihr könnt Euren Willen den Völchern aufzwingen, aber mir nicht mehr. Ich bin nicht zum Knecht geboren und ich werde auch keiner sein.«

In weite Ferne rückte seine – und Meister Herders – Idee, eine kleine Werkstatt im Glottertal aufzumachen, denn dazu hätte er ein Darlehen benötigt. Es zieht ihn mit aller Macht zurück nach St. Märgen, zurück in die Wärme, Liebe und Geborgenheit, die er dort erleben durfte.

Gleichzeitig ist ihm bewußt, daß es dieses Zurück nicht geben kann. Kein Zurück und keine Zukunft, wie soll es nun weitergehen?

Er fühlt eine große Müdigkeit und Leere in sich und spürt nicht das Geringste von der Wanderlust, die ihm Meister Herder so lebhaft geschildert hat.

11

Bläsis Lehr- und Wanderjahre führen ihn nicht direkt vom Rinzberghof auf den langen Weg nach Rußland, sondern erst einmal auf den kurzen Weg zurück ins Tal.

Ich bin ein erwachsener Mann, hat er bei dem Streit zu seinem Vater gesagt – und genau davon fühlt er sich himmelweit entfernt. Wie macht das ein *erwachsener Mann*, wenn er in die Fremde ziehen muß und keinen roten Heller Reisegeld hat?

Vielleicht hätt' ich doch ein bißchen kompromißbereiter sein sollen, denkt er, einfach so tun, als würde ich mich seinem Willen beugen, abwarten und sehen, was daraus wird. Doch dann steht ihm wieder dieser schlimme Empfang auf dem Rinzberghof vor Augen, und er weiß, daß es nicht möglich gewesen wäre. Unwillkürlich lenkt er seine Schritte zum Schulhaus und klopft dort an die Türe. Anton Steurer öffnet sofort.

»Bläsi – du lieber Himmel, was bist du groß geworden! Wie lange haben wir uns nicht mehr gesehen? Komm rein, ich will wissen, was du gemacht und gelernt hast seither.«

Er sieht auf den ersten Blick in welch jammervollem Zustand Blasius ist – er kennt ihn ja seit seiner Kindheit, hat beiden Schurhammer-Buben Lesen und Schreiben beigebracht.

Steurers Junggesellen-Bude ist ein einziges Chaos. Er wirft ungeniert alles, was auf den beiden einzigen Stühlen liegt in eine Ecke und lädt Bläsi mit einer großzügigen Handbewegung ein, Platz zu nehmen. Er ist ein Bohemien, einer der in Paris glücklicher gewesen wäre als in der kleinen Schwarzwaldgemeinde. Aber nun hat es ihn hierher verschlagen und er ist für die Glottertäler eine Art »enfant terrible« geworden, einer, dem es Vergnügen macht, anzuecken und die Gemüter zu erhitzen. Aber sie lieben ihn schon dafür, daß er sich gleich am Anfang mit ihrem störrischen Pfarrer Fidelis Wolf anlegte und ihn mit seiner »türkischen Musik« an den Rand der Verzweiflung brachte. Und mit Hochwürden Willin steht er natürlich auch auf Kriegsfuß.

Bläsi hockt sich nieder und hat das Gefühl, in seine Kinderzeit zurückversetzt zu sein, in jene Tage, in denen der junge Anton Steurer sich weigerte, seine Schülerschar im Katechismus zu unterrichten, weil er nichts davon hielt. Statt dessen regte er die fügsamen Maidli zur Widersetzlichkeit an. Und die Buben zu Offenheit und zu dem Mut, dafür auch geradezustehen. Er erklärte ihnen, daß ein Duckmäuser zwei und nicht vier Beine hat und daß Frösche in den Weiher und nicht in die Hosentasche gehören – auch wenn das alles nicht im Lehrplan stand.

Ja, Anton Steurer war ein ganz ungewöhnlicher Lehrer in seinen jungen Jahren und er ist es geblieben bis zum heutigen Tag.

»Was ist denn passiert, daß du ein Gesicht machst wie sieben Tage Regenwetter?«

Mit einem abgrundtiefen Seufzer erzählt Bläsi alles, erzählt weshalb sein Vater ihm so gram ist und daß er Unmögliches von ihm erwartet.

»Wenn der Andreas nicht mein bester Freund wäre, würde ich ihn zur Hölle wünschen – dahin, wo sie am tiefsten und schwärzesten ist!«

Steurer steht auf und holte einen Krug Wein. Bläsi tut ihm leid – wie er dasitzt, die Löffel hängenläßt und so kreuzunglücklich ist, daß das tiefgreifende Zerwürfnis mit seinem Vater nicht der einzige Grund sein kann.

»Und was macht dir sonst noch das Herz schwer?«

Am Ende weiß er alles über die Schmerzen um Bläsis erste Liebe und seine Gewissensbisse gegenüber Meister Herder. Er hat Verständnis dafür und amüsiert sich gleichzeitig darüber, hütet sich aber das zu zeigen. Unbewußt denkt er das Gleiche wie Resi, die in jener ersten Sommernacht Bläsi ins Ohr flüsterte: »Du Närrchen, – mach dir doch keine Gedanken darüber – ihm geht nichts ab, ich habe genug Liebe für euch beide.«

Steurer klopft Bläsi auf die Schulter und prostet ihm zu. »Ganz unter uns Männern: Sei froh, daß dich eine so prächtige Frau eingeweiht hat und nicht irgendein Dorftrampel. Davon hast du deiner Lebentag etwas, auch wenn's momentan nur Kummer ist. Aber der vergeht und ehe du dich versiehst, bist du neu verliebt!«

»Ich – neu verliebt? Niemals!« Er schüttelt den Kopf so energisch, daß seine halblangen blonden Haare fliegen, »ich werde der Resi treu bleiben.«

Nun kann sich Steurer ein Lachen doch nicht verkneifen. »...bis daß der Tod euch scheidet?? Komm, Bläsi, wirf' solche kindischen Ideen über Bord, sonst kannst du gleich ins Kloster und im Zölibat leben! Und das wäre ein Jammer und eine Unterlassungssünde obendrein, glaub mir's! Liebe ist das Salz des Lebens und sie ist zu schön, um freiwillig darauf zu verzichten.«

Blasius bleibt eine ganze Woche bei Anton Steurer und teilt die Enge der kleinen, unaufgeräumten Lehrerwohnung mit ihm.

Sie überlegen gemeinsam, welches der »Uhrenländer« das richtige für die Lehr- und Wanderjahre sein könnte: England – die Türkei – oder das Reich des Zaren?

»Uhrenland« – das ist keine bestimmte Ecke der Welt, es steht für alle fernen Länder, in denen die Kunst der Uhrmacherei noch unbekannt ist und die Schwarzwälder Uhrenhändler deshalb einen guten Markt für ihre Ware vorfinden. Die meisten bleiben einige Jahre in der Fremde, so lange bis sie genügend Geld verdient haben, um dann als wohlhabende Männer in die Heimat zurückzukehren.

Für Bläsi steht das Geldverdienen an zweiter Stelle und die Erlebnisse einer solchen Reise ins Unbekannte an erster. Und in dem Maß, in dem sein Liebeskummer geringer wird, wächst seine Abenteuerlust.

»Habt Ihr schon einmal von Mathäus Hummel aus St. Märgen gehört?« fragt er Steurer, der verneint.

»Der Mathä war einer der erfindungsreichesten und kunstfertigsten Uhrmacher im ganzen Schwarzwald. Er lebte droben am Jägersteig bei St. Märgen und hat die erste Glockenspieluhr gebaut und viele Uhren mit beweglichen Figuren. Die prächtigste davon mit den zwölf Aposteln hat er für die Zarin Katharina II. von Rußland gefertigt. So etwas würde ich auch gerne machen.«

»Du hast eine blühende Phantasie, Bläsi«, sagt Steurer, »aber die Idee ist nicht schlecht – bis auf zwei kleine Einschränkungen: Erstens ist die Zarin schon gestorben und zweitens fehlt dir das Geld, eine so kostbare Uhr zu erwerben und dann zu verschenken. Wie stellst du dir das vor?«

Darüber hat sich Bläsi keine Gedanken gemacht. Aber die Idee nimmt in seinem Kopf immer deutlicher Gestalt an. Und als er hört, daß der Uhrmachermeister Pfaff in Waldau einen Gesellen auf Zeit sucht, macht er sich auf den Weg dorthin, fragt nach und bekommt die Stelle. Viel verdient er nicht, aber er hat Gelegenheit, in seiner Freizeit die gut eingerichtete Werkstatt zu nutzen und verbraucht seinen ganzen Lohn, um dort in monatelanger Arbeit eine Flötenuhr zu bauen. Ohne die Anleitung und Hilfe eines Freundes aus Waldkirch wäre er gescheitert, denn Flötenuhren sind ein Spezialgebiet der Orgelbauer, von dem einfache Uhrmacher wenig Ahnung haben. So aber gelingt das

Werk und er hofft, daß seine Uhr sich mit der legendären von Mathä Hummel messen kann.

Anton Steurer ist nicht untätig in dieser Zeit. Gleich bei seinem nächsten Treffen mit dem Rinzbergburen packt er ohne Umschweife den Stier bei den Hörnern und spricht ihn auf Blasius an.

»Dein Ältester hat seine Lehrzeit in St. Märgen um, hab' ich gehört, und sein Meister soll ihm ein besonders gutes Zeugnis ausgeschrieben haben. Da kannst du aber stolz sein!«

Andreas brummt etwas Unverständliches und will das Thema wechseln, doch Anton läßt es nicht zu. »Nein, alter Freund, so leicht kommst du mir nicht aus! Bist du nun stolz auf den Bläsi oder nicht?«

»Warum sollte ich? Wer wäre das schon bei einem widerspenstigen Sohn, der das Wort seines Vater nicht achtet?«

»Hier spricht der Patriarch«, sagt Steurer spöttisch »und was hat er Schlimmes angestellt, dieser widerspenstige Sohn?«

Der Rinzbergbur windet sich. »Genügt es nicht, das Vaterwort zu mißachten?«

»Nein, das tut es nicht! Es gibt ein paar alte Zöpfe, die gehören dringend abgeschnitten – und dazu gehört dein Ansinnen, den Blasius als Knecht auf dem Hof zu behalten, wenn er ein Handwerk lernen möchte.«

»Es ist aber von jeher so der Brauch gewesen!«

»Sag ich nicht gerade, solche alten Zöpfe gehören abgeschnitten? Wie kann ein aufgeschlossener Mann wie du mit solcher Zähigkeit an überholten Traditionen festhalten! Die Zeiten ändern sich, Andres! Du solltest froh sein über einen Sohn wie den Bläsi, anstatt ihm zu grollen!«

Anton Steurer ist der einzige Mensch, von dem sich ein alemannischer Dickschädel wie der Rinzbergbur so etwas sagen läßt. Dennoch dauert es Monate, bis sich sein Starrsinns lockert und er heimlich beschließt, seinem Sohn 200 Gulden mit auf den Weg zu geben.

Es schadet nichts, daß dieser Entschluß so lange braucht, um zu reifen.

Bläsi braucht ja auch ein gutes halbes Jahr, um seine Flötenuhr in Waldau fertigzustellen. Den Reisepaß stellt ihm das großherzogliche Bezirksamt in Freiburg aus, erst dann können die Lehr-

und Wanderjahre des Uhrmachergesellen Blasius Schurhammer wirklich beginnen.

12

Die gegenseitige Sympathie und Achtung zwischen dem Rinzbergburen Andreas Schurhammer und dem Dorflehrer Anton Steurer hat sich im Verlauf der Jahre zu einer guten, dauerhaften Männerfreundschaft entwickelt. Obgleich sie sich gelegentlich streiten, daß die Fetzen nur so fliegen, ziehen sie im Grunde an einem Strang: Beide sind freiheitliche Naturen, die sich der Diktatur ihrer Lehnsherren und der Kirche nur widerwillig – oder gar nicht – beugen und jede Gelegenheit nutzen, dagegen aufzubegehren.

Andreas hat den vergilbten Entwurf eines Brief in Verwahrung, den sein Großvater Hans 1728 an seine Lehnsherrin geschrieben hatte.

Jedesmal, wenn er ihn in die Hände bekommt oder auch nur daran denkt, packt ihn der Zorn über die devote Haltung seines Ahnen.

»Sieh dir das an!« sagt er zu Steurer und hält ihm die Blätter unter die Nase:

»*Hochwohlgeborene, Hochedelgeborene, Hochgelehrte , gnädig gebietende Herrin! Euer Excellenz und Gnaden geruhen, sich in Untertänigkeit vortragen zu lassen, zu meiner in dem Unter Glotterthal habenden Mühle zugleich eine Öle einrichten zu dürfen.*«

In diesem Ton geht es weiter bis zu den »*gehorsamsten Bitten, hierzu die gnädigste Erlaubnis zu vergönnen und derwegen an das löbliche Oberamt Waldkirch die gnädige Verordnung zu erlassen, getröste mich solche hoher Gnad und verharrn – Euer Excellenz Gnaden untertänigst gehorsamer*

Hans Schurhammer, Mühler im Unteren Glotterthal«

»Hat man da noch Worte?« ereifert sich Andreas.« Noch mehr Katzbuckeln geht nicht – und das war mein Großvater!«

Anton Steurer ist die Geschichte nicht neu, aber sie amüsiert ihn immer wieder.

»Was regst du dich auf, Andres? Hat er bekommen, was er wollte oder nicht? Also – dann hat er seinen Antrag doch in der rechten Form gestellt, wenn ihm die neue Ölmühle bewilligt wurde! Ein bißchen mehr Diplomatie würde dir auch nicht schaden! Und so sehr viel hat sich in der förmlichen Schreibweise von damals auch nicht geändert.«

»Das ist es ja«, hakt Andres ein, »genau das! Hundertzwanzig Jahre sind vergangen seither – und wir sind noch immer Sklaven der Fürsten. Soll das ewig so weitergehen?«

An diesem Abend reden sie sich wieder mal die Köpfe heiß, und sie sind nicht die einzigen, die dieses Thema bewegt. In ganz Deutschland herrscht Aufbruch-Stimmung, Bauern und Taglöhner sind aufsässig und Stadtleute ebenso. Arbeiter wie Studierte beginnen sich gegen die Ausbeutung der Feudalherrschaft zu wehren.

Nach den Mißernten der Jahre 1846 und 1847 klettern die Getreidepreise steil in die Höhe. Brot ist kaum noch erschwinglich, dazu kommt die Kartoffelfäule, die das zweite Grundnahrungsmittel der einfachen Leute vernichtet. Das Volk muß darben und Hunger ist seit Menschengedenken ein guter Nährboden für Rebellion.

Die Franzosen haben gerade ein Beispiel dazu gegeben und im Februar 1848 ihren »Bürgerkönig«, die »Birne« Louis-Philippe, verjagt.

»Vive la Republic, es lebe die Republik!« sagt Steurer beim letzten Glas Wein, »ich kann nur hoffen, daß der Funke überspringt von Frankreich zu uns!«

Viele erhoffen das. Die Lage der in einem Staatenbund zusammengeschlossenen 37 deutschen Fürstentümer und der freien Städte ist angespannt. Und nicht nur in Baden, das wegen seiner Nähe zur liberalen Schweiz und zum rebellischen Frankreich aus dem Blickwinkel der Herrschenden besonders gefährdet ist.

»Gebe Gott, daß du recht hast«, pflichtet ihm Andreas bei und erntet für dieses fromme Wort einen mißbilligenden Blick von Steurer. »Die Zeit ist reif für eine Veränderung. Denk' an die Weberaufstände in Schlesien vor vier Jahren. Die armen Teufel mußten sich einfach wehren, mußten um einen gerechten Lohn kämpfen, wenn sie nicht verhungern wollten. Aber so weit brauchen wir nicht zurückzugehen: Der Hochmut der Fürsten, die soziale Ungerechtigkeit und die Not treiben die Menschen jetzt wieder auf die Straßen.«

»Richtig! Und bei uns in Baden ist es auch kein Zustand mehr. Wir werden von Großherzog Leopold gemolken wie die Kühe im Stall – und wir lassen uns melken, statt auf die Barrikaden zu gehen. Wenn wir nichts dagegen unternehmen, sind wir selbst schuld und müssen uns dereinst vor unseren Kindern schämen.«

Dieser Abend in der »Sonne« ist der Anfang der 48er-Revolution im Glottertal. Und wie hier sitzen landauf und landab die Männer zusammen und sind sich nach langen Diskussionen einig, daß es so wie es jetzt ist, nicht weitergehen kann. Und eine ganze Reihe mutiger Frauen mischen hinter den Kulissen mit oder ziehen sogar an der Seite ihrer Männer in den Kampf, lange bevor das Wort Emanzipation ein Schlagwort wird.

Einer der ersten und später berühmtesten Versammlungsorte ist der »Salmen« in Offenburg, ein wesentlicher Ausgangspunkt der revolutionären Bewegung in Baden. Angefeuert wird sie von den Ideen, dem Idealismus und den Illusionen eines jungen Anwalts, der sich mit aller Kraft für die Rechte des Volkes und für die Rechte des Einzelnen einsetzt.

Er heißt Friedrich Hecker, ist promovierter Jurist aus bester Familie und legt nicht den geringsten Wert auf seinen Doktortitel. Ihm liegen ganz andere Dinge am Herzen: Persönliche Freiheit, Presse-, Gewissens- und Lehrfreiheit, Recht auf Bildung, Volksbewaffnung, Schwurgerichte, gerechte Besteuerung und Abschaffung der Privilegien für den Adel.

Er weiß nicht nur um die Sorgen und Nöte der Menschen im Land, er kennt auch ihre Sprache. Hecker ist ein Feuerkopf mit langem, wallendem Haar und einem dunkelbraunen lockigen Bart. Ein brillanter Redner, der schnell, witzig und mit trefflichen Beispielen sein Publikum zu Beifallsstürmen hinreißt. Sein Ruhm verbreitet sich in kurzer Zeit im ganzen Süden des Landes und diese Erfolge hängen nicht nur mit seiner Rednergabe zusammen: Er überzeugt die Menschen, weil er selbst rückhaltlos von seinen fortschrittlichen Ideen überzeugt ist und sie ohne eigenen Vorteil durchzusetzen sucht.

»Ich habe ihn letzten Herbst in Offenburg gehört«, sagt Steurer, »und das war ein Erlebnis. Schade, daß du nicht dabeigewesen bist, Andreas. Jeder im Saal spürte, daß hier einer spricht, der es ehrlich meint, der nicht aus einem Beamtenstall kommt, sondern aus einem Kreis von tatkräftigen Leuten, die wissen, was sie wollen. Er sieht eher aus wie ein Student, auch wenn er als Obergerichtsadvokat in der Badischen Kammer sitzt. Ich will die Freiheit, hat er gesagt, die ganze Freiheit für alle, gleich in welcher Staatsform sie zu erreichen ist. Aber keine Freiheit nur für die Priviligierten oder für die Reichen, denn die nehmen sich ohnehin mehr Rechte als ihnen zustehen.«

Die Aufbruchstimmung und die damit verknüpften Hoffnungen ergreifen nicht nur die Menschen in Deutschland, der frische Wind eines Neubeginns zieht durch ganz Europa und entwickelt sich zu einem Sturm, der die alten Ordnungen niederreißt.

Und ganz wie es die Herrschenden befürchtet haben, erfaßt er am heftigsten das Land Baden. Die Menschen kommen in Scharen und lauschen wie gebannt den aufrüttelnden Worten Friedrich Heckers und denen seines Mitstreiters Gustav Struve. Vor allem Hecker ist »ihr Mann«, hand- und bodenfest, ein Volksredner mit Charisma, verwegen und voll Begeisterung, die von ihm auf die Massen überspringt.

»Die Blaublütigen in Deutschland werden sich nicht so leicht von ihren gepolsterten Thronsesseln vertreiben lassen wie Louis-Philippe in Paris«, gibt Anton Steurer zu bedenken, »und da sie nicht freiwillig gehen, heißt das offene Rebellion und Kampf. Ich bin dazu bereit. Und wie steht's mit dir, Andres?«

»Was für eine Frage!« empört sich der Rinzbergbur, »du weißt genau, ich bin genauso freiheitlich gesinnt wie du und bereit, den letzten Blutstropfen dafür zu vergießen!«

»Große Worte, aber das Blutvergießen sollten wir nach Möglichkeit vermeiden. Ich halte nichts von Sprüchen wie *Dulce et decorum est pro patria mori* – auf dem Schlachtfeld zu sterben, mag ehrenhaft sein, aber süß ist es bestimmt nicht. Und ich für meinen Teil ziehe das Leben eindeutig vor!«

»Aber du machst doch mit?« fragt Andreas etwas ernüchtert.

»Natürlich. Ich will dir nur erklären, daß ich mein Leben höchst ungern auf dem Schlachtfeld zum Opfer bringe. Ich bin kein so edelmütiger Geist und du solltest auch nicht den Helden spielen.«

»Ich *bin* ein Held, also brauche ich keinen zu spielen!« sagt Andreas augenzwinkernd. »Aber im Ernst: Wir müssen eine Bürgerwehr organisieren und für Waffen und Munition sorgen. Wer kein Gewehr hat und sich keines kaufen kann, soll seine Sense zum Bajonett umschmieden lassen. Vielleicht können wir auch Flinten aus Freiburg bekommen.«

»Du hast recht, es bleibt keine Zeit zu verlieren. Wenn es losgeht, müssen wir gewappnet sein. Wir könnten uns aufteilen: Du übernimmst das Obere Glottertal, ich das Untere Tal und Ohrensbach und den Sepp schicken wir nach Föhrenbach und Heuweiler, einverstanden?«

Der Rinzbergsepp ist begeistert von dieser Aufgabe. Endlich soll es einen richtigen Kampf geben, nicht nur die läppischen Geplänkel zwischen den Burschen des Glottertals! Kaum eine Stimme wird laut, die zur Besonnenheit mahnt, Alt wie Jung ist erfüllt von den berauschenden Gedanken an eine neue Freiheit.

Viele Bauern verbrennen Schuldscheine und Zehntpapiere: eine willkommene Gelegenheit, alte Zusatzlasten und einzelne Grundherrschaften loszuwerden.

Als äußeres Zeichen ihrer Solidarität mit Hecker und Struve lassen sie sich Vollbärte wachsen, nur Anton Steurer streicht liebevoll über seinen aufgezwirbelten Schnurrbart und sagt: »Der bleibt wie er ist und mehr Bart brauch' ich nicht!«

Doch auch er kleidet sich wie die Bauern in eine lange blaue Leinenbluse, gebunden mit einem Gürtel, wie sie die beiden Sozialrevolutionäre Hecker und Struve bei ihren Versammlungen tragen. Als Kontrapunkt gegen die »Herren von Stand«, die ihre Herkunft mit einem Zylinder auf dem Kopf zu betonen pflegen, hat Hecker einen breitkrempigen Filzhut »erfunden«, geschmückt mit der rot-gelben badischen Kokarde und langen Federn. Als »Heckerhut« wird er ein Markenzeichen und gilt bald als weithin sichtbares Zeichen des politischen Widerstands.

Im Februar und März 1848 beginnen sich die Ereignisse zu überstürzen. Während die Glottertäler Bauern Schießübungen abhalten und mit ihren geradegeschmiedeten Sensen auf Strohsäcke einstechen, wird in Mannheim ein Petitionssturm beschlossen. Am 1. März soll damit der Landtag in der Hauptstadt

Karlsruhe unter Druck gesetzt werden. Diese Rechnung geht auf und vieles wird bewilligt, was die Opposition seit Jahren erfolglos gefordert hat.

»Vor einem Jahr noch wagten wir es kaum, *untertänigst* zu bitten – jetzt stellen wir Forderungen und sie werden erfüllt!« stellt Andreas Schurhammer befriedigt fest.

Der Überzeugungskraft Friedrich Heckers ist es gelungen, daß sich die Mehrzahl der Badener mit ihm und seinen Mitstreitern identifizieren. Doch die Zugeständnisse gehen ihm nicht weit genug: Er will mehr, er will Demokratie *und* Volkssouveränität. Am 19. März wird er in Offenburg auf der großen Landesvolksversammlung zum Obmann gewählt. Für die Glottertäler ist es Ehrensache mit zwei Abordnungen daran teilzunehmen und ihm ihre Stimme zu geben. Steurer hat dafür plädiert, daß auch der Sepp Schurhammer als Mitorganisator dabei ist und Andreas kommt aus dem Staunen über seinen Sohn nicht heraus, der sich mit Energie für die Sache der Revolution einsetzt und ein glühender Verfechter der freiheitlichen Ideen geworden ist.

Hecker steht hoch aufgerichtet am Rednerpult, schüttelt die langen braunen Haare aus dem Gesicht und beginnt mit kräftiger Baritonstimme zu sprechen, immer wieder unterbrochen vom Klatschen seiner Anhänger. Niemand entgeht seiner Ausstrahlung und der zupackenden Art, mit der er das Publikum in seinen Bann zieht. Nach den ersten Sätzen wird es still im Saal:

»Freunde, ihr wißt, was ich will«, sagt er mit blitzenden Augen, »aber ich werde nicht müde, es zu wiederholen: Ich will das Ende der Feudalherrschaft und die deutsche Einheit. Ich will, daß die Ketten der Knechtschaft gesprengt werden. Ich will Freiheit, Wohlstand und Bildung für alle. Ich will, daß die Grundrechte aller Deutschen respektiert werden. Und ich will, daß ihr eines nie vergeßt: Ich kämpfe für die Sache des Volkes – nicht für eigene Vorteile, denn ich habe bereits alles, was euch verweigert wird. Ich gehörte vom ersten Atemzug an zu den Priviligierten. Es ist nicht mein Verdienst, sondern ein Zufall, daß ich in einem höheren Stand hineingeboren bin. Und das ist einer der Gründe dafür, daß ich die bürgerlichen Gewänder abgelegt habe und mich kleide wie ein einfacher Bauer. Wir sind alle gleich, ihr und ich – wir sind Brüder! Und wir müssen gemeinsam den Regierenden das Mißtrauen des Volkes aussprechen!«

Tosender Beifall belohnt Heckers Worte, die Menge jubelt ihm zu und Sepp sagt mit Bedauern in der Stimme: »Ich glaube, er gewinnt unseren Kampf schon am Rednerpult, wir können unsere Flinten wieder einmotten.«

Anton Steurer schüttelt den Kopf.

»Täusche dich nicht, Baden ist nicht ganz Deutschland. Jetzt geht es im Frankfurter Vorparlament weiter, zu dem Abgeordnete aus allen Landtagen kommen. Und dann erst werden wir wissen wie der Hase läuft.«

Leider läuft der Hase in die falsche Richtung und dieses Vorparlament, das sich am 31. März in der Frankfurter Paulskirche versammelt, wird für die badischen Demokraten zu einer bitteren Enttäuschung. Die konservative und gemäßigte Mehrheit lehnt die Programme von Hecker und Struve für eine soziale und demokratische Republik ab. Damit haben beide nicht gerechnet, doch sie sind weit davon entfernt, nach diesem Rückschlag zu kapitulieren.

Ungebrochen und voll Kampfgeist zieht Hecker die Konsequenz aus der Niederlage:

»Hier in Frankfurt ist nichts zu machen, es gilt in Baden loszuschlagen!«

Das Feuer der Revolution ist in diesem Frühling in fast allen deutschen Fürstentümern aufgeflackert und hat sich zu einem Flächenbrand ausgebreitet. Viele Zugeständnisse sind in dem verzweifelten Aufbegehren erstritten worden:

In Mecklenburg erheben sich die Landarbeiter, die von den Gutsherren wie Sklaven behandelt werden. In Schlesien organisieren sich die geschundenen Bauern in über 200 Rustikalvereinen. Im Taunus, dem Rheingau und in der Mainebene ziehen 30 000 Bauern nach Wiesbaden und zwingen den Herzog von Nassau, ihre Forderungen zu erfüllen. Massendemonstrationen führen in den Residenzen der Mittel- und Kleinstaaten und in den freien Städten zu schnellen Teilerfolgen.

Hecker und Struve haben allen Grund guten Mutes zu sein und an den Erfolg einer Revolution in Baden zu glauben.

Sobald die Glottertäler Kunde davon erhielten, daß Hecker einen bewaffneten Aufstand plant, beschließen die einzelnen Gemeinden gemeinsam mit ihm für die neue Freiheit zu kämpfen. Sepp läuft als Bote von einem Hof zum anderen.

»Ölt die Flinten ein, wetzt die Sensen noch einmal und nehmt auch ein paar Dreschflegel mit! Vergeßt Munition und Proviant nicht und warme Kleidung, wir schlafen im Freien. Morgen geht's los!«

Ein Problem ist es, Heckers Truppe zu finden, von der die Glottertäler nur wissen, daß sie vom Bodensee aus in Richtung Freiburg ziehen will. Konstanz und der Seekreis sind eine Hochburg der Liberalen und Demokraten und Hecker hofft, daß die Menschen, die seine Reden bejubeln, ihm auch in Scharen folgen werden. Er sollte sich täuschen: Vor eine klare Entscheidung gestellt, bleiben die Zauderer und Zögerlichen in der Überzahl.

Als er von Engen nach Geislingen zieht, haben sich kaum 800 Mann seinen Freischaren angeschlossen. Ein Teil der Gleichgesinnten läßt sich durch die angeborene und anerzogenen Unterwürfigkeit vom Widerstand abhalten, mehr satte Bürger natürlich als Bauern und Taglöhner.

Dazu kommt, daß es oft an Zufall grenzt, wenn neue Gruppen auf die Revolutionäre treffen, denn keiner weiß, wo der andere steht. Das Unternehmen ist zu schnell und zu mangelhaft vorbereitet in die Tat umgesetzt worden. Es fehlt an Koordination, die Mitstreiter sind mobilisiert, aber nicht organisiert.

Die Glottertäler haben Glück, daß sie Hecker nicht verfehlen.

»Der Frühling hat sich wohl im Höllental verkrochen«, knurrt Andreas und zieht den breitkrempigen Hut noch tiefer in die Stirn. Die bunte Feder seines Hofhahns, die er aufgesteckt hat hängt tropfend und traurig zur Seite. Das Wetter versetzt der allgemeinen Begeisterung einen empfindlichen Dämpfer.

Die Sicht ist schlecht, Graupelschauer und Nebel hüllen Höhenzüge wie Täler in milchiges Weiß und die Äste der Tannen biegen sich tief unter der Last des nassen Schnees. Umso größer ist die Freude, als Sepp das Lager der Freischärler bei Bernau entdeckt. Hecker begrüßt jeden einzelnen Mann mit Handschlag und dankt ihm für sein Kommen.

Am Anfang ziehen sie noch mit Trommelschall durch die Dörfer unter Hochrufen und Segenswünschen. Friedrich Hecker an der Spitze des Zuges in blauer Bluse, hohen Stulpenstiefeln, am Gürtel Pistolen und Säbel, auf dem Kopf den Heckerhut mit der roten Feder. Er glaubt noch immer daran, daß es keines

Schwertstreichs und keines Schusses bedürfe, sein Ziel zu erreichen, er sieht die überwältigende Mehrzahl der Badener auf seiner Seite und so ist es auch – für manche allerdings nur dann, wenn ihnen keine persönlichen Nachteile daraus erwachsen können. Aus dem geplanten Triumphzug wird ein unendlich mühsamer Marsch.

Was er außerdem nicht bedacht hat, ist die Reaktion der Regierenden auf seine offene Rebellion: Das liberale badische Kabinett will die geplante Nationalversammlung nicht durch den Aufstand eines Hitzkopfs gefährden. Es bittet Hessen und Württemberg um Waffenhilfe und schickt dem Heckerzug Truppen entgegen.

Er muß seine Marschrichtung ändern, muß nach Kandern ausweichen, denn der Osten zwischen Baar und dem Feldberg ist abgeriegelt.

Eine Zeitlang marschiert Andreas Schurhammer neben ihm.

»Warum nehmt Ihr die Mühsal dieses langen Marsches auf Euch?« fragt er. »Ihr könntet in allen Ehren Advokat sein in Mannheim und von dort aus Politik machen.«

Friedrich Hecker antwortet mit einer Gegenfrage. »Und Ihr? Ihr könntet bequem in Eurem Schwarzwälder Bauernhof sitzen und das Gesinde zur Arbeit schicken.«

»Ich bin mit den Glottertälern gekommen, weil ich überzeugt bin von jedem Wort, das Ihr bei Euren Versammlungen gesagt habt: Es muß eine Veränderung geben zugunsten der kleinen Leute. Die Ungerechtigkeit schreit zum Himmel.«

»Da habt Ihr Eure Antwort«, sagt Hecker lächelnd, »und ich betrachte mich als Advokat dieser kleinen Leute. Deshalb gehe ich hier an Eurer Seite, gehe Euch voraus durch Schnee und Kälte. Radikale Veränderungen können nicht aus warmen Amtsstuben kommen.«

»Habt Ihr je die Möglichkeit eines Scheiterns erwogen?« fragt Anton Steuerer, der neben Andreas marschiert.

»Ja, das habe ich«, bekennt Hecker offen, »aber das hat mich keine Sekunde davon abgehalten zu tun, was ich tun muß. Wer mit mir zieht, wirft das Kostbarste, das er besitzt in die Waagschale: sein Leben. Noch nie ist eine große Sache ohne Opfer errungen worden.«

Nach einer Woche stellt sich bei Kandern das Militär den

Freischaren entgegen. Die Truppen sind mit der Eisenbahn von Mannheim nach Schliengen gefahren:

2 200 ausgeruhte, ungleich besser bewaffnete und im Töten trainierte Soldaten unter General Friedrich von Gagern gegen die 800 erschöpften Männer Heckers.

Ehe der ungleiche Kampf beginnt, treffen sich der General und der Rebell auf einer Brücke zwischen den Lagern.

»Siehst du, wie arrogant er Hecker gegenübertritt?« flüstert Anton Steurer Andreas in der gespannten Stille zu, »er ist ganz Verachtung, denkt nicht daran, daß wir uns wehren könnten.«

Nähergekommen bemerkt Hecker, daß die Staatsmacht es klug vermieden hat, badische Republikaner von badischen Soldaten angreifen zu lassen. Aber auch die Hessen werden nicht unfreundlich von den Freischaren begrüßt, sondern mit Hüteschwenken und Zurufen: »Kein Bürgerblut vergießen – wir sind Brüder – es lebe die Freiheit für uns alle!«

Der General läßt mit einem Trommelwirbel antworten, tritt Hecker entgegen und fordert ihn auf, die Waffen niederzulegen.

»Sie sind ein gescheiter Mann«, sagt er, »aber ein Fanatiker.«

»Wenn die Hingabe für die Befreiung eines großen Volkes Fanatismus ist, mögen Sie das so bezeichnen. Dann gibt es aber auch einen Fanatismus auf der anderen Seite, dem Sie angehören. Im übrigen bin ich nicht hier, um hierüber zu streiten, sondern frage, ob Sie mir sonst noch etwas mitzuteilen haben?«

»Wenn Sie die Waffen nicht strecken, werde ich sogleich mit aller Strenge einschreiten«, antwortet von Gagern steif.

»Wir werden einem Angriff zu begegnen wissen«, entgegnet Hecker.

Beide gehen zurück zu ihrer Truppe. Heckers Hoffnung, die Freiheit »ohne Schwertstreich und Schuß« zu erringen, ist auf den Nullpunkt gesunken. Dennoch befiehlt er, nicht mit dem Kampf zu beginnen, sondern abzuwarten. Seine Männer haben Aufstellung genommen, eingeteilt in Gewehrschützen und »Sensenmänner«.

Noch immer wollen sie die hessischen Soldaten nicht als Feind betrachten, schwenken ihre Hüte und rufen von Neuem: »Tretet in unsere Reihen, Brüder!« Auch Hecker beginnt zu ihnen zu sprechen und tatsächlich treten die ersten Soldaten vor, entschlossen zum Überlaufen – da befiehlt von Gagern einen weiteren Trommelwirbel, in dem die Worte untergehen.

Er reitet vor und kommandiert »Feuer«.

Erst als sich der Pulverdampf der ersten Salve verzieht, wird das Feuer von den Freischaren erwidert. Und sie zielen genauer als die Hessen: Der General wird gleich zu Beginn der Kampfhandlungen von einem tödlichen Schuß getroffen und sein Pferd galoppiert reiterlos und schrill wiehernd vom Kampfplatz.

Dennoch ist der Kampf gegen die militärische Übermacht bald entschieden. Als die Kugeln in den Sensen einschlagen, springen die kriegsungewohnten Sensenmänner in wilder Flucht davon. Nur die Schützen halten dem nächsten Angriff der Soldaten stand, dann müssen auch sie die Höhe an der Scheideck bei Kandern räumen, auf der sie sich verschanzt haben.

Die Gegner verfolgen sie nicht, sie kümmern sich um die Gefallenen und Verwundeten. Die Schurhammers und Anton Steuerer haben Seite an Seite gekämpft und sind trotz des Getümmels beisammen geblieben. Nun ziehen sie mit einer Gruppe der geschlagenen Freischärler in Richtung Freiburg. Die meisten haben genug vom Krieg und wollen so schnell wie möglich zurück in ihre Dörfer. Die Köpfe hängen lassen sie alle, doch es dauert nicht lange, da hebt Sepp das pulvergeschwärzte Gesicht und sagt ingrimmig:

»Ein verlorenes Gefecht ist noch nicht das Ende der Revolution! Wenn uns Hecker erlaubt hätte, zuerst zu schießen, statt die erste Salve der Soldaten abzuwarten, wären wir die Sieger!« Er umklammert den blanken Lauf seiner Büchse. »Damit kann ich noch manchen Hessen und Preußen *wegklepfen* ! Nein, wir sind nicht besiegt.«

Anton Steuerer blickt skeptisch drein, aber Andreas Schurhammer schlägt Sepp auf die Schulter und sagt: »Bub, heute bin ich zum ersten Mal stolz auf dich! Wir gehen zusammen nach Freiburg und machen weiter.«

13

Zutiefst deprimiert schlägt sich Friedrich Hecker mit einer kleinen Schar seiner Getreuen bis in die Schweiz durch. Im fortschrittlichen Kanton Basel findet er ein vorläufiges Exil im Gasthof »Zum Schlüssel« in Muttenz. Sein Gastgeber ist der Regierungsrat Johannes Mesmer, dessen Rang vergleichbar ist mit dem eines deutschen Landesministers. Durch ihn erfährt er von den gezielt verbreiteten Verleumdungen, mit denen die Staatsmacht auf den »Heckerzug« reagiert hat.

»Kaum eine Schandtat, die Euch nicht nachgesagt wird«, berichtet ihm Mesmer, »Eure Freischaren hätten sich mehr aus lichtscheuem französischem und schweizerischem Gesindel zusammengesetzt als aus braven Deutschen. Diebe und Mordbrenner hättet Ihr um Euch gesammelt und die Dörfer terrorisiert.«

»Deshalb haben die Leute in diesen Dörfern uns auch zugejubelt und geholfen«, sagt Hecker bitter, »ich habe schon unterwegs von diesen Gerüchten gehört. Dabei waren wir eher eine Art Kreuzzug!«

»Das ist noch nicht alles,« fährt Mesmer fort, »in einem Zeitungsartikel wird allen Ernstes behauptet, Ihr hättet General von Gagern auf der Brücke bei Kandern kaltblütig ermordet!«

Diese böse Mär ist der Gipfel der Lügenkampagnen gegen Hecker und kommt aus Karlsruhe, das er eine »Staatsdienerkolonie« nennt. Aber so sehr sich die politischen Gegner bemühen, seinen guten Ruf zu untergraben, das Volk läßt sich nicht beirren in seinem Glauben an seine Integrität und in seiner Liebe zu ihm.

Mehr als alle anderen Freiheitskämpfer wird er zu einer Symbolfigur des gerechten Widerstandes gegen staatliche und fürstliche Willkür. Ungeachtet seiner Niederlage wird er zum Mythos, in Balladen verklärt und auf Bildern verehrt.

Das Badische Volk hat seinen Helden und singt das Heckerlied: »Er hängt an keinem Baume, / er hängt an keinem Strick, / er hängt nur an dem Traume / der deutschen Republik.«

Zwei Tage, nachdem das Gefecht bei Kandern verloren ist, gehen die Freiburger auf die Barrikaden für ihre Ideale. Am Karsamstag versammeln sich auf dem Karlsplatz mehrere tausend Bewaffnete, darunter die Glottertäler, die ihren Kampfgeist noch nicht verloren haben.

Alle Stadttore werden besetzt und Kundschafter Gustav Struve entgegengeschickt, der mit 4 000 Mann seiner Freischaren und dem militärischen Führer Franz Sigel durch das obere Wiesental im Anmarsch ist. In der Vorwoche haben sie vergeblich versucht, sich mit dem viel kleineren Heckerzug zu vereinen.

»Hätten wir sie nur rechtzeitig getroffen – der Sieg wäre unser gewesen!«

Sepp Schurhammer ist unter den Kundschaftern und kann sich nicht damit abfinden, daß eine große Revolution, die ein ganzes Volk ersehnt, an so gewöhnlichen Umständen wie schlechtem Wetter oder schlechter Organisation scheitern soll.

Indessen haben am Ostersonntag Arbeiter und Studenten in der Stadt das Rathaus gestürmt und die dort aufgestellten vier Kanonen erobert. Leider nützen selbst Kanonen wenig, wenn ein Kanonier fehlt, der geübt ist, sie zu bedienen. So sind weder die Begeisterung noch der Mut der Rebellen ein Ausgleich gegen die gut ausgerüsteten, gut gedrillten, kampferprobten Regierungstruppen, die ihnen auch hier entgegengeschickt werden.

Die von dem langen Marsch ermüdeten Freischaren Struves und Sigels versuchen am Schwabentor einen Entlastungsangriff und scheitern. Damit bricht der Widerstand in sich zusammen. Die Schlacht um Freiburg geht verloren wie das Gefecht bei Kandern.

Hochmütig berichtet der kommandierende General Hoffmann: »Nach einem Kampf von kaum zwei Stunden war die Stadt von meinen Truppen eingenommen, welche die verbarrikadierten Zugänge erstürmte. Ein Teil der Aufrührer wurde gefangen, der größte Teil rettete sich durch Flucht.«

Der Traum von der Freiheit ist ausgeträumt, noch nicht endgültig, aber bis zum nächsten Jahr, in dem sich die tapferen Badener noch einmal erheben.

*

Der Rinzbergbur, sein Sohn und sein Freund Anton Steurer kehren über Umwege zurück ins Tal. Sepp ist durch einen Streifschuß verwundet und hat viel Blut verloren, doch das dämpft seine Wut über die Niederlage keineswegs und er behält diese Wut auch nicht für sich.

»Wir haben beim Rückzug jeden Preußen weggeklepft, den wir erwischen konnten. Ich hab nicht gezählt, wie viele es waren, aber ich wollte, es wären dreimal so viele gewesen!«

Mit »Preußen« meint er sowohl das hessische wie auch das mecklenburgische Militär, das gegen die Freischärler ausgeschickt worden ist.

Die Folgen der gescheiterten Revolution sind hart und die Sieger kennen keine Gnade. Die Glottertäler verstecken ihre Heckerhüte, ihre blauen Blusen, ihre Waffen und auch manchen Flüchtling. Sie rasieren ihre Bärte ab und Sepp ist der einzige, der ihn weiterwachsen läßt.

»Jetzt erst recht!« sagt er finster, »oder gibt es etwa ein Gesetz, daß ein Mann keinen Bart mehr tragen darf? Wer mich verhaften will, soll es mir zeigen!«

Aber verhaftet wird nicht er, sondern sein Vater Andreas, der im Verdacht steht, einer der Rädelsführer zu sein, was ja auch zutrifft.

Bei der Verhandlung in Freiburg, sucht das Großherzogliche Hofgericht vergeblich Zeugen gegen ihn zu finden. Der Rinzbergbur kann gut reden und verteidigt sich geschickt damit, daß er die bei ihm gefundenen Gewehre zum Schutz *gegen* die Freischaren besorgt habe, außerdem sei er Jäger mit eigener Jagd, was leicht zu belegen ist.

Und als sogar Pfarrer Willin – ungeachtet der jahrelangen Streitereien – für ihn aussagt, läßt der Richter die Anklage gegen den Gemeinderat Andreas Schurhammer auf »hochverräterischen Aufruhr in Einheit mit gewaltsamem Umsturzversuch« wegen des nicht nachweisbarem Tatbestandes fallen.

»Meine Glottertäler waren alle brav und haben nur getan, was sie tun mußten. Ich habe kein einziges Unrecht gesehen«, lobt der Pfarrer seine widerborstigen Pfarrkinder bei den Verhören und vergißt in christlicher Nächstenliebe den vielen Verdruß, den sie ihm gemacht haben. Er faltet die Hände dabei, wirft einen frommen Blick gen Himmel und hat dabei nicht einmal gelogen.

Nach der Messe am nächsten Sonntag steht ein Korb vor der Tür des Pfarrhauses, in dem – umrandet von zehn Eiern – ein Schinken, ein Käse und ein frischgebackenes Brot liegen. Ähnliches ist Pfarrer Willin in seiner langen Amtszeit noch nie widerfahren und er dankt dem Herrn, daß die gescheiterte Revolution wenigstens für ihn etwas Gutes gebracht hat.

Die wenigsten der Verhafteten haben so viel Glück wie Andreas Schurhammer. Viele werden im Zuchthaus von Bruchsal eingekerkert und ihr Vermögen wird beschlagnahmt. Mehr als fünfzig werden zum Tode verurteilt und erschossen. Wer kann, flieht in die nahe Schweiz wie Hecker und geht später nach Amerika: Über 80 000 Freischärler verlassen während der Jahre 1848/49 ihre Heimat, teils »freiwillig« und voll Enttäuschung, teils von den Gerichten gezwungen, weil sie nur so einer Verurteilung entgehen können.

Das ist die Quittung für den »Traum von der Freiheit«, den in Baden als einzigem deutschen Land fast die gesamte Bevölkerung sechs Wochen lang geträumt hat.

In besonderen Unruhegebieten – und das ist der ganze Schwarzwald – gibt es Truppeneinquartierungen, bei denen auch geplündert wird. Die Soldaten nehmen mit, was wertvoll ist und des öfteren kommt es zu Handgreiflichkeiten, wenn sie nichts finden.

Aber die Glottertäler sind durch leidvolle Erfahrungen über Generationen geübt, ihre Wertsachen schnell und sicher zu verstecken: In Schweinsblasen und Fruchtsäcken verpackt wandern sie in leere Fässer, alte Ofenrohre und unter lose Dielenbretter, die danach wieder angenagelt werden. Bei der »Schatzsuche« stechen die preußischen Soldaten mit ihren Säbeln in Strohballen und ins Heu und es ist reiner Zufall, daß sie dabei nicht einen der dort verborgenen Flüchtlinge treffen. Beim Sonnenwirt Michael Beha durchwühlen sie den ganzen Garten nach Geld, aber die Stelle, an der es wirklich vergraben ist, finden sie nicht.

Anton Steurer bewegt Sepp dazu, den Rinzberghof für einige Zeit zu verlassen und sein chaotisches Lehrerzimmer mit ihm zu teilen.

»Ich brauche Deine Hilfe beim Korrigieren der Schulaufgaben, Sepp, mir ist zu viel Arbeit liegengeblieben. Revolutionäre müssen auch in sogenannten Friedenszeiten zusammenhalten.«

Der durchschaut ihn. »Ihr wollt mich nur weghaben, damit ich keinem dieser uniformierten *Kaibe* den Schädel einschlage!«

»Nun ja«, gibt Steurer zu«, nicht jeder Preußenkopf ist aus Glottertäler Hartholz geschnitzt. Und mit deinem verwegenen schwarzen Bart und dem bandagierten Arm siehst du wirklich nicht aus wie ein braver Bauernsohn. Begreif' doch, daß sie genau solche Typen wie dich suchen! Du bist nicht nur der geborene Wildling und Rebell – du siehst auch so aus und kannst dein freches Mundwerk nicht halten. Glaub mir, es ist kein Spaß, in Bruchsaler Zuchthaus auf dem Stroh zu liegen.«

Das ist nicht zu leugnen, also bleibt Sepp bei Steurer solange dicke Luft ist und fühlt sich rundum wohl in seiner engen, gemütlichen Stube. Inmitten der Unordnung stehen immer frische Blumen und es vergeht kein Tag ohne Lachen und Singen. Die Buben und Maidli kommen nach dem Schulunterricht zum Musizieren und es ist eine Freude, zuzusehen, wie eifrig sie spielen – auch wenn es beim Üben manchmal nach Katzenkonzert klingt. Zum größten Vergnügen der Zuhörer singen die Maidli dabei immer die einheimische Variante des Referains zum Heckerlied:

»Hecker, Struve, Robert Blum,
kumm, mir klepfet d' Preuße um,
s' Messer gschliffe, d' Säbel gwetzt,
de Freiheitsbaum vor d' Kirche gsetzt!«

Steurer hält sie dazu an, leise zu singen und das tun sie auch, damit die Preußen sie nicht hören können. Aber sie singen begeistert und die revolutionären Verse aus dem Mund der kleinen Maidli mit ihren strammen Zöpfen klingen so drollig, daß alle Mühe haben, das Lachen zu verbeißen.

Der Rinzbergbur findet seine eigene Methode, der verhaßten Einquartierung eines auszuwischen. Er hat seine Weinfässer so gut versteckt, daß sie nicht entdeckt werden, aber mit einigen Flaschen von seinem selbstgebrannten *Chrisiwässerli* geht er großzügig um und lädt die ungeliebten Gäste dazu ein. Nach dem dritten Stamperl pflegt er zu sagen:

»So ein Schnäpsle macht durstig und ich kann euch nur Wasser bieten. Probiert's mal in einer unsrer Wirtschaften, die haben so viel Wein, daß sie ihn verkaufen!«

Diesem Rat folgen die Soldaten gern und halten große Zechgelage in den vier Talwirtshäusern ab. Besonders in der »Sonne« geht es hoch her und zu vorgerückter Stunde springt einer der mecklenburgischen Offiziere auf, zückt seinen Säbel und geht in Angriffsstellung. Mit dem Befehl »Mir nach Männer, da steht der Feind!« springt er auf eine Säule inmitten der Schankstube zu und schlägt seinen blanken Säbel ins Holz. Doch – oh Wunder – trotz dieses gewaltigen Streichs fällt der Gegner nicht, sondern bleibt stolz und aufrecht stehen. Der Offizier ist beeindruckt von solcher Standfestigkeit und weil der Feind nicht zum Gegenangriff schreitet, läßt er von ihm ab, setzt sich wieder und bestellt noch einen Krug Wein.

Seltsamerweise begegneten die Soldaten auf dem Heimweg in der Dunkelheit dem Feind tatsächlich, der in doppelter, ja, sogar in drei- und vierfacher Ausfertigung auf sie losgeht. Er hat einen schwarzen Bart und gewaltige Fäuste, in denen er einen Knüppel schwingt.

»Sieht aus wie Hecker,« lallt der Offizier, ehe das Holz auf seinen Kopf kracht. Auch die anderen Soldaten sind viel zu voll des guten Weines, um sich groß zu wehren.

»E lumpige Rauferei, des isch nint gsi«, mault der Chrischte vom Wälderhansenhof und stößt Sepp freundschaftlich in die Seite, »die Kerle sind blau wie Burgundertrauben. Wollen nicht wir zwei mal wieder miteinander – ?«

Sepp lacht, hebt den Säbel auf und wiegt ihn in der Hand. »Spar deine Kräfte für was Besseres auf – für eine der nächsten Nächte zum Beispiel. Vielleicht kommen dann ein paar mehr zum Durchprügeln und vielleicht sind sie nicht ganz so voll. Dann wird es kein solches Kinderspiel wie heute. Ich nehme den Säbel mit zur Erinnerung. Willst du nicht eine der Pistolen haben?«

Sie verstecken beide Waffen hinter dem sauber aufgestapelten Brennholz an der Scheuer des Pfarrhauses und kippen ein paar Eimer Wasser über die schnarchenden Soldaten, ehe sie nach Hause gehen.

Andreas Schurhammer bemüht sich um eine betroffene Miene, als in den frühen Morgenstunden seine Einquartierung zum Rinzberghof zurückwankt mit verschwollenen Gesichtern, schmerzenden Gliedern und triefend vor Nässe.

»Was ist passiert?« fragt er teilnahmsvoll, »seid ihr Herren unter die Räuber gefallen?«

»So kann man's auch nennen«, knurrt der preußische Offizier, »ich habe meinen Säbel verloren und zwei Zähne.«

»Und ich meine Pistole«, stellt ein anderer fest und fühlt mit den Fingern, ob wenigstens seine Zähne noch da sind.

»Wie bedauerlich«, sagt Andreas, »aber vielleicht seid Ihr vom rechten Weg abgekommen und in die Glotter gefallen, da ihr so naß seid. Sie führt Hochwasser und das mag den Verlust eurer Waffen erklären. Kommt herein und esst eine heiße Morgensuppe mit uns, das wird euch wohltun.«

Dieses schlitzohrige Spiel geht über Wochen und wird von den anderen Bauern im Tal begeistert mitgemacht. Dabei entwickeln sie Ideenreichtum, beachtliche schauspielerische Talente und lügen, daß sich die Balken biegen.

Wenn die Zecher einmal vorsichtiger mit dem süffigen Wein umgehen, bieten ihnen die gastfreundlichen Wirte zwischendurch einen Schnaps an oder zwei, den sie nicht ausschlagen mögen. Aber meist wird das gar nicht nötig, denn sie sind das Trinken nicht gewohnt.

»In Mecklenburg wächst kein Wein und schon gar kein so guter Tropfen wie unser Glottertäler«, sagt der Sonnenwirt Michael Beha, »deshalb sind sie so gierig drauf. Und sie wissen natürlich nicht, daß er ein *Knieschnackler* ist: Er schmeckt vortrefflich, trinkt sich leicht – und erst beim Aufstehen merkt man, daß einem die Knie wackeln!«

Den hessischen Truppen, die nach den mecklenburgischen einquartiert werden, um Ruhe und Ordnung zu wahren, ergeht es nicht viel besser.

Als ihr diensthabender Korporal argwöhnt, es könnten sich noch versprengte Aufständische in der Gegend herumtreiben, verweist Andreas auf das gute Leumundszeugnis von Pfarrer Willin.

»Auf euren Pfaffen gebe ich keinen Pfifferling«, sagt der Hesse ungnädig, »ich werde eine nächtliche Patrouille anordnen, damit der Spuk ein Ende hat.«

»Da sprecht Ihr ein Wort aus, das ich bisher vermieden habe.«

Der Schurhammer macht eine bedeutungsschwere Pause. »Ich sollte besser nicht davon reden.« Er wendet sich zum Gehen.

»Nur heraus mit der Sprache!« fordert der Korporal, neugierig geworden.

Andreas zögert. »Ich rede wirklich nicht gerne darüber als aufgeklärter Christenmensch. Aber hier im Glottertal hat es schon immer gespukt, ob Ihr es nun glauben mögt oder nicht.«

»Daß ich nicht lache! Ein Mann wie Ihr sollte keine solchen Ammenmärchen erzählen!«

»Es sind keine Märchen, Herr Korporal! Die Seelen der Toten finden keine Ruhe, wenn sie in Sünden gestorben sind – dann müssen sie nächtens auf Erden umgehen! Wir haben einen ›Rohrgeist‹ und einen ›Lederkäppler‹, der auf dem Gullerhof sein Unwesen treibt. Den ›Lammgeist‹ hat meine Großmutter selig selbst gesehen, als er klagend, mit seinem Kopf unter dem Arm einherging.«

»Ammenmärchen«, wiederholt der Hesse verächtlich, »ich hab' es mir doch gleich gedacht.«

»Das habe ich früher auch gesagt, als ich so jung war wie Ihr! Aber da kannte ich das ›Schreckli‹ noch nicht. Es quält Mensch wie Tier und hat den größten Ochsen vom Wisserhansenbur im Stall erstickt.«

»Und jetzt gibt's wohl nur noch zweibeinige Ochsen im Glottertal??«

»Spottet nur! Ich wünsche Euch nicht, daß Ihr mit dem ›Schreckli‹ Bekanntschaft machen müßt. Entweder schlägt es mit Bärenkräften um sich, oder es setzt sich auf die Brust seiner Opfer, bis sie nicht mehr schnaufen können und ersticken. Gottlob hat es nur vom Sonnenuntergang bis zum Morgengrauen Gewalt.«

Andreas bemüht sich nach Kräften, ernst und sorgenvoll dreinzuschauen.

Der Hesse betrachtet ihn kopfschüttelnd.

»Nicht für möglich halten sollte man es, welcher Aberglaube sich bei euch Hinterwäldlern noch breit macht. Wißt Ihr etwa auch ein Mittel gegen euer furchtbares Nachtgespenst?«

»Freilich. Da gibt's drei Möglichkeiten: Betet einen Rosenkranz zur Nacht, legt etwas Geweihtes unter Euer Kopfkissen oder stellt die Stiefel kreuzweise vor das Bett.«

Der Rinzbergbur unterdrückt ein verräterisches Zucken um die Mundwinkel und ist froh als der Hesse ungehalten sagt:

»Jetzt reicht der Unsinn. Heute Nacht gehe ich mit meiner Patrouille durch's ganze Tal, dann werden wir sehen, wieviele Lämmerschwänze, Schrecklis und sonstige Geister wir dabei einfangen.«

Tatsächlich schwärmen die Soldaten in dieser Nacht aus, durchsuchen Höfe, Scheuern, Ställe und den nahen Wald. Doch statt Gespenstern oder Rebellen fangen sie nur einen kräftigen Schnupfen ein, denn es regnet ohne Unterlaß und die Soldaten verwünschen den Diensteifer ihres Korporals.

Am nächsten Abend sind sie müde und erschöpft und die Glottertäler nutzen die Gelegenheit, sich ihrerseits im Wirtshaus zu treffen und neue Pläne auszuhecken.

Andreas' Bericht löst allgemeine Heiterkeit aus, nur das Wort »Hinterwäldler« und die »zweibeinigen Ochsen« wollen sie nicht auf sich sitzen lassen.

Während der Rinzbergsepp noch überlegt, wie er den Preußen am besten noch eins auswischen kann, hat Anton Steurer eine Idee dazu.

Beim nächsten Trinkgelage der Soldaten sorgen die Wirte dafür, daß noch reichlicher als sonst eingeschenkt wird und das Essen knapp ausfällt. Es ist eine dunkle, stürmische Nacht und auf dem Heimweg tauchen aus der Finsternis allerorten unheimliche, vermummte Gestalten auf, die sich mit schauderhaftem Gebrüll auf die Uniformierten stürzen. Ehe diese an Gegenwehr denken können, sitzen auf der Brust eines jeden rittlings zwei kräftige Burschen und pressen ihm die Luft ab. Die Angreifer geben schauderhafte Urlaute von sich, die Opfer ächzen und stöhnen zum Steinerweichen. Es ist ein Glück, daß keiner wirklich erstickt unter der zentnerschweren Last und daß nur einige Rippen knacken, die allerdings recht schmerzhaft.

Von da an geht die preußische Einquartierung nur noch selten ins Wirtshaus und wenn schon, dann gemeinsam. Der Korporal ordnet an, daß stets drei Mann Wache stehen und nüchtern bleiben müssen. Über die »Glottergeister« spricht er nicht mehr mit dem Rinzbergburen. Und dieser behauptet steif und fest, er habe gesehen, daß die blankgeputzen Stiefel fürderhin gekreuzt vor dem Bett gestanden seien…

14

Im ganzen Schwarzwald können die Menschen die niedergeschlagene Volkserhebung nur schwer verwinden, auch wenn der Kampfgeist der meisten inzwischen verflogen ist.

Im nahen Bezirksstädtchen Waldkirch – das sich in alten Zeiten durch das Verbrennen der Glottertäler Hexen hervorgetan hat – entschließt sich Andreas Schurhammers freiheitlich gesinnter Freund Franz Kapp zur Auswanderung nach Amerika und lädt zur Abschiedsfeier ein. Er fährt in seinem *Bennewägeli* mit Steurer und Sepp und einem kleinen Faß Glottertäler zum Waldkirchener Felsenkeller, in dem das Treffen stattfinden soll.

»Haben sie dich wirklich kleingekriegt, Franz?« fragt er Kapp zur Begrüßung, »Ich kann's gar nicht glauben, daß du weg willst. Mich wären sie auch gern losgeworden und haben mich zweimal wegen Auswanderung gefragt, aber ich tue ihnen den Gefallen nicht.«

»Ich würde auch lieber bleiben, das kannst du dir denken. Aber ich traue dem Frieden nicht, im wahrsten Sinn des Wortes. Es dauert nicht lange und es geht in einer anderen Ecke Badens von neuem los. Dann kann ich nicht stillsitzen und zusehen wie unsere Kameraden die Köpfe hinhalten. Und wenn ich es wieder überlebe, drehen sie mir beim zweiten Mal bestimmt einen Strick daraus – ich stehe auf der schwarzen Liste wie du.«

»So betrachtet hast du recht«, stimmt ihm Andreas zu, »schade ist es trotzdem. Es sind schon so viele gegangen – immer die Besten.«

»Es werden noch viel mehr gehen«, prophezeit Kapp,«und alle denken das Gleiche wie Friedrich Hecker, der gesagt hat: ›Wo die Freiheit ist, ist mein Vaterland‹. Komm, laß uns einen guten Schluck auf die Zukunft trinken! Oder hast du Essig in deinem schönen Faß?«

»Du Spaßvogel! Es ist mein schönster Weißherbst! So etwas kannst du in Amerika lange suchen und dann findest du auch nichts. Greif zu und laß dir's schmecken, solang du noch Gelegenheit dazu hast!«

Er füllt die Gläser mit dem rotgoldenen Wein und reicht sie an die anderen Gäste weiter. Sie prosten einander zu und Franz Kapps Augen verklären sich schon beim ersten Schluck.

»Wahrhaftig, für diesen Wein würde sich's lohnen hierzubleiben!«

Der Abend wird lang und feuchtfröhlich und es liegt wohl am reichlichen Genuß des Rebensaftes, daß Andreas zu vorgerückter Stunde die Republik hochleben läßt.

»Nieder mit der Tyrannei der Fürsten !« ruft er, »Recht und Freiheit für das Volk!«

»Bravo« stimmen die Anderen ein und beginnen lautstark das revolutionäre Heckerlied zu singen. Beim Referain der letzten Strophe »d'Säbel gschliffe, d'Messer gwetzt«, wird donnernd gegen die verschlossene Tür geklopft. »Aufmachen, sofort!« brüllt eine Kommandostimme.

»Die Preußen!« ruft Sepp und ist mit einem Satz aus dem Fenster. Steurer und Kapp springen hinterher und ein halbes Dutzend weiterer Sänger kann entkommen, ehe die Soldaten die Türe aufgebrochen haben, um mit Gewehr und aufgepflanztem Bajonett das vermeintliche Revoluzzer-Nest auszuheben.

Andreas Schurhammer ist unter den sieben Pechvögeln, die nicht rechtzeitig durch das einzige Fenster klettern können. Er wird festgenommen und dieses Mal kommt er nicht so glimpflich davon wie vor dem Freiburger Hofgericht.

*

Das neue Männerzuchthaus in Bruchsal ist unter modernen Gesichtspunkten erbaut worden, nachdem die alten Zucht- und Arbeitshäuser mit ihren großen Schlafsälen längst in Verruf geraten und – nach einem Artikel von Gustav Struve – »zu Mördergruben und Pflanzschulen der verworfensten Lasterhaftigkeit« geworden sind. Fortschrittliche Männer wie er und Friedrich Hecker wurden während ihrer Zeit als Abgeordnete bei einer grundlegenden Reform des Strafvollzugs zu Rate gezogen.

Es mutet wie eine Ironie des Schicksals an, daß ausgerechnet badische Freiheitskämpfer, Gefolgsleute von Hecker und Struve zu den ersten Insassen des neuen Zuchthauses gehören, als es im Oktober 1848 eröffnet wird. Der Strafvollzug ist für damalige Verhältnisse »gemäßigt«, aber dennoch so hart, daß viele Gefangene krank werden und die Haft nur schwer gezeichnet überstehen.

In dieses Zuchthaus wird Andreas Schurhammer und die

sechs anderen Gäste der Waldkirchener Abschiedsfeier im April 1849 eingeliefert, ein knappes Jahr nach seiner Teilnahme am Hecker-Zug! Aber er wird nicht als Mitstreiter, nicht als Freiheitskämpfer in Kandern und Freiburg eingekerkert, sondern wegen »verbotenen Absingens eines revolutionären Liedes«. Und er ist Untersuchungshäftling, nicht Verurteilter!

Die preußischen Truppen haben Anweisung, in aller Strenge gegen die widerspenstige Bevölkerung vorzugehen, die keinen Hehl aus ihrer Ablehnung und ihrem Ärger über die Einquartierung macht. Da paßt ihnen der Zwischenfall mit der nächtlichen Katzenmusik genau in den Kram.

Die sieben Verhafteten werden zuerst zwei Tage in Waldkirch eingesperrt und dann nach Emmendingen abgeschoben, als der Rinzbergbur nicht aufhört zu protestieren: »Wir verlangen einen Advokaten, wir verlangen, daß unsere Angehörigen verständigt werden, wir verlangen unsere Freilassung!«

»Im Verlangen seid ihr groß, ihr Revoluzzer, aber kriegen werdet ihr höchstens eins auf den Hut, habt ihr das noch nicht kapiert?« höhnt ihr Bewacher und schlägt die Zellentür zu.

Das kleine Gefängnis in Emmendingen ist überfüllt und keiner weiß so recht, wie das Vergehen des »Fähnleins der sieben Aufrechten« geahndet werden soll. Das Einfachste ist Weiterreichen wie es schon die Waldkircher gemacht haben und so werden die Straffälligen nach zwei weiteren Tagen kurzerhand in die Eisenbahn gesteckt und unter Bewachung nach Bruchsal verfrachtet.

Eine der wesentlichen Neuerungen im dortigen Zuchthaus sind Einzelzellen, in denen eine Haftdauer von sechs Jahren nicht überschritten werden darf. Es herrscht Arbeitspflicht, aber den Gefangenen ist es in den gemeinschaftlichen Arbeitssälen nicht erlaubt, miteinander reden, ja sie können einander nicht einmal sehen, weil sie eine Maskenmütze tragen müssen. Angesprochen werden sie mit Nummern, nicht mit ihren Namen.

Andreas stöhnt, als er in seine karge Zelle eingeliefert wird und diese Punkte der Hausordnung liest, die an die Wand geheftet ist. Er verflucht seinen Leichtsinn und das »Künstlerpech«, daß ausgerechnet beim Anstimmen des Heckerliedes eine Patrouille am offenen Kellerfenster vorbeigekommen ist und sie gehört hat.

Tröstlich bleibt nur, daß Anton Steurer und Sepp entkommen sind. Er wiederholt seine Forderungen bei einem der Bruchsaler Aufseher, der zwar verständnisvoll zuhört, dann aber den Kopf schüttelt.

»Den politischen Gefangenen können wir auch keine Extrawurst braten. Das Gericht wird sich schon mit dem Fall beschäftigen – aber das kann lange dauern, weil die Gerichte überlastet sind. Wer Gast bei uns am Damianstor ist, bekommt eine kostenlose Lehre in Geduld, haha!«

»Das finde ich überhaupt nicht witzig«, erbost sich Andreas, »ich bin Gemeinderat und Bauer im Glottertal, ich muß nach meinem Hofgut sehen. Ich will den Direktor sprechen!«

Aber der Direktor Carl August Diez ist ebenfalls überlastet und hat keine Zeit, mit einem einzelnen der über 400 Delinquenten zu reden. Vielleicht dringt das Ersuchen des Rinzbergburen auch gar nicht in seine Amtsstube vor.

Während der ersten vier Wochen jedenfalls geschieht gar nichts, dann gibt es einen Lichtblick.

Dem Gefangenen Andreas Schurhammer wird ein Brief von Anton Steurer ausgehändigt:

Mein lieber Freund!

Ich habe von Deinem Mißgeschick gehört und auch in Erfahrung gebracht, wo Du Dich bedauerlicher Weise jetzt befindest. Du darfst gewiß sein, daß alles Nötige und Mögliche unternommen wird, damit Du die Freiheit baldmöglichst wiedererlangst. So habe ich gemeinsam mit unserem jetztigen Bürgermeister eine Bittschrift an den Bruchsaler Bürgermeister Josef Schmidt verfaßt und ihm mitgeteilt, daß aufgrund einer Verkettung unglücklicher Umstände sein ehemaliger Amtskollege Schurhammer im Zuchthaus einsitzt.

Gleichlautend schickten wir ein Schreiben an den Dir wohlbekannten Abgeordneten Lorenz Brentano aus Bruchsal, damit er sich des Falles annehme.

Ich hege die berechtigte Hoffnung, Dich bald als freien Mann wiederzusehen und im Glottertal begrüßen zu dürfen und verbleibe bis dahin

Dein getreuer Freund
Anton Steurer

Andreas liest den Brief immer wieder und hätte viel dafür gegeben, ihn seinen Waldkirchener Leidensgenossen zu zeigen. Aber um eine gegenseitige negative Beeinflussung der Gefangenen zu verhindern, wird jeder Kontakt untereinander streng verboten. Dies ist der Grund für das Masken- und Nummernsystem, das ihn vom ersten Augenblick an empört: Jeder Sträfling muß sich beim Verlassen der Zelle eine Tafel mit der Nummer seiner Zelle umhängen und eine an seiner Mütze befestigte Maske herunterrollen, die das Gesicht verbirgt und nur die Augen freiläßt

»Ich bin auf eine Nummer reduziert«, klagt er in seinem Antwortbrief an Steurer,

»die Kost ist eintönig, elend und geschmacklos und ich träume des nachts von einem ordentlichen Brocken Speck aus unsrer Räucherkammer. Für jeden an Reinlichkeit gewohnten Menschen sind die Zustände in diesem Zuchthaus abscheulich und ich frage mich, wie jemand solches jahrelang überleben kann? Die völlige Isolation und Trennung von den Mitgefangenen sind eine Strafe für sich, doch am schlimmsten ist zweifelsohne der Verlust der Freiheit, von der Du weißt, wie teuer sie mir ist. Ich hoffe täglich auf ein Zeichen, daß die Bittschriften ihr Ziel erreicht haben und gnädig beschieden werden. Für die Mühewaltung danke ich Dir und dem Bürgermeister. Bitte berichte auch meiner Frau Barbara von dieser Nachricht. Ich schreibe ihr nicht, weil sie des Lesens nicht mächtig ist.

Andreas Schurhammer, Rinzbergbur

Erstaunlicher Weise passiert dieser Brief ungekürzt die Zensur. Anton Steuer schmunzelt, als er die Zeilen liest und auf das Wort »gnädig« stößt, das im Wortschatz seines Freundes bisher nicht vorgekommen ist. Er erinnert sich noch deutlich an dessen Empörung über die demütige Formulierung eines Bittgesuchs seines Großvaters Hans an seine Lehnsherrin, bei der dieser anno 1728 um Erlaubnis zum Bau einer Ölmühle nachgesucht hatte.

Ob Steurers Anträge auf Freilassung oder Begnadigung des Rinzbergburen Erfolg haben oder nicht, bleibt ungewiß, denn im Mai 1849 erreicht die revolutionäre Entwicklung einen neuen Höhepunkt:

Nachdem König Friedrich Wilhelm IV. von Preußen die ihm von der Frankfurter Nationalversammlung angebotene Kaiserkrone abgelehnt hat, wird die neuerarbeitete Reichsverfassung hinfällig. Die Badener rufen nach einem Landeskongress in Offenburg die Republik aus und Großherzog Leopold ergreift die Flucht aus Karlsruhe. Das Ziel Heckers und Struves ist erreicht, obgleich Friedrich Hecker im Exil ist und Gustav Struve mit anderen inhaftierten Mitstreitern im Bruchsaler Weibergefängnis im alten Schloß einsitzt – für so gefährliche und prominente Aufrührer gilt es sicherer als das neue Männerzuchthaus!

Der Jubel der Bevölkerung kennt keine Grenzen. Auch wenn allgemein erwartet wird, daß der Landeskongress die Freilassung der politischen Gefangenen aus den Bruchsaler Gefängnissen beschließen wird, wollen die freiheitlichen Bürger nicht darauf warten. Am Abend des 13. Mai 1849 zieht eine große Menschenmenge zum Weibergefängnis und rammt mit einem schweren Holzbalken das äußere Tor auf. Die Befreier dringen in die Anstalt ein und befreien Struve samt seinen Mitkämpfern. Zur gleichen Zeit wird das neue Männerzuchthaus beim Damianstor erstürmt.

Vor seinen Mauern sind militärische Wachen postiert, die trotz des ausdrücklichen Schießbefehls der übermächtigen Menschenmenge keinen Widerstand leisten.

Mit Äxten wird das hölzerne Tor eingeschlagen und die Wachstuben werden überrannt . Auch die Aufseher stellen sich der Übermacht der anstürmenden Männer nicht in den Weg. Sie übergeben die Schlüssel und die Gefangenen werden aus ihren Zellen befreit – unter ihnen Andreas Schurhammer und die sechs Waldkircher.

Sie haben keine Ahnung von den Ereignissen außerhalb der hohen Zuchthausmauern, werden aber von ihren Befreiern schnell aufgeklärt.

Im »Hetterichschen Bierhaus« vor dem Damianstor, ganz in der Nähe des gestürmten Zuchthauses feiern Befreier und Befreite ihren Sieg. Der Wirt lädt alle »Politischen« ein, kostenlos bei ihm zu übernachten und am nächsten Morgen werden die Ex-Gefangenen im Triumphzug zum Bahnhof gebracht, damit sie in ihre jeweiligen Heimatorte zurückfahren können.

Die Schaffner behandeln sie ehrerbietig, wie Märtyrer, die für »die Sache des Volkes« gelitten haben. Die Billets werden kostenlos ausgegeben und das ist gut so, denn keiner hat einen Kreuzer in der Tasche.

In Freiburg angekommen, sucht Andreas Schurhammer mit Kennerblick die Kutsche mit den besten Pferden aus. Inzwischen hat er seine herrische Stimme wiedergefunden.

»Zuerst ins Glottertal, dann nach Waldkirch«, befiehlt er, »und wehe dir, wenn deine *Zossen* nicht so flott traben wie du behauptest!«

Er setzt sich mit auf den Kutschbock, knallt mit der Peitsche und läßt sich den Wind um die Nase wehen, den herrlich frischen Wind der Freiheit nach sechs langen Wochen in einer dumpfen, muffigen Zelle.

In der neuen Republik Baden weht der Wind der Freiheit jedoch keine drei Monate. Der entmachtete Großherzog Leopold ruft nach seiner Flucht Bundestruppen zu Hilfe. Unter dem Oberbefehl von Kronprinz Wilhelm, dem späteren König Wilhelm I., kommen die verhaßten Preußen zurück. Die badischen Volksarmeen und Bürgerwehren haben trotz ihrer Tapferkeit keine Chance gegen die Übermacht der in preußischer Disziplin gedrillten Berufsarmee, zumal der »Kartätschenprinz« genannte Prinz Wilhelm befiehlt, mit Kanonenschrot zu schießen.

Nach dem verlorenen Gefecht bei Waghäusl und der Schlacht von Ubstadt fällt als letztes Bollwerk am 23. Juli 1849 die Festung Rastatt nach langer Belagerung. Auch die Glottertäler haben sich ein zweites Mal vergeblich als Revoluzzer versucht.

Der Großherzog kehrt nach Baden zurück und richtet seine Feudalherrschaft wieder auf – mit Hilfe der Preußen und mit Hilfe des Kriegsrechts, das über das ganze Land verhängt wird.

Alles ist wieder beim alten, die vielen Opfer sind in den Augen der Revolutionäre umsonst gewesen. Erst nach der Jahrhundertwende werden die Ziele der Freiheitlichen in Form einer Demokratie erreicht, erst dann kann geerntet werden, was sie 1848/49 gesät haben.

Der Groll der Untertanen schwappt in der Zwischenzeit immer wieder über. Ein erheiterndes Beispiel dafür ist das Pech eines italienischen Gipsfigurenhändlers, der seine Ware in einem Durlacher Wirthaus feilbietet, darunter eine Büste vom späteren Kaiser Wilhelm I., dem ehemaligen »Kartätschenprinz«. Voll Empörung erhebt sich ein Durlacher Bürger, der Teilnehmer der

Revolution war, nimmt den Gipskopf und wirft ihn schwungvoll aus dem Fenster.

»Der Stinker hat hier nichts verloren!« sagt er befriedigt.

Wegen Majestätsbeleidigung wird ihm eine Woche Arrest aufgebrummt, die er stolz absitzt – als spätes Opfer der Freischaren von Hecker und Struve.

15

Es dauert lange bis sich die Erregung und Empörung der Menschen über das endgültige Scheitern der Badischen Revolution gelegt hat. Aber schließlich kommt die Zeit, in der die politischen Ereignisse nicht mehr der wichtigste Gesprächsstoff in den Dörfern sind und die alltäglichen Ereignisse wieder an Bedeutung gewinnen.

Das Leben nimmt wieder seinen gewohnten Gang.

Ohne Ausnahme hat jedermann im Glottertal Rosas »Pech« bedauert, als sie vor Jahren ihr erstes lediges Kind bekam. Aber so etwas gibt es sprichwörtlich in den besten Familien. Beim zweiten Mal weicht das Mitgefühl verständnislosem Kopfschütteln und beim Frühschoppen im »Hirschen« sind die Bauern einhellig der Meinung, daß Schurhammers Rosa wahrhaftig strohdumm sein müsse. Diese Feststellung allerdings wagen sie nur dann laut zu äußern, wenn der Rinzbergbur nicht in der Nähe ist.

Als Rosa dann das dritte Mal schwanger wird und wieder keinen Vater für ihr Kind hat, tut sie – außer ihrer Mutter – niemanden mehr leid. Schadenfreude glimmt auf, daß der reiche Schurhammer neben einem künftigen Erben wie dem Sepp auch noch mit einer solchen Tochter geschlagen ist. Die Verdienste von Vater und Sohn beim »Heckerzug« sind zwar in frischer Erinnerung, aber Häme und Neid sind eine Saat, die schnell sprießt.

Nur Rosa in ihrer Einfalt lebt sorglos glücklich in den Tag hinein und freut sich auf das neue Kind. Weder die immer häufigeren Wutanfälle ihres Vaters noch die Sticheleien der Dorfjugend fechten sie an. Eher schon die Vorwürfe und Tränen der Mutter, aber auch das geht nach ihrer Erfahrung vorbei wie Wolken, die für kurze Zeit den blauen Himmel verdüstern.

»So eine wie die Rosa kann der Rinzbergbur samt den drei ledigen Bälgern ihrer Lebtag durchfüttern,« vermutet der Hirschenwirt Reichenbach, »vielleicht kommen auch noch ein paar Schreihälse dazu!«

»Und der Heilige Geist war wieder der Vater!« spottet der Gullerbur.

Die Anderen lachen schallend und sind sich einig, daß kein einziges Mannsbild im ganzen Schwarzwald sich bereit finden würde, »eine wie die Rosa« zu heiraten und damit wieder ehrbar zu machen.

»Nicht unter diesen anderen Umständen!« fügt der Gullerbur spitzfindig hinzu und die Runde schlägt sich auf die Schenkel vor Vergnügen.

Aber sie sollten sich täuschen. Es gab doch einen, der die Rosa nehmen wollte, auch wenn noch Zeit vergeht, bis er auftaucht. Er heißt Johannes Hoch, stammt aus dem benachbarten Föhrental und ist schon jung als Gehilfe eines Handelsmannes in die Fremde gezogen. Deshalb kennt ihn niemand mehr, als er nach langen Jahren zurückkehrt: Ein mittelgroßer, schmächtiger Mann, an dem alles farblos wirkt – seine Kleidung, die fahle Gesichtsfarbe und die glatten, spärlichen Haare. Seine Augen sind von hängenden Liedern halb verdeckt und verbergen einen kalt abwägenden Blick. Niemand im Dorf weiß, wo er gewesen ist und was er gemacht hat. Nur der Viehhändler ist ihm schon einmal auf dem Markt in Freiburg begegnet und hat dort erfolglos mit ihm gefeilscht.

Natürlich wundert sich jeder, daß dieser Mann nach seiner Heimkehr nicht bei der Familie auf den Flammhof wohnt, sondern sich im Glotterbad einquartiert, doch das Gerede darüber verstummt bald. Es scheint ihm recht gut zu gehen, er macht große Zechen in den Wirtshäusern, hält andere Gäste frei, spricht wenig und hört um so aufmerksamer zu. Sonntags besucht er den Gottesdienst und mischt sich danach unauffällig unter die Menge auf dem Kirchplatz. Auch am anschließenden Frühschoppen nimmt er teil, sitzt bescheiden am Nebentisch und hält sich im Hintergrund. Wer versucht, ihn auszufragen, bekommt freundliche, aber unbestimmte Anworten.

»Ich bin in Geschäften unterwegs«, sagt er, »und das schon eine ganze Weile, wie ihr wißt. Ich wollte nur kurz hierbleiben, aber der Wein in der Heimat schmeckt mir zu gut und die Behandlungen im Glotterbad tun mir auch gut.«

Das hören die Bauern gerne und nicken zustimmend mit den Köpfen. Dieser unscheinbare, bleiche Mensch ist gar kein so übler Kerl, die Taler sitzen ihm locker in der Tasche und als er wieder eine Runde spendiert, trinken alle auf sein Wohl, auch Andreas Schurhammer. Danach läßt Hoch keine weitere Zeit ungenutzt verstreichen. Er weiß, was er wissen will und macht sich noch am gleichen Nachmittag auf den Weg zum Rinzberghof.

Barbara ist erstaunt über den Besuch eines Fremden, führt ihn aber in die Stube, wo der Bur mit der Zeitung am Kachelofen sitzt und seine Sonntagspfeife raucht.

»Aha, der Weinschmecker, dem das Glotterbad wohltut!« sagt er und erhebt sich. Er drückt ihm kraftvoll die Hand und fragt: »Was führt Euch zu mir – Geschäfte?«

»Wie man`s nimmt«, antwortet Johannes Hoch geschmeidig, »ich bin ein erfolgreicher Geschäftsmann und könnte mit Euch Handel treiben, könnte Vieh von Euch kaufen oder Holz oder Wein. Vielleicht könnte ich auch etwas verkaufen, was Euch fehlt und Ihr wißt es noch gar nicht. Aber es ist nicht meine Art, lange Umschweife zu machen, lieber komme ich gleich zur Sache: Ich bitte um die Hand Eurer Tochter Rosa !«

Andreas starrt ihn entgeistert an.

»Nun, habt Ihr die Sprache verloren? Was ist daran so ungewöhnlich?«

Johannes Hoch lächelt mit schmalen Lippen.

Der Rinzbergbur erholt sich schnell von seiner Überraschung, musterte seinen Besucher, als würde er ihn das erste Mal sehen und fragt dann langsam: »Die Rosa? Warum zum Teufel ausgerechnet die Rosa?«

»Und warum nicht? Habt Ihr etwa noch mehr Töchter?«

»Ich habe schon mit der einen genug!« ruft Andreas aufgebracht, »Ihr wißt wohl nicht, daß sie drei ledige Kinder hat?«

Hoch winkt lässig ab. »Wenn's weiter nichts ist! Das erspart mir nur Arbeit und ich habe die Gewähr, eine fruchtbare Frau zu heiraten!«

Jetzt verschlägt es dem Rinzbergburen erneut die Sprache. Mit seiner gesunden Bauernschläue wittert er, daß irgend etwas nicht stimmen kann mit diesem verblüffenden Antrag. So gelegen ihm ein unerwarteter Schwiegersohn kommt, so groß ist gleichzeitig sein Mißtrauen.

»Kennt Ihr die Rosa überhaupt?«

»Noch nicht. Aber ich habe sie gesehen und sie gefällt mir.«

»Und Ihr glaubt, sie nimmt jeden, der ihr schöne Augen macht?«

Er hat diese Worte kaum ausgesprochen, als er sie auch schon bereut.

Du alter Esel, schilt er sich selbst, denn die Antwort, die darauf kommen muß, kommt prompt.

»Ja, das glaube ich! Und deshalb ist es besser, sie nimmt einen, der sie heiratet, als die anderen, die nur mit ihr ins Heu wollen. Hab ich nicht recht?«

»Gott sei's geklagt, daß Ihr recht habt. Aber wenn Ihr eine große Mitgift erhofft, täuscht Ihr Euch! Verschachern muß ich meine Tochter auch nicht!«

Johannes Hoch zeigt wieder sein schmales, dünnlippiges Lächeln.

»Wer redet denn davon? Geld habe ich mehr als genug. Aber den Rinzberghof nehme ich gern als Brautgabe an – der gefällt mir so gut wie Eure Rosa!«

Und noch ehe Andreas mit der Faust auf den Tisch schlagen kann ob dieses dreisten Ansinnens, zieht Hoch ein Bündel Papiere aus dem Rock und zeigt ihm die einzelnen Blätter.

Es sind Wertpapiere und Schuldverschreibungen auf seinen Namen über beträchtliche Geldsummen. Eilfertig deutet er darauf: »Seht Ihr, daß ich kein Mitgiftjäger bin? Dafür könnte ich mir jeden Hof im Umkreis kaufen. Aber ich will nun mal den Rinzberghof!«

»Seid Ihr des Teufels?« donnert Andreas mit hochrotem Kopf. »Der Rinzberghof in fremden Händen – nie und nimmer! Da kennt ihr mich schlecht. Und jetzt verschwindet dahin, wo Ihr herkommt, ehe ich Euch Beine mache!«

Aber Hoch läßt sich nicht beirren, seine Augen bleiben ausdruckslos und seine Stimme gedämpft.

»Gemach, gemach! An wen wollt Ihr denn übergeben? Der Sepp taugt doch zu nichts als zu Prügeleien und steht mit jeder Arbeit auf Kriegsfuß. Er würde den schönen Hof nur zu Grunde richten. Und der Blasius ist ein Herumtreiber, wer weiß, ob er je wiederkehrt. Bleibt nur die Rosa – und da könnt Ihr froh sein, wenn sie einen Mann bekommt, der zu wirtschaften versteht.«

In diesem Augenblick geht die Türe auf und Rosa kommt ins Zimmer, zwei Kinder am Rockzipfel, den Säugling auf dem Arm und bleibt erschrocken stehen, als sie den fremden Besucher sieht. Sie ist ansehnlich in ihrer drallen, runden Weiblichkeit und Johannes Hoch betrachtet sie so wohlgefällig wie ein Händler auf dem Markt eine Kalbin, die er kaufen will. Dann tritt er auf sie zu, gibt ihr die Hand und sagt:

»Guten Tag, Rosa, ich bin dein zukünftiger Ehemann . . »

*

Niemand hielt es für möglich, daß ein stures, starrköpfiges Mannsbild wie der Rinzbergbur so schnell zu überzeugen und umzustimmen ist. Und daß dies einem hergelaufenen Fremdling gelingt, kann erst recht keiner fassen.

Kein Glottertäler erinnert sich daran, daß je der jüngste Sohn eines Hofes schon zu Lebzeiten des Vaters enterbt und seine Schwester ihm vorgezogen worden ist. So gerne der Sepp rauft und tanzt, so weit auch der Bogen ist, den er um Arbeit macht, *das* hat er nicht verdient! Mit einem Mal finden alle, daß es solche Draufgänger und Wildlinge wie den Sepp einfach geben muß und schon immer gegeben hat – sein Vater ist aus demselben Holz geschnitzt und hat sich noch immer nicht alle Hörner abgestoßen, sonst wäre er nicht einer der Rädelsführer im »Badischen Krieg« gewesen.

Entweder ist der Schurhammer jetzt verrückt geworden oder Hexerei ist im Spiel, irgendeine dunkle Macht, eine der vielen Geister- und Spukgestalten, die im Tal ihr Unwesen treiben. Das ganze Dorf redet von nichts anderem mehr und die Empörung schlägt hohe Wellen.

Der Rinzbergbur selbst wundert sich über seine rasche Entscheidung, aber die Argumente, die Johannes Hoch vorgebracht hat, sind wohldurchdacht und stimmen auch zu seinem großen Ärger weitgehend. Das eine kommt zum anderen: der Verdruß über seine widerspenstigen Söhne, die Sorge um Rosa, die Ungewißheit um die Zukunft des Hofes und das nahende Alter.

Die wesentlichste Rolle für ihn aber spielt das Geld, das sein künftiger Schwiegersohn mitbringt und in den Hof investieren will. Nicht im Traum hat er zu hoffen gewagt, daß ein so vermögender Mann sich für Rosa interessieren könnte – das ist schon ein seltener Glücksfall. Auf die Idee, seine Tochter zu fragen, ob sie diesen Mann überhaupt heiraten wolle – auf eine so abwegige Idee wäre er sowieso nie gekommen.

Seine letzten Zweifel zerstreut Johannes Hoch als die Rede auf den *Libding*-Vertrag kommt, die wichtigste Voraussetzung für eine Hofübergabe und üblicher Weise Gegenstand zähen Verhandelns zwischen der alten und der neuen Generation.

»Zwischen uns ist das kein Problem, Schwiegervater«, sagte Hoch leichthin, obwohl der Rinzbergbur noch gar nicht sein Schwiegervater ist. »Ihr setzt mit dem Advokaten den Vertrag nach Euren Wünschen auf und so soll er beim Notar unterzeichnet werden.«

Dies ist in der Tat ungemein großzügig. Insgeheim denkt Andreas »*Gut sein ist fromm, zu gut sein ist domm.*« Und er beschließt, den Vertrag ganz zu seinen Gunsten zu formulieren – wenn der Hoch ihm freie Hand läßt, hat er eben das Nachsehen.

All diese Punkte und Überlegungen, machen es ihm leichter, seinem Sohn Joseph zu eröffnen, daß er künftig nicht mehr der Rinzbergsepp sein wird. Zumindest glaubt er das. Die Erinnerung an ihre gemeinsame Zeit als Freischärler an der Seite von Friedrich Hecker schiebt er energisch beiseite. Auch die Tatsache, daß sie sich dabei gut verstanden haben und er sogar stolz auf seinen Sohn war, drängt er ins Abseits.

Und damit nimmt eine unheilvolle Entwicklung ihren Anfang. Ihr Kern ist die große Fehlentscheidung im Leben von Andreas Schurhammer, der Entschluß, den Rinzberghof in fremde Hände zu geben.

*

Sein Jüngster ist seit Tagen auf der Jagd im Hochwald und kommt ahnungslos zurück ins Tal, wo er schnell hört, was sich inzwischen ereignet hat. Der Müller, der Schmied, der Sattler und natürlich die redselige Kramerin, alle strecken die Köpfe aus ihren Häusern, als sie sehen, wie er die staubige Dorfstraße herunterkommt, die Büchse über der einen Schulter und den frisch geschossenen Rehbock über der anderen. »Wenigstens hast du Glück in der Liebe und bei der Jagd, Weidmannsheil, du Pechvogel!« sagt die Kramerin und sieht ihn mitleidig an. Sie mag den großen, bärenstarken Sepp mit seinem wilden schwarzen Haarschopf. Als er noch ein Bub war, hat sie diese Mähne gerne zerzaust und ihm oft ein Bröckchen Kandiszucker zugesteckt.

»Was schwatzst du da von Pechvögeln?« gibt Sepp gut gelaunt zurück. »Weidmannsdank – wie du siehst bin ich eher ein Glückspilz! Morgen gibt's Rehbraten auf dem Rinzberghof!«

»Wenn du morgen noch da bist .....«, sagt der Müller und läßt den Satz bedeutungsschwer in der Luft hängen.

»Was soll das heißen?«

Sepp zieht die Brauen zusammen und auf seiner Stirn bildet sich eine steile Falte. Er spürt, daß etwas Bedrohliches in der Luft liegt und sieht den Müller scharf an.

Der wischt verlegen seine mehligen Hände an dem Schurz ab und will plötzlich nicht mehr reden. Auch die anderen schweigen und die Kramerin schlägt die Augen nieder.

»Ist etwas passiert? So redet doch und steht nicht herum wie Schafe!«

»Das kann man wohl sagen, daß etwas passiert ist«, mischt sich nun der Schmied ein, »der Rinzberghof geht in fremde Hände und du wirst enterbt. Besser du erfährst es, ehe du heimkommst.«

Sepp läßt den Rehbock fallen und geht angriffslustig auf den Schmied zu. »Sag sofort, daß das eine verdammte Lüge ist, sonst dreh' ich dir den Hals um, du elender Eisenverbieger!«

Der Schmied ist nicht viel älter als er selbst und hält ihn mit seinen breiten, rußigen Pratzen von sich fern. »Ich würde mich auch aufregen an deiner Stelle«, sagt er gutmütig, »aber statt mir den Hals umzudrehen, nimm dir lieber deinen künftigen Schwager vor, dem du den Schlamassel verdankst.«

»Schwager?? Dieses Windei, dieser bleiche, widerwärtige Kerl, der hier herumschleicht und die Leute aushorcht?«

»Ja, dieser Lump, dieser Kaib, dieser Heimtücker«, bestätigt die Krämerin, »aber laß dich zu nichts hinreißen, Sepp, wir sind alle auf deiner Seite. Steck erst mal den Kopf in den Brunnen zum abkühlen!«

Aber Sepp hört schon nicht mehr hin und stürmt den Hang hinauf in Richtung Rinzberghof. Den Rehbock läßt er achtlos liegen und der Schmied schleppt ihn in den Schatten seiner Werkstatt.

»Jesusmariaundjosef«, lamentiert die Kramerin und bekreuzigt sich, »wenn das nur gutgeht.«

Daß das *nicht* gutgehen kann, ist vorauszusehen. Sepp begegnet Johannes Hoch auf dem Hof und wirft ihm einen finsteren, verächtlichen Blick zu, den dieser mit spöttischem Lächeln und einer angedeuteten Verbeugung quittiert. Mit einem Satz ist Sepp bei ihm, hebt ihn wie eine Puppe hoch und wirft ihn krachend auf einen Berg frisch gehacktes Holz. Er spuckt hinterher und wischt sich die Hände an der Hose ab, als habe er Dreck angefaßt.

Wortlos geht er ins Haus, stößt die Küchentür auf und fragt mit gefährlich ruhiger Stimme: »Wo ist der Vater?«

Rosa steht alleine am Herd und trotz ihrer Einfalt scheint sie genau zu wissen, worum es geht.

»Ich habe nichts damit zu tun, glaub mir!« sagt sie flehentlich.

Ihr Bruder schiebt sie beiseite, öffnet die Tür zur Stube mit einem Fußtritt und sieht seine Mutter in einem erregten Streitgespräch mit dem Vater. Noch nie hat er erlebt, daß sie ihm auch nur das geringste Widerwort gegeben, geschweige denn mit ihm gestritten hat.

»Was sind das für Sitten, du ungehobelter Klotz?« herrscht ihn sein Vater lautstark an.

»Was das für Sitten sind, frage ich Euch!« schreit Sepp zurück, »Sitte im ganzen Schwarzwald ist es, daß der jüngste Sohn Hoferbe ist! Ich will...«

»Was du willst, interessiert keine Sau«, unterbricht ihn der Rinzbergbur grob. »Wenn der jüngste Sohn nichts taugt und nicht wert ist, den Hof zu erben, dann kriegt ihn eben ein anderer. Basta!«

»Aha, daher pfeift der Wind! Dann stimmt es also was im Dorf geredet wird? Ihr habt vor, mich zu enterben zugunsten von diesem windigen, dahergelaufenen Hoch? Ja oder nein – ich will es von Euch selbst hören!«

»Ja!«

Auch wenn Andreas heimlich noch immer letzte Zweifel

hegt, ob seine schnelle Entscheidung richtig ist, auch wenn ein ungutes Gefühl in seinem Inneren ihn warnt – die bohrenden Fragen seines Sohnes und dessen Aufsässigkeit verhärten seine unnachgiebige Haltung.

»Ist das Euer letztes Wort, Vater?«

»Ja.«

Sepp wird blaß unter seiner sonnendunklen Haut und der erwartete Wutausbruch bleibt aus. Er umarmt ohne ein Wort seine Mutter, blickt den Vater haßerfüllt an und schultert die abgestellte Büchse.

»Dann ist es heute das letzte Mal, daß ich die Schwelle des Rinzberghofes übertreten habe, so wahr mir Gott helfe!«

16

Andreas Schurhammer läßt sich die Hochzeit seiner Tochter Rosa etwas kosten – eine Trotzreaktion auf die Spötter und diejenigen, die ihn offen wie heimlich einen Narren nennen. Aber soviel sie auch reden und sich die Mäuler zerreissen – fast alle kommen sie mit heuchlerischen Gesichtern, wünschen Glück und lassen sich freihalten.

Rosa und Johannes Hoch sind kein sonderlich schönes Paar. Aber das macht nichts, wenn Geld zu Geld kommt und ihr Hochzeitsstaat kann sich wahrlich sehen lassen: Rosa ist in ein neues, fein und teuer besticktes Mieder gekleidet, das in einen langen, gefältelten Rock mit einer bunten Schürze aus bester Seide übergeht. Auf ihrem Kopf sitzt ein *Schäppel*, eine kunstvoll gearbeitete Krone aus silbrigen und weißen Glasperlen, verziert mit Gazerosetten und Stoffblümchen. Mit diesem Rollenkranz schmücken sich die Maidli zum ersten Mal am »Weißen Sonntag«, dann an hohen kirchlichen Festen und zum letzten Mal an ihrem Hochzeitstag. Johannes Hoch trägt einen schwarzen Tuchanzug, ein weißlinnenes Hemd mit Schleife, eine Weste und einen flachen dunklen Hut mit Samtband.

»Ich möchte bloß wissen, weshalb der Hoch die Rosa nimmt?«, wispert eines der Kreuzmaidli, der Jungfrauen aus der Verwandschaft, die mit ihren Schäbbelkränzen über den roten Zopfbändern den Hochzeitszug begleiten.

»Pssst – nicht so laut!« wispert ihre Nachbarin zurück. »Warum wohl? So eine dumme Frage! Weil sie den Rinzberghof mitbringt!«

»Oder weil er nichts Besseres gekriegt hat! Wer weiß, was er so lange in der Fremde getrieben hat – sicher nichts Gutes, sonst würde er darüber reden!«

Die Kreuzmaidli kichern hinter vorgehaltener Hand.

Im »Engel«-Wirtshaus gibt es die Morgensuppe, alle bekommen *Maien* und um neun Uhr geht es zur Kirche nebenan: der Brautführer mit der Braut, der Ehrgesell mit dem Bräutigam und nach den beiden Zeugen die Eltern, die Verwandtschaft und die Gäste. Das Hochzeitspaar sitzt während der Zeremonie vorne im Chor und begibt sich nach der Trauung samt Brautführer und Ehrgesell ins Pfarrhaus, um die Messe zu bezahlen und Pfarrer Willin zum Hochzeitsschmaus zu laden.

»Gottlob, jetzt gibt's endlich was Ordentliches zu essen«, sagt der Ehrgesell und leckt sich die Lippen, »nur von der Andacht wird man nicht satt.«

Der Engelwirt läßt Rotwein in Gläsern vor die Türe bringen, alle prosten sich zu, wünschen einander Gesundheit und dem jungen Paar Glück und Segen.

»Auf Dein Wohl, Johann«, sagt Rosa leise, »ich will dir eine gute Frau sein.«

»Das möcht' ich dir auch geraten haben, sonst könnte dich die Hochzeit schnell reuen!«

Hoch sieht sie kühl abwägend an und erwidert den Druck ihrer Hand nicht.

Ihr Lächeln erlischt, als sie die Holztreppen zum Wirtshaus hinaufsteigen.

Das Hochzeitspaar nimmt den Ehrenplatz im Herrgottswinkel ein und nun wird aufgetischt, daß sich die Tische biegen. Zwischendurch spielt immer wieder die Musik zum Tanz auf und das Vergnügen dauert vom Vormittag bis in die späte Nacht.

Der Brautvater Andreas Schurhammer hat das Festessen auf Pergamentpapier schreiben lassen, damit jeder Gast weiß, was ihm geboten wird, wenn der Rinzbergbur feiert:

Fleischsuppe
Erster Ehrentanz

*

Saure Leber oder Sülz
Ehrentanz

*

Rindfleisch mit Beilagen
Meerrettich, Rotrüben, Johannisbeeren
Allgemeiner Tanz

*

Braten
Salat, Zwetschgen
Tanz

*

Kalbfleisch
Backwerk: Blätterteigpasteten
Tanz

*

Schinken
Bratwürste
Sauer- oder Schwarzkraut
Tanz

*

Kaffee – Torte – gewahlte Küchle

Die Pausen zwischen den einzelnen Gängen und den Ehrentänzen werden am Nachmittag immer länger. Die Gäste trinken, schwatzen und unterhalten sich über den neuesten Klatsch. Alte Geschichten werden ausgegraben und alle bestürmen den Knecht Karl zu erzählen, wie das mit dem Goldschatz auf dem Rinzberghof gewesen ist. Jeder kennt schon diese Moritat, die eine Generation zurückliegt und will sie trotzdem wieder hören, weil sie so schön ist.

Karl läßt sich eine Zeitlang bitten, – diesen einzigen Luxus seines Lebens erlaubt er sich jedes Mal. Dann nimmt er einen tiefen Schluck und beginnt:

»Ich bin damals noch Hirtenbub auf dem Rinzberghof gewesen, aber ich war dabei, als der alte Bur mit dem Roßknecht zusammen das halbzerfallene Backhaus herrichten wollte. Da mußten sie erst die lockeren Steine losklopfen – und was fanden sie dabei?«

»Den Goldschatz!« rufen die Gäste begeistert, die schon auf dieses Stichwort gewartet hatten.

»Richtig, sie fanden einen irdenen Topf mit Golddukaten, der während einem der vielen Kriege und Plünderungen in einem Hohlraum versteckt worden war. Der Besitzer hat sein Geheimnis mit ins Grab genommen, er mußte wohl schneller sterben, als er glaubte.«

Karl macht eine wohlbedachte Pause, stopft inzwischen bedächtig seine Pfeife und läßt sich Zeit.

»Weiter, weiter«, drängen seine Zuhörer, »was kam dann?«

»Ja dann – dann schütteten sie die Dukaten aus dem Topf auf den Boden, wühlten mit den Händen darin, ließen die Goldstücke in der Sonne funkeln und tanzten vor Freude darum herum. Ich durfte auch eines anfassen!«

Er blickt stolz in die Menge und seine Augen glitzern vom Wein wie das Gold in der Sonne.

»Waren es viele Dukaten?«

»Mächtig viele«, bestätigt Karl, »wir konnten gar nicht alle zählen!«

Einer der Gäste flüstert: »Kein Wunder – der alte Rinzbergbur konnte ja kaum bis zehn zählen!«

»Pssssscht!« machen die anderen und Karl fährt fort: »Wir packten das Gold wieder in den Topf zurück, ehe die Knechte und Mägde vom Feld heimkamen und es sehen konnten. Dann haben wir überlegt, wo wir es sicher verstecken könnten. Das war vielleicht schwierig – so ein Haufen Gold!«

Er macht eine weit ausladende Geste mit beiden Händen. So wird der Goldberg immer größer.

»Und wo habt ihr den Topf dann versteckt?«

»Das erratet ihr nie!« sagt Karl mit geheimnisvoller Miene, obwohl es jeder im Saal weiß. »Wir haben den schweren Goldschatz die Stiegen hinauf geschleppt bis in den Speicher und haben ihn zwischen den Dachsparren und Ziegeln versteckt. Und dann mußten wir dem Buren bei unsrem Seelenheil und dem Heiligen Pankratius schwören, daß wir ewiges Stillschweigen darüber bewahren.«

»Trink noch einen Schluck, Karl, damit deine Gurgel geschmiert wird!« sagt sein Nachbar und schenkt ihm nach, »hoffentlich hast du auch dichtgehalten!«

Der Alte entrüstet sich: »Ich – und nicht dichthalten?? Kein Sterbenswörtchen ist je über meine Lippen gekommen!«

»Und was ist dann mit dem Schatz geschehen?«

»Auch das werdet ihr nie erraten! Ich war noch ein junger Hüpfer damals, aber der Bur und der Roßknecht hätten daran denken müssen.«

»Denken – an was?«

»An das geweihte Salz«, sagt Karl bekümmert, »am nächsten Tag beim Abendessen fragte der Roßknecht den Buren: Habt Ihr auch nicht vergessen, geweihtes Salz auf den Goldtopf zu streuen, damit der Schatz nicht weicht? Der Bur schlug sich mit der Hand auf die Stirn vor Schreck, rannte die Treppen hoch – und was sag' ich euch – der Schatz war gewichen, war spurlos verschwunden!«

Ein wohliger Schauer überrieselt die Zuhörer.

Karl erhebt seine Stimme und setzt zum Finale an: »Aber nicht nur das! Ein Unglück kommt selten allein, das wißt ihr ja! Nicht nur das Gold war weg – in der gleichen Woche noch kündigte der tüchtige Roßknecht und so mußte der Bur gleich zwei Verluste beklagen. Und wollt ihr auch wissen, was noch passierte?«

Die Gäste beginnen vor Vergnügen zu johlen und schreien: »Ja, ja!«

»Der Roßknecht kaufte sich in Emmendingen einen schönen Hof und der Rinzbergbur verfluchte seine Vergeßlichkeit. So geht's, wenn man nicht ans geweihte Salz denkt – dann nützt einem der beste Goldschatz nichts!«

Alle klatschen und lachen. Nur Andreas Schurhammer macht ein saures Gesicht.

Er hört diese alte Geschichte gar nicht gern, denn sie sprach Bände über die Einfalt seines Vaters selig. Wahrscheinlich schlägt ihm die Rosa nach, denkt er verdrossen, von wem sollte sie sonst Ihre Einfalt haben?

Gottlob, daß sie jetzt unter der Haube ist!

17

Sepp ist der Hochzeit seiner Schwester ferngeblieben. Nach der Auseinandersetzung mit seinem Vater schlägt er einen weiten Bogen um das Dorf und steigt wieder hinauf zum Hochwald. Er will alleine sein und keine Menschenseele sehen, will weder Mitleid, noch Schadenfreude, noch Sympathiebeweise. Er kocht noch immer vor Wut, über diesen arglisten Lumpen, der ihm sein Erbe streitig macht und vor Wut auf diesen Schwachkopf von Vater, der ihm Glauben schenkt.

Der Rinzbergbur, denkt er bitter, der sich so viel auf sein Bürgermeisteramt zugute hält – er ist auch nicht besser als mein Großvater, der nicht lesen, schreiben und rechnen konnte und wenn es ans Bezahlen ging, einfach seine Geldkatze auf den Tisch legte mit den Worten: Nehmt euch was es kostet! Ach ja, und dann war da noch die berühmte Geschichte mit dem »gewichenen« Goldtopf...

Wäre er ehrlich, müßte er sich eingestehen, daß er selbst nicht ganz unschuldig ist an der Entwicklung der Dinge, aber diese Einsicht liegt in weiter Ferne...

So stapft er zornig bergan, verflucht abwechselnd den Hoch und den Schurhammer und überlegt wie das Leben nun weitergehen soll. Aus seinem Elternhaus hat er nichts mitgenommen als die Kleider, die er auf dem Leib trägt und die Büchse über der Schulter. Dabei fällt ihm wieder der frisch geschossene Rehbock ein, den er ihm Dorf gelassen hat und an dem sich jetzt andere gütlich tun – im guten Glauben, daß ihm die Ereignisse den Appetit verschlagen haben. Noch ein Grund zu fluchen, denn er hat einen Bärenhunger und seit dem frühen Morgen nichts mehr gegessen.

»Wer so lästerlich flucht, muß tausend Jahre extra im Fegefeuer schmoren!«

Er fährt erschrocken aus seinen düsteren Gedanken auf, als er die helle, fröhliche Stimme hört: Mitten im Tannendickicht hockt Magdalena, des Mattenburen »Madlen« und pflückt Heidelbeeren in einen Weidenkorb. Seine schlechte Laune bessert sich augenblicks, als er sie sieht. Sie gehört nicht zu den auffallend hübschen Mädchen, aber sie ist ein erfreulicher Anblick. Klein und schlank sitzt sie inmitten der Beeren, die braunen Zöpfe hochgesteckt, als Kranz um den Kopf gelegt. Sie droht ihm mit dem Finger und sagt neckend: »Vielleicht reichen auch fünfhundert Jahre, wenn du schon auf Erden Buße tust und mir beim Beerenpflücken hilfst, damit der Korb schneller voll wird.«

»Im Gegenteil – ich will dir welche wegessen, weil ich halb verhungert bin! Das ist schlimmer als Fegefeuer!«

Madlen weiß natürlich, was sich auf dem Rinzberghof ereignet hat und er ist dankbar, daß sie ihn nicht bemitleidet. Sie legt die Hand auf seinen Arm und sagt: »Ich kann mir gut vorstellen, wie weh das tut. Aber es wird vorübergehen wie jeder andere Schmerz. Willst du darüber reden oder kannst du das noch nicht?«

Sepp beginnt stockend und in abgehackten Sätzen zu sprechen und mit einem Mal sprudelt sein ganzes Elend aus ihm heraus. Es kommt ihm vor, als habe er noch nie so viel auf einmal geredet. Madlen hört ruhig und aufmerksam zu, ohne ihn ein einziges Mal zu unterbrechen. Als er dann schweigt, schweigt sie mit ihm. Erst nach einer langen Pause sagt sie: »Das ist keine schöne Geschichte, Sepp, aber sie ist nicht zu ändern. Und sie hat auch ein Gutes – sie gehört heute schon zur Vergangenheit. Morgen beginnt deine Zukunft! Schau in diese Richtung und nicht rückwärts, dann wird es mit jedem Tag leichter.«

Sie steht auf und greift nach ihrem gefüllten Korb.

»Es ist schon spät, ich muß mich eilen. Viel Glück, Sepp – vergiß nicht, was ich dir geraten habe.« Und schon ist sie leichtfüßig zwischen den Bäumen verschwunden.

Sepp bleibt zwischen den Heidelbeeren sitzen und sieht ihr nach. Er fühlt sich elend, aber gleichzeitig erleichtert und ist froh, daß er Madlen getroffen hat. In der Dämmerung erreicht er eine Holzfällerhütte und brät sich am offenen Feuer einen unterwegs erlegten Hasen. Als er satt ist, wacht er noch lange neben der verglimmenden Glut und denkt nach.

Die Madlen hat gut reden – wie kann einer in die Zukunft schauen, der gar keine Zukunft hat? Meine Zukunft ist doch zerbrochen wie Glas, das auf einem Stein zerschellt. Vor ein paar Tagen war ich noch der Rinzbergsepp und Hoferbe – und jetzt bin ich ein Habenichts, der als Tagelöhner sein Brot verdienen muß, wenn er essen will. Der Blasius hat wenigstens einen Beruf, aber ich habe gar nichts.

Er hadert mit seinem Schicksal, doch ehe ihn erneut das Selbstmitleid übermannen kann, hört er in Gedanken wieder Madlens aufmunternde Worte, sieht ihr klares Gesicht vor sich und schüttelt seine Verzagtheit ab.

Er bleibt noch drei weitere Tage ihm Wald, dann steigt er wieder hinunter ins Dorf und verdingt sich als Tagelöhner. Die Ernte ist in vollem Gange, jeder Helfer ist willkommen und zum ersten Mal in seinem Leben stellt Sepp fest, daß Arbeit auch Spaß machen kann.

Natürlich würden ihm seine Lieblingsbeschäftigungen mehr Spaß machen, aber eher hät' er sich die Zunge abgebissen, als seinen Vater um einen roten Heller zu bitten.

Er hilft beim Mähen, beim Dreschen, beim Einfahren von frischem Gras und Heu und beim Laden der Garben. Er verrichtet sogar zähneknirschend Arbeiten, die auf dem Rinzberghof der Oberknecht an die rangniederen Völcher weitergibt, also ausmisten, Holz tragen oder Kartoffeln und Rüben waschen, wenn die Hirtenbuben nicht rechtzeitig von der Weide kommen.

Und noch eine neue Erfahrung macht Sepp: Leute, die er bisher zu seinen Freunden zählte, die ihm geschmeichelt haben und »um den Bart gingen«, übersehen ihn jetzt, obgleich ein Mann seiner Statur nicht leicht zu übersehen ist. Und andere, die er nur flüchtig kennt, teilen ihr Vesper mit ihm und laden ihn ein zu einem »Viertele«

Er schläft ihm Heu, wäscht sich frühmorgens in der Glotter oder am Brunnentrog und hilft bei allen Bauern aus, denen ein paar kräftige Hände bei der Ernte fehlen. Dazu gehört auch der Mattenbur.

Dessen Hof liegt auf der anderen Seite der Glotter, breit und behäbig an einen Hang geduckt wie der Rinzberghof. Auf den ersten Blick wirkt das Anwesen wohlhabend und gepflegt: Das gespaltene Holz ist ordentlich an der Südwand aufgestapelt und abgedeckt, die Gerätschaften und Werkzeuge blankgescheuert, das Vieh geputzt, der Hof gefegt und vor den Fenstern blühen üppige

Geranien. Wer näher hinsieht, entdeckt auf den zweiten Blick das feuchte Mauerwerk, die abblätternde Farbe an der Außenwand, die bemoosten und geborstenen Ziegel auf dem Dach. Viele Reparaturen sind nötig – und daß sie nicht gemacht werden, liegt nicht am fehlenden guten Willen, sondern am fehlenden Geld.

Der Mattenbur schaut seinem Haus ähnlich: Breit und behäbig tritt er aus der Haustür und betrachtet mit gerunzelter Stirn den jungen Mann, der den Weg zum Hof heraufkommt. …

»Der Rinzbergsepp!« ruft er überrascht, »daß der tatsächlich den Weg zu mir findet! Du willst doch nicht etwa bei der Ernte helfen?«

»Doch, genau das! Ich brauche Geld, weil ich nicht mehr der Rinzbergsepp bin.«

»Da hast du dir den falschen Platz ausgesucht. Ich könnt' selbst welches brauchen und kann dich nicht bezahlen. Aber wenn dir die Mahlzeiten und eine Schlafstatt genügen, bist du willkommen – vorausgesetzt, du weißt inzwischen was Arbeit heißt. Unnütze Esser haben hier keinen Platz.«

Dem Sepp wird heiß vor Ärger und er holt tief Luft für eine scharfe Entgegnung. Da aber kommt Magdalena aus dem Stall, unter einem Arm ein Huhn, am anderen den Eierkorb.

Ihr Rock flattert im Wind und sie lacht, wie sie ihn sieht: »Jedes Mal begegnen wir uns, wenn ich etwas einsammle – mal Heidelbeeren, mal Hühnereier! Besuchst du uns nur so oder hast du schon wieder Hunger?«

Frisch und munter wie ein junges Fohlen ist sie, sauber und adrett, wenn auch keine Schönheit im landläufigen Sinn. Sepp aber findet, daß sie zum Verlieben hübsch aussieht und beginnt zu stottern, was sonst nicht seine Art ist.

»B –beides – ich besuche euch und ich habe Hunger. Eigentlich brauche ich Arbeit und will etwas verdienen.«

»Ich hab ihm schon gesagt, das geht bei uns nicht«, mischt sich der Mattenbur energisch ein.

»Warum nicht?« fragt Magdalena sanft. »Er hat Hunger und wir brauchen Hilfe. Auch wenn wir nichts bezahlen können, so ist Kost und Logis auch eine Gegenleistung, was meint Ihr, Vater?«

»Das habe ich doch gleich gesag«, knurrt der, » vorausgesetzt, der Sepp ist nicht so faul wie er lang ist. Ein großer Kerl wie er kann einem die Haare vom Kopf fressen, wenn er nicht richtig arbeitet. Und einen sonderlich guten Ruf hat er nicht gerade . . »

Sepp schluckt zweimal – und erwidert nichts. So kommt es, daß er, der nach der unwirschen Begrüßung durch den Mattenburen auf dem Absatz kehrtmachen wollte, für den Rest des Sommers auf dem Hof bleibt.

Madlen wehrt seine stürmischen Liebesbezeugungen freundlich, aber entschieden ab. Manchmal hat er das Gefühl, daß es ihr schwerfällt und doch gelingt es ihr immer wieder sich mit einem Scherz aus seinen Armen zu winden, geschmeidig wie eine kleine Eidechse. Sie schafft es auch, ihn mit dieser Zurückweisung nicht zu kränken, obwohl die anderen Mädchen es ihm so leichtmachen. Dabei entwickelt sie eine Feinfühligkeit, die für ein schlichtes Bauernmädchen ungewöhnlich ist und wenn sie miteinander reden, weiß sie oft um seine Gedanken noch ehe er sie ausspricht.

»Ich kann mir gut vorstellen, wie schlimm es für dich ist, einen Lumpen wie den Hoch als Rinzbergburen zu sehen. Machtlos zuschauen, wenn man zwei so kräftige Fäuste hat wie du...«

Sie spürt wie er sich verhärtet und beginnt seine Hände zu streicheln, dreht sie um und legt ihre kleine Hand dagegen, die gerade bis zum Ansatz seiner Finger reicht. Wider Willen muß er lächeln.

»Schon viel besser,« lobt Madlen, »wenn du so finster wie vorhin dreinschaust, könnte ich fast Angst vor dir bekommen!«

»Ich habe aber nicht viel zum Lachen.«

»Das ist nur so, weil du die dunklen Gedanken nicht verscheuchst. Sie sind wie Nachtgespenster und müssen verjagt werden, damit die Sonne wieder scheinen kann. Alle im Tal wissen, daß es eine Schande ist, was dein Vater gemacht hat. Aber du mußt mit dieser Entscheidung leben und dich damit abfinden.«

»Das ist leichter gesagt als getan. Jedes Mal wenn ich daran denke, packt mich eine solche Wut, daß ich alles kurz- und kleinschlagen möchte!«

»Und du meinst, danach geht's dir besser?«

Sepp nickt grimmig.

»Dann habe ich eine gute Idee: Hinten bei der Scheuer ist ein Riesenstapel Brennholz. Wenn du den kurz- und kleinschlägst und den Hackklotz dazu, bist du die Wut los und deine überschüssigen Kräfte obendrein...!«

Madlen schaut ihn schelmisch an. »Wie gefällt dir das?«

Während Sepp noch nach einer passenden Antwort sucht, küßt sie ihn schnell und zärtlich auf den Mund und huscht ins Haus, ehe er sie in die Arme schließen kann.

»Du Tölpel«, schilt er sich, »du Anfänger! Hast du dich jemals so dämlich bei einem anderen Maidli angestellt? Statt sie festzuhalten, läßt du sie weglaufen. Recht geschieht's dir, wenn sie dich für einen Narren hält, der seine Chancen nicht nutzt!«

*

Als die kalte Jahreszeit naht und die letzten Erntearbeiten getan sind, macht der Mattenbur unmißverständlich klar, daß Sepp auch ohne Lohn nicht länger bleiben kann.

»Tut mir leid«, sagt er aufrichtig, »aber du weißt wie die Zeiten sind. Ein Vieh, das nicht arbeitet und etwas einbringt, kann ich ebensowenig durchfüttern wie einen unnützen Esser, nicht bei einer so großen Familie. Du mußt dir etwas anderes suchen, Gott helfe dir.«

Im Sommer ist es kein Problem ohne ein Dach über dem Kopf zu sein, aber im Winter wird es schwierig und so hadert Sepp wieder einmal mit seinem Schicksal, als er zu einer hochgelegenen Wiese über dem Gullerhof hinaufsteigt, um nachzudenken. Durch das schöne weite Tal zieht sich wie ein Schleier der erste Herbstnebel. Er blickt auf das weidende Vieh, die kahlen abgeernteten Rebhänge, auf die Wälder mit den bunt leuchtenden Laubbäume zwischen den schwarzen Tannen – und auf das Glotterbad unter ihm.

Dort könnte es Arbeit geben, denkt er spontan, dort brauchen sie das ganze Jahr über Badeknechte – und im gleichen Moment bäumt sich alles in ihm auf gegen dieses Wort: Er ist zum Bauern geboren und zum Hoferben und wenn ihm Gott schon nicht hilft, so hat er ihm doch das rechte Standesbewußtsein mitgegeben: *die Völcher*, die Knechte und Mägde sind da, *für ihn* zu arbeiten. Nun wird ihm selbst diese Rolle zugeteilt und er grollt über so viel Ungerechtigkeit.

Der mitreißende Rhythmus der »türkischen Musik« klingt aus dem Tal herauf und holt Sepp aus seinen trüben Gedanken. Es ist Sonntag und ihm fällt ein, daß er schon seit vielen Wochenenden nicht mehr getanzt hat. In großen Sprüngen eilt er den Hang hinunter zum Glotterbad, wo die flotte Musik herkommt: das alte Zusammenspiel von Geige, Baß und Ziehharmonika, dazu die Blechblasinstrumente, die der Lehrer Steurer eingeführt hat. Insgeheim hofft er außer dem Tanz auch auf eine zünftige Rauferei. Und die bekommt er schneller als er denkt, denn der Chrischte vom Wälderhansenhof ist da, sein Lieblingsfeind seit Jahr und Tag.

Wenn die beiden sich begegnen stieben die Funken, nur in der Zeit während Heckers Freiheitskrieg und danach hatten sie »Waffenstillstand« beschlossen. Sie sind wie zwei Leithengste, die um des Kämpfens willen aufeinander losgehen und keinen weiteren Anlaß dazu brauchen, außer ihren Stuten natürlich. Und in dieser Nacht versucht der Sepp dem Chrischte sein Maidli auszuspannen, die Theres aus Heuweiler.

Sie ist eine aufreizende junge Weibsperson, die sich einen Spaß daraus macht, den Mannsbildern den Kopf zu verdrehen. Ihr Mieder ist dünn und liegt so eng an, daß sich ihre prallen Brüste deutlich darunter abzeichnen. Sie wiegt sich herausfordernd in den Hüften und trägt ihren gelben Schwefelhut so keck wie keine andere.

Als Sepp durch die Tür kommt, läßt sie ihren Chrischte stehen und läuft freudig auf ihn zu: »Da ist er endlich wieder – der beste Tänzer im ganzen Glottertal! Komm, wir drehen einen Walzer miteinander!«

Sepp läßt sich nicht zweimal bitten, faßt sie um die Taille, zieht sie fest an sich und wirbelt mit ihr über die Tanzfläche. Die anderen Paare machen Platz, um nicht mit ihnen zusammenzustoßen und der Chrischte beobachtet sie mit finsterer Miene.

»Warum machst du dich so rar in letzter Zeit?« fragt die Theres, »du weißt doch, daß jeden Sonntag Tanz ist. Ich hab' dich schon vermißt!«

»Wirklich?« Sepp ist geschmeichelt. »Dir sollte es doch nicht an Tänzern fehlen! Und außerdem hast du ja deinen Waldhansler.«

»*Meinen?*« fragt sie gedehnt, »Sind wir vielleicht verheiratet?

Außerdem tanzt der Chrischte so tapsig wie ein Bär, mit dir ist es viel lustiger!«

»Nun, wenn das so ist, schaut's anders aus«, sagt Sepp und preßt sie noch enger an sich. Sie spürt wie erregt er ist, legt den Kopf zurück und lächelt verheißungsvoll. Sepp sieht ihren lockenden Blick und ringt um Beherrschung.

Ich muß sie küssen, denkt er, *jetzt gleich. Und dann nehm' ich sie mit ins Heu, sie wird sich nicht so lange spreizen wie Madlen, die mich dann noch mit »überschüssigen Kräften« foppt... und klammheimlich wird sie mich auslachen, weil ich wahrhaftig ein solcher Narr bin!*

Theres merkt, was er vorhat und biegt den Kopf noch weiter in den Nacken. Leise sagt sie: »Doch nicht hier!«

Mitten im Schwung des Walzers hält er an, nimmt sie bei der Hand und zieht sie ins Freie. Er ist so ungeduldig, daß er den ersten Kuß nicht erwarten kann und sie gleich im Schatten des nächsten Baumes in seine Arme reißt. Sekunden später wird er an der Schulter gepackt. Chrischte drängt sich zornentbrannt zwischen ihn und Theres und schlägt ihm die Faust ins Gesicht.

»Du Lumpenhund«, keucht er, »wenn du mein Maidli noch einmal anfaßt, dreh ich dir's Genick um!«

Der erste Hieb saß und kam unerwartet, dann aber schlägt Sepp blitzschnell zurück und im Nu entwickelt sich eine handfeste Prügelei, die unentschieden endet, weil Theres' einen Eimer Wasser holt und ihn über den Kämpfenden auskippt.

»Ihr seid ja schlimmer als zwei Kater im Frühling«, sagt sie ungerührt. »Jetzt reicht mir's! Ich fahre gleich heim, ich find' schon einen, der mich mitnimmt in seinem *Bännewägeli* . Und ihr gehört auch ins Bett, ihr *Streitguller!*«

So geht's im Leben und so ging's schon immer: Wenn zwei sich streiten, freut sich der Dritte!

Da sitzen sie nun wie die sprichwörtlich begossenen Pudel und schütteln sich das Wasser aus den Haaren. Die Rauflust ist auf den Nullpunkt abgekühlt. Chrischte, der nicht nur wie ein Bär tanzt, sondern auch wegen seiner Bärenkräfte gefürchtet wird, erhebt sich und wirft Sepp im Gehen noch einen bösen Blick zu: »Ich hab dich gewarnt – laß' die Finger von der Theres oder du wirst es bereuen!«

Sepp rappelt sich zu seiner vollen Länge hoch und bemüht

sich, auf seinen Widersacher herunterzuschauen, was ihm schwerfällt, denn der Chrischte ist fast so groß wie er.

»Das wollen wir mal sehen, wer was bereut«, sagt er von oben herab, »und außerdem hat da die Theres auch noch ein Wort mitzureden!«

18

Für Sepp ist es überraschend einfach, eine Anstellung als Badeknecht im Glotterbad zu bekommen. Der Badewirt Ehrlacher mißt ihn mit einem einzigen prüfenden Blick von Kopf bis Fuß: vom ungebärdigen Haarschopf zum kurzen schwarzen Bart, von der kraftvollen Statur bis zu den Kappen seiner ungeputzten Schuhe.

Dann nickt er und sagt befriedigt:

»So einen Wildling wie dich mögen die feinen Damen – und nicht nur die aus Freiburg. Das ist gut für's Geschäft. Lern' mich einer die Weiberleut kennen! Den Kamm darfst du dir weiterhin sparen und die Schuhe ziehst du sowieso aus im Bad. Sepp, du kannst bleiben, wenn du dich ordentlich aufführst und keinen Anlaß zu Klagen gibst.«

Sepp führt sich ordentlich auf – soweit der Ehrlacher das beurteilen kann – und gibt nicht den geringsten Anlaß zu Klagen. Ganz im Gegenteil:Die feinen Damen , die ebenso reichlich Zeit wie Geld haben, um im Glotterbad zu kuren und sich zu vergnügen, verkünden bald diskret hinter vorgehaltener Hand, daß sich eine solche Kur in jedem Falle lohnen würde – überwiegend natürlich der Heilkraft des Wassers wegen. Aber da sei außerdem ein ungewöhnlicher junger Mann, absurder Weise »Badeknecht« genannt – ein Bauernbursche zwar, aber talentiert – olala! Ein Liebhaber par excellence, der so manchen müden Gatten weit in den Schatten stelle. Die Damen nennen ihren Geheimtip natürlich nicht Sepp, sondern gut französich »Schoseph« und zeigen sich erkenntlich.

Jacqueline aus dem Elsaß, verheiratet mit einem Freiburger Apotheker, bleibt länger als alle anderen. Ihr Mann ist froh über den guten Einfluß der Glottertaler Badekur auf seine hübsche, aber immer kränkelnde Gemahlin.

»Sie ist richtig aufgelebt,« berichtet er voll Überzeugung seinen Freunden »sie fühlt sich gut und hat wieder strahlende Augen bekommen. Es muß eine große Kraft im Heilwasser des Glotterbades stecken.«

Die Freunde können sich davon überzeugen, als sie die bezaubernde junge Frau des Apothekers nach der Kur sehen: Sie ist wie verwandelt, ist vergnügt, lacht und scherzt.

Manch einer schickt nun seine sichtbar leidende Gattin auch ins Glottertal zu der berühmten Badekur. Und die verblüffenden Erfolge wiederholen sich: Die Frauen kommen gesund zurück, fröhlich und friedfertig.

Natürlich sprechen sich solche Erfolge herum und das Glotterbad ist gefragt wie selten zuvor. Der Badewirt Ehrlacher hat mit seinem neuen Badeknecht die rechte Wahl getroffen. Wenn er ihn sieht, sagt er: »Ich bin zufrieden mit dir, du machst deine Arbeit ordentlich und das Geschäft floriert.«

Nun ist Sepp an der Reihe zu schmunzeln. Arbeit – und ordentlich?? Ja, die eigentliche Arbeit macht er auch, weil es sich nun mal nicht vermeiden läßt, überwiegend mit der linken Hand: Er fegt die Böden, schrubbt die Wannen und führt die Gäste in die Badestuben, selbstredend nur die männlichen, für die weiblichen ist eine Badedirn zuständig.

Wenn es gewünscht wird, hilft er beim Auskleiden, prüft die Temperatur des Wassers und legt einen Deckel auf den Rand der hölzernen Wannen, wenn der Gast eingestiegen ist. Die Deckel haben am oberen Ende einen halbrunden Ausschnitt, groß genug, daß der Badende Kopf und Hände herausstrecken kann. Diese schlichte Konstruktion zeichnet sich durch zwei wesentliche Vorteile aus: Einmal bietet der Deckel ausreichend Platz, ein Schoppenglas darauf abzustellen, um sich während der anstrengenden Kur mit dem guten Glottertäler Wein zu stärken.

Zum anderen verhindert dieser Deckel, daß die Gäste im Wasser einschlafen. Dies wird nämlich in den zehn Baderegeln als »besonders schädlich« eingestuft und trifft den Nagel auf den Kopf: Es gab in früheren Zeiten häufig tödliche Badeunfälle, »balneo suffocatus«, was bedeutet, daß die bedauernswerten Patienten ob ihrer Anstrengungen (oder zuviel des süffigen Weines) eingeschlummert und ertrunken sind.

Solches kann nun gottlob nicht mehr passieren. Auch das Schröpfen und der Aderlaß werden nur noch sehr eingeschränkt angewendet – die Heilkraft von Wasser und Wein, verbunden mit der klaren Schwarzwaldluft und den sonstigen Annehmlichkeiten, die das Gottertal zu bieten hat, dienen der Gesundheit auf's Trefflichste.

Alle sind zufrieden: Die Gäste, der Badewirt Ehrlacher und der Sepp, der in dieser Zeit seine Fäuste schont, sich von seiner besten Seite zeigt und in der Kunst der Liebe täglich dazulernt. Die leichten Erfolge bei den Damen aus der Stadt machen ihn stolz wie einen Pfau. Nur einem paßt diese »Idylle« in keiner Weise: Pfarrer Willin. Das sittenlose Treiben und vor allem der Sonntagstanz im Glotterbad sind ihm ein Dorn im Auge.

»Entgegen der obrigkeitlichen Verordnungen kann dieser Unfug Platz greifen,« empört er sich. »Von Mai bis Michaeli ist Tanz erlaubt, aber nur für die Badegäste. Und was geschieht? Immer mehr *Schwefelhüte* und *Filzhüte* versammeln sich beim Glotterbad, weil's da so lustig zugeht. Jetzt ist es schon soweit gekommen, daß die Bauern alle Sonntage beim Tanz mitmachen, zum größten Schaden an Leib und Seele.«

Als der Badewirt Ehrlacher erfährt, daß Pfarrer Willin gegen den Bauerntanz wettert und ihn gar verbieten lassen will, schickt er ihm eine Nachricht: »Besser lasset Ihr Euch nicht mehr im Bade blicken, auf daß ich nicht in Versuchung komme, mich an Euch zu vergreifen!«

Der mangelnde Respekt vor der Allmacht der Kirche, ja die offene Widersetzlichkeit, nehmen zu. Und diese Entwicklung hat ja schon in den zwanziger Jahren mit dem Einzug des Lehrers Anton Steurer im Tal begonnen und mit seiner verderbten »türkischen Musik«.

Nach ihrem Rhythmus vergnügen sich nun Badegäste und Bauern einträchtig im Glotterbad und als der flotteste Tänzer ist Sepp am meisten gefragt. Er beherrscht nicht nur die alten Tänze wie Polka, Francaise, Lancier, Rutsch und Kapuziner, sondern auch den neumodischen, »sinnverwirrenden« Walzer aus Wien. Die Theres' von Heuweiler, die ihm vor Wochen gründlich den Kopf verdreht hat, ist jeden Sonntag da und macht ihm wieder schöne Augen.

»Hast wohl nur noch einen Blick für die Städterinnen, nicht

mehr für ein Maidli vom Land?« fragt sie ihn neckisch. Und er gibt leichthin zurück:

»Freilich, wenn die Landmaidli in so festen Händen sind wie du beim Wälderhanse Chrischte!«

»Meinst, er besiegt dich beim nächsten Raufen und hast etwa Angst davor?«

Sepp lachte belustigt, faßt sie um die Taille und tanzt einen einzigen Walzer mit ihr.

»So fängst mich nicht! Daß ich mich vor niemanden fürchte, weißt du genau – vor den Preußen nicht und vor dem Chrischte erst recht nicht!«

Dann läßt er sie stehen und tanzt für den Rest des Abends nur noch mit der reizenden Jacqueline aus Freiburg, die bedauernswerter Weise einen Rückfall erlitten hat und wieder zur Kur da ist. Nach mehreren Ohnmachten zu Hause und einem vertraulichen Gespräch gelangte ihr Arzt zu der Überzeugung, daß eine hoffnungsfrohe Wiederholungskur im Glotterbad die wirkungsvollste Medizin sei.

Natürlich kommen die Gäste nicht nur aus dem benachbarten Freiburg. Sie kommen auch aus Straßburg im Elsaß, aus der nahen Schweiz und sogar aus Karlsruhe, seit die neue Eisenbahnlinie fertiggestellt ist.

Einer von ihnen ist der Goldschmied und Juwelier Jakob Haffner von Rheinfelden, ein freundlicher, beleibter Mann, der die Annehmlichkeiten des Glotterbades genießt und sich gerne verwöhnen läßt. Er ist gebildet, ist ein gutes Stück in der alten Welt herumgekommen und verwickelt Sepp schon kurz nach seiner Ankunft in ein Gespräch.

»Ich sehe, daß du kein Badeknecht bist«, sagt er, »aber eine bessere Schule hast du auch nicht besucht. Wo kommst du her?«

»Was kümmert euch das?« fragt Sepp abweisend.

»Warum so schroff, junger Freund?«

Haffner schält sich aus dem Bademantel und läßt sich wohlig seufzend in das warme Wasser sinken. »Ich bin ganz einfach ein neugieriger Mensch und interessiere mich für meine Mitmenschen. Meist weiß ich nach ein paar Sätzen, wie ich sie einordnen kann, aber bei dir muß ich passen – deshalb frage ich.«

»Nun gut, sagen wir mal, ich spiele Badeknecht, um mein

Brot zu verdienen. Eigentlich bin ich der jüngste Sohn des Rinzbergburen und damit sein Erbe. Aber der Vater hat entschieden, den Hof meiner Schwester Rosa zu geben.«

»Aha – der verwunschene Prinz als Frosch, der auf seine Prinzessin wartet und den erlösenden Kuß! An Küssen dürfte es nicht mangeln . . war die rechte Prinzessin noch nicht darunter?«

Haffner macht die Geschichte sichtliches Vergnügen. »Aber Spaß beiseite: Das ist sehr ungewöhnlich und gegen jede Tradition. Woran liegt's?

Sepp zuckt verdrossen die Schultern.

»Und es ist nicht mehr zu ändern?«

»Nein. Der Kerl, der meine Schwester geheiratet hat, hält den Hof in seinen Klauen wie ein Habicht seine Beute.«

»Und dann bleibst du noch hier im Land? So wie du ausschaust, mußt du doch Mumm in den Knochen haben!«

Sepp fühlt sich unbehaglich bei diesen Fragen.

»Ihr habt leicht reden – wohin soll ich denn gehen?«

»Da gibt's nur eine Antwort – nach Amerika! Das ist die neue Welt, das ist das Land der Zukunft! Wer hier keine hat, der findet sie dort, wenn er tüchtig ist.«

Haffner redet sich in Hitze. Das heiße Bad und der Wein tun das ihre dazu.

»Wart Ihr denn selbst schon da, daß Ihr es so genau wißt?« fragt Sepp zweifelnd.

»Nein, aber ich habe Geschäftsfreunde drüben, die mit nichts angekommen sind und in kurzer Zeit gemachte Männer waren.«

»Zumindest müssen sie das Geld für die Überfahrt gehabt haben.«

»Und das hast du nicht? Wie lange bist du schon hier im Glotterbad? Egal wie lange – du hast Glück bei den Frauen, das habe ich schon nach ein paar Tagen gespannt. Und wenn du das nicht nutzst, außer zu deinem Vergnügen, dann bist du selbst schuld!«

Sepp ist entrüstet und Haffner ebenso, nur jeder aus einem anderen Grund. Er steigt vorzeitig aus der Wanne, schüttelt sich und hüllt sich in das bereitgehaltene weiche Badetuch. Dann tippt er Sepp auf die Brust und sagt:

»*Carpe diem !* Ach ja, du kannst kein Latein, aber es ist trotzdem wichtig: Packe den Tag, nutze jede sich bietende gute Gelegenheit nicht nur zu deinem Spaß, sondern auch zu deinem Vorteil! Das mag nicht sehr moralisch sein, dafür ist es sehr hilfreich!«

»Und was soll ich damit? Warum sagt Ihr mir das alles?«

»Das frage ich mich gerade selbst«, erwidert Haffner, »vielleicht weil ich keinen Sohn habe, an den ich solche Weisheiten weitergeben könnte! Bring mir noch einen Krug gut temperierten Roten auf mein Zimmer, dann brauche ich dich nicht mehr.«

Der Goldschmied Haffner scheint keinerlei Geldsorgen zu haben. Manchmal kommt ein Geselle aus Rheinfelden und nimmt neue Entwürfe für kostbare Schmuckstücke mit, die er im Glotterbad entworfen hat.

Er dehnt seinen Aufenthalt fast so lange aus wie die reizende Jacqueline. Wenn ihr Gatte sie besucht, besorgt um ihre schwache Gesundheit, erleidet sie neue Ohnmachtsanfälle und haucht: »Cheri, es dauert jedes Mal länger bis die Kur anspricht, ich brauche noch ein wenig Zeit… »

Diese Zeit bis zu ihrer völligen Genesung wird ihr auch vergönnt und jede Woche macht sie beachtliche Fortschritte, vor allem beim Sonntagstanz und beim »sinnverwirrenden« Wiener Walzer in den Armen von »Schoseph«. Jakob Haffner wird in diesen Monaten ein guter Freund. Manchen Abend sitzen sie zu dritt beisammen und Haffner sagt Sepp auf den Kopf zu:

»Du warst 1848 in Freiburg mit auf den Barrikaden, stimmt's? Bist du vorher auch mit Hecker nach Kandern gezogen?«

Sepp nickt grimmig: »Ich hab' mehr Preußen weggeklepft als Ihr Euch denken könnt, noch bei der Flucht!«

»Mon dieux, mon tresor!«

Jacqueline machte große erschrockene Augen, ohne die gescheiterte Revolution allzu ernst zu nehmen:«Vous êtes un hero vraimont – du bist ein wahrer Held! Du hast Temperament und Mut wie ein Franzose! Wären alle Deutschen so tapfer gewesen, nicht nur ihr Badener – ihr hättet eure Fürsten verjagt wie wir!«

Haffner pflichtet ihr bei. »Und wißt ihr beide, wo Friedrich Hecker heute ist? In Amerika. Er mag zu ungestüm, zu undiplomatisch gewesen sein, aber er wäre der Richtige gewesen für eine freie, vereinte Republik Deutschland – ein aufrechter, ehrlicher Mann mit Anstand und Charakter, lauter Eigenschaften, die den Politikern abgehen! Aber was hilft's – vorbei ist vorbei.«

»Wart Ihr etwa auch bei den Freischärlern?« fragt Sepp vorsichtig.

»Nicht aktiv, dafür bin ich zu bequem, aber mit Geld habe ich geholfen. Das ist zwar nicht so verdienstvoll wie selbst mitzukämpfen, aber besser als gar nichts.«

*

Der Herbst war mild und die Reben am Eichberg brachten reichen Ertrag. Der Winter zeigte sich umso grimmiger und hüllte den Hochwald vom Kandel abwärts in einen dichten Schneepelz. Selbst die Täler blieben weiß bis der warme Frühlingswind aus dem Tann herabfegte und den Schnee aufleckte. Die Glotter führte Hochwasser, riß Gestrüpp, knüppeldicke Äste und Steinbrocken mit, befreite sich aus ihrem schmalen Bachbett und überflutete die Straße nach St. Peter.

Haffner und Jacqueline sind den ganzen Winter über immer wieder ins Glotterbad gekommen. Als es allmählich Frühling wird, nimmt Haffner den Sepp beiseite:

»Du mußt dich jetzt entscheiden für deine Zukunft. Dieses bequeme Leben im Glotterbad ist nichts für dich, auch wenn's deiner Eitelkeit schmeichelt, daß all diese unbefriedigten, gelangweilten Frauen mit dir ins Bett wollen und verrückt nach dir sind. Darauf brauchst du dir nichts einzubilden, das kann jeder Gigolo. Glaub' mir, dieses Spiel verliert bald seinen Reiz für dich. Und dann? Willst du dein Leben wieder als Taglöhner fristen – mit Blick auf den Rinzberghof? Nein? Also, was bleibt dir? Amerika und sonst nichts! Hätte ich einen Sohn, würde ich ihm das Gleiche raten. Und weil ich ihn nicht habe, gebe ich Dir das Geld für die Überfahrt – und zwar doppelt. Halte vorher Ausschau nach der richtigen Frau und nutze auch deinen Verstand bei der Suche! Finde eine, die du lieben kannst und die dich liebt, eine, die aus einer ordentlichen Familie kommt und die es versteht zu arbeiten. *Das* sind die wichtigen Voraussetzungen, mehr braucht's nicht außer einem bißchen Glück.«

Alles klingt einleuchtend und vernünftig, was Haffner sagt. Aber Jacqueline, die leidenschaftliche kleine Jacqueline . . sie einfach verlassen, ein neues Leben beginnen, sie nie mehr wiedersehen?

Haffner hebt die Augenbrauen wie ein Lehrer, der einen unaufmerksamen Schüler tadelt. »Wie kann ein junger Mann, der kein Jüngling mehr ist, noch ein solcher Kindskopf sein? Abschiednehmen ist ein Teil des Lebens, das solltest du längst gelernt haben. Natürlich tut jede Trennung weh, aber du kannst es ertragen und bald wird die reizenden Jaqueline nur noch eine schöne Erinnerung für dich sein – wie du für sie.«

Er drückt Sepp ein Kuvert in die Hand.

»Betrachte es als Trinkgeld für einen langen Badewinter, nein, als Anerkennung für gut geleistete Dienste. Und gib' es für nichts anderes aus als für die Schiffskarten!«

19

Seit Andreas Schurhammer den Rinzberghof übergeben hat, bereut er seine Entscheidung täglich und dafür gibt es viele Gründe: Er fühlt sich noch nicht reif für's Altenteil, zu tatkräftig, um die Hände in den Schoß zu legen. Schon deshalb hat er sich in dem *Libding-Vertrag* neben einer langen Reihe anderer Punkte das Recht ausbedungen, »frei auf dem Hofgut umherzugehen, die Wirtschaft anzusehen und zweckmäßig Vorschläge zu machen«.

Der Schwiegersohn Hoch aber läßt es nicht nur am nötigen Respekt fehlen, er läßt ihn auch bei jeder Gelegenheit spüren, daß er unwillkommen ist – und seine »zweckmäßigen Vorschläge« erst recht. Nicht mehr der Rinzbergbur zu sein, nicht mehr der Patriarch, auf dessen Wort gehört wird, das trifft ihn mehr als jeder andere Ärger.

Der alte »Engel«-Wirt Fackler ist ihm seit der Hofübergabe spinnefeind. Ein einziges Mal sagt er ihm unverblümt seine Meinung, danach redet er kein Wort mehr mit ihm. Sobald einer seiner Gäste von Johannes Hoch als dem »neuen Rinzbergburen« spricht, fährt er in zornigem Dialekt auf: »Awa! Der ischts nit – der Sepp isch Rinzebur und der Vatter hatn drum bschisse. S'git kai Rinzebur meh!«

Nicht jeder traut sich, so offen zu sprechen, schon gar nicht, wenn Andreas dabei ist. Aber es ist nicht zu überhören, was die Glottertäler von dieser Übergabe denken. Und es ist nicht zu übersehen, daß sie bestätigend mit den Köpfen nicken, als »der schlimme Handel« mit dem Hofgut der Schurhammer sich genau so schlecht entwickelt wie sich das jeder halbwegs vernünftige Mensch schon vorher an fünf Fingern abzählen konnte.

Sie werden nicht müde zu rätseln, welcher Teufel Andres geritten haben mochte, daß er sich auf einen solchen Pakt einließ? Ein Mann wie er, der sein Anwesen so gut bewirtschaftet hat, der auch in Krisenzeiten keine falsche Entscheidung traf, ein Mitstreiter Friedrich Heckers! Vielleicht war dieser, über ein Jahrzehnt entschwundene und über Nacht wieder aufgetauchte Hoch, doch im Bunde mit irgendwelchen finsteren Mächten und hat ihm damit den Verstand geraubt?

Manche seiner alten Freunde haben sich von Andreas abgewandt. Nicht ganz so kraß wie der »Engel«-Wirt, aber sie wollen nichts mehr von ihm wissen. Und neue Freunde hat er nicht gefunden.

Schon deshalb versäumt er keine Sitzung des Gemeinderats. In einer einzigen nur fehlte er Ende 1849, weil eines der beiden Rösser eine Kolik hat und keiner ihm helfen kann, der Oberknecht nicht, von Hoch ganz zu schweigen. Da ist auf einmal nicht nur ein »zweckmäßiger Vorschlag« gefragt, sondern tatkräftige Mithilfe.

»Die Wahl für einen neuen Bürgermeister steht an,« sagt der Lehrer Anton Steurer, der wegen seiner Redegewandheit Wortführer ist, »wer nennt Kandidaten?«

»Ich würde wieder für den Schurhammer stimmen,« sagt der Stampferbur, »wenn nicht diese vermaledeite Hofübergabe wäre. Er hat eigenmächtig dem Sepp sein angestammtes Erbe genommen. Darauf kann kein Segen liegen.«

»Das ist seine Sache«, entgegnet der Harterer, »und damit hat er sich kräftig ins eigene Fleisch geschnitten, dafür müssen wir ihn nicht auch noch strafen.«

Steurer wartet bis sich die allgemeine Erregung zu diesem Thema etwas legt. Dann sagt er: »Wir brauchen einen neuen Bürgermeister. Andreas Schurhammer hat dieses Amt von 1842 bis 1846 zu aller Zufriedenheit ausgefüllt. Warum er abgewählt wurde, wissen wir. Ich bin dafür, daß wir ihn jetzt wieder wählen! Seine privaten Fehlentscheidungen stehen in keinem Verhältnis zu seinen Verdiensten als Weggefährte Friedrich Heckers im Kampf für eine freiheitliche Verfassung.«

Zu diesem Punkt sind sich die sechzehn Gemeinderäte einig, aber einige hacken noch immer auf der drei Jahre alten Friedhofsgeschichte herum, wegen der Andreas 1846 sein Amt verloren hat: Damals brauchten die Glottertäler Land für einen neuen Friedhof, weil der Gottesacker bei der Kirche zu klein geworden war für die wachsende Gemeinde.

»Ihr könnt ruhig zugeben, daß alle erwartet haben, der Rinzbergbur würde das nötige Gelände zur Verfügung stellen«, empört sich der Stampferbur in Erinnerung an das Ärgernis, »und was hat er gemacht? Nichts hat er gemacht, einen Dreck hat er sich gekümmert, um das was wir brauchten!«

»Aber jeder von uns weiß, warum er nichts hergeben wollte«, verteidigt Anton Steurer seinen Freund, »nur um Pfarrer Willin zu ärgern. Dem hat er ja regelmäßig mit dem Heuzehnten eins ausgewischt – und dabei war er in guter Gesellschaft, oder täusche ich mich?? Kaum einer ist unter euch, der nicht schon Verdruß mit dem Pfarrer gehabt hätte wegen des Heuzehnten und seiner Ablösung. Unser Pfarrer ist nun mal ein streitbarer Mann wie der Schurhammer. Und weil das Gerangel zwischen den beiden schon so lange geht, hat der Andres zuletzt in einen Verkauf eingewilligt, aber um einen so hohen Preis, daß ihn der Pfarrer nicht bezahlen konnte. Das war sicher nicht besonders christlich – dafür hatte er wieder einen Zug gewonnen bei dem Spiel ums Kräftemessen zwischen den beiden!«

»Und schließlich hat sich der Hönningerbur erbarmt und das nötige Land hergegeben – sonst hätten wir heute noch immer keinen neuen Gottesacker!«

Nach diesem kleinen Ausflug in die jüngste Vergangenheit ist sich der Gemeinderat schnell darüber einig, daß die Pluspunkte bei Andreas Schurhammer die Minuspunkte überwiegen und wählt ihn mit großer Mehrheit zum zweiten Mal als ihren Bürgermeister.

20

Jakob Haffner hat wochenlang auf seinen jungen Freund eingeredet, um ihm klarzumachen, daß er nur die eine große Chance hat: Amerika.

Sepp ist längst überzeugt, aber es fällt ihm schwer, sich von seinen eigenen Zukunftsträumen zu lösen: Vom Traum der deutschen Freiheit – vom Traum, sein eigener Herr auf dem Rinzberghof zu sein – vom Traum, die kapriziöse Jacqueline zu lieben, die nie auf einem Dorf leben kann und die Stadtluft zum Atmen braucht. Einen reichen Ehemann hat sie obendrein – mein Gott, was ist das Leben schwierig! Er kann sich einfach nicht vorstellen, den Schwarzwald und das Glottertal zu verlassen, seine Heimat einzutauschen gegen ein fremdes, unbekanntes Land auf einem fernen Kontinent. Es kostet Haffner viel Zeit, seine Gedanken in andere Richtungen zu lenken.

»Täusche ich mich in dir?« fragt er zweifelnd. »Ich habe dich für einen tatkräftigen, entschlußfreudigen Mann gehalten. Und was sehe ich? Einen Jüngling, der nicht weiß, was er will! Der sich an einen verlockenden Weiberrock klammert – dabei gibt's schöne und willige Frauenzimmer auf der ganzen Welt!«

Vielleicht hätte der junge Schurhammer sich nie entschieden, wenn nicht an einem einzigen Tag in diesem Frühling zwei Ereignisse zusammengekommen wären: Jacqueline erklärt ihm mit tränenerstickter Stimme, daß ihr Gatte keinen Sinn mehr in den Glotterbad-Kuren sieht.

»Er meint, frische Seeluft sei besser für mich«, schluchzt sie. »Meine Gesundheit liegt ihm so am Herzen, daß er mich sogar bei einer Schiffsreise ins Mittelmeer begleiten will. Und danach möchte er sich in Paris niederlassen. *Mon cher ami*, was machen wir nur – morgen schon läßt er mich abholen!«

Statt einer Antwort nimmt Sepp sie in die Arme und liebt sie in dieser Nacht mit noch größerer Leidenschaft und Ausdauer als in den langen Wochen zuvor. Jacqueline klammert sich an ihn, als es zu dämmern beginnt und die Vögel ihr Frühkonzert anstimmen. Sie weint vor Glück über die Wonnen der letzten Nacht und gleichzeitig vor Trauer, einen so talentierten Liebhaber zu verlieren – es kommt ja so selten etwas Besseres nach!

Beide ahnen, daß dieser plötzliche Abschied für immer sein

wird. Als am nächsten Tag die Kutsche mit Jacqueline abfährt, läßt der Sepp seine Arbeit im Glotterbad liegen, um alleine zu sein mit seinem Kummer. Er steigt bergan bis zum Fuße des kleinen Kandelfelsens, vorbei an den steilen, zerklüfteten Hängen, läuft stundenlang kreuz und quer durch den Tann und findet sich schließlich oberhalb des Rinzberghofes wieder. Durch die sauber angelegten Rebterrassen geht er langsam wieder hinunter ins Dorf – und steht plötzlich Johannes Hoch gegenüber.

Er ist so verblüfft über diese unerwartete Begegnung, daß er nichts zu sagen weiß. Hoch dagegen ist nicht auf den Mund gefallen. Er mustert ihn mit schmalen Lippen und sagt verächtlich: »Ich will nicht, daß ein lumpiger Badeknecht auf meinem Grund und Boden herumläuft. Wenn ich dich noch einmal hier erwische, zeige ich dich beim Hofgericht an!«

Der Hoch reicht Sepp gerade bis unters Kinn und weicht zurück, als dieser mit zusammengebissenen Zähnen auf ihn zukommt. Zu spät erkennt er, daß er zu weit gegangen ist und daß es zu spät ist für eine Flucht. Zu spät erinnert er sich auch seiner ersten Begegnung mit Sepp vor dem Rinzberghof, denn jetzt wird er wieder an den Schultern gepackt wie damals. Nur daß ihn der Sepp nicht auf einen Holzstoß wirft, sondern hin- und herschüttelt wie einen nassen Sack. Dann gibt er ihm links und rechts eine solche Maulschelle, daß Hoch fast bewußtlos zwischen den Rebstöcken liegenbleibt.

»Deine Schwester wird das büßen«, zischt er in der Hoffnung, daß Sepp es hört, doch der stapft schon wieder hangabwärts.

Das ungleiche Geplänkel mit einem Schwächling macht ihn noch wütender als es die verächtlichen Worte vermocht haben. Den Wälderhansen Chrischte hätte er jetzt gerne zwischen den Fäusten gehabt, das wäre wenigstens ein ehrenwerter Gegner gewesen, mit dem es sich gelohnt hätte zu kämpfen – egal um was, vielleicht um die aufreizende Theres, vielleicht auch nicht .

Links von ihm liegt die wuchtige Scheuer des Rinzberghofes, die Ställe, die Holzremise mit den verwitterten braunen Balken und der Heuschober, rechts das Bauernhaus, das sein Vater 1831 neu erbaut hat. Das ganze Hofgut mit den fruchtbaren Ländereien – *sein* Erbe! Und der Hoch, der sich den Besitz durch gefälschte Papiere erschlichen hat, dieser Betrüger will ihn von dem Grund und Boden verjagen, auf dem er geboren wurde.

Ja, es ist wirklich alles verloren: das Erbe, die Freiheit und die Liebe.

Wut und Enttäuschung steigen wieder übermächtig in ihm auf und als er talabwärts an die Grenzen des Rinzberghofes kommt, klettert er in die Krone des wilden Kirschbaumes an der Ecke, reckt die geballte Faust gen Himmel und verflucht den Hof, der seit 1731 im Besitz der Schurhammers gewesen ist.

»Auf dem Rinzberghof und seinen Bewohnern sollen kein Glück und kein Segen mehr liegen, jetzt und für alle Zeiten.«

21

Des Mattenburen Madlen hat den ganzen langen Winter über an den Sepp gedacht, der sich kein einziges Mal blicken ließ.

Sie ist enttäuscht darüber, nimmt es aber nicht weiter übel. So sind die Burschen halt – aus den Augen, aus dem Sinn. Und der Sepp wäre der Letzte, der da eine Ausnahme macht.

Natürlich weiß sie, daß er eine Anstellung im Glotterbad gefunden hat, die mit wenig Arbeit und viel Vergnügungen verbunden ist. So etwas spricht sich schnell herum im Tal und die Dorfmaidli sagen hinter schamhaft vorgehaltener Hand: »Der Rinzbergschwarz treibt's ganz schön bunt!«

Sie ratschen und tuscheln und wissen nicht so recht, ob sie das »zügellose Treiben« des jungen Schurhammer verachten oder bewundern sollen. Am besten beides: verachten, weil er ihnen neuerdings die feinen Freiburger Damen vorzieht. Und bewundern, weil der flotteste Tänzer des Glottertals noch einiges dazugelernt hat und es himmlisch ist, wenn er eine von ihnen auffordert (was selten genug vorkommt).

»Ich möchte wetten, daß er nicht nur auf der Tanzfläche dazugelernt hat,« vermutet die kesse Theres aus Heuweiler und wirft dem Chrischte vom Wälderhansenhof einen herausfordernden Blick zu. »Ich hätte gute Lust, mal auf den Busch zu klopfen, ob es stimmt, was da so gemunkelt wird...«

Als Antwort zieht der Chrischte seine dichten Augenbrauen zusammen und packt sie fest am Handgelenk. »Was der Kerl kann, kann ich dreimal! Und jetzt ist Schluß mit dem Herumgehupfe hier, wir gehen heim, dann kannst du dich davon überzeugen!«

Madlen spitzt die Ohren, hört aufmerksam zu und sagt selbst nichts. Ihr Urteil steht ohnehin längst fest und es ist eindeutig.

Schon als Schulkind hat sie heimlich und aus der Ferne für den widerborstigen Sepp geschwärmt, der so finster und trotzig in die Welt schaute. Er ist neun Jahre älter als sie und unerreichbar fern. Diese Ferne verringert sich ein wenig, als sie zu einem jungen Mädchen heranwächst, aber viel Beachtung hat er ihr nie geschenkt.

Das tut ihrer Zuneigung keinen Abruch und sie jubelt innerlich, als sie ihm zufällig im Kandelwald begegnet an jenem Tag, an dem er von seiner Enterbung erfährt.

Sie hat das Gefühl, daß er sie damals zum ersten Mal richtig anschaut, zum ersten Mal Kenntnis davon nimmt, daß es sie überhaupt gibt. Dieses Treffen in einer Stunde, die für ihn so bitter war, in der er so dringend Zuspruch und Anteilnahme brauchte, hat etwas Schicksalhaftes an sich.

Wer weiß, ob er mich sonst je bemerkt hätte, denkt sie. *Und ob er im letzten Sommer den Weg zum Mattenhof gefunden hätte, als er Arbeit suchte.*

Madlen ist sich klar darüber, daß sie so leicht übersehen wird wie ein unscheinbares Pflänzchen neben einer bunten Blume. Doch sie weiß auch, daß sie es mit den buntblumigen Maidli aufnehmen kann: Sie ist zierlicher, leichtfüßiger, kann besser reden und zuhören, als die meisten von ihnen. Und wenn es ihr erst einmal gelungen ist, die Aufmerksamkeit eines jungen Burschen zu erregen, läßt dieser selten einen Tanz mit ihr aus. Gut tanzen können viele, aber mit Madlen ist es auch in den Pausen kurzweilig. Sie ist lustig und unterhaltsam und gleichzeitig zurückhaltend. Nie wäre es ihr in den Sinn gekommen, sonntags zum Tanz ins verrufene Glotterbad zu gehen, selbst wenn sie dort den Sepp gesehen hätte.

Und wie gern hätte sie ihn wiedergesehen!

Die Bilder des letzten Sommers stehen deutlich vor ihren Augen: Wie er zuerst widerwillig und dann mit wachsender Freude geholfen hat, die Ernte einzubringen. Als einziger trug er keinen Hut, es hätte auch keine Kopfbedeckung auf diesen ungebändigten schwarzen Haarschopf gepaßt. Und als einziger arbeitete er mit nacktem Oberkörper. Die Sonne schien auf seinen schweißglänzenden Rücken und Madlen fragte sich, woher die breite Brust kam und die Muskeln – bei einem Mann, der in dem Ruf stand, ein fauler Strick zu sein und harte Arbeit zu scheuen wie der Teufel das Weihwasser. Sie betrachtete ihn bewundernd und vergaß darüber, die Garben zusammenzubinden. *Wahrscheinlich hat ihn der liebe Gott in einer Sonntagslaune so gut gebaut – es ist ein Gottesgeschenk, das ihm in die Wiege gelegt wurde!*

Sie lächelt – und wird unsanft durch lautes Kindergeschrei aus ihrer Träumerei gerissen. Wo ist sie nur mit ihren Gedanken ! Dafür gibt es doch wahrhaftig keine Zeit auf dem Mattenhof! Sie springt die Treppe hinunter und entwirrt im Gang ein Knäuel von fünf Kindern, die aufeinander einschlagen und aneinander zerren.

»Was ist denn in euch gefahren?« schimpft sie und trennt die Streithähne.

»Wenn ihr eure Kleider zerreißt, könnt ihr im Nachtgewand zur Schule gehen!«

Widerstrebend lassen die Kinder voneinander ab. Madlen putzt ihrem kleinen Bruder Lorenz die Nase und kaum hat sie ihn losgelassen, saust er hinter den anderen her und boxt sie in den Rücken.

»Sie haben meinen Kandiszucker geklaut«, jammert er, als sie ihn erwischt und festhält, »ich hab zwei Stück aufgespart und unter dem Strohsack versteckt! Ich will sie wiederhaben!«

»Schon aufgegessen«, sagt seine Schwester Lina und streckt ihm die Zunge raus. Madlen stiftete Frieden, indem sie Lorenz ein Stückchen Kandiszucker für den nächsten Sonntag verspricht und die Kinder zu getrennten Arbeiten einteilt: eines in den Kuhstall, eines zu den Schweinen, eines zu den Hühnern, eines in den Garten und das letzte auf die Weide. Wo sich die anderen fünf ihrer zehn Geschwister herumtreiben, weiß sie nicht. Solange keines brüllt, ist auch nichts passiert und alles in Butter.

Seit der Geburt des zehnten Kindes kränkelt ihre Mutter und kann kaum noch arbeiten. Als Älteste hat Madlen schon früh die Verantwortung für die kleineren Geschwister übernehmen müssen. Nun ist sie neunzehn, versteht sich auf's Wirtschaften und hat den großen Bauernhaushalt gut im Griff, auch wenn gelegentlich alles drunter und drüber geht. Solange es keine

Mißernte gibt, kein Unwetter das Getreide vernichtet oder die Kartoffelfäule die »Erdäpfel« wie vor wenigen Jahren, solange das Vieh gesund ist und die Obstbäume tragen, solange werden auch die fünfzehn hungrigen Schnäbel bei Tisch satt: Bauer und Bäuerin, die elf Kinder, der Knecht und die Magd.

So wenig Völcher haben nur die armen Höfe und bei ihnen ist es selbstverständlich, daß die Kinder mitarbeiten, sobald sie einen Besen, eine Hacke oder einen Weidestecken halten können.

Der Mattenbur hat das ausgeprägte Standesbewußtsein und den Bauernstolz der Schwarzwälder, daran ändert seine Armut nichts. Wenn er das Tischgebet spricht, ist er ganz Patriarch und wehe den Kindern, die bei dieser – oft recht langen Zeremonie – unaufmerksam und nicht still sind! Dann kann es schnell heißen: »Wer nit betet, soll au nit esse!« Und schon sitzen sie vor einem leeren Teller und es gibt nichts bis zur nächsten Mahlzeit. Das ist an einem Sonntag besonders schmerzlich, wenn Fleisch in der Schüssel ist, statt Brotsuppe und Mehlspeisen wie unter der Woche.

Madlen kratzt gerade die letzten Spätzle aus dem Topf und verteilte sie an die Kleinsten, als sie Schritte im Hof hört. Die unverschlossene Haustüre wird geöffnet und gleich darauf klopft es kräftig an die Stubentür.

»Der Sepp!« ruft der Mattenbur überrascht und mustert den eintretenden Besucher genau und ungeniert, »hast dich ordentlich rausgemausert über den Winter. Brauchst etwa wieder Arbeit?«

Sepp trägt einen richtigen Anzug, gut geschnitten, wie ihn die Freiburger haben, eine Weste dazu, ein Hemd, nur die passende Schleife fehlt. Das Hemd ist weit aufgeknöpft und seine schwarzen Brusthaare schauen unverschämt daraus hervor.

»Ich wünsch' einen schönen Sonntag miteinand'!« sagt er und überhört die Frage nach Arbeitssuche, »ich komme, um zu sehen, ob ihr den Winter so gut verbracht habt wie ich.«

»Wir wollen nicht klagen, es könnte schlechter sein«, knurrt der Mattenbur und wendet sich an Madlen. »Starre unsren Gast nicht an wie einen Geist! Das ist ein Mann aus Fleisch und Blut und wenn er zu spät zum Mittagstisch kommt, dann reich' ihm wenigstens ein *Strichi* wie sich's gehört!«

Sie löst ihren Blick von Sepp, errötet bis unter die Haarwurzeln und läuft in die Küche, ohne ihn zu begrüßen.

»Verrücktes Wibervolk!«, murrt der Mattenbur weiter, »kein Anstand heutzutage bei den Maidli!« Die Kinder sitzen noch stumm um den Tisch und zappeln vor Ungeduld mit den Beinen.

»Macht euch fertig zur Vesper in der Kirche, ich will nicht, daß ihr zu spät in die Nachmittagsandacht kommt!« Aufatmend rennen sie aus der Stube und sind heilfroh, sich nicht mehr ordentlich benehmen zu müssen.

Sepp bietet dem Mattenbur weltmännisch eine Zigarre an, wie er das von Jakob Haffner abgeschaut hat und Madlen stellt ein Holzbrett mit Strichis auf den Tisch. Dann verschwindet sie augenblicks wieder in der Küche.

»So schüchtern ist sie sonst gar nicht«, wundert sich ihr Vater, »aber die Wibervölker haben halt so ihre Launen. Wirst's schon auch noch merken, Sepp! Und jetzt rück' mit der Sprache raus: Weshalb bist du gekommen?«

Sepp pafft gekonnt ein paar Rauchkringel in die Luft.

»Nichts Besonderes – ich wollt' nur fragen, ob Ihr erlaubt, daß ich heute die Madlen zum Tanz ausführe?«

Der Mattenbur runzelt die Stirn: »Etwa ins Glotterbad?«

»Ja, warum nicht?«

»Nein, dahin auf keinen Fall! Das ist ein liederlicher Platz, daran ändern auch die Herrschaften aus der Stadt nichts!«

Sepp hütet sich, mit dem Mattenburen darüber zu streiten, ob das Glotterbad in den Augen eines rechtschaffenen Bauern nun tatsächlich ein Lotterbad *ist* oder nicht. Ungewohnt diplomatisch sagt er: »Es gibt ja genug andere Talwirtschaften zum Tanzen: Wir können auch in den ›Hirschen‹ gehen, in die ›Sonne‹, in den ›Engel‹ oder ins ›Kreuz‹.«

»Egal wohin, nur nicht ins Glotterbad!«

Madlen hat durch die halboffene Tür alles mitgehört und summt ein paar Walzertakte. Inzwischen hat sie sich von der Überraschung erholt und ihre Sprache wiedergefunden. Sie kommt mit angedeuteten Tanzschritten in die Stube zurück, stellt sich vor den Sepp, sieht an ihm hoch und fragt schelmisch: »Woher weißt du überhaupt, daß ich heute frei bin, daß ich mit *dir* tanzen gehen will und nicht mit jemand anderem?«

»Das ist eine leichte Frage«, antwortet Sepp mit seinem seltenen, aber dann unwiderstehlichen Lächeln, »ich seh' dir's an der Nasenspitze an!«

»Daß mir aber keine Klagen kommen!« sagt der Mattenbur argwöhnisch zu seiner Tochter, »denk' dran, du hast nur einen guten Ruf zu verlieren.«

»Ach, Vater, gönnt' mir halt das bißchen Tanzvergnügen – ich kenne ja sonst die ganze Woche nichts als Schaffen und nochmal Schaffen.«

»Das weiß ich, drum laß' ich dich auch gehen. Aber erst, wenn du mit deiner Arbeit fertig bist und die Kinder in der Nachmittagsandacht sind. Und komm mir nicht später als zehn zurück – ich will, daß pünktlich um fünf Uhr früh die Morgensuppe auf dem Tisch steht.«

Madlen nickt dankbar und räumt den Tisch ab.

Der Mattenbur wendet sich wieder an Sepp. »Du hast mir noch nicht gesagt, ob du andere Arbeit suchst oder Badeknecht bleiben willst. Wenn ich dich so anschaue, glaub' ich beides kaum.«

»Ich bin noch am Überlegen. Als Badeknecht höre ich im Glotterbad jedenfalls auf. Vielleicht kann ich statt dessen eine Stelle als Jagdgehilfe beim Engelbur oder dem Molzenbur bekommen. Vielleicht gehe ich auch eine Zeitlang weg aus dem Glottertal.«

»Und wohin, wenn man fragen darf?«

»Nach Rheinfelden. Ich habe im Glotterbad einen Gast kennengelernt, der dort Goldschmied und Juwelier ist. Er könnte einen Gehilfen brauchen.«

»Du und Goldschmied? Mit deinen Pranken?!« Der Mattenbur lacht herzhaft.

»Nein, nicht als Handwerk«, erklärt Sepp, »als Gehilfe für's Geschäft. Ich weiß selbst noch nicht, was meine Aufgaben wären.«

Vor dem Haus erschallt lautes Kindergeschrei, vermischt mit Weinen. Madlen stürzt vor die Tür und sieht einen ganzen Pulk ihrer Geschwister, die den kleinen Lorenz hinter sich herzerren. Tränen laufen über sein verschmiertes Gesicht und er wehrt sich heftig.

»Was ist denn jetzt schon wieder los?«

»Er stellt immer was an«, kräht Lisa, »er ist mitten in einen

Kuhfladen getreten und ausgerutscht und in die Mistlache gefallen. Pfui, wie er stinkt!«

Sie schüttelt sich und rümpft die Nase. Madlen verbeißt sich das Lachen, packt ihren kleinen Bruder am Kragen und gießt beim Brunnen so lange Wasser über ihn, bis der Geruch erträglich wird.

Dann zieht sie ihm die triefenden Kleider aus, drückt ihm ein Stück Kernseife in die Hand und gibt ihm einen Klaps auf auf den nackten Hintern.

»Und warum machst du sowas – ausgerechnet am Sonntag?«

Lorenz schluchzt. »Das mach' ich doch immer, wenn ich mit den Hirtenbuben auf die Weide geh' und kalte Füße hab'. Und die machen's auch, weil die frischen Kuhfladen so warm sind.«

»Hast du vielleicht kalte Füße ? Die Sonne scheint doch.«

»Hab' ja keine kalten Füße – es hat so schön gequatscht beim Reintreten! Willst du's auch mal probieren?«

»Nein«, seufzt Madlen mit einem Seitenblick auf Sepp, der belustigt die Bescherung betrachtet, »da kannst du sehen, wie's hier zugeht«

»Heiter geht's zu«, sagt er, »und das Geld für ein Duftwässerli kannst du dir auch sparen – jetzt bist du schon gut parfümiert!«

»Du Spottdrossel! Statt mir zu helfen, stehst du herum und lachst mich auch noch aus!«

Sie verschwindet mit dem pudelnackten Lorenz samt den anderen Kindern ihm Haus und nach erstaunlich kurzer Zeit erscheint die frisch gewaschene, gekämmte und reinlich angezogene Schar wieder und zieht nun im Gänsemarsch ab zur Vesper. Sepp zählt neun Blondschöpfe, der zehnte hat noch kein einziges Haar und liegt friedlich schlummernd in einem Waschkorb auf der Hausbank.

»In dem Alter sind sie am handlichsten«, findet Madlen, »da stellen sie noch nichts an, rennen nicht weg und man weiß immer wo sie sind. Jetzt habe ich Zeit, das Geschirr zu spülen, kommst du mit in die Küche?«

Sepp sieht zu, wie flink sie die Geschirrberge abwäscht. Sie bewegt sich mit natürlicher Anmut und die Schürze ist eng um ihre Taille gebunden. Er kann der Verlockung nicht widerstehen, steht auf, umarmte sie von hinten und küßt sie auf den Nacken.

»Fast hätte ich die Teller fallen lassen!«

Madlen dreht sich um, droht ihm und schmiegt gleich darauf ihr Gesicht an seine Brust. Sie ist so klein und steht so nah bei ihm, daß er nur noch ihre hochgesteckten Haare sieht. Er hört ihr leises Lachen. »Findest du keinen besseren Platz zum Küssen als unsre Küche? Ich wüßte schon einen…«

Hand in Hand steigen sie den Hang hinter dem Mattenhof hinauf. Die Wiesen sind gelb getupft von Löwenzahn. Ein lichtgrüner Schimmer liegt über den Laubbäumen, die Sonne läßt die jungen Blattspitzen im Gegenlicht aufleuchten und umstrahlt die dunklen Silhouetten der Tannen.

»Ist das nicht wunderschön?«, fragt Madlen, »ich kann mich nicht sattsehen daran, jeden Frühling auf's Neue. Es ist die allerschönste Zeit im Jahr.«

Am Waldrand blühen die letzten Anemonen. Ihr Weiß hebt sich zart von dem kräftigen Blau der Leberblümchen ab und irgendwo muß sich ein wilder Rosenbusch verstecken, dessen Duft zu ihnen weht.

Sepp atmet tief durch und fragt: »Ist das dein Platz?«

»Noch ein Stückchen bergan.«

Dann erreichen sie den glatten, runden Buchenstamm, der am Waldrand liegt, eingebettet zwischen Moospolstern und Farnen. Ohne seine »Lehrzeit« im Glotterbad hätte er Madlen ohne viel Federlesen in die Arme genommen und bedrängt, um sein Ziel möglichst schnell zu erreichen. Nun weiß er, daß es sehr viel reizvoller ist, nicht so hastig vorzugehen. Madlen scheint sein Zögern zu überraschen. Sie hebt das Gesicht zu ihm auf und er liest die Frage in ihren Augen.

Vorsichtig umfaßt er ihre Taille mit beiden Händen, beugt sich hinunter und berührt mit seiner Nasenspitze ganz leicht die ihre.

»Deine Nasenspitze ist verräterisch«, flüstert er.

»Und was verrät sie dir schon wieder?« fragt sie zurück.

»Daß du mich küssen möchtest. Stimmt's?«

Sie ist leicht wie eine Feder, er hebt sie hoch und legt sie auf das Moos. Mit den Fingern zeichnet er langsam die Konturen ihres Gesichtes nach, streichelt über ihre Haare und die zarte Haut ihrer Schultern und erst als sie sich mit geöffneten Lippen an ihn drängt, küßt er sie endlich. Er spürt wie sie zittert und weich wird in seinen Armen und das Gefühl, daß er der erste Mann in ihrem Leben sein würde, macht ihn trunken vor Freude. Ohne seine Lippen zu lösen, streift er die Bluse von ihren Schultern und seine Hand umfaßt ihre kleine, feste Brust. Einen Augenblick läßt sie ihn gewähren, dann beginnt sie sich zu verschließen und seinem Drängen zu widersetzen.

Er preßt ihren schmalen Körper noch fester an sich und die Leidenschaft überflutet ihn wie eine Welle. Madlen erscheint ihm begehrenswerter als all die abenteuerlustigen jungen Frauen im Glotterbad. Flüchtig denkt an die reizende Jacqueline, die schon so fern ist und verstärkte den Druck seiner Hand.

»Nein, bitte nicht!« Madlens Stimme ist kaum hörbar.

»Warum nicht? Ich weiß, du willst mich auch.«

»Ja, ich will dich – mehr als alles andere auf der Welt. Aber ich habe so lange auf dich gewartet, so lange und ganz ohne Hoffnung. Gestern hab' ich noch nicht gewußt, daß du dich überhaupt an mich erinnerst – heute bist du plötzlich gekommen – und jetzt – nein, das ist zu schnell, es geht nicht.«

Sie hat leise und stockend gesprochen und Sepp verschließt ihren Mund mit schnellen, verlockenden Küssen.

»Es geht nicht? Warum denn nicht?«

»Es geht nicht, weil ich dich liebe!«

Er sieht sie verständnislos an.

»Ja, ich liebe dich,« wiederholt sie, »deshalb wird es mir zu sehr wehtun – und davor hab' ich Angst.«

Er versteht noch immer nichts.

»Weil du so klein bist? Nein, ich werde dir nicht wehtun«, sagt er zärtlich, »ich werde behutsam und vorsichtig sein.«

In ihre Augen steigen Tränen. »*Das* ist es doch nicht! Ich meine, gerade weil ich dich so liebe, kann ich nicht einfach mit dir schlafen wie jemand, der nur seinen Spaß haben will. Wenn du dann wieder weggehst, ist es zu schlimm für mich – kannst du das nicht begreifen?«

Sepp küßt ihr die Tränen von den Wangen. »Vielleicht will ich gar nicht mehr weggehen. Was meinst du dazu?«

Madlens Finger spielen mit seinen schwarzen Brusthaaren. »Die liebe ich auch, darin kann ich mein ganzes Gesicht verstecken.« Seine Frage überhört sie.

»Du weichst mir aus«, stellt Sepp fest.

Statt einer Antwort vergräbt sie ihr Gesicht noch tiefer und schlingt beide Arme um ihn. Er wartet geduldig bis sie schließlich sagt: »Ich kann das nicht glauben, nicht bei einem Mann wie dir. Wenn es aber stimmt und wenn das *Vielleicht* wegfällt, gibt es niemand, der glücklicher sein kann als ich.«

Allmählich schwindet das Tageslicht. Auf dem Gipfel einer Tanne beginnt eine Amsel ihr Abendlied zu flöten und in den fernen Höfen werden die ersten Lichter entzündet. Von dem Baumstamm aus haben Sepp und Madlen einen weiten Blick über das ganze Tal, vom Rinzberghof bis zum Glotterbad.

»Du hast da den Winter über ein ziemlich lustiges Leben geführt, stimmt das?« fragt sie unvermittelt.

Er zögert, legt den Arm wieder um ihre Schultern und lächelt sein Raubtierlächeln. »Das kommt darauf an, was man unter lustigem Leben versteht.«

»Du weißt schon, was ich meine«, sagt sie und sieht ihn spitzbübisch an, »mit Frauen und so!«

»Mit Frauen und so?? Das mußt du mir schon ein bißchen näher erklären!«

Er amüsiert sich über ihre Verlegenheit und läßt sie zappeln.

»Man sagt, daß die Frauen hinter dir her waren, vor allem die aus Freiburg....«

Er nickt ernsthaft: »Ja, ein bißchen schon!««

»Und du?«

»Ich? Oh, ich habe mich gewehrt! So wie du gerade.«

»Immer?«

»Nein, nur manchmal.«

Beide lachen und küssen sich wieder.

»Stört dich das?« fragt Sepp. Sie schüttelt den Kopf.

»Überhaupt nicht, im Gegenteil!«

»Du machst mich neugierig«, sagt er verblüfft, »willst du mir auch verraten, weshalb es dich nicht stört?«

Madlen schüttelt wiederum den Kopf. »Später mal, heute nicht!«

An diesem Abend sitzen sie noch lange eng aneinandergeschmiegt im Moos und haben sich so viel zu erzählen, daß sie gar nicht bemerken wie spät es wird.

Erst als der Mond hinter dem Wald aufgeht und sein mildes

Licht über die Wiesen streut, stehen sie auf und rennen übermütig wie Kinder die Hänge hinunter.

Daß sie tanzen gehen wollten, haben beide völlig vergessen.

22

In der nächsten Woche findet Sepp keine Gelegenheit mit Madlen alleine zu sein – eines ihrer zehn Geschwister hängt immer an ihrem Rockzipfel, so oft er auch auf dem Hof vorbeischaut. Dem Mattenbur kommen diese Besuche verdächtig vor und er macht keinen Hehl daraus, daß er sie mißbilligt.

Sepp ist von einer rastlosen Unruhe erfaßt und von einer Ungeduld, die er selbst nicht verstehen kann. Dabei ist sie leicht zu verstehen, denn er hat keine Übung im Warten. Er nimmt sich, was er haben will und niemand hat es ihm bisher verwehrt. Keines der Mädchen und keine der jungen Frauen, die er erobern wollte, haben ihm je ernsthaft widerstanden. Allenfalls ein bißchen scherzhafte Zurückhaltung als kokettes Spiel in der Liebe kennt er und der Badewirt Ehrlacher wußte genau, wovon er sprach, als er zu ihm sagte: »Du kannst bleiben, einen wie dich mögen die Frauen.«

Ja, zum Teufel, und keine einzige ist darunter gewesen, der er nicht gefallen hätte! Und Madlen mag ihn auch, mehr noch, sie begehrt ihn ebenso wie er sie begehrt – unmöglich, daß er sich da täuscht. Und dennoch hat sie sich verweigert, oben am Berghang, als sie einander schon so nah waren. So ganz ist ihm diese Zurückhaltung noch immer nicht erklärlich. Er spürt, daß bei ihr keine Koketterie mitspielt, er denkt an ihre Worte und die Tränen, an ihren verlockend jungen, frischen Körper, der sich dem seinen entgegendrängte.

Und dann plötzlich: »Nein, bitte nicht«. Ihre leise Bitte klingt ihm noch im Ohr und sein Gesicht verfinstert sich. Viele Frauen sagen das und meinen es nicht so ernst. Ein paar Minuten noch und ihr Widerstand wäre gebrochen gewesen. Warum nur hat er so kurz vor dem Ziel aufgegeben, ein Draufgänger wie er? Wie schon einmal im vergangenen Herbst schilt er sich einen sentimentalen Narren – und ist gleichzeitig beschämt über die Gedanken, die auf ihn einstürmen.

Die Sehnsucht nach Madlen wird so übermächtig, daß sie körperlich schmerzt und er weiß nicht, was er dagegen tun soll. Er denkt nur noch an sie, hat zu nichts Lust, nicht mal zu einer zünftigen Rauferei und zum Tanzen erst recht nicht. Es ist wie eine Krankheit und schließlich verläßt er das Glottertal fast fluchtartig und fährt mit der Postkutsche nach Rheinfelden.

Jakob Haffner freut sich aufrichtig, Sepp wiederzusehen.

»Ich dachte schon, du würdest mein Angebot ausschlagen«, sagt er. »Hier hast du Gelegenheit, dir ein kleines Startkapital für Amerika zu verdienen. Und überhaupt wird es dir guttun, aus dem Dorf rauszukommen und ein bißchen Stadtluft zu atmen. Du wirst es nicht bereuen.«

»Eigentlich komme ich gar nicht wegen des Angebots«, sagt Sepp stockend, »ich wollte mit Euch über Madlen reden.«

»Madlen? Wer ist Madlen? Als wir uns das letzte Mal gesehen haben, hast du um Jacqueline geklagt! Und die Namen der anderen Schönen konnte ich mir gar nicht alle merken!«

Haffner entzündet eine seiner teuren Zigarren, lehnt sich bequem im Sessel zurück und sieht Sepp erwartungsvoll an.

Der beginnt zu erzählen, zögernd zuerst, dann flüssiger und nach einer Viertelstunde unterbricht ihn Haffner: » Einfache Diagnose – das ist ein völlig klarer Fall von Liebeskrankheit! Dich hat es zum ersten Mal richtig erwischt und allmählich wird es ja auch Zeit. Klingt alles sehr gut, was du über Madlen sagst, es sieht aus, als ob sie die Richtige wäre. Also, was wartest du ab, bis ein Anderer zugreift? Geh hin, heirate sie und nimm sie mit nach Amerika!«

»Heiraten?« fragt Sepp gedehnt, »heiraten – ich??«

Haffner lacht vergnügt in sich hinein. »Natürlich, warum sollte ausgerechnet dir das erspart bleiben? Sei ein Mann und bring's hinter dich, bei Heckers Freischaren hast du dich schließlich auch durch Mut ausgezeichnet!«

So kommt es, daß der junge Joseph Schurhammer kurz darauf um die Hand von Magdalena Tritschler anhält, der erstgeborenen Tochter des Mattenburen – und eine herbe Enttäuschung erlebt.

»Schlag dir das aus dem Kopf«, sagt der Mattenbur entschieden, »wärst du noch der Rinzbergschwarz könnten wir darüber reden, aber so nicht. Du hast kein Geld und ich kann der Madlen keine Mitgift geben – eine schöne Hungerleiderei wäre das. Meine Tochter soll Bäuerin werden und nicht Frau eines windigen Taglöhners.«

Sepp ist so tief in seinem Stolz getroffen, daß er ohne jede Entgegnung mit geballten Fäusten aus dem Haus stürmt und nicht mehr sieht, daß im gleichen Augenblick Madlen die Tür zur Stube aufreißt.

»Wie könnt Ihr ihn wegschicken, Vater!« ruft sie erregt, »ich liebe ihn und er will mich heiraten!«

»Papperlapapp«, sagt der Mattenbur unwirsch, »dummes Wibergeschwätz! Liebe kommt und geht. Nimm den Chrischte vom Wälderhansenhof oder den Franz vom Birklehof, meinetwegen auch den jungen Guller. Aber such dir einen ordentlichen Kerl aus und nicht einen Wiberer wie den Sepp, der hinter jedem Rock her ist und nicht genug kriegen kann!«

»Vater! Ihr seid ungerecht, so ist der Sepp nicht, er hat sich nur die Hörner abgestoßen!«

»Doch, genau so ist er, das liegt in seinem Blut. Ich hätte besser aufpassen sollen, damit er keine Gelegenheit hat, dir den Kopf zu verdrehen! Er ist ein Wiberheld und er ist einer, der nur dann schafft, wenn sich's gar nicht vermeiden läßt! Ein Habenichts obendrein. Nein, ich werde nicht zulassen, daß er dich unglücklich macht.«

Der Mattenbur redet sich in seinen gerechten Zorn hinein, aber Madlen läßt sich nicht einschüchtern und sagt trotzig: »Das ist mir alles egal. Ich liebe ihn und will seine Frau werden!«

Soviel Widersetzlichkeit bei seiner fügsamen Tochter verschlägt ihm für einen Moment die Sprache und so ist die dünne, krächzende Stimme der Großmutter deutlich vernehmbar, die sonst still und wenig beachtet im Ofenwinkel hockt:

»Ja, ja, das war schon immer so – wo die Liebe hinfällt, bleibt sie liegen und wenn's ein Misthaufen ist!«

»Himmelherrgottsakrament«, flucht der Mattenbur, »ein Sack Flöhe ist leichter zu hüten als ein junges Maidli! Du gehst mir nicht mehr ins Dorf, Madlen! Und der Sepp soll sich hier nicht mehr blicken lassen, sonst kann er was erleben!«

Er stapft grimmig aus der Stube und hört noch im Gehen wie seine Tochter leise, aber bestimmt sagt: »Ich will ihn aber, ihn und keinen anderen!«

Sie kann nicht wissen, daß sich der Sepp am gleichen Abend in der »Sonne« einen Mordsrausch antrinkt und der drallen Schankdirn schöne Augen macht. Er bekommt eins auf die Finger als er nach ihrem Rock grapscht, aber nur solange die Wirtsleute noch wach sind.

Als die sich zur Ruhe begeben, bringt sie den Gast in eine der freien Kammern und bleibt bei ihm. Sie ist derb und lüstern und begierig zu erfahren, ob die Gerüchte über seine Fähigkeiten als Liebhaber zutreffen oder nicht. Und sie wird auf's Angenehmste überrascht, obwohl er sturzbetrunken ist. *Mein Mann kann ihm nicht mal nüchtern das Wasser reichen*, denkt sie und seufzt tief.

Sepp hat am nächsten Morgen einen dicken Kopf und ein so schlechtes Gewissen, daß er sich drei Tage lang nicht mehr auf dem Mattenhof blicken läßt, sehr zur Freude von Madlens Vater, der glaubt, seine Worte seien letztlich doch auf fruchtbaren Boden gefallen.

Am vierten Tag wartet Sepp ab, bis der Knecht die Ochsen einspannt und mit dem Bauern auf's Feld fährt, dann erst geht er ins Haus. Madlen strahlt ihn an, so viel Glück und Liebe in den Augen, daß ihm eng wird ums Herz .

»Ist es wirklich wahr?« fragt sie, »du willst nicht mehr weggehen und bei mir bleiben und das *Vielleicht* streichen, von dem du gesprochen hast? Du willst mich zur Frau nehmen?«

Ihre Ergebenheit rührt ihn und er denkt: Ein Lumpenhund wie ich ist ein Maidli wie Madlen gar nicht wert. Er nimmt ihre Hände und sagt: »Dein Vater will mich nicht als Schwiegersohn, das weißt du ja. Und mir sind inzwischen auch Zweifel gekommen, ob ich der Rechte für dich bin.«

Sie wird blaß und fragt: »Willst *du* mich? Nur das ist wichtig.«

»Ja, ich will dich«, sagt er fest, »und ich kann auch das *Vielleicht* streichen. Ich möchte bei dir bleiben, aber nicht hier. Ich möchte weg und dich mitnehmen: Ich möchte nach Amerika.«

Zu seinem Erstaunen zeigt sie keinerlei Überraschung. »Wo immer du hingehst, ist mein Platz und ich gehe mit. In den Himmel oder in die Hölle, Hauptsache ich bin bei dir.«

Der Ring um sein Herz wird noch enger. Er atmet tief durch, schluckt und streichelt ihre Hände. Dann gibt er sich einen Ruck: »Ich muß dir noch etwas sagen, etwas, das du wissen mußt: Ich werde sicher kein guter Ehemann sein und schon gar kein treuer.«

Nun schluckt Madlen und sagt nach einer kleinen Pause tapfer: »Die meisten Männer sind nicht treu, das habe ich schon gemerkt. Aber solange du mich liebst und immer wieder zu mir zurückkommst… Ich glaube, dann ist es nicht so schlimm.«

Sie schmiegt sich an ihn und er küßt sie leidenschaftlich, obwohl inzwischen ein halbes Dutzend Kinder samt der kichernden Küchenmagd in der Stube stehen und sie mit großen Augen anstarren.

Madlen verteidigt ihre Liebe mit so viel sanfter Hartnäckigkeit, daß der Mattenbur sich letztlich geschlagen geben muß. Er erteilt seinen Segen zur Heirat unter der Bedingung, daß sie noch ein Jahr auf dem Hof bleibt, bis seine zweitälteste Tochter ihre Aufgaben übernehmen kann.

Als das Aufgebot bestellt ist und damit bekannt wird, daß ein Wildling wie Sepp tatsächlich eine Ehe eingehen will, muß sich Madlen nach dem sonntäglichen Kirchgang manche Stichelei und viele Warnungen anhören.

»Ich würde an deiner Stelle die Finger vom Sepp lassen, noch ist Zeit dazu«, sagt die kesse Theres aus Heuweiler katzenfreundlich, »er kann die seinen nämlich nicht von andren Weibern lassen – den bremst auch kein Trauschein! Und ich weiß ganz genau, wovon ich rede!«

Sogar Sepps Mutter, die frühere Rindsbergbüri Barbara, läßt es sich nicht nehmen, Madlen anzusprechen: »Überleg' dir gut, ob du den Sepp wirklich nehmen willst. Mit meinem Sohn ist nicht gut Kirschen essen, er gerät ganz nach seinem Vater.«

Madlen hört sich alles gelassen an und läßt sich nicht beirren.

Nur der Schankdirn von der »Sonne« gelingt es, sie wirklich zu treffen.

»Mit dem Sepp hast du den buntesten Vogel eingefangen«, sagt sie, »aber der sitzt nicht bei dir im Käfig, der fliegt aus, wenn's ihm gefällt. Da kannst schon froh sein, wenn er dir in der Hochzeitsnacht bleibt.«

»Halt dein loses Mundwerk! Wenn ich Unken hören will, geh' ich an den Weiher! Wie kannst du solche Sachen behaupten?«

Nach den vielen Anspielungen und gezielten Boshaftigkeiten ist Madlen nahe daran, die Fassung zu verlieren.

»Das verrate ich gern«, sagt die Schankdirn hämisch, »ich spreche aus eigener Erfahrung. Frag doch mal deinen feinen Bräutigam, was er letzte Woche alles getrieben hat... vielleicht beichtet er's dir...!«

Und Madlen fragt Sepp, die Augen voller Hoffnung, daß er die Schankdirn eine Lügnerin nennen wird und sie ist willens ihm alles zu glauben. Doch sie irrt: Er tut es nicht und birgt sein Gesicht in den Händen.

»Es stimmt, was sie behauptet, und ich kann dir gar nicht sagen, wie sehr ich mich dafür schäme. Aber ich kann es nicht ungeschehen machen und will es nicht abstreiten.«

Sie hat ganz still zugehört und alle Farbe ist aus ihrem Gesicht gewichen.

»Wenn ich *ja* gesagt hätte oben am Waldrand und wenn mein Vater dich nicht rausgeworfen hätte – wäre – wäre das dann auch passiert?«

»Bestimmt nicht.«

»Dann will ich mich nie mehr versagen, wenn du Sehnsucht nach mir hast. Es war auch wirklich nur, weil ich solche Angst hatte.«

»Ich weiß.« Er verschließt ihr den Mund mit Küssen und kann sein Glück kaum fassen. Statt ihm Vorwürfe zu machen und ihn zu verlassen, findet sie Erklärungen für seine Liederlichkeit und sucht nach Ursachen bei sich selbst. Es kommt ihr gar nicht in den Sinn, daß sie ihm etwas zu verzeihen hat.

Diese ungewöhnliche Haltung und die rückhaltlose Liebe, die daraus spricht, erfüllen ihn mit tiefer Dankbarkeit. Am späten Abend steigen sie den gleichen Weg hinauf, den sie schon einmal gegangen sind, bis zu dem Baumstamm zwischen den Farnen und dem Moos.

Madlen umarmt ihn und hält ihn fest, als wolle sie ihn nie mehr loslassen.

»Auf diesen Augenblick habe ich mein Leben lang gewartet, seit ich denken und fühlen kann, hab' ich mich nach dir gesehnt.«

Das Verlangen nach ihr wird übermächtig. Ihre Haut fühlt sich so zart und weich an, ihre Brüste sind weiß und haben rosige Knospen und er spürt, daß er der Erste ist, der sie sehen darf. Er liebkost sie und nimmt ihre Spitzen ganz zart zwischen seine

Raubtierzähne. Seine Hände wandern tiefer und er spürt deutlich die drängende Hingabe ihres Körpers.

Madlen ist so klein und feingliedrig, daß er für einen kurzen Moment fürchtet, ihr zu sehr wehzutun. Doch sie schreit nur einmal auf, als er kraftvoll, aber behutsam in sie eindringt und seine Bedenken gehen unter in einer nicht enden wollenden Seligkeit. Ihre Unschuld, gepaart mit Leidenschaft, entzücken ihn immer wieder auf's Neue und wecken Gefühle in ihm, die er noch nicht kennt. Es ist wie ein Wunder für einen Mann, der geglaubt hat, es gäbe keine neuen Erfahrungen mehr mit Frauen. Und dieses Wunder wiederholt sich und bleibt über die ersten gemeinsamen Jahre das Glück ihres Lebens.

23

Die Hochzeit findet zwei Wochen später statt und wird im kleinen Kreis auf dem Mattenhof gefeiert. Das ist nicht üblich, aber Madlens Familie hat kein Geld, Gäste ins Wirtshaus zu bitten.

Der »Engel«-Wirt, bei dem die meisten Glottertäler *Hostig* halten, bringt im Bännewägeli zwei Kessel mit Fleischgerichten und die Kinder sind kaum davon wegzulocken, weil so gute Duftwolken daraus aufstiegen.

Der Mattenbur, ohnehin verdrossen über die schlechte Wahl seiner Tochter, will auf Musik verzichten, aber das gelingt ihm nicht, trotz seiner Weigerung, auch nur einen einzigen Gulden dafür herzugeben. Der Lehrer Anton Steurer trommelt seine Schulkinder zur »Türkischen Musik« zusammen, andere Musikanten aus dem Tal kommen dazu und sie singen und spielen nach Herzenslust.

Madlen ist eine entzückende Braut in der Tracht, die schon ihre Mutter zur Hochzeit getragen und deren besticktes Mieder sie in stundenlanger Arbeit enger genäht hat. Ihre Zöpfe sind nicht hochgesteckt, reichen bis zur Hüfte und auf ihrem Kopf sitzt die perlenbesetzte Schäppelkrone mit der sie größer aussieht und Sepp fast bis zur Schulter reicht. Er trägt seinen einzigen Anzug aus gutem dunklen Tuch, dazu ein weißes Leinenhemd, ein leuchtend rotes *Gilet* und einen passenden Schlips, gebunden mit einem speziellen Knoten und abstehenden Enden. Zur

Feier des Tages hat er seinen schwarzen Bart abrasiert bis auf den Schnurrbart.

Wie bei jeder Hochzeit tuscheln die Maidli in ihren Kirchenbänken, als das Brautpaar vor den Altar tritt.

»So ein Mannsbild wie der Sepp würde auch in einem Kartoffelsack gut ausschauen«, flüstert eine, »ein Kerl wie der dürfte überhaupt nicht heiraten.«

»Recht hast du«, flüstert ihre Nachbarin zurück, »aber bei ihm fällt das nicht ins Gewicht, der bleibt uns trotzdem erhalten.«

»Hoffentlich, sonst wär's ein Jammer!«

»Schau nur, wie die Madlen ihn anhimmelt. Die wird noch ihr blaues Wunder erleben!«

Beide gackern wie die Hühner und bedauern mit den anderen Kirchgängern, daß die traditionelle große Hochzeitsgesellschaft im »Engel« ausfällt. Jeder Glottertäler weiß, daß Sepp niemand vom Rinzberghof eingeladen hat und das ist auch nicht verwunderlich bei Lage der Dinge. Natürlich ist Pfarrer Willin in dem kleinen Kreis der Gäste und schaut vergrämt auf seinen ewigen Kontrahenten Anton Steurer mitsamt seinen Musikanten. Der zieht zum Gruß mit großer Geste seinen Hut vor ihm und verbeugt sich tief in übertriebener Höflichkeit. Außer ihm hat Sepp nur zwei Gäste eingeladen, zwei sehr gegensätzliche Männer: den Wälderhanse Chrischte, seinen Raufkumpan und Rivalen seit Kindertagen – und Jakob Haffner, der mit der Kutsche aus Rheinfelden gekommen ist.

»Noch nie war die Madlen so hübsch wie jetzt«, sagt Chrischte anerkennend, »mir ist sie früher nie aufgefallen, sonst hätte ich selbst mein Glück versucht.«

»Zu spät«, lacht Sepp mit Besitzerstolz.

»Die Liebe verzaubert alle Frauen«, stellt auch Haffner fest, »aber abgesehen davon hat unser Sepp als Frauenkenner auch einen Blick für verborgene Schönheit, das hat er schon oft unter Beweis gestellt. Stimmts, mein junger Don Giovanni?«

Er blickt belustigt in die Runde und Sepp fragt sich, wer dieser Don Giovanni wohl gewesen sein mochte und ob das eine Schmeichelei oder eine Anzüglichkeit auf sein Lotterleben im Glotterbad sein sollte.

Haffner scheint seine Gedanken zu erraten und setzt eine Verschwörermiene auf: »Nur keine Angst, ich plaudere nicht aus der Schule – schon gar nicht, wenn unsre kleine Braut in der Nähe ist!«

Madlen gesellt sich zu ihnen und fragt lächelnd: »Gibt's hier Männergeheimnisse, die nicht für meine Ohren bestimmt sind?«

»Oh nein« mogelt der Chrischte, der längst nicht mehr so wortkarg ist wie früher, »wir überlegen hier nur, wie wir den Sepp dazu bringen, würdig Abschied vom Jungesellendasein zu nehmen. Er hat so viel mit mir gerauft und beim Tanz so vielen Maidli das Herz gebrochen, daß er öffentlich Kirchenbuße tun sollte, ehe sein neues Leben als braver Ehemann beginnt ..«

»Du hast es gerade nötig, so zu lästern!« Sepp ist in übermütiger Stimmung.

»Soll ich mal nachzählen, wievielen Maidli *du* das Herz gebrochen hast? Oder soll ich dich packen und beuteln und durchprügeln? Das haben wir ja oft genug geübt – sollen wir's noch mal probieren?«

»Fragt sich, wer wen durchprügelt! Wollen wir rausgehen?«

»Hebt euch den Spaß auf für später«, schlägt Haffner vor, »ich will erst noch wissen, wie das mit der Kirchenbuße ist.«

»Dafür bin ich zuständig,« sagt der Pfarrer, »in alten Zeiten war es der Brauch, daß sich ertappte Sünder sonntags mit einer brennenden Kerze vor die Kirchentüre stellen mußten, damit jeder sie sehen konnte.«

»Man darf sich eben nicht erwischen lassen beim Sündigen,« meint Haffner, »wenn man aber doch erwischt wurde – welche Art von Sünden wurden dann geahndet?«

»Alle schweren Sünden,« sagt der Pfarrer kategorisch. »Eine Geschichte ist aus den Kirchenbüchern sogar mit Namen überliefert und die hat sich im Glotterbad zugetragen.«

»Interessant! Im Glotterbad kenne ich mich bestens aus und der Sepp auch, wie Ihr wohl wißt. Erzählt, Hochwürden!«

»Nun, in der Zeit der Bauernkriege, als die Sitten verroht waren, bekam der Kriegsknecht Rudi Schnetz beim Wein Streit mit dem Glottertäler Hans Ganser, der ihn ein *Pulvermännli* nannte. Darob ergriff den Schnetz eine so gewaltige Wut, daß er dem Ganser einen Streich und einen Stich versetzte, die ihn vom Leben zum Tod beförderten. Ein solches Ende hatte ihm am gleichen Morgen schon seine Frau gewünscht, als er schon wieder ins Wirtshaus ging. Deshalb war sie auch mit einem geringen Schmerzensgeld von zehn Kronen zufrieden. Und weil das keine gerechte Strafe war, mußte der Kriegsknecht öffentlich Kirchenbuße tun.«

»Eine schaurig-schöne Moritat«, kommentiert Haffner, »ich kann mir gut vorstellen, wie sie einst die Bänkelsänger zu ihren Bildertafeln gesungen haben.«

»Hier kommt mein Stichwort«, ruft Anton Steurer, der unbemerkt zu ihnen getreten ist, »ich bin heute auch ein Bänkelsänger und schenke dem jungen Paar das *Lied vom großen Hecker*. Mit Verlaub werde ich es jetzt zur Darbietung bringen, zu Ehren von Friedrich Hecker natürlich, aber auch zu Ehren meines jungen Freundes Joseph Schurhammer, der in seiner Sturm- und Drangzeit ein Revoluzzer war – gerade wie ich auf meine älteren Tage!«

Alle klatschen und der Pfarrer sagt: »Gottlob, daß wir keine preußische Einquartierung mehr haben, die euch dafür ins Zuchthaus steckt, sonst muß ich meinen schwarzen Schafen noch einmal ein besseres Leumundszeugnis geben als sie es verdienen!«

Anton Steurer stellt ein großes Plakat mit vielen farbigen Einzelbildern auf einen Tisch, baut sich in theatralischer Pose davor auf und versammelt rings um sich seine Musikantenkinder. Dann zwirbelt er – um die Spannung zu erhöhen – erst einmal genüßlich seinen aufgedrehten Schnurrbart, nimmt den Zeigestock elegant wie einen Dirigentenstab in die rechte Hand und beginnt:

Seht, da steht der große Hecker,
Eine Feder auf dem Hut,
Seht, da steht der Volkserwecker,
Lechzend nach Tyrannenblut,
Wasserstiefel, dicke Sohlen,
Säbel trägt er und Pistolen – -

Friedrich Hecker ist auf dem »Guckkasten-Bild« eher wie ein Räuberhauptmann dargestellt und Steurer läßt einige Strophen aus, die reine Spottverse sind – denn der Dichter war keineswegs ein Spielmann aus Hessen, sondern ein spitzzüngiger Advokat aus Heidelberg, Gottfried Nadler mit Namen, der Friedrich Hecker um seine Popularität beneidete.

Also ist's in Baden gangen,
Was nicht fiel und nicht entfloh,
Ward vom Militär gefangen,
Liegt zu Bruchsal auf dem Stroh,
Ich, ein Spielmann bei den Hessen,
Der kann Baden nicht vergessen,
Der den Feldzug mitgemacht,
Habe dieses Lied erdacht.

Die Gästeschar hat sich inzwischen beträchtlich vergrößert. Viele sind auch ohne Einladung zum Mattenhof gekommen, bringen Wein und Essen selbst mit und Geschenke für die Hochzeiter.

Steurers Vortrag wird bejubelt, die Gäste lassen abwechselnd ihn hochleben und das Brautpaar, Friedrich Hecker und die Revolution, auch wenn sie gescheitert ist.

Am Ende des Festes, nach Musik und Tanz , Essen und Trinken sind sich alle einig, daß diese vergleichsweise bescheidene Feier viel schöner und vergnügter war als die protzige Hochzeit, die Andreas Schurhammer für seine Tochter Rosa ausgerichtet hatte.

Im Gegensatz zu ihr ist Madlen eine arme Braut: Sie hat keinen *Brutwage* bekommen, auf den die Aussteuer geladen wird: ein Kasten, ein Bett, ein Spinnrad, ein Bündel *Riste*, leinenes Bettzeug, ein Sack Weizen, ein Sack Korn, ein Hafen Schmalz, ein Hafen *Anken* und als Dreingabe noch eine Speckseite, die hinten am Wagen hängt. Da sie aber keine Aussteuer hat, gibt's auch nichts zu verladen. Und zum Hof ihres Mannes kann sie auch nicht fahren, weil er keinen mehr besitzt und sich auf seinem Erbe ein anderer breit gemacht hat.

Dessen ungeachtet kann jeder das Glück in ihren Augen lesen und die Art wie sie zu Sepp aufsieht, rührt selbst hartgesottene Spötter und läßt sie verstummen. Auch wenn noch so viel gegen diese Heirat spricht, gibt es keinen Zweifel, zumindest nicht im Augenblick: Des Mattenburen Madlen hat das bessere Los gezogen als des Rinzbergburen Rosa.

*

Die ersten beiden Jahre der jungen Ehe kann man kaum als solche bezeichnen und dennoch – oder vielleicht auch *deshalb* – sind sie so glücklich.

Madlen hat ihrem Vater versprochen, den Hof weiterzuführen, bis ihre jüngere Schwester dieser Aufgabe gewachsen ist. Sepp arbeitet in Rheinfelden bei Jakob Haffner und kommt nur zwei-, dreimal im Monat. Die angestaute Sehnsucht ist groß, ihre Flitterwochen enden nicht und die Erwartungen der leichtlebigen Glottertaler Maidli werden rundherum enttäuscht.

Schon bald nach der Heirat kümmert sich Sepp um Schiffskarten nach Amerika – und zieht die Bestellung zurück als Madlen guter Hoffnung wird.

»Sepp, mein Liebster«, bittet sie ihn, »laß uns warten bis unser Sohn ein Jahr alt ist. Dann geh' ich mit dir und mit ihm bis an das Ende der Welt.«

»Woher willst du denn wissen, daß es ein Sohn ist?« fragt er und sie erwidert überzeugt: »Ich weiß es halt. Und ich möchte ihn Georg nennen, nach dem tapferen Ritter – weil sein Vater wie ein tapferer Ritter mit Friedrich Hecker für unsre Freiheit gestritten hat.«

Der kleine Ritter Georg wird als kräftiges, gesundes Kind geboren und begrüßt seine Eltern mit empörtem Geschrei. Sein Köpfchen ist mit dichten dunklem Haarflaum bedeckt und sieht ganz danach aus, als würde wieder ein Schwarzwälder Dickschädel daraus werden.

24

Zeitlebens ist Andreas Schurhammer überzeugt davon, alles richtig gemacht zu haben. Zweifel an seinem Handeln pflegte er schnell vom Tisch zu fegen und wenn ihn nicht gute Freunde wie Anton Steurer mit der Nase darauf stießen, lehnte er es rundweg ab, darüber zu diskutieren.

Erst als seine eigene kleine Welt im Glottertal einzubrechen beginnt, fängt er an, nachdenklich zu werden und vieles in Frage zu stellen. Er ist noch immer ein stattlicher und aufrechter Mann, der mühelos einen *Drei-Zester-Sack* Getreide tragen kann. Der graue Bart macht sein Gesicht kaum älter, eher respektabel und seine Augen blicken durchdringend und herrisch wie in jungen Jahren. Die harten Linien um seinen Mund werden kaum gemildert durch ein seltenes Lächeln.

Nun, da er auf die Sechzig zugeht, ist es an der Zeit, Bilanz zu ziehen und diese Bilanz sieht nicht gut aus: Seine lieblose Ehe besteht nur noch auf dem Papier. Treue und Verbundenheit der Völcher, auf vielen Höfen gute Tradition, hat es bei ihm nie gegeben – weder Knechte noch Mägde hielten es bei dem strengen Regiment lange unter seinem Dach aus. Im Dorf ist er wegen seiner ausgeprägten Streitlust und Querköpfigkeit mehr gefürchtet als beliebt, obwohl die Glottertäler ihn 1849 als Bürgermeister wiedergewählt haben. Grund dafür waren sein Mut und seine Tapferkeit als Freischärler, ebenso die sechs Wochen Zuchthaus in Bruchsal, die er abgesessen und ungebeugt überstanden hat. Dennoch macht er sich keine Illusionen: die Revolution ist nach ihrem Wiederaufflackern endgültig gescheitert, der Traum von der Freiheit gestorben, vor Jahren schon.

Und als Vater – ja, als Vater – da hat er wohl auch versagt. Sich das einzugestehen ist am schwersten. Seinen Sohn Blasius hat er ohne triftigen Grund in die Fremde getrieben mit seinem unnachgiebigen Starrsinn, weiß Gott, wo er stecken mochte im fernen weiten Reich des russischen Zaren und ob er je den Weg zurückfinden würde.

Joseph, seinem Jüngsten, hat er das rechtmäßige Erbe verweigert und den Rinzberghof entgegen allen ungeschriebenen Gesetze an seine Tochter Rosa und deren Ehemann Johannes Hoch gegeben.

Den Libding-Vertrag für diesen Handel hatte er mit Bauernschläue und größter Genauigkeit ausgearbeitet und war sicher, nicht das Geringste übersehen zu haben.

Undenkbar, daß der Rinzbergbur übertölpelt würde – und doch ist genau das geschehen. Bald nachdem die Dokumente unterzeichnet sind, zeigt der feine Schwiegersohn sein wahres Gesicht. Er, der vorher devot geschmeichelt und gekatzbuckelt hat, verhöhnt ihn jetzt:

»Papier ist geduldig, Schwiegervater – habt Ihr das in eurem langen Leben noch nicht gelernt? Was der Advokat in Euren Libding-Vertrag hineingeschrieben hat, interessiert mich nicht. Wenn es Euch nicht paßt, könnt Ihr Klage erheben – Ihr streitet doch so gerne vor Gericht! Ich habe nichts dagegen, *ich* habe den längeren Atem!«

Akribisch genau hat Andreas in diesem Vertrag aufgeführt, was ihm und seiner Frau zusteht nach der Übergabe des Rinzberghofes. Auf acht eng beschriebenen Seiten ist alles aufgelistet: lebenslange freie Wohnung im Obergeschoß und die Übernahme aller anfallenden Reparaturen durch den neuen Hofeigner, den nötigen Platz für Wein, Kartoffeln und Victualien im gewölbten und im Balkenkeller, das nötige Brennholz, dürr und gescheitelt, auf Verlangen der Eltern auch einfeuern, kochen, backen und Wäsche waschen.

Weiter besteht er auf der jährlichen Lieferung von 40 Sester Roggen und 24 Sester Weizen, wobei der Hofbesitzer die Frucht in die Mühle zu führen und wieder abzuholen hat.

Ein Mastschwein, 200 Pfund schwer, 10 Pfund mehr oder weniger, muß ihm der Bauer auf seine Kosten schlachten lassen und einsalzen. Dazu kommen 208 Hühnereier, alle Woche 4 Stück, 20 Pfund frische Butter, 4 Maas helles Nußöl, 6 Maas Branntwein-Zwetschgenwasser und 5 Maas Treber-Branntwein, alles guter Qualität.

Er läßt das Recht festschreiben, bei auswärtigen Geschäften die Pferde nebst *Scheese* zum Reiten und Fahren zu benutzen. Und detailliert läßt er sich auch Benutzungsrechte für das Krautgarten-, das Bohnen- und Gelberübenfeld einräumen, wobei der Bauer den nötigen Dung abzugeben und anzuführen hat.

Auch das Benutzungsrecht für Rumpelfaß, Waage, Feld- und Handgeschirr vergißt er nicht, ebenso wenig das benötigte Bettstroh und das Recht zwei eigene Hühner auf dem Hof laufen zu lassen.

50 Sester Herdäpfel stehen ihm zu, wenn sie gut gewachsen sind, wenn mittelmäßig 25, wenn schlecht 10 Sester, außerdem die Ernte von 2 Birnbäumen, ein früher, ein später und von 4 Zwetschgenbäume, alle erster Wahl.

Ferner das Benutzungsrecht einer Kuh oder statt dessen 2 Maas Milch, jeden Tag frisch von der Kuh. Aber wesentlich wichtiger als die Milch sind natürlich 2 Ohmen Wein bester

Qualität vom Reberträgnis eigenen Gewächses, das sind 300 Liter.

Außerdem behält sich Andreas das Recht vor, jederzeit auf dem ganzen Hofgut frei herumzugehen, die Wirtschaft anzusehen und »zweckmäßig Vorschläge« zu machen.

Doch auch der beste Vertrag ist wertlos, wenn er nicht eingehalten wird. Zuerst mahnt Andreas seine Rechte ein, dann verklagt er den sauberen Schwiegersohn beim Hofgericht und gewinnt. Trotzdem ändert sich nichts.

»Ich schäme mich für meinen Mann«, sagt Rosa, wenn sie ihren Eltern heimlich ein Stück Schinken oder einen frisch gebackenen Laib Brot bringt. In den kurzen Jahren ihrer Ehe ist sie mager geworden, nichts ist geblieben von ihrer drallen, rosigen Fülle. Die Glottertäler wissen, daß der Hoch sie schuften läßt wie die geringste Magd und daß er sie obendrein schlägt. Und das nicht etwa wie die anderen Bauern, die sich auf diese althergebrachte Weise bei ihren widerspenstigen Bäuerinnen gelegentlich Respekt verschaffen, nein, der Hoch schlägt seine Frau mit dünnen Weidenruten, die schmerzhafte, blaurote Striemen verursachen.

Rosa klagt nie und muckt auch nicht auf, aber allmählich mausert sich das unbedarfte junge Ding mit der arglosen Einfalt auf erstaunliche Weise – zu einer Frau, deren weiche Züge sich verhärten, deren Blick mißtrauisch und gehetzt wird, die zu denken beginnt und aufhört, nur andere für sich entscheiden zu lassen.

Andreas kocht vor Zorn über diesen Schwiegersohn, der seine Tochter mißhandelt und es darauf anlegt, ihn selbst zum Almosenempfänger zu degradieren. Am meisten ärgert er sich über seine eigene Gutgläubigkeit, über den mangelnden Argwohn und darüber, daß er die warnende Stimme in seinem Inneren zum Schweigen gebracht hat.

Dieser vermaledeite, hergelaufene Kaib, dieser Heimtücker, er hat tatsächlich recht, wenn er behauptet, mancher Vertrag sei nicht mehr wert als das Papier, auf dem er geschrieben wurde. Wahrhaftig, eine neue Erkenntnis! Denn inzwischen haben sich auch die Wertpapiere und Schuldverschreibungen, die so beeindruckend waren, als Fälschungen herausgestellt. Johannes Hoch entpuppt sich als Hochstapler und seine Ohnmacht gegenüber einem so abgefeimten Schurken läßt ihm keine Ruhe.

Obgleich ihm der gesunde Menschenverstand sagt, er könne mit der gleichen Wirkung »einen Ochsen ins Horn pfezen«, versucht er noch einmal mit ihm zu reden und die vertraglichen Pflichten einzufordern.

Mit seinem dünnlippigen, freudlosen Lächeln kostet Johannes Hoch den Triumph über den stolzen Rinzbergburen voll aus.

»Was glaubst du wohl, wer außer mir deine dumme Rosa mit ihren drei Bankerten genommen hätte? Keiner, auch wenn du sie angeboten hast wie Sauerbier!«

Andreas springt auf, daß der Stuhl umkippt, dreht sich um und schlägt im Gehen die Tür mit einem Knall zu, in dem sein aufgestauter Zorn liegt. Der Putz bröckelt rings um den Rahmen ab und der hämische Zug um Hochs Mund weicht einem befriedigten Grinsen.

»Laß dich nicht mehr hier blicken«, ruft er ihm hinterher, »ich will nicht, daß du noch einmal *meine* Stube betrittst. Bleib', wo du hingehörst – oben im Libding!«

Noch am gleichen Tag faßt Andreas Schurhammer einen Entschluß, den er unverzüglich in die Tat umsetzt wie die meisten Ideen seines Lebens. Warten ist seine Sache nicht und diese letzte Demütigung der berühmte Tropfen, der das Faß zum Überlaufen bringt. Er kleidet sich sorgfältig an, läßt die beiden Rappen vor die Scheese spannen und ehe sein Schwiegersohn es verhindern kann, fährt er schnurstracks nach Freiburg.

Bei der Badischen Bank verlangt er den Direktor zu sprechen. Er tritt so bestimmt auf, daß er sofort in dessen Zimmer geführt und mit einer Verbeugung empfangen wird.

»Womit kann ich Euch dienen, Herr Schurhammer?« fragt der Direktor diensteifrig.

»Ganz einfach mit den 12 000 Gulden, die bei Eurer Bank liegen«, sagt Andreas.

»Wie soll ich das verstehen? Wollt Ihr eine Anweisung vornehmen?«

»Davon habe ich nichts gesagt. Ich will das Geld bar auf die Hand.«

Die Schnurrbartspitzen des Direktor zucken, er ist irritiert.

»Bar? Das ist sehr ungewöhnlich, wenn ich mir diese Bemerkung erlauben darf.«

»Ihr dürft und Ihr dürft mich mit weiteren Bemerkungen verschonen. Und dann dürft Ihr mir das Geld ausbezahlen«, sagt Andreas ungehalten.

Der Direktor hebt die Augenbrauen, klingelt mit einer kleinen silbernen Tischglocke und verlangt nach den nötigen Papieren. Er wirft einen Blick darauf und fragt dann stirnrunzelnd: »Wollt Ihr uns etwa als Kunde verlassen? Das ist Euer gesamtes Guthaben, Herr Bürgermeister!«

»Ich bin kein Bürgermeister mehr«, knurrt Andreas, » und ich nehme alles mit bis auf den letzten Kreuzer. Das Konto könnt Ihr löschen.«

Er steht auf, drückt dem verblüfften Direktor die Hand, daß dieser schmerzhaft das Gesicht verzieht und läßt sich am Schalter ungerührt das gesamte Geld ausbezahlen, das er in seinem Leben gespart hat. Die Scheine stopft er achtlos in einen mitgebrachten Lederbeutel. Von Freiburg aus fährt er zurück Richtung Glottertal und läßt die Pferde traben. Nach der unterdrückten Wut über seine Niederlage verspürt er ein Hochgefühl in der Brust wie selten zuvor. Nein, das Leben ist noch nicht zu Ende! Er fühlt sich mit einem Mal wieder jung und voller Tatkraft, nicht wie einer, der den Rest seiner Tage auf dem Altenteil versauern muß, verhöhnt von einem betrügerischen Schwiegersohn. Nicht zum Rinzberghof lenkt er die Rappen, sondern zum Hof des Mattenburen, in dem Sepp seit seiner Heirat mit Magdalena wohnt. Die Küchenmagd stürzt mit offenem Mund aus der Tür, als er gebieterisch mit der Peitsche knallt.

»Wo ist mein Sohn?« ruft er, »ich will mit ihm reden!«

In diesem Moment kommt Sepp um die Hausecke und bleibt wie angewurzelt stehen als er seinen Vater sieht, dem er seit Jahren aus dem Weg gegangen ist. Seine Augen verengen sich zu schmalen Schlitzen, als er haßerfüllt sagt:

»Verschwindet! Verschwindet schnell, ich will Euch nicht mehr sehen!«

Andreas stellt sich taub, steigt vom Kutschbock und geht auf seinen Sohn zu, der breitbeinig und feindselig beim Haus stehen bleibt, unrasiert, mit wildem schwarzem Haarschopf, unbeugsam und querköpfig wie sein Vater.

»Sachte, sachte«, entgegnet er ungewohnt friedfertig, »ich will nichts weiter als dir mitteilen, daß ich auch nach Amerika fahre. Auf dem Schiff wird sich's nicht vermeiden lassen, daß du mich siehst und wenn wir drüben an Land gehen auch nicht.«

Sepp starrt ihn stumm und so verständnislos an, als habe sein Vater in einer fremden Sprache geredet. *Das kann nicht wahr sein*, denkt er, *das ist unmöglich, das ist ein schlechter Traum*. Laut sagt er: »Ihr seid verrückt. Wir zwei haben nichts mehr miteinander zu tun.« »Vielleicht bin ich verrückt – aber es gibt ja auch schöne Verrücktheiten! Zum Beispiel über den Atlantik zu fahren, wenn sich einer zu jung fühlt für's Altenteil!«

»Ihr wollt plötzlich nach Amerika, aus einer Laune heraus!« schreit Sepp aufgebracht, »nachdem Ihr mir das Erbe genommen habt und schuld seid, daß ich arbeiten mußte wie jeder Taglöhner. Der Rinzberghof ist in fremden Händen und nicht in den besten – auch Eure Schuld. Nein und nochmals nein, ich will mit Euch nichts mehr zu tun haben, lieber gar keinen Vater als einen wie Ihr es seid!«

Er hat geglaubt, die grenzenlose Enttäuschung und Empörung überwunden zu haben, aber jetzt wird er erneut mit solcher Wut davon gepackt, daß er nicht weiterreden kann und sich abrupt umdreht. Da erst gewahrt er Madlen, die leise hinter ihn getreten ist, an ihren Rockschößen den kleinen Georg.

Sie legt ihm eine Hand auf die Schulter und sieht ihn liebevoll an. Mit ihrer ruhigen, klaren Stimme sagt sie: »Laß es gut sein, Sepp, gräm' dich nicht mehr. Wir können nichts ändern an dem, was geschehen ist. Laß uns nach vorne schauen, nicht zurück. Wir sind jung, gesund und stark – das packen wir schon! Und wenn der Vater uns begleiten will, soll er willkommen sein. Sechs Hände schaffen mehr als vier. Bitte, Sepp, Liebster, spring über deinen Schatten, auch wenn es dir noch so schwerfällt. Wie oft haben wir schon darüber gesprochen!«

Sie drückt seine Hand und er spürt die Kraft, die von dieser kleinen Frau ausgeht. So widerborstig und schroff er mit anderen Menschen umspringt – sie versteht es, verborgene Saiten in seinem Inneren zum Klingen zu bringen und er kann ihr keine Bitte abschlagen. Wie macht sie das nur?

Madlen nimmt sein Zögern als Einverständnis und führt den einjährigen Georg zu Andreas. Er sieht aus wie eine Miniaturausgabe ihres Mannes mit seinen trotzigen hellen Augen und dem schwarzen Haarschopf. Er wehrt sich heftig als sie ihn hochhebt.

»Das ist dein Großvater, Schorschi«, sagt sie lächelnd, »begrüße ihn – er kennt dich ja noch gar nicht.«

Und so hat Andreas plötzlich seinen Enkel im Arm und weiß nicht recht, was er mit ihm anfangen soll, denn seine eigenen Kinder hat er nie in den Arm genommen und Rosas Kinder erst recht nicht. Schorschi scheint sich an der breiten Brust geborgen zu fühlen und hört auf zu zappeln. Zu seiner Überraschung stellt er fest, daß der kleine Kerl unbekannte Gefühle in ihm auslöst – fast so etwas wie Zärtlichkeit.

*

Zwei Monate später verlassen Andreas Schurhammer, sein Sohn Joseph und seine Schwiegertochter Magdalena samt dem Enkel Georg das Glottertal. Und wieder einmal wundern sich alle!

Sie fahren mit der Postkutsche nach Frankreich zum Hafen Le Havre an der Atlantikküste und gehen dort an Bord des amerikanischen Dreimastschiffes »Clarence«, das sie dann über die Weite des Ozeans nach New Orleans bringt, ihrer ersten Station im »Land der unbegrenzten Möglichkeiten.«

Blasius

Im Reiche des Zaren

1836–1857

1

Blasius Schurhammer bereitet seine große Reise nach Rußland sorgfältig vor.

Er erkundigt sich genau, welche Art von Malerei auf den Schildern der Schwarzwälder Uhren dort gewünscht werden und kauft sie getrennt von den Uhrwerken ein. Dazu wandert er noch einmal nach Waldau hinauf und gibt die 200 Gulden von seinem Vater bis auf den letzten Kreuzer aus. Das notwendige Reisegeld hat er sich im letzten Winter als Holzknecht im Kandelwald verdient.

Sein Rückweg führt über St. Märgen. Er kann der Versuchung nicht widerstehen, bei Meister Herders Werkstatt anzuhalten, um Lebewohl zu sagen. Er fühlt sich zurückversetzt in die Zeit vor fast vier Jahren, als er die Tür mit der Glocke öffnete und eintrat in das Dämmerlicht des kleinen Ladens, um nach einer Lehrstelle zu fragen.

Wie damals umfängt ihn der gute, anheimelnde Geruch des Herder-Hauses, gemischt aus dem Duft selbstgebackenen Brotes, harzigem Holz, Uhrmacheröl und in Flaschen angesetzten Arnikablüten. Wie damals tritt Resi in den Raum, schlank, adrett, den Kopf voller widerspenstiger Locken, freundlich grüßend und mit fragendem Blick – bis sie Bläsi erkennt, der am Eingang stehengeblieben ist. Mit einem Jubelruf fliegt sie auf ihn zu und umarmt ihn.

»Bläsi – ist das kein Traum, ist es wirklich wahr, daß du noch einmal gekommen bist? So ein Glück! Ich dachte, du seist längst auf dem Weg ins Uhrenland.«

»Bin ich auch, ich will mich nur noch verabschieden.«

Blasius schaut besorgt auf die rückwärtige Tür, aus der jeden Moment Meister Herder treten kann. Resi beruhigt ihn.

»Der Meister ist nicht da. Er ist heute früh nach Furtwangen gefahren und kommt erst in zwei Tagen wieder.«

Mein Gott, welch ein Geschenk des Himmels, denkt Bläsi, das gibt es doch gar nicht, ich kann es nicht glauben. Resi liest in seinem Gesicht wie in einem offenen Buch und nickt. Dann dreht sie den Schlüssel der Ladentüre um, sagt »Geschlossen« und umarmt Bläsi auf's Neue, als wolle sie ihn nie mehr loslassen.

»Laß mich erst mal meine *Krätze* absetzen«, bittet er lachend, »auf eine so stürmische Begrüßung bin ich gar nicht vorbereitet.«

Eng umschlungen gehen sie in die Stube. Resi fragt nicht, ob er hungrig oder durstig ist, sie schaut ihn nur immerzu an, als könne sie nicht glauben, daß er wirklich noch einmal gekommen ist und vor ihr steht, er, den sie doch längst verloren glaubte. Er küßt sie sanft und beherrscht, nein, er will nicht noch einmal in diesen Strudel von aufwühlenden Empfindungen hineingerissen werden, schwankend zwischen Liebe und schlechtem Gewissen, er will nicht noch einmal diesen bitteren Trennungsschmerz durchleben.

»Wir müssen vernünftig sein«, murmelt er und weiß gleichzeitig, daß er nicht vernünftig sein möchte und es auch nicht sein kann. Sein Widerstand erlahmt, schon hat ihn der alte Zauber wieder erfaßt, seine Küsse werden kühner und seine Hände gehen auf Wanderschaft. Ungestüm erwidert Resi seine Liebkosungen, drängt sich an ihn und flüstert:

»Jetzt – gleich und hier.« Er löst die Knöpfe ihres Mieders und umfaßt voll Entzücken ihre zarten, weißen Brüste. Ein Woge von Glückseligkeit überflutet ihn, als er spürt, wie sie sich in zitternder Erwartung an ihn schmiegt.

Fast ehrfürchtig entkleiden sie einander, als könnten sie das Glück nicht fassen, das ihnen so völlig unerwartet beschieden wird. Resi hat noch immer den Körper eines jungen Mädchens und seine Fingerspitzen gleiten liebkosend von ihrem Gesicht über Hals und Schultern zu ihren erregten Brustknospen, über die schmale Taille und die Hüften zu dem flachen Bauch und tiefer.

»Komm, Bläsi«, flüstert sie »komm zu mir, ich halte das nicht mehr aus, jede Minute ist kostbar.«

Sie lieben sich auf den Schaffellen, die eine Ecke der Stube bedecken und als sie wieder zu sich kommen und Resi in seine Armbeuge gekuschelt neben ihm liegt, sagt er: »Wie habe ich es nur so lange Zeit ausgehalten ohne dich? Kannst du nicht einfach fliehen und mit mir auf die Wanderschaft gehen? Wenn wir erst weg sind aus dem Schwarzwald weiß keiner, daß wir nicht verheiratet sind.«

»Du Närrchen«, sagt Resi und kuschelt sich noch enger an ihn.

»So hast du mich schon einmal genannt, weißt du noch? Und der Lehrer Anton Steurer aus dem Glottertal, der inzwischen ein Freund geworden ist – er hat das Gleiche zu mir gesagt.«

»Und weshalb?«

»Ich habe ihm von uns erzählt in meinem Kummer, weil ich wußte, daß unser Geheimnis da gut aufgehoben ist und weil er mir näher steht als der eigene Vater. Und ich habe ihm auch gesagt, daß ich dir treu bleiben will, wenn wir getrennt sind, weil ich dich so sehr liebe. Da hat er gemeint, ich sei ein Närrchen – und könne gleich ins Kloster gehen! Aber es sei ewig schade, auf die Liebe zu verzichten, weil sie das Salz unsres Lebens ist.«

Resi lacht leise.

»Ein gescheiter Mann, dein Anton Steurer! Er hat recht mit dem Kloster und dem Salz des Lebens. Ich erinnere mich, daß ich dich schon mit etwas Ähnlichem geneckt habe, weißt du noch?«

»Natürlich, du wolltest mich ins Kloster St. Peter schicken, weil ich mich zu wenig für Mädchen interessiert habe.«

»Und jetzt, bist du Anton Steurers weisen Ratschlägen gefolgt und hast dich gebessert?«

Bläsi schüttelt den Kopf. »Nein, ich konnte nicht, selbst wenn ich gewollt hätte. Ich mußte immerzu an dich denken.«

»Willst du damit sagen, daß ich dein Herz gefangenhalte und nicht mehr loslasse?«

»Genau das, ich kann es nur nicht so schön ausdrücken wie du.«

Resi knabbert an seinem Ohrläppchen und ihre Finger spielen mit seinen Brusthaaren.

»Was bist du ein braver Kerl – genau das Gegenteil von deinem kleinen großen Bruder! Vor dem Rinzbergsepp ist kein hübsches Maidli sicher, er läßt nicht locker, bis er sie erobert hat, wenn sie ihm gefällt – und die meisten lassen sich mit Vergnügen erobern! Die ganze Gegend redet davon. Und eines Tages wird ihn ein aufgebrachter Vater noch windelweich hauen!«

»Den Sepp hat noch keiner windelweich gehauen, eher umgekehrt! Aber du hast recht, er ist das, was du schon einmal einen »Maidlisverführerelendertropf« genannt hast. In welchem Zusammenhang war das nur? Ach ja, mit dem Türkenmathi, das war auch so einer. Es gibt wohl Männer, denen liegt das im Blut.«

»Und dir, mein Schatz, was liegt dir im Blut?«

Bläsi kann nicht antworten, weil Resi von seinem Ohrläppchen abgelassen hat und seine Lippen mit den ihren verschließt. Ihre Hände wandern spielerisch-verlockend über seinen jungen, festen Körper, zerwühlen sein Haar, betasten die Muskeln und die breite Brust und er fühlt seine Leidenschaft auf's Neue ...

Zwei ganze Nächte und ein Tag waren ihnen noch nie beschieden in ihrer heimlichen Liebe, kurze, gestohlene Stunden nur und deshalb ist es ein wirkliches Geschenk des Himmels, von dem sie jede Minute doppelt genießen, im Bewußtsein der unvermeidlich nahen Trennung und der unwiderbringlichen Kostbarkeit ihres letzten Beisammenseins. Das verleiht ihrer Liebe Flügel, sie können kaum voneinander lassen, nur wenn die Erschöpfung ihnen Einhalt gebietet.

Während dieser Pausen erzählt Bläsi von dem schlimmen Empfang in seinem Elternhaus nach dem Ende der Lehrzeit, erzählt von Anton Steurer, der ihn danach bei sich aufnahm und wieder aufrichtete, von seiner Arbeit als Uhrmacher in Waldau und als Holzknecht im Kandelwald. Er erzählt von seiner schönsten Uhr und freut sich an ihrer Begeisterung.

»Das muß ein echtes Meisterwerk sein, Bläsi, wie schade, daß mein Mann es nicht bewundern kann. Er wäre stolz auf dich.«

»Da bin ich nicht so sicher«, meint Bläsi, »eher das Gegenteil – vor allem, wenn er uns hier sehen würde!«

»Er sieht uns aber nicht«, entgegnete Resi in einem Anflug von Trotz, »wirf schnell dein schlechtes Gewissen weg und bedaure ihn nicht. Dazu ist kein Grund: Er hat mich immer und wir haben einander nur zwei Nächte und einen Tag.«

»Aber es ist nicht recht, ich weiß nicht, wie ich dem Meister noch in die Augen schauen sollte . . »

»Närrchen, sentimentales Närrchen«, wiederholt Resi, »während der Lehrzeit konntest du ihm ja auch in die Augen sehen, oder? Du nimmst ihm nichts weg, weil ich ihn ja auch liebe, nur anders als dich. Das hab' ich dir doch schon so oft gesagt, kannst du das nicht begreifen?«

Ganz gelingt es Bläsi nicht, ihren Argumenten zu folgen, weil er von Natur aus so grundanständig und ehrlich ist. Aber ein wenig erleichtert es sein schlechtes Gewissen, das er in ihren Armen wieder vergißt.

Als das Ende der letzten Nacht naht, will sie nicht zulassen, daß er sich von ihr löst.

»Du mußt so nahe bei mir bleiben, daß es näher nicht geht, bitte bleib', ich will dich in mir spüren bis zur letzten Sekunde, die uns allein gehört.«

Sie liegen ganz still, erfüllt von Glück und Trauer.

»Weißt du, was ich mir wünsche?« fragt Resi kaum hörbar. »Ich wünsche, daß ein Kind unter meinem Herzen wächst nach all der Liebe, die du mir geschenkt hast. Ich wünsche, daß sie nicht vergeht, sondern ein Funke davon weiterglüht und neues Leben entzündet. Dann bist du nicht wirklich von mir gegangen – ein Teil von Dir bleibt, du lebst in mir und mit mir weiter.«

Ihre Worte erfüllen ihn mit Rührung, mit Freude und Stolz und mit Furcht zugleich.

»Ein Kind? Das darf nicht sein! Was würde der Meister sagen? Er würde dich verstoßen – und ich bin in der Fremde, kann dich nicht schützen und zu mir nehmen.«

»Jetzt sage ich zum letzten Mal, daß du ein Närrchen bist – mein geliebtes Närrrchen!« Resi bedeckt sein Gesicht mit kleinen Küssen. »Der Meister wollte schon immer ein Kind, aber wir haben keines bekommen in all den Jahren, die wir schon verheiratet sind. Wenn es jetzt endlich klappt, wird er so glücklich sein wie ich.«

Blasius geht in der Morgendämmerung, noch ehe die St. Märgener aus ihren Betten steigen. Nur von einzelnen Höfen steigt Rauch aus den Schornsteinen und kräuselt sich am blassen Himmel.

Resi bemüht sich um Fassung, erst als er nach der allerletzten Umarmung seine schwere Krätze schultert, läßt sie ihren Tränen freien Lauf. Durch einen Schleier sieht sie, wie sich seine hohe, schlacksige Gestalt immer weiter entfernt und hinter einer Wegbiegung verschwindet. Er dreht sich nicht um, denn er will nicht, daß sie sieht, wie er weint. Bläsi ist neunzehn Jahre alt und soll Resi nie wiedersehen. Aber ihr Schicksal bleibt mit dem der Schurhammers verknüpft.

*

Der Weg vom Schwarzwald an die Ostsee ist weit, wenn man ihn zu Fuß zurücklegt, um das Geld für eine Postkutsche zu sparen. Eisenbahnen gibt es noch nicht und Blasius muß sehr sparsam mit seinen wenigen Gulden umgehen.

Der zweite Abschied von Resi zerschneidet ihm das Herz noch mehr als das erste Mal und auch Anton Steurer ist nicht mehr in der Lage, ihn zu trösten.

»Stell dir vor, welches Abenteuer vor dir liegt: Das ganze große Reich des russischen Zaren steht dir offen – St. Petersburg, Moskau, Nischnij Nowgorod, der Osten, der Norden, der Süden – du kannst doch reisen, wohin du willst, neue Märkte erschließen und dir Ware nachschicken lassen – so machen es die anderen auch. Bläsi, wach' auf aus deinem Kummer!«

Aber er kann gar nicht aufwachen, solange der Kummer so frisch ist und so schmerzlich. Das sieht auch Steurer ein und beschränkt sich schließlich darauf, ihm ein paar gute Ratschläge mit auf den Weg zu geben.

Am endgültig letzten Abend sagt er zu Blasius: »Deine Resi muß eine Zauberfrau sein, daß du ihr so sehr nachtrauerst. In deinem Alter – da sollte ein Mann doch Erfahrungen sammeln und sich nicht gleich an eine Einzige klammern!«

»Dann habt Ihr noch nie erlebt, was ich erlebt habe,« sagt Bläsi voller Überzeugung, daß noch nie zuvor einem Menschen ähnliches Glück zuteil wurde.

»Meine größte Sorge ist, daß sie hofft, ein Kind von mir zu bekommen – und ich kann nicht für sie sorgen.«

Die Trauer, der Anstand und die Naivität von Blasius berühren Steurer so sehr, daß er ihm verspricht, zu erkunden wie Resis Lebensweg weiter verläuft.

»Du mußt mich nur wissen lassen, wohin ich dir schreiben kann – dann berichte ich dir, was im Glottertal und in St. Märgen geschieht.«

2

Wenn ein junger Handwerker »auf die Walz« geht und willens ist, sich sein Nachtlager und das Essen zu verdienen, hat er keine Probleme in der Mitte des vorigen Jahrhunderts. Und wenn einer ausschaut wie Blasius, ein baumlanger, kräftiger Kerl ist mit ehrlichen braunen Augen, schulterlangen blonden Haaren und einem liebenswert-schüchternem Lächeln, dann leidet er ohnehin keine Not.

Jede Tür an der er anklopft, öffnet sich – und bleibt offen.

Blasius läßt sich Zeit für seinen Fußmarsch, der ihn vom Glottertal über den Frankenwald, vorbei an Berlin bis zur Oder und hinunter nach Stettin führt. Er legt trotzdem jeden Tag eine weite Strecke zurück, ungeachtet der schweren Last der Uhrwerke und bemalten Schilder in seiner Krätze. Nach vier Wochen erreicht er Stettin und gibt dort das erste Geld aus von den kostbaren Gulden, die er im Winter verdient und gespart hat für das große Abenteuer seines Lebens: Er bucht einen billigen Deckplatz an Bord der Fähre in Stettin, die ihn in wenigen Tagen an sein erstes Ziel in Rußland bringen wird.

Freiburg ist die einzige Stadt, die er bisher kennengelernt hat. Blasius läuft deshalb mit großen Augen durch die Straßen von St. Petersburg. Eine neue, fremde Welt, die ihn gleichzeitig fasziniert und befremdet. Je näher er dem Stadtkern kommt, desto größer und stolzer werden die Häuser, die ohne jeden Zwischenraum aneinandergereiht wurden. Eigentlich sind es gar keine Häuser, sondern Paläste in vielen Farbvariationen – von lichtem Grün über Veilchenblau zu weiß abgesetztem Ockergelb und purpurnem Rot.

Die prunkvollen Fassaden sind mit Säulen, Erkern, Balustraden, schmiedeeisernen Balkonen und mit Figuren wenig bekleideter Männer und Frauenzimmer verziert – welche Schamlosigkeit! Später erfährt Blasius, daß die halbnackten Männer *Atlanten* sind und die Frauen himmlische Wesen, aber er findet trotzdem, daß sie nicht mitten in eine belebten Straße wie den Newskij Prospekt gehören.

Kanäle durchziehen die ganze Stadt wie silberne Wasseradern. Die Kuppeln der Kirchen glänzen golden im Sonnenlicht und Blasius begeistert sich an der Harmonie ihrer Formen. Ohne Zweifel, St. Petersburg ist eine sehr schöne Stadt – wo in der Welt sollte es etwas Schöneres geben? Doch ja, von einer ähnlichen Stadt in Italien hat Anton Steuerer erzählt, von einer

Stadt, die auch von Kanälen durchzogen ist und in der sich wie hier Palast an Palast reihen sollte: Venedig.

Von den großen Prachtstraßen in St. Petersburg biegen eine verwirrende Fülle kleinerer Straßen und Gassen ab. Irgendwo in diesen Seitenbezirken muß sich die Niederlassung der Schwarzwälder Uhrenhändler befinden, die Blasius sucht. Nur wo? Der Meister in Waldau gab ihm eine Adresse, aber das Blatt Papier ist auf dem langen Weg nach St. Petersburg verschwunden. Schon auf der Fähre hat er seine gesamte Habe vergeblich danach durchstöbert und sich damit getröstet, daß er die Uhrenhändler auch so finden würde.

Jetzt ist er dessen nicht mehr so sicher, denn die ungeheure Größe der Stadt war für ihn kaum vorstellbar. Und wie soll sich ein Mensch durchfragen, der die fremde Sprache nicht versteht?

Während der Überfahrt hat er von den Matrosen genau drei Worte russisch gelernt:

milaya – nitschewo – und *wor.* »Damit kannst du dich schon fast unterhalten«, haben sie lachend zu ihm gesagt. »*Milaya* heißt ›Liebchen‹, *nitschewo* heißt ›da geht nichts‹ und *wor* heißt Dieb. Mit ein bißchen Phantasie kannst du dir daraus schon eine Geschichte zusammenreimen!«

»Was für eine Geschichte?« fragte Blasius naiv.

Die Matrosen haben sich vor Lachen gebogen.

»Du bist ein richtiger Hinterwäldler! Höchste Zeit, daß du mal aus deinem Dorf herauskommst und siehst, wie es anderswo zugeht! Besuch' uns mal im Hafen, wenn du ein Weilchen die Luft von St. Petersburg geschnuppert hast – bis dahin bist du sicher aufgeklärt und kannst drei und drei zusammenzählen!«

Blasius ärgert sich, daß er immer noch rot wird und nur die Hälfte der Anspielungen versteht. Auch die Ratschläge, mit denen ihn die derben Matrosen in Bezug auf Mädchen eindecken, sind ihm nicht geheuer und er denkt zum ersten Mal mit einem Anflug von Heimweh an das Glottertal zurück und an seinen kleinen, großen Bruder.

Der Sepp würde mit den Seeleuten Witze reißen, trinken, Karten klopfen und jede anzügliche Bemerkung verstehen. Er hat schon immer mehr mitgekriegt in dieser Hinsicht, obwohl er jünger ist.

Ich bin wohl wirklich ein Narr wie Resi sagt, denkt er bekümmert – Anton Steuerer hat ihr ja beigepflichtet. Auf eine so wichtige Adresse muß man doch besonders gut aufpassen – und ich verschludre sie schon vor meinem ersten Ziel, renne kopflos durch die Straßen und kann nichts als drei unwichtige russische Wörter, statt auf der Fähre wenigstens ein paar Sätze zu lernen, mit denen ich mich durchfragen kann. Und so einer will durch das große Reich des russischen Zaren ziehen, einer, der schon an den ersten kleinen Hindernissen scheitert!. Seine Füße werden immer schwerer, die Last auf seinem Rücken auch. Schließlich setzt er sich an das Ufer der Newa, müde des ziellosen Umherirrens.

Er merkt nicht, daß ihm die Augen zufallen und erwacht erst, als ihn jemand am Ärmel zupft. Es ist inzwischen dunkel geworden, die Lichter der Stadt spiegeln sich im Fluß und neben ihm hockt ein junger Bursche, der ihn aufmerksam betrachtet.

»Du schläfst ja wie ein *russki medwed*, wie ein waschechter russischer Bär«, sagt er auf deutsch zu ihm, »aber du bist bestimmt nicht von hier, sondern einer aus dem Schwarzwald! Paß nur auf, daß du deine Uhren hier nicht schneller los wirst, als dir lieb ist!«

Blasius setzt sich mit einem Ruck auf und blinzelt den Burschen an.

»Wach' ich oder träum' ich? Hast du eben deutsch mit mir geredet?«

»Freilich! Und ich weiß auch, wohin du willst: in die Kasanskaja, zur Handelsgesellschaft . Hab' ich recht?«

Noch immer schlaftrunken nickt Blasius. »Und woher weißt du das?«

»Na, weil ich schlau bin! Aber im Ernst: Wenn einer mit einer Krätze voller Uhren durch Petersburg irrt, kann er doch nur aus dem Schwarzwald kommen und sich verlaufen haben! Oder hast du etwa die Adresse verloren?«

Blasius nickt beschämt und der Junge pufft ihn aufmunternd in die Seite. Er hat ein pfiffiges Gesicht, störrische braune Haare und den ersten Bartflaum im Gesicht.

»Da ist doch nichts dabei! Komm mit mir, ich bring dich hin. Ich heiße übrigens Urban, komme aus Gütenbach und kann dir gleich eines verraten: Der Meister hier ist ein Sauertopf und es macht keinen Spaß, für ihn zu arbeiten. Ein sturer Kerl ist er obendrein, ein richtiger Schwarzwälder Dickschädel.«

Blasius seufzt abgrundtief. »Das hört sich an, als würdest du meinen Vater beschreiben. Wegen ihm habe ich das Glottertal verlassen und bin den weiten Weg bis St. Petersburg gegangen. Das klingt nicht gerade hoffnungsvoll.«

»Ach was, laß nicht gleich die Löffel hängen! Ich will dich ja nur warnen, damit du nicht enttäuscht bist. Man kann schon mit ihm auskommen, wenn man weiß, wie er ist.«

Urban steht auf und geht voraus. Er ist gut einen Kopf kleiner als Blasius, wieselflink und er kennt sich in dem Gewirr der Seitenstraßen und Gassen aus. Nach einer Stunde erreichen sie ein mehrstöckiges, düster wirkendes Gebäude, in dem nur wenige Fenster erhellt sind. Über der Eingangstür ist ein Schild mit kyrillischen Schriftzeichen angebracht, daneben ein Klingelzug, der eine melodische Glocke zum Läuten bringt.

»Da wären wir«, sagt Urban, »jetzt schau nur zu, daß du dich von Anfang an gut mit dem Alten stellst, sonst hast du eine schwere Zeit vor dir. Als Knecht ist das Leben hier ohnehin nicht lustig. Ich kriege nicht mal einen Hausschlüssel.«

»Als Knecht?« fragt Blasius ungläubig, »Ich bin Geselle mit drei Jahren Lehrzeit und habe danach schon so etwas wie ein Meisterstück gemacht.« Urban legt den Zeigefinger auf die Lippen, aber es ist schon zu spät: Die Tür wird geöffnet und ein vierschrötiger Mann mit kantigem Gesicht versperrt den Eingang.

»Was hör' ich da für große Töne? Da will so ein Grünschnabel kein Knecht sein? Und sowas schleppst du mir an, Urban? Obendrein in der Dunkelheit? Du weißt doch genau, daß du abends hier sein und arbeiten sollst, statt in der Stadt herumzustreunen. Einmal in der Woche ist Ausgang für Knechte, mehr nicht. Hast du das noch immer nicht kapiert?«

Urban zieht das Genick ein und sagt: »Doch, ich hab's kapiert, Meister, und werd's mir hinter die Ohren schreiben. Ich bitte um Entschuldigung.«

So ein Duckmäuser, denkt Blasius und sagt empört: »Ich bin kein Grünschnabel und auch kein Bittsteller. Und wenn das hier keine Handelsgesellschaft ist, sondern eine Klosterschule mit

Knechten als Zöglingen, dann kann ich samt meiner guten Ware gleich wieder gehen.«

Er will seine Krätze schultern, die er schon abgesetzt hat, aber zu seiner Überraschung macht der Meister eine einladende Handbewegung.

»Sieh an, da hat einer Mut und zeigt Rückrat. Das gefällt mir, aus dir wird noch was! Komm erst mal rein, dann reden wir weiter.«

Er dreht sich um, geht voran und Urban bedenkt Blasius mit einem spitzbübischen Lächeln.

In einem großen Raum, an dessen Wänden alle nur erdenklichen Arten von Schwarzwalduhren hängen, setzen sie sich an den Tisch in der Mitte und der Meister mustert Blasius eindringlich und ungeniert. Das Ergebnis scheint zu seiner Zufriedenheit auszufallen, denn er zeigt etwas wie ein Lächeln – und Blasius sieht erschrocken, daß seine Vorderzähne fehlen und die beiden Eckzähne spitz zulaufen wie bei einem Vampir.

Es gelingt ihm nicht, sein Erschrecken schnell genug zu verbergen und der Meister sagt: »Na, da schaust du, du Grünschnabel! Deshalb habe ich in ganz Petersburg den Spitznamen *Dracula* . Aber laß dich nicht dabei erwischen, wenn du mich auch so nennst! Ich bin der Meister Dold und in diesem Punkt lasse ich nicht mit mir spaßen. Und jetzt zu dir. Wo kommst du her, was hast du vor, und wo ist dein sogenanntes Meisterstück?«

Blasius berichtet wo und was er gelernt hat. »Was ich Meisterstück nannte, konnte ich natürlich nicht bis St. Petersburg tragen: Es ist eine Flötenuhr und ich will sie mir nachschicken lassen.«

»Das klingt recht ordentlich für einen so jungen Burschen wie dich – dann mußt du auch etwas vom Orgelbau verstehen, nicht nur von der Uhrmacherei. Ich bin bereit, dich im Handel anzulernen, wenn du ein Jahr als Knecht bei der Gesellschaft bleiben willst. Bezahlt wird nichts, das Geldverdienen kommt später. Du kannst hier wohnen und essen und in diesem Lehrjahr die Landessprache lernen. Und ich sag dir gleich eines: Ich nehme nicht jeden, der hier seine Nase zur Tür hereinstreckt. Du kannst die Kammer mit Urban teilen und hast Zeit bis morgen früh, es dir zu überlegen.«

Mit diesen Worten erhebt er sich schwerfällig und verläßt den Raum.

»Du hast vielleicht ein Glück«, sagt Urban, »so gnädig ist er selten gestimmt, der Dracula. Jetzt hast du schon am ersten Abend in Rußland ein Dach über dem Kopf.«

Blasius kann nicht finden, daß er sonderliches Glück hat. Nach der Lehre in St. Märgen und der Gesellenzeit in Waldkirch ein weiteres Jahr ohne Lohn zu arbeiten, ist nicht gerade verlockend, aber schließlich sieht er ein, daß es nicht anders geht. Er beherrscht sein Handwerk als Schwarzwälder Uhrmacher, er kann auch Schilder malen, was die wenigsten können, denn eigentlich sind das zwei getrennte Berufe. Außerdem hat er bei der berühmten Orchestrion-Fabrik Bruder in Waldkirch nachträglich die Kunst erlernt, auch so kostbare Stücke wie Flötenuhren zu bauen.

Vom Uhrenhandel aber versteht er nichts und ohne die russische Sprache zu sprechen ist er verloren in diesem fremden Land.

Am nächsten Tag teilt er Meister Dold seinen Entschluß mit und beginnt seine Zeit als Knecht in St. Petersburg.

3

Blasius weiß eine ganze Menge über die Arbeit der Schwarzwälder Uhrmacher und Händler, er hat sich ausgiebig damit beschäftigt und lange überlegt, in welches der »Uhrenländer« er ziehen sollte.

Gute hundert Jahre vor seiner Zeit begannen die sogenannten »Glasträger« auf langen Wanderwegen den einheimischen Glaswaren einen neuen Markt zu erschließen, anfangs in der benachbarten Schweiz und in Schwaben, dann in der Rheinebene. Dabei nahmen sie auch andere Waren aus ihrer Heimat mit und erzielten vor allem mit den Schwarzwälder Uhren die höchsten Gewinne, oft das Vierfache des Kaufpreises.

Die Schlauköpfe unter den Uhrmachern spitzten die Ohren und erinnerten sich an den alten Spruch: »Ist der Handel noch so klein, bringt er mehr als Arbeit ein.«

Warum also sollte man ein so lukratives Geschäft allein den

»Glasträgern« überlassen, warum dieses Geschäft nicht selbst machen? So zogen bald die ersten Uhrenhändler mit schweren Krätzen auf dem Rücken in die Ferne.

Sie verkauften ihre Ware vom Frühling an durch das Jahr als Hausierer in Dörfern und Kleinstädten und das war in jener Zeit ein geachteter Beruf. Er brachte so viel ein, daß die Uhrmacher mit dem Liefern kaum nachkamen und sich entschlossen, nicht nur im Winter, sondern auch im Sommer Uhren zu bauen und das Reisen Freunden oder Familienmitgliedern zu überlassen, die Verkaufstalente hatten, aber das Handwerk nicht beherrschten.

Die Dörfler in den Nachbarländern freuten sich, wenn die Händler aus dem Schwarzwald in ihre oft entlegenen Orte kamen und neben der Ware auch interessante Neuigkeiten mitbrachten. Die Männer nahmen sie mit in ihre Stammtischrunde und die Frauen waren einer kleinen Abwechslung auch nicht abgeneigt. Die meisten Gespräche endeten mit dem Verkauf einer Uhr und im Herbst waren die Tragkörbe leer und die Geldkatzen voll.

Mit leeren Krätzen auf einem jungen, kräftigen Rücken wieder heimzukehren, widersprach jedoch dem gesunden Schwarzwälder Geschäftssinn: Also brachten sie andere Waren als »Rückgut« mit nach Hause, je nachdem, was sich in den einzelnen Ländern günstig anbot und in der Heimat begehrt war. Als Clou erwiesen sich dabei Kanarienvögel – die wogen nicht viel, machten unterwegs Musik und gingen daheim weg wie die berühmten »warmen Weckle«.

So wurde nach dem Sommer auf dem Rückweg aus vielen Uhrenhändlern Vogelhändler und der Papageno aus Mozarts »Zauberflöte« mag einen von ihnen zum Vorbild gehabt haben: »Der Vogelfänger bin ich ja – stets lustig, heissa-hoppsassa!«

Der Weg ins Ungewisse im kalten Frühjahr, eine zentnerschwere Last auf dem Buckel – das war gewiß kein reines Vergnügen! Aber der Rückweg war leicht und fröhlich, das Geld im Beutel drückte nicht und wenn die unternehmenslustigen Händer wieder in ihren Tälern waren, knauserten sie nicht, sondern ließen die verdienten Gulden auch blinken und die Gläser klirren! Sobald die Uhrmacher wieder da waren, sprach es sich in Windeseile in den heimischen Dörfern herum und auch Blasius hatte mehr als einmal ihren Erzählungen von den wundersamen Dingen gelauscht, die sie gesehen und erlebt hatten.

Alles durfte man wohl nicht glauben, was sie da bei einem guten Glottertäler Schoppen zum Besten gaben, denn der Wein verleiht der Phantasie ja bekanntlich Flügel. Und Anton Steurer hat das schöne Wort vom »Seemannsgarn« durch »Uhrmacherlatein« ersetzt, was dasselbe bedeutete. Dennoch hörte der junge Bläsi den Berichten seiner weitgereisten Kollegen mit glänzenden Augen zu und die Abenteuer, von denen sie erzählten, lockten ihn weit mehr als der gute Verdienst.

*

All diese Erinnerungen begleiten Blasius in seiner ersten schlaflosen Nacht in St. Petersburg, einer der »weißen Nächte« im Sommer, in denen es hell und licht bleibt und eine späte, kurze Dämmerung von der frühen Morgensonne abgelöst wird.

Gleich am nächsten Tag beginnt ihm Meister Dold den Kopf zurechtzusetzen, als er von seinen Vorstellungen hört.

»So groß und so dumm«, sagt er, »man kann es nicht glauben! Abenteuer sind wichtiger als Geldverdienen! Wie alt bist du? Neunzehn? In deinem Alter sollte man wahrhaftig gescheiter sein! Bei einem Hallodri wie meinem Neffen Urban wundert mich nichts, aber der ist ja auch erst siebzehn!«

Blasius wehrt sich. »Geld ist doch nicht das Wesentliche auf der Welt! Wenn ich in ein fernes Land reise, will ich auch etwas erleben.«

Dold verzieht die Lippen und zeigt seine beiden Dracula-Zähne. »Wenn die Betonung auf *auch* liegt, bin ich einverstanden. Aber das kommt von ganz alleine, danach mußt du nicht suchen. Du verstehst etwas von deinem Handwerk, nur nützt dir das gar nichts, wenn du kein guter Kaufmann bist. Und daß du einer wirst – dafür werde ich sorgen!«

Seine erste Lektion besteht darin, Blasius die romantischen Ideen vom Uhrenhandel auszutreiben. »Das ist ein hartes Geschäft, schreib es dir hinter die Ohren! Da wird dir nichts geschenkt. Von wegen Vogelhändler auf dem Heimweg, stets lustig, heissa-hoppsasa – da kann ich nur lachen! Blasen hatten wir an den Füssen, die Schuhe durchgelaufen, den Buckel krumm getragen – da steht dir der Sinn nicht mehr nach Abenteuern.«

»So mein' ich das auch nicht«, antwortet Blasius verlegen,

»aber sagt, seid Ihr selbst auf die Walz gegangen und habt Uhren verkauft?«

»Das darfst du glauben. Und ich mag nicht aufzählen, wie oft mir dabei die Tür vor der Nase zugeschlagen worden ist. Aber das wirst du erst merken, wenn dich selbst die Krätze auf dem Rücken drückt und du mit einer Uhr in der Hand dastehst und keiner mag sie haben!«

»Ihr wollt mir wohl gleich am Anfang den Schneid abkaufen? Nein, Meister Dold, so haben wir nicht gewettet! Ich kann mir denken, daß es nicht einfach wird, aber ich habe schon gelernt, daß Hindernisse da sind, um darüberzuspringen.«

»Wir werden sehen, wie weit dich deine langen Beine tragen,« sagt Dold skeptisch, »und jetzt komm mit mir in das Kontor, damit du deine neuen Kollegen kennenlernst.«

Insgesamt zwanzig Männer arbeiten in der großen Handelsniederlassung. Abwechselnd sind sie in der Werkstatt, der Packerei, im Büro und mit dem Handel beschäftigt.

Grundsätzlich gilt jeder, der weniger als ein Jahr im Land ist, als Knecht, ein Wort bei dem sich Blasius der Kamm stellt. Schon als Schwarzwälder Bauernsohn wollte er kein Knecht sein – genau das war letzlich der Grund gewesen, weshalb er den elterlichen Hof verlassen, ein Handwerk erlernt und sich den Zorn seines Vaters zugezogen hatte.

Dold ist ein genauer Beobachter und guter Menschenkenner.

»Ich sehe, daß dir das Wort Knecht nicht gefällt, aber ich kann nichts daran ändern, so werden unsre Neuen nun mal genannt. Je mehr du dich anstrengst, desto schneller bist du selbständig und diesen Namen los.«

Und Blasius strengt sich an. Mit Feuereifer beginnt er Russisch zu lernen und setzt sich zehn neue Wörter pro Tag zum Ziel. Er übt mit seinen Kollegen, die sich über seine Emsigkeit belustigen und stellt bald fest, daß dieses Ziel – neben der schwierigen Grammatik und den anderen Zielen – zu hoch gesteckt ist. Urban, der in einem Jahr fließend sprechen gelernt hat, macht ihn mit dem ersten russischen Sprichwort vertraut:

»Je langsamer du gehst, desto weiter wirst du kommen!«

Aber noch ehe er sich halbwegs verständigen kann, spielen ihm seine Kameraden einen Streich, den sie für jeden Neuankömmling bereithielten: Als ein honoriger Kunde, ein

Pope aus dem nahegelegenen Kloster, mit einer Uhr in die Werkstatt kommt, raten sie Blasius, ihn besonders höflich zu begrüßen.

»Sag ihm: *Satknis, baranja baschka* – dann fühlt er sich geehrt!«

Blasius macht eine Verbeugung, spricht den Satz nach – und ist völlig verblüfft über die Reaktion des Popen: Der wirft ihm einen vernichtenden Blick zu, stampft zornig mit dem Fuß auf den Boden wie weiland Rumpelstilzchen im Märchen und verläßt demonstrativ den Raum.

Alle – außer Blasius – lachen lauthals und Urban klärt ihn auf. »Weißt du, was du ihm gesagt hast? – Halt's Maul, du Schafskopf!«

Aber so vergnügt geht es nicht immer zu und vor Meister Dold haben alle einen Heidenrespekt, dem er gelegentlich mit einer saftigen Ohrfeige Nachdruck verleiht, insbesondere bei den Jüngeren und bei den Langweilern, wie er diejenigen nennt, die ihm nicht emsig genug sind.

Die Geschäfte gehen gut und werden längst nicht mehr so altertümlich betrieben, wie Blasius das von den kleinen Händlern im Glottertal, in St. Märgen, in Waldau und in Waldkirch gehört hat. International weht ein schärferer Wind, da sind die Packer und Spediteure zwischengeschaltet und sie sind diejenigen, die am besten dabei verdienen – neben den Händlern, die die Uhren dann direkt an den Mann oder an die Frau bringen. Am schlechtesten kommen die Uhrmacher weg, die auf Kredit liefern und oft ein Jahr lang auf ihr Geld warten müssen.

Obendrein besitzen die Packer und Fuhrleute oft Kramerläden oder Wirtschaften und verlangen von den Uhrmachern, daß sie bei ihnen einkaufen, meist zu überhöhten Preise – sofern sie Aufträge haben wollen. Das bringt die Handwerker, die ja auf diese Aufträge angewiesen sind, oft in die Verschuldung und damit in völlige Abhängigkeit. Um solche wirtschaftlichen Hintergründe hat sich Blasius bisher nicht gekümmert. Davon erfährt er erst in St. Petersburg.

Inzwischen weiß er auch, daß er nicht gleich mit den Uhren loslaufen kann, die er in seiner Krätze mitgeschleppt hat. Ehe er die Sprache beherrscht und weiß, wo die richtige Kundschaft zu finden ist, macht es keinen Sinn, etwas anzubieten. Und obendrein darf er gar nicht handeln, solange er Knecht in der Niederlassung ist. Er versteht sich gut mit seinen Kameraden, am besten mit dem pfiffigen Urban, der bald zu einem wirklichen Freund wird. Blasius merkt, daß er kein Duckmäuser ist, sondern nur den Weg des geringsten Widerstandes geht und stellt fest, daß das oft wesentlich einfacher ist, als stur gegen eine Wand anzurennen.

Blasius lernt so viel in den ersten Wochen, daß ihm der Kopf schwirrt.

Er lebt in der Handelsgesellschaft wie auf einer Insel und erst nach einem Monat geht ihm auf, daß er bisher so gut wie nichts von St. Petersburg gesehen hat.

»Der Dracula hält dich ja hier wie einen Leibeigenen gefangen«, knurrt Urban eines abends und versucht vergeblich seinen widerborstigen Haarschopf zu glätten, »merkst du das nicht – oder willst du's nicht merken?«

Blasius ist überrascht. »Ist wirklich schon ein Monat vergangen?«

»So schaut's aus. Und bist derjenige, der gleich am ersten Abend den Dracuala ganz frech gefragt hat, ob das hier eine Klosterschule ist, weißt du noch? Und jetzt bist ausgerecht du der Musterschüler. Von wegen unternehmenslustig und Abenteuer!

Blabla! Ich bin wirklich enttäuscht von dir. Und dabei hätte ich dir ein paar Plätze zeigen können mit bildhübschen Mädchen!«

Er pfeift durch die Zähne.

»Gib nicht so an«, sagt Blasius, »die werden dir was husten, wenn so ein kleiner Wicht wie du angetanzt kommt! Ich hab einfach nicht gemerkt, wie schnell die Zeit davongelaufen ist. Und außerdem hab ich noch ein paar andere Sorgen.«

Ungeachtet der weiten Entfernung und der vielen neuen Ereignisse kann er die Resi nicht vergessen. So sehr er sich auch bemüht, sie aus seiner Erinnerung zu verbannen – greifbar lebendig, hübsch und voller Liebe steht sie vor seinen Augen, sobald er sie schließt. Über ein Jahr hat er vergeblich versucht, sie zu vergessen und nach ihrem letzten heimlichen Rendezvous vor seiner Abreise erscheint es ihm weniger möglich denn je.

4

»Deine Leidensmiene ist nicht mehr mitanzusehen«, stellt Urban fest, »kein Mädchen ist es wert, daß ein Kerl wie du so lange um sie trauert! Die hat bestimmt längst zwei andere am Bandel und weiß schon gar nicht mehr wie du ausschaust!«

»Halt bloß deinen frechen Schnabel!« sagt Blasius, »wenn ich meinem Bruder Sepp ein bißchen ähnlicher wäre, hättest du jetzt ein blaues Auge oder würdest Zähne spucken und aussehen wie Dracula!«

Urban läßt sich nicht einschüchtern und macht eine wegwerfende Handbewegung.

»Die Weiberleut' sind alle gleich – sie wollen uns Männern einen goldenen Ring durch die Nase ziehen und Tanzbären aus uns machen!«

»Wo hast du denn diese Weisheit her, Kleiner? So reiche Erfahrungen kannst du mit einen siebzehn Jahren noch nicht gesammelt haben.«

Urban mantelt sich auf. »Ich bin klein, aber oho! Wenn ich sonntags mal die 60er Kolonie besuche, muß ich um mich hauen, sonst lieg' ich gleich an der Kette! Hast du eine Ahnung wie begehrt ich bin – alle wollen was von mir! Selbst die, deren Busen mir beim Tanzen auf den Kopf schlagen!«

Er nickt befriedigt, als er sieht, daß Blasius wider Willen lachen muß.

»So gefällst du mir schon viel besser! Wollen wir miteinander hingehen?«

»Wohin?«

»Na, in die 60er-Kolonie, in die Nova Saratowskaja. Kennst du die nicht? Du weißt aber auch rein gar nichts! Das ist eine der drei großen deutschen Bauern-Kolonien hier bei St. Petersburg. Da geht's immer lustig zu am Wochenende, vor allem bei den Württembergern. Der Dracula läßt uns bestimmt los, weil du ein solcher Musterknabe bist!«

Und Urban hat richtig geraten. Meister Dold läßt es sich zwar nicht nehmen, den beiden einen ausgiebigen Vortrag über gutes Benehmen und die strengen Statuten der Gesellschaft zu halten:

»Wir fordern ehrbares und gesittetes Verhalten! Wer das vergißt, wird hart bestraft oder ausgeschlossen. Merkt euch das! Und denkt daran: Ich erfahre alles!«

Aber dann läßt er die Beiden laufen und übersieht sogar Urbans gelangweilte Miene, der diese Belehrungen nicht zum ersten Mal hört.

Den Siedlern war das Leben in Rußland mit einer ganzen Reihe verlockender Angebote schmackhaft gemacht worden: 30 acre Ackerland für jeden, keine Leibeigenschaft, geringe Steuern, freier Handel der Dorfgemeinschaften. Das waren wesentliche Vorteile gegenüber dem damaligen Leben in deutschen Ländern und sie hatten die Bauern bewogen, ihre Heimat zu verlassen.

Es waren auch Privilegien gegenüber den russischen Landleuten, die diese mit berechtigtem Neid erfüllten. Das hinderte sie jedoch nicht, an den zahlreichen Festen der *Nemzew* teilzunehmen, denn die galten nicht nur als wohlhabend, sondern auch als höflich, reinlich und ordentlich – man konnte also in mancherlei Hinsicht etwas von ihnen lernen. Obendrein gab es immer reichlich zu essen und zu trinken.

So kam es, daß sich an den meisten Wochenenden die Deutschen und die Russen trafen, Musik machten, sangen und tanzten. Auf der Krestowskij-Insel befanden sich die beliebtesten Picknick-Plätze und der alljährliche Höhepunkt war die Sonnwendfeier am 22. Juni.

Urban weiß das, hat Blasius aber nichts davon verraten. Umso größer ist die Überraschung, als sie eine festlich gekleidete Menschenmenge auf der Insel vorfinden, die sich rund um den »Kullerberg« versammelt hat. Auf dem höchsten Punkt des Hügels stapeln junge Burschen Reisig und Holz aufeinander, damit am späten Abend ein Sonnwendfeuer gezündet werden kann.

»Warum hast du mir nichts davon erzählt?« fragt Blasius. »Wenn ich gewußt hätte, was hier stattfindet, wäre ich doch nicht in diesem armseligen Gewand hergekommen, sondern hätte meine Glottertäler Tracht angezogen.«

»So etwas habe ich befürchtet – deshalb war ich auch so schweigsam! Das fehlt mir gerade noch, daß mir hier einer meinen Auftritt vermasselt!«

Sprach's, zieht eine grüne Zottelperücke aus einer seiner ausgebeulten Hosentaschen, eine rote Papp-Knollenase aus der anderen und stürzt sich mit einer Reihe von Purzelbäumen mitten in die Menge.

»Petruschka, Petruschka!« beginnen die Leute zu jubeln – und wie von Zauberhand kommen aus allen Ecken Clowns, die mit Bällen jonglieren, Trompete blasen, Teller auf Stöcken balancieren, auf den Händen laufen und allerhand Schabernack treiben.

Die Musikanten, die hinter dem Hügel versteckt sind, beginnen zu spielen und ehe Blasius sich versieht, ergreift ihn ein rundliches, rosiges Mädchen am Arm und sagt: »Komm, laß uns die Polka zusammen tanzen! Bist du neu hier? Ich hab dich noch nie gesehen.«

»Ja, ich bin erst seit einem Monat in St. Petersburg. Und ich kann manches, aber tanzen kann ich nicht.« Schon ist er ihr auf den Zeh getreten und wäre am liebsten davongeschlichen.

»*Nitschewo*, macht nichts«, sagt sie, »das bring' ich dir schon noch bei.«

»Lieber nicht«, wehrt er ab, »ich habe gar kein Talent dazu.«

»*Nitschewo*«, wiederholt sie ungerührt, »Hauptsache du hast ein paar andere verborgene Talente.«

Sie wirft ihm einen vielsagenden Blick zu und Blasius windet sich vor Verlegenheit.

Der Teufel soll Urban holen, der ihn in diese verzwickte Situation gebracht hat. Und während er ihn noch verwünscht, springt der plötzlich mit einem doppelten Salto neben ihn. Er reißt sich Perücke und Pappnase ab und küßt das rosige Mädchen mitten auf den Mund.

»Du bist mir vielleicht ein stilles Wasser! Ein ganz Heimlicher bist du!«

Er droht Blasius mit dem Zeigefinger. »Kaum daß ich meine herrlichen Kunststücke zeige, willst Du mir mein Maidli abspenstig machen! Laß dich nicht noch einmal erwischen – sonst fordere ich dich zum Duell!«

Blasius wird von der übermütigen Laune angesteckt. »Wenn's denn die Ehre erfordert – ich weiß im Zarenreich herrschen so strenge Sitten wie bei Meister Dracula. Wollen wir uns schießen oder schlagen?«

»Schlagen – nur nicht mit Degen, sondern mit Kissen! Aber ich hab schon so viele Kissenschlachten gewonnen, daß du ohnehin Verlierer wirst. Also kannst du's gleich bleiben lassen!«

Das paßt Blasius gut in den Kram, der aus dem Staunen über seinen jungen Freund gar nicht herauskommt. Tatsächlich ist er etwas wie ein Hahn im Korb und beliebt bei allen Mädchen, nicht nur bei der rosigen Gretel, der Tochter des Dorfschulzen. Von allen Seiten werden die beiden Freunde mit Essen und Trinken versorgt, mit *piwo, kwas* und Wodka. Die Russen und die Deutschen verbrüdern sich bei jedem neuen *na zdorowje* und trinken auf ihr gegenseitiges Wohl. Zu später Stunde versammeln sich die jungen Leute auf dem Hügel und entzünden das Sonnwendfeuer.

»Weißt du, was früher der Brauch war?« fragt Urban. »Da ließen sich die Leute paarweise von hier oben herunterkugeln – deshalb heißt der Berg bis heute noch der Kullerberg! Aber jetzt laufen wir Hand in Hand runter, das ist lustiger, denn gar so angenehm war das Kullern über Stock und Stein auch nicht!«

Die Flammen lodern vor dem dunklen Nachthimmel, Funken sprühen und als das Feuer niedriger brennt, springen die ganz mutigen Paare darüber.

Unten am Hügel spielt noch immer die Tanzmusik mit Geige und Zieharmonika zum Walzer auf und zur Quadrille. Bänkelsänger lösen die Musikanten ab und es ist ein so fröhliches Treiben rund um den Kullerberg, daß Blasius zum ersten Mal nicht mehr so sehr um Resi trauert wie bisher.

Dennoch hatte er keine Augen für die vielen jungen Mädchen, die sich auf dem Fest vergnügen und ihn mit großer Herzlichkeit in ihrer Mitte aufnehmen. Er scherzt und tanzt mit ihnen, sie loben seine Fortschritte, weil er bald keiner mehr auf den Zeh tritt. Sie versuchen mit ihm zu flirten, er gibt sich Mühe, zurückzuflirten, aber sein Herz ist nicht dabei und seine Gedanken schweifen immer wieder ab und fliegen zurück nach St. Märgen.

Resis Schicksal läßt ihm keine Ruhe und er schreibt noch in der gleichen Nacht einen langen Brief an Anton Steurer. Zu seiner Enttäuschung kommt keine Antwort und es soll drei Jahre dauern, bis er erfährt, was in seiner Heimat geschehen ist.

5

Während der ersten Monate beschäftigt Meister Dold Blasius überwiegend in der Handelsgesellschaft, mehr im Kontor als in der Werkstatt. Rechnen war nie seine Stärke, doch nun lernt er, was eine Kalkulation ist, sieht, welche Spanne nötig ist, um Uhrmacher, Packer und Fuhrleute zu entlohnen und selbst guten Gewinn zu erzielen. Er sieht auch, daß er seine eigenen Uhren viel zu billig verkauft hätte und ist froh, daß sie noch wohlverwahrt in einer Truhe liegen.

Die meiste Arbeit fällt an, wenn neue Ware kommt, sei's auf dem Seeweg oder dem Landweg. Uhrwerke und Schilder werden getrennt verpackt und müssen erst wieder zusammengesetzt werden. Wenn die einzelnen Teile nicht genau bezeichnet und nummeriert sind, ist das oft ein zeitraubendes Puzzlespiel und Blasius lernt dabei fließend auf russisch fluchen.

Jolki palki, was in etwa »Mist« bedeutet, ist noch ein sanfter Ausdruck – die Russen haben eine weite Palette von Flüchen, so lästerlich, daß Blasius im Geist schon das Fegefeuer prasseln sieht, als er sie zum ersten Mal hört. Und auf diesem Gebiet ist auch Dracula nicht zimperlich und flucht kräftig mit, wenn die Uhren schlecht verpackt ankommen und manches nicht zusammenpasst. Aber notfalls wird eben ein neues Schild gefertigt und dabei kommen Blasius seine geschickten Hände zugute: Er ist der einzige, der sich – neben dem Uhrenbauen – auch auf diese Kunst versteht und malt in leuchtenden Farben Blumen und Früchte, die als Motiv im Land des Zaren besonders beliebt sind.

Die schweren Gewichte werden natürlich nicht aus Deutschland geliefert, allenfalls die Hohlgewichte, die man vor Ort mit Sand oder Metallschrot füllt. Sie können aus grünem Glas oder gebranntem Ton sein, haben aber meist einen Messingmantel.

Meister Dold überprüft brummend die neu eingetroffene Sendung, die ein Fuhrmann aus dem Großherzogtum Baden gebracht hat. Rotgesichtig und schwitzend steht dieser bei den Ballen und Packen, die sich in der fast leeren Halle stapeln.

»Drei Wochen zu spät«, schimpft Dold, »dafür gibt's schon einen Abzug. Und ich möchte wetten, daß die Qualität der Uhren gerade so liederlich ist wie beim letzten Mal. Das kostet meine Knechte viel Arbeit beim Nachbessern.«

Der Fuhrmann wird noch ein bißchen röter im Gesicht und windet sich.

»Für die Verspätung kann ich nichts – es gibt einfach nicht genügend Pferde unterwegs zum Auswechseln. Und die Uhren hab' ich auch nicht gebaut. Mit der Ware habe ich nichts zu tun. Ich…«

»Dummes Zeug«, schneidet ihm Dracula das Wort ab und zeigt seine furchterregenden Zähne, »du bist für alles verantwortlich. Ich werde jedes einzelne Stück nachsehen lassen und wenn es drei Tage dauert. Erst dann kriegst du dein Geld und keine Stunde früher. Und jetzt verschwinde!«

Der Fuhrmann verschluckt einen derben Fluch, setzt umständlich seine Mütze wieder auf und geht. Es stimmt also, was man in Freiburg sagt: Dieser Dracula ist ein hartgesottener Geschäftsmann, mit dem man vorsichtig umgehen muß, wenn man ihn als Kunden behalten will.

Blasius hat schweigend zugehört und fragt jetzt:

»Seid ihr nicht zu rauh mit dem Fuhrmann umgesprungen? Er hat mir leid getan.«

»Mit so einem kann man gar nicht energisch genug umspringen! Auf einen groben Klotz gehört nun mal ein grober Keil. Sonst kommt er nächstes Mal mit einem Vierteljahr Verspätung an und bringt lauter Schrott mit. Die Fuhrleute und die Packer machen ja gemeinsame Sache – und du darfst mir glauben, die verdienen mehr als wir und viel mehr als die Uhrmacher.«

»Das ist mir schon klar, darüber haben wir gesprochen. Aber liegt nicht auch bei den Spediteuren ein hohes Risiko, wenn die Kunden im Ausland nicht zahlen wollen oder zahlen können?«

»Gar nicht so dumm! Da hast du natürlich recht. Das kommt zwar selten vor, aber manchmal doch und dann hat der Spediteur das Nachsehen, denn er kann ja nicht gut die gesamte Ware den weiten Weg wieder zurücktransportieren. Also muß er versuchen, sie um jeden Preis loszuschlagen, notfalls mit kräftigem Nachlaß. Jeden Verlust aber versucht er daheim, auf die Uhrmacher abzuwälzen.«

»Ist das alles kompliziert! Und ich dachte früher, man geht einfach auf die Walz, lernt ein fremdes Land kennen, hört und sieht etwas von der Welt, verkauft nebenher seine Uhren und kehrt nach ein paar Jahren als reicher Mann wieder heim!«

»Du heilige Unschuld!«, seufzt Meister Dold, »bist du inzwischen von diesem Kinderglauben geheilt?«

»Natürlich,« versichert Blasius, »ich bin auf dem besten Weg, ein erfolgreicher Geschäftsmann zu werden!«

»Da hab' ich meine Zweifel bei dir! Aber Hopfen und Malz ist nicht verloren, wenn du dich weiter anstrengst. Und jetzt hol den Urban dazu, damit wir gemeinsam die Ware prüfen können.«

Tatsächlich sind viele der Uhren schlecht gearbeitet. Bei großer Nachfrage wird in manchen Werkstätten »gehudelt« – bei einem Zehn-Stunden-Tag nicht verwunderlich, und darunter leidet natürlich die Qualität.

»Wir werden trotzdem alles abnehmen, aber nicht alles bezahlen. Die einfachen, billigen Uhren verkaufen wir auf dem Land, wenn die nicht so genau gehen, ist es kein Beinbruch. Das merken die Leute meistens gar nicht und wenn die Händler auf dem Rückweg noch einmal vorbeischauen, können sie auch etwas reparieren. Das bringt oft ein Nachtlager und eine warme Suppe ein. Aber die Stadtkundschaft stellt schon andere Ansprüche. Den reichen Kaufleuten und den Fürsten bieten wir das Beste an, das wir haben – und verlangen entsprechende Preise dafür.«

»Und die bekommt ihr auch?«

»Freilich,« sagt Urban und legte kopfschüttelnd ein gesprungenes Lackschild beiseite, »sofern uns der Kalaschnikow nicht ins Handwerk pfuscht, jener Oleg Petrowitsch *Kalaschnikow*, der Fuchs!«

»Kalaschnikow?«

»Den kannst du noch nicht kennen«, meint Urban nachsichtig, »das ist wirklich ein Fuchs und unsere größte Konkurrenz. Seit Katharina II. im vorigen Jahrhundert den Uhrenhandel aus dem Schwarzwald offiziell erlaubt hat und sogar mit geringen Steuern belegt, wollen sich die Russen auch ein Stück von dem Kuchen abschneiden. Lange hat das nicht richtig geklappt, aber der Kalaschnikow reist selbst nach Deutschland, kauft ein, überwacht auch den Transport, hat hier seine Händler laufen und verkauft bei den besten Adressen höchstpersönlich, hier und in Moskau.«

Dracula schaut grimmig drein bei diesem Thema.

»Ja, wenn der Teufel den Schwanz in die Suppe hängt und ein gutes Geschäft in die Binsen geht, dann brauchen wir nicht lange nach diesem Teufel zu suchen: Er heißt Kalaschnikow. Und leider wohnt er nicht in der Hölle, sondern in einem feinen kleinen Schlößchen und gräbt uns von da aus das Wasser ab.«

Blasius stellt sich diesen Vergleich bildhaft vor: Kalaschnikow mit Pferdefuß und Teufelsschwanz, der vor seinem Petersburger Schlößchen den Schwarzwäldern mit einer Schaufel das Wasser abgräbt. Das reizt zum Lachen.

Meister Dold reagiert darauf so allergisch wie auf seinen Spitznamen Dracula.

»Das ist eher zum Weinen als zum Lachen! Wir sind Bauern, verglichen mit ihm. Kalaschnikow – das ist ein Herr! Kann nicht nur Deutsch, sondern auch Französisch, kommt da in seinem eleganten *toujourgilet* anstolziert, bietet die Uhren als besonders günstige Gelegenheit zum doppelten Preis an – und sahnt ab!«

Während er sich empört, kommt Blasius eine Idee, die sich später als genial erweisen soll: Das *toujourgilet* bringt ihn darauf, denn ein schmuckes rotes Gilet, eine taillierte Weste, gehört zu seiner Glottertäler Tracht, die er wider jede Vernunft mitgenommen hat auf die Wanderschaft und die sich jetzt im Schrank wieder glatthängt. Wenn's weiter nichts ist... und Französisch kann er auch halbwegs, durch die Nähe des Elsaß zu seiner Heimat. Anton Steurer hat seinen Schülern neben den regulären Stunden Französisch-Unterricht angeboten und versucht, ihnen beizubringen, wie wichtig Fremdsprachen sind – doch außer den beiden Schurhammer-Buben und dem Beha-Chrischte hat sich niemand dafür interessiert. Diese Gedanken aber behält er vorläufig für sich und hört Urban zu.

»Das Uhrentragen auf dem Land ist Knochenarbeit. Rings um St. Petersburg ist die Gegend schon ziemlich abgegrast, also muß man mit der schweren Last größere Kreise ziehen. Ein Pack Ware auf dem Rücken, eine besonders bunte Uhr unter dem Arm, Glöckchen schlagen, rufen, feilbieten – das ist kein Vergnügen. Die Wege sind so schlecht wie das Essen und am Abend siehst du aus wie ein Erdferkel, vollgespritzt mit Schlamm und Dreck. Und jeder Gauner weiß, daß die wandernden Händler Bargeld bei sich haben. Da lob' ich mir die feine Verkauferei in der Stadt. Vielleicht werde ich noch Knecht beim Kalaschnikow!«

Das hätte er besser nicht sagen sollen, denn es trägt ihm eine schallende Backpfeife seines Onkels ein.

»Wenn du nicht so viel reden würdest, könntest du doppelt so viel arbeiten! Du bist schlimmer als jede alte *babuschka*, die ratscht wie drei Marktweiber gleichzeitig!«

Urban reibt sich die Backe und mault.

»Kaum sagt einer die Wahrheit, fängt er schon eine von denen, die nichts kosten! Stimmt es denn nicht, daß der Kalaschnikow die Milch abrahmt und die Sahne schleckt? Das mühselige Geschäft überläßt er großzügig uns – das habt Ihr doch selbst gesagt.«

»Stimmt«, räumt Meister Dold unwillig ein, »aber deshalb brauchst du nicht gleich das Lager zu wechseln. Dafür war die Backpfeife! Und wenn ich wüßte, wie ich diese Aufteilung des Geschäfts ändern könnte, würde ich damit lieber heute als morgen beginnen.«

Er ruft noch zwei andere Knechte dazu, weil ihm die Arbeit zu langsam vorangeht und für den Rest des Tages überprüfen sie schweigend die gelieferten Uhrwerke, Gehäuse, Schilder und das Zubehör. Urban ist beleidigt, Dracula ärgert sich, worüber, weiß er selbst nicht recht. Gewiß nicht über die schnelle Ohrfeige, eher über seine Unfähigkeit etwas an der gegebenen Situation zu ändern.

Und Blasius denkt nach. Wenn er sich mit seiner Tracht fein herausputzte, könnte er es wohl mit Oleg Petrowitsch Kalaschnikow aufnehmen. Und während er Russisch lernte, könnte er gleichzeitig seine französischen Vokabeln aufpolieren. Anton Steurer hat ihm beim Abschied einen *dictionnaire* in die Hand gedrückt, den er nur unwillig mitgenommen hat. Er konnte keinerlei Sinn darin sehen und das Wörterbuch machte seine Last noch schwerer. Aber Steurer sagte: »Nimm's mit, darauf kommt es schon nicht mehr an. In den besseren Kreisen Rußlands spricht jeder Französisch – vielleicht hilft's dir weiter, ehe du die Landessprache kannst.«

Nun lernt er leicht und konsequent jeden Morgen eine Stunde lang, ehe sich die anderen von ihren Strohsäcken erheben. Und jeden Abend lernt er eine weitere Stunde zusammen mit Urban, den er unter dem Siegel der Verschwiegenheit in seinen Plan einweiht.

*

Als der Herbst ins Land zieht, treibt ein scharfer Wind vom Finnischen Golf Nebelschwaden heran, die sich wie graue Leintücher über die Stadt legen. Die Feuchtigkeit kriecht in die Häuser, kaum ein Tag vergeht ohne Regenschauer, es wird schon früh dunkel und empfindlich kalt.

Wenn Blasius an die goldenen Oktobertage der Weinlese im Glottertal denkt, packt ihn das Heimweh mit aller Macht. Er kann nicht verstehen, warum Zar Peter der Große im 18. Jahrhundert für die Hauptstadt seines gewaltigen Reiches einen so ungünstigen Standpukt ausgewählt hat: ein riesiges, unbesiedeltes Sumpfgebiet mit vorgelagerten Inseln an dem Mündungsdelta der Newa in die Ostsee.

Die besten italienischen Baumeister wurden mit dem Bau einer Stadt aus dem Nichts beauftragt: St. Petersburg. Von Anbeginn großzügig entworfen und mit unermesslichen Summen aus der kaiserlichen Schatzkammer finanziert, entstanden Paläste an den breiten Chausseen, Schlösser, Pavillons, Festungen, Kirchen, Bürgerhäuser: das »Fenster Rußlands nach Westen«.

Es durfte nur in Stein gebaut werden, nicht mit Holz, und schon bei der Stadtgründung befahl der Zar 350 adeligen Familien aus dem Moskauer Raum ihre Besitztümer zu verlassen und nach St. Petersburg umzusiedeln.

Das ist meine künftige Kundschaft, denkt Blasius, bestimmt haben noch nicht alle so viele Uhren wie in den Palästen Platz finden – und so schöne Uhren wie sie ihrem Reichtum entsprechen! Der Kalaschnikow wird sich wundern!

Von dem Pfiffikus Urban erfährt er, daß vor Jahren schon ein ehemaliger Knecht Draculas zum »kaiserlichen Hofuhrenaufzieher« ernannt worden war und seither durch die endlosen Gänge und Zimmerfluchten des Winterpalastes trabt, um täglich die Gewichte der vielen Uhren hochzuziehen.

»Das ist der Carl Bruder aus Waldkirch,« sagt Urban, »der ist schon lange hier und kennt sich aus mit den feinen Leuten. Ich möchte wetten, daß er uns ein paar Ratschläge geben kann, wie wir's am besten anstellen, in die Paläste zu kommen.«

Das erweist sich als eine der zahlreichen schlauen Ideen Urbans, denn der Carl freut sich über den Besuch und schreibt ihnen bereitwillig eine Liste mit den Namen derjenigen Adeligen, die sich bei Empfängen besonders für Uhren interessieren.

»Die buntbemalten Lackschild-Uhren könnt ihr den anderen überlassen, die sind für Landleute. Den Fürsten ist das Beste gerade gut genug: Glockenspieluhren, Flötenuhren, Schottenuhren mit barocken Rundschildern. Auch Achttage-Uhren mit schwarzen Lackschildern und Messingapplikationen – das sieht vornehm aus. Ich wollte, es gäbe mehr davon hier im Palast, dann müßte ich nicht so viel laufen!«

»Ist dir deine Arbeit zu mühsam?« fragt Urban eilfertig, »brauchst du einen Gehilfen oder soll ich dich ablösen? Ich würde sofort mit dir tauschen.«

»Das könnte dir so passen! Erst wenn ich am Stock gehe! Der Dracula würde dich ohnehin nicht weglassen, höchstens um mit Blasius zu gehen, weil euer Plan wirklich gut ist. Aber ich habe noch etwas vergessen: die kleinen Jockele- und Sorguhren nehmen die Damen mit Vorliebe für ihr Boudoir. Die haben auch den Vorteil, daß sie leicht sind und trotzdem viel teurer als die großen. Davon könnt ihr viele in eine Krätze packen.«

»Und Kuckucksuhren?«

Carl winkt ab. »Die werden bei den Herrschaften als *degoutant* empfunden, weil der Kuckuck immer im falschen Augenblick seinen Schnabel aufreißt und das Geplauder im Salon unterbricht. Momentan sind sie in unseren Kreisen nicht *en vogue*.«

Urban gibt Blasius einen Rippenstoß. »Hörst du, was er sagt? In ›unsren Kreisen‹! Sag mal, gibt's in diesen Kreisen auch etwas zu essen? Ich habe einen Bärenhunger!«

Carl bringt sie in die herrschaftliche Küche, wo ihnen die dicke Köchin eine ganze Suppenschüssel dampfender *pelmenji* auftischt und sich an dem gesunden Appetit der Drei erfreut. Als sie am Abend wieder gehen, gibt ihnen der »Kaiserliche Hofuhrenaufzieher« noch einen letzten Tip:

»Ihr dürft nie durch die Hintertür kommen, die für das Gesinde ist und für Hausierer. Nein, ihr müßt euch gut kleiden, selbstbewußt am Hauptportal läuten und höflich, aber energisch nach der ersten Hofdame verlangen. Wenn ihr erst zu ihr vorgedrungen seid, habt ihr leichtes Spiel und meist ruft sie ein Mitglied der Fürstenfamilie, wenn ihr etwas Besonderes anzubieten habt.«

»Und woher weißt du das alles?«

»Dreimal dürft ihr raten.«

»Hast du das selbst schon so gemacht?«

Carl schüttelt den Kopf. »Nein, nein, ich bin hier genügend beschäftigt und gut bezahlt. Aber ich will euch verraten, woher ich es weiß: von Kalaschnikow! Den habe ich schon mehr als einmal beobachtet und er hat immer Erfolg damit.«

An einem Sonntag im Spätherbst, als Dracula gut gelaunt ist und genußvoll an einer Zigarre zieht, machen Blasius und Urban eine Probe auf's Exempel. Blasius zieht seine Glottertäler Tracht an: dunkle Kniebundhose und Joppe, leuchtend rote Weste, weißes Hemd mit hohem Kragen und als Clou einen Zylinderhut. Die weißen Kniestrümpfe hat er mit Roterübensaft gefärbt, weil sie ihm zu anfällig erschienen gegen Dreckspritzer. Urban dagegen ist auffallend schlicht gekleidet und wirkt wie eine graue Maus gegen den herausgeputzten Bläsi. Er schleppt eine hochbepackte Krätze, und hat auf der Brust wie ein Schmuckstück an einer Kette eine kleine Jockele-Uhr .

Blasius trägt nichts außer einem kleinen lackierten Spazierstock, den er lässig in der Hand balanciert. Sie haben ihren Auftritt mehrfach geübt und Dracula bleibt vor Staunen der Mund offen stehen, als die Beiden in sein Zimmer treten.

»Was ist denn mit euch los?« fragt er überrascht, »spielt ihr hier Baseler Fastnacht in St. Petersburg?«

»Mitnichten, mein Fürst«, sagt Blasius gelassen, »ich habe die Ehre, Euch die erlesensten Uhren aus dem Großherzogtum Baden darzubieten und erlaube mir, mich vorzustellen: Ich bin Blasius Amadeus von Glottertal, erstgeborener Sohn des ersten Bürgermeisters und Cousin von Ritter Kunibert, dem Gefürchteten.«

Die Idee mit dem zweiten Namen Amadeus – frei nach Mozart – , mit dem Adelprädikat *von* und mit der ritterlichen Verwandtschaft stammt natürlich von Urban, ebenso die wohlgesetzte Rede. Jetzt hält er sich bescheiden im Hintergrund und Blasius deutet mit seinem Stöckchen auf ihn.

»Dies ist mein Knecht und Uhrenträger Urban. Mit Eurer

gütigen Erlaubnis wird er auch zeigen, welche einmaligen Kostbarkeiten wir mit uns führen – zur Freude und Erbauung Eurer Excellenz.«

Auf seinen Wink hin stellt Urban die Krätze ab und beginnt die besten Stücke aus dem Lager der Handelsgesellschaft auszupacken. Inzwischen hat sich Dracula von seiner Überraschung erholt , atmet tief durch – und beginnt zur Erleichterung der zwei Komödianten dröhnend zu lachen.

»Das ist ja einmalig! Ihr könnt euch im Panoptikum sehen lassen! Und was soll der ganze Zirkus? Den führt ihr doch nicht etwa zu meiner sonntäglichen Erheiterung auf?«

»Mit Verlaub, Euer Gnaden, wollen wir diese seltenen Stücke edelster Kunstwerke nicht nur Eurem hochgeschätzten Haus offerieren, sondern auch dem Fürsten Pjotr Olschewski, dem Grafen Iljitsch Stroganow und der Fürstin Olga Pochivalowna, die uns bereits erwarten. Es sei denn, Euer Gnaden entschließen sich, diese einmalige Kollektion einzigartiger Uhren zur weiteren Verschönerung Eures Palastes *en bloc* zu erwerben.«

»Bühnenreif!« ruft Dracula, »du bist ja ein verkanntes Verkaufsgenie, Blasius! Von wem hast du das gelernt?«

»Von Kalaschnikow – Ihr selbst sagt, daß er seine Geschäfte auf diese Weise macht. Und warum sollen wir das nicht auch können, wenn wir noch ein bißchen proben?«

»Ja, warum eigentlich nicht? Wir drehen den Spieß um und graben zur Abwechslung *ihm* das Wasser ab! Ich habe gehört, daß er noch in Deutschland ist, um einzukaufen – da habt ihr freies Feld.«

So kommt es, daß Blasius' Zeit als Knecht in der Handelsgesellschaft schneller zu Ende geht, als er ahnte. Zusammen mit Urban hat er bei seiner neuen Tätigkeit nicht nur eine Menge Erfolg, sondern auch eine Menge Spaß. Er läßt sich einen kurzen Bart wachsen, der seiner Haarfarbe entsprechend blond, aber auch lockig ist, ihm gut steht und ihn ein wenig älter macht. Es spricht sich rasch herum, daß der junge »Monsieur de Glottertal« ein schmucker Bursche ist, höflich, mit guten Manieren, sprachgewandt und bestrebt, stets die schönsten Uhren in seiner Kollektion zu haben.

Er konnte angenehm plaudern und war mit seiner frischen, ungekünstelten Natürlichkeit in den Häusern des Adels bald gerne gesehen. Man glaubte ihm sogar ohne den geringsten Zweifel seinen Namen »de Glottertal«, der sich so schön französisch aussprechen ließ. Und überhaupt: Wäre er nicht von Adel gewesen – wenn auch nur von geringem und wohl verarmtem – wäre er da in der Lage, sich der französischen Sprache zu bedienen?

An einem klirrend kalten Wintertag hält eine zweispännige Kutsche mit nervös tänzelnden Schimmeln vor der Handesgesellschaft . Eine junge Frau mit Samtkappe und einfachem Schulterpelz über einem langen schwarzen Gewand steigt aus, gibt dem Kutscher ein Zeichen zu warten und stelzt vorsichtig durch den Schnee zur Tür der Handelsgesellschaft. Sie ist schlank und anmutig und scheint genau zu wissen, was sie will. Die Kappe sitzt schräg auf ihrem linken Ohr.

Urban beobachtet sie durch die Eisblumen im Fenster.

»Da kommt Besuch für mich«, sagt er überzeugt, »ich übe eine unwiderstehliche Anziehungskraft auf schöne Mädchen aus. Sie fahren sogar mit der Kutsche hinter mir her – da siehst du's mit eigenen Augen!«

Blasius schmunzelt und öffnet die Tür.

»Est-ce que vous êtes Monsieur de Glottertal?« fragt sie und in ihren Augen blitzt ein Wiedererkennen auf.

»Oui, Mademoiselle – auch wenn ich heute ein wenig anders aussehe als sonst.«

»Tres bien – ich bin Ljuba, Zofe der Gräfin Anna Iwanowna Stroganowa. Sie möchte Euch sehen. Sofort sehen. Sie befiehlt, daß Ihr sogleich mit mir zum Stadtpalast im Newski Prospekt kommt.«

»Avec plaisir,« sagt Blasius, obwohl er sich nur ungern etwas befehlen läßt, einfach weil seine querköpfige Schwarzwaldnatur sich dagegen zur Wehr setzt.

Urban sagt: »Pech gehabt« und holt Bläsis Tracht, damit er sich umkleiden kann.

Sie ist inzwischen eine Art Markenzeichen für ihn geworden, er geht nie ohne sie aus, wenn er Uhren in guten Häusern verkauft. Aber will die Gräfin überhaupt eine Uhr kaufen?

»Könnt Ihr mir sagen, was Eure Herrin wünscht?« fragt er vorsichtig als sie in der Kutsche sitzen und die Pferde antraben.

Ljuba zuckt die Schultern.

»Über ihre Wünsche pflegt eine Herrin nicht mit ihrer Zofe zu sprechen,« sagt sie schnippisch.

Als sie am orangefarbenen Palais der Stroganows mit seinen weißen Säulen ankommen, ist Blasius wie schon so oft überwältigt von der harmonischen Schönheit des Gebäudes, das 85 Jahre vorher als ein Meisterwerk des Italieners Rastrelli errichtet wurde. Die Namen der anderen berühmten Architekten hat er sich nicht gemerkt, aber dieser eine blieb in seinem Gedächtnis haften.

Auch die Pracht, mit der die Räume ausgestattet sind, beeindrucken ihn immer wieder: meisterlich verlegte Parkettböden aus mehrfarbigen Edelhölzern, seidene Tapeten, Vorhänge aus Brokat, kostbare Gobelins und Gemälde an den Wänden und erlesene Möbel von Meisterhand. Kein Mensch aus seinem Tal könnte sich so viel Luxus vorstellen, bei aller Phantasie nicht, nicht einmal im Traum.

Er strafft die Schultern und denkt: Die Fürsten sind Menschen und keine Götter, auch wenn sie von höherem Stand sind und mit großem Reichtum gesegnet. Ich will mir nicht immer vorkommen wie ein dummer Bauernjunge, wenn ich diese Räume betrete. Aber es ist nicht einfach, gegen einen so großen Standesunterschied anzukämpfen.

Ljuba führt ihn in den Salon der jungen Gräfin, die ihn huldvoll empfängt und ohne Umschweife auf ihr Anliegen zu sprechen kommt:

»Ich habe eine kleine, niedliche Uhr bei einer Freundin gesehen, kann er mir eine solche beschaffen?«

»Wenn es eine kleine Wanduhr war, kann es nur ein Jockele sein oder eine Sorguhr. Erlaubt mir die Frage, Hoheit, wie sie aussah?«

»Klein war sie, nicht größer als meine Hand. Und sie hatte um das Zifferblatt ein geprägtes Messingschild mit einem prächtigen Pfau.«

»Ich weiß, was Ihr meint: Ihr habt ein Jockele gesehen, ich kenne ganz ähnliche. Aber ich bedauere unendlich, daß ich Euch nicht zu Diensten stehen kann: In unserer Handelsgesellschaft gibt es keine einzige mehr, die Nachfrage war zu groß.« Augenblicks fällt er in Ungnade.

Anna Iwanowna steht aprupt auf. Sie ist noch sehr jung, Anfang zwanzig, eine elegante, üppige Schönheit, gekleidet nach der neuesten Mode aus Paris. Sie mustert ihn hochmütig.

»Das glaube ich ihm nicht. Er beschaffe mir eine solche Uhr – wie, das ist seine Sache! Der Preis ist mir gleichgültig. Ich bin gewohnt, daß mein Wille respektiert wird.«

Sprichts und rauscht davon. Blasius verbeugt sich artig und geht zur Türe, als Ljuba zu ihm tritt, die dort gewartet hat.

»Was soll ich tun? Ich kann doch keine herzaubern!«

»Die Gräfin hält Euch für einen *polisson*, für einen Schlingel, der nur den Preis hochschrauben will. Das könnt Ihr auch getrost, es kümmert sie nicht. Aber ihr müßt eine solche Uhr auftreiben, sonst wird sie dafür sorgen, daß niemand aus dem Hause der Stroganow je wieder etwas von Euch kauft.«

Während des ganzen Heimwegs zerbricht er sich den Kopf wie er das Problem lösen soll. Er weiß genau, daß keine der kleinen teueren Uhren mehr vorrätig ist und die nächste Lieferung erst in vielen Wochen erwartet wird.

Dracula ist verdrossen, als er davon hört: Er hat den Bedarf nicht richtig eingeschätzt und das ärgert ihn ungemein.

Während er noch darüber nachbrütet, taucht plötzlich Urban auf und bringt mit stolzgeschwellter Brust eine nur wenige Zentimeter große Sorguhr an, ebenfalls mit geprägtem Messingschild und kleinem Amor samt Pfeil und Bogen als Motiv.

»Da staunt ihr, nicht wahr? Ja, der schlaue Urban ist wieder mal der Retter in der Not!«

»Satansbraten!« ruft Dracula, halb wütend, halb erleichtert, »wo hast du das feine Ührle her?«

»Aus meiner Truhe! Die Mutter hat's mir mitgegeben, damit ich auch eine eigene Uhr zu verkaufen habe, wenn ich mit dem Handel anfangen darf. Erlaubt Ihr mir's vorzeitig, Meister?« Um diese Erlaubnis muß er nicht lange bitten!

Und als die beiden Freunde am nächsten Tag im Stroganow-Palast vorsprechen, ist Gräfin Anna Iwanowna hell entzückt: Die Sorguhr gefällt ihr noch besser als das Jockele ihrer Freundin – einmal weil sie kleiner ist, zum anderen weil sie den niedlichen Amor als Motiv hat. Damit hat *sie* den Vogel abgeschossen!

»Geht zum Haushofmeister und laßt euch sogleich bezahlen. Nennt ihm den Preis, mich interessiert er nicht. Und seid nicht zu bescheiden!«

»Wenn ihr euch das zweimal sagen laßt, seid ihr selbst schuld«, flüstert Ljuba, die sie zum Haushofmeister geleitet. Während Blasius noch darüber nachdenkt, was sie guten Gewissens verlangen könnten, nennt Urban eine horrende Summe, ein mehrfaches des üblichen Preises für eine Sorguhr.

»Es ist ein äußerst seltenes Stück,« sagt er und setzt noch eine faustdicke Lüge obendrauf, »es war die Lieblingsuhr der Großherzogin von Baden.«

Der Haushofmeister hört gar nicht hin. Anstandslos zählt er den geforderten Betrag ab und gibt ihn Blasius. Urban wirft ihm einen vielsagenden Blick zu, der bedeutet: Du hättest nicht mal die Hälfte verlangt, stimmts?

Und es stimmt!

Ljuba freut sich mit ihnen und bewirtet sie in der Küche mit frischgebackenen Piroggen, Pasteten mit köstlicher Fleischfüllung.

»Zum russischen Nationalgericht gehört auch das Nationalgetränk«, sagt sie und schenkt zwei Wassergläser halb voll Wodka ein. »*Na zdorowje!*«

»Hier geht's uns noch besser als im Winterpalast beim kaiserlichen Hofuhrenaufzieher«, stellt Urban mit beiden Backen kauend fest, »da gab's keinen Wodka.«

Ljuba nippt nur am Glas von Blasius und schaut ihn mit schelmischen Augen an. »Monsieur Blasius Amadé, Comte de Glottertal«, sagt sie, »Sohn des Bürgermeisters und Cousin des furchtbaren Ritters, meint Ihr nicht auch, daß wir nach diesem großen Geschäft ein kleines Fest feiern sollten?«

Blasius ist verblüfft. »Woher weißt du denn diese Namen?«

»Ich habe gelauscht, als du dich das erste Mal hier vorgestellt hast, du *polisson* !«

Sie ist nicht mehr schnippisch wie am Vortag, sondern vergnügt, spricht ihn unvermittelt im vertraulichen Du an, lacht und scherzt. Als die beiden Freunde sich endlich auf den Weg machen, stellt sie sich auf die Zehenspitzen und küßt Blasius auf den Mund – so plötzlich und unerwartet, daß er gar nicht weiß, wie ihm geschieht.

6

Im Februar 1837 gibt es in St. Petersburg nur ein einziges Gesprächsthema: Das Duell des im ganzen Land gerühmten und verehrten Dichters Alexander Puschkin mit seinem Schwager, dem aus Frankreich emigrierten Gardeoffizier Georges d'Anthès.

Die Gerüchte überschlagen sich, wilde Vermutungen machen die Runde: Gab es eine gezielte Provokation, den unbequemen Schriftsteller mit der Lust an messerscharfem Spott loszuwerden? Galt es, einen freimütigen Sympathisanten des Dekabristen-Aufstandes auszuschalten?

Oder hatte sich eine Eifersuchts-Tragödie abgespielt, mit Puschkins junger Frau Natalja Gontscharowa in der Hauptrolle? Sie ist eine gefeierte Schönheit und glänzt im Anitschkow-Palast auf den großen Hofbällen von Zar Nikolaus I. mit Charme und Eleganz. Vor Verehrern, die ihr den Hof machten, kann sie sich kaum retten. Einer davon soll der Zar selbst sein, wird gemunkelt. Aber die feine Gesellschaft hat spitze Lästerzungen und die Gerüchte müssen noch lange nicht besagen, daß die Gontscharowa ihrem Gatten wirklich untreu ist. Oder vielleicht doch?

Puschkins aufbrausendes Temperament war bekannt und wer immer im Hintergrund die Fäden gezogen und ihm den Tod gewünscht hat , konnte zufrieden sein: Der große Dichter stirbt am 10. Februar 1837 an den Folgen seiner Schußverletzungen im Alter von 37 Jahren, zwei Tage nach dem verhängnisvollen Duell.

In der Kasanskaja, dem Bezirk, in dem die deutschen Handwerker wohnen und auch die Handelsgesellschaft ihr Haus hat, herrscht lähmende Stille. Es gibt keine Aufträge in diesen Tagen und niemand wagt, etwas anzubieten, denn eine Art nationaler Trauer hat die Stadt und das ganze Land ergriffen.

Meister Dold befiehlt seinen Gehilfen, die Zeit zu nutzen: Das gesamte Lager und der Kontor müssen gereinigt und die Waren säuberlich aufgelistet werden. Urban arbeitet Hand in Hand mit Blasius und natürlich reden beide, wie alle, über das tödliche Duell.

»Wenn du mich fragst, war die Gontscharowa an allem schuld«, behauptet Urban, »das war schon immer so mit schönen Frauen seit Adam und Eva.«

»Erstens hab' ich dich nicht gefragt und zweitens kannst du das gar nicht wissen, du Grünschnabel! Ich glaube kein Wort davon. Puschkin war zu offen in seiner Sympathie für die Dekabristen, hat zu viele Wahrheiten klar ausgesprochen, die keiner hören wollte.«

Sie streiten sich, während sie Uhrwerke und Schilder samt Zubehör zählen.

»Warum waren wir eigentlich noch nie im Anitschkow-Palast mit unseren besten Uhren?« fragt Urban plötzlich.

»Keine Ahnung. Wir können ja nicht alle Paläste abklappern, sonst wird der Kalaschnikow noch brotlos und verarmt.«

»Der – und brotlos?« Urban lacht laut. »Es gibt wesentlich mehr reiche Paläste in St. Petersburg als arme Uhrmacher im Schwarzwald. Die können gar nicht genug feine Uhren bauen, wenn erst einmal die Wünsche danach sind.«

»Und wie kommst du ausgerechnet auf den Anitschkow-Palast?«

»Weil er in der Puschkin-Geschichte eine Rolle spielt und weil er eine so interessante Vergangenheit hat. Du und ich – wir sind zwar die Einzigen hier, die Bücher lesen, aber dafür wissen wir manchmal auch für zwei Kreuzer mehr als die anderen.«

Blasius hat keine Ahnung, worauf sein Freund anspielt.

»Du ungebildeter Tropf«, foppt ihn der, »eine halbe Stunde in guter Gesellschaft und du bist entlarvt als Hinterwäldler! Dann nützt dir auch Ritter Kunibert, der Gräßliche, nichts mehr, den wir zu deinem Cousin ernannt haben, Monsieur de Glottertal!«

»Hör auf mit dem Unsinn«, sagt Blasius und und weiß dabei genau wie recht Urban hat, »erzähle mir lieber, was du von dem Anitschkow-Palast weißt.«

»Ich weiß alles! Die Tochter des großen Peter war die Zarin Elisabeth I. Und was machte die mit dem Haufen Geld, den der Vater ihr vererbt hatte? Sie ließ den protzigen Anitschkow-Palast bauen – und kaum war er fertig, verschenkte sie ihn an ihren Liebhaber Alexej Rasumowskij! Als der abserviert wurde, mußte er ihn leider wieder zurückgeben und so konnte später die große Katharina die Tradition fortsetzen und ihn ihrerseits dem Günstling Potemkin verehren. Aber nicht nur einmal, gleich zweimal! Denn der Herr Graf war ein Bruder Leichtfuß und hatte mehr Schulden als alle seine Stabsoffiziere zusammen. Deshalb veräußerte er den Palast – und die große Katharina kaufte ihn für diesen vielgeliebten Potemkin zurück – anstatt einen solchen Hallodri nach Sibirien zu verbannen. Oder ihm wenigsten ein paar hinter die Löffel zu hauen!«

»Hast du diese Räubergeschichte erfunden oder stimmt das?«

Urban ist gekränkt. »Ich erzähle dir hier die rein historische Wahrheit, die ich mir in mühevollem nächtlichem Selbststudium angeeignet habe – und du zweifelst daran!«

»Na ja, ein bißchen unglaublich klingt das schon. Aber wenn es stimmt, dann zeichnen sich die Damen auf dem Zarenthron durch besondere Großzügigkeit aus.«

»Ganz recht – die wußten eben, was wir Männer wert sind! Besonders Katharina II.! Neben Potemkin bedachte sie auch ihren Liebhaber Orlow mit dem Marmorpalast, das lob' ich mir! Warum sollen immer nur Männer Frauen etwas schenken?«

Der kleine Urban verblüfft Blasius immer wieder. Woher nimmt er nur dieses freche Selbstbewußtsein? Sogar in seiner selbstgewählten Rolle als Uhrenknecht des »Monsieur de Glottertal« spielt er sich aus dem Hintergrund schnell und unauffällig in den Vordergrund. Er amüsiert die Damen mit seiner Schlagfertigkeit und trägt mit seiner geschickt vorgebrachten Sachkenntnis viel zu den Verkaufserfolgen bei.

Nachdem die Erregung über den Tod des Dichters abgeebbt ist, geht der Alltag in St. Petersburg wieder seinen normalen Gang und Meist Dold stellt nach der Bestandaufnahme fest, daß das Lager bedenklich geschrumpft ist und die Gesellschaft dringend neue Ware benötigt.

Gleich bei der nächsten Lieferung gibt er eine lange Bestell-Liste mit, zusammen mit einem Brief, den Blasius an seinen Vater schickt. Er schildert ihm darin seine erfolgreiche Verkaufsstrategie und bittet ihn, für einen bald fälligen Wechsel über 2000 Gulden zu bürgen.

»Ich verpflichte mich beim guten Name unserer Familie, daß ich Euch nichts schuldig bleibe und spätestens in einem Jahr bezahle. Da ich die mitgebrachten Uhren bisher nicht verkaufen durfte, bin ich ohne eigenes Kapital und kann nur im Namen der Handelsgesellschaft Geschäfte tätigen. Mit einem guten Vorrat eigener Ware aber habe ich die Möglichkeit mich baldigst selbständig zu machen und weiterzuziehen in Richtung Moskau.«

Meister Dold beteiligt Blasius auch im Frühling nicht an den Gewinnen seiner ungewöhnlichen Verkaufsrunden durch die Stadtpaläste des Adels und die Häuser der reichen Kaufleute von St. Petersburg. Er geizt auch mit Lob, weil er es für schädlich hält, junge Leute mit Worten und mit Geld zu verwöhnen. Blasius hat insgeheim auf ein bißchen mehr Anerkennung gehofft, aber seine Enttäuschng hält sich in Grenzen: Die Arbeit selbst , die Abwechslung und der Erfolg, den er hat, machen ihm Freude – und er findet, daß Freude mehr wert ist als Geld, weil man sie nicht kaufen kann.

Inzwischen variiert er die einstudierten Redewendungen mit eigenen Worten, er spürt, daß ihm Wohlwollen und Sympathie entgegengebracht wird, was ihn ruhiger und sicherer macht. Von dem schüchternen Schwarzwälder Bauernburschen, der sich die Uhrmacherlehre ertrotzt hat, bleibt – rein äußerlich – nicht mehr viel übrig. Er wird auch nicht mehr bei jeder Gelegenheit rot und genießt die Privilegien, die ihm Dracula neuerdings zugesteht: Er bekommt das ganze Wochenende frei, muß nicht arbeiten und erst um Mitternacht zurück sein im Haus der Handelsgesellschaft.

»Ungerecht ist das«, beschwert sich Urban. »Ich bin doch dein Kompagnon und wir haben unsere Strategie gemeinsam entwickelt. Dich läßt er weggehen und ich kann hier Trübsal blasen!«

»Du bist ja auch zwei Jahre jünger und Dracula ist dein Onkel – also muß er auf dich aufpassen und deine Tugend bewahren!«

»Von wegen«, sagt Urban grimmig, »da hätte er früher anfangen müssen! Wie soll ich mich wehren, wenn die Mädchen so nett zu mir sind? Und überhaupt brauchen Männer nicht tugendhaft zu sein – nur Frauen!«

Blasius kennt seinen Freund inzwischen gut und schmunzelt.

»Du wirst die Klausur schon überleben – und was ich an den Wochenenden mache, würde dir sowieso nicht gefallen.«

Blasius nutzt nämlich die geschenkte Zeit, um St. Petersburg zu erkunden, von dem er noch so wenig gesehen hat. Er ist langes Laufen gewohnt und ohne schwere Last auf dem Rücken erscheint ihm jeder Weg kurz. Besonders gerne wandert er an der

Fontanka entlang, deren Kanal sich im Halbkreis durch die Stadt zieht und an beiden Enden in die Newa mündet. Wenn die Sonne Schnee und Rauhreif zum Glitzern bringt, verzaubert sie die Stadt und ihre großzügig angelegten Parks in eine Märchenlandschaft.

Oft geht er auch an der Eremitage vorbei, deren verborgene Kunstschätze er zu gerne gesehen hätte, seit er von der Klage der früheren Zarin Katharina II hörte: »Nur ich und die Mäuse können diese Herrlichkeiten bewundern!«

Daran denkt er jedes Mal, wenn er mit ehrfürchtigem Staunen vor diesem grandiosen Palast steht, der fünf miteinander verbundene Gebäude umfaßt. Nicht weit davon entfernt führt die Winterbrücke zum kleinen Winterkanal und von dort ist der Blick über die Newa besonders schön.

Ich habe schon eine Menge Glück gehabt, denkt Blasius. Kaum ein Jahr bin ich hier in der Fremde und es geht mir besser denn je zuvor. Kein Ärger und Verdruß mehr mit dem Vater – welches Gefühl der Freiheit und des Ungebundenseins! Keine Probleme mehr mit der hoffnungslosen Liebe zu Resi... Erschrocken hält er inne. Wie lange hat er schon nicht mehr an sie gedacht? Und keine Probleme? Er hat keine Ahnung, welche Folgen ihre stürmischen Abschiedsnächte hatten und ob sich Resis Wunsch erfüllt hat. Sein Brief an Anton Steuer ist ohne Antwort geblieben.

Wie eine dunkle Wolke senken sich diese Gedanken aus heiterem Himmel auf ihn. Er will es nicht zulassen, sie abschütteln – und just in diesem Augenblick hört er eine helle Stimme hinter sich: »*Polisson* – hallo, du Schlingel, du Schelm! Endlich treffe ich dich wieder!«

Ljuba steht hinter ihm und sieht haargenau aus wie das erste Mal, als sie vor dem Handelshaus aus der Kutsche stieg: in einen gescheckten Kaninchenpelz gehüllt, die Samtkappe schräg auf einem Ohr, ein höchst ungewöhnlicher Aufzug für eine Zofe. Fröhlichkeit geht von ihr aus und Lebensfreude.

Die dunkle Wolke über Blasius hebt sich und seine trüben Gedanken fliegen mit ihr davon. Sie führt zwei Hündchen an der Leine spazieren, zwei ungemein häßliche kleine Möpse mit vorwurfsvollen Froschaugen, aufgeworfenern Nasen und kummervoll hängenden Falten im Gesicht.

»Welch reizende Tierchen, Mademoiselle!« sagt er. »Ist es erlaubt sie zu streicheln?«

»Auf keinen Fall, mein Herr – sie sind bissig wie wilde Wölfe! Wenn Euch aber nach Zärtlichkeiten zumute ist, dürft Ihr meinen Arm streicheln und meine Fingerspitzen küssen!«

Sie lacht und reicht ihm die Hand zum Kuß wie es die adeligen Damen tun. Und er läßt sich nicht zweimal bitten, während die kleinen Möpse knurrend an seinen Hosenbeinen zerren.

Ehe er nach Rußland kam, wußte Blasius nicht einmal was ein Flirt ist: Für ihn war die Liebe eine ernste Angelegenheit, über der das Damoklesschwert von Sünde und der unweigerlich folgenden Strafe hing. Hier aber, in der lockeren Atmosphäre von St. Petersburg, beginnt er allmählich Spaß daran zu finden – und Ljuba erweist sich als unübertreffliche Lehrmeisterin in der leichten, unverbindlichen Kunst des Flirtens.

Sie ist lustig und kokett und gibt sich in den nächsten Wochen alle Mühe, Blasius den Kopf zu verdrehen. Das ist nicht einfach, denn in seinem Kopf hat Resis Bild noch immer einen Ehrenplatz. Mit der Zeit aber wird dieses Bild blasser – Resi ist fern und unerreichbar und Ljuba in seiner Nähe, immer aufgelegt zum Scherzen und Lachen, zum Kosen und Streicheln.

Seit ihrem zufälligen Treffen an dem kleinen Winterkanal sehen sie sich oft und machen lange Spaziergänge am Mojka-Ufer, parallel zur großen Newa.

In das Haus der Handelsgesellschaft darf sie natürlich nicht kommen, aber sie kommt trotzdem, heimlich, zu später Stunde, wenn die anderen längst schlafen. Manchmal schleicht Blasius auch durch eine Hintertür in den Stroganow-Palast, was erstaunlich einfach ist: Der Teil für das Gesinde liegt abseits zu ebener Erde und Ljuba hat das Glück, eine winzige Kammer für sich alleine zu bewohnen.

Die Liebe als leichtes, unbeschwertes Spiel zu betrachten, ohne Probleme und Ängste, ist für Blasius eine neue Erfahrung, die er in vollen Zügen genießt.

Manchmal überlegt er, wie es weitergehen soll mit ihm und seiner kleinen Zofe, in deren Grübchen er sich zuerst verliebt hat, aber Ljuba erkennt diese Gedanken sofort hinter seiner Stirn.

»Sei nicht so ernst, *polisson*«, sagt sie dann, »das steht dir nicht gut zu Gesicht. Wir sind beide so jung, daß wir noch nicht an die Zukunft denken müssen. Laß uns leben, lachen und lieben!«

Sie umarmt ihn und er küßt sie zärtlich auf die Nasenspitze.

»Dein Familienname ist wie für dich geschaffen,« sagt er, »Wessilowa – die Fröhliche! Ljuba Iwanowna Wessilowa, das klingt wie Musik! Aber ich habe einen Namen für dich, der noch besser paßt: *Schalunischka*, meine kleine Schelmin, mein Wildfang!«

*

Als die Fuhrleute ein halbes Jahr später mit der neuen Sendung Schwarzwälder Uhren eintreffen, stellt Blasius zu seiner Überraschung fest, daß mehrere Kisten davon für ihn bestimmt sind. Kein Brief von Anton Steurer liegt bei, aber ein kurzes, unpersönliches Schreiben seines Vaters Andreas, ohne ein freundliches Wort, ohne eine Nachricht über die Familie, ohne einen Gruß.

»Sohn«, schreibt er, *»ich entspreche Deinem Wunsch und sende Dir Uhren im Wert von 2 000 Gulden. Dies geschieht nur, weil Anton Steurer sich für dich verwendet hat. Er ist gemeinsam mit mir nach Waldau und Neustadt, um die Ware einzukaufen. Auf dem Rückweg legten wir in St. Märgen eine Rast ein und hörten, daß dein Lehrmeister Herder unerwartet verstorben ist. Ich erwarte, daß du dein Wort hältst und deine Schuld bei mir innerhalb eines Jahres tilgst.*

Andreas Schurhammer.«

Blasius stockt der Atem – Meister Herder tot? Er war allenfalls fünfzig, vital und gesund. Was konnte geschehen sein, war es eine plötzliche Krankheit oder ein Unfall? Mit aller Macht überfällt ihn das schlechte Gewissen: Diesen warmherzigen, freundlichen Mann hat er über Jahre hinweg betrogen, seinen Meister, dem er alles verdankte und der mehr Vater für ihn war als sein eigener. Und Resi? Was wurde aus ihr? Wie konnte sie sich als junge Witwe allein durch's Leben schlagen? Witwe? Ja, Witwe – das bedeutete, daß sie frei war für ihn. Aber will er überhaupt zurückkehren? Beschämt muß er sich eingestehen, daß er diesen Wunsch nicht mehr hat. Seine Abenteuer in Rußland haben gerade erst begonnen, er hat nichts gesehen als St. Petersburg – und das Reich des Zaren ist riesig.

Jetzt zurückkehren in das kleine, enge Glottertal? Für den Rest seines Lebens in einer Werkstatt sitzen, Uhren bauen und in Abhängigkeit von den Packern leben? Nicht einmal der Gedanke an Resi kann ihm diese Vorstellung schmackhaft machen und zum ersten Mal erkennt er, daß seine Gefühle abgekühlt sind. Verzeih' mir, Resi, denkt er, ich bin ein treuloser Tropf – dabei dachte ich, meine Liebe zu dir würde ewig währen. Aber die Ferne und die Zeit haben schon manches Feuer zum Erlöschen gebracht.

»C'est la vie, mon cheri«, sagt Ljuba leichthin, als er ihr in der nächsten Nacht davon erzählt, »so ist das Leben. Gräme dich nicht, *polisson*, das Ganze liegt schon Monate zurück. Wenn deine Resi so hübsch und so lebenslustig ist, wie du erzählst, wird sie inzwischen längst ihre Tränen getrocknet und einen neuen Liebhaber gefunden haben.«

Das kann Blasius natürlich nicht glauben, aber in gewisser Weise trösten ihn Ljubas Worte. Nur auf das Schweigen von Anton Steurer kann er sich keinen Reim machen. Der ist kein Mann, der etwas verspricht und es dann vergißt.

Warum nur schreibt er nicht und hüllt sich in Schweigen?

7

Meister Dold schickt Blasius und Urban mit den Uhren aus der frisch eingetroffenen Lieferung auf eine neue Verkaufsrunde. Zum ersten Mal darf Blasius auch seine eigene Ware anbieten.

»Besucht zuerst unsere Stammkundschaft«, rät er, »fragt, ob alle Uhren genau gehen, ob es etwas zu richten oder zu reparieren gibt. Das ist die beste Gelegenheit, die neuen Stücke zu zeigen.«

Im Stroganow-Palast werden sie bis zur Hofdame vorgelassen, die ihnen zwei Flötenuhren, eine Hackbrett- und eine Trompeten-Uhr zur Durchsicht bringen läßt. »Ihre Durchlaucht, die Gräfin, ist heute unpäßlich,« sagt sie hoheitsvoll und läßt die beiden mit ihrer Arbeit alleine.

»Dann hätten wir die Sorguhren gleich im Lager lassen können«, meint Urban lakonisch, aber sehr unpäßlich kann Anna Iwanowna nicht sein, denn plötzlich öffnet sich die Türe und sie kommt in den Raum, in Samt und Seide gehüllt, umschwebt von einer Parfumwolke. Sie übersieht Urban und begrüßt Blasius mit einem maliziösen Lächeln. Dabei mustert sie ihn so eingehend und ungeniert von Kopf bis Fuß, als hätte sie ihn noch nie gesehen. Er fühlt sich unwohl unter diesen forschenden Blicken, verbeugt sich und fragt: »Womit kann ich Euch dienen, Durchlaucht?«

Das maliziöse Lächeln vertieft sich. »Womit Er mir dienen kann wird sich zeigen. Hat Er neue Sorguhren mitgebracht?«

»Ja, besonders schöne, seltene Stücke.«

Als Urban sie jedoch auspacken will, winkt sie lässig ab. »Nicht heute. Ich wünsche, daß er die Uhren morgen abend vorführt und zwar alleine. Es werden noch einige junge Damen dabei sein, die Interesse haben.«

Ihre abschätzenden Augen werden noch eine Spur dunkler und ihre Stimme bekommt einen gutteralen Klang. »Ich erwarte Ihn pünktlich um zehn Uhr abends nach dem Diner.«

Blasius und Urban sehen einander an, als sie gegangen ist.

» Eine ungewöhnliche Zeit, Uhren zu verkaufen – darauf kann ich mir keinen Reim machen«, sagt Blasius schließlich.

Urban macht ein bedenkliches Gesicht, murmelt »seltsam, seltsam« und zieht es vor zu schweigen, da die Hofdame wieder auftaucht, um die Beiden hinauszugeleiten.

Sie haben noch einen halben Tag Zeit und beschließen zur Peter- und Pauls-Festung auf der kleinen Haseninsel zu gehen. Meister Dold hat ihnen gesagt, der Kommandant der Festung, General Iwan Nikititsch Skobelew, sei ein Sammler außergewöhnlicher Uhren.

»So ein General ist ein rauher Bursche, dem müßte eigentlich eine Hinrichtungsuhr gefallen – es ist die erste, die uns hierher nach Petersburg geliefert wurde: Über dem Zifferblatt sitzt ein betender Mann, rechts davon steht der Henker mit dem Schwert. Bei jeder vollen Stunde schlägt er so oft zu, wie die Stunde angibt – und erst beim letzten Schlag ist der Kopf ab. Eine weitere Figur legt diesen auf eine Schüssel, die von einer Frau gehalten wird. Ohne Zweifel ist der Delinquent Johannes der Täufer und die Weibsperson Salome. So – jetzt wißt ihr die Geschichte, denn die müßt ihr parat haben, um die Uhr zu verkaufen.«

Blasius findet sowohl die Uhr als auch die Geschichte abscheulich. Und Urban gibt einen seiner üblichen Kommentare zum Besten: »Da sieht man's wieder, so sind die Frauen – lassen uns Männer köpfen, wenn wir nicht tun, was sie wollen!«

Ausgerechnet über die Johannes-Brücke kommen sie auf die Haseninsel, gerade noch rechtzeitig um zu sehen, wie von der Naryschkin-Bastion der traditionelle Kanonenschuß abgefeuert wird: seit 1783 pünktlich um 12 Uhr mittags. So pünktlich, daß die St. Petersburger ihre Uhren danach stellen!

Sie haben Glück: General Skobelew muß weder Krieg führen, noch die Strategie zu einer Schlacht entwerfen. Als er hört, daß die unangemeldeten Besucher Schwarzwälder Uhrenhändler sind, läßt er sie sofort in sein Arbeitszimmer bringen, in dem er, umgeben von Landkarten und Waffen residiert. Er ist ein gewichtiger Mann, der in einer Uniform voller Orden steckt und dennoch nicht allzu militärisch wirkt. Er erwartet auch nicht, daß Blasius und Urban Haltung annehmen und begrüßt sie mit einem freundschaftlichen Handschlag.

Kaum haben sie die Hinrichtungsuhr ausgepackt, in Gang gesetzt und die Geschichte erzählt, ist das Geschäft auch schon gemacht.

Der General ist ein Mann von schnellen Entschlüssen.

»*Prekrasno* – wunderbar!« sagt er und Blasius fragt sich, was an einer solchen Uhr wunderbar sein soll? Noch ehe er den Preis nennen kann, den Drucula angesetzt hat, gibt ihm Urban einen Wink und schlägt noch einmal 500 Rubelchen drauf – was Iwan Nikitisch Skobeljew ebensowenig stört wie den Haushofmeister der Stroganows.

Das war leichte Arbeit und beide sind zufrieden mit dem Tag, nur Blasius hat noch immer ein flaues Gefühl im Magen, wenn er an den morgendlichen Besuch im Stroganow-Palast denkt. Er kann sich das ungewöhnliche Verhalten der Gräfin Anna Iwanowna nicht erklären – und wird schneller darüber aufgeklärt als ihm lieb ist:

Ljuba erwartet ihn im Haus der Handelsgesellschaft und obwohl Dracula seine Vampirzähne mehrfach gezeigt hat, ließ sie sich nicht abweisen.

Sie ist so aufgeregt, wie Blasius sie noch nie gesehen hat.

»*Moj dorogoj drug, mon polisson*«, sagt sie, »mein lieber Freund – du mußt hier aus St. Petersburg verschwinden, am besten gleich morgen früh.«

»Was soll der Unsinn?« braust Meister Dold auf, der ungehalten darüber ist, daß seine sonst so wirkungsvollen Dracula-Zähne Ljuba nicht beeindruckt haben.

»Es ist mein Ernst – Ihr könnt nicht wissen, was ich weiß, Meister!«

»Mach's nicht so spannend, Täubchen!« sagt Urban und steckt dafür einen Rippenstoß von Blasius ein.

»Es ist so, daß – daß die Gräfin mich zu sich befohlen hat«. Ljuba stockt und sucht nach Worten. »Sie wollte wissen, ob ich mit Blasius befreundet bin und weil sie ganz harmlos fragte, habe ich ja gesagt. Aber dann hat sie weitergefragt und wollte wissen, ob er ein guter Liebhaber ist.«

Sie wird so rot bei diesen Worten, daß sie beide Hände vor's Gesicht schlägt.

»Ich habe natürlich keine Antwort gegeben, und darauf sagt sie: Ich werde dich auspeitschen lassen und rauswerfen, wenn du so bockig bist. Nach der Bestrafung kannst du dein Bündel packen und gehen. Also raus mit der Sprache: Ja – oder nein? Ist er gut auf dem Diwan, hat er Talent? Oh Gott, was sollte ich tun? Wo sollte ich eine neue Stellung finden als in Ungnaden entlassene Zofe? Also habe ich ja gesagt und sie hat zufrieden genickt und ließ mich laufen...«

Blasius ist dieses Bekenntnis unendlich peinlich, er weiß nicht, wohin er schauen soll und wundert sich, daß er auf einmal die tröstlich breite Pranke Draculas auf der Schulter fühlt. Er hat noch nie Tränen bei Ljuba gesehen, aber jetzt weint sie.

»Ich bin auch gegangen, aber nicht weit und habe gelauscht. Ihre Freundinnen kamen aus dem Nebenzimmer, lachten und meine Herrin sagte: Ich wußte es doch!

Er ist ein frischer junger Kerl, er hat mir vom ersten Augenblick an gefallen und wir werden unseren Spaß mit ihm haben. Schon die kluge Katharina ließ ihre Liebhaber von Zofen erproben, ehe sie in die engere Wahl kamen. Eine lobenswerte Methode – sie erspart unnötige Enttäuschungen! Wie wär's, wenn wir um diesen hübschen *Nemez* würfeln würden? Wer gewinnt, bekommt ihn als Spielzeug für eine Nacht!«

»Das darf nicht wahr sein!«

Dracula schüttelt den Kopf und Blasius legt den Arm um Ljuba.

»Das gibt's doch nicht! Es sind Damen von Adel und von hohem Stand – und ich bin ein einfacher Händler und Handwerker.«

»Hast du eine Ahnung! Katharinas Männersammlung war berühmt – die kannte keine Hemmungen! Leute aus dem Volk hatten bei unserem Adel, sogar bei den Zaren schon immer Chancen in höchste Kreise aufzusteigen: Alexander Danilowitsch Menschikow zum Beispiel war Sohn eines Pferdeknechtes und wurde zum engsten Vertrauten Peters des Großen. Er galt als seine rechte Hand und wurde mit einem Fürstentitel geehrt – ehe er in Ungnade fiel: Und das hieß Verbannung nach Sibrien.«

»*Bolschoje sposibo*, vielen Dank«, sagt Blasius, » auf solcherlei Ehren verzichte ich gerne!«

»Ich schäme mich«, flüstert Ljuba, »es sieht aus, als hätte ich mich zum Werkzeug der Gräfin machen lassen, aber das ist nicht so. Ich hatte keine Ahnung von dem, was die feinen Damen zu ihrem Spaß planen: Sie haben nichts zu tun, langweilen sich, suchen dauernd nach neuen Vergnügungen und ›Monsieur de Glottertal‹ in seiner ungewöhnlichen Tracht ist wie ein seltener Paradiesvogel für sie.«

»Und wenn Blasius morgen einfach nicht in den Palast kommt?«

»Dann werden sie ihn holen lassen. Diese Damen dulden keinen Spielverderber, wenn sie sich etwas in den Kopf gesetzt haben. Sie denken sich irgendeine schlimme Rache aus, die sie statt ihres Abenteuers genießen – und die kann Blasius ebenso treffen wie die Handelsgesellschaft.«

»Da sieht man's wieder«, sagt Urban in die beklemmende Stille, »heute erst haben wir die Hinrichtungsuhr verkauft, auf der Salome den braven Johannes köpfen läßt, weil er nicht so will wie sie gern möchte! Hau lieber ab Bläsi, wenn dir dein Kopf lieb ist!« Auch Dracula bekommt Sorgenfalten auf der Stirn.

»Hast du eine Idee, Ljuba?« fragt er.

Sie nickt. »Ich komme aus Ladoga am See, das ist kaum hundert *Werst* entfernt von hier. Den Leuten in dieser Gegend geht's nicht schlecht, weil der See so fischreich ist. Dort hat noch niemand eine Uhr, glaube ich – das wäre Neuland für den Uhrenhandel. Und wenn die Gräfin ihren Kutscher nach Blasius schickt, könnt ihr sagen, er sei zu einer lang geplanten Reise aufgebrochen.«

Meister Dold entscheidet schnell und läßt noch in der Nacht packen. Er organisiert sogar ein Packpferd, weil sich die Reise nur lohnt, wenn Blasius genügend Ware anzubieten hat. Im letzten Augenblick läßt er sich sogar breitschlagen und erlaubt Urban, mitzugehen, damit das erfolgreiche Verkaufsduo zusammenbleiben kann.

Die 500 Rubel, die er am Nachmittag zusätzlich von General Skobeljew für die Hinrichtungsuhr kassierte, haben an diesem Entschluß keinen unwesentlichen Anteil.

In Anbetracht der besonderen Umstände springt er sogar über seinen eigenen Schatten und kontrolliert nicht, ob Ljuba wirklich geht, nachdem er sich zurückgezogen hat.

Natürlich geht sie nicht. Sie liegt in den Armen von Blasius und liebt ihn mit der ganzen ungestümen Zärtlichkeit ihrer achtzehn Jahre.

»Es ist mir schrecklich schwergefallen, das alles zu sagen«, flüstert sie, »ich habe es fast nicht über die Lippen gebracht, auch weil Meister Dold und Urban dabei waren. Aber der Gedanke, daß du als Spielzeug benutzt wirst, um das die feinen Damen würfeln – der war noch schrecklicher.«

Er küßt ihr die Tränen von den Augen.

»Vielleicht siehst du zu schwarz. Meinst du nicht, ich hätte mich höflich zurückhalten, mich mit Anstand und ein paar unverbindlichen Scherzen aus der Affaire ziehen können?«

»Njet, mon polisson«, sagt sie mit Überzeugung, »ich kenne diese Damen – sie sind weniger Damen als ich, zu gierig, um auf ein Spielzeug zu verzichten, das ihnen ins Auge sticht. Wenn sie es nicht haben können, zerbrechen sie es lieber als es jemand anderem zu gönnen. Denk' an Salome!«

*

Der unerwartet plötzliche Abschied von St. Petersburg trifft Blasius natürlich mehr als seinen Freund, denn er läßt Ljuba zurück.

»Nimm dir ein Beispiel an mir«, sagt Urban munter, »um mich werden ein halbes Dutzend Mädchen in der deutschen 60er-Kolonie trauern – und bin ich deshalb etwa bekümmert? Nein, ich freue mich schon auf die Fischermädchen am Ladoga-See! Und weißt du was? Wenn die Wahl der Gräfin auf mich gefallen wäre – ich hätte nicht gekniffen wie du! Ich wäre hingegangen und hätte die Damen überzeugt, daß Napoleon nicht der einzige kleine Mann ist, der große Taten vollbringt!«

»Prahlhans – was glaubst du wohl, was diese Damen mit dir gemacht hätten!«

»Ohhh – sie hätten mich abwechselnd verwöhnt, für den nächsten Abend wiederbestellt, nach einer Woche geadelt und so hoch belohnt wie Katharina einstens ihren Potemkin!«

»Genau so – und in der zweiten Woche wärst du vor Überanstrengung am Stock gegangen und sie hätten dich nach Sibirien geschickt wie Menschikow.«

»Niemals – mich doch nicht!« brüstet sich Urban. »Die feinen Damen wissen gar nicht, was ihnen entgangen ist durch die falsche Wahl – jetzt haben sie keinen von uns zwei schönen Kerlen zum Spielen, müssen sich weiterhin langweilen und um irgendetwas anderes würfeln, zum Beispiel um ihre häßlichen Möpse. Ja, das Leben ist hart!«

Nun hat er es doch geschafft, Blasius zum Lachen zu bringen mit seinen lockeren Reden! Der Tag ist auch viel zu schön, um Trübsal zu blasen. Sie lassen sich Zeit und wandern an der Newa entlang, die vom Ladoga-See kommt und bei St. Petersburg in den Finnischen Meerbusen fließt. Nur wenn das Ufer zu sumpfig ist oder zu sehr von Gestrüpp bewachsen, ziehen sie auf der Straße weiter.

Die Stadt liegt längst hinter ihnen, sie haben die Außenbereiche durchquert und in einem lichten Wald aus Kiefern, Birken und Ebereschen Rast gemacht.

»Wenn wir in dem Tempo weiterspazieren, brauchen wir eine Woche bis Ladoga«, meint Blasius und Urban beginnt gleich wieder zu spotten: »Dann hat Anna Iwanowna eine Chance uns wieder einzufangen – aber nur, falls sie die Windspiele hinter uns herjagt statt ihrer Möpse!«

Beide lachen und malen sich den Verdruß der Damen aus, die heute abend vergeblich auf den Hauptdarsteller warten, den sie für ihr frivoles Spiel auserkoren haben. Aber das Lachen bleibt ihnen im Halse stecken, als sie vom Waldrand her plötzlich markerschütternde Schreie hören.

Hinter den letzten Bäumen beginnt eine weite Grassteppe, auf der eine Kompanie Soldaten aufmarschiert ist. Sie bilden zwei lange Reihen, in der Mitte ist ein Gang frei. Und durch diesen

Gang schleppt sich ein hagerer junger Mann mit nacktem Oberkörper. Blutüberströmt taumelt er vorwärts und immer wieder dringt einer dieser schrecklichen Schreie über seine Lippen. Die Soldaten halten lange Stecken in den Händen und jeder schlägt mit aller Kraft auf ihn ein, wenn er vorbeikommt.

Blasius und Urban sind stehengeblieben und sehen wie gelähmt dem entsetzlichen Geschehen zu. Der junge Mann scheint am Ende seiner Kräfte. Immer öfter bricht er in die Knie und wird mit den Spitzen der Stecken gezwungen, wieder aufzustehen.

Als er reglos verkrümmt am Boden liegenbleibt, gibt ein Feldwebel den Befehl, den geschundenen Körper auf einen bereitstehenden Karren zu werfen. Aber der Unglückliche ist nur ohnmächtig, nicht tot und beginnt wieder zu schreien. Sofort ertönt ein weiterer Befehl und drei der Soldaten prügeln von neuem auf ihn ein – so lange bis der letzte Funken Leben aus ihm gewichen ist.

Nur langsam können die Freunde sich aus ihrer Erstarrung lösen. Beide sind leichenblaß. »Was war das?« fragt Blasius mit heiserer Stimme.

»Es muß eine Art Hinrichtung gewesen sein.«

Inzwischen haben sich die Reihen der Soldaten aufgelöst und sie marschieren in ungeordneten Gruppen ab, den Karren hinter sich herziehend. Nur der Feldwebel bleibt zurück. Er hat die zwei Gestalten mit dem Pferd am Waldrand gesehen und kommt langsam auf sie zu. Sein Gesicht ist von unbarmherziger Härte gezeichnet und seine Augen blicken kalt. Die Blutspritzer auf seiner Uniform sind noch frisch.

»Was steht ihr hier herum und reißt das Maul auf?« fragt er grob, »habt ihr noch nie gesehen wie einer Spießruten läuft?«

Blasius fühlt, wie Übelheit in ihm hochsteigt. Vergeblich versucht er das krampfhafte Würgen zu unterdrücken, das ihn gepackt hat und kann sich gerade noch hinter die Büsche retten.

Urban hat weiche Knie und fühlt sich ebenso elend. Aber er stottert eine Antwort, damit dieser widerwärtige Mensch geht, der da völlig unbeteiligt vor ihm steht, als hätte er nicht gerade den Befehl gegeben, einen jungen Mann totzuprügeln wie einen räudigen Hund.

»Nein, das haben wir nicht und der Herrgott möge verhüten, daß wir es je wieder sehen müssen.«

Der Feldwebel spuckt verächtlich die Sonnenblumenkerne aus, die er kaut.

»*Trajapka* – Waschlappen!« sagt er. »Seid froh, daß ihr nicht bei meiner Einheit dient, sonst würde ich jedem von euch zwanzig Spießruten verpassen lassen, damit ihr wißt, wovon euch schlecht wird.«

Schweigend und bedrückt ziehen die Freunde weiter bis zum Nachmittag und schlagen bei einem Dorf ihr Nachtlager auf. Die Bauern sind arm, aber gastfreundlich und bringen frische Brotfladen. Von ihnen erfahren sie, daß auf dem freien Feld, zehn Werst westlich, des öfteren Exekutionen durch das Militär stattfinden, sie wissen sogar von dem Vergehen, das der junge Soldat mit dem Tode sühnen mußte. Alle reden durcheinander, bis der Dorfälteste sie mit einem lauten Wort zum Schweigen bringt.

»Er hat eine schwere Sünde begangen, aber die Strafe war zu hart. Sie hätten ihn auch nach Sibirien verbannen können.«

Mehr will er nicht sagen, aber als Urban eine Wodkaflasche aus dem Gepäck holt und herumgehen läßt, lockern sich die Zungen.

»In einer der berühmten Kirchen von St. Petersburg ist es geschehen, in welcher weiß ich nicht, weil ich nie da war. Dort gibt es eine hochverehrte Muttergottes-Statue, die ganz mit Edelsteinen besetzt ist. Die Gläubigen küssen ihr ehrfürchtig die Füße – und dieser Soldat biß dabei eine kostbare Perle ab. Er trug sie zum Juwelier, der sich gleich dachte, daß so ein abgerissener Bursche sie nur gestohlen haben konnte. Er ließ ihn warten, holte die Polizei und der Dieb wurde eingekerkert. Das Militärgericht verurteilte ihn dann zu 150 Spießruten.«

»150 Spießruten? Das hält ja kein Mensch aus!«

»Nein, keine hundert,« sagt der Alte, »es ist ein Todesurteil, bei dem das Sterben lange dauert. Deshalb meine ich auch, daß es zu hart war für so eine Dummheit. Der Junge kam aus dem Nachbardorf und war erst siebzehn, der einzige Sohn seiner Eltern.«

Er schweigt und nimmt noch einen Schluck aus der Flasche.

»Wir müssen alle unser Schicksal ertragen und uns damit abfinden, egal wie hart geurteilt wird. Ich selbst habe oft genug die Knute zu spüren bekommen in meinem Leben und unser Gutsherr hat mehr als einmal die Hunde auf mich gehetzt, aber ich habe wenigstens überlebt.«

Er streift seine zerlumpten Beinkleider beiseite und zeigt die tiefen Narben, die die Bisse hinterlassen haben.

»Von den Vätern zu den Söhnen denken wir Alten, daß es den Jungen einmal besser gehe, aber die Hoffnung trügt – es ändert sich nichts.«

Mühsam, auf einen Stock gestützt, geht er zu seiner Behausung.

Blasius und Urban liegen in dieser Nacht schlaflos auf ihrem Strohlager. Immer wieder erscheint die schreckliche Szene der Hinrichtung vor ihren Augen und auch die Worte des Alten gehen ihnen nicht aus dem Kopf.

»Der Soldat war jünger als wir«, sagt Blasius. »Ich glaube, diese Schreie werden mich immer verfolgen. Wir haben in St. Petersburg gelebt wie in einem Glashaus, dauernd habe ich gelernt und gearbeitet, bin nicht über die Stadtgrenzen hinausgekommen und habe keine Ahnung, wie es auf dem Land zugeht, welche Zustände da herrschen. Ich komme mir vor wie ein Narr mit Scheuklappen.«

»Du hast recht, mir ergeht es ähnlich. Dabei bin ich schon eine gute Weile länger in Rußland als du. Aber ich habe mich auch in Petersburg eingeigelt. Vielleicht mußte das alles so kommen, wie es kam, sonst würden wir noch jahrelang in unsrer Verkleidung von einem reichen Hause zum anderen ziehen und unsere Uhren dort anbieten, weil es so bequem ist.«

8

Drei Tage später sind sie in Ladoga. Zwanzig Werst am Tag sind bei gutem Wetter ein leichter Weg, besonders dann, wenn das Pferd die schwerste Last trägt.

Eigentlich ist das nicht » standesgemäß« und Blasius erinnert sich an einen älteren Uhrenträger, der zur Rede gestellt wurde, weil er einen Eselkarren nutzte, statt sich selbst abzuschleppen. Aber das war im Schwarzwald – und keiner würde mit einem Fernrohr nach Rußland blicken.

Nova Ladoga liegt am Ufer des Sees und ist ein langgestrecktes, freundliches, großes Fischerdorf. Schmale Kanäle, auf denen Boote schaukeln, ziehen sich zwischen den bescheidenen Holzhäusern durch. Sie sind mit Schindeln, mit Stroh und geteerter Pappe gedeckt, aufgenagelte Latten halten den stürmischen Seewind davon ab, sie wegzublasen.

»Das sieht ja fast aus wie St. Petersburg aus dem Puppenhaus, gebaut für kleine Leute«, stellt Blasius fest, »sogar die Häuser sind in allen Farben bunt gestrichen!«

Er fühlt sich vom ersten Augenblick an wohl hier, die Holzzäune um die Bauerngärten mit Blumen und Gemüse erinnern ihn an das Glottertal.

Sie finden ein Blockhäuschen, mehr eine Hütte, mit zwei Räumen, das sie für wenig Geld mieten können und freunden sich rasch mit den Nachbarn an. Tatsächlich sind Uhren in dieser Gegend weitgehend unbekannt und haben Seltenheitswert – nur der Pope in dem landeinwärts gelegenen Kloster von Alt-Ladoga besitzt eine. Urban repariert sie bei einem Besuch kostenlos und von da an breitet sich der Ruf der Uhrenhändler aus dem fernen *Germania* aus. Alle möchten eine Uhr haben, am liebsten eine mit dem Vogel, der die Stunden ausruft – aber die meisten haben kein Geld.

»Wenn Schwarzwälder Uhrenmacher oft ein Jahr lang auf ihren Lohn warten müssen, können wir das auch ein paar Monate«, meint Urban. Sie bieten Ratenzahlungen an und nehmen auch Naturalien statt Rubel.

Mit dieser Lösung sind alle zufrieden: Blasius und Urban bekommen Eier und Sauerrahm, Kartoffeln, Gurken, Gemüse, gelegentlich ein altes Huhn und einen Krug voller Ziegenmilch. Vor allem aber bekommen sie Fisch in allen Varianten: Frisch vom Fang, gesotten, gebraten, getrocknet, gesalzen und geräuchert.

Die winzigen *poruschkas*, die kaum länger als ein Streichholz sind, werden in Bier geschwenkt und in der Sonne getrocknet. Der *ogun*, eine kleine Lachsart, wird über glimmendem Kiefernfeuer geräuchert. Der *plotwa* wird eingesalzen und langsam im Schatten getrocknet. Und ihr Lieblingsfisch, der *sig*, der oft kiloschwer wird und saftiges rosa Fleisch hat, den essen sie frisch, sogar roh, in dünne Streifen geschnitten, mit ein paar Körnchen Salz bestreut.

Manchmal sind sie einige Tage mit ihren Krätzen in der Umgebung unterwegs, aber die Bauern im Hinterland sind zu arm für einen Luxus wie eine Uhr und froh, wenn sie jeden Tag genug zum beißen haben. Auch den Popen vom Kloster in Alt-Ladoga besuchen sie gern, der ihnen die gewaltige Festung aus dem 14. Jahrhundert zeigt, die ursprünglich sogar aus dem 9. Jahrhundert stammt: eine Trutzburg aus Hartholz und hohen Erdwällen gegen die ständige Bedrohung der kriegerischen Schweden.

Im Gegensatz zu den vielen Popen ist dieser ein gebildeter Mann, der wie Puschkin mit den Dekabristen sympathisiert hat. Nach der blutigen Niederschlagung ihres Aufstandes hat er St. Petersburg bei Nacht und Nebel verlassen, um nicht auch nach Sibirien verbannt zu werden.

»Ein wenig Verbannung ist Ladoga auch,« sagt er, »aber ein freiwilliges, nahes Exil ist kein Vergleich zu einem erzwungenen. Ich habe mich rasch damit abgefunden und keiner hat hier nach mir gesucht, weil ich kein bedeutender Mann bin. Das Klosterleben ist überall einfach und hier habe ich die Ruhe für meine Studien der Geschichte unseres Landes.

»Waren denn die Herrscher über Rußland schon immer so unbarmherzig und grausam wie jetzt?« fragt ihn Blasius, als sie um den *samowar* beisammensitzen und Tee trinken. Der Pope hält ein Zuckerstück zwischen den Zähnen und schlürft lustvoll den Tee darüber.

»Das ist mein einziger Genuß, mein einziges Laster«, sagt er gedankenverloren.

»Was hast du gefragt? Ja – die Herrscher – die Herrscher über ein so gewaltiges Reich wie Rußland sind meistens grausam gewesen. Wie sollten sie sonst regieren, wenn die Leute nicht in Furcht und Schrecken leben? Dazu gehören auch Hinrichtungen wie die, die ihr erlebt habt. Wer so etwas mit eigenen Augen angesehen hat, wird sich hüten eine Statue der Gottesmutter zu berauben.«

Blasius kann sich dieser Meinung nicht anschließen, hält sich aber zurück und fragt weiter.

»So schreckliche Bestrafungen wie Spießrutenlaufen, das die Zaren von den Preußen übernommen haben, sind unmenschlich – doch fast so schlimm werden die leibeigenen Bauern von den Gutsherren behandelt, oft schlechter als das Vieh: Sie dreschen mit der Knute auf sie ein und lassen Hunde auf sie hetzen.«

»Da hast du recht«, nickt der Pope und greift nach dem nächsten Zuckerstück, »das ist ein verwerfliches System, aber die Dekabristen, die es vor sechzehn Jahren ändern wollten, sind gescheitert und haben ihre fortschrittlichen Ideen samt dem Mut, der dazugehört, sie auch offen zu äußern, mit dem Leben bezahlt – oder mit der Verbannung. Ich war nur halb so mutig wie sie und kann dennoch nicht nach St. Petersburg zurück.«

Der kleine Urban, der so gerne liest, ereifert sich. »Und dabei war doch schon Zar Peter der Große ein fortschrittlicher Mann! Ist nach Holland gereist, hat sich in Europa umgesehen, neue Ideen mitgebracht und gesagt: Ich will, daß die Menschen sehen und lernen! Und was ist daraus geworden? Die meisten sind Analphabeten und sehen nichts als das kümmerliche Stückchen Acker, das sie kaum ernährt.«

Der Pope blickt überrascht auf. »Woher weißt du das, du *Nemez* ? Das haben schon manche Russen vergessen und unser Zar Nikolaj an erster Stelle. Er ist ein Despot der übelsten Sorte: Soviel Willkür, soviel hartherzige, berechnende Willkür, hat es lange nicht mehr gegeben. Nicht nur das einfache Volk, auch der Mittelstand und der Adel werden durch Unterdrückung zum Schweigen gebracht. Und wer den Mund dennoch aufmacht, kann sein Leben auf sehr unangenehme Weise verlieren. Nicht ohne Grund zucken 60 Millionen Russen ängstlich zusammen, wenn der Zar nur eine Augenbraue hebt!«

»Ist es wirklich so schlimm?«

»Ja, das ist es – auch wenn ihr als Ausländer nicht alles erfahrt. Aber selbst ihr wißt, daß jegliche Kritik verboten ist. Der Zar ist ein Tyrann, ein Mann von eisiger Kälte, der unabhängiges Denken verabscheut, der keine Aufklärung und schon gar keine Opposition duldet. Habt ihr nicht unseren mutigen Autor Alexander Herzen gelesen?«

»Ich schon«, antwortet Urban gedehnt, »aber er hat viel geschrieben. Wie soll ich wissen, was ihr ansprecht?«

»Ich meine die Worte, mit denen er Zar Nikolaj beschreibt: ›Ich kenne diesen Blick – und kenne keinen schrecklicheren, hoffnungsloseren als diesen grau-farblosen, kalten, bleiernen Blick‹.«

Urban erinnert sich. »Ja, nun weiß ich es wieder. Im gleichen Zusammenhang hat er geschrieben: ›Augen ohne Mitleid und ohne Hoffnung, winterliche Augen.‹ Ich weiß es, weil mich diese Schilderung so beeindruckt hat. »

»Es stand in seinem Roman ›Wer ist schuld?‹« ergänzt der Pope, »und dafür wurde er auch unverzüglich aus Moskau verbannt.«

»Daß es so ausschaut, haben wir in St. Petersburg gar nicht bemerkt«, sagt Blasius betroffen, »wir sind nicht viel unter die Leute gegangen, haben uns mehr um Geschäfte gekümmert und Sprachen gelernt.«

Scheinheiliger, denkt Urban, du kannst dem Popen viel erzählen! Um die Mädchen haben wir uns natürlich auch gekümmert, mehr als um die Politik! Und du hast zuwenig gelesen! Das ist der Hauptgrund dafür, daß wir gelebt haben wie halbblinde Guller, vor allem du, Bläsi!

»Dann ist es an der Zeit, daß ihr ins Land hinauszieht und euch umschaut, wie es zugeht im großen Reich des russischen Zaren. Aber nicht nur die achtzig Werst nach Ladoga, das ist doch gar nichts! Zieht nach Osten, nach Moskau, Nischnij Nowgorod und weiter durch die Tundra, oder zieht nach Süden, über Kiew zum Schwarzen Meer – dann werden euch die Augen aufgehen und ihr könnt sagen, daß ihr wirklich in Rußland wart.«

Über diese Worte des Popen denken sie viel nach, zumal sie sich immer öfter mit ihm treffen. Sie lernen viel von ihm und er ermutigt sie jedes Mal, zu neuen Ufern aufzubrechen.

»Wer so jung ist wie ihr, muß in die Welt hinausziehen und nicht gleich beim ersten Ankerplatz hängenbleiben, selbst wenn er St. Petersburg heißt!«

Der Pope ist ein lebenskluger Mann und es gelingt ihm, das Fernweh wieder aufleben zu lassen, das schon einzuschlummern begann.

Nach einigen Monaten empfinden Blasius und Urban ihren Aufenthalt in Ladoga auch als eine Art Verbannung und beginnen sich zu langweilen, so gut es ihnen sonst gefällt. Aber es passiert rein gar nichts – bis eines Tages ein reitender Postbote ankommt, einer von denen, die Post befördern sollen, aber häufig nur dann ausliefern, wenn zu dem Brief ein ordentlicher Batzen Trinkgeld mitgegeben wird.

Und dieser Reiter bringt tatsächlich einen verschlossenen Umschlag auf dem der Name *Blasius Andrejewitsch Schurhammer* steht, Blasius, Sohn des Andreas.

Die Leute staunen. Keiner kann sich erinnern, daß je ein Brief den Weg nach Ladoga gefunden hat. Blasius steigt noch höher in ihrer Achtung, denn ganz offensichtlich ist er auch in der Kunst des Lesens bewandert: Er öffnet den Umschlag und beginnt ihn ohne Hilfe eine Schreibkundigen zu studieren.

»*Mon polisson*«, schreibt Ljuba, »ich schicke Dir diese Zeilen, weil sich in der langen Zeit seit Deiner Abreise die Wogen geglättet haben. Meine Herrin war genauso zornig wie ich das vorausgesehen hatte: Sie ließ den Kutscher mit der Knute prügeln, daß er drei Tage übel dran war – und das nur, weil er Dich nicht mitbrachte, obwohl er Dich doch gar nicht finden konnte. Sie befahl sogar Meister Dold in den Palast, aber der brachte ihr mit seinen Vampirzähnen gleich das Fürchten bei und sie ließ ihn wieder laufen. Ihre Freundinnen verspotteten sie und das machte sie noch wütender: Zuerst warf sie einen der Möpse gegen die Wand, dann schlug sie mich mit der Reitpeitsche. Aber jetzt ist wieder alles in Ordnung, denn die Damen suchen sich ihre Würfelknaben wechselweise unter den jüngsten Gardeoffizieren aus und damit sind alle zufrieden. Ich glaube, sie denkt gar nicht mehr an diesen mißglückten Spaß mit Dir und würde Dich ohne Deine Tracht mit dem schwarzen Hut und dem flotten roten Gilet kaum erkennen.

Nur im Stroganow-Palast kannst Du natürlich keinen Handel mehr treiben – und in die anderen Stadtpalästen des Adels auch nicht. Wenn Du trotzdem zurückkommen willst, freut sich darüber niemand mehr als – Deine getreue Freundin Ljuba-*Schalunischka*.«

Er gibt den Brief an Urban weiter, der ihn liest und in die Hände klatscht.

»Genau zur rechten Zeit kommt das – mir ist schon lange danach, wieder *petruschka* in der 60er-Kolonie zu spielen, Purzelbäume zu schlagen und sonst noch ein bißchen Unsinn anzustellen. Wir leben hier so brav wie der Pope – ist das vielleicht etwas für zwei so schöne junge Kerle wie wir es sind?«

Der Übermut zwackt ihn ganz offensichtlich.

Eine Woche später wandern sie zurück nach St. Petersburg, reiten abwechselnd auf dem Braunen, weil die meisten Uhren verkauft sind.

»Dracula wird uns schelten«, meint Blasius, »wir haben nicht viel verdient und einen Teil davon auch noch aufgegessen.«

»*Nitschewo*, macht nichts! Dafür haben wir ihm in St. Petersburg den Beutel gefüllt. Und außerdem war ein Teil der Uhren aus deinem eigenen Bestand. Er soll zufrieden sein, daß wir wiederkommen!«

*

In St. Petersburg hat sich nicht viel geändert während der Abwesenheit von Blasius und Urban. Meister Dold pflegt seine Dauerfehde mit den Spediteuren, die er als »hängenswerte Blutsauger und Halsabschneider« bezeichnet. Er streitet sich nach Herzenslust mit ihnen und bringt beträchtliche Summen in Abzug, weil er an jeder Lieferung etwas auszusetzen findet.

Die bescheidenen Geschäfte in Ladoga dagegen scheinen ihn nicht zu stören, denn er begegnet den Heimkehrern mit der gleichen Freundlichkeit, auch nachdem er ihre Umsätze überprüft und das Geld gezählt hat.

Blasius berichtet von Ljubas Brief, der sie zurückgelockt hat, ganz abgesehen davon, daß die Gegend um Ladoga weitläufig »abgegrast« ist für den Uhrenhandel. Und es scheint, als hätten sie den gestrengen Dracula in einer Sonntagslaune erwischt, denn er erbietet sich, einen unauffälligen Boten zum Gesindeteil des Stroganow-Palastes zu schicken, um Blasius' muntere kleine Zofe zu verständigen.

Dafür wird er von ihr mit einem Kuß auf die Backe belohnt, bei dem seine Augen zu glänzen beginnen und er den Mund fest verschlossen hält, um sie nicht mit dem Anblick seiner Vampir-Zähne zu verschrecken.

Ihren *polisson* küßte sie nicht nur auf die Wange und als Meister Dold an diesem Abend die Treppe in das obere Stockwerk hochsteigt, sagt er – wie auch beim Abschied vor einem halben Jahr – nichts von dem »wohllöblich gesitteten Leben, das einem Schwarzwälder Uhrmachergesellen geziemt, widrigenfalls er von der Gesellschaft ausgeschlossen wird«.

Also bleibt Ljuba heimlich geduldet im Haus und überzeugt Blasius in dieser Nacht mit all ihrer stürmischen Wiedersehensfreude davon, daß das Leben zu zweit doppelt so schön ist. Keine ganz neue Erkenntnis, aber sie ist in den vielen Monaten des Alleinseins ein bißchen in den Hintergrund getreten. Urban ergeht es ähnlich. Als er am Sonntag abend von seinem Besuch in der 60er-Kolonie zurückkommt, strahlt er.

»Die Gretel ist mir die ganze Zeit treu geblieben und hat keinem anderen den Kopf verdreht!« verkündet er stolz.

Jetzt dreht Blasius den Spieß um und foppt ihn. »Und das glaubst du wirklich?«

Urban geht nicht darauf ein und sagt im Brustton der Überzeugung: »Daran gibt es überhaupt keinen Zweifel! Sie liebt mich, natürlich nicht nur sie allein – und das ist kein Wunder: Napoleon wurde ja auch von vielen geliebt! Und weißt du was? Sie hat mir einen Heiratsantrag gemacht!«

Blasius verbeißt sich ein Lachen. Seinen Freund scheint es ganz schön erwischt zu haben. »Geht das nicht umgekehrt?« fragt er, »machen nicht wir Männer den Frauen Heiratsanträge?«

»Im Prinzip ja«, sagt Urban ungerührt, »doch Ausnahmen bestätigen die Regel. Sie war so überwältigt von meiner Leidenschaft und meinen Talenten als Liebhaber, daß sie das ganz vergessen hat!«

Sie sprechen russisch, weil Ljuba dabei ist und die findet dieses Gespräch so lustig, daß sie kaum aufhören kann zu lachen.

Als sie sich beruhigt hat, legt sie den Kopf schräg, schaut Urban an und der Schalk blitzt in ihren Augen: »Ich bin beeindruckt«, sagt sie lächelnd, »vielleicht solltest du deine Talente nicht egoistisch für dich behalten und Blasius einweihen in diese Geheimnisse? Ich bin auch hingerissen in seinen Armen – aber bisher nicht so, daß ich ihm die Ehe angetragen habe!«

Übermütig erklärt Urban, für ein Honorar von einer Flasche Wodka würde er Blasius im Verlauf der Woche aufklären und ihm den nötigen Nachhilfeunterricht in Sachen Liebeskunst erteilen – was für diesen der Anlaß zu einer zünftigen Rauferei ist.

In dieser Woche zeigt sich aber, daß es Urban ernst ist, weniger mit dem Unterricht, als mit der Heirat.

Dracula kann es nicht glauben, als er damit herausrückt und Blasius erst recht nicht.

»Ich erinnere mich an ein Gespräch, in dem von einem Ring durch die Nase die Rede war, mit dem die heiratswütigen Mädchen Tanzbären aus jungen Männern machen wollen. Erinnerst du dich auch?«

Urban winkt ab. »Das war vorgestern und heute ist heute. Die Gretel ist so nett und rund und rosig wie ein Stückchen Marzipan, einfach zum Anbeißen! Obendrein ist sie gescheit und liest Bücher, das ist mir genau so wichtig. Ja , und dann ist sie auch noch die Tochter des Dorfschulzen und kriegt eine hübsche Mitgift. Warum soll ich da noch lange zögern?«

»Weil du noch keine zwanzig Jahre bist.«

»Da gibt's einen alten Spruch: Jung gefreit, hat nie gereut! Ehrlich gesagt, hab' ich auch die Ochsentour mit dem Uhrenverkaufen satt und das Zigeunerleben, das du planst, reizt mich nicht. Mir reicht schon die Enthaltsamkeit in Ladoga.«

»Wir müssen unterwegs ja nicht leben wie die Mönche !«

Aber Urban hat sich in seine Idee verrannt, ist bis über beide Ohren verliebt und deshalb völlig taub für alle Vorhaltungen.

Dracula wird wütend, als er feststellt, wie ernst es dem kleinen Urban ist.

»Da hat man so einen jungen Bengel großgezogen, ihn mitgenommen in die Fremde, ihn etwas gelehrt – und jetzt, wo er ausgelernt hat und eine Hilfe wäre, jetzt, wo man denkt, er wird allmählich erwachsen und vernünftig – jetzt verliert er plötzlich alle Vernunft! Heiraten will er, hat man da noch Worte!«

Ljuba hingegen ist begeistert von Urbans Vorhaben, denn sie hat ihre eigenen Zukunftspläne und in diese Pläne paßt die Entwicklung ganz ideal. Ihre Herrin Anna Iwanowna läßt schlechte Laune und Ärger immer häufiger an ihr aus und weil sie sich fast täglich über irgend etwas ärgert, bekommt ihre Zofe immer öfter die Reitpeitsche zu spüren. Das ist zwar das Schicksal von Dienstboten, aber tief in ihrem Innern sitzt ein heimlicher Rebellionsgeist, der sich dagegen auflehnt. Sie weiß selbst nicht recht, woher er kommt, denn er ist ihrem Stand nicht angemessen. Vielleicht bin ich von meinem *polisson* angesteckt, der hat auch solche Ideen, wollte kein Knecht sein und findet gar unseren Zaren despotisch und ungerecht – sie erschauert, wenn sie sich überlegt, wie offen er diese Meinung ausspricht. Welcher Leichtsinn! Man müßte besser auf ihn Obacht geben, denkt sie, wenn die falschen Leute solch unüberlegte Worte hören, kann er schneller auf Reisen gehen, als er möchte – und zwar in die falsche Richtung!

Manchmal treffen sie sich in Kirchen, besonders gerne in der Ismajlowski-Kathedrale, deren blaue Kuppeln mit goldenen Sternen übersät sind. Wenn sie hier bescheiden im Hintergrund bleiben, können sie leise und ungestört miteinander reden.

»Falls Urban wirklich hierbleiben und heiraten will – gehst du dann trotzdem auf Reisen?« fragt sie vorsichtig.

»Ja, aber es wird nur noch halb soviel Spaß machen wie mit ihm. Er ist ein wirklich guter Freund und ich werde ihn schrecklich vermissen.«

»Und ich«, fragt sie, »bin ich nicht deine *choroschaja podruga* – deine gute Freundin?«

»Natürlich, mein Schatz – dich werde ich noch viel mehr vermissen, ich mag gar nicht daran denken.«

Das Gespräch nimmt genau die Wendung, die sie ihm geben wollte.

»Und warum reisen wir dann nicht zusammen, *mon polisson ?*«

Blasius ist sprachlos. Auf diese Idee wäre er nie gekommen.

»Das ist doch unmöglich, wie könntest du deine Stelle aufgeben?«

»Wie? Vielleicht wenn ich Gräfin Anna Iwanowna bitte, mich gehen zu lassen, um meine alten Eltern zu pflegen. Sie weiß ja nicht, daß ich gar keine Eltern mehr habe! Ich muß einen günstigen Augenblick abwarten. Wenn sie guter Dinge ist und die jungen Offiziere nach ihrem Geschmack sind, dann ist sie auch gnädig. Und wenn sie mich in Frieden ziehen läßt, werde ich sie um ein paar Zeilen als Zeugnis bitten. Damit kann ich überall in Stellung gehen – eine Zofe aus dem Hause Stroganow ist im ganzen Zarenreich gerne gesehen, sofern sie nicht rausgeworfen wurde!«

Mit einem unterdrückten Jubelruf springt Blasius in der Kathedrale auf, faßt Ljuba um die Taille und wirbelt sie durch die Luft.

9

Für die Uhren-Handelsgesellschaft ist es ein herber Verlust, daß gleichzeitig zwei ihrer besten Gesellen gehen, zwei, die trotz ihrer Jugend ein so erfolgreiches Gespann waren. Dracula bemüht sich nach Kräften, sie zu halten, redet abwechselnd mit Engelszungen auf sie ein und schlägt mit der Faust auf den Tisch. Es nützt alles nichts!

Urban will so schnell wie möglich seine Gretel vor den Traualtar führen. Er will Bauer werden in der deutschen Kolonie und ein Ochsengespann über die Äcker treiben, statt weiter auf die »Uhrenhandels-Ochsentour« zu gehen.

»Fast fünf Jahre lang arbeite ich schon mit Uhren, das wird ja langweilig«, sagt er auf die Vorhaltungen seines Onkels.

»Andere Leute machen das ihr Leben lang und es wird Ihnen nicht langweilig«, hält Dracula dagegen.

»Ich bin aber nicht wie andere Leute! Wenn ich jetzt nicht Bauer würde, könnte ich mir mein Brot auch als *petruschka,* als Clown, verdienen. Und wer weiß, vielleicht mache ich das auch eines Tages!«

Er ist störrisch wie ein Maultier – und bei Blasius hat Meister Dold auch nicht mehr Glück. In dessen Kopf geistern noch die Worte des Popen von Ladoga und er hat das Gefühl, daß er in St. Petersburg Wurzeln schlagen wird, wenn er jetzt nicht auf Wanderschaft geht.

Als auch er – ebenso liebenswürdig wie bestimmt – darauf besteht, seine Zelte abzubrechen, gibt Dracula auf und hilft ihm bei den Vorbereitungen zu seiner Reise.

Daß es eine weite Reise wird, steht außer Zweifel: Blasius hat vom ersten Augenblick an der Name Nischnij Nowgorod gefallen, er fand ihn klangvoll, fremdartig, mit einem Hauch von Abenteuer und Ferne.

»Nischnij Nowgorod! Schon weil das so schön klingt, müßte man in diese Stadt reisen!« Er läßt den Namen genußvoll auf der Zunge vergehen.

Urban sieht ihn spöttisch an.

»Was heißt hier müßte? Das sagen immer nur die Leute, die gerne etwas tun wollen und es dann doch bleiben lassen! Seit wann gehörst du zu den Zauderern? Sag: Ich will es tun – und dann tue es!«

Diesen Rat befolgt er jetzt, auch wenn er von einem so jungen Hüpfer wie Urban kommt, der wenig später ein praktisches Beispiel für seine Theorie gibt: Er heiratet Hals über Kopf seine Gretel. Er ist neunzehn, sie siebzehn und die Erwachsenen betrachten diese »Kinderehe« mit milder Mißbilligung, zumal der Bräutigam es sich nicht nehmen läßt, noch am Hochzeitstag aus seinen steifen Klamotten zu schlüpfen und als Clown aufzutreten.

So etwas war noch nie da in der 60er-Kolonie! Vielleicht hätte der Schulze doch ein Machtwort sprechen und einen seriösen Schwiegersohn für seine Einzige suchen sollen. Ganz so früh und ganz so schnell hätte es auch nicht sein müssen – oder war sie etwa schwanger?? Dieser Verdacht lag nahe. Aber nun konnte man nichts mehr daran ändern. Also schwiegen die Lästermäuler bald still.

Nischnij Nowgorod! Blasius kann sich selbst nicht erklären, wie es kommt – aber bei diesem Namen gerät er ins Träumen. Dieses Gefühl hat auch Meister Dold, der ihn nun schon zum zweiten Mal fragt: »Welche Reiseroute hast du dir eigentlich vorgestellt? Weißt du überhaupt, wie weit das ist?«

»Welche – wie weit – ?« Blasius kommt wieder auf den Boden der Wirklichkeit zurück und Dracula mustert ihn besorgt.

»Ich habe das Gefühl, ihr seid beide ein bißchen umnebelt aus Ladoga zurückgekommen, der Urban und du auch. Der eine ist blind vor Liebe, der andere verwirrt vom Fernweh. He, wach auf, Bläsi!«

»Ich hab' doch gar nicht geschlafen! Höchstens geträumt.«

»Wenn ich dich nicht gern hätte, würde ich dich geradewegs in dein Unglück laufen lassen mit einer so unorganisierten Reise – nicht mal für drei Kreuzer hast du dir Gedanken über den Weg gemacht.«

Dieses Bekenntnis fällt Dracula sichtlich schwer, denn er schnauft bei seinen Worten wie ein Walroß, peinlich berührt über solch unangebrachte Gefühlsduselei.

»Der Weg? Ja – der Weg führt über die alte Stadt Nowgorod und Moskau, habe ich gehört.«

»Und auf etwas, das du mal gehört hast, willst du vertrauen?

Warum fragst du nicht jemand, der schon lange hier lebt und sich im Land auskennt, zum Beispiel mich?«

Blasius griff sich an den Kopf.

»Entschuldigung, Meister! Manchmal sieht man vor lauter Bäumen den Wald nicht. Was würdet Ihr mir raten?«

»Nicht über das alte Nowgorod zu ziehen. In der Stadt gibt es immer wieder Aufruhr, jedes Jahr von neuem. Die Menschen dort sind Freigeister, sie wollen die Knechtschaft nicht länger ertragen, die Willkür der Beamten, die erdrückend hohen Steuern, die der Luxus in St. Petersburg verschlingt. Und auch nicht die brutalen Quarantänen, die verhängt werden, wenn Seuchen ausbrechen. Das ist ein gefährliches Pflaster und du solltest es meiden.«

Er breitet eine vergilbte Landkarte aus.

»Du kannst über Ladoga ziehen, das du ja schon kennst und von dort nach Süden abbiegen in Richtung Tichvin. Das ist kein langer Weg für russische Verhältnisse, runde vierhundert Werst. Ab Rybinsk gibt es Schiffe wolgaabwärts bis Nischnji Nowgorod.«

Blasius staunt und zeichnet auf der Landkarte den Weg mit dem Finger nach.

»Das habe ich nicht bedacht – dabei ist es ganz logisch, so zu reisen – es ist der kürzeste Weg und obendrein der einfachste, denn die längste Strecke geht über das Wasser.«

Dracula schmunzelt und fühlt sich bestätigt.

»Nur Moskau fehlt auf dieser Strecke – und Moskau muß ich unbedingt sehen!«

»Das kannst du ja auch. Nur nicht auf dem Hinweg, sondern auf dem Rückweg, vor allem, wenn du dann gen Süden ziehen willst.«

Der Finger wandert weiter über die Landkarte und auch diese Angabe stimmt.

»Woher wißt Ihr das alles so genau, Meister Dold?«

»Ich war selbst schon da – auf dieser Reise habe ich meine Zähne verloren.«

Noch nie hat er darüber gesprochen und er sagt auch jetzt kein Wort mehr dazu. Dracula ist sehr gut informiert und kann überall mitreden – aber über sich selbst redet er höchst selten.

»In Nischnij Nowgorod habe ich ein ganzes Jahr gehandelt

und es hat mir ein kleines Vermögen eingebracht. Deshalb lege ich dir auch keine Steine in den Weg, nachdem ich gesehen habe, wie entschlossen du bist.«

»Und wie habt Ihr Eure Ware dorthin gebracht? Wer mit Uhren gutes Geld verdienen will, kann sie nicht in einer Krätze mitschleppen.«

»Natürlich nicht. Das war früher so und geht heute nur noch im Umkreis eines Handelslagers. Ich habe eine *tarantas* gekauft, du kennst ja diese gedeckten Wagen mit den langen Tragbäumen. Darauf kann man eine große Menge Uhren verladen und hat trotzdem noch genügend Platz, nachts zwischen den Kisten zu schlafen. Es war eine gute Investition, denn ich konnte den Wagen und den Zugochsen mit Gewinn weiterverkaufen.«

»Ihr habt nie davon erzählt, was Ihr auf dieser Reise erlebt habt. Warum nicht?«

Draculas Gesicht verschließt sich.

»Dazu ist kein Anlaß. Ich sage dir, was wichtig für dich ist und kein Wort mehr. Schade ist nur, daß du nicht mit Urban reisen kannst. Ihr beide wart unschlagbar zusammen. Und es ist viel schöner, mit einem Freund unterwegs zu sein – vorausgesetzt, er ist ein wirklicher Freund.«

Jetzt ist eine günstige Gelegenheit, denkt Blasius. Ljuba hat gesagt, man muß den rechten Augenblick erwischen.

»Ich habe gar nicht vor, alleine zu reisen. Ljuba will die Gräfin Stroganow bitten, sie in Gnaden aus ihren Diensten zu entlassen. Und wenn das möglich ist, reist sie mit mir.«

Er sieht Dracula in die Augen und befürchtet, sie würden sich zornig verdunkeln – doch zu seiner Überraschung lächeln sie.

»Das ist eine gute Entscheidung. Sie hat ein warmes Herz und einen gesunden Verstand, der dir manchmal fehlt. Ihr werdet ein hübsches Gespann sein. Ich lasse dich ungern ziehen, aber wenn ich weiß, daß sie bei dir ist, fühle ich mich wohler.«

Auch Ljuba war klug genug, den rechten Augenblick bei ihrer Herrin abzuwarten. Zwei Tage, nachdem Gräfin Anna Iwanowna sie aus einer Laune heraus wieder mit der Reitpeitsche geschlagen hatte, bat sie auf den Knien darum, ihr Anliegen vorbringen zu dürfen.

Diese ungewohnte Demut nach einer Züchtigung wurde mit

Genugtuung zur Kenntnis genommen und als die Gräfin hörte, daß ihre Zofe wegen der alten, kranken Eltern um Entlassung aus dem Dienst der Stroganows bat, gewährte sie ihr diese Gnade – samt einigen freundlichen Zeilen zum Geleit, die der Haushofmeister in gestelzter Schrift niederschrieb und siegelte.

Sie wußte, daß dieses Schreiben wertvoll war und verabschiedete sich rückwärts gehend unter Verbeugungen von ihrer Herrin. Als die Türe hinter ihr geschlossen war, sagte sie leise ein wenig salonfähiges Wort – und hoffte, daß niemand mit Luchsohren in der Nähe war.

*

Sie hatten sich frühmorgens auf der anderen Seite der Newa außerhalb der Stadt verabredet. Die *tarantas*, war zuletzt so schwer beladen, daß Blasius statt eines Ochsen ein Gespann kaufte. Das riß zwar ein großes Loch in die Reisekasse, aber Meister Dold versicherte ihm, daß er mit zwei Ochsen beim Weiterverkauf auch doppelten Gewinn erzielen würde.

»Als du vor drei Jahren nach St. Petersburg gekommen bist, hätte ich nicht gedacht, daß es mir so schwerfallen würde, dich wieder ziehen zu lassen. Ich bin streng gewesen mit dir und Urban, aber das war auch nötig, damit ihr etwas lernt für's Leben. So – und jetzt keine langen Worte. Ich will dir nur noch eines sagen: Das Beste, das man von einer langen Reise mitbringen kann, ist eine heile Haut! Und ich hoffe, die wirst du haben, wenn du wiederkommst. Leb wohl, Junge!«

Er schlägt ihm kraftvoll auf die Schulter, dreht sich um und geht mit schweren Schritten ins Haus zurück.

Und nun wartet Blasius an dem vereinbarten Treffpunkt auf Ljuba und wundert sich, daß sie nicht kommt. Er wartet lange, die Sonne steigt höher und ihr Licht verliert den morgendlichen Goldglanz. Scharen von ärmlich gekleideten Gestalten mit müden Gesichtern und hängenden Schultern ziehen an ihm vorbei in Richtung Stadt, in der schwachen Hoffnung, dort Arbeit und Brot zu finden. Was mag geschehen sein? Ob die launische Gräfin Anna Iwanowna anderen Sinnes geworden ist und sie zurückgehalten hat?

Als er gerade überlegt, die Ochsen zu wenden und zurückzufahren, kommt ein Reiter auf einem Fuchs angeloppiert und hält in eine Staubwolke gehüllt bei ihm an.

Als der Staub sich legt, erkennt er Ljuba, die in Pagenkleidung steckt und ihre Haare unter einem Barrett versteckt hat.

Er starrt sie an und sie lacht hell über sein erschrockenes Gesicht.

»Da staunst du, *polisson* – ist das eine Überraschung oder nicht!?«

»Ich kann gar nicht glauben, daß du das bist. Wie kommst du zu dem Pferd und zu dem Gewand?«

»Eines nach dem anderen. Das Gewand ist schon alt, einer der Pagen wollte es wegwerfen, da hab ich ihm gesagt: Wirf es zu mir, ich gebe es meinem kleinen Bruder. Und das Pferd – ja , das Pferd, das hat mir der Kutscher geschenkt!«

»Erzähl' keine Märchen– kein Kutscher hat ein Pferd zu verschenken!«

»Da hast du recht«, entgegnet Ljuba honigsüß, »es ist ja auch nicht sein Pferd, sondern eines der Stroganows!«

»Bist du von allen guten Geistern verlassen? Deiner Herrschaft ein Pferd stehlen? Das kann dich Kopf und Kragen kosten!«

»*Nikogda, trusischka* – niemals, du Hasenfuß!«

Ljubas helles Lachen wird noch fröhlicher und übermütiger.

»Nicht ich habe das Pferd genommen, sondern der Kutscher!«

»Und was hast du ihm dafür gegeben?«

»Was werde ich ihm schon gegeben haben? Einen Kuß – sonst nichts!«

»Das ist schon das zweite Märchen, das du mir heute früh erzählst. Für einen Kuß stiehlt niemand ein Pferd!«

»Hast du eine Ahnung! Dieses Trampeltier von Kutscher ist seit langem verliebt in mich und macht sich vergebliche Hoffnungen. Als ich ihm einen Kuß versprochen habe, war er sofort bereit, alles für mich zu tun. Er ist ein *durak, ein* dummer Kerl und hat mir sofort geglaubt, als ich ihm von meinem größten Wunsch erzählte: Einmal im Leben, frühmorgens, wenn die Gnädigste noch schlummert, auf einem edlen Pferd auszureiten. Heute, an meinem Geburtstag!«

»Aber du hast doch gar keinen Geburtstag!«

Blasius kann ihr noch immer nicht ganz folgen und schaut besorgt in Richtung Stadt, ob dort nicht etwa schon die Häscher auftauchen.

»Ach, mein lieber kleiner großer *polisson* – heute bist du wirklich begriffsstutzig! Den Geburtstag habe ich doch ebenso erfunden wie meinen Wunsch! Ich wollte, daß heute im Morgengrauen ein Pferd gesattelt für mich bereitsteht – und so war es auch. Ich habe das Pferd bekommen und er seinen Kuß. Das ist doch ein fairer Handel!«

»Du bist mir vielleicht ein Täubchen! Und der arme Kutscher? Was glaubst du wohl, was dem passiert?«

»Nichts passiert ihm«, sagt Ljuba ungerührt, »er wird sich schon mit den Stallknechten bei den zwei Flaschen Wodka einigen, die in seiner Manteltasche stecken. Niemand der Herrschaft wird merken, daß ein Pferd fehlt. In den Stallungen der Stroganows stehen über hundert.«

»Und du hast kein schlechtes Gewissen?«

»Nicht im geringsten. Das ist meine Entschädigung für die Schläge mit der Reitpeitsche. Und wenn der Kutscher seinen Rausch ausgeschlafen hat und wieder klar denken kann, dann erinnert er sich vielleicht auch daran, wieviel Prügel er schon bezogen hat – und nicht nur wegen dir, als du kein Würfelknabe der Adelsdamen sein wolltest und heimlich über Nacht nach Ladoga geflohen bist!«

Bei dem Stichwort Ladoga hört Blasius auf, weiterzufragen.

»Das ist unser erstes Ziel, reden können wir später«, sagt er, »laß uns aufbrechen – sonst taucht am Ende noch der Kutscher samt den Stallknechten auf, um dich einzufangen!«

Die Tiere sind ausgeruht und kräftig und sie kommen gut voran. Blasius kennt den Weg, es hat seit einer Woche nicht geregnet und die Straße ist trocken. Als sie an der Stelle vorbeikommen, an der die barbarische Exekution des jungen Soldaten stattfand, erzählt er Ljuba davon – bisher konnte er nicht darüber sprechen, die Erinnerung war zu schrecklich für ihn. Doch sie ist keineswegs so schockiert und empört darüber wie er dachte.

»Du kannst dir nicht vorstellen, welche Strafen sich die Herren in unserem Land ausdenken, um das Volk zu ducken, um Angst und Schrecken zu verbreiten. Und es ist auch besser, wenn du es nicht weißt. Du bist weichherzig und sanftmütig, obwohl du so groß bist und eine Menge Kraft hast. Solche Männer sind bei uns selten – was glaubst du, weshalb ich dich liebe?«

Sie springt vom Pferd, steigt auf den Wagen und küßt ihn. Dann verstaut sie ihre Pagenkleidung bei dem Gepäck und holt aus ihrem Bündel einen Rock und eine verblichene Bluse wie die Bauernmädchen sie tragen. Das kecke Barrett tauscht sie gegen ein braves Kopftuch und sieht in dieser neuen Verkleidung ebenso hübsch und adrett aus wie als Page. Blasius kann nicht widerstehen – er küßt sie zurück, seine Hand verirrt sich unter ihre Bluse – und schon ist es um sie geschehen. Sie lieben sich zwischen den Kisten und Packen mit den Schwarzwalduhren und es ist ein Glück, daß die Straße an diesem Morgen so wenig belebt ist. Sonst hätte sich manch einer gewundert über ein führerloses Ochsengespann, das gemächlich vor sich hintrottet. Und mehr noch über ein gesatteltes Pferd, das hinten am Wagen angebunden ist und keinen Reiter hat.

Ljuba streicht Blasius zärtlich die Haare aus der Stirn und lächelt spitzbübisch:

»Es ist gut, daß wir ein bißchen üben – ab jetzt müssen wir als Ehepaar auftreten, das ist dir doch sicher klar? Wir sind so frisch getraut wie dein Freund Urban und machen unsere Hochzeitsreise als Handelsfahrt nach Nischnij Nowgorod!«

Am Nachmittag kommen sie im gleichen Dorf an, in dem er und Urban schon einmal übernachtet haben. Sie werden wie alte Freunde empfangen, die Frauen bringen Fladenbrot und Kwas wie damals. Und die Männer klagen über die Ausbeutung und Willkür der Gutsherren. Alle gratulieren Blasius zu einer so hübschen jungen Frau – und ihr zu einem so tüchtigen Mann, der offensichtlich reich ist und außerdem sehr ansehnlich. Denn reich sind in den Augen der Dorfleute im allgemeinen nur dicke alte Männer, die ein Leben lang Zeit hatten, sich einen Wanst anzufressen und Rubel zu horten. Oder wie die »Herren«, die hartherzigen Gutsbesitzer, die jede nur mögliche Kopeke aus ihren Leibeigenen herauspressen.

Das »Hochzeitspaar« darf in der Scheune übernachten, die Blasius schon kennt und als sie engumschlungen im weichen frischen Heu liegen, flüstert Ljuba: »Das war so schön heute im Sonnenlicht, versteckt zwischen all deinen Uhren – ob es im Mondschein wohl ebenso schön ist – ?«

*

In Ladoga finden sie das kleine alte Haus leer und bleiben für zwei Tage. Auch hier werden sie herzlich empfangen und bekommen mehr Fisch geschenkt als sie essen können. Die winzigen getrockneten *poruschkas* und den Salzfisch können sie gut als Proviant mitnehmen, auch den geräucherten *ogun*, aber eine andere Lachsart, den frischen *sig*, bereitet Ljuba gleich zu und packt den schönsten davon auf Blätter gebettet in einen Korb – als Gastgeschenk für den Popen, den sie in seinem Kloster bei der historischen Festung besuchen.

Er staunt, Blasius so unerwartet wiederzusehen, mehr noch darüber, daß er statt Urban eine junge Frau bei sich hat. Natürlich geht er davon aus, daß die beiden geheiratet haben, das erspart ihnen eine Lüge.

»Jeder Tag, an dem Freunde über die Schwelle treten, ist ein guter Tag«, sagt der Pope und umarmt Blasius.

»Ja, Väterchen – ein Mensch ohne Freunde ist wie ein Baum ohne Wurzeln«, zitiert der, »ich kann mich gut an dieses russische Sprichwort erinnern – ich habe es zum ersten Mal bei Euch gehört.«

»Und wo ist dein Freund Urban geblieben?«

Blasius erzählt und der Pope hört aufmerksam zu.

»Er möge glücklich werden in der deutschen Kolonie bei St. Petersburg! Die Menschen sind verschieden, aber ich freue mich, daß wenigstens bei dir meine Worte auf fruchtbaren Boden gefallen sind. Reisen muß man, solange man jung ist – und die Wanderlust liegt dir eben mehr im Blut als ihm. Danke dem Herrn, daß du eine Frau gefunden hast, die mit dir zieht!«

Er sieht Ljuba wohlgefällig an: »Du hast eine gute Wahl getroffen.«

Blasius denkt: Eigentlich hat *sie* diese Wahl getroffen, aber er hütet sich, das laut zu sagen. Sie bleiben den ganzen Nachmittag und der Pope kommt aus dem Staunen über Ljuba nicht heraus: Statt sich bescheiden im Hintergrund zu halten wie sich das für Frauen ziemt, redet sie munter mit – und was sie sagt, ist nicht einmal dumm, ganz im Gegenteil!

»Mit der Frau wird es dir nie langweilig werden«, stellt er fest, »weder auf der Reise, noch in eurem künftigen Leben. Paß nur auf, daß sie dir nicht abhanden kommt: Euer Weg zur Wolga führt über Tichvin nach Pikalevo und in dieser Gegend sind die

Räuber unterwegs. Sie nehmen alles mit, was sie kriegen können, hübsche junge Frauen ganz besonders. Aber ich will euch meinen Segen geben, dann wird Gott euch schützen.«

Blasius ist nicht überzeugt davon, daß Gott seine schützende Hand über ein Paar halten würde, das in Sünde lebt. Ljuba aber lacht über seine Bedenken, was die angekündigten Wegelagerer betrifft. Auch was Gott angeht, hat sie ihre eigenen Vorstellungen und ist überzeugt davon, daß er seine sündigen Kinder ebenso liebt wie die braven, eher noch mehr.

»Ich will dir erklären, warum mich kein bißchen Angst vor den Räubern plagt: Das sind meist ausgemusterte Soldaten, die schon zwanzig Jahre Dienst auf dem Buckel haben. Dann werden sie entlassen, sind nicht mehr jung und ohne Verdienst. Womit sollen sie ihr Leben fristen? Und weil sie nichts gelernt haben als kämpfen und schießen, ergreifen sie eben das Räuberhandwerk.«

Blasius denkt an die hartgesottenen Kerle, die auf Befehl des Feldwebels ihren eigenen Kameraden totgeschlagen haben und bei dieser schlimmen Erinnerung wird ihm elend zumute.

Ljuba sieht das und deutet es als Angst.

»Wir haben keine Waffen, um uns zu schützen«, sagt er.

»Mach' dir keine Sorgen, *mon polisson*, ich habe eine Geheimwaffe, die besser ist als die Schießprügel der Räubersoldaten, vor allem schneller!«

»Eine Geheimwaffe? Und wo hast du die versteckt?«

»Gar nicht! Du kannst sie sehen, aber nicht erkennen.«

»Mach' es nicht so spannend! Sag mir lieber, wo sie ist.«

Aber Ljuba schüttelt energisch den Kopf.

»Dann wäre es ja keine Geheimwaffe mehr! Es ist besser, wenn du nichts weißt. Laß' dich überraschen, wenn diese Halunken uns wirklich auflauern sollten.«

Ungeachtet der rätselhaften Geheimwaffe, sind sie auf der Hut, fahren nur am Tag, suchen die Gesellschaft anderer Reisender und halten bei Dörfern an, ehe es dunkel wird.

Die Gegend ist flach und eintönig, Weideland und Rinderherden wechseln ab mit lichten Wäldern und bebauten Ackerflächen. Die Bauern scheinen Tag und Nacht zu arbeiten, geduldig, ausdauernd, hart – Fähigkeiten, die ihnen nicht nur die Gutsbesitzer aufzwingen. Auch der Überlebenswille zwingt sie dazu, in den fünf kurzen Sommermonaten dem Boden soviel Ertrag abzugewinnen, daß es notdürftig für den langen Winter ausreicht.

Kaum ist im späten Frühling die Rapsernte vorbei, wird die Erde wieder umgepflügt und die neue Saat eingebracht. Ljuba hat den Fischern von Ladoga vor dem Aufbruch noch einen reichlichen Vorrat an Salz- und Trockenfisch abgekauft, weil sie weiß, wie begehrt diese Fische im Landesinneren sind. Sie tauschen sie gegen Mehl und Eier, mehr haben die Bauern nicht. Fleisch gibt es nur an besonderen Festtagen und häufig nicht einmal dann. In den Wäldern finden sie Pilze, die gleichen, die in Deutschland um diese Jahreszeit wachsen: Mai-Ritterlinge und Morcheln. Blasius zeigt Ljuba wie sie ausschauen und sie bleibt oft mit dem Fuchs zurück, während er mit dem langsamen Ochsengespann weiterzieht. Das Pilzesuchen macht ihr Spaß, sie freut sich wie ein Kind an ihren Funden, knotet sie in ihr Kopftuch und jagt mit fliegenden Haaren hinter dem Karren her.

»Wo hast du eigentlich so gut reiten gelernt?« fragt Blasius, als sie wieder einmal angaloppiert kommt, ihren Fund mit einer Hand in der Luft schwenkend. »Ich habe noch nie eine Zofe gesehen, die wie ein Mann auf dem Pferd sitzt – und nicht einmal runterfällt!«

»Das will ich dir gerne glauben, *mon polisson!* Im Herbst pflegen die Stroganows auf die Jagd zu gehen und der Page, der meine Herrin begleitete, wurde von einem Eber verletzt. Am nächsten Tag befahl sie mir, sein Pferd zu nehmen und mit ihr zu reiten.«

»Das ist doch unmöglich für jemand, der gar nicht reiten kann!«

»Nichts auf der Welt ist unmöglich«, sagt Ljuba überzeugt, »es gibt nur schwierige und weniger schwierige Aufgaben! Und es war beim ersten Mal wirklich nicht leicht, auf dem Pferderücken oben zu bleiben. Ich habe mich am Sattel und in der Mähne festgekrallt und meine Herrin hat mich verspottet. Am nächsten Tag ging es schon besser und nach einer Woche wurde aus der Quälerei ein Vergnügen. Später bin ich oft frühmorgens, wenn die anderen noch schliefen, heimlich auf den Reitplatz meiner Herrschaft und habe geübt – natürlich nur, wenn sie auf Reisen war und ich nicht gebraucht wurde.«

Ein erstaunliches Mädchen, denkt Blasius einmal mehr, ich

lerne sie erst auf dieser Reise richtig kennen und höre jeden Tag etwas Neues von ihr!

Einige Tage fahren sie gemeinsam mit anderen Gespannen, die nach Pikalevo wollen, dem letzten größeren Ort auf der langen Strecke bis zum ersten Wolgahafen Rybinsk auf ihrer Route. Die Fuhrleute sind schweigsame Gesellen, aus denen man jedes Wort herauslocken muß.

»*Rasbojniki?* Räuber?«, brummen sie einsilbig auf Ljubas Fragen und schütteln ihre Zottelköpfe. Nein, Räubern seien sie noch nie begegnet. Ja, man höre von ihnen, also müsse es auch welche geben. Irgendwo in den Wäldern würden sie stecken. Nach Pikalevo gäbe es sicher viele von der Sorte, denn nach dieser Stadt höre die Welt auf.

»Tröstlich, das zu wissen!« sagt Blasius. »Vielleicht sollte ich doch eine Flinte kaufen, ehe wir ins Niemandsland kommen.«

»Spare lieber deine Rubelchen und verlaß' dich auf mich. Du hast doch gar keine Übung darin, mit einem Schießeisen Leute umzubringen. Erstens ist es umständlich: das Pulver muß trocken sein, du brauchst Feuerstein oder Zündhütchen und der Wind darf die Flamme nicht ausblasen. Treffen muß man dann auch noch, wenn alle Vorbereitungen klappen. Hast du schon einmal auf einen Menschen gezielt? Ich wette, daß du im Ernstfall absichtlich daneben schießen würdest, weil dir die armen Teufel leid tun, selbst wenn es Räuberteufel sind!«

»Ja, das würde ich wohl,« gibt Blasius zu, »wir beide lernen uns wirklich immer besser kennen!«

*

Es ist beruhigend, daß sich auch nach Pikalevo weit und breit kein Räuber blicken läßt, unbehelligt ziehen sie weiter gen Süden, Blasius lernt reiten unterwegs und ist nach den üblichen Anfangsschwierigkeiten begeistert: Der Fuchs ist nicht nur ein bildschöner Wallach, er ist auch leicht zu lenken, hat ein ausgewogenes Temperament und schwungvolle Gänge. Ljuba versucht indessen vergeblich, den Ochsen schnelleres Laufen beizubringen. Sie wechseln täglich die Plätze, und es ist ein wahres Glück, daß Ljuba reitet, als das Befürchtete und schon gar nicht mehr Erwartete dann doch eintritt.

Aus einem Wald, der an den Rändern mit dichtem Gestrüpp bewachsen ist, bricht unter lautem Gebrüll eine Horde zerlumpter, bärtiger Männer und verstellen den Weg. Sie sind mit Flinten, Pistolen und Holzprügeln bewaffnet und sehen verwegen aus. Der Fuchs wiehert hell und steigt auf die Hinterhand – eine weniger geübte Reiterin wäre nicht im Sattel geblieben, aber Ljuba hält sich tapfer oben und zügelt ihn. Sie funkelt die Männer böse an.

»Was wollt ihr?« schreit sie und ist sich im gleichen Augenblick klar darüber, welch dumme Frage sie da gestellt hat.

»Alles was ihr habt!« ruft der Anführer mit Baßstimme zurück, »alles – und dich dazu!«

»Das könnte dir so passen!« Sie gebraucht ein unfeines Wort und schaut ihn fest und direkt an.

Er ist hochgewachsen wie Blasius, aber breitschultriger, muskulöser und ein Stück älter. Sein Gesicht ist rußig, seine Haare und sein wilder Bart haben schon lange keinen Kamm mehr gesehen. Auch die Gesichter der anderen Männer sind geschwärzt und das Weiß ihrer Augen leuchtet gierig daraus hervor.

Während Blasius sich von seinem Schrecken erholt, hat sich Ljuba schon gefaßt – und sieht, daß einer der Wegelagerer an den Zündhütchen hantiert.

»*Swolotsch* – Gesindel! Waffen weg, ihr Lumpenpack, sofort – oder es wird euch leid tun!« Sie ist wütend wie eine gereizte Wildkatze und man sieht es ihr an.

Der Hauptmann lächelt spöttisch und überlegen, zeigt seine Räuberzähne und gibt seinen Leuten einen auffordernden Wink, der alles bedeuten kann – nur nicht, die Waffen zu strecken. Da stößt Ljuba ohne weitere Warnung einen kehligen Laut aus, faßt den Fuchs zwischen die Ohren, treibt ihn an und ruft ihm etwas Unverständliches zu. Ohne Zögern springt er mit einem Satz vorwärts, steigt erneut auf die Hinterhand und trommelt mit den Vorderhufen auf die Männer ein, die den Weg versperren.

Ein vielstimmiger Schreckenschrei klingt auf, die Bande ist wie gelähmt, nur der Anführer versucht mit dem Kolben seiner nutzlosen Flinte den Fuchs auf die empfindliche Nase zu schlagen. Doch während er ausholt, treffen ihn die Hufe und zerschmettern seine rechte Schulter. Der Fuchs kämpft wie ein Streitroß und sieht mit seinem gelben, gebleckten Gebiß wahrhaft zum Fürchten aus. Als die Halunken ihren Hauptmann schmerzverkrümmt am Boden sehen, ergreifen sie die Flucht und nach wenigen Minuten ist der ganze Spuk vorüber.

Blasius sitzt noch immer vorne auf dem Ochsenkarren und fühlt sich miserabel.

»Jetzt wäre mein kleiner großer Bruder Joseph in seinem Element gewesen – er hätte sich wie ein Berserker auf die Kerle gestürzt, dem nächsten den Prügel entrissen und wie mit Dreschflegeln um sich gehauen! Und ich hocke tatenlos hier und passe auf, daß die Ochsen nicht wegrennen, während du das Gesindel in die Flucht schlägst. Es ist eine Schande!«

Ljuba, die noch immer ganz atemlos ist, schaut ihn liebevoll an.

»Dafür hast du andere Talente, *mon polisson*, man muß nicht alles können.«

Blasius seufzt. »*Die* Talente hat mein Bruder auch – und wahrscheinlich noch mehr als ich.«

»Unvorstellbar!« entgegnet Ljuba und küßt ihn wieder vom Pferderücken aus, was gar nicht so einfach ist.

Ein gequältes Stöhnen unterbricht den langen Kuß.

Der Räuberhauptmann – den haben sie völlig vergessen! Er liegt im Staub der Straße, hält die verletzte Schulter mit einer Hand und das Blut quillt zwischen den Fingern durch. Direkt neben ihm grast friedlich der Fuchs und beschnuppert ihn vorsichtig mit seinen weichen Nüstern.

Ljuba kniet an seiner Seite nieder. Jetzt ist er ungefährlich, denkt sie, doch das soll sich bald als Irrtum erweisen.

»Satansbraten – was hast du vorhin gesagt? Du willst alles – und mich dazu? Das hast du jetzt davon!«

Er nickt und für den Bruchteil einer Sekunde leuchten seine Augen begehrend auf.

»Wer wollte dich denn nicht?« fragt er gepreßt und seine tiefe Stimme schwankt.

»Jeder Mann, der ein Mann ist , will ein Mädchen wie dich haben. Und du weißt das ganz genau.«

Dieses offene Bekenntnis bringt Ljuba aus der Fassung und – das muß sie sich wider Willen eingestehen – es schmeichelt ihr auch. Dieser Räuber ist ein sehr männlicher Mann.

Sie ruft sich zur Ordnung und schenkt ihm ein halbes Lächeln.

»Laß mich deine Verletzung anschauen.«

Vorsichtig schiebt sie das blutdurchtränkte Hemd zur Seite – und erschrickt über das, was der Hufschlag des Fuchses angerichtet hat: Sie sieht eine große offene Wunde, die stark blutet, die Quetschung daneben ist blaurot verfärbt und beginnt anzuschwellen. Der Knochen muß gebrochen sein.

»Wo sind deine Spießgesellen?« fragt sie.

»Das siehst du doch – weggelaufen!«

»Werden sie wiederkommen und dich holen, die Helden?«

Kaum merklich schüttelt er den Kopf.

»Warum sollten sie? Ich bin jetzt unbrauchbar, nur eine Last.«

Er schließt die Augen.

Leicht und beruhigend legt Ljuba ihre Hand auf die schmutzige Pranke seines unverletzten Armes. Blasius ist inzwischen vom Karren heruntergeklettert und ärgert sich maßlos über sich selbst, über die Tatsache, daß er nicht sofort reagiert und eingegriffen hat. Aber der ganze Überfall spielte sich tatsächlich in Minuten ab.

Als Ljuba ihn anspricht, ist er sofort einverstanden mit ihrem Vorschlag, nicht ahnend, welch folgenschweren Fehler er damit begeht.

»Wenn wir den Mann zurücklassen, kann er sterben, so wie er zugerichtet ist. Er sagt, seine Kumpane scheren sich einen Dreck um ihn, wenn wir weg sind – sie wollen einen starken, gesunden Anführer.«

»Dann nehmen wir ihn eben ein Stück mit, wenn du meinst. Kennst du dich mit Verletzungen aus?«

»Ein bißchen. Mein Großvater war Bader und verstand etwas von der Heilkunst. Ich habe ihm oft über die Schulter geschaut. Aber wir haben keine Medizin dabei, das weißt du ja.«

Sie geht zurück zu dem Verletzten, der blaß ist und kaum hörbar stöhnt.

»Wie heißt du?«

»Alexander.«

»So hießen viele große Männer: Menschikow, Puschkin und Ostrowski zum Beispiel, sogar ein Zar. Wärst du Feldherr, Dichter oder Dramatiker geworden anstatt Räuber, dann ginge es dir jetzt besser! Aber wir versuchen, dir trotzdem zu helfen und ich kümmere mich um deine Verletzungen. *Saglasen* – einverstanden?«

Welche Frage! Ein dankbarer Blick belohnt sie und in diesem Blick erkennt sie neben dem Schmerz ein Verlangen, das sie mehr berührt als sie wahrhaben möchte.

Ljuba ruft sich erneut zur Ordnung und konzentriert sich. Vorsichtig tastet sie über die Schulter und den unnatürlich abgewinkelten Arm. Kein Zweifel, dieser Arm ist ausgerenkt und das Schlüsselbein gebrochen, womöglich auch das Schulterblatt und der Oberarmknochen.

Sie hat nichts, womit sie ihm helfen kann, als ihren gesunden Menschenverstand und die ferne Erinnerung an die Arbeit des Großvaters. Wie war das noch? Blätter vom Spitzwegerich und angesetzte Arnikablüten hat er als Heilpflanzen benutzt – aber hier gibt es weder das eine noch das andere. Und beides würde im Augenblick nichts nützen, später erst. Zunächst muß der Arm eingerenkt werden.

»Beiß' die Zähne zusammen, *Sascha!*«

Sie nimmt den Arm fest in beide Hände und zieht ihn mit einem kräftigen Ruck in seine natürliche Stellung zurück. Sie macht das so rasch und geschickt, daß ihr Patient keine Zeit hat, sich zu verkrampfen und nur mit einem unterdrückten Aufschrei zusammenzuckt. Daß sie ihn mit seinem Kosenamen anspricht, gibt ihm die Kraft, den Schmerz klaglos zu ertragen. Sie preßt die Ränder der klaffenden Wunde leicht zusammen, stillt vorübergehend das Blut und legt ein mit Wodka getränktes reines Tuch darüber.

»Es ist vorbei. Mehr kann ich jetzt nicht tun. Trink' einen Schluck Wodka und versuche zu schlafen.«

Sie streicht mit den Fingerspitzen über seine breite Brust und über den gesunden Arm, auf dem sich die lockigen Haare kringeln und das ist eine wundersame Medizin, besser als alles andere.

Blasius gefällt die Fürsorge nicht, die sie diesem Straßenräuber angedeihen läßt, doch er schweigt, denn eigentlich ist es Christenpflicht und schließlich hat sie die Wegelagerer abgewehrt, nicht er. Gemeinsam helfen sie Alexander auf den Wagen – genau in den schmalen Platz zwischen den Packen, in dem sie sich im Sonnenschein geliebt haben.

Im nächsten Dorf fragt Ljuba nach der Hebamme, die zumeist auch heilkundig ist – und diese Hebamme ist kaum älter als sie selbst, eine tatkräftige, hilfsbereite junge Frau. Behutsam tastet sie den Patienten ab und macht ein bedenkliches Gesicht

»Ich kann nichts Genaues fühlen, aber ich glaube auch, daß mehrere Knochen gebrochen sind. Der Arm darf nicht bewegt werden und wird Zeit brauchen, um zu heilen. Wenn ihr wollt, kann ich Hammelfett besorgen: Wir erwärmen es, drücken es in flache Platten und legen es auf die Verletzungen. So paßt es sich der Körperform an, man kann Schulter und Brust damit verpacken. Wenn es dann erkaltet, wird es hart: der Patient kann wieder aufstehen und die Verletzung heilt dennoch.«

Ljuba ist froh über das Angebot und während die Hebamme das Fett flachpresst, wäscht sie Blut und Schmutz von ihrem Patienten. Dann packen sie ihn gemeinsam in den Fettpanzer, Blasius wickelt Stoffstreifen darum und zuletzt sieht die obere Hälfte des russischen Räubers Alexander aus wie eine ägyptische Mumie.

10

Nun sind sie zu dritt unterwegs und Blasius kommt endlich dazu, die Frage zu stellen, die ihn die ganze Zeit über beschäftigt: Wie hat Ljuba den Fuchs dazugebracht, die Wegelagerer anzugreifen?

»Das war meine Geheimwaffe! Dabei ist es gar kein Geheimnis. Der Fuchs gehörte einem Kosaken, der ihn das gelehrt hat. Die Kosaken trainieren ihre Pferde oft für den Kampf und trennen sich nur in Not von ihnen. Der frühere Besitzer des Fuches war in einer solchen Notlage, als er ihn an den Grafen Stroganow verkaufte.«

»Und wer hat dir verraten, wie du ihn zum Angreifen bringst?«

»Der Kosak selbst. Er konnte es nie verwinden, daß er sein Pferd weggeben mußte und kam immer wieder in den Stall, um es zu besuchen. Da traf ich ihn und er hat mir davon erzählt. Ich habe es dann ausprobiert, als ich heimlich geritten bin – und es stimmte!«

»Jetzt wird mir manches klar. Deshalb wolltest du ausgerechnet dieses Pferd haben und nicht irgendeines.«

»Genau! Wir mußten ja damit rechnen, daß wir unterwegs auf

Räuber treffen, eine ganze Wagenladung wertvoller Handelsware ist immer gefährdet. Und da dachte ich, der Kosaken-Fuchs ist ein besserer Schutz als ein Schießeisen, das nicht losgeht!«

»Richtig, das haben wir ja gesehen. Ich kann nur hoffen, daß wir nicht noch einmal solchen Halunken begegnen und am Ende einen zweiten Häuptling mitnehmen müssen – der eine, den wir haben, reicht mir schon!«

Er wirft einen ärgerlichen Blick nach hinten, wo Alexander zwischen den Kisten und Kasten liegt und Schlaf vortäuscht. In Wirklichkeit hat er jedes Wort mitgehört und seine Bewunderung für Ljuba wächst. Sie hat ihm von der ersten Sekunde an gefallen – wie sie furchtlos auf dem Pferd saß, klein, hübsch und frech und ihn anschrie. Ein Prachtmädchen, denkt er, *molodjez!* Keinen Funken Angst hat sie, nicht mal vor mir! Ein Teufelsmädchen obendrein – und ein Teufelspferd! Wenn dieser vermaledeite Fuchs nicht wäre, würde ich jetzt nicht elend mit zerschlagener Schulter auf diesem Karren herumliegen, dann hätte ich sie gepackt und mitgenommen in unser Lager und sie wäre meine Frau, freiwillig oder mit Gewalt. Jede Nacht könnte ich sie in die Arme nehmen, nein, sie würde sich nicht wehren, freiwillig, ich bin ganz sicher, ich kann es spüren.

Blasius hängt anderen, ganz ähnlichen Gedanken nach: Wenn dieser vermaledeite Halunke nicht wäre, könnte ich jetzt Ljuba lieben, am hellichten Tag im Sonnenschein, verborgen zwischen den Kisten mit den Uhren, wie schon einmal... der Kerl ist ein Störenfried, wäre er nur da, wo der Pfeffer wächst oder zumindest wieder bei seinen ungewaschenen Spießgesellen...

Und Ljuba stellt fest, daß es ein Irrtum war, einen verletzten Räuber für ungefährlich zu halten. Zumindest *dieser* Mann ist gefährlich. Die Art, wie er sie ansieht, geht ihr unter die Haut und wenn er wie zufällig ihre Hand berührt, springt ein Funke über. Noch nie hat ein Mann so direkt und unverblümt zu ihr gesagt: Ich will dich! Natürlich ist das eine Frechheit, es ist unverschämt, aber es hat auch einen prickenden Reiz. Diese Worte kommen kein zweites Mal über seine Lippen, aber das ist auch nicht nötig: Sie liest sie in seinen Augen, wenn immer sie sich in seiner Nähe aufhält.

Was ist nur mit mir los, fragt sie sich? Wieso läßt mich das nicht kalt? Ich liebe Blasius, ich könnte keinen Besseren finden als ihn. Er ist zärtlich und warmherzig, sieht blendend aus mit seinen blonden Haaren und den dunklen Augen. Was noch? Ein tüchtiger Handwerker und geschickter Kaufmann ist er, dabei redlich und grundanständig. Und außerdem ein guter Liebhaber – Herz, was begehrst du mehr? Sogar der Gräfin Anna Iwanowna hat er gut gefallen, allzugut.

Vielleicht bin ich ein bißchen verrückt, denkt sie, vielleicht habe ich einen Sonnenstich oder Fieber und brauche nichts als ein kaltes Bad.

Sie reitet zu Blasius, beugt sich zu ihm und umarmt ihn demonstrativ.

»Ich reite zum Fluß, um ein Bad zu nehmen und komme dann hinter euch her.«

»Laß dir dein Gewand nicht stehlen, wer weiß, ob diese Banden nicht auch hier ihr Unwesen treiben. Schade, daß ich nicht mitkann.«

»Solange die Räuber nur mein Gewand wollen und nicht meine Unschuld, ist es halb so schlimm!« lacht sie und trabt davon.

Das Wasser des Flusses ist eiskalt, doch sie läßt sich nicht abschrecken und taucht hinein. Ein, zwei, drei Mal – dann läßt sie die Sonne die glitzernden Wassertropfen auf ihrem glatten jungen Körper trocknen. Sie streicht langsam mit den Händen über ihre Brüste, den flachen Bauch und die Schenkel, spürt wie die Sonnenstrahlen ihre Haut wieder erwärmen und schließt einen Moment die Augen. Wenn Sascha mich hier sehen könnte, würde ihn nicht einmal die kaputte Schulter davon abhalten, mich zu nehmen – jetzt, hier am Flußufer, sofort, ohne Zögern – und niemand könnte ihn daran hindern, Tod und Teufel nicht und Blasius auch nicht.

Sie öffnet die Augen wieder, schlüpft in ihre Kleider und denkt: Das kalte Bad war für die Katz!

Der Fuchs kommt von der Wiese, auf der er gegrast hat, und reibt seinen Kopf an ihr. »Du Guter, du hast keine solchen Probleme«, sagt sie zu ihm und krault seine Mähne, »was soll ich nur machen?« Sie füllt die beiden Wassersäcke aus Ziegenhaut, bindet sie zu und hängt sie vor den Sattel.

Eine halbe Stunde später hat sie den Wagen wieder eingeholt. Blasius mustert den Himmel mit gerunzelter Stirn. »Schau mal hinter dich, da zieht eine Wolkenwand auf, die nichts Gutes verspricht. Ich fürchte, das Bad hättest du dir sparen können, gleich kommt das Wasser von oben!«

Der Wald endet an einer Wegbiegung und sie bleiben im Schutz der Bäume, um das Gewitter abzuwarten. Blasius spannt die Ochsen aus und läßt sie weiden, Ljuba holt Planen vom Wagen, um mit den langen Tragbäumen der Deichsel eine Art Zelt zu bauen. Als sie dabei nach Alexander sieht, erschrickt sie: Vom Fieber geschüttelt, liegt er auf den Holzplanken und versucht sein Stöhnen zu unterdrücken.

»Es ist so heiß, ich habe Durst«, flüstert er, als der erste kalte Windstoß das Unwetter ankündigt. Sie flößt ihm Wasser ein und er umklammert ihre Hand, die er an seine rissigen, aufgesprungenen Lippen führt.

Sanft macht sie sich frei. »Laß mich, *Sascha* , ich muß unsere Sachen verstauen, es kommt ein schlimmes Gewitter.«

An beiden Seiten des Wagens zurren sie hastig die Planen fest, Blasius hat ihr provisorisches Zelt wieder zerlegt, es hätte dem Sturm nicht standgehalten.

Von fern klingt ein tiefer, grollender Ton wie das Murren eines gereizten Panthers. Dann wird es beängstigend still – und diese kurze Stille wird von einem Knall abgelöst, schärfer und lauter als ein Peitschenschlag. Die Wolkenwand hat mit rasender Geschwindigkeit den Himmel verdunkelt und mit einem bleiernen Schwarzgrau überzogen. Der erste grelle Blitz zuckt darüber und ein langezogenes, johlendes Heulen kündigt den Sturm an.

Fauchend und brüllend dringt er in den Wald ein, knickt Äste, entwurzelt Bäume, rüttelt mit Eisenfäusten an dem Wagen und hätte ihn umgeworfen, wenn er nicht Halt am Stamm einer riesigen Kiefer gefunden hätte. Dieser Baum schützt sie und sie beten darum, daß er keinen der Blitze anzieht, die immer größer und greller werden.

Blasius und Ljuba kauern eng umschlungen in die letzte Plane gewickelt neben dem Karren auf der Erde. Der Donner kracht jetzt direkt über ihnen, ein Schlag nach dem anderen. Dann ist das Toben der Naturgewalten fast schlagartig zu Ende – und der Regen kommt. Er fällt nicht, er stürzt vom Himmel, nicht in einzelnen Tropfen, nein in ganzen Fluten, als wolle er die Welt unter sich ertränken. Sie werden naß bis auf die Haut und sitzen in einer Wasserlache, als das Gewitter zu Ende ist.

Die unnatürliche Finsternis verschwindet und geht über in graues Dämmerlicht.

»Wir können von Glück sagen, daß wir noch im Wald waren, als es losging,« meint Blasius, »ich weiß nicht, ob wir in der Ebene schutzlos überlebt hätten. Hoffentlich finden wir morgen früh die Tiere wieder.«

Mühsam knüpft Ljuba die nassen Knoten auf, die die Plane über dem Wagen gehalten haben und klettert hinein. Ihr Patient liegt im Trockenen und glüht im Fieber. Das Rütteln des Sturmes am Wagen muß ihn gegen die Kisten geworfen haben, denn die Wunde an der Schulter ist wieder aufgebrochen. Der Fettpanzer hat viele Risse bekommen, aus denen das Blut sickert – und sie hat keinen Fetzen trockenen Stoffes mehr, mit dem sie ihn verbinden kann. So reißt sie ihr Kopftuch in der Mitte durch, wickelt die eine Hälfte um die Schulter und kühlt mit der anderen Hälfte seine heiße Stirn.

Inzwischen ist es dunkel geworden. Sie können kein Feuer machen, nicht einmal Tee kochen, auch die nassen Kleider nicht wechseln, weil die trockenen festverpackt in einer der unteren Kästen stecken.

Beide zittern vor Kälte und Alexander glüht vor Fieber. Das bringt Ljuba auf eine Idee. »Der einzige Platz, an dem wir trocken liegen können, ist auf dem Wagen. Rücken wir die Kisten ein wenig zur Seite, haben wir alle drei Platz und wenn wir meinen Patienten in die Mitte nehmen, wärmt er uns beide. Was meinst du dazu?«

»Ich soll mich neben einen Räuber legen?« fragt Blasius entrüstet, »bist du närrisch?«

Schon möglich, denkt sie, sogar wahrscheinlich. Laut aber sagt sie mit milder Stimme:

»Es ist ein vernünftiger Vorschlag, es gibt keinen besseren. Und wenn du nicht magst, schlafe ich eben alleine da oben.«

Das wäre nun das Letzte, das Blasius will! Und deshalb verbringen sie die Nacht zu dritt unter der Plane und schlafen alle drei schlecht: Blasius, weil es ihm widerwärtig ist, neben einem Mann zu liegen, noch dazu neben einem *rasbojnik*, einem Wegelagerer, der ihn um Hab und Gut und vermutlich sogar ums Leben bringen wollte.

Alexander, weil ihn Schmerzen und Fieber quälen und ihn gleichzeitig Ljubas Nähe aufregt. Und sie, weil sie seinen Körper neben sich spürt und dieses Gefühl sie in einen unwirklichen Schwebezustand versetzt. Ihre Hand tastet nach der Seinen, berührt sie ein einziges Mal mit den Fingerspitzen – und sofort springt der Funke wieder über.

*

Das Unwetter hat nicht nur Bäume entwurzelt, auch die Straße steht auf weite Strecken unter Wasser und wo es abfließt, hinterläßt es zähen, klebrigen Schlamm.

Die Ochsen sind am nächsten Morgen bald entdeckt, sie haben Zuflucht im Wald gefunden und der Fuchs kommt von alleine zurück. An Weiterfahren aber ist nicht zu denken, sie müssen abwarten bis die Sonne die aufgeweichte Straße trocknet, um nicht im Morast steckenzubleiben.

Blasius ist ungeduldig und verdrossen.

»Wenn wir rechtzeitig zum großen Sommer-Handelsmarkt nach Nischnij Nowgorod kommen wollen, müssen wir uns beeilen. Der Landweg ist noch weit und der Wasserweg nicht minder.«

»Das ist richtig«, pflichtet ihm Ljuba bei, »aber es nützt nichts, wenn wir jetzt aufbrechen und steckenbleiben. Wir können den Tag nutzen, um Feuerholz zu sammeln und zu trocknen – die Zeit sparen wir in der nächsten Woche ein. Und Alexander wird ein Ruhetag auch guttun.«

Das hätte sie besser für sich behalten. Blasius wirft einen ärgerlichen Blick auf den Wagen. »Alexander! Du redest von dem Kerl, als wenn er ein Freund wäre. Er ist ein Verbrecher, vergiß das nicht! Er wollte uns beide umbringen!«

Mich nicht, denkt Ljuba und sagt laut: »Du siehst ja, wir leben noch!«

»Aber das ist dein Verdienst, nicht seiner! ›Ein Stück‹ nur wollten wir ihn mitnehmen, jetzt fällt er uns schon eine Woche zur Last und du spielst die barmherzige Samariterin. Das paßt mir nicht! Die nächste Kleinstadt, durch die wir kommen, ist Medvedevskoje, da gibt es Gendarmerija oder Militär, da werden wir ihn lassen.«

»Nein, das werden wir nicht,« entgegnet Ljuba eine Spur zu schnell, »er hat Fieber, die Wunden sind gestern wieder aufgebrochen. Und die Strafen des Militärs kennst du nur zu gut.«

Gegen seine eigene Überzeugung sagt Blasius: »Er hat den Tod verdient und es ist nur gerecht, wenn er verurteilt wird, egal wozu! Wir waren bestimmt nicht seine einzigen Opfer – wir sind ihm nur als einzige entkommen.«

Sie streiten sich zum ersten Mal in ihrem Leben und gleich so heftig, daß sie für den Rest des Tages nichts mehr miteinander reden und jeder stumm seiner Arbeit nachgeht. Aus Trotz macht Ljuba ihrem Patienten mehr kalte Umschläge als nötig, kämmt seinen verwilderten Haarschopf, stutzt den schwarzen Bart und wehrt die Hand ab, die sie liebkosen möchte.

Blasius schleppt abgebrochene Äste herbei und zerhackt sie mit der Axt wütend zu Feuerholz, eine Arbeit wie geschaffen für jemand, der seinen aufgestauten Zorn loswerden muß. Er hat einen von einem dicken Ast erschlagenen Hasen gefunden, zieht ihm das Fell über die Ohren und Ljuba bereitet in dem Eisenkessel ein köstliches Wildgericht.

»Es ist ein Festessen«, sagt sie, als das Fleisch mürbe ist, »statt zu zanken, sollten wir lieber feiern, daß es uns nicht ergangen ist wie dem Hasen. Ich wollte dich nicht kränken. Komm, laß uns einen Schluck darauf trinken, daß wir ein solches Unwetter heil überstanden haben.«

»Mir tut es auch leid wegen des Streits. Du weißt, ich bin nicht launisch, aber heute früh ist mir die berühmte Laus über die Leber gelaufen. Bitte vergiß es und sei mir nicht mehr gram.«

Sie nickt, dankbar für die Harmonie, die sich wieder einstellt und hütet sich, mit dem einzigen Glas, das sie haben, zum Wagen zu gehen. Blasius stellt das mit Genugtuung fest und nimmt sich vor, so unerfreuliche und unnötige Dispute in Zukunft zu vermeiden.

Gestern hat der Sturm dem Wald schlimm zugesetzt, aber heute ist der Himmel blankgefegt und die letzten Wolken sind vertrieben. Die frischgewaschene Natur wird von Wind und Sonne getrocknet, der würzige Geruch von Harz und Kiefernnadeln steigt in der abendlichen Wärme vom Boden auf.

Ljuba und Blasius laufen Hand in Hand den Waldrand entlang, bis sie eine mit Laub gefüllte Mulde finden, die weit von ihrem Wagen entfernt ist. Seit dem Überfall haben sie sich nicht mehr in den Armen gehalten und Blasius ist glücklich über die Zärtlichkeit, die ihm Ljuba in dieser Nacht schenkt.

Er merkt nicht, daß in ihrer Hingabe Verzweiflung mitschwingt.

*

Vom nächsten Morgen an ziehen sie in Eilmärschen weiter, passieren Medvedevskoje und es ist keine Rede mehr davon, den Räuber Alexander seiner gerechten Strafe zuzuführen.

Je näher sie ihrem ersten Ziel Rybinsk kommen, desto belebter werden die staubigen Straßen. Seit dem Unwetter hat es nicht mehr geregnet, ein Glück für die Reisenden und ein Unglück für die Bauern, denen die Saat auf dem Feld vertrocknet.

Viele Arten von Fahrzeugen treffen an den Knotenpunkten der Straßen wie Lentjevo und Ust'uzna zusammen: Klobige *talegas*, wie die federlosen, aus rohen Brettern gezimmerten Fuhrwerke genannt werden, *tarantas* , einfache gedeckte Planwagen wie der von Blasius, aber auch leichte, einspännige *kaleschen* – und alle haben den Wolgahafen Rybinsk zum Ziel.

Schafherden mit blökenden Lämmern und mit schweren Säcken beladene Packpferde werden auf der Straße entlang getrieben und nach der langen einsamen Wegstrecke freuen sie sich über die Gesellschaft der Mitreisenden.

Ljuba hat sich redlich Mühe gegeben, den Wirrwarr ihrer Gefühle zu ordnen, aber es ist ihr nicht gelungen. Der Zwiespalt zerreißt ihr das Herz. Bisher war die Liebe mehr ein Spiel für sie, heiter, leicht und fröhlich und sie hätte jeden ausgelacht, der ihre Zuneigung zu Blasius in Frage stellte. Sie ist überzeugt, ihn aufrichtig zu lieben und kann keine Erklärung finden für die Zweifel, die sich eingeschlichen haben. Blasius hat sich nicht verändert. Er ist liebenswert wie immer und außer dem einzigen Mal haben sie sich nicht mehr gestritten.

Wenn aber er sich nicht verändert hat, muß es an ihr liegen und den Grund dafür kennt sie genau: Er geht aufrecht und kraftvoll mit weiten Schritten neben dem Ochsenkarren her, mit staubigen, zerrissenen Schuhen, löchrigen Beinkleidern und einem verblichenen blauen Kittel, der über der Brust spannt. Er schaut nicht viel anders aus als bei dem Überfall, oder doch: Seine dichten Haare sind weniger zerzaust, der schwarze Bart ist kürzer und sein Gesicht nicht mehr rußig, es zeigt aber die gleiche entschlossene Wildheit wie damals. Und seine Augen – die sind das Gefährlichste an dem ganzen Mann: Sie können sprechen, können ohne ein einziges Wort ausdrücken, was er will. Sie können Enttäuschung, Schmerz, Zorn, Liebe und Verlangen widerspiegeln.

Selbst in diesem erbärmlichen Gewand ist er jeder Zoll ein Anführer, gewohnt Befehle zu erteilen. Selbst als er niedergeschlagen, blutend und verletzt im Staub der Straße lag, hatte Ljuba das Gefühl: Dies ist der männlichste Mann, dem ich je begegnet bin.

Und nun ist er fast geheilt. Ja, Alexander Jurjewitsch Gratschjow, hat sich schneller erholt als erwartet. Nachdem das Fieber abgeklungen war, schlossen sich die Wunden und die Knochen begannen zusammenzuwachsen: der starre Fettpanzer zeigte eine erstaunliche Heilwirkung. Trotz Schmerzen bewegte er den Arm vorsichtig, sobald es möglich war und als er sich wieder auf den Beinen halten konnte, begann er neben dem Ochsenkarren herzulaufen, kurz nur am Anfang, dann stundenweise und zuletzt den ganzen Tag.

Seit sie ihn nicht mehr pflegt, hat Ljuba jede Nähe zu ihm vermieden, denn sie weiß, was dann geschieht. Sie versucht auch seinen Blicken auszuweichen, aber das ist kaum möglich: Sie haben eine magische Anziehungskraft.

Das Ende ihres gemeinsamen Weges ist nun gekommen, sie sind im Hafen von Rybinsk angelangt, werden sich trennen und nie wiedersehen. Ihr Herz wird schwer wie ein Mühlstein bei dem Gedanken.

Blasius, der von alledem nichts ahnt, kommt vergnügt pfeifend zurück zum Wagen. »Dracula hat wieder mal recht gehabt«, sagt er, »ich habe fast den doppelten Preis für die Ochsen erzielt. Davon können wir nicht nur das Schiff nach Nischnij Nowgorod bestreiten, sondern dort auch noch ein Weilchen davon leben.«

Ljuba hört kaum zu, nickt und sucht in der Menschenmenge ringsum, die hohe Gestalt Alexanders zu erspähen. Ob er sich ohne Abschied aus dem Staub gemacht hat? So wird es wohl sein. Und sicher ist es besser so.

In diesem Moment sieht sie ihn, erkennt ihn aber nicht sofort, denn er trägt eine *tscherkessa*, das halblange Männergewand der kaukasischen Völker, das auf der Brustseite aufgenähte Patronentaschen hat. Dazu einen *beschmett*, den Leibrock der Tartaren über hohen Lederstiefeln. Am Gürtel hängt ein *kandschar*, ein Hiebmesser mit schwerer Klinge und in der Hand hält er drei Papierstreifen, von denen er zwei Blasius und Ljuba übergibt.

»Unser Schiff legt morgen ab«, sagt er und weidet sich an ihrer Verblüffung, »ich habe mir erlaubt, die Karten für euch zu kaufen – als Gegenleistung für Krankenpflege, Essen und Transport hierher. Das war leicht zu bezahlen, weil ich ein paar Goldstücke in die Beinkleider eingenäht hatte. Den Dank muß ich euch schuldig bleiben. Vielleicht bringt die Zukunft eine Chance, mich erkenntlich zu zeigen.«

11

Der Dampfer ist mehr ein großer, tiefliegender Schleppkahn mit einem hölzernen Aufbau in der Mitte. Die Waren werden im Laderaum unter Deck verstaut. Menschen, Tiere, Wagen und besonders sperrige Kisten bleiben oben und bei Regen bietet der Aufbau Schutz für die Passagiere, wenn sie sich so eng zusammendrängen wie die Fische im Netz.

Die Ochsen sind sie los, den Fuchs nehmen sie mit und er hilft willig, den Karren über die schwankenden Planken an Deck zu ziehen. Blasius akzeptiert das Angebot Alexanders mit gemischten Gefühlen: Einerseits ist es rechtens, denn sie haben ihn gepflegt, verköstigt und über eine weite Wegstrecke transportiert. Andererseits möchte er nichts von einem Mann, der ihn berauben und umbringen wollte.

Ljuba hat keine Skrupel dieser Art. Sie kann es selbst nicht verstehen, aber sie ist nichts als glücklich, glücklich darüber, daß Sascha mit an Bord kam und nicht in Rybinsk seiner Wege ging wie sie befürchtet hat.

Das Schiffsdeck ist durch die unterschiedlichsten Ladungen ein wahres Labyrinth geworden und sobald sich eine Gelegenheit bietet, gibt Alexander Ljuba einen Wink und zieht sie in einen dieser versteckten Winkel.

Er macht keine langen Umschweife und drückt sie mit seinem gesunden Arm an sich, daß sie kaum noch atmen kann. Er küßt sie nicht und dennoch ist es, als würde der Boden unter ihren Füßen versinken – es ist das gleiche Gefühl bebender Vorfreude, das sie aus der Gewitternacht kennt, ein unbeschreibliches Gefühl, das sie niemals zuvor empfunden hat.

»Hör' mir gut zu, *Ljubimaya*«, sagt er eindringlich. »Wir haben nicht viel Zeit, ungestört zu reden. Ich weiß, wie es um dich steht, du kannst dich nicht verstellen – ein Blinder würde es sehen, jedermann sieht es, außer deinem Blasius. Du willst mich haben und ich dich – kein Mann kann eine Frau mehr begehren. Sträube dich nicht länger dagegen, es hilft nichts. Wolltest du Blasius etwa heiraten?«

Sie schüttelt den Kopf und fühlt sich zu schwach, etwas zu sagen.

»Gut. Er ist nicht der Rechte für dich: ein hübscher, großer Junge, aber viel zu weich. Du würdest ihn immer wieder betrügen und ihr würdet nur unglücklich. In dir ist so viel Sinnlichkeit, daß dich nur ein starker Mann halten kann. Wir beide ergänzen uns und sind füreinander bestimmt. Willst du es ihm sagen oder soll ich es tun?« Und ohne eine Antwort abzuwarten, küßt er sie und bei diesem Kuß verliert sie den letzten Rest Boden unter den Füßen.

Das Schiff gleitet ohne Dampfkraft durch die Strömung des gewaltigen Stroms flußabwärts, vorbei an den Wolgastädten Jaroslavl und Kostroma in Richtung Kinesma.

Blasius hat an Bord Händler und Kaufleute aus vielen Teilen des großen Zarenreiches getroffen, die alle zu dem großen Sommermarkt nach Nischnij Nowgorod wollen, einige zum ersten Mal, andere kommen alljährlich. Seine Gespräche mit ihnen geben Ljuba und Alexander Gelegenheit, sich wieder in ihrem Winkel zurückzuziehen.

Solange sie alleine ist, behält die Vernunft Oberhand und sie denkt: Bist du von allen guten Geistern verlassen? Was willst du mit einem Räuber anfangen?

Aber sobald sie seine Nähe spürt, fliegt die Vernunft auf leichten Flügeln davon und sie weiß wohl, was sie mit diesem Räuber anfangen will – und er mit ihr. Alles andere wird bedeutungslos daneben.

Nur einmal rafft sie sich auf und fragt ihn, ob er schon immer mit seinen Spießgesellen in den Wäldern gehaust und Leute überfallen habe?

»Wie kannst du das glauben, *Milaya* ?« fragt er und lächelt amüsiert.

»Ich komme aus dem Kaukasus und habe als Offizier *in Grusinien* bei dem Fürsten Tarkanow gedient. Ich bin da unten in den Bergen geboren. Meine Großeltern waren Russen und wurden von der großen Katharina verbannt, gnadenhalber nicht nach Sibirien. Welches Schicksal mich wieder in den Norden verschlagen hat und zu einem Banditen werden ließ, ist jetzt unwichtig. Vielleicht erzähle ich es dir später einmal. Wichtig ist nur, daß diese Zeit meines Lebens vorbei ist und ich mein Brot auch auf andere Weise verdienen kann. Du mußt mir nur vertrauen und dich entscheiden.«

Ljuba ist klar, daß sie keine Wahl mehr hat und die Entscheidung schon gefallen ist. Dennoch schiebt sie die Aussprache mit Blasius hinaus bis sie kurz vor Nischnij Novgorod sind, dann erst wagt sie es, ihm die Wahrheit zu sagen.

*

Es regnet in Strömen, als das Schiff am Pier der großen Handelsstadt anlegt. Barfüssige Kulis bieten ihre Dienste als Lastträger an, Kutscher winken diensteifrig zu ihren *kaleschen*, fliegende Händler preisen mit lauter Stimme *pelmenjis* und *piroggen* an, gefüllte Teigtaschen und Pasteten.

Blasius sieht alles wie durch einen Schleier und erledigt mechanisch, was getan werden muß. Er spannt den Fuchs vor den Wagen und lenkt ihn vorsichtig über die breiten Holzplanken an Land.

Er bahnt sich den Weg durch das Gewimmel am Hafen, biegt in die nächste Straße ein und merkt erst hier, daß er gar nicht weiß, wohin er will.

Ist das ein Alptraum, fragt er sich? Es kann doch nicht wahr sein, daß mich Ljuba verlassen will wegen eines hergelaufenen Räubers? Zwei Jahre waren wir ein Herz und eine Seele, noch auf dem Schiff hat sie mir das Gefühl gegeben, daß sie mich inniger liebt als je zuvor. Wie ein Turteltäubchen war sie. Soviel Zärtlichkeit kann doch nicht gespielt sein ?

Empörte Rufe reißen ihn aus seinen Gedanken, er hat nicht bemerkt, daß er stehengeblieben ist und mit dem Wagen eine Straßenseite blockiert. Er blickt sich um und sieht den jungen Armenier Ashot, mit dem er an Bord schon oft geredet hat.

»Verzeih meine Ungeduld, Brüderchen, ich wußte nicht, daß du es bist! Ich wollte nur rasch vorankommen, ehe die anderen die besten Quartiere belegen.«

Seine freundlichen Worte bringen Blasius aus seinem Alptraum zurück in die Wirklichkeit. »Kennst du einen guten Platz?«

»Natürlich«, antwortet Ashot, »ich bin schon zum dritten Mal hier und bleibe immer im Logierhaus der Witwe Ketanjan in der Koralienka-Straße, mitten in der Altstadt. Sie ist auch Armenierin, kocht für ihre Gäste und kocht riesige Mengen, weil die meisten junge Leute einem Bärenhunger haben. Willst du mitkommen? Dann können wir uns ein Zimmer teilen. Wenn du mich vorbeiläßt mit meinem Wagen, fahre ich voraus.«

So beginnt an diesem Tag, an dem er Ljuba verloren hat, Blasius' Männerfreundschaft mit Ashot, die lange Jahre dauert und die beiden über viele tausend Werst gemeinsamer Wege begleiten wird.

Die Witwe Ketanjan wiegt fast zwei Zentner, hat ein großes Herz und große Kochkessel. In einem davon brodelt ein Pilaw, ein würziges Gericht aus Reis, Hammelfleisch, Zwiebeln, Knoblauch, Pfefferschoten und Tomaten. Es riecht herrlich und erweckt Blasius aus seinem betäubten Zustand.

»Komm her, Söhnchen und setz dich zu uns an den Tisch«, sagt sie und tätschelt sein Gesicht, »iß und trink tüchtig, du bist dünn und blaß wie ein Hühnergeist und hast hohle Wangen. Das werden wir bald ändern!«

In ihrer Kammer stehen zwei Bettgestelle mit sauberen Strohsäcken und ein Holzkasten für Kleider. So nobel hat Blasius seit Ladoga nicht mehr übernachtet, aber kaum sitzt er auf der Bettkante, überkommt ihn sein Elend von neuem, er schlägt die Hände vor's Gesicht und weint.

Ashot kennt solche Zustände, Armenier und Russen sind gemütvolle Menschen und es gilt hier auch für einen Mann nicht als Schande, wenn er in einem großen Kummer seinen Tränen freien Lauf läßt. Nur einen *Nemez*, einen Deutschen, hat er noch nie weinen sehen, überhaupt keinen Westeuropäer – und er kennt einige von der Sorte. Das befremdet ihn, aber er wartet geduldig ab, bis sich sein neuer Freund beruhigt hat.

»Einer so hübschen und lustigen Frau darf man ruhig nachweinen«, sagt er endlich, »willst du mir sagen, warum sie dir weggelaufen ist?«

»Wenn ich es nur wüßte! Es kam aus heiterem Himmel, sie hat mich geliebt bis zuletzt – und plötzlich liebt sie einen anderen! Wie soll ich das begreifen?«

»Den großen Kaukasier mit der *tscherkessa*?«

»Ja, genau den. Und weißt du was? Er ist ein Räuber.«

Das überrascht Ashot nicht im geringsten.

»Diese Kerle vom Kaukasus sind alle Räuber – damit meine ich natürlich die Mohammedaner, nicht die Christen. Sie nehmen sich, was sie kriegen können: Pferde, Geld, schöne Frauen, Schafherden – es ist wie ein Sport für sie!«

»Aber Ljuba – ich kann es nicht glauben.«

»Du *mußt* es glauben! Kaukasier geben nie wieder her, was sie gestohlen haben – außer du eroberst es dir im Kampf zurück. Willst du das oder willst du dich rächen?«

»Nein, in mir sträubt sich alles gegen Gewalt. In einem Kampf gegen einen solchen Haudegen hätte ich ohnehin keine Chance und mein Mädchen könnte ich damit auch nicht zurückgewinnen. Wozu also?«

»Das ist eine klare Einsicht«, stellt Ashot fest, »dann laß dein Herz um die verlorene Liebe trauern, bis es wieder froh sein kann. Ich weiß von mir selbst, wie lange das dauert. Und in der Zwischenzeit gibt es nur eine einzige Medizin gegen den Kummer: Arbeit – und diese Medizin ist kostenlos, denn in einer Woche beginnt das große Feilschen beim Sommer-Handelsfest in Nischnij Nowgorod, das uns hier zusammengebracht hat.«

*

Wer nie das Getriebe eines solchen Weltmarktes gesehen hat, kann sich keine Vorstellung davon machen – und so ergeht es auch Blasius. Staunend über die ungeheure Größe des Geländes erkundet er die Fläche, auf der sich Stände und Hallen aneinanderreihen. Seit über hundert Jahren hat sich aus kleinen Anfängen ein Marktzentrum entwickelt, das im ganzen Zarenreich seinesgleichen sucht:

Nicht nur Händler aus dem eigenen Land, bis hin zum fernen Sibirien ziehen im Sommer hierher, nein, sie kommen aus allen Himmelsrichtungen: im Osten aus den Randgebieten des »Reiches der Mitte«, im Westen aus Deutschland, Frankreich und dem Britischen Empire. Auch aus den Ländern des Nordens, aus Finnland, Norwegen, Dänemark, Schweden – sofern die kriegerischen Schweden nicht gerade mit den Säbeln rasseln. Und sie kommen auch aus den südlichen Ländern jenseits des Kaukasus, aus Georgien und Armenien, selbst aus dem Osmanischen Reich – wobei natürlich auch hier Friedenszeiten Voraussetzung sind.

Und alle bringen ihre Nationaltrachten mit, um sich deutlich von den Konkurrenten abzugrenzen: Die Kalmücken mit ihren Dromedarkarawanen, die Uighuren, Tadschiken, Kirgisen, Usbeken und Kasachen.

Blasius schwirrt der Kopf, als er die spitz zulaufende Landzunge umrundet hat, an der sich die Flüsse Wolga und Oka vereinigen, ein großzügig angelegte Areal, das ausschließlich für den großen Sommermarkt reserviert ist: langgestreckte Gebäude, in denen sich die Händler einmieten können. Ebenerdig liegen die offenen Läden, eine Treppe höher ist ein Raum, der gleichzeitig als Lager und als Schlafkammer dient. Das ist praktisch, kostet aber eine hohe Pacht.

Zurück im Logierhaus der Witwe Ketanjan erwartet ihn Ashot in einem weiten Kaftan mit Borten aus Goldfäden und einer spitzen Lammfellmütze auf dem Kopf. Er ist gerade dabei eine Flasche zu öffnen und eine goldfarbene Flüssigkeit in zwei kleine Näpfe zu gießen.

»Ich habe genau gewußt, daß du jetzt kommen würdest, mein Freund«, sagt er, »genau so lange wie du habe ich auch gebraucht, um alles zu erkunden. Und damit du weißt, womit ich handle, habe ich dir hier einen Schluck davon eingeschenkt. Aus Gläsern würde es natürlich besser schmecken, aber die gibt es hier nicht. Es ist feinster armenischer Cognac, eine Spezialität unseres Landes, auf die wir stolz sind.«

Blasius probiert vorsichtig und läßt sich nicht anmerken, wie wenig ihm dieser edle Tropfen schmeckt, verglichen mit einem »Chrisiwässerli«, einem Schwarzwälder Kirschwasser, zum Beispiel. Aber er möchte seinen neuen Freund Ashot nicht kränken und sagt: »*Otschen choroscho* – sehr gut!« Ashot nickt befriedigt.

»Es gibt keine besseren Cognacs als die armenischen,« sagt er selbstbewußt, »das müssen sogar die Franzosen zugeben. Aber sag mir – hast du auch eine Tracht Deiner Heimat mitgebracht? Damit laufen die Verkäufe doppelt so gut!«

Das wird auch Blasius schnell klar und während der nächsten Wochen stellt er fest, daß es eine der besten Ideen seines Lebens war, mehr aus einer Laune heraus, seine Glottertäler Tracht einzupacken und nach Rußland mitzunehmen – nicht nur für St.Petersburg, sondern auch für Nischnij Nowgorod!

Er mietet sich einen kleinen überdachten Stand und verkauft seine Uhren leicht – an andere Händler ebenso wie an das schaulustige Publikum, das während der sechs Wochen in Scharen herbeiströmt. Viele wollen gar nichts erwerben, sich einfach amüsieren und ihre Spargroschen auf den Kopf hauen. Es gibt Tanzvergnügen und Theater, einfache Imbißbuden, feine Restaurants und Cafes.

An jeder Ecke ist etwas anderes los: Märchenerzähler und Zauberer reißen Possen, Gaukler, Seiltänzer und Clowns unterhalten ihr Publikum, bringen es mit Späßen und Purzelbäumen zum Lachen. Schade, daß Urban nicht dabei ist, denkt Blasius – er hätte seine helle Freude daran gehabt, mit den russischen *petruschkas* zu wetteifern!

Der Duft von orientalischen Gewürzen, Holzkohle, gebratenem Hammelfleisch und warmem Fladenbrot zieht durch den überfüllten Markt. In Lehmöfen flackert Feuer, Suppe brodelt in tiefen Kesseln, Köche wie Händler preisen lautstark ihre Ware an.

Alte und neue Freunde treffen sich, reden, schmausen, trinken Tee, kaufen und verkaufen oder halten einfach Ausschau nach einem lohnenden Geschäft. Es ist eine Börse für Neuigkeiten aus allen Ländern, Gerüchteküche, Heiratsvermittlung und weltweiter Bazar gleichzeitig.

Männer mit biblischen Gesichter und weißlockigen Bärten schreiten würdevoll durch das Gewimmel, eingehüllt in bodenlange schwarze Gewänder, aus denen *lapti* hervorschauen, flache, aus Baumrinde geflochtene Schuhe. Lastträger keuchen unter dem Gewicht von Zentnersäcken, kleine Buben huschen flink von einem Warenlager zum anderen und verdienen sich ein paar Kopeken.

Es ist unglaublich, was alles angeboten wird und in welcher Vielfalt: schweres englisches Tuch erster Qualität und hauchfeine chinesische Seide, Champagner aus Frankreich, Hami-Melonen aus Sinkiang, kostbare Jade, grüner Tee aus Qinghai und brauner gepreßter Ziegeltee aus Tibet. Weizen in groben Jutesäcken, Berge getrockneter Früchte, Fische aus der Wolga, gesalzen und eingelegt in Fässer, Bärenfelle, Pelze von Füchsen und Luchsen, hohe Samthüte mit Nerzrand, schön gearbeitete Kupferwaren, reicher Silberschmuck aus Afghanistan, kunstvoll geknüpfte Teppiche und gewebte Kelims aus den kaukasischen Ländern.

Und Kuckucks-Uhren aus dem Schwarzwald! Gerade diese, von der noblen Gesellschaft St. Petersburgs verschmähten Uhren gehen hier auf dem großen Markt am besten.

Dieser Markt ist so reich bestückt und hat eine so außergewöhnliche Bedeutung, daß ihm selbst einige russische Zaren die Ehre ihres Besuchs erwiesen haben: Peter, der Große, Katharina II. und zuletzt Zar Nikolaus im Jahr 1834.

*

Völlig unerwartet steht an einem frühen Morgen Ljuba vor Blasius' Stand.

Sie ist modisch gekleidet, trägt einen langen, schwingenden Rock, der stufenförmig geschnitten ist und eine enge, bestickte Bluse mit weiten Ärmeln. Ein koketter kleiner Strohhut sitzt auf ihren Haaren und über den Schultern trägt sie ein leuchtend rotes Wolltuch. Sie strahlt ihn an, als sei nichts geschehen. Hübsch und fröhlich war sie schon immer – aber jetzt ist ein Glanz in ihren Augen, der vorher nicht da war. Blasius schaut sie fassungslos an und bringt kein Wort über die Lippen.

»*Mon polisson, schto slutschilos? Kak ti poschiwajesch*?« fragt sie ihn mit schelmischem Blick und in einer drolligen Mischung aus französisch und russisch.

»Was ist denn los? Wie geht es dir?«

»Ljuba, *moja malinkaja schalunischka*, meine kleine Schelmin! Ich habe immerzu an dich denken müssen und daran, wie es dir wohl ergehen mag?«

Sie greift nach seiner Hand und schaut ihn liebevoll an.

»Mir geht es wunderbar! Ich war so glücklich mit dir – aber jetzt – das ist noch ein anderes Glück, ich wußte vorher nicht, daß es so etwas gibt. Ich sehe, du bist noch immer traurig, aber hoffentlich nicht mehr böse. Ist das so?«

Er nickt und sein Herz krampft sich zusammen. Es stimmt, was sie sagt, die Trauer läßt sich nicht so leicht vertreiben, doch böse sein kann er ihr auch nicht.

»Wo lebst du jetzt und wie?«

»Du weißt ja, ich glaube immer an mein Glück – und es hat mich noch nie verlassen! Wir kannten keinen einzigen Menschen in Nischnij Nowgorod und überlegten, was wir tun sollten. Alexander sagte: Immer ganz oben beginnen, nicht in der Mitte und schon gar nicht unten. Wer sind die reichsten Kaufleute der Stadt? Für die wollen wir arbeiten! Wir fanden heraus, daß es Bugrow, Rukavishnikow und Oznobichine sind. Bei einem mußten wir anfangen und so begannen wir mit Bugrow, der alle Transportwege auf den Flüssen und dem Land beherrscht und ein Monopol im Handel mit Mehl hat.«

»Und wie habt ihr ihn kennengelernt? Ein so mächtiger Mann empfängt doch nicht jeden?« Fast hätte er »jeden hergelaufenen Räuber« gesagt, aber das schluckt er hinunter.

»Wir sind einfach in sein Geschäftshaus gegangen und haben gesagt, wir müßten ihn dringend sprechen. Er empfing uns freundlich und Alexander sagte, es ist wichtig, daß Männer wie er vertrauenswürdige, loyale Menschen zur Seite haben, die ausschließlich seine Interessen vertreten – und zwei dieser Sorte würden durch die Gunst der Stunde gerade vor ihm stehen und ihre Dienste anbieten: Er als ehemaliger Offizier des georgischen Fürsten Tarkanow und ich als ehemalige Zofe der Grafen Stroganow in St. Petersburg. Das gefiel ihm, er verlangte Papiere als Beweis für unsere Worte, wir zeigten sie ihm und wurden sofort auf Probe eingestellt: Alexander zur Kontrolle von Bugrows Wolgaschiffen und ich als Haushälterin – ein ganz schöner Aufstieg für eine kleine Zofe!«

»Ich bin froh, daß es dir so gut geht«, sagt Blasius, obwohl er alles andere als froh ist. »Aber um mir das zu sagen, bist du sicherlich nicht hergekommen.«

»Du hast halbwegs recht«, sagt Ljuba, »ich bin aus drei Gründen hier. Erstens wollte ich nach dir sehen, zweitens wollte ich dir sagen, daß du den Fuchs behalten kannst, weil ich ihn nicht mehr brauche in meinem neuen Leben. Und drittens soll ich eine besonders schöne Uhr für meinen Herrn kaufen. Biete mir das Beste an, was du hast und setze einen hohen Preis dafür an – umso wertvoller wird sie für Bugrow sein!«

*

Als der große Sommer-Handelsmarkt am 1. September zu Ende geht, hat Blasius nicht nur seine eigenen Uhren verkauft, sondern daneben den größten Teil der Kommissionsware, die ihm Meister Dold zu treuen Händen mitgegeben hat. Und Ashot hat keine Vorräte an armenischem Cognac mehr.

»In den letzten Jahren bin ich nicht alles losgeworden – aber allmählich merken die Russen, daß es noch etwas anderes gibt als Wodka!« sagt er stolz.

Die Witwe Ketanjan drückt Blasius und Ashot abwechselnd an ihren gewaltigen Busen und stellt mit Befriedigung fest, daß ihre beiden Schützlinge bei weitem nicht so unterernährt sind wie sechs Wochen vorher. Vor allem der lange blonde *Nemez* ist nicht mehr bleich und dünn wie bei seiner Ankunft und so trübselig schaut er auch nicht mehr aus. »Eßt und trinkt tüchtig, ihr Buben! Wer weiß, wann ihr wieder etwas Ordentliches bekommt – oder wollt ihr mich als Köchin mitnehmen?«

»*Da, konjeschno* – ja, natürlich!« rufen beide wie aus einem Mund und die Witwe Ketanjan ist so gerührt von dieser Sympathie-Kundgebung, daß sie jedem noch einen Extraschlag Schmand auf den Teller klatscht.

»Was machst du als Nächstes?« fragt Ashot und schleckt genießerisch den Schmand samt Sauce vom Löffel.

»Keine Ahnung – darüber muß ich erst nachdenken. Ich habe ja fast nichts mehr zu verkaufen.«

»Ich auch nicht – aber das ist kein Problem. Bis zum nächsten großen Wintermarkt in Makariew können wir uns beide Ware dorthin schicken lassen. Wir Armenier haben eine Niederlassung in Moskau und von eurer Handelsgesellschaft in St. Petersburg, wird es auch keine Probleme geben. Wir haben zehn Wochen Zeit dafür.«

Diese Idee Ashots gefällt Blasius ungemein gut, zumal er sich bisher keinerlei Gedanken gemacht hat, wie es nach Nischnij Nowgorod weitergehen soll.

Er trägt als erstes das Geld zur Bank, das Meister Dold zusteht und läßt es überweisen. Dann bittet er mit einer Depesche und genauer Liste um eine neue Lieferung von Uhren nach Makariew im Norden von Nischnij Nowgorod, die spätestens Anfang Dezember dort eintreffen sollte.

12

Die Fracht aus St. Petersburg kommt tatsächlich zur rechten Zeit und mit ihr ein Brief, auf den Blasius seit seiner Ankunft in Rußland gewartet hat – ein Brief von seinem väterlichen Freund Anton Steurer:

»*Mein lieber Bläsi,*

mir scheint, daß Du in all den Jahren keine Post von mir erhalten hast, weil Du immer wieder danach fragst. Dabei schrieb ich Dir schon vor langer Zeit, daß Resi neun Monate nach Deiner Abreise einem kleinen Maidli das Leben geschenkt hat. Ihr großer Wunschtraum ist in Erfüllung gegangen und Meister Herder war darüber ebenso glücklich wie sie. Er hatte nie den geringsten Zweifel, daß die kleine Franziska sein Kind war.

Niemand ahnte, daß er so früh und so unerwartet gehen mußte, aber die Zeit, die er noch mit Resi und dem heranwachsenden Kind verbringen konnte, gehörte sicherlich zu der schönsten seines Lebens – und in diesem Bewußtsein ist er gestorben.

All das liegt schon wieder weit zurück. Die Fränzi ist inzwischen ein herziges Maidli – und Dir wie aus dem Gesicht geschnitten. Gut, daß Du nicht mehr hier bist, die Ähnlichkeit würde jedem auffallen: Wo sonst gibt es blonde Haare und haselnußbraune Augen dazu? Die Locken hat sie von Resi geerbt – und ich darf Dir sagen, sie sieht aus wie ein kleiner Engel von Botticelli (hoffentlich habe ich nicht versäumt Dir in der Schule zu erklären, wer Botticelli war!)

Erinnerst Du Dich an unser letztes Gespräch vor deiner Abreise –

als Du mir so begeistert von Resi erzählt und so sehr um sie getrauert hast, daß ich sagte, sie müsse eine ›Traumfrau‹ sein?

Davon habe ich mich inzwischen selbst überzeugt, auch weil ich Dir versprochen hatte, herauszufinden, wie es ihr geht. Und was glaubst Du, Bläsi? Ich bin ganz Deiner Meinung – sie ist wirklich eine Traumfrau! Und da ihr Ehemann nicht mehr lebt und ihr einstiger Liebhaber durch das ferne Zarenreich zieht – ja, da hab ich mir gedacht: so eine junge Witwe braucht wieder einen Mann an ihrer Seite, die Fränzi braucht einen Vater und ich alter Esel brauche schon längst eine Frau, die mich lieben kann samt dem ganzen Chaos, das ich um mich herum verbreite.

Und dann – ja dann habe ich sie einfach gefragt, ob sie mich nehmen will?

Und was glaubst Du? Sie hat nicht gleich nein gesagt!

Sie sagte: Wenn du mir Zeit läßt, dich ein bißchen näher kennenzulernen, können wir weiterreden. Und die Fränzi soll dich natürlich auch mögen.

Ja, so war das, Bläsi. Nach dem Trauerjahr haben wir dann Hochzeit gehalten – und wenn ich gewußt hätte, wie schön es ist, eine Familie zu haben, vor allem eine so liebenswerte Frau – dann wäre ich gewiß nicht so lange Junggeselle geblieben!

Ich hoffe, Du hast inzwischen soviel Distanz gewonnen und soviel Neues erlebt im Lande der Reusen, daß Du Dich mit uns freuen kannst. Resi läßt Dich herzlich grüßen und Dir sagen, daß sie immer noch gerne an Dich denkt. Damit kann ich leben, denn eure Zeit war vor unserer Zeit. Ich werde alles tun, was in meinen Kräften steht, ihr ein guter Mann und Deiner kleinen Tochter ein guter Vater zu sein. Und ich hoffe, Du kannst Dich davon überzeugen, wenn Du eines Tages wieder zurückkehrst in die Heimat. Nichts würde mich mehr freuen, als wenn unsere Freundschaft trotz dieser Ereignisse erhalten bleibt.

Ich hoffe natürlich auch, daß Dich wenigstens dieser Brief erreicht und grüße Dich als Dein alter Schulmeister und Freund

Anton Steurer.

Blasius mußte den Brief zweimal lesen, ehe er glauben konnte, was da geschrieben stand. Er hatte eine kleine Tochter! Und Anton Steurer hatte seine Resi geheiratet!

Unfaßbar beides. Warum nur hatte sie wieder einen so alten

Mann genommen? Steurer mußte um die fünfzig sein und Resi gerade mal dreißig. Doch schließlich gestand er sich ein, daß es nicht die schlechteste Lösung war, auch wenn es ihm nicht gelang, sich diese neue Situation vorzustellen.

Aber was war inzwischen nicht alles in seinem Leben geschehen!

Zuerst die Wanderung durch ganz Deutschland bis Stettin, dann die Überfahrt nach St. Petersburg, das Leben in der Stadt der Zaren an der Newa, seine Bekanntschaft mit Urban und Meister Dold, die Liebe zu Ljuba, die Verkaufserfolge in der feinen Gesellschaft, die Flucht vor der frivolen und herrschsüchtigen jungen Gräfin Stroganow nach Ladoga, das Leben auf dem Lande, die Freundschaft mit dem Popen, der Abschied von St. Petersburg und die Reise nach Nischnij Nowgorod, bei der ihm ein kaukasischer Wegelagerer Ljubas Herz gestohlen hat.

Noch immer kann er sich nicht an den Gedanken gewöhnen, noch immer kann er nicht verstehen, warum seine fröhliche kleine Geliebte sich von ihm abgewendet hat.

Er seufzt. Das ist nun auch schon Vergangenheit wie der große Sommermarkt in Nischnij Nowgorod und ganz allmählich läßt der Kummer um die verlorene Liebe nach. Die Reise nach Makariew hat viel dazu beigetragen und auch das Zusammensein mit Ashot, der sich als treuer und verläßlicher Freund erweist.

Ljubas Angebot, ihm den Fuchs zu überlassen, war ernst gemeint und er nahm es schließlich an. Hätte er allerdings gewußt, daß sie gemeinsam mit Alexander Abschied von dem tapferen Pferd nahm und er durch einen Zufall an jenem Abend auch auf die Weide kam, hätte er lieber darauf verzichtet.

Wider Willen muß er sich eingestehen, daß die beiden ein schönes Paar sind und offenbar sehr glücklich miteinander. Das selbstbewußte, ja stolze Auftreten dieses Mannes hat ihn schon verdrossen, als dieser noch verletzt und in Lumpen neben dem Wagen herging. Jetzt ist er gut gekleidet, hat die *tscherkessa,* in ein bürgerliches Gewand eingetauscht, das ihm aber keineswegs ein bürgerliches Aussehen verleiht. Und Ljuba, die ihm gerade bis zur Schulter reicht, sah mit einem Blick zu *ihm* auf, den sie ihm bei allem Verliebtsein nie geschenkt hat.

Er betrachtet die ganze Geschichte inzwischen als persönliche

Niederlage und die Erinnerung daran ist noch immer schmerzlich. Lieber nicht mehr daran denken!

Darin bestärkt ihn auch Ashot, als sie an einem sonnigen Septembertag Nischnij Nowgorod verlassen und gemeinsam durch das östliche Stadttor reiten. Schneller, einfacher und auch bequemer wäre es gewesen, den Wasserweg zu nutzen und mit einem Wolgadampfer zu fahren. Aber sie haben Zeit und Geld und wählen deshalb den Landweg. Ashot hat eine flinke Schimmelstute gekauft, die so liebenswürdig mit dem großen Fuchs umgeht, als sei er ein Hengst und kein Wallach. Der läßt sich ihre Freundlichkeiten sichtbar gerne gefallen, sie reiben die Köpfe aneinander und knabbern gegenseitig an ihren Kruppen.

»Der Fuchs hat's besser als ich!« stellt Blasius mit einem Anflug von Neid fest.

Ashot lacht ihn aus.

»Sei kein Jammerlappen! Liebeskummer gehört zum Leben wie das Salz zur Suppe! Ich bin nicht viel älter als du, aber inzwischen habe ich schon gelernt, nicht mehr mein ganzes, sondern nur mein halbes Herz zu verschenken. Dann tut es hinterher auch nur noch halb so weh!«

»Du hast leicht reden«, sagt Blasius, »und wenn dir jemand dein Herz stiehlt?«

»Du Unschuldslamm! Wenn du's ordentlich festhältst, kann's dir auch keiner stehlen! War das nicht mit Ljuba ähnlich? Hättest du sie richtig festgehalten, hätte dieser kaukasische Räuber auch keine Chance gehabt.«

»Hör auf damit! Ich will nichts mehr davon hören.«

»Gut so! Es gibt viele nette Mädchen und alle warten auf einen gutaussehenden blonden *Nemez* wie dich! Ein dunkelhaariger Armenier, der einen halben Kopf kleiner und dafür mit einer größeren Nase gesegnet ist, hat da schlechte Chancen als Konkurrenz. Hast du mich etwa deshalb als Reisegefährten auserkoren??«

»*Baranja baschka* – du Schafskopf!« Blasius knufft ihn freundschaftlich in die Seite, »du weißt doch selbst, daß du mir den Vorschlag gemacht hast und nicht umgekehrt!«

Sie überqueren samt ihren Pferden die Wolga auf einer plumpen hölzernen Fähre und ziehen auf dem gleichen Weg nordwärts, den im Jahr 1435 der Mönch Makarius nahm, nachdem sein Kloster von Mongolen ausgeraubt und niedergebrannt worden war. Die meisten seiner Mitbrüder sind damals ermordet worden, nur Makarius kam als Heilkundiger mit dem Leben davon.

»Weißt du, daß er zu dieser Zeit schon 89 Jahre alt war? Und den ganzen Weg, den wir jetzt bequem reiten, ist er zu Fuß gegangen. Da kann man direkt Gewissenbisse bekommen.«

»Aber er mußte schließlich Opfer auf sich nehmen und sich kasteien, um ein Heiliger zu werden!« entgegnet Blasius lachend, »ich habe keinerlei solche Ambitionen und reite lieber ohne Heiligenschein!«

»Ich natürlich auch, aber ich bin trotzdem beeindruckt von der Kraft und dem Mut eines alten Mannes, der sich nach einem solchen Schicksalsschlag noch einmal aufrafft und ein neues Kloster gründet.«

»Woher weißt du das alles?«

»Dazu muß man kein Professor sein – jeder weiß das, der schon einmal in Makariew war und das Kloster gesehen hat. Die Heilquelle gleich daneben ist berühmt und Makarius soll sie trotz seines hohen Alters mit einem einzigen Spatenstich freigelegt haben. Sie war der Anlaß für die Gründung des Klosters und machte dieses zum Wallfahrtsort. Nach den ersten Wunderheilungen kamen die Gläubigen in Scharen und das Erstaunliche ist, daß diese Quelle weder im heißesten Sommer noch im kältesten Winter versiegt. Allein das ist schon ein kleines Wunder.«

»Und wann war das Ganze?«

»Das liegt schon ein Weilchen zurück, gute 400 Jahre. 1435 wurde das Kloster gegründet und nur drei Jahre später schon wieder niedergebrannt. Die Zeiten des Mongolenjochs waren schrecklich für das russische Volk. Makarius wurde wieder gefangengenommen und erneut freigelassen gegen das Versprechen, das Kloster nicht wieder aufzubauen. Er starb dann im Alter von 93 Jahren und wurde später heiliggesprochen.«

»Und das Kloster, wer hat es wieder aufgebaut?«

»Die Gläubigen – mit Spenden der Wallfahrer, die von weither zu der Quelle pilgerten, um Heilung zu finden. Sie ist noch heute berühmt im weiten Umkreis und wurde auch besucht, solange es kein Kloster gab, denn das wurde erst runde 200 Jahre später neu errichtet.«

Es ist ein imponierender Gebäudekomplex, nahe am Ufer der Wolga, mit einer dicken Schutzmauer gegen Hochwasser. Mehrere Kirchen und Kapellen sind aneinandergegliedert, zwischen den goldglänzenden und blauen Kuppeln ragt ein einzelner spitzer Glockenturm empor.

Drei große Märkte werden alljährlich in Makariew abgehalten: im Mai, im Juli und im Dezember. Dabei hat Makariew die weitaus ältere Tradition als Nischnij Nowgorod, aber inzwischen nicht mehr die einstige Größe.

Blasius ist froh, daß die Lieferung aus St. Petersburg so frühzeitig ankam. Denn während Ashot nur die Scherben von ein paar Flaschen Cognac wegräumen muß , die trotz der federnden Verpackung in Stroh zerbrochen sind, gibt es für Blasius viel zu tun. Allmählich versteht er den Ärger Meister Dolds, wenn die Rede auf die Fuhrleute kommt: Viele Uhrwerke sind beschädigt, ganz zu schweigen von den Schildern.

»Blanke Schlamperei ist das«, erbost er sich und zeigt Ashot die zerbrochenen Teile, »mit ein bißchen mehr Sorgfalt wäre das nicht passiert! Um das alles wieder herzurichten, brauche ich Wochen – soviel Zeit habe ich gar nicht, ehe der Markt beginnt!«

»Und wenn ich dir helfe?«

»Wie willst du mir helfen? Kannst du Uhren reparieren?«

»Das nicht – aber ich sehe, daß auch unbemalte Schilder dabei sind. Und malen kann ich ganz gut.«

Ein paar Tage verkünstelt sich Ashot nach den Vorlagen an Früchten, Blumen und kleinen Szenen aus dem Alltag, dann tun ihm die Finger weh von der ungewohnten Arbeit und Stillsitzen ist ohnehin nicht seine Sache.

»Mach du mal fleißig weiter«, sagt er zu Blasius, »ich schau mich inzwischen in der Gegend um und ziehe ein paar Erkundigungen ein. Das ist immer nützlich, ehe der Markt beginnt.«

Er lächelt entschuldigend wie ein Schüler, der den Unterricht schwänzen will – und weg ist er! Blasius bleibt zurück inmitten seiner ausgebreiteten Werkzeuge, die er immer in einem Bündel mit sich führt: Große und kleine Zangen, Hammer, Metallfeilen, Vorstecher, um kleine Stifte genau zu plazieren, Nagelbohrer für größere Stifte, Steckstifte, damit die verschiedenen Räder nicht nach vorn wegrutschen können und Befestigungsschrauben, die

die Zeiger festhalten. Für die Holzbearbeitung noch Schnitzmesser samt Raspel – und das Wichtigste: Ein großer Vorrat an Uhrenöl.

Bei einer Arbeit, die soviel Zeit, Geduld und Fingerspitzengefühl erfordert, schweifen die Gedanken leicht ab und Blasius versucht sich ein Bild seiner kleinen Tochter zu machen. Trotz der guten Beschreibung Anton Steurers gelingt es ihm nicht und ebenso wenig kann er sich vorstellen, daß »seine« Resi jetzt nicht mehr mit seinem Lehrmeister, sondern mit seinem Schulmeister verheiratet ist! Eigentlich hätte sie ja auf ihn warten können, nachdem sie frei war, statt sich gleich in eine neue Ehe zu stürzen...

Doch er hat diesen Gedanken noch nicht zu Ende gedacht, da weiß er schon, wie egoistisch diese Erwartung ist – zumal ihm der Sinn nicht danach steht, in den Schwarzwald zurückzukehren. Seiner Eitelkeit würde es natürlich schmeicheln, wenn sich Resi in der unerfüllten Liebe zu ihm verzehrt hätte. Statt dessen nimmt die junge Witwe Steurers Antrag an, kaum, daß das Trauerjahr verstrichen ist!

Wäre Urban hier gewesen, hätte er gesagt: Da siehst du's wieder – so sind die Frauen! Die Resi wartet nicht und Ljuba ist noch viel schlimmer: Rennt mit dem erstbesten Räuber davon und du kannst alleine auf die Walz' gehen! Wäre ich dabei gewesen, hätte ich besser auf sie aufgepaßt als du und sie am Schürzenbandl festgehalten!

Er muß lachen bei dieser Vorstellung, legt das Werkzeug beiseite und in diesem Augenblick öffnet Ashot die Türe. »Gut, daß du mit der Arbeit aufhörst. Ich habe interessante Neuigkeiten: Eine ganze Zigeunersippe ist zum großen Wintermarkt hier eingetroffen und hat nicht weit von hier ihr Lager aufgeschlagen. Sie haben eine berühmte Wahrsagerin dabei, die den ersten fünf Kaufleuten umsonst aus der Hand liest, wenn sie's ihrer Kundschaft weitererzählen. Gehst du mit zu ihr?«

Die Zigeuner kommen aus dem Südosten und haben ihre dunklen Zelte aus Ziegenhaar schon aufgestellt. Pferde, Esel und einige Dromedare scharren unter der dünnen Schneedecke nach dem spärlichen Wintergras, Kinder mit zerzaustem schwarzen Haar spielen und tollen dazwischen herum.

An vielen Stellen zwischen den Behausungen flackern niedrig

gehaltene Herdfeuer, in rußgeschwärzten Kesseln brodelt Suppe, an langen Spießen braten Fleischbrocken, Kartoffeln garen in der heißen Asche. Blasius und Ashot fragen nach der Wahrsagerin und werden zu einem mit buntgewebten Bändern geschmückten Zelt gewiesen, aus dem ein eigentümlich monotoner Gesang ertönt, untermalt von leisem Trommeln.

»Dürfen wir eintreten?« fragt Ashot höflich am verschlossenen Eingang des Zeltes.

Das Trommeln und der Gesang brechen ab und der Türfilz wird blitzschnell zurückgeschlagen. Im Gegenlicht sehen sie schemenhaft eine hagere Gestalt, eingehüllt in weite Tücher. Auch die Haare sind unter einem Schal versteckt, geschlungen wie ein Turban. Vom Gesicht ist nichts zu erkennen.

Eine rauhe Stimme sagt: »Kommt herein, Fremdlinge!«

Als sie sich umdreht, fällt das Licht einer Öllampe auf verschlossene, asketische Züge mit unergründlichen schwarzen Augen. Ihre Haut ist von Sonne, Wind und Wetter dunkel gegerbt und spannt sich über den Wangenknochen. In einer Ecke des Zeltes ist ein Lager aus Fellen, eine größere Kiste dient als Tisch, kleinere als Hocker, ein abgetretener kaukasischer Teppich bedeckt den Boden. Das ist die ganze Einrichtung, die von dem spärlichen Licht der Öllampe erhellt wird.

»Was führt dich zu mir, *Nemez?*« fragt sie unvermittelt, »willst du wissen, was die Zukunft für dich bereithält im Lande der Reussen? Und du, Armenier – bist du so neugierig wie dein Freund?«

Beide nicken und können sich nicht gegen die Beklommenheit wehren, die sie beschleicht.

»Manchmal ist es gut, einen Blick voraus zu werfen – manchmal ist es besser, nicht zu wissen, was das Schicksal bereithält. Wollt ihr mich dennoch fragen?«

»Ja, das möchten wir,« antwortet Ashot, »aber sag' uns zuerst, woher du weißt, aus welchen Ländern wir kommen?«

»Das ist kein Kunststück. Ich kann es sehen – wie ich auch in die Zukunft sehen kann. Dazu brauche ich keine Kristallkugeln und keinen Kaffeesatz – ich brauche nur meine Augen und deine Hände, beide.«

Sie macht eine knappe einladende Geste und läßt sich auf einem der Hocker nieder. Neben der Öllampe steht eine Schale auf dem Tisch, in der kleine, bläuliche Flammen züngeln und einen herben, betäubenden Duft verbreiten, eine Mischung aus Kiefernharz und exotischen Gewürzen.

Ashot gibt ihr beide Hände, von denen sie erst den Handrücken, dann die Innenflächen eingehend betrachtet.

»Schau mich an«, fordert sie ihn auf und versenkt ihren unergründlichen Blick in seine Augen. Dann legte sie seine Handflächen zusammen, als wolle sie ein Buch schließen. »Du bist ein Sonntagkind, Armenier! Ich kann nur Gutes über deine Zukunft lesen – und ein paar Irrwege, die nicht von Bedeutung sind. In Gefahr sind nur deine Hände – der Kopf sitzt fest auf den Schultern! Auch in der Liebe erfährst du mehr Freude als Leid und in Geldangelegenheiten hast Du das gleiche Talent wie die meisten deines Volkes.«

Sie wendet sich zu Blasius um. »Und jetzt zu dir, *Nemez!*«

Er hat das Gefühl, als würde sie mit ihrem durchdringenden Blick bis in sein Innerstes sehen. Dann wiederholt sie das gleiche Ritual mit den Händen und ihr Gesicht verhärtet sich dabei.

»Willst du wirklich wissen, was ich sehe?«

Er nickt und seine Unruhe wächst.

»Nun, dann sage ich es dir: Dein Leben wird dreimal in großer Gefahr sein, doch ich kann nicht erkennen, ob du diesen Gefahren entkommst und wie. Ich sehe, daß du dich auf die Männer verlassen kannst, die deine Freunde sind, nicht immer auf die Frauen. Du solltest lockerer mit der Liebe umgehen, das erspart dir Kummer. Achte sorgsam auf Geld und Gesundheit. Über deinem Leben liegen mehr Schatten als auf dem deines Freundes.«

»Sag mir noch eines«, bittet Blasius, »werde ich die beiden Frauen wiedersehen, die ich geliebt habe? Werde ich meine kleine Tochter sehen? Und werde ich in meine Heimat zurückkehren?«

Die Zigeunerin nimmt noch einmal seine Hände und fährt mit der Spitze ihres Zeigefingers und geschlossenen Augen über die eingekerbten Linien. »Du wirst nur eine dieser Frauen wiedersehen und deine Tochter nie kennenlernen«, sagt sie dann entschieden, »in deine Heimat dagegen wirst du zurückkehren, aber erst nach langer, langer Zeit.«

Sie erhebt sich und der Anflug eines Lächelns erhellt ihre strengen Züge.

»Wir werden uns noch öfter treffen. Erzählt den anderen Händlern und euren Kunden von mir – das erwarte ich als Lohn für meine Beratung.«

Mit diesen Worten zieht sie sich in den hintersten Winkel ihres Zeltes zurück und beginnt wieder zu trommeln.

Ashot und Blasius gehen langsam und nachdenklich nach Hause in die kleine hölzerne Datscha, die sie gemietet haben.

» Was hältst du von den Prophezeihungen?« fragt Blasius.

»Ich weiß nicht recht. Die Leute hier sprechen mit großer Achtung von der Wahrsagerin, aber bei mir ist sie ja kaum in Einzelheiten gegangen. Ein Sonntagskind – das stimmt zufällig. Und daß wir Armenier gute Geschäftsleute sind, weiß jeder. Nur der Hinweis auf die Hände war konkret. Bei dir dagegen war sie viel ausführlicher.«

Blasius schweigt.

»Auf Geld und Gesundheit achten – das kann sie auch jedem empfehlen. Aber das mit der Lebensgefahr, mit den Freunden und den Frauen – daß du sie nicht wiedersehen und deine kleine Tochter nie kennenlernen wirst – das sind sehr bestimmte Aussagen.«

»Wir sollten noch einmal zu ihr gehen, wenn der Markt vorüber ist und die Zigeuner noch da sind, vielleicht erzählt sie uns dann ein bißchen mehr als heute.«

*

Der Wintermarkt in Makariew beginnt wie angekündigt am 12. Dezember und erfüllt die Erwartungen der Kaufleute in keiner Weise. Am gleichen Tag nämlich hält der Winter mit aller Macht Einzug und das Land versinkt in frischem Pulverschnee. Der Wind faucht darüber, wirbelt ihn hoch in die Luft und formt meterhohe, elegant geschwungene Verwehungen daraus, die an Sanddünen in der Wüste erinnern. Die Menschen hüllen sich in ihre dicksten Jacken und Mäntel und ziehen die Pelzmützen über die Ohren, wenn sie ihre Behausungen verlassen. Und wer das nicht muß, der bleibt daheim, hockt sich an den wärmenden Ofen und tut keinen Schritt vor die Türe.

So bleibt die erwartete Kundschaft aus und die Händler, von denen viele weither kommen, sind bitter enttäuscht. Das reichhaltige Angebot bleibt liegen, die Leute wollen weder armenischen Cognac noch chinesische Seide und schon gar keine Kuckucksuhren. Nur ein paar Pelze und Felle werden verkauft und nach drei Tagen gehen die meisten Kaufleute gar nicht mehr zu ihren Ständen in den eiskalten Markthallen.

»Die Idee, hierher zu kommen, war gewiß nicht meine beste«, sagt Ashot kleinlaut, »tut mir leid, Blasius. Wir wären besser direkt nach Moskau gezogen.«

»*Nitschewo*, mach dir nur keine Vorwürfe! Wer weiß, wozu es gut ist, betrachten wir es einfach als einen interessanten Umweg – oder als eine Wallfahrt zum Kloster Makariew!«

Blasius nimmt das mißglückte Unternehmen gelassener hin als Ashot, den der entgangene Gewinn ärgert. Draußen heult der Sturm durch die kahlen Bäume und die Schneewehen türmen sich immer höher auf.

»Vorläufig sind wir hier Gefangene des Winters. Aber sobald das Wetter aufklart, können wir mit Pferdeschlitten weiter und damit kommen wir viel schneller voran als mit den langsamen Ochsenkarren im Sommer.«

»Richtig«, pflichtet ihm Ashot bei, »und unterwegs machen wir in Kostroma und Jaroslavl Station. Dort gibt es jede Woche einen Markt, vielleicht können wir dort noch etwas verkaufen.«

Sie feiern ein sehr bescheidenes Weihnachtsfest und müssen sich danach drei Wochen in Geduld üben, ehe das Wetter eine Weiterreise zuläßt. Dann endlich können Sie zwei geräumige Schlitten mit armenischen Cognac und Schwarzwälder Uhren beladen und packen ihre Habseligkeiten obenauf.

Blasius knallt mit der Peitsche und die Pferde galoppieren an.

13

Der Fuchs und die Schimmelstute ziehen den Schlitten leicht und freudig nach der langen Pause in Makariew, in der sie kaum Bewegung hatten. Aber Blasius zügelt bald ihren Galopp, denn er möchte sie nicht an der abendlichen Raststation auswechseln, wie das die meisten Reisenden tun, die ihre Pferde bis zur Erschöpfung antreiben. Dennoch sind sie bereits am Ende des zweiten Tages in Kostroma und finden Unterkunft in einer Herberge am Stadtrand.

Die niedrige Wirtsstube ist rauchig, schmutzig und überfüllt, es ist kaum Platz an einem der klobigen Tische zu finden, aber es ist warm und es gibt etwas zu essen.

»Auf den Markt wollt ihr?« fragt ihr Nachbar, ein vierschrötiger Mann mit struppigem Bart, »da kommt ihr gerade recht: Freitags ist er hier in der Stadt und am Sonntag in Jaroslavl. Das wurde von den Gouverneuren so eingerichtet, damit die reisenden Kaufleute beide Märkte besuchen können.«

»Schaffen wir das in einem Tag bis Jaroslavl?«

»Leicht – zumindest im Winter, wenn die Wege gefroren sind.«

Der allwöchentliche Markt in Kostroma ist gut organisiert, es gibt keine Hallen, nur geschlossene Stände und davon getrennte Plätze für diejenigen Händler, die direkt von den Wagen aus ihre Waren anbieten. Pferde und Zugochsen können während der Marktstunden in einem überdachten Unterstand gefüttert und getränkt werden.

Es ist ein eiskalter, aber strahlend schöner Januartag, die Sonne lockt die Leute aus ihren Häusern und die Rubel aus ihren Taschen.

Ashot und Blasius sind zufrieden, als sie am Abend in die verräucherte Herberge zurückkehren.

»Wenn es in Jaroslavl genauso gut geht, ist die Pleite von Makariew nur noch halb so schlimm«, meint Ashot und schaut entzückt auf eine große Schüssel voll dampfender *pelmenji*, die gerade aufgetragen wird. Auch Blasius läuft das Wasser im Mund zusammen, die beiden haben den ganzen Tag nichts gegessen und der Wirt beeilt sich, die Schüssel ein zweites Mal zu füllen.

Es stimmt, daß ihr nächstes Ziel nur eine Tagesreise entfernt ist. Sie treffen in der frühen Dämmerung dort ein und gehören zu den ersten, die am nächsten Morgen einen der guten Stellplätze auf dem Markt belegen. Er ist ähnlich angelegt wie in Kostroma, nur größer. Und weil Sonntag ist und die wenigsten Leute arbeiten, gibt es zusätzlich einen Rummelplatz mit Karussels, Akrobaten und Possenreißern zur Unterhaltung der Kauflustigen.

Während Ashot seinen armenischen Cognac auf der einen Seite des Schlittens zur Schau stellt und Blasius seine Uhren auf der anderen, hört er plötzlich die unverwechselbaren Klänge eines Schwarzwälder Drehorgel, das auf deutsch einen skandalös frechen Schlager spielt: »Das Kanapee ist mein Vergnügen...«

Er traut seinen Ohren nicht, geht den Klängen nach – und sieht auf einem anderen Schlitten eine junge Frau mit einem Gesicht so rosig wie Marzipan und einer lustigen Stupsnase. Sie ist von Kopf bis Fuß in einen langen gescheckten Kaninchenpelz-Mantel gehüllt, eine weiße Fellkapuze umrandet ihr frisches Gesicht.

Sie sieht aus wie – nein, denkt Blasius – unmöglich! Sie mag aussehen wie die Gretel aus der 60er-Kolonie in St. Petersburg, solche Ähnlichkeiten kommen vor, aber sie kann es nicht sein. Er tritt näher – und fällt fast über einen Clown, der mit einem Doppelsalto vor seinen Füßen landet. Er hat eine rote Pappnase, reißt sich die grüne Perücke vom Kopf und fällt ihm mit einem Jubelschrei um den Hals.

»Urban! Das gibt es doch nicht!«

»Natürlich gibt's das! Drei volle Wochen warten wir hier schon auf dich – warum bist du so spät dran?«

»Langsam, langsam! Woher weißt du überhaupt, daß wir über Jaroslavl kommen?«

»Das ist doch logisch! Du hast mir von Nischnij Nowgorod aus geschrieben, daß du zum großen Wintermarkt nach Makariew willst und von da gibt es nur einen guten Weg nach Moskau.«

Blasius packt den Freund an den Schultern, schüttelt und umarmt ihn.

»Urban! Wie oft habe ich an dich gedacht unterwegs! Wie kommst du hierher? Wieso turnst du hier als Clown herum? Ich kann das alles gar nicht glauben!«

»Doch, das kannst du! Ich bin ganz lebendig und kein Nachtgespenst!«

»Aber du wolltest doch ein seßhafter Bauer werden und nicht mehr übers Land ziehen nach deiner Hochzeit – ?«

»Stimmt – aber manchmal ändert man eben seine Meinung! Die Gretel und ich sind so jung, daß wir uns noch ein paar Jahre Vagabundenleben gönnen können, ehe wir brave Bürger werden! Deshalb dachten wir, es wäre schön, gemeinsam mit dir und Ljuba auf die Walz zu gehen – und hofften, euch hier, an diesem Knotenpunkt zu treffen. Wo ist sie denn?«

Blasius' Gesicht verdüstert sich. »Davon reden wir später. Ich kann noch gar nicht fassen, daß du hier bist.«

»Ist das nicht eine tolle Überraschung?« ruft da Gretel vom Wagen herunter. »Wir sind unter's fahrende Volk gegangen! Meine armen Eltern raufen sich jetzt noch die Haare! Dabei haben wir ihnen versprochen, in ein paar Jahren zurückzukommen!«

»Blasius!«

Ashots Stimme hallt über den ganzen Marktplatz. »Hier ist ein Frühaufsteher, der eine Uhr kaufen will und leider keinen Cognac!«

Urban stülpt sich wieder seine grüne Zottelperücke über und umarmt Blasius noch einmal. »Ich wußte, daß wir dich hier treffen – auch wenn uns alle anderen für verrückt erklärt haben mit unserem Plan. Aber jetzt müssen wir beide arbeiten – heute abend können wir reden, so lange wir mögen.«

Er verabschiedet sich mit einem Rückwärts-Purzelbaum und Blasius geht ganz benommen zurück zu seinem Wagen. So ein Zufall! Oder nein, einen Zufall konnte man's nicht nennen, denn Urban hatte Jaroslavl ganz gezielt angesteuert, um ihn hier zu treffen! Und dennoch war es ein Glücksspiel, auf eine so vage Mögichkeit zu setzen.

Der frühe Kunde ist ein Tuchhändler aus England, mit dem sich Blasius auf französisch unterhalten kann, weil er zum ersten Mal in Rußland ist und die Sprache noch sehr mangelhaft beherrscht. Er kauft ohne großes Feilschen eine Kuckucksuhr und der nächste Kunde läßt nicht lange auf sich warten. So geht es den ganzen Tag über weiter und nur zwischendurch sieht Blasius, wie gut Urban und Gretel ihr Publikum unterhalten: mit den wechselnden Melodien der Drehorgel, die ganau auf die akrobatischen Petruschka-Possen abgestimmt sind. Der kleine drahtige Urban hat es darin zu wahrer Meisterschaft gebracht, die Leute klatschen begeistert und in dem bereitgestellten Hut klirren Rubel und Kopeken.

Am Abend sitzen sie zusammen in der Wirtsstube und erzählen.

Auch Gretel will als erstes wissen, wo Ljuba geblieben ist, Blasius erzählt und Urban kommentiert die »Räubergeschichte« genauso wie er es sich vorgestellt hat:

»Mir wäre das nicht passiert! Ich hätte gleich Lunte gerochen bei dem Kaukasier, diesen Kerlen darf man nicht über den Weg trauen – die werden schon als Räuber geboren!«

Ashot nickt zustimmend. »Das habe ich Blasius auch gesagt. Und was sie einmal gestohlen haben, das geben sie nie wieder her!«

Blasius winkt ab. »Ich bin gerade dabei, diesen Kummer zu vergessen – laßt uns von etwas anderem reden. Wie ist denn dein Sinneswandel gekommen, Urban?«

»Das habe ich schon angedeutet – so ein seßhaftes braves Leben als Bauer war doch nicht der wahre Jakob, das ist mir schnell aufgegangen. Dann haben wir gemeinsam überlegt, was wir tun könnten und sind auf die Idee gekommen, dich auf dem Weg nach Moskau einzufangen!«

»Und jetzt verdient ihr euren Lebensunterhalt als Schausteller auf Märkten?«

Urban und Gretel lachen. »Das ist nur ein Zubrot, wenn auch kein schlechtes. Wir reisen wieder als Händler, aber dieses Mal nur mit Flötenuhren und Drehorgeln. Die Ware hat mir Dracula auf Treu und Glauben in Kommission mitgegeben. Wenn ich sie in Moskau verkaufen kann, schickt er eine neue Schlittenladung nach Smolensk oder Odessa, mit der wir dann weiter in den Süden reisen. Hoffentlich hast du deine Pläne nicht geändert.«

Blasius zögert und statt dessen antwortet Ashot. »Wir haben uns in Nischnij Nowgorod angefreundet und wollen jetzt nach Moskau wie ihr. Weitere Pläne haben wir noch nicht, aber ich wollte Blasius ohnehin vorschlagen, mit in meine Heimat Armenien zu kommen. Ich war schon drei Jahre lang nicht mehr zuhause und habe allmählich genügend gefroren hier oben im Norden. Wollt ihr euch nicht anschliessen? Ich glaube, wir würden uns gut vertragen.«

Die Drei sehen ihn überrascht an.

»Bis Armenien? Das ist ja noch weit hinter der nördlichen Schwarzmeerküste und sogar hinter dem Kaukasus!«

»Ja, es ist sehr weit. Aber im Winter reist man doppelt so schnell wie im Sommer und ich kenne die Strecke – das ist ein großer Vorteil. Überlegt es euch: Wir könnten uns gegenseitig auf manche Weise helfen und es macht auch viel mehr Spaß, in der Gesellschaft von Freunden zu sein als alleine.«

Als sie drei Tage später in Moskau ankommen, ist es schon beschlossene Sache, daß sie zusammenbleiben und nach einem kurzen Aufenthalt gemeinsam in Richtung Armenien ziehen wollen.

*

Gegen diesen kurzen Aufenthalt wehren sich Blasius ebenso wie Gretel und Urban.

Aber Ashot kennt die miserablen Straßen Rußlands aus eigener Erfahrung und will das gute Reisewetter nutzen.

»Moskau gibt es schon seit 700 Jahren, seit Fürst Dolgorukij die Stadt auf einem Hügel über der Moskwa gegründet hat. Ich wette, sie steht in einem Jahr noch am gleichen Platz – dann können wir uns mehr Zeit nehmen.«

So bleiben sie nur eine Woche und verbringen die ersten Tage in ehrfürchtigem Staunen über die Schönheit und Vielfalt der Bauwerke, ganz besonders der vielen Kirchen und dem Kreml.

»Wir sollten wirklich nicht jammern über die knappe Zeit, die wir dieses Mal haben – wir können ja wiederkommen«, stellt Urban sachlich fest, »es gab andere Reisende, die waren noch kürzer hier und haben einen unvergeßlichen Eindruck mitgenommen.«

Mit diesen Worten zieht er ein schmales Büchlein aus seiner Felljacke, schlägt es auf und beginnt zu lesen:

»Ich habe die Wunderstadt nur zwei Tage gesehen. Mir deuchte, ich sah Asien: Armut und Pracht, Hütten, Scheunen und Ställe, nicht nur in den Vorstädten, sondern auch mitten in dieser Stadt; dazwischen der Glanz der Paläste und Gärten, die vergoldeten Kuppeln der Kirchen und Klöster, der Kreml mit seinen goldenen Toren, Türmen und Zinnen. Dazu das ungewöhnliche Wogen und Wimmeln der Menschen in jener außerordentlichen, wildbewegten Zeit. Ich konnte nichts sehen in zwei Tagen, ich konnte nur staunen.«

»Wer hat das geschrieben?«

»Ernst Moritz Arndt, der 1812 hier gewesen ist – also vor gut dreißig Jahren.«

Ashot, der schon zweimal in Moskau war, zeigt ihnen nicht nur den Kreml und die über zweitausend Meter lange »große Mauer«, die ihn umgibt. Er zeigt ihnen auch Kitai Gorod, den ältesten Teil Moskaus , die »mittlere Stadt« zwischen dem Kreml und den Außenbezirken und Beloi Gorod, die »weiße Stadt«, mit ihren kleinen Gassen und altertümlichen Häusern.

Die Basilius-Kathedrale am Roten Platz fasziniert Blasius am meisten, denn er hat von ihrer Geschichte gehört: Nach der Legende war Zar Iwan der Schreckliche, von der pittoresken Schönheit dieser Kirche mit ihrer farbenfrohen Bemalung so begeistert, daß er ihre Baumeister Barma und Posnik blenden ließ, damit sie nie wieder für einen anderen Herrscher ein solches Meisterwerk errichten konnten.

Die meisten Zaren, die ihm nachfolgten, waren nicht weniger grausam, auch wenn es gelegentlich liberale Reformer gab. Auf der erhöhten Plattform vor der Basilius-Kathedrale ließ Peter der Große die aufständischen Strelitzen köpfen und Katharina II. befahl später, daß hier der Führer des Bauernaufstandes, Stepan Rasin, gevierteilt wurde.

Blasius muß unwillkürlich wieder an den jungen Soldaten denken, der zum Spießrutenlaufen verurteilt war – und daran, daß diese barbarische Sitte aus Mitteleuropa nach Rußland gekommen war, aus der Heimat des preußischen »Soldatenkönigs« Friedrich Wilhelm I. von Preußen.

*

Der Rynok Kretschinski gehört zu den besseren Märkten Moskaus. Er ist ein riesiger Bazar, in dem es kaum etwas gibt, das es nicht gibt: Bücher und Antiquitäten, Tand und Trödel, Diebesgut und solide Handelsware. Die Kaufleute preisen ihr Angebot in den höchsten Tönen, singen wahre Loblieder und lügen das Blaue vom Himmel herunter, getreu ihren beiden Leitsprüchen »Klappern gehört zum Handwerk« und »Wer nicht betrügt, verkauft auch nichts«! Hier versuchen die Vier als erstes ihr Glück, stellen ihre Schlitten nebeneinader auf. Ashot macht ein bedenkliches Gesicht und reibt seine große armenische Nase.

»Ein solches Getümmel und ein so großes Angebot habe ich hier noch nie erlebt, da werden wir's nicht leicht haben.« Er wirft einen prüfenden Blick in die Runde und fügt hinzu: »Vor allem fehlt das gute Publikum, das wir brauchen.«

»*Nitschewo,*« sagt Blasius, »das gute Publikum liegt noch in seinen weichen Lotterbetten und kommt erst später!«

Gretel spielt auf ihrer Drehorgel einen der flotten Wiener Walzer von Johann Strauß, der in Rußland gerade groß in Mode ist, und tanzt ihn gleich mit Urban auf dem hartgefrorenen Boden des Marktes. Die beiden drehen sich so temperamentvoll, daß die Leute ausweichen und einen großen Halbkreis bilden. Dann verbeugen sie sich und Urban zieht, noch ehe sich das Publikum verlaufen kann, seine grüne Perücke samt roter Pappnase aus der Tasche, setzt sie auf, schlägt ein paar Saltos und beginnt dann laut »Kuckuck« zu rufen. Inzwischen läßt Gretel den Kuckucks-Walzer spielen und Urban spricht sein staunendes Publikum in bester Zirkusdirektor-Manier an.

»Hochverehrte Damen und Herren! Drei einzigartige Attraktionen sind hier nebeneinader vereint: Die berühmtesten Uhren der Welt, die Schwarzwälder Kuckucks-Uhren, eine Zierde für jedes Heim, erschwinglich für jeden Geldbeutel!

In feinen Salons hingegen darf eine Drehorgel nicht fehlen – die Attraktion der Gesellschaften, die lebendige Musiker erspart! Die neuesten Lieder, Chansons und Walzer aus Europa – nie ein falscher Ton und der Kaufpreis als einmaliges Honorar!

Lassen Sie sich beneiden um solch seltenen Besitz, verwöhnen Sie ihre Gäste mit dieser wundersamen Musik – und mit armenischem Cognac, unserem dritten sensationellen Angebot! Wodka hat jeder – diese edlen Tropfen können nur Sie anbieten, wenn Sie gleich zugreifen, solange der kleine Vorrat reicht!«

Er verbeugt sich bis zum Boden, schlägt seinen gekonnten Salto rückwärts – und schon ist er unter dem Dach des Schlittens verschwunden, während Gretel einen neuen Walzer spielt.

Blasius kennt seinen kleinen Freund und dessen Tricks schon lange und schmunzelt, denn Urban hat sich noch gewaltig gesteigert. Ashot aber ist sprachlos und murmelt nur: »Er muß im früheren Leben ein Armenier gewesen sein – solche Verkaufstalente gibt es nur bei uns!«

Urbans Auftritt verfehlt auch seine Wirkung nicht, sie werden umlagert von Neugierigen und Schaulustigen, doch die Verkäufe sind nicht der Rede wert.

Das ändert sich schlagartig, als um die Mittagszeit eine aufgeputzte Dame mit ihrem Schlitten vorfährt, der von zwei bildschönen Trabern gezogen wird. Die Dame ist über die Blütezeit ihrer Jahre hinaus , überdeckt das jedoch geschickt mit Puder und Schminke und wirkt wie eine Bühnendiva, die sich herabläßt, einen ländlichen Markt zu besuchen. Sie trägt eine modische Pelzmütze, die zwei rotgefrorene Ohren freiläßt und ist in einen kostbaren Zobelmantel gehüllt. Herrisch befiehlt sie dem Kutscher, mitten auf dem Kretschinski-Markt stehenzubleiben und den Bediensteten, ihr zu folgen.

Ashot verengt die Augen und beobachtet sie.

»Ich möchte wetten, das ist die Schewelkina, Olga Nikolaijewna Schewelkina. Sie ist mit einem der besten Juweliere der Stadt verheiratet und führt einen großen Salon. Obwohl sie nicht von Adel ist, trifft sich bei ihr alles was Rang und Namen hat.«

Auf dieses Stichwort hin reagiert Urban blitzschnell, springt in seiner Petruschka-Maskerade vor ihre Füße und weist mit einer theatralischen Geste auf seine Gretel, die augenblicks die mitreißende Fledermaus-Overtüre spielen läßt.

Die Dame lauscht einen Augenblick, dann klatscht sie begeistert in die Hände und besieht sich die Drehorgel aus der Nähe. Noch ehe Urban ein Verkaufsgespräch beginnen kann, sagt sie: »Ich will das Ding da kaufen! Was soll es kosten?«

Blasius erinnert sich an die Zeiten in St. Petersburg und schaltet sich mit einer gekonnten Verbeugung ein.

»Wir sind eine kleine, exclusive Handelgesellschaft, meine Gnädigste. Unsere Ware ist so selten wie kostbar. Wir verkaufen nur en bloc oder gar nicht.«

»Wie meint Ihr das?«

»Da wir nur zwei der einzigartigen Drehorgeln mit uns führen, geben wir jede davon nur zusammen mit vier Schwarzwälder Uhren und zwölf Flaschen armenischem Cognac ab.«

Die Schewelkina stutzt einen Augenblick, schnippt mit den Fingern und sagt: »Einverstanden. Der Preis ist Nebensache, ich kann mir das leisten! Vielleicht nimmt eine Freundin von mir, die Gräfin Pochiwalovna, das zweite Stück, vorausgesetzt, es spielt andere Melodien. Reserviert es bis zum morgigen Tag!«

Sie begutachtet die ringsum bemalte Drehorgel von allen Seiten, läßt sich noch einige Stücke vorspielen, dann nickt sie zustimmend und entschwindet. Urban schlägt Blasius anerkennend auf die Schulter: »Heute hast du dich selbst übertroffen!

Deine Petersburger Lehrzeit bei mir war doch nicht ganz umsonst!!«

In der linken Ecke des Marktes ist ein kleiner Teil für Bauersfrauen abgetrennt, die ihre frischen Waren hier anbieten, jetzt im Winter Kartoffeln, Rüben, Kohl und saure Gurken. Aus breiten Körben schauen die Köpfe von Hühnern, in Säcken quieken Ferkel und auf Zeitungspapier liegen die gefrorenen Teile eines geschlachteten Hammels.

Es ist eisig kalt und Ashot schlendert zu ihnen, um sich etwas Bewegung zu verschaffen. Nach langem Feilschen ersteht er eine Hammelkeule und geröstete Buchweizenfladen dazu. Die aufdringlichen Pasteten- und Plinsenbäcker wehrt er ab, die ihm unter lautstarken Anpreisungen auch etwas verkaufen wollen. Dafür winkt er die Sbitenverkäufer zu den Schlitten. Für eine Kopeke das Glas bieten sie ein heißes Honiggetränk an, das wohlig warm durch die Kehle rinnt und die vor Kälte erstarrten Marktleute wieder auftaut.

Alle Vier sind schon gründlich durchgefroren und beschließen – in der Hoffnung auf den morgigen Tag – ihre Zelte abzubrechen. Sie wohnen bei armenischen Freunden von Ashot, die in den Ställen Platz für die Pferde und im Hof Platz für die beladenen Reiseschlitten haben.

Der Kretschinski-Markt liegt kaum hinter ihnen, als sie sehen, daß sich der Himmel in der früh beginnenden Dämmerung blutrot verfärbt. Die Silhouetten der Kirchen mit ihren Zwiebeltürme heben sich düster davon ab und Ashot sagt: »Jede Nacht bricht hier in einem anderen Winkel ein Feuer aus, das ist nicht ungewöhnlich. Aber dieses muß ein gewaltiger Brand sein.«

Als sie näherkommen, jagt ein Feuerreiter mit brennender Fackel an ihnen vorbei und bläst ohrenbetäubend auf seiner Signaltrompete, hinter ihm rasen zwei vierspännige Schlitten der Feuerwehr mit Brandhaken und dem Löschgerät, das im Winter meist illusorisch ist, weil das Wasser zu schnell gefriert. Die Kirchenglocken beginnen Sturm zu läuten, aus den Häusern strömen Menschen und in Windeseile spricht sich herum, daß es im Kreml brennt, im alten Zarenpalast.

Unwillkürlich lenken auch Blasius und Urban die Schlitten in diese Richtung und gehören zu den ersten, die am Unglücksort eintreffen. Sie können nicht erkennen, welcher Teil des riesigen Gebäude-Komplexes brennt, sie sehen nur, daß die Flammen bis zum Dachgeschoß hell gen Himmel lodern. Das heißt »Fünfter Grad« für die Feuerwehrleute, höchste Alarmstufe und bedeutet, daß die Feuerwehren aus allen Teilen Moskaus anrücken müssen.

Doch noch ehe weitere Hilfe eintrifft, kommandiert ein Offizier zwei Einheiten mit je hundert Gardesoldaten auf das brennende Gebäude zu. Sie haben weder Sand noch Wasser zum Löschen, auch keine Brandhaken und marschieren mit leeren Händen durch das linke wie das rechte Tor ins Innere des Gebäudes.

Die Aufregung unter der ringsum versammelten Menschenmenge weicht lähmendem Entsetzen, der vielstimmige Lärm verstummt und jeder kann die kräftige Stimme des Feuerwehr-Kommandanten hören, der den Offizier anschreit:

»Bist du des Teufels, Kamerad? Schickst deine Männer direkt in die Hölle? Ruf sie sofort heraus!«

»Kümmere du dich ums Löschen – wir retten die Bildergalerie im zweiten Stock!« brüllt der zurück.

»Das gibt es nichts zu retten, der Boden wird unter ihrem Gewicht einbrechen, die Flammen schlagen schon aus den Fenstern!«

»*Trus* , *trajapka* – Feigling, Waschlappen!«

Mit einer verächtlichen Handbewegung macht der Offizier eine zackige Kehrtwendung und marschiert hinter seinen Leuten her. Seine Worte sind eine ungeheuerliche Beleidigung, denn jeder kennt den Todesmut und die Tapferkeit der Moskauer Feuerwehrleute, die bei jedem Brand ihr Leben von Neuem auf's Spiel setzen.

Einen Moment sieht es aus, als wolle sich der Kommandant auf den Offizier stürzen, doch er beherrscht sich – und im gleichen Augenblick kracht der brennende Palast mit ohrenbetäubendem Knall in sich zusammen, alle zweihundert Männer unter sich begrabend. Die letzten Balken bersten und die Flammen lecken gierig an dem trockenen Holz.

Ein Schreckensschrei erschallt aus der Menge, unterbrochen vom Trompeten neu eintreffender Feuerreiter und den Alarmglocken der Schlitten. Der Kommandant tritt seinen Kameraden entgegen, tiefe Enttäuschung steht ihm ins Gesicht geschrieben: »Dieses Mal hat das Feuer den Kampf gewonnen, ihr braucht gar nicht erst auszusteigen.«

Die Feuerwehren aus sechs der siebzehn Moskauer Stadtbezirke sind angerückt und die Pferde jedes Bezirks haben ihre eigene »Fellfarbe«, an der sie erkennbar sind:

Der Stadtteil Rogoshskaja hat schwarze Schecken, Chamownitscheskaya isabellfarbene, Pjatnizkaya Rappen mit weißen Füßen und einer Blesse, Gorodskaya Schimmel ohne Zeichnung, Jakimanskaya Apfelschimmel und Taganskaja graugesprenkelte Pferde, alles ausgesucht schöne, kräftige und schnelle Tiere.

Ashot, der ein Pferdenarr ist, kennt die Farben aller Bezirke und betrachtet die Gespanne mit Bewunderung, während Blasius und Urban Gretel trösten, die lautlos vor sich hinweint.

»Zweihundert Menschen müssen elend sterben, weil ein einziger Narr einen Befehl gibt«, sagt sie erschüttert, als sie sich wieder etwas gefaßt hat.

»Im Krieg sind es noch sehr viel mehr«, wirft Blasius ein, »und dann werden den Narren, die den Wahnsinn befehlen, auch noch Lorbeerkränze geflochten, weil sie sich Kaiser oder Zar nennen.«

»Hüte deine Zunge und gibt acht, was du redest,« sagt Ashot leise, »ich bin ganz deiner Meinung, aber dein Nachbar kann vom Geheimdienst sein – und dann darfst du unsere Reise nach Armenien in einem ›Wanzenstall‹ (Gefängnis) vergessen!«

Der Abend verläuft in gedrückter Stimmung, der Brand im Zarenpalast und die sinnlos geopferten Männer stehen ihnen noch deutlich vor Augen. Keiner will etwas essen und so heben sie die Hammelkeule auf für den nächsten Tag.

»Falls wir morgen wirklich etwas zu feiern haben«, meint Ashot skeptisch, »falls es sich die Schewelkina nicht anders überlegt, weil sie einen Verwandten oder einen Liebhaber unter den Gardesoldaten hatte.«

Doch seine Befürchtungen sind grundlos. Um die Mittagszeit des nächste Tages fährt wieder der elegante zweispännige Schlitten vor und die Schewelkina bringt tatsächlich ihre neugierig gewordene Freundin mit. Die Gräfin Pochiwalovna ist gleichermaßen entzückt von den Drehorgeln, aber nicht gleichermaßen entschlußfreudig und hat außerdem ganz andere Musikwünsche.

»Die ewigen Wiener Walzer öden mich an«, sagt sie, »ich mußte sie eine ganze Saison lang in St. Peteresburg ertragen und kann Johann Strauß nicht mehr hören. Ich ziehe die leichte klassische Muse vor, Menuette und Serenaden, alles, was Kammermusik bietet – von Haydn über Mozart zu den italienischen Meistern wie Rossini und Mauro Giulini. Könnt Ihr mir das bieten?«

»Gewiß doch, Gnädigste,« versichert ihr Urban eilfertig, »die schönste meiner Drehorgeln spielt ausschließlich kleine Stücke großer Meister. Sie war ursprünglich für Kiew gedacht, aber ich werde mich bemühen, für euch umzudisponieren.«

»Dann habt ihr also noch mehr dieser Musikapparate, nicht nur die zwei von denen euer Freund gestern sprach?« mischt sich die Schewelkina ein.

Urban läßt sich geschwind eine passende Ausrede einfallen.

»In der Tat haben wir mehr, aber ursprünglich nur zwei für Moskau, die anderen für Smolensk und Kiew. Einzelstücke wie diese Drehorgeln sind selten und kostbar.«

Die Damen werfen sich einen Blick zu, den Urban genau registriert. Sein Händlerherz beginnt vor Freude zu hüpfen: Diese beiden Kundinnen haben eindeutig Feuer gefangen! Nichts weiter ist nötig, als es ein bißchen zu schüren – und erst einmal abzuwarten!

Schließlich fragt die Schewelkina zögernd: »Wieviele Drehorgeln stehen insgesamt zum Verkauf?«

Und Urban antwortet ebenso zögernd: »Zwei – zu den genannten Bedingungen. Vier andere sind für unsere Weiterreise bestimmt, doch wir können das flexibel handhaben, so die Herrschaften das wünschen.«

»*Otschen choroscho*, sehr gut«, sagt die Schewelkina kurzentschlossen, »die Gräfin und ich kaufen die beiden Orgeln mit den Walzern und der kleinen Klassik für unsere Salons und nehmen sie gleich mit. Die anderen vier Instrumente wird mein Gatte erwerben und in unserem Juwelier-Geschäft als besondere Attraktion weiterveräußern. Natürlich gibt es schon Drehorgeln hier in Moskau, aber keine, die so schön gestaltet sind und eine so hohe musikalische Qualität haben. Ich erwarte allerdings, daß uns dafür ein Wiederverkaufspreis eingeräumt wird.«

Das versichert Urban mit Vergnügen, besteht aber weiterhin auf dem Kombigeschäft mit den Schwarzwald-Uhren und dem armenischen Cognac, was kommentarlos akzeptiert wird. Die Damen sind glücklich mit der Neuerwerbung und lassen ihre Spielzeuge gleich zum Schlitten schaffen – nicht ohne vorher die Geldkatze zu zücken.

»Die Uhren und der Cognac sollen morgen mit den vier Drehorgeln geliefert werden«, bestimmt die Schewelkina, »und ich hoffe, Ihr kommt nicht so schnell wieder nach Moskau – damit wir unsere Exklusivität noch eine Weile genießen können!«

Daß sie in Moskau ordentliche Geschäfte machen würden, haben alle gehofft. Aber daß diese Geschäfte so schnell, so einfach und so gut laufen würden, übertrifft ihre kühnsten Träume! Als der Schlitten der Damen mit klirrenden Schellen abgefahren ist, wickelt sich Gretel aus ihrem Bärenfell auf dem Kutschbock und fällt nacheinander ihrem Urban, dann Blasius und zuletzt auch Ashot, um den Hals.

»Wir sind die Glückspilze vom Kretschinski-Markt!« jubelt sie, »wir fahren mit leichtem Gepäck weiter und werden so schnell reisen wie der Wind!«

An diesem Abend schmeckt die Hammelkeule, die Ashots Freunde schon zubereitet haben, bis sie nach Hause kommen. Sie nehmen eine Drehorgel mit ins warme Zimmer und Urban sagt übermütig: »Jetzt hört ihr gleich ein Lied, für das der Textdichter mich als Vorbild nahm und das der Komponist mir zu Ehren vertont hat:

»Ein schöner Mann ist delikat,
Wie ein Kapaunerl mit Salat!
Und weiß ein Mann dies nur einmal,
So ist er gleich damit brutal.
Ein schönes Mannsbild putzt sein' Leib,
Ist oft koketter als ein Weib!«

14

Ein derart müheloses Geschäft ist so selten und auch so unwahrscheinlich, daß Blasius wie Urban ihre berechtigten Zweifel haben, ob am nächsten Morgen alles so reibungslos weitergeht wie es angefangen hat. Und ob der Goldschmied und Juwelier Pjotr Michailowitsch Schewelkin die Einkaufspläne seiner Gattin gutheißt und bereit ist, gleich vier Drehorgeln auf einmal zu kaufen – und auch zu bezahlen!

Aber Schewelkin tut so, als seien solche Geschäfte sein täglich Brot. Er überprüft die Instrumente von allen Seiten auf Beschädigungen, läßt sich auf jeder ein Stück vorspielen und nickt zufrieden. Dann zählt er die Uhren und den Cognac.

»Meine Frau hat manchmal absonderliche Ideen«, sagt er dazu, »aber meistens erweisen sie sich als gut. Euer Vorbild mit der Kombination hat sie auf den Gedanken gebracht – und in der Tat ist unser Laden groß genug, um neben den Schmuckstücken auch andere seltene Waren zu offerieren. Und ein Glas armenischer Cognac für die Kundschaft betont die Exklusivität meines Angebots – Wodka kann schließlich jeder offerieren!«

Mit diesen Worten schließt er den schweren Geldschrank in seinem Kontor auf, zählt den vereinbarten Betrag in großen Scheinen ab und übergibt ihn Blasius.

»Wenn Ihr wieder nach Moskau kommt und Interessantes zu zeigen habt, sprecht bei mir vor. Vielleicht bleiben wir im Geschäft.«

»Ein solches Glück widerfährt uns niemals wieder«, meint Blasius als er mit Urban in den leeren Schlitten klettert, »was wir an diesem Wochenende verdient haben, kratzt ein Schwarzwälder Uhrmacher das ganze Jahr über nicht zusammen.«

»Recht hast du! Eigentlich sollten wir die ganze Reise an den Nagel hängen, diese Verbindung zwischen St. Petersburg und Moskau pflegen und neue dazugewinnen.«

»Sollen wir das wirklich?«

»Vom Verstand her – ja. Vom Gefühl her – nein! Jetzt hat uns die Reiselust gepackt und inzwischen denke ich, der Pope aus Ladoga hat recht, wenn er sagt: Reisen und die Welt für sich entdecken muß man, solange man jung ist! Vernünftig sein kann man später immer noch!«

»Dann sind wir uns ja einig.«

Einen großen Teil der gerade eingenommenen Rubel überweisen sie von dem nächsten Bankhaus an Meister Dold, dann schicken sie eine Depesche einer neuen Bestellung für Uhren und Drehorgeln nach St. Petersburg.

»Und wie feiern wir jetzt unseren Erfolg? Wir können doch unmöglich so schnell losfahren wie wir es vorhatten!« Urban ist unternehmungslustig und Blasius sagt: »Ich habe da schon eine Idee – aber laß uns erst einmal zurückfahren zu Gretel und Ashot und berichten, daß alles gutgegangen ist.«

Es ist noch nicht einmal Mittag, als sie zurückkehren, jeder eine Flasche Champagner unter dem Arm. Ashot läßt sich von ihrer Siegerstimmung mitreißen und davon überzeugen, daß es auf einen Tag mehr oder weniger in Moskau nicht ankommt.

»Laßt uns in eine gute Badestube gehen«, schlägt Blasius vor, »in meiner Heimat, dem Schwarzwald gibt es etwas Ähnliches, das Glotterbad – da kommen die Gäste von weither, so bekannt ist es. Und wer weiß, wann auf unserer Reise wir wieder ein solches Vergnügen haben werden!«

Von dieser Idee sind alle angetan. »Die Sandunowschen Badestuben sind die besten«, sagt Ashot, »sie liegen an einem großen Teich bei der Swonarny-Gasse, sie sind sauber und fabelhaft ausgestattet. Sogar Puschkin war hier zu Gast!«

»Warst du etwa auch schon da?«

Ashot schmunzelt. »Meint ihr, ich lese abends nur das Gebetbuch, wenn ich von den Reisen zurückkomme und gut verkauft habe? Natürlich war ich schon da!«

»Und warum hast du uns nichts davon verraten?«

»Ganz einfach – weil ich dachte, das interessiert euch nicht. Du bist jung verheiratet, Urban, und Blasius ist noch immer in Trauer um Ljuba.«

»*Da – njet, nitschewo!*« Auch Urban schmunzelt. »Blasius ist immer ein bißchen in Trauer um eine verlorene Liebe seit ich ihn kenne! Er nimmt das alles viel zu ernst – deshalb dürfen seine Freunde es nicht auch noch ernst nehmen!«

Gretel hört aufmerksam zu und ihr hübsches Gesicht mit dem

kecken Näschen ist von dem Champagner noch eine Spur rosiger als sonst. »Das klingt ganz so, als ob eure Badestube ein Männerclub wäre. Ich will aber auch mit!«

»*Konjeschno*, natürlich«, versichert Ashot, »der Auskleideraum ist in der Tat wie ein Club, aber einer, in dem sich alle Badegäste treffen. Er ist als Spiegelsaal prächtig ausgestattet mit bequemen Sesseln und Diwanen und weichen Fellteppichen auf dem Boden. Es gibt ein Büffet mit feinen Speisen und köstlichen Getränken, vom Kwaß bis zum Champagner, alles was das Herz begehrt und der Geldbeutel erlaubt. Und es gibt sehr höfliche Bedienungen und gut geschulte, diskrete Badewärter und Badewärterinnen.«

»Und warum sind wir dann nicht schon längst dort?« fragt Blasius, angesteckt vom Übermut seiner Freunde.

Mit Schellengeläute flitzt ihr Schlitten über die feste Schneedecke der Straßen und ihr Atem gefriert zu kleinen Wolken.

Unterwegs erzählt ihnen Ashot, daß diese Badestuben der berühmten Schauspielerin Sandunowa und ihres nicht minder bekannten Gatten Sila Sandunow gehören, die beide sowohl auf der Bühne als auch in Gelddingen eine glückliche Hand haben.

Schon ihr Name war erfolgversprechend, aber das gut durchdachte Konzept, die Qualität der Einrichtung und die vorzügliche Bedienung machten aus den »Sandunowschen Badestuben« in kürzester Zeit ein Etablissement, in dem sich die bessere Gesellschaft ganz Moskaus trifft, getrennt in Adels- und Kaufmanns-Abteilungen. Auch Familien-Abteilungen gibt es, in die Damen bester Kreise mit ihren Zofen samt Möpsen und Schoßhündchen kommen. Zuerst wird die Gnädigste gebadet, dann kommen die lieben Tierchen dran.

Blasius und Urban sehen sich an und lachen beide.

»Woran denkst du?«

»Na, woran wohl? An die gnädigste junge Gräfin Stroganowa, ihre fetten Möpse und ihre Zofe Ljuba.«

Bei dieser Vorstellung beginnt Blasius von neuem zu lachen und Urban stellt befriedigt fest: »Jetzt hast du's endlich gepackt! Wer bei der Erinnerung an seine letzte Liebe so herzhaft lachen kann, ist von dem Kummer geheilt.«

Ashot hat nicht übertrieben. Sie werden in den Sandunowschen Badestuben auf das höflichste empfangen und in den Spiegelsalon geleitet, in dem sich die Besucher aller Gesellschaftsklassen treffen, um sich später wieder zu trennen. Hier jedenfalls verbindet alle eines: die gut gefüllte Geldkatze.

Ein Naturkind wie die Gretel aus der deutschen St. Peterburger 60er-Kolonie hat nie im Leben etwas Ähnliches gesehen, Urban und Blasius natürlich auch nicht, aber die Drei halten sich wacker. Ashot ordert weltmännisch Champagner und weiß auch genau, welchen er will, als der Ober nachfragt: *Veuve cliquot demi sec*.

Weder Russen noch Armenier sind Liebhaber der trockenen Sorten.

Es ist wie ein Märchen: Das Schlaraffenland des Buffets, der perlende Champagner in den hohen Kelchen, das liebenswürdige Geplauder der anderen Gäste, die sie sofort in ihrer Mitte aufnehmen – Gretel läßt sich leicht und unbeschwert in diesen Märchentraum hineingleiten. Eine junge Russin nimmt sie bei der Hand und führt sie über den Waschraum in das eigentliche Dampfbad, wo die Badewärterinnen immer wieder Wasser über glühend erhitzte Steine gießen. Zwischendurch schlagen sie mit feinen Rutebesen die Rücken ihrer Badegäste. Gretel kennt das nicht, sträubt sich dagegen, läßt sich aber überreden und empfindet es dann als sehr angenehm.

Durch die anschließende Abkühlung erfrischt, kehrt sie in den Salon zurück, eingehüllt in ein großes weißes Badetuch, das wie ein Kinomo geschnitten ist.

Die meisten Gäste tragen inzwischen dieses Gewand und wenn Urban nicht so klein wäre, hätte sie Schwierigkeiten gehabt, ihn ausfindig zu machen. Sie kuschelt sich auf einem der Diwans in seine Arme und fragt: »Warum haben die St. Petersburger so etwas nicht? Das ist wirklich sehr angenehm!«

»Du Schäfchen! Natürlich haben sie dort auch Badestuben in vielen Güteklassen – nur du hast es nicht gewußt. Und ich habe es nicht gesehen, obwohl ich es wußte!«

In den Sandunowschen Badestuben gibt es viele Kammern und kleine Räume und auf dem Weg nach einem dieser verschwiegenen Winkel fragt Gretel:

»Wo sind denn eigentlich Blasius und Ashot geblieben? Ich habe sie gar nicht mehr gesehen?«

»Du bist nicht nur ein Schäfchen, sondern ein Unschuldslamm! Die beiden haben längst eine der schwarzhaarigen Schönen gefunden, die hier auf ihre Freier warten. Aber mir ist die Qual der Wahl erspart geblieben – ich habe ja dich!«

*

Diese lange Nacht mit dem vielen Champagner beschert den Freunden einen ausgiebigen Kater, den sie erst am nächsten Nachmittag wieder loswerden.

Den letzten Abend verbringen sie in der »Stadt Saratow«, einem der ältesten Wirtshäuser Moskaus bei einer bescheidenen *Borschtsch*, der traditionellen russischen Suppe aus Kohl und roten Rüben, angereichert mit saurem Rahm. Eine *Borschtsch* können sich auch die meisten armen Teufel leisten, da aber in der »Stadt Saratow« vorzüglich gekocht wird, kommen auch wohlhabende Bürger hierher und lassen sich's schmecken.

Die Russen lieben ihre Gasthäuser, die Moskauer ganz besonders: Hier werden Geschäfte über tausende von Rubeln abgeschlossen, hier finden Alleinstehende Gesellschaft, hier gibt es Stunden freundschaftlicher und anregender Gespräche beim Tee, hier wird fröhlich und ausgelassen gefeiert, hier gelten die herrschenden Klassenunterschiede nicht: ein Habenichts kann neben einem Millionär sitzen und sich sachkundig über die neueste Komödie von Alexander Ostrowski mit ihm streiten.

Ashot ist in seinem jungen Leben schon zweimal die schier endlose Strecke von Erevan bis Moskau gereist, aber er erkundigt sich jedes Mal von Neuem eingehend, welcher Weg in umgekehrter Richtung aktuell empfehlenswert ist und welcher nicht.

»Die schnellste Strecke führt über Tula, Orel, Kursk und Charkow nach Süden – auf diesem Weg bin ich gekommen. Soll ich ihn wieder nehmen?«

Sein Tischnachbar, ein älterer Mann mit einem bemerkenswerten Knebelbart, schaut ihn erschrocken an. »Um Himmels willen, nein, Söhnchen! Liest du keine Zeitung?

In der Ecke tummeln sich seit ein paar Monaten die frechsten Räuberbanden des Zarenreiches und machen sich Konkurrenz im Ausplündern der Reisenden. Fahrt besser über Smolensk, Gomel und Kiew, das ist sicherer.«

»Daran haben wir auch schon gedacht, aber es ist viel weiter.«

»Weiter oder nicht – das ist doch egal«, wirft Blasius ein, »mein Bedarf an Räubern ist gedeckt!«

»Wirklich sicher ist natürlich keine Strecke«, schränkt ihr Nachbar ein, »und diese Halunken lassen sich durch keine Strafe von ihrem schandbaren Gewerbe abhalten. Morgen wird wieder einer geköpft – ihr könnt euch das anschauen! Aber meint ihr etwa, die anderen, die sie nicht erwischt haben, ziehen daraus eine Lehre? *Nitschewo!* Wenn drei geköpft werden, kommen gleich sechs neue zu den Banden!«

Empört trinkt er sein halbvolles Wasserglas Wodka aus und knallt es auf den Holztisch. »Ich schaue mir das an morgen. Wollen wir zusammen hingehen?«

Gretel ist auch empört, aber gleichzeitig erschrocken: »Was seid Ihr für ein grausamer Mensch – wollt euch freiwillig eine Hinrichtung ansehen! Nie und nimmer würde ich da mitgehen!«

»Mein liebes schönes Kind«, sagt da der Mann mit dem bemerkenswerten Knebelbart, »du bist eine Frau und deshalb sei dir verziehen. Ich – und grausam? Bin ich etwa derjenige, der diesen Schurken köpft und ihn vorher noch auspeitscht? Ist es ein adeliger Schurke, zerbricht der Henker auf dem Schafott sogar den Degen über seinem Haupt und spricht ihm damit Rang, Orden und Titel ab. Aber ich sagte ja schon: Es ist alles vergeblich, keiner läßt sich davon abschrecken.«

Als sie am nächsten Morgen mit ihren beiden Schlitten Moskau verlassen, begegnen sie tatsächlich einem schwarzgestrichenen, von einem Rappen gezogenen Karren. Auf ihm ragt ein ebenso schwarzer Pfahl in die Höhe und auf einem Podest darunter steht ein hölzerner Hocker. Auf ihm sitzt, mit eisernen Ketten an den Pfahl geschmiedet, der verurteilte Verbrecher in einem schwarzen Kittel, mit einer schwarzen Kappe auf dem Kopf. Auf seiner Brust baumelt eine schwarze Tafel, auf der mit Kreide geschrieben steht, weshalb er verurteilt ist: Raub und Mord. Man fährt ihn durch die Hauptstraßen, über den Roten Platz und über die Moskwa bis zum Konnaja-Platz, wo die öffentliche Hinrichtung stattfindet. Dabei legen die Behörden großen Wert darauf, daß dieser letzte Weg möglichst lang ist und möglichst viele Menschen den Verurteilten sehen. Die beschimpfen und verfluchen ihn und zeigen ihn als abschreckendes Beispiel ihren Kindern.

»Der arme Teufel«, sagt Gretel mitleidig, »wer weiß, weshalb er ein Verbrecher wurde und was ihm selbst Schlimmes geschehen ist.«

Diese Gefühle kann Blasius nicht teilen – er stellt sich ingrimmig vor, daß da oben auf der Arme-Sünder-Bank ein anderer sitzt: Alexander Jurjewitsch Gratschjow und daß es *sein* Kopf ist, den der Henker demnächst abschlägt.

Als er seine Gedanken Ashot mitteilt, schaut der ihn überrascht an. »So kann man sich täuschen! Ich dachte, ich kenne dich ein wenig nach so vielen Monaten – und dabei stimmt das gar nicht. Du bist nicht so sanftmütig, wie ich dachte, du bist von heimlichem Rachedurst beseelt! Da kann ich mir nur wünchen, daß wir diesem kaukasischen Räuber, der dir Ljuba genommen hat, nie wieder begegnen.«

*

In kurzen Tagesetappen ziehen sie südwärts. Sie haben keinen Ehrgeiz, schnell voranzukommen wie die meisten anderen Reisenden, deren Kutscher die Pferde mit Peitschen antreiben und sie im Galopp überholen. Wer auf diese Weise die riesigen Entfernungen im Reiche des Zaren überwindet, kann im Winter in weniger als vier Tagen von St. Petersburg nach Moskau kommen – ein Weg, der im Sommer zwei bis drei Wochen beansprucht, schon wegen der vielen Flußübergänge.

Die erschöpften Pferde werden am Abend in den Posthalter-Stationen gegen frische, ausgeruhte Tiere getauscht und am nächsten Morgen geht es im Eiltempo weiter.

Genau das wollen sie vermeiden und ihre Pferde nicht auswechseln. Blasius vergißt nicht, daß ihm der Fuchs das Leben gerettet hat und er wünscht sich jetzt noch insgeheim, seine eisenbeschlagenen Hufe hätten nicht nur die Schulter jenes Schurken Alexander getroffen.

Allmählich lassen sie die endlosen weiten, kahlen, flachen Einöden des Nordens hinter sich, die ihnen viel Zeit geben, über alles zu reden, was sich in der Zwischenzeit ereignet hat. Sie wechseln immer wieder die Plätze – mal fährt Gretel mit Urban, mal mit Blasius, mal mit Ashot und der Gesprächsstoff geht ihnen nie aus.

»Du hast noch nicht erzählt, was alles in St. Petersburg passiert ist, seit ich unterwegs bin. Um welche Familien aus unserem Kundenkreis gab es neue Skandale? Ist die Gräfin Stroganowa noch immer so unersättlich und erfinderisch in den abendlichen Spielen mit ihren Freundinnen? Was war ich damals jung und dumm – heute würde ich nicht mehr nach Ladoga fliehen!«

»Das habe ich dir doch gleich gesagt, erinnerst du dich?«

Urban versucht sein spitzbübisches Lächeln mit Überlegenheit zu vereinen. »Ich wäre schon hingegangen, um die Damen zu überzeugen, daß Napoleon nicht der einzige kleine große Mann war, dem die Frauen zu Füßen lagen! Aber das habe ich dir schon mal auf dem Weg nach Ladoga gesagt.«

»Dein Selbstbewußtsein möchte ich haben! Aber dir hat ja auch kein Räuber die Braut geklaut!«

»Hör endlich auf zu lamentieren und dich zu bemitleiden! So ist das Leben – mal hast du Glück, mal hast du Pech! Wer weiß, wie es mit der Gretel und mir weitergeht? Jetzt haben wir noch Flitterwochen, aber niemand kann sagen, ob ein Nebenbuhler nicht schon darauf lauert, mein Weibchen einzufangen!«

»Jetzt geht die Phantasie mit dir durch, das glaubst du ja selbst nicht! Erzähle mir lieber, was die Gemüter in St. Petersburg wirklich bewegt hat!«

»Du weißt ja selbst, da ist immer etwas los. Aber das Schicksal der jungen Kadetten an der Militärakademie, die wegen eines harmlosen Studentenstreichs so hart bestraft wurden – das hat niemanden unberührt gelassen: Um sie zu demütigen, mußten sie in die Ecke stehen wie Schulkinder und als sie sich dagegen auflehnten und die Tür versperrten, wurde die Klasse gestürmt. Ohne Ausnahme mußten alle in den Kaukasus an die Front und dieser Befehl wurde von Graf Peter Andrejewitsch Kleinmichel erteilt.«

»Ist das dieser deutschstämmige Kleinmichel, der sich überall unbeliebt macht?«

»Genau der. Niemand weiß, wie er in diesen hohen Rang aufsteigen konnte, aber nun sitzt er mal in seinem Ministersessel und keiner wird ihn da so leicht rauswerfen.«

»Und die jungen Kadetten mußten tatsächlich in den Kaukasus , obwohl sie noch gar nicht ausgebildet sind?«

»Ihre Familien konnten nicht einmal Prostest dagegen einlegen – es wurde verfügt, daß sie innerhalb eines Tages ausrücken.«

»Mit derart drakonischen Strafen gewinnen die Deutschen keinen Blumentopf in ihrer neuen Heimat, von neuen Freunden ganz zu schweigen.«

»Recht hast du! Dabei ist Graf Kleinmichel noch harmlos gegen General Benckendorff, den Chef von Zar Nikolais gefürchteter Geheimpolizei: Er macht den Dekabristen in ihrer sibirischen Verbannung noch heute das Leben schwer, obwohl ihr Aufstand schon zwanzig Jahre zurückliegt.«

*

In Safonowo, zwei Tagereisen vor Smolensk, treffen sie auf eine Handels-Karawane mit zwei Dutzend Schlitten, die ebenfalls in Richtung Schwarzes Meer unterwegs ist. Die Kaufleute fahren gemeinsam, weil sie sich auf diese Weise besser gegen Überfälle schützen können. Alle sind bewaffnet und legen großen Wert darauf, ihre Gewehre, Pistolen, Patronengürtel, *handschars* und *schaskas* zur Schau zustellen.

Zum Glück gibt es in Safonovo mehrere Herbergen nebeneinander und dicht gedrängt finden alle Platz darin. Der Anführer der Schlitten-Karawane schüttelt den Kopf, als ihm Blasius seinen Reiseplan erklärt. Er ist ein kräftiger Mann mit kantigem Gesicht, einem gepflegten Bart und klaren, festen Augen.

»Das ist keine gute Idee, über Smolensk und Kiew zu fahren. Erstens ist es ein gewaltiger Umweg und zweitens hocken in den großen Städten die Späher der Banden, die dann später die Reisenden ausrauben.«

»In Moskau sagte man uns, die andere Strecke über Tula, Kursk und Charkow sei gefährlicher«, wendet Ashot ein.

»Das ist richtig, aber diese Strecke meiden wir ebenso. Wir umgehen auch Smolensk auf Nebenstraßen, sparen dabei viele *Werst* ein, kaufen in Roslavl noch einmal Lebensmittel und fahren von da über Brjansk direkt nach Süden. Das nächste große Ziel ist dann Jekaterinaslaw (heute Dnepropetrowsk).

»Habt ihr das schon einmal gemacht?«

»Mehr als einmal! Diese Route ist sicher – sie hat nur einen Nachteil: Bei viel Neuschnee bleiben wir stecken! Aber bisher haben wir Glück gehabt und alle Risiken kann man nicht ausschalten. Wenn ihr euch anschließen wollt, seid ihr willkommen – je mehr wir sind, desto besser können wir uns wehren.«

Blasius schaut seine Freunde an, alle nicken, nur Gretel meint zögernd: »Ja – aber wir haben ja gar keine Waffen!«

»Keine Waffen?« hakt der Karawanen-Führer sofort ein, »das ist unmöglich – welcher Leichtsinn! Wehrlose Reisende sind das Schönste für jeden Räuber – um einen solchen Fang beten diese Halunken jeden Abend zum Teufel!«

Gleich am nächsten Morgen wird alles Nötige eingekauft und sie ziehen gemeinsam mit der Karawane gen Süden. Da es auf den Nebenstrecken keine Poststationen gibt, können auch die anderen Schlitten keine Pferde austauschen und das ist gut so, denn Blasius möchte sich ebensowenig von dem Fuchs trennen wie Ashot von seiner Schimmelstute. Wie weise diese Entscheidung ist, wird sich erst später herausstellen.

Es ist eine lange Fahrt, aber jeder weiß es, hat sich darauf eingestelllt und niemand klagt darüber. Eingehüllt in dicke Pelzmäntel und zugedeckt mit Fellen läßt sich die strenge Kälte ertragen. Mittags wird angehalten, alle wärmen sich an einem Feuer auf, es gibt heiße *Lapscha* und dann tauschen sie die Schlittenplätze. Das ist kurzweilig, sie lernen sich gegenseitig kennen und jeder hat seine eigenen Geschichten, Erlebnisse und Abenteuer auf Lager, die er zum Besten geben kann.

Gretel ist die einzige Frau in der ganzen Karawane von nunmehr vierundzwanzig Schlitten und findet das herrlich. Sie genießt die Bewunderung der anderen Männer, die gar nicht verstehen können, warum eine so kostbare junge Frau mit rosafarbenem Gesicht und Haaren wie Gold einen so kleinen Mann wie Urban anbetet – wo es doch viel größere und stärkere Männer in nächster Nähe gibt!

Aber für die hat Gretel kein Auge. Die starken Männer lassen ihre Muskeln spielen und gockeln um die Wette, aber es nutzt ihnen nichts und schließlich nehmen sie es resigniert zur Kenntnis.

Wenn sie abends ein Nachtquartier in einem Dorf finden, spielt sie auf der letzten verbliebenen Drehorgel alle acht Stücke, deren Melodien bald ringsum mitgebrummt werden. Die Männer himmeln Gretel an, sie läßt sich das mit Vergnügen gefallen, hält sie aber geschickt auf Distanz und Urban sonnt sich in seinem Besitzerstolz.

Die Dorfbewohner haben etwas so Wundersames wie diese

Drehorgel noch nie gesehen und gehört. Sie werden es auch niemals wiedersehen – aber für den Rest ihres Lebens von diesem Zauberding träumen, dem eine Zauberfee mit goldenen Haaren Musik entlockt hat. Noch ihren Enkeln werden sie davon erzählen, was sich da in ihrem abgeschiedenen, kleinen, armseligen Dorf ereignet hat ...

Und wie bitterarm die Menschen sind, die hier als Leibeigene ihr Dasein fristen und jeden Winter aufs Neue um das Überleben kämpfen – das sehen sie auf dieser Fahrt deutlicher als je zuvor. Sie sind zu rechtlosen Sklaven degradiert, ausgeliefert der Willkür ihrer Besitzer. Freilich benutzen diese die Knute nur selten selbst – sie lassen prügeln und quälen und häufig sind es die harten deutschen Gutsverwalter, die auf den riesigen Ländereien vergeblich versuchen, den einfachen Bauern preußische Disziplin einzubläuen.

»Hast du unterwegs von den sogenannten Kartoffelempörungen gehört?« fragt Urban. Blasius schüttelt den Kopf.

»In seltener Einigkeit haben sich die Bauern in weiten Teilen Rußlands dagegen gewehrt, Kartoffeln anzupflanzen – sie wollten bei der traditionellen Aussaat von Weizen, Buchweizen, Hirse und Roggen bleiben, nachdem die Kartoffelfäule die Ernte eines Jahres vernichtet und damit eine Hungersnot verursacht hatte.

»Bis sich die duldsamen russischen Bauern gegen etwas wehren, muß viel zusammenkommen. Und was haben die Empörungen gebracht?«

»Was glaubst du wohl? *Nitschewo* – nichts! Die Gutsverwalter riefen das Militär zu Hilfe und die Soldaten zwangen die Bauern landesweit die unbekannten, ungeliebten Kartoffeln anzupflanzen.«

»Ja, die *Nemzew*, die Deutschen, machen sich wahrhaftig wenig beliebt im Zarenreich«, stellt Blasius noch einmal fest, »weder beim einfachen Volk, noch in besseren Kreisen – siehe Graf Kleinmichel und General Benckendorff. Aber seit dem Dekabristen-Aufstand ist schon so viel Zeit verstrichen – gibt es denn keine neuen Bestrebungen, die Leibeigenschaft aufzuheben oder wenigstens die Zustände zu verbessern?«

Blasius liegt dieses Thema am Herzen, denn er weiß, daß sich auch in Europa revolutionäre Bewegungen in dieser Richtung anbahnen.

»*Da – njet*, ja und nein. Es gibt einige liberale Großgrundbsitzer, die ihre Leibeigenen anständig behandeln, die talentierte Kinder lernen lassen und sogar zum Studium nach Moskau schicken, allerdings ohne ihnen damit die Freiheit zu schenken. Aber das sind seltene Ausnahmen – die meisten halten ihre Bauern ganz bewußt in dem dumpfen Zustand des Unwissens, denn so sind sie am leichtesten zu knechten und mucken nicht auf. Es ist schon ein Fortschritt, daß es keine zweite *Saltytschicha* mehr gegeben hat – zumindest ist kein ähnlicher Fall bekanntgeworden.«

»*Saltytschicha?* Wer ist das? Davon habe ich nie gehört.«

»Das ist es ja! Du hast eine Allgemeinbildung wie Schweizer Käse – lauter Löcher! Nimm dir ein Beispiel an mir: Ich habe das alles auch nur aus Büchern gelernt!«

Urban kann es nicht lassen, sich aufzumanteln und mit seinem angelesenen Wissen zu protzen. Dieses Wissen kann sich allerdings sehen lassen, denn er liest leidenschaftlich gern und sobald er ein Buch erwischt, ist er nicht mehr ansprechbar.

»Also: Die *Saltytschicha*, hieß eigentlich Darja Iwanowna Saltykowa und war eine reiche Gutsbesitzerin. Innerhalb von sechs Jahren quälte sie 139 ihrer Leibeigenen zu Tode und wurde dafür zu lebenslänglicher Haft verurteilt. Das ist bis heute in Rußland nicht vergessen. Aber für dich als *Nemez* ist das nicht so wichtig, denn es liegt fast hundert Jahre zurück.«

Während dieses Gesprächs sind die zerlumpten Bauern des Dorfes nicht von der Drehorgel gewichen und starren das Wunderding noch immer in ungläubigem Staunen an, obgleich es jetzt keine Musik mehr macht.

»Sie erinnern mich an die Bauern bei St. Petersburg, als sie die erste Eisenbahn sahen«, fährt Urban fort. »Du hast sicher gehört, daß jetzt die Strecke nach Moskau fertiggestellt wird. Als die ersten Landleute dieses riesige schwarze Ungetüm von Lokomotive sahen, das sich ohne Pferde bewegte, dabei schauerliche Zischlaute von sich gab und qualmte wie ein Höllenschlund, meinten sie, der Teufel stecke dahinter. Sie bekreuzigten sich, warfen sich auf den Boden nieder, bedeckten ihr Gesicht mit den Händen, klopften an ihre Brust und gebärdeten sich wie Tollhäusler. Dabei riefen sie immerfort: *Gospodi spasi i promiluj!* – Gott erbarme sich meiner! Die ersten Probefahrten waren übrigens gratis, aber trotzdem ließ sich keiner bewegen, in dieses Teufelsgefährt einzusteigen. Anfangs waren Deutsche und Polen die einzigen Gäste.«

*

Die Schlittenkarawane kommt langsam, aber stetig voran. In zwei Tagen werden sie in Jekaterinaslaw sein und von dort ist es nicht mehr weit bis zum Schwarzen Meer. Das Wetter ist beständig eiskalt und der Himmel bleigrau. Seit Wochen gibt es keinen Sonnenstrahl, aber auch keine neuen Schneefälle. Nichts Unerwartetes hat sich ereignet und alle sind ein wenig leichtsinnig geworden. Zu Beginn der Reise wurde streng darauf geachtet, daß die Schlitten dicht aufgeschlossen hintereinander fuhren, jetzt zieht sich die Karawane in die Länge und zwischen den einzelnen Schlitten haben sich große Abstände gebildet.

Ein georgischer Kaufmann bleibt weit zurück – er ist eingeschlafen und seine Pferde zotteln gemächlich vor sich hin. Da bricht völlig überraschend aus einem Waldstück eine Horde bewaffneter Banditen hervor, die sich mit wüstem Gebrüll auf den Schlitten stürzen und den Georgier vom Bock zerren.

»Pomogitje – rasbojniki«, schreit er, »Hilfe – Räuber«. Und schon schlägt ihm einer der Halunken den Gewehrkolben über den Kopf und er ist still, während die anderen den Schlitten nach Geld durchwühlen und versuchen, die Pferde auszuspannen. Aber Blasius, der mit Ashot im zweitletzten Schlitten fährt, hat die Hilferufe gehört, wendet geistesgegenwärtig und jagt zurück.

Als die Räuber ihn herankommen sehen, lassen sie den Schlitten und die Pferde im Stich und schleppen ihr Opfer samt seinem Geldkasten im den Wald, der so dicht ist, daß eine Verfolgung mit dem Schlitten unmöglich ist.

»Swolotsch! – Gesindel! *Schto wam goret wadu!* Ihr sollt in der Hölle brennen!«

Blasius flucht mit Ashot auf russisch um die Wette.

»Diese Georgier sind selbst Banditen«, sagt Ashot grimmig, »aber sie sind auch unsere Nachbarn. Wir könnten in der gleichen Situation sein und dürfen ihn nicht im Stich lassen. Was machen wir?«

»Zurückfahren und Kriegsrat halten.«

Die Karawane ist inzwischen weitergezogen und hat nichts

von den Ereignissen bemerkt. Erst als die beiden letzten Schlitten im Galopp aufholen wird der Anführer aufmerksam und läßt sogleich eine Litanei noch schlimmerer Flüche los als Blasius und Ashot zusammen.

»Diese Hundesöhne! Und ich bin mitschuldig, weil ich nicht aufgepaßt habe!«

Er reißt sich seinen *papak* vom Kopf, die hohe kaukasische Fellmütze, wirft sie voll Zorn in den Schnee und rauft sich die Haare.

Die Karawane kommt zum Stillstand, alle springen von den Schlitten, laufen zusammen und reden aufgeregt durcheinander. Blasius hebt eine Hand hoch, um sich Gehör zu verschaffen.

»Ich habe einen Vorschlag und möchte wissen, ob alle einverstanden sind. In einer halben Stunde wird es dunkel und ich möchte wetten, daß die Kerle jetzt schon halb betrunken sind und ihr Glück feiern. Während ihr das Lager aufschlagt, kann ich mit zwei, drei Männern zurückreiten und versuchen, den Georgier zu befreien. Ashot kommt mit mir, wer noch?«

»Ich natürlich«, sagt der Anführer und schüttelt den Schnee von seinem *papak*, den er wieder aufgehoben hat.

»Und ich! Ich kann einen kleinen Überraschungs-Effekt beisteuern zur Abendunterhaltung der Herren Räuber!«

Urban setzt sein Spitzbubengesicht auf.

Sie beschließen zu Viert zu reiten und ein Handpferd für den Georgier mitzunehmen. Flüsternd besprechen sie den Plan und können den Anführer davon überzeugen, sich weder mit Gewehren noch mit Pistolen zu bewaffnen.

»Das behindert uns nur: der Überfall muß so schnell gehen, daß gar keine Zeit dafür bleibt.«

Auch Ashots Schimmelstute bleibt zurück, er nimmt dafür einen der beiden unauffälligen Braunen des Georgiers. Blasius klopft seinem Fuchs den Hals, streichelt ihn, krault ihn vorsichtig zwischen den Ohren. Er redet leise auf ihn ein und es ist, als würde das Tier seine Worte verstehen, so gespannt und aufmerksam geht es unter ihm: Es spürt, daß Gefahr in der Luft liegt.

Auf der kurzen Strecke zurück haben sich die Augen der Männer an die Dunkelheit gewöhnt. Sie reiten kaum einen halben Werst in den Wald hinein – da hören sie auch schon das betrunkene Geschrei der Banditen.

»Fette Beute!« gröhlt einer, anscheinend der Hauptmann und schlägt zufrieden auf den Geldkasten neben sich, »und der Kerl da bringt uns ein noch fetteres Lösegeld!«

Er gibt dem Gefangenen einen Tritt, der gebunden auf dem Boden liegt.

»Und wenn die Familie nicht zahlen will?« wendet ein anderer ein, »dann kannst du einen unnützen Fresser mitschleppen!«

»Verlaß dich drauf, die bezahlen! Die kriegen gleich bei der ersten Aufforderung ein Ohr mitgeliefert und als nächstes eine Hand!«

»Und als übernächstes den Kopf, hahaha!«

Blasius ruft »*Poschli* – los » – dann sprengen sie gleichzeitig in das Lager.

Der Fuchs steigt nach dem Geheimzeichen auf die Hinterhand und trommelt mit den Hufen auf die völlig überraschten Banditen ein. Ashot reitet zwei über den Haufen, der Karawanen-Führer springt vom Pferd und durchschneidet mit dem Dolch an seinem Gürtel die Fesseln des Gefangenen. Der Schrecken ist vollkommen, als Urban zwei Knallfrösche in das Feuer wirft, denn es klingt wie Gewehrsalven. Wer nicht verletzt im Schnee liegt, flieht in wilder Panik.

Urban macht seinen wohlbekannten Salto vorwärts und sagt: »Meine Herrschaften, das war die heutige Sondervorstellung unseres einzigartigen Petruschkas mit Knallfroscheinlage! Außerdem sahen Sie den Auftritt des weltberühmten Kosaken-Fuchses *Donnerhuf* mit seinem Dompteur Blasius!«

Wider Willen müssen alle lachen, dann sagt Ashot: »Hör auf mit deinen Späßen, du verrückter Kerl! Diese Schurken können jeden Moment zurückkommen!«

Der Karawanen-Führer hilft dem noch immer benommenen Georgier in den Sattel und vergißt auch den Geldkasten nicht. Blasius gibt dem Fuchs drei aufgesparte Zuckerstücke, Ashot sammelt die zurückgelassenen Flinten und wirft sie ins Feuer und der kleine Urban verbeugt sich mit der Grandezza eines spanischen Edelmanns vor seinem nicht vorhandenen Publikum. Dann packt jeder eine der herumliegenden Wodkaflaschen und sie reiten zurück zu ihrer Karawane, wo sie begeistert empfangen werden.

Der Georgier lädt seine Retter überschwänglich ein, wann immer und solange sie wollen, Gast in seinem Haus in *Tbilisi* zu sein.

Gretel fällt ihrem Urban um den Hals, nennt ihn »Herrn der Räuber«.

»*Moi geroi!*«, sagt sie hingerissen, »Mein Held! Ich wußte schon immer, daß du ein großer Held bist!« Worauf Urban sich so aufmantelt, daß er tatsächlich um fünf Zentimeter zu wachsen scheint.

Ashot verteilt die erbeuteten Wodkaflaschen und Blasius hat zum ersten Mal seit dem Überfall im Norden das Gefühl, seine Schlappe wieder wettgemacht zu haben. Es wird eine lange Nacht und die fröhlichste seit Beginn der Reise.

Nur einer trinkt nicht mit und wacht bis zum Morgengrauen: der Anführer, der sich seine Nachlässigkeit nicht verzeihen kann und geschworen hat, daß eine solche Panne nicht noch einmal passieren darf. Er fürchtet die Rache der Banditen, doch denen sitzt der Schreck noch zu tief in den Knochen.

15

Am übernächsten Tag sind sie in Jekatarinaslaw. Dort löst sich die Karawane auf.

Einige der Reisenden haben Odessa zum Ziel, andere die Küstenstädte des Asowschen Meeres. Für Urban und Gretel ist es keine Frage, daß sie auch weiterhin mit nach Süden ziehen, obwohl Ashot sie warnt.

»Was wir bis jetzt erlebt haben, war eine harmlose Spazierfahrt verglichen mit dem, was vor uns liegt. Die strengste Kälte haben wir hinter uns, aber wenn es zu tauen beginnt, sind viele Straßen kaum passierbar. Und im Kaukasus müssen wir dann noch einmal durch tiefen Winter.«

»Wenn andere durchkommen – warum dann nicht wir?« Gretel läßt sich nicht so leicht einschüchtern.

»Mit dem Hauptproblem haben wir ja schon Bekanntschaft gemacht: Das sind die Banditen, die im Kaukasus nur einen anderen Namen haben: Da heißen sie *abreken* und sind eine wahre Landplage, weil sie sich nicht auf Räubereien beschränken, sondern Gefangene machen und sie nur gegen Lösegeld wieder freigeben – das fing ja schon auf dem Weg hierher an. Weibliche Gefangene stehen natürlich besonders hoch im Kurs – wenn niemand sie auslöst, werden sie auf einem türkischen Sklavenmarkt für viel Geld verkauft, meistens in Trapezunt.«

»Ist das dein Ernst?« fragt Urban.

»Natürlich – glaubst du etwa, ich bin ein orientalischer Märchenerzähler? Ich will euch keine Angst einjagen, aber ich meine, ihr müßt das wissen, ehe ihr euch entscheidet.«

»Gut, wir werden es überlegen, aber ich habe keine Lust, wegen dieser Strauchdiebe umzukehren. Schließlich habe ich einen kleinen großen Mann mit Knallfröschen in der Tasche, der mich beschützt!«

»Du bist und bleibst mein *Molodjez*, mein Prachtsmädchen!« sagt Urban und gibt ihr einen Kuß auf die Stupsnase, »ich werde dich verteidigen wie ein Löwe und die Raubritter das Fürchten lehren!«

Damit ist schon entschieden, daß sie ihren Plan nicht ändern und mit nach Armenien ziehen wollen.

Große Schneefälle sind jetzt, gegen Ende des Winteres nicht mehr zu befürchten, deshalb tauschen sie die Schlitten gegen eine *tarantasse* und eine *talega*. Auch die Pferde Urbans tauschen sie gegen frische Tiere, doch von der Schimmelstute und dem Kosakenfuchs – der nun den Spitznamen »Donnerhuf« hat – wollen sie sich nach wie vor nicht trennen und ihnen lieber drei Tage Rast gönnen.

»Wenn es nötig wird, können wir sie als Handpferde laufen lassen und zwischendurch reiten«, meint Blasius, »das gibt uns die Freiheit, unterwegs an den Poststationen die Pferde zu wechseln, wie das allgemein üblich ist.«

Sie nutzen die Pause, um wieder eine Badestube aufzusuchen, die sich aber mit dem Etablissement der Sandunowa in Moskau nicht vergleichen läßt. Sie kaufen Proviant ein, dazu Hafersäcke und Brennholz, weil sie nicht wissen, ob sie am Abend immer ein Dorf erreichen. Dabei lernen sie andere Reisende kenne, die in die gleiche Richtung wollen und schließlich sind sie wieder eine Gruppe von acht Fahrzeugen, eingeschlossen den geretteten Georgier, der keinen Tag verstreichen läßt, um sie erneut seiner Dankbarkeit zu versichern.

Er heißt Ismail und ist wie die meisten Georgier ein auffallend gut aussehender junger Mann, hochgewachsen wie Blasius, mit ausgeprägten Zügen, scharfen Augen und einem kurzen dunklen Bart, den er alle paar Tage stutzt.

»Zuhause trage ich nur einen Schnurrbart, ich mag dieses Gestrüpp im Gesicht nicht, aber wie soll man sich auf einer solchen Reise täglich den Bart schaben?«

Ebensowenig wie der Karawanenführer kann er sich verzeihen, daß er nicht wachsam genug war und die Banditen ihn kampflos überwältigen konnten. Gegen die Teilnahme einer Frau am schwierigsten und gefährlichsten Teil der langen Fahrt bringt er die gleichen Bedenken vor wie Ashot, doch schließlich gibt auch er sich geschlagen, als Gretel ihn anstrahlt und schelmisch fragt:

»Bist du etwa kein Christenmensch wie Ashot und wir? Aha, du bist einer! Dann habe ich in der Schule richtig aufgepaßt: Armenien und Georgien sind die einzigen christlichen Länder im Kaukasus. Und wo bleibt da dein Gottvertrauen? Bist du ein Zweifler wie der ungläubige Thomas? Ich nicht – ich habe einen Schutzengel, obendrein meinen Urban und starke Männer wie dich ringsum – da werden die Abreken schnell Fersengeld geben!«

Was kann man da noch entgegnen? Ismail fühlt sich geschmeichelt und schwört, jeden Banditen in Stücke zu hauen, der es auf die rosige Gretel abgesehen hat.

*

Bis zu ihrem nächsten großen Ziel Rostow-na-donu sind es runde 600 Werst auf Wegen, die im westlichen Europa als unbefahrbar gelten würden, so erbärmlich schlecht sind sie, durchzogen von tiefen Furchen und Rinnen, bedeckt mit nicht minder tiefem, zähem Schlamm. Doch eine russische *tarantasse* kommt überall durch, selbst wenn sie bis zu den Radnaben im Dreck steckt.

Wenn es noch einmal kalt wird und friert, sind alle froh – dann kann man neben der sogenannten Straße fahren ohne einzusinken und kommt doppelt so schnell voran.

Kein Bandit läßt sich blicken und Gretel schreibt das natürlich ihren Schutzengeln zu, die sie unsichtbar umschweben. Die Männer sehen das nicht so romantisch, zumal der schwierigste Teil – die Gebirgsstrecken – noch vor ihnen liegen.

Als sie Rostow-na-donu erreicht haben, sucht Ismail den örtlichen Militärposten auf und fragt, wann die nächste Karawane mit bewaffneter Eskorte in Richtung Nevinnomyssk zieht?

»Da kommt ihr zur rechten Zeit«, sagt der diensthabende Offizier, »wir hatten jetzt monatelang keine Reisenden hier wegen des strengen Frostes in den Bergen. Aber in zwei Tagen fahren die neuen Lehrer für die Kinder des Fürsten Tarkanow nach Tbilisi: Zwei Gouvernanten aus Frankreich und England und ein Musiklehrer aus Italien. Sie haben einen Geleitbrief von Fürst Barjatinski, unserem Oberbefehlshaber, der sie berechtigt, an jedem Militärposten eine Eskorte zu verlangen.«

Das ist natürlich ein ungewöhnlicher Glücksfall.

»Können wir mit ihnen reisen? Wir sind zu fünft.«

»Warum nicht, wenn die Lehrer einverstanden sind? An mir soll es nicht liegen, ich bin nur für den Begleitschutz mit den Kosaken zuständig.«

Fast ist Ismail geneigt, selbst an den Schutzengel zu glauben, als er seinen Gefährten davon berichtet. Gretel tippt ihm mit dem Finger auf die Brust und sagt: »Habe ich es dir nicht gleich prophezeiht? Da hat mein Schutzengel so richtig zugeschlagen, mit beiden Flügeln sogar!«

Am nächsten Morgen besuchen sie gemeinsam die Lehrer und werden mit offenen Armen aufgenommen. Die Drei sind schon wochenlang unterwegs, langweilen sich bei den schier endlosen Fahrten und freuen sich über die unerwartete Gesellschaft.

Blasius und Urban sprechen Französisch, der sprachbegabte Ashot beherrscht außer Armenisch und Russisch auch Persisch, Türkisch und Englisch. Ismail und der Italiener können nur ihre Muttersprache, aber das schadet nichts, dafür singt der Musiklehrer wie ein Heldentenor an der Mailänder Scala – zumindest so laut, wenn auch nicht ganz so schön.

Die berittene Eskorte ist zwanzig Mann stark und bis unter die Zähne bewaffnet.

»Auch ihr solltet eure Waffen offen zeigen, wenn ihr durch die Stadt fahrt«, rät der Offizier. »Je mehr Leute sehen, daß ihr euch wehren könnt, desto besser ist es. Die *abreken* haben überall ihre Zuträger, die ihnen über schnelle Bergpfade alles berichten – und schon lauern sie hinter dem nächsten Felsen!«

Der Offizier ist Hauptmann, heißt Sergej Maximowitsch Dolshenko, und hat – wie die meisten russischen Offiziere – ausgezeichnete Manieren. Er befehligt die zwanzig Mann starke Eskorte, die unterwegs ausgewechselt wird, während er den Auftrag hat, die Gruppe den ganzen Weg bis Tiblisi zu begleiten. Seine Leute sind zum größten Teil Linienkosaken, die nicht viel mit den Donkosaken gemeinsam haben.

Die Linienkosaken wurden schon unter Katharina II. aufgestellt, im Kaukasus angesiedelt und während eines knappen Jahrhundert entstand aus ihrer Verbindung mit den geraubten Töchtern der Gebirgsvölker ein kühner Menschenschlag, der sich durch besondere Tapferkeit auszeichnet. Die Knaben werden schon mit zwölf Jahren Soldat und leben von da an, wie auch die erwachsenen Männer, nur drei Monate im Jahr in ihrer *staniza*, ihrem Kosakendorf. Sie lieben die Gefahr, kennen keine Furcht und der Krieg ist ihr Element. Im Gegensatz zu ihnen werden die Donkosaken aus ihrer friedlichen Landschaft außerhalb des Kaukasus eingezogen und hierher versetzt und müssen ihre meist bäuerlichen Familien verlassen.

»Mir kommen sie immer ein wenig vor wie unfreiwillige, verkleidete Soldaten«, sagt Sergej Maximowitsch, »dabei sind sie im Feld recht ordentlich. Nur bei überraschenden Angriffen, wie sie hier im Gebirge am häufigsten sind – da können sie mit der Gewandheit und Schläue ihrer Brüder nicht mithalten. Und deshalb bin ich froh, daß wir mehr Linienkosaken mithaben.«

Seit Jahrzehnten schon dauert der Kriegszustand zwischen den russischen Truppen und den stolzen Bergvölkern an, denen ihre Freiheit über alles geht und die sie erbittert verteidigen. Für General Jermolow, Feldherr des Zaren Alexanders I., waren die aufrührerischen Stämme des Kaukasus mit ihren primitiven Waffen nichts weiter als *abreken*, nämlich Menschenräuber und Viehdiebe.

Im Jahr 1820 meldete er seinem Zaren: »Die im letzten Jahr begonnene Unterwerfung Daghestans ist abgeschlossen. Das bis heute unbesiegte Land liegt zu den geheiligten Füßen Eurer Kaiserlichen Majestät.«

Das war ein Irrtum. Durch seine grausame Kriegsführung schürte Jermolow den Haß und der blutige Partisanenkrieg, der danach begann, dauerte schon Jahrzehnte und wurde mit der gleichen Gnadenlosigkeit geführt, die vorher Jermolow gezeigt hatte.

»Im Kaukasus gibt es kein Erbarmen«, sagt Sergej Maximowitsch, »Gefangene werden nicht gemacht und der Feind schlägt jedem Russen, der ihm in die Hände fällt, den Kopf ab.«

Die Frauen werden blaß, sogar Gretel, und der Hauptmann entschuldigt sich.

»In unsere Garnison kommen so selten Damen, daß ich die nötige Rücksichtnahme fehlen ließ. Was ich sagte, gilt natürlich nur für Russen.«

»Dann sollten wir uns ab sofort Schilder um den Hals hängen, auf denen unsere Nationalität geschrieben steht. Ohne Kopf lebt es sich relativ schlecht!«

Der kleine Urban ist und bleibt eine Spottdrossel.

»Keine dumme Idee – sofern der Feind des Lesens mächtig ist! Aber Ausländer werden auch so erkannt und nur selten geköpft, sie sind als Geiseln wertvoller. Wenn das geforderte Lösegeld bezahlt wird, passiert ihnen nichts.«

»Und wenn niemand bezahlt, geht's ab auf den Sklavenmarkt in die Türkei. Stimmt das?« fragt Gretel.

Sergej Maximowitsch weicht aus. »Damit das nicht geschieht, begleiten und beschützen wir sie. Fallen aber Reisende ohne ausreichende Eskorte in die Hände der Bergstämme, so tun sie gut daran, geduldig auf Lösegeld zu warten und keinen Fluchtversuch zu machen: Die Banditen schlitzen ihnen sonst mit einem Rasiermesser die Fußsohlen auf und streuen kleingeschnittene Pferdehaare in die Wunde.«

»*Mon dieux*«, entsetzt sich die Französin, »welch barbarische Sitten herrschen in diesem unkultivierten Land. Hätte ich das gewußt, wäre ich lieber in Dijon geblieben!«

»Madame, ich werde mein eigenes Leben geben, Sie zu schützen«, sagt der Hauptmann galant, »*ma parole* – auf mein Wort! Im übrigen sind die russischen Truppen hier im Kaukasus, um der Barbarei ein Ende zu bereiten.«

Dabei läßt er unerwähnt, wie barbarisch General Jermolow den Eroberungskrieg begonnen hat. Aber das war lange vor seiner Zeit – warum sollte er sich damit belasten?

*

Das gemächliche Reisen wie bisher hat ab Krasnogvardejskoje ein Ende, hier beginnt der Weg, sich ins Gebirge hinaufzuwinden. Die Kosaken treiben zur Eile und zu großen Tagesstrecken, damit sie am Abend einen sicheren Ort erreichen, an dem auch die Pferde gewechselt werden.

Blasius und Ashot beschließen, zwei kleine, robuste, zottige Kosakenpferde zum Ziehen der talega zu kaufen. Den Fuchs und die Schimmelstute wollen sie abwechselnd reiten, um sie zu schonen. Vor ihnen, zwischen dem Schwarzen und dem Kaspischen Meer, liegt das gewaltige Massiv des Kaukasus, schemenhaft erkennbar in der dünnen, klaren Luft, wie eine ferne Vision, mit der Licht und Schatten spielen. Allmählich zeichnen sich die Konturen deutlicher ab, das Vorgebirge und die schneebedeckten Gipfel dahinter, steilabfallende Hänge, tiefe Schluchten und entlegene Täler.

Blasius kann sich lebhaft vorstellen, wie schwierig die Pässe zu überqueren sind und daß über die reißenden Gebirgsflüsse keine Brücken führen. Nach der Schilderung des Hauptmanns ist mit den Bergstämmen nicht zu spaßen – hier handelt es sich nicht um die Sorte von Wegelagerern, die sie bisher kennengelernt haben – diese *abreken* sind auch kühne Freiheitskämpfer, erfahrene Partisanen und Räuber aus Tradition, die seit Menschengedenken gewohnt sind, sich mit Gewalt zu nehmen, was sie brauchen und was ihnen gefällt. Da sie selbst kampfgewohnte Pferde reiten, wäre ein Angriff des Fuchses keine Überraschung für sie – von Urbans Knallfrosch-Effekten ganz zu schweigen.

Er möchte gerne mehr über die rebellischen Bergstämme erfahren und trabt an die Seite des Hauptmanns.

»Kriegerisch sind die Männer dieser Region alle – das liegt ihnen im Blut, sie sind immer auf Eroberungen aus. Bei den Lesghiern und Tschetschenen kommen religiöse Gründe zu Haß und Rachedurst. Ich sagte schon, daß die grausame Kriegsführung des Generals Jermolow den Grundstein dazu gelegt hat: Damals machte sich ein junger Moslem mit Namen Kari-Mullah zum Anführer der Stämme. Er rief zum ›Heiligen Krieg‹ auf, mit dem Ziel, die russischen Eindringlinge zu vertreiben und einen islamischen Gottesstaat zu gründen. Er fiel bei der Verteidigung seines Heimatortes im Granathagel unserer Artillerie – und lebt als Märtyrer weiter.

Sein Nachfolger wurde Schamyl, der heute bei den Stämmen als Held des Kaukasus gilt und als religiöses Oberhaupt der Muslime anerkannt wird. Er ist unser größter Gegner, aber er ist ein achtenswerter Mann.«

»Kommen wir durch sein Gebiet?«, will Blasius wissen.

»Nein, nicht direkt. Aber alle Stämme, die dem Islam angehören, sind seine Verbündeten – und damit wiederum Feinde der christlichen Länder Armenien und Georgien. Deshalb hat Fürst Tarkanow den Geleitschutz für seine neuen Hauslehrer bei unserem Statthalter und Oberbefehlshaber Barjatinski angefordert.«

Fürst Tarkanow? Hat er diesen Namen nicht schon einmal gehört? Irgendwann, vor nicht allzulanger Zeit, in einem unangenehmen Zusammenhang? Plötzlich fällt es ihm wieder ein.

»Kennt Ihr den Fürsten persönlich?«

»Natürlich kenne ich ihn. Ich war längere Zeit in Tbilisi stationiert. Er ist ein weltoffener Mann, der Paris und London kennt und das gute Leben schätzt mit allem was dazugehört.«

»Wie meint Ihr das?«

Sergej Maximowitsch lacht. »Ich meine, er wäre besser in einem der Nachbarländer geboren und könnte sich als Muslim ganz offiziell einen Harem halten, statt als Christ nur heimlich. Dabei ist er eifersüchtig wie sieben Teufel und erwartet von seinen Maitressen, daß sie keinem anderen Mann auch nur einen Blick schenken – während er sich die hübschesten Mädchen des Landes auf seinen Diwan holt.«

Bei diesen Worten verstärkt sich der Verdacht von Blasius.

»Ist Euch zufällig auch der Name Alexander Jurjewitsch Gratschjow ein Begriff?«

Der Hautmann lacht wieder.

»Mir scheint, Ihr seid gut informiert – im Kaukasus kennt jeder den Skandal um Gratschjow, aber woher wißt Ihr davon? Ihr kommt doch aus dem Norden.«

Blasius überlegt, ob er die Geschichte erzählen soll, in der er eine wenig rühmliche Rolle gespielt hat und beschließt sie für sich zu behalten. Ausweichend antwortet er:

»Ich habe nur den Namen im Zusammenhang mit einem Skandal gehört und weiß nichts Genaues.«

»Dann will ich ich es Euch berichten, denn ich war zu dieser Zeit in *Grusinien* :

Alexander Jurjewitsch war Kommandant der fürstlichen Leibgarde und ihm oblag auch die angenehme Aufgabe, die Favoritinnen Tarkanows zu schützen. Diese Aufgabe nahm er wohl etwas zu ernst, denn er schützte sie bei Tag und Nacht und zwar abwechselnd. Er war ein Teufelskerl, waghalsig bis zur Tollkühnheit im Kampf – und das übertrug sich auch ins Privatleben. Die Frauen waren reinweg verrückt nach ihm, mir ist heute noch nicht klar, was er konnte, das wir nicht können! Kurzum, eines Nachts überraschte ihn der Fürst bei seiner jüngsten und schönsten Mätresse. Er versuchte natürlich sofort ihn zu töten, aber Alexander Jurjewitsch entkam, geschmeidig wie ein Panther. Nun war er gleichzeitig den heimlichen Harem los, den er mit seinem Herrn geteilt hatte, seinen Rang, all seinen Besitz und konnte buchstäblich nur das nackte Leben retten. Tarkanow ließ ihn gnadenlos hetzen und verfolgen, aber den Häschern gelang es nicht, ihn zu fangen. Im Gebiet von Schamyl verlor sich seine Spur, keiner weiß, wie er sich ohne Waffen und Geld durchschlug und was aus ihm geworden ist. Eigentlich schade. Die Frauen trauerten ihm lange nach, aber auch wir Männer bedauerten die Geschichte, weil er ja nicht in unserem Revier gewildert hatte! Er war sehr beliebt, jeder mochte ihn gern, auch der Fürst – bis zu jener unglückseligen Nacht jedenfalls.«

Ich nicht, denkt Blasius, und ich weiß auch, was aus ihm wurde: ein Strauchdieb, der das Herz meiner Ljuba gestohlen hat. Hoffentlich sehe ich den Kerl niemals wieder.

Ashot, der die ganze Zeit schweigend neben ihm geritten ist, wirft ihm einen warnenden Blick zu und das ist gut so, denn er ist drauf und dran, dem Hauptmann doch zu verraten, daß aus dem Kommandanten und »Teufelskerl« ein gewöhnlicher Straßenräuber wurde, der es trotzdem nicht lassen konnte, den Frauen anderer Männer den Kopf zu verdrehen.

16

Trotz der langen Tagesstrecken ist die Fahrt durch den Kaukasus kurzweilig.

Gretel freundet sich mit Jeanette aus Dijon und Rose aus London an und die drei Frauen lassen sich meist gemeinsam in einem Wagen durchrütteln. Der Italiener Mario, der sich für ein verkanntes Genie hält, schmettert Arien von Rossini, Verdi und Puccini und bietet reihum seine Dienste als Musiklehrer an. Wenn Urban und Ismail in seiner *tarantas* fahren, drängt er so lange, bis sie mitsingen und am Abend brummen manchmal sogar die Kosaken den Chor.

Nicht einmal in den größeren Orten gibt es Herbergen. Oft reitet Sergej Maximowitsch mit zwei Mann voraus, und zeigt dem Polizeimeister Vollmachten mit Begleitbrief, worauf dieser ein Haus zum Übernachten der Reisenden bestimmt.

Gibt es keine Polizei, belegt der Hauptmann dieses Haus selbst, das in den Dörfern oft einem besseren Stall gleicht. Mit den eigenen Fellen und Decken aus den Wagen werden Tische samt Bänken in Lagerstätten verwandelt und an das harte Holz statt eines weichen Strohsacks haben sie sich längst gewöhnt. Das ist immer noch besser als der Fußboden, auf dem die Kakerlaken mit den Mäusen um die Wette rennen.

Die Tage, an denen der verhinderte Heldentenor Mario singt, bekommen Seltenheitswert, denn die Wege durch das Gebirge können kaum noch als solche bezeichnet werden und sind manchmal nur für Ortskundige erkennbar. Steine, Felsbrocken und umgestürzte Bäume versperren den Weg, Stunden später wird der Boden grundlos und sie bleiben mit den Rädern im Schlamm hängen. Nach den ersten Versuchen, die Wagen wieder flott zu machen, geben die Reisenden auf:

Sie versinken selbst bis an die Knie, können sich nur ohne Stiefel aus der zähen Masse befreien und brauchen viel Zeit, anschließend ihre Beinkleider zu retten und halbwegs zu säubern. Von da an überlassen sie es den Kosaken, in solchen Fällen ihre Reitpferde zusätzlich vorzuspannen und die *tarantassen* und *talegas* herauszuzerren. Auch die Flußübergänge bereiten große Schwierigkeiten, weil sie mit Schwung durchfahren werden müssen, damit die Strömung die Wagen nicht mitgereißt.

Das ist jedes Mal ein riskantes Unternehmen, niemand weiß, wo sich Geröll, weicher Sand oder Löcher im Flußbett befinden. Einmal wird das Fuhrwerk der Lehrer umgeworfen und verliert die Hälfte der Ladung. Aber so lange es nicht Schlimmeres ist, muß man solche Verluste hinnehmen.

Blasius und Urban fragen sich mehr als einmal, wie die Drehorgel und die Uhren diese Strecke wohl überstehen? Aber die Holzkisten sind stabil und mit dünnem Blech ausgekleidet. Die kleinen, festen Strohballen federn Erschütterungen ab und Wachstuch schützt die Ware zusätzlich vor eindringender Nässe.

Mehr noch als die Flußdurchfahrten fürchten die beiden Gouvernanten die steilen Bergpfade, die sich an Felswänden entlangwinden und und auf der anderen Seite in gähnende Tiefen abstürzen. Auch Gretel ist das unheimlich, aber wenn sie nicht hinschaut, ist es nur noch halb so schlimm. Längst haben es die Kosaken abwechselnd übernommen, die Zugpferde zu lenken und fahren in halsbrecherischer Geschwindigkeit bergab in die Schluchten, um das Tempo für den nächsten Anstieg zu nutzen. Das Stolpern eines Pferdes oder ein gebrochenes Rad würde unweigerlich zur Katastrophe führen, aber die robusten Bergponys stolpern nicht und die Räder der Fahrzeuge halten. Das freilich können die Frauen nicht wissen und Gretel bemüht sich vergeblich, ihnen die Angst zu nehmen.

»Warum nur muß ich so früh sterben, wo ich doch so gerne lebe?« jammert Jeanette nach einem Blick in den Abgrund. Rose kauert weinend in einer Ecke und beklagt ihr Schicksal ebenso. Schließlich läßt sich der findige Urban eine »Medizin« einfallen, die sich als sehr wirkungsvoll erweist: In seiner bescheidenen Reiseapotheke gibt es ein Fläschchen Baldrian. Er betropft Zuckerstücke damit, löst sie in heißem Tee auf und gibt einen ordentlichen Schuß Wodka dazu. Schon nach dem Genuß einer Tasse, angereichert mit seinen »hochwirksamen Urbanustropfen« werden die beiden Damen aus England und Frankreich still und friedlich und ängstigen sich kaum noch.

Mehrfach erscheinen auf Bergkuppen und Felsvorsprüngen einzelne Späher, die aber rasch das Weite suchen, als sie die gut bewaffnete Eskorte sehen.

Dreimal unterwegs werden in befestigten Forts die Kosaken ausgewechselt und inzwischen ist selbst Gretel klar, daß alleine Gottvertrauen und ein Schutzengel auf dieser Reise nicht genügt hätten – es sei denn, er wäre ihnen mit streitbaren himmlischen Heerscharen vorausgeflogen!

«Wahrscheinlich hätte er sich in einem unchristlichen islamischen Lande gar nicht zuständig gefühlt», sagt sie zu Ismail, als der sie in gutmütigem Spott darauf anspricht.

In einem hochgelegenen *aul* das in einem Tal zwischen zwei schneebedeckten Gipfel eingebettet liegt, herrscht große Aufregung, als ihre Karawane durchzieht. Die Bewohner haben sich beim Minarett neben der kleinen Moschee versammelt und reden wild gestikulierend durcheinander, die Frauen so dicht verschleiert, daß nur die Augen freibleiben, die Männer in *burkas* und *tulups,* zottigen Bauernpelzen und Mänteln aus grobem, selbstgewebtem Stoff. Sie sind offensichtlich empört und umringen einen jungen Burschen, der immer wieder nach Westen deutet.

Der Hauptmann gibt ein Zeichen zum Anhalten, springt vom Pferd und fragt, was geschehen sei. Sogleich ergießt sich ein ganzer Wortschwall über ihn, aus dem hervorgeht, daß ein Trupp Lesghier – ein verfeindeter Stamm aus einem entfernten Tal – den Hirten überfallen und alle Schafe des Dorfes geraubt hat.

»Sie haben mich niedergeschlagen, gefesselt und liegenlassen und als ich wieder aufgewacht bin, waren sie samt den Schafen verschwunden«, beschwert sich dieser.

»Was gibt es da zu klagen?« fragt Sergej Maximowitsch streng, »jubeln solltest du, daß dein Kopf noch auf den Schultern sitzt!«

»Könnt Ihr uns helfen, Hauptmann?« mischt sich der Dorfälteste ein, »wir haben nicht genügend Wehrfähige, um diese Halunken zu verfolgen – sie wissen genau, daß unsere jungen Männer zu den Waffen gerufen wurden und beim russischen Militär dienen.«

Sergej Maximowitsch überlegt nicht lange. »Wenn die Reisenden, die unserem Schutz anvertraut sind, solange in Eurer Obhut bleiben können, erteilen wir den Lesghiern eine Lehre und holen die Herde zurück.«

Die Kosaken jubeln – das ist ein Auftrag ganz nach ihrem Geschmack, nicht zu vergleichen mit dem langweiligen Eskortieren, bei dem nur selten etwas passiert!

Auch den Reisenden ist die Pause hochwillkommen, nachdem ihnen von dem Rumpeln, Stoßen und Schütteln in den *Tarantassen* jeder Knochen im Leib wehtut. Nur Blasius wendet sich an den Hauptmann und fragt: »Kann ich mitreiten?«

Der schaut ihn zweifelnd an.

»Seid Ihr geübt im Umgang mit Waffen? Schießt Ihr gut, könnt ihr mit *kandschar* und *schaska* umgehen?«

Blasius schüttelt den Kopf.

»Was sollen wir dann mit Euch anfangen, wenn es zum Gefecht kommt? Ihr sollt ja nicht kämpfen, aber Ihr müßt euch wenigstens verteidigen können.«

»Das überlasse ich meinem Pferd«, meint Blasius, »ich habe Euch doch berichtet, daß es ein kampferprobtes Kosakenpferd ist.«

»Jaja, ich weiß. Es gibt nur noch wenige Tiere, die so ausgebildet sind. Meinetwegen, dann kommt mit, aber Ihr müßt mir versprechen, euch im Hintergrund zu halten, wenn es losgeht.«

Sie reiten durch das langgestreckte Tal, überqueren einen Bergrücken und sehen hinter einer kahlen Ebene in der Ferne die Silhouette eines Waldes. Eine Rauchfahne kräuselt sich über den Wipfeln, wird vom Wind erfaßt und in ihre Richtung getrieben. Der Hirte, der mitgeritten ist, deutet auf das Waldstück.

»Dort werden sie stecken und fressen schon meine Schafe auf, diese Hundesöhne!«

»Wir müssen ungedeckt auf sie zureiten, macht eure Gewehre schußfertig«, ruft der Hauptmann und galoppiert an der Spitze seiner Truppe über das freie Feld.

Sie werden von einem Kugelhagel empfangen, erwidern das Feuer, springen ohne Gewehre von den Pferden und stürmen mit blanken Waffen auf die Lesghier zu. Munition ist teuer und das Nachladen dauert zu lang, deshalb wird nur beim ersten Zusammenstoß geschossen.

Blasius beobachtet den Kampf vom Waldrand aus und sieht, welche fürchterlichen Wunden die gebogenen kaukasischen Säbel und die schweren, geraden Klingen der *kandschars* schlagen. Er wendet sich schaudernd ab – und sieht dadurch im letzten Moment, daß einer der Lesghier sich von hinten angeschlichen hat und auf ihn zielt. Der Schuß blitzt auf, fehlt und streift nur seinen linken Arm, weil er den Fuchs blitzschnell wendet. Noch ehe er ihm die Hand zwischen die Ohren legen und das Losungswort zurufen kann, stürzt sich das brave Tier mit erhobener Vorderhand auf den Angreifer, der ihm furchtlos mit gezogenem Säbel entgegentritt. Ein Huf trifft ihn am Kopf, doch es gelingt ihm, gleichzeitig auf den Fuchs einzuschlagen und diesem eine schwere Hiebwunde zuzufügen.

Die Lesghier wehren sich erbittert gegen die Übermacht der Kosaken, erst als die Hälfte von ihnen schwer verletzt oder tot am Boden liegt, flieht der Rest.

Sergej Maximowitsch gibt kein Zeichen, sie zu verfolgen. Einer seiner Männer ist gefallen, zwei sind verwundet, können sich aber noch im Sattel halten. Die anderen sammeln die erbeuteten Waffen ein und schlagen den Toten die Köpfe ab. Als sie zu den Verwundeten kommen, gebietet ihnen der Hauptmann Einhalt.

»Die haben schon ihre Strafe. Wir geben ihnen die kleine Chance zu überleben, ihre Stammesgenossen werden sie in der Nacht holen.«

Murrend fügen sich die Kosaken dem Befehl, weil jeder abgeschnittene Lesghierkopf – oder zumindest ein Ohr – zehn Rubel Belohnung im nächsten Fort bringt. Der Hirte hat inzwischen, völlig unbeeindruckt von dem Kampf, seine blökende Herde zusammengetrieben und ist bereits auf dem Heimweg. Jetzt erst sieht der Hauptmann Blasius, der versucht den zitternden Fuchs zu beruhigen und das Blut zu stillen, das aus der tiefen Wunde an der Brust quillt. Daß er selbst blutet, hat er gar nicht bemerkt. Der Mann zu ihren Füßen ist tot, die Wucht des Hufschlags hat ihm den Schädel gespalten.

»Noch einer«, ruft Sergej Maximowitsch ungerührt seinen Leuten zu und untersucht gleichzeitig die Verletzung des Wallachs. »Das überlebt er, aber es ist eine tiefe Wunde, die Zeit zur Heilung braucht. Ihr könnt ihn trotzdem behutsam reiten, es ist sogar besser, wenn er Euch im Sattel spürt.«

»War denn diese ganze Aktion nötig?«, fragt Blasius auf dem Rückweg, »so viele Tote und Verwundete wegen einer Schafherde!«

Der Hauptmann schaut ihn verständnislos an. »Ob das nötig war, fragt Ihr? Es war unumgänglich! Ohne diese Züchtigung hätten die Lesghier das nächste friedliche Dorf überfallen, die Männer erschlagen, Frauen und Kinder geraubt und die Häuser angezündet. Wir haben das schon oft erlebt, wenn man ihnen nicht rechtzeitig Einhalt gebietet. Nach den Verlusten heute hüten sie sich, so schnell wiederzukommen.«

In dem *aul* werden sie mit Hurrarufen bedacht, als die vorausgeeilten Kosaken ihre Siegestrophäen hochhalten und laut »*golowij! golowij !* – Köpfe! Köpfe!« rufen.

Bei Blasius sitzt der Schock noch tief und er kämpft gegen die aufsteigende Übelkeit. Der Hauptmann neben ihm merkt nichts davon und ist sehr zufrieden mit dem Ausgang des Gefechts. Ein Toter und zwei Verwundete bei seinen Kosaken sind ein leichter Verlust und kaum der Rede wert. Die Vorhut schwenkt noch immer die Köpfe durch die Luft, damit sie auch jeder sehen kann.

»Ein Mann von Ehre läßt sich im Kaukasus die Haare zumindest so lang wachsen, daß der Feind seinen Kopf daran am Sattelknauf festbinden kann, wenn er ihn im Kampf verlieren sollte«, erläutert er sachlich.

*

Gretel verbindet mit gerunzelter Stirn den Streifschuß an Blasius' Oberarm und schaut ihn vorwurfsvoll an.

»Ihr verrückten Männer! Mit Mühe und Not habe ich Urban davon abhalten können, auch mitzureiten, sonst hätte ich wohl noch einen Patienten. Dabei reichen mir schon meine zwei Freundinnen, die in Ohnmacht gefallen sind, als sie euch heimkommen sahen mit eurer Beute!«

Der Dorfälteste bringt einen alten Fetzen Stoff, bestreicht ihn mit bräunlicher Salbe aus einer Blechdose und bedeckt die Wunde des Fuchses damit. Mit einem meterlangen Turbanschal umwickelt er Brust, Hals und die rechte Vorderhand, holt frisches Heu und einen Eimer mit einer lauwarmen, nach Kräutern riechenden Flüssigkeit.

Der Fuchs schnuppert vorsichtig daran und trinkt dann gierig. Der Alte beobachtet ihn zufrieden und sagt wie der Hauptmann: »Er wird wieder gesund, es braucht nur seine Zeit, weil der Hieb so stark war und er viel Blut verloren hat.«

Mit echt kaukasischer Gastfreundschaft hat er sein ganzes Haus den Reisenden zur Verfügung gestellt, für Decken, warmes Wasser und Tee gesorgt. Im Hof brennen zwei Feuer und mehrere Frauen sind damit beschäftigt, Hammelfleischstücke auf Spieße zu stecken, um über der Glut Schaschlik zu braten. In einem Lehmofen werden frische Brotfladen gebacken, die verlockend gut duften. Ashot wühlt im Gepäck nach einer seiner letzten Flaschen Cognac und bringt Blasius ein großes Glas davon.

»Man kann so einen Streifschuß auch innerlich desinfizieren«, sagt er augenzwinkernd, »und außerdem siehst du aus, als hättest du das dringend nötig! Die beiden Gouvernanten habe ich damit auch schon aus ihrer Ohnmacht erweckt, sie sind nur noch etwas blaß um die Nase.«

Am nächsten Morgen wird der gefallene Kosak begraben, seine beiden verwundeten Kameraden bleiben im *aul* . Auch der Fuchs bleibt, Blasius muß sich schweren Herzens von ihm trennen, aber es ist eine Trennung auf Zeit, so hofft er.

»Dein Pferd trägt seinen Namen ›Donnerhuf‹ zu Recht«, sagt der Dorfälteste, »es hat einen unserer Feinde getötet wie ein Krieger, wir schulden ihm Respekt und werden es pflegen wie einen Freund. Sei ganz beruhigt.«

»Aber es kann lange dauern bis ich wiederkomme, ich möchte Euch ein Geschenk machen für Futter und Pflege«. Mit diesen Worten gibt er ihm eine Schwarzwald-Uhr und läßt den Kuckuck gleich rufen. »Ich handle mit diesen Uhren«, erklärt er, »sie kommen von weither aus Germania.«

Der alte Mann lauscht entzückt, ruft seine Frau, die Kinder und die Enkelkinder. Mit großen Augen bestaunen sie das Wunderwerk und können sich nicht sattsehen daran. Schließlich sagt er würdevoll: »Dein Geschenk nehme ich an, weil ich dich nicht beleidigen kann. Aber wenn du ein Händler bist, hast du sicherlich noch mehr von diesen Kästen, in denen ein Vogel wohnt. Ich mache zur Bedingung, daß ich auch einen kaufen kann. Ich bin kein armer Mann und möchte ihn meinem ältesten Sohn geben.«

Blasius nennt einen Freundschaftspreis, der willig akzeptiert wird und tätigt auf diese Weise sein erstes Geschäft im Kaukasus. Auf die Idee, in so entlegenen Dörfern seine Uhren anzubieten, wäre er ohne dieses Zusammentreffen nicht so leicht gekommen – und sie erweist sich für die Zukunft als sehr nützlich.

Zwei Tage später sind sie in Beslan, einer Ortschaft, bei der sich der Weg gabelt.

»In Richtung Osten führt er nach Tschetschenien, in das Reich Schamyls und zum Kaspischen Meer, in Richtung Süden nach Georgien, Armenien und in die Türkei«, erläutert Sergej Maximowitsch.

*

Nachdem sie die georgische Grenze überschritten haben, ist Ismail kaum noch zu halten. »Der Stall zieht!« sagt er und verspricht dem Hauptmann hundert Rubel Belohnung für seine Kosaken, wenn sie noch ein wenig schneller reiten.

Damit rennt er offene Türen ein, denn diesen wilden Kerlen, die eher reiten als laufen lernten und auf dem Pferderücken groß geworden sind, kann es nie schnell genug gehen. Den Reisenden in den Tarantassen bekommt dieses Tempo weniger gut, denn sie werden noch mehr durchgerüttelt auf den holprigen Wegen und können die blauen Flecken nicht mehr zählen.

Gretel hat sich schon daran gewöhnt, aber die beiden Lehrerinnen beklagen sich bitterlich. »Ich fühle mich, als würde ich täglich eine Tracht Prügel bekommen«, jammert Jeanette, »und ich weiß schon gar nicht mehr, wie sich ein schönes, weiches, sauberes Bett anfühlt.«

»Ich auch nicht«, pflichtet ihr Rose bei, »aber wir sind selbst schuld: hätten wir uns nicht auf dieses verrückte Abenteuer eingelassen, hätten wir ein bequemes Leben in *merry old England* oder in *la belle France*.«

Gretel lacht sie aus. »Was redet ihr da für krauses Zeug, wo ihr fast am Ziel dieser riesigen Reise seid? Sie ist das große Abenteuer eures Lebens – was zählt dagegen Bequemlichkeit! Später könnt ihr euren Kindern berichten, wie die *talega* in den reißenden Fluten des Gebirgsflusses umgestürzt ist und wie die Kosaken die abgeschlagenen Köpfe der Lesghier im Triumph anbrachten! Wer hat denn so etwas erlebt? Ihr werdet noch die Heldinnen eurer Enkel sein – und die blauen Flecken sind schon eine Woche nach eurer Ankunft in Tbilisi verschwunden!«

Von diesen heiteren Zukunftsaussichten getröstet, vergehen die letzten Tag schnell und alle Klagen sind vergessen, als sie schließlich in dem großzügigen und komfortablen Haus des Fürsten Tarkanow ankommen. Sie werden mit Ungeduld und Freude empfangen, denn die fünf Kinder sind schon fast ein halbes Jahr ohne Hauslehrer.

Gastfreundlich lädt der Fürst auch den Hauptmann und die anderen Reisenden ein, aber Ismail bittet um Verständnis:

»Sie haben mir das Leben und mein Vermögen gerettet, Hoheit, ihr eigenes Leben dabei auf's Spiel gesetzt – sie müssen Gäste meiner Familie sein!«

Den ungewohnten Komfort einer großen Stadt haben sie seit Rostow-na-donu nicht mehr genossen und es ist ein Luxus, den schlichte Uhrenhändler im allgemeinen nie erleben. Sie sind froh um ein Lager im Heu und ein kräftiges Essen, das satt macht und möglichst am nächsten Tag noch eine Weile anhält.

Durch seine Bekanntschaft mit dem schlauen kleinen Urban und dessen Talent, sich gegebenen Situationen anzupassen, ist Blasius schon in St. Petersburg mit Kreisen bekanntgeworden, in denen seinesgleichen kaum verkehren. Daß er die Glottertäler Tracht dabei hatte, erwies sich als großer Vorteil, aber noch wichtiger war, daß er sich in der französischen Sprache verständigen konnte – und beides zusammen hat ihm im Lauf der Jahre eine Gewandtheit im Umgang mit »besseren Herrschaften« eingebracht, die Urban als Naturtalent in die Wiege gelegt wurde.

Ismails Clan gehört zu den bedeutendsten Kaufmannsfamilien Georgiens, die mit allem handeln, womit man handeln kann. Sein Vater umarmt Blasius und Urban und versichert sie seiner Dankbarkeit, seine Mutter umarmt Gretel und nennt sie ihre kleine Schwester, als sei sie bei der Rettungsaktion ihres ältesten Sohnes mit dabeigewesen.

Es ist schwer, dieser überwältigenden und ehrlich gemeinten Gastfreundschaft nach einigen Tagen zu entkommen. Aber Ashot ergeht es inzwischen wie zuvor Ismail. »Ich rieche den Stall«, sagt er und kann seine Ungeduld kaum verbergen.

Er war drei Jahre nicht mehr zuhause und hat großes Heimweh, wie alle Armenier in der Ferne. Nun, da er schon so nahe ist, vermag er die Sehnsucht nach seiner Familie und der Heimat nicht mehr zu zügeln. Sie verabschieden sich von Ismails Clan mit dem Versprechen, wiederzukommen und länger zu bleiben. Das versprechen sie auch Jeanette, Rose und Mario, die bereits die Kinder des Fürsten unterrichten.

»Ich konnte mir schon gar nicht mehr vorstellen, daß diese endlose Reise wirklich ein Ende hat«, sagt Rose und Jeanette fügt hinzu: »Ich bleibe für den Rest meines Lebens hier, wenn ich nicht einen fliegenden Teppich für den Rückweg finde!«

Hauptmann Sergej Maximowitsch hat es eilig, zu seiner Garnison zurückzukehren und verläßt Tbilisi schon einen Tag nach der Ankunft mit der ausgewechselten Eskorte.

In den langen Wochen der gemeinsamen Reise ist er ihnen ein guter und hilfreicher Freund geworden. Sie feiern eine ganze Nacht lang Abschied mit dem goldfarbenen grusinischen Wein, den sie aus runden Löffeln mit langem Stiel trinken, ähnlich unseren Schöpfkellen. Gläser haben hierzulande Seltenheitswert und im Hause des Fürsten Tarkanow wurden die Getränke in silbernen Bechern gereicht. Blasius vermutet, daß alle Gläser auf den miserablen Wegen hierher zerbrechen. Es ist ein Glück, daß er nach den schlechten Erfahrungen in Makariew seine Uhren doppelt und dreifach verpackt hat. Er macht ein paar Stichproben, aber es scheint, daß sie die bisherigen Strapazen der Reise recht gut überstanden haben.

17

Im Vergleich zu den bisher zurückgelegten Entfernungen, ist es von Tbilisi bis *Erevan* in der Tat nur einen Katzensprung weit, kaum hundertfünfzig Werst, die sie trotz der miserablen Straßen in weniger als einer Woche zurücklegen.

Kahle, weit ausgedehnte Wüstenlandschaften werden von steilen Felsbergen und fast senkrecht eingeschnittenen Schluchten unterbrochen.

In diesen Schluchten tosen die nach der Schneeschmelze angeschwollenen Flüsse und der schmale, holprige Pfad windet sich in der Tiefe zwischen Flußbett und Fels entlang. Am gefährlichsten aber sind die Flußübergänge selbst, denn im Kaukasus hält man Brücken für eine überflüssige Sache, solange den Pferden nicht das Wasser über dem Kopf zusammenschlägt. Sie sind jetzt ohne Eskorte ganz auf sich selbst angewiesen, aber Ashot schafft es, in den meisten Dörfern für ein paar Rubel Ochsen zu mieten, die *talega* und *tarantasse* durch die Flüsse ziehen. Die Reisenden reiten – oder besser schwimmen – durch die schäumenden Fluten und halten sich an den Mähnen der Pferde fest, um nicht von der Strömung mitgerissen zu werden.

Dabei ist das Ganze eine Poststraße, das Reisen auf ihr ist beschwerlich, aber zumindest wird sie sommers wie winters in einem halbwegs befahrbaren Zustand gehalten. Nach der Überquerung des Kaukasus gibt es auch keine Überfälle der

Bergstämme mehr und so erreichen sie nach dem Sewan-Passes unversehrt den gleichnamigen See im Herzen Armeniens.

Auch hier bleiben sie nur über Nacht und lassen sich die frischgefangenen Forellen schmecken, die wegen ihres zarten, rosafarbenen Fleisches weithin berühmt sind.

»Erinnert ihr euch an das Dorf Semjonowka, durch das wir heute kamen?« fragt Ashot. »Es ist ein russisches Dorf, leicht erkennbar durch die Bauweise der Häuser und die schönen Holzschnitzereien um die Fenster. Es gibt mehrere solcher Dörfer in der Gegend, aber nur dieses liegt an der Poststraße. In all den Orten wurden unbotmäßige russische Familien angesiedelt, die Katharina II. in den Kaukasus verbannte – als freundliche Alternative zu Sibirien. Dein Rivale Alexander muß auch aus dieser Ecke stammen«, fügt er mit einem Seitenblick auf Blasius hinzu, »aber der ist schon hier aufgewachsen und mehr Kaukasier als Russe.«

Blasius winkt ab, jedes Wort zu diesem Thema trifft seine Achillesferse und erinnert ihn an seine Niederlage, die er bis heute nicht verschmerzen kann.

Ashot sieht, daß er einen wunden Punkt berührt hat und legt ihm den Arm um die Schulter. »Du weißt, ich habe das alles miterlebt und gesehen, wie schlimm es für dich war. Aber einmal muß Schluß sein mit der Trauer! Jetzt sind wir in meiner Heimat, hier kannst du die schönsten Frauen der Welt finden – und ich wette um eine Kiste unsres besten Cognac, wenn du nicht in kurzer Zeit davon überzeugt bist!«

Von weitem schon zeichnen sich die beiden schneebedeckten Gipfel des legendären Ararat am Horizont ab, fern und unwirklich wie ein Traumbild, das mehr und mehr Gestalt annimmt, je näher sie ihrem Ziel kommen. »Auf dem Gebirge Ararat« soll nach der biblischen Geschichte die Arche Noah gelandet sein, die nach der verheerenden Sintflut gerettet wurde.

In den Außenbezirken rings um Erevan liegen die sieben Karawansereien mit ihren abwehrbereiten Lehmmauern, den schmalen Durchgängen, den Stallungen für die Tiere und Unterkünften für die Kaufleute. Durch ihre Tore ziehen die Händler des ganzen Orients, die aus allen Himmelsrichtungen kommen – und jede Nation kleidet sich in ihre eigenen Gewänder, hat ihre eigenen Kopfbedeckungen und eigenen Waffen.

Zur großen Überraschung von Gretel, Urban und Blasius hält Ashot in der ersten an.

»Wir übernachten hier«, sagt er, »ich kann meiner Familie nach drei Jahren nicht in diesem Zustand entgegentreten – sie würde denken, ihr Sohn ist verwahrlost! Wir gehen morgen in ein persisches Bad, lassen unsere Bekleidung waschen und dann können wir uns sehen lassen!«

Noch größer ist die Überraschung der Freunde, als sie innerhalb der Karawanserei die Zigeunersippe entdecken, der sie vor vielen Monaten im fernen Makariew begegnet sind.

Sie suchen das Zelt der Wahrsagerin und finden sie wieder bei leisem Trommeln und einem monotonen Gesang.

Sie hebt kaum die Augenlider, als die Besucher eintreten.

»Aha, der Nemez und der Armenier aus Makariew! Hat sich bewahrheitet, was ich euch gesagt habe?«

Ashot zögert. »Nicht was meine Hände betrifft, die du in Gefahr gesehen hast. Aber mein Freund Ismail wurde von Räubern gefangengenommen und sie wollten ihm eine Hand abschlagen – ihm, nicht mir!«

»Nitschewo«, sagt die Zigeunerin gelassen, »macht nichts, dann habe ich ihn gesehen in deiner Nähe. So genau kann man das nicht auseinanderhalten.«

»Wie kommt es, daß wir euch nicht begegnet sind auf dem Weg nach Süden?«

»Ich weiß nicht, welchen Weg ihr genommen habt. Aber unsere Sippe ist nach diesem schlimmen Winter wieder südwärts über Nischnij Nowgorod und Penza nach Saratow gezogen. Von da über Wolgograd und Astrachan in Richtung Kaukasus, entlang dem Kaspischen Meer.«

»Könnt Ihr mir auch etwas für meine nächste Zukunft hier in Armenien sagen?«

Blasius wird von Neugierde gepackt und es erscheint ihm, als könne diese Frau wirklich in die Zukunft blicken.

Doch die Wahrsagerin weicht aus.

»Ich habe die Gabe, in die Ferne zu sehen – nicht in die nächste Nähe.«

»Dann schau in die Zukunft, ich bitte dich!«

Sie nimmt noch einmal seine Hände, studiert die Linien, schließt die Augen und sagt schließlich: »Ich kann manches erkennen, Nemez, doch nicht die Reihenfolge. Kampf sehe ich, Gefangenschaft, Liebe, schwere Krankheit – und du wirst alles überstehen. Deine Lebenslinie ist sehr lang.«

Gretel und Urban wollen nichts über ihre Zukunft wissen, sie ziehen es vor, sich überraschen zu lassen. Und Ashot sagt lächend zu Blasius: »Von diesen Prophezeihungen ist die Liebe das Nächstliegende und einzig Angenehme. Vielleicht betreffen die anderen Visionen auch Menschen in deiner Nähe – wie es bei mir mit Ismail war. Und alles glauben muß man auch nicht!«

Für Ashots Familie ist die Rückkehr des »verlorenen Sohnes« eine große Freude, denn sie haben ihn nicht erwartet. Der Brief, mit dem er sich schon von Nischnij Nowgorod aus angekündigt hat, ist verloren gegangen, nichts Ungewöhnliches, denn das passiert mit jedem zweiten Brief auf den langen, unsicheren Postwegen.

»In eine Herberge wollen deine Freunde gehen?« fragt Ashots Vater am Abend und schaut seinen Sohn ungläubig an, »das käme einer Beleidigung gleich! Unser Haus ist auch das Ihre – sie sind uns willkommen wie du selbst!«

Gastfreundschaft wird in Armenien groß geschrieben wie in Rußland und im ganzen Kaukasus. Und so bleiben vorerst alle zusammen in dem weiträumigen Haus der Kaufmannsfamilie Simonjan, die sich seit über hundert Jahren mit dem Destillieren des berühmten armenischen Cognacs beschäftigt.

Blasius gefällt Erevan, auch wenn es – verglichen mit St. Petersburg oder Moskau – eine kleine orientalische Stadt ist, deren niedrige Häuser aus gestampftem Lehm bestehen. Aus einem Labyrinth enger, krummer Gassen erheben sich sieben Kirchen und acht Moscheen; neben den Bazaren mit dem geschäftigen Treiben der Handwerker, gibt es unzählige kleine Läden, in denen nach Herzenslust gehandelt und gefeilscht wird. Wasser entnehmen die Bewohner den Flüssen Rasdan und Gedar, in die auch Abwässer fließen und Unrat geworfen wird. Niemand stört sich daran, es war schon immer so, die Strömung sorgt dafür, daß sich Krankheiten dennoch in Grenzen halten.

In seiner langen, leidvollen Geschichte war Armenien immer wieder Spielball der Interessen seiner mächtigen südlichen Nachbarn Persien und der Türkei. Das Land wurde unzählige

Male zum Kriegsschauplatz, Städte und Dörfer gebrandschatzt, die Menschen ermordet oder in die Sklaverei verschleppt.

Ein Schutzbündnis mit dem starken Zarenreich im Norden sollte Abhilfe schaffen und tatsächlich standen die Russen zu ihren Versprechungen, als Persien 1826 den bestehenden Friedensvertrag verletzte und die Hand wieder nach dem kleinen Armenien ausstreckte. Dadurch entbrannte der russisch-persische Krieg, der mit einer Niederlage des Pfauenthrons endete. Die Verbindung mit Rußland wurde noch enger und der große armenische Schriftsteller Chatschatur Abowjan schrieb damals begeistert: »Der Tag sei gepriesen, als der segensreiche Schritt der Russen auf unserer heiligen Erde hallte.«

Ashot betrachtet diese Entwicklung weit nüchterner und weniger enthusiastisch.

»Aus reiner Menschenliebe haben uns die Russen nicht geholfen – sie verfolgten natürlich eigene Interessen und haben mit ihren Truppen auf unsrem Boden eine gute Position gegen den Süden. Aber immerhin ist seither Schluß mit den verheerenden Überfällen, mit Mord und Gewalt, mit Raub und Plünderungen – und diese friedliche Periode dauert nun schon zwanzig Jahre an. 140 000 Menschen, die geflohen waren, sind zurückgekehrt in ihre Heimat und das hat den Handel belebt und den Wohlstand gemehrt.«

Durch Ashot lernen Blasius, Gretel und Urban die gutsituierten Kaufleute Erewans kennen, die einen eigenen Clan bilden, in dem jeder jeden kennt und ihm nach bestem Vermögen weiterhilft bei seinen Geschäften – sofern er nicht zur Konkurrenz zählt! Beim ersten Besuch wird von diesen Geschäften nicht weiter geredet, das würde gegen die guten Sitten verstoßen, sie werden nur am Rande erwähnt – doch schon bei diesen ersten Kontakten stellt sich heraus, wie hoch das Interesse an Schwarzwälder Uhren und erst recht an Drehorgeln ist – nur von den Erzählungen her, ohne daß Blasius oder Urban auch nur ein einziges Exemplar zeigten. Es ist etwas Neuartiges, »Exotisches«, das bisher keiner besitzt – und deshalb jeder gerne haben möchte, der es sich leisten kann, selbst wenn er es noch gar nicht gesehen hat.

»Gut so«, sagt Ashot zufrieden, »es läuft genau, wie ich es mir vorgestellt habe! Es ist auch gut, daß du nur noch so wenige Uhren hast und Urban die Drehorgel gar nicht verkaufen will, weil es sein einziges Musterexemplar ist. Aber er kann sie ausleihen gegen einen Pachtzins – das ist kostenlose Reklame für künftige Bestellungen!«

Blasius verkauft seine restlichen Uhren im Handumdrehen, bis auf drei Musterexemplare und bis auf die Flötenuhr, die er in den Nachtstunden langer Monate selbst gebaut hat, in Neustadt und in Waldkirch, die Uhr, die er als sein Gesellenstück betrachtet. Trotz des hohen Preises hätte er sie schon zweimal verkaufen können, aber da ihn keine Not dazu zwang, brachte er es nicht über's Herz, sich von ihr zu trennen.

»Willst du sie ewig behalten, nachdem du sie durch das halbe Zarenreich mitgeschleppt hast, von Germania über Petersburg, Nischnij Nowgorod, Moskau und den Kaukasus bis hierher? Armenien ist am weitesten entfernt, deshalb kannst du hier den höchsten Preis erzielen. Bist du nun ein Kaufmann oder nicht?«

Ashot sieht seinen Freund herausfordernd an, denn er hat unterwegs diese prächtige Uhr oft genug bewundert, ihren Klängen gelauscht und die zierlichen Figuren studiert, die sich zur vollen Stunde bewegen. Er weiß um den Wert dieser ganz besondern Uhr – und er weiß auch, wer der rechte Käufer dafür ist.

Blasius seufzt. »Du hast recht, aber ich habe noch gar nicht daran gedacht. Wir sind ja noch nicht lange hier. Und Geld brauche ich auch keines dank der Gastfreundschaft deiner Familie.«

»Darauf kommt es doch gar nicht an. Du mußt die Gunst der Stunde nutzen. Noch nie sind Schwarzwälder Uhrenhändler den endlosen Weg bis hierher gekommen. Die ganze Stadt redet von dem Nemez mit den wundersamen Uhren und Drehorgeln.

Jeder möchte eine haben, aber es gibt zu wenige. Die Nachfrage bestimmt den Preis – das weißt du selbst. Und wer die schönste Uhr erwirbt, ist der König!«

»Wie meinst du das?«

»Mein Gott, du bist doch sonst ein schlauer Kerl und nicht so begriffsstutzig! Wer die schönste Uhr kauft, hat den Vogel abgeschossen und für diesen Spaß bezahlen meine reichen Landsleute jeden Preis. Man muß es nur wissen und sich danach richten. Ich sage dir die richtige Adresse und dort kannst du mit der Flötenuhr das Geschäft deines Lebens machen!«

Nun fängt Blasius Feuer und die beiden hecken einen Plan aus, der nach Ashots Meinung gar nicht schief gehen kann.

»Wardan Tumanjan ist der reichste Kaufmann der Stadt. Er ist ein Geizkragen, aber wenn er etwas unbedingt haben will, sieht das anders aus. Steck dich hinter seine Frau – er vergöttert sie und erfüllt ihr jeden Wunsch.«

»Ist sie so schön?«

»Ja, sie ist schön. Ich habe dir schon oft gesagt, die Armenierinnen sind die schönsten Frauen der Welt, und sie ist keine Ausnahme. Du wirst es ja selbst sehen!«

Ashot hat seinen Freund so neugierig gemacht, daß der sich gleich am nächsten Tag zu dem prächtigen Tumanjan-Haus begibt, das zwischen Aprikosenbäumen und blühenden Frühlingsblumen auf einer leichten Anhöhe liegt.

Blasius hat Urbans Drängen nachgegeben und nach langer Zeit wieder die kleidsame Glottertäler Tracht angezogen, sich aber hartnäckig geweigert, auch den schwarzen Zylinder aufzusetzen, weil es ihm gar zu albern vorgekommen wäre in dieser Umgebung. In St. Petersburg paßte er, hier ist er fehl am Platz.

Der schmiedeeiserne Türklopfer hat einen überraschend hellen Klang und noch überraschender ist, daß sich die Türe augenblicks öffnet, sobald er ihn angeschlägt.

Als weitere Überraschung steht auch kein Dienstbote hinter dieser Tür und bittet ihn ins Haus: Es ist eine grazile junge Frau mit der Haltung einer Fürstin und der Kleidung einer Zigeunerin. Eine Fülle langer dunkler Locken umrandet ihr Gesicht, das von auffallend großen, schräggeschnittenen Augen beherrscht wird, schwarz wie Kohlen. Trotz der bunten Seidenfetzen, die sie am Leibe trägt und die so eng anliegen wie eine zweite Haut, ist sie eindeutig als die Hausherrin zu erkennen.

Blasius schaut sie an wie ein Wesen aus einer fernen Märchenwelt. Einer solchen Frau ist er noch niemals begegnet.

»Seid Ihr der Freund von Ashot Simonjan, der Nemez aus St. Petersburg ?«

Er nickt und ist unfähig auch nur ein einziges Wort zu sagen.

Mit einem kleinen Neigen des Kopfes weidet sie sich an seiner Verwirrung, nimmt seine Bewunderung entgegen, nicht huldvoll und nicht dankend, einfach als Selbstverständlichkeit, als hätte sie es nicht anders erwartet.

»Ich bin Anahit, Wardans Frau«, sagt sie nach einer endlos erscheinenden Pause, in der sie Blasius prüfend vom Scheitel bis zur Sohle mustert. Dabei bleiben ihre Augen ernst und ihre Lippen verschlossen, bis ein winziges Lächeln ihre Züge erhellt. Die erstaunlichste Verwandlung aber geht in diesen unergründlichen schwarzen Kohleaugen vor: Funken beginnen darin zu tanzen wie übermütige Irrlichter. Dann werden sie weich und zärtlich, fragend, bewundernd und begehrend.

Nie zuvor hat Blasius einen ähnlichen Blick gesehen, sprechende Augen, die ohne ein einziges Wort eine einzige Botschaft signalisieren.

Diese stumme Zwiesprache dauert nur Sekunden – und wirkt wie eine Ewigkeit. Die erotische Spannung ist fast greifbar, obgleich sie einander nicht berührt haben. Anahit gelingt es zuerst, sich aus diesem Zauberkreis zu lösen. Mit einer leichten Handbewegung bittet sie Blasius in das Haus.

»Möchtet Ihr lieber russisch oder französisch sprechen?« fragt sie, überzeugt davon, daß er beide Sprachen beherrscht.

»Russisch. Ich lebe schon viele Jahre in Rußland und habe Französisch nur in der Schule gelernt.«

»Aha. Und was führt Euch zu mir?« Die übermütigen Irrlichter in den Kohleaugen beginnen erneut zu tanzen.

»Ich wollte eigentlich, ja, ich wollte Euren Mann sprechen. Mein Freund Ashot meinte, er würde sich für die beste Uhr interessieren, die ich aus Germania mitbrachte, ein Flötenuhr, eine seltene Kostbarkeit, die ich selbst gebaut habe.«

»Mein Mann mußte unerwartet in Geschäften verreisen. Ich bedauere das unendlich«, sagt Anahit mit einem Lächeln, das alles andere als Bedauern ausdrückt, »aber auch ich interessiere mich für eine solche Uhr, die aus einer fernen Welt kommt. Wann könnt Ihr mir das seltene Stück vorführen?«

»Wenn immer Ihr wünscht«, sagt Blasius und seine Stimme klingt ein wenig heiser. Er hat das Gefühl, daß nicht nur seine rote Weste zu eng, sondern auch sein Hals zugeschnürt ist.

»*Otschjen choroscho*, sehr gut. Dann kommt morgen nach dem Abendessen. Um diese Zeit sind wir ungestört und ich kann Euer Kunstwerk in Ruhe bewundern.«

Das ist eine ähnliche Einladung wie damals in St. Petersburg, denkt er auf dem Rückweg, nur unter ganz anderen Voraussetzungen. Und dieses Mal werde ich nicht die Flucht ergreifen.

*

Ashot ist neugierig als Blasius zurückkommt. »Wie ist der Besuch verlaufen? Ich möchte wetten, daß Wardan Tumanjan die Flötenuhr haben will.«

»Wette lieber nicht soviel! Schon ehe wir in Erevan ankamen, wolltest du das! Wardan war gar nicht da, er mußte verreisen und seine Frau hat das sehr bedauert.«

»Aha, dann hast du Anahit getroffen, diese kleine tartarische Hexe! Hat sie dir gleich den Kopf verdreht?«

Blasius runzelt die Stirn bei diesen Worten. Er fühlt sich so wohl wie seit langem nicht mehr – leicht, beschwingt und gleichzeitig kraftvoll, als könne er nicht nur Bäume, sondern einen ganzen Wald ausreißen. Aber das muß er Ashot nicht gleich auf die Nase binden! Er schüttelt den Kopf.

»Wie kommst du auf diese Idee?«

»Weil ich sie kenne! Erevan ist im Grunde ein großes Dorf und es gibt keinen einzigen interessanten Mann hier, den sie nicht schon gründlich verrückt gemacht hat – das ist ihr größtes Vergnügen.«

»Was sagst du da? Du redest wie eine Klatschbase im Bazar!«

»Ich sage, was ist«, ereifert sich Ashot, »sie bringt die Männer zur Weißglut und verspricht ihnen das Blaue vom Himmel herunter – nicht mit Worten, mit Blicken.«

Das beschwingte Gefühl zum Walzertanzen und die Kraft zum Bäumeausreißen lassen augenblicks nach.

»Und dann?«, fragt er beklommen und bemüht sich um einen festen Klang seiner Stimme.

»Dann läßt sie ihre Opfer eine Weile auf kleinem Feuer schmoren, ich meine, sie läßt sie hoffnungsvoll zappeln – und das genießt sie. Ich sagte dir doch, sie ist eine tartarische Hexe!«

»Und dann?« Blasius wird ungeduldig.

»Dann läßt sie sie gnadenlos abblitzen! Noch keiner hat sein Ziel erreicht, aber Wardan war trotzdem schon halb wahnsinnig vor Eifersucht.«

Blasius fällt ein Stein vom Herzen. Er hört wieder Walzerklänge und seine Muskeln spannen sich. Vielleicht hat Ashot doch recht, denkt er, vielleicht hat sie mich schon verhext? Vielleicht ist es blanke Berechnung und sie macht es mit jedem so?

Vielleicht aber auch nicht!

Die Zeit bis zum nächsten Abend erscheint ihm endlos. Er überprüft die Flötenuhr bis ins letzte Detail, ölt das Räderwerk, zieht lockere Schräubchen nach, hört die Musikstücke ab und läßt die kleinen Figuren ihre Instrumente bewegen.

Eine Flötenuhr dieser Qualität, die sechs verschiedene Melodien spielen kann, wiegt etwa 30 Kilogramm und seine alte Schwarzwälder Krätze ist viel zu klein. Ashot kommt dazu, als er sie gerade wieder in einer Ecke verstaut.

»Du wolltest dich doch nicht etwa damit abschleppen?« fragt er kopfschüttelnd. So macht man keine Geschäfte! Mein Vater hat schon die *kalesche* vorfahren lassen.«

Anahit öffnet die Türe selbst wie beim ersten Mal – und sieht völlig verändert aus.

Sie hat ihre wilden Locken gebändigt und mit einem reich bestickten Goldkäppchen gekrönt, von dem ein durchsichtiger Schleier bis auf ihre Schultern fällt. Dazu trägt sie eine leuchtend blaue Seidenbluse mit weiten Ärmeln und einem zur Taille spitz zulaufenden Einsatz aus glitzerndem Brokat, der auf den ersten Blick wie ein raffiniert tiefer Ausschnitt wirkt, aber oben am Hals abschließt. Ein gleichfarbiger Gürtel betont die schmale Taille und geht über in einen langen weinroten Rock, der wie das Käppchen mit Goldfäden bestickt ist: eine kühne Mischung aus den Trachten Armeniens und Grusiniens. Blasius schaut sie in stummem Entzücken an und erst ihr leises Lachen löst den Zauber.

»Wohin soll ich die Flötenuhr bringen?«, fragt er, weil ihm partout kein Kompliment einfallen will, daß schön genug für sie wäre.

Sie winkt ab, noch immer leise lachend. »Darum kümmert sich der Stallbursche, er kann sie ins Haus tragen.«

Er folgt ihr in einen Raum, in dem entlang den Wänden bunte Kissen und Polster liegen, kunstvoll ziselierte, niedrige Messingtische stehen davor. Einer davon ist mit gerösteten Pistazien, *tolma* und *küfta* gedeckt, Hackfleisch mit Reis in Weinblättern und Fleischbällchen mit heißer Butter, daneben steht eine Flasche französischer Champagner und zwei Kelche.

Ob sie das immer so macht, denkt Blasius unwillkürlich?

Und es scheint, als habe sie seine Gedanken erraten, denn sie legt leicht die Hand auf seinen Arm, schenkt ihm ein bezauberndes Lächeln und spricht ihn im vertraulichen Du an: »Welche Schauergeschichten hat man dir über mich erzählt? Ich spüre, wie du dich zurückziehst – und dabei begann das Vertrauen zwischen uns gerade zu keimen.«

Das stimmt. Auch er hat sich über dieses unerklärliche Vertrauen vom ersten Augenblick an gewundert, über ein Vertrautsein, das es zwischen zwei fremden Menschen eigentlich gar nicht geben kann.

Der Druck ihrer schmalen Hand auf seinem Arm verstärkt sich.

»Was immer man dir über mich erzählt hat – glaube es nicht! Es stimmt, aber es trifft nicht auf dich zu. Ich kann dir das später erklären. Bei dir ist alles anders – es ist der berühmte *coup de foudre* wie die Franzosen es nennen – du verstehst das?«

»Ja und nein«, sagt er und ringt um Beherrschung, »natürlich weiß ich, daß ein *coup de foudre* ein Blitzschlag ist – aber warum soll ausgerechnet ich eine Ausnahme sein und nicht auf kleinem Feuer schmoren? Nicht hoffnungsvoll zappeln – und letztendlich abblitzen wie die anderen Verehrer auch?«

Jetzt lacht sie hellauf. »So also hat man mich beschrieben? Als männermordende Hexe, die keinen erhört? Sag, stimmt das?«

Er nickt – und sie umarmt und küßt ihn leidenschaftlich.

»Ja, es stimmt«, gibt sie dann atemlos zu, »aber ich habe immer nur auf den einen gewartet, von dem ich wußte, daß er kommen wird. Und als ich dich gestern unter der Türe sah und erkannte ich sofort, wie du bist – nicht nur groß und kräftig, auch sanft und liebevoll, ein Mann, mit den goldfarbenen Haaren der Nemez und den dunklen Augen unseres Volkes. Ich wußte in der ersten Minute: Das ist er, auf den ich gewartet habe, ich spürte es mit jeder Faser meines Körpers.«

Ein winziger Rest von Beherrschung bleibt Blasius.

»Und dein Mann?«, fragt er, »du bist doch verheiratet?«

Sie winkt lässig ab. »Ich habe Wardan keine Sekunde geliebt

– ich mußte ihn heiraten, weil meine Eltern tief in Schulden steckten und ein so reicher Freier nur selten vor der Tür armer Leute steht. Er weiß, daß er mich nur für seinen Diwan kaufen konnte und daß ich nichts für ihn empfinde. Ich gebe ihm das immer wieder deutlich zu verstehen, das verletzt ihn, er möchte es ändern, doch es gelingt ihm nicht. Das ist meine Rache für die Sklaverei – nicht nur an ihm, auch an den anderen Männern. Ich bin eine kaukasische Tartarin – im Kopf habe ich meine Freiheit nicht verloren, mein Herz ist nicht käuflich und ich liebe nur, wen ich lieben will und nicht, wen ich lieben soll!«

Ihre schrägen Augen blitzen und die tanzenden Irrlichter sprühen Funken. Sie löst die kleine Goldkappe aus den Haaren, schüttelt ihre schwarzen Locken und jede ihrer Bewegungen ist fließend und geschmeidig.

Das kann nur ein Märchen aus Tausend und einer Nacht sein, denkt Blasius, sie ist die wunderschöne Prinzessin Scheherazade, die mich zu ihrem Prinzen erkoren hat – und gleich werde ich aufwachen und der Traum aller Träume ist aus! Aber dann will ich sie vorher noch küssen und lieben, damit ich wenigstens eine Erinnerung daran habe. Er umarmt sie stürmisch und preßt sie an sich, als wolle er sie nie mehr loslassen. Als seine Küsse drängender werden und von ihren Lippen aus immer tiefer wandern, windet sie sich aus seinen Armen, in einer unnachahmlichen Mischung aus Abwehr und gleichzeitiger Verlockung.

»*Slischkom bistro, ljubimij, u nas wremja*«, sagt sie mit leiser Stimme, in der ebenso viel Zärtlichkeit wie Sehnsucht mitschwingen. »nicht so schnell, Liebster, wir haben Zeit. Ich mußte so lange vergeblich warten bis du gekommen bist – jetzt ist es endlich soweit – und nun darf es nicht zu schnell gehen. Ich brauche ein bißchen Zeit, mich an das Glück zu gewöhnen. *Nakonjets!*«

»*Nakonjets*, endlich«, wiederholt Blasius, dankbar daß er diesen unglaublichen Traum weiterträumen darf und noch nicht daraus erwacht ist.

Sie zieht ihn auf die bunten Seidenkissen und flüstert: »Ich möchte, daß du eines weißt – du bist der erste Mann in meinem Leben, dem ich mein Herz und meine Seele schenke und nicht nur meinen Körper hingebe…«

Als Blasius am nächsten Morgen erwacht, stellt er zu seiner unendlichen Freude fest, daß der wunderbarer Traum kein Traum war, sondern Wirklichkeit. An ihn geschmiegt liegt die schönste aller Frauen und das Glück, das aus ihren Augen strahlt, erfüllt ihn mit Stolz.

Diese Nacht verändert nicht nur das Leben Anahits, sondern auch sein Leben.

Er bleibt fünf lange Jahre in Armenien, die zur besten Zeit seines Lebens werden.

Ashot fragt nichts und sagt nichts, als Blasius erst am nächsten Mittag mit kalesche und Pferd zurückkommt. Der Ausdruck in seinem Gesicht und das verklärte Lächeln sprechen für sich. Er hat das Gefühl, daß sein Freund noch nicht richtig zurückgekehrt ist aus einer anderen Welt auf den Boden der Wirklichkeit – eigentlich kein Wunder bei einem romantischen Träumer wie Blasius. Nur in diesem besonderen Fall ist es ihm rätselhaft und er kann sich keinen Reim darauf machen.

Am Abend erst kommen sie zum Reden.

»Wie hast du die kleine tartarische Hexe rumgekriegt, sag, wie hast du das geschafft?«, will Ashot wissen, der seine Neugierde kaum verbergen kann, »von dir hätte ich wahrhaftig nicht gedacht, daß du ein Hexenmeister bist!«

»Das bin ich auch nicht, genau so wenig wie sie eine Hexe ist. Wer erfindet nur solche Gerüchte? Sie ist eine wunderbare, leidenschaftliche Frau, voll Herzenswärme und Zärtlichkeit«.

»Das sind große Worte – und erstaunliche Worte, nachdem ihre vielen Verehrer in schöner Einigkeit mit dem Ehemann genau das Gegenteil behaupten: ohne Gefühl, kühl bis ans Herz hinan, eher kalt und berechnend. Und nichts davon soll stimmen?«

»Kein Wort! Ashot, du hast keine Ahnung, wenn du solche Gerüchte weitergibst. Sie kann ganz einfach keinen dieser Männer lieben.«

»Aber dich – ausgerechnet dich liebt sie? Und das beruht auf Gegenseitigkeit? Und das wißt ihr nach einer einzigen Nacht? Gestatte, daß ich meine heftigen Zweifel anmelde – schließlich bist du ein erwachsener Mann und kein Jüngling von siebzehn Jahren!«

»Es *ist* ein Märchen«, sagt Blasius voll Überzeugung, »und mehr als das: Schon von der ersten Stunde an haben wir gewußt, daß es ein, ein . . ja, ein Naturereignis ist.«

»Eine Art Phänomen also?« fragt Ashot mit leisem Spott in der Stimme.

»Ja, genau das.«

Blasius überhört den Spott ruhig und schaut seinem Freund in die Augen.

»Ich habe keine Vorstellung, wie das weitergehen soll, es kam alles so völlig überraschend. Wieviele Menschen einen *coup de foudre* erleben, weiß ich nicht, sicher ist es kein alltägliches Ereignis. Aber als ich Anahit sah und sie mich, haben wir es beide gleichzeitig gespürt.«

»Dann paß nur gut auf, daß niemand etwas von diesem Naturereignis erfährt. Wardan würde dich aus Rache nicht nur köpfen, sondern vierteilen!«

Das ist ein ernstgemeinter Ratschlag, aber die Liebe zwischen Anahit und Blasius läßt sich natürlich nicht geheimhalten. Nach einem Monat weiß jeder davon – aber keiner wagt es, Wardan darüber aufzuklären. Schon in alten Zeiten wurden die Überbringer schlechter Nachrichten übel behandelt – und Wardans Jähzorn ist so bekannt wie gefürchtet. Und außerdem möchten die geschäftstüchtigen Erevaner natürlich weiterhin Geschäfte mit ihm machen, statt in Ungnade zu fallen.

Dazu kommt der untadelige Ruf Anahits: Sie lebt im Lande seit Wardan sie als Fünfzehnjährige hierherbrachte und hat – aus welchen Gründen auch immer – mannigfaltigen Anfechtungen widerstanden und jeden ihrer Anbeter abgewiesen. So wird die Romanze entgegen Ashots Befürchtungen toleriert und der überwiegend verreiste Ehemann bleibt vom Klatsch darüber verschont: Alle wissen davon, nur der Betroffene nicht.

Blasius lernt Wardan bei einem Chorowaz-Essen kennen. Er ist ein bulliger, untersetzter Mann mit groben Gesichtszügen und schläfrig wirkenden Augen. Dieser harmlose äußere Eindruck, der an einen trägen Bauern erinnert, ist sein bester Trumpf bei Geschäften. Unbedarft, sogar einfältig kann er wirken – doch wer das glaubt und meint, er könne ihn über den Tisch ziehen, irrt sich gewaltig. In Wahrheit ist er ein gerissener Kaufmann, der Bauernschläue mit dem ausgeprägten Talent der Armenier in Geldangelegenheiten vereint. Außerdem ist er ein geborener Schauspieler, dessen Aussehen seine Partner in der trügerischen Sicherheit wiegt, er sei nicht ebenbürtig. Das erweist sich rasch als fataler Irrtum: Die schläfrigen Augen können sekundenschnell scharf und hellwach werden – aber bis die Geschäftspartner das feststellen, ist es meist schon zu spät!

»Die Kunst, gute Geschäfte zu machen, ist meine Leidenschaft und es gibt niemanden, der mich auf diesem Gebiet schlagen kann«, sagt er selbstgefällig, »ich habe einfach Spaß daran, der Bessere zu sein und meinen Partnern das Fell über die Ohren zu ziehen, wenn sie erst in meine Falle gegangen sind.«

Das reizt Blasius, der ihn vom ersten Augenblick an unsympathisch findet und zutiefst bedauert, daß Anahit mit einem solchen Ehemann geschlagen ist. Er beschließt, den Spieß umzudrehen und als sie auf die Flötenuhr zu sprechen kommen, ist er in einer hervorragenden Ausgangsposition, weil er sie nicht verkaufen muß, ja nicht einmal ernsthaft verkaufen will.

Nach zähem Feilschen erwirbt Wardan das kostbare Stück für eine enorme Summe – weil sie Anahit so gut gefällt und weil er damit protzen will. Es ist fast wie eine Versteigerung und nur weil er schließlich zähneknirschend am meisten bietet, schlägt er die anderen Interessenten aus dem Feld und geht als Sieger aus dem »Wettbewerb« hervor.

Die Fähigkeit des Nemez zum geschickten Verhandeln beeindruckt ihn außerordentlich, wobei er nicht ahnt, daß sowohl Ashot als auch Anahit ihn heimlich beraten, wie hoch er pokern kann und wo er ein wenig flexibel sein muß.

Als das Geschäft abgeschlossen ist, bietet Wardan Blasius überraschend an, so lange für ihn zu arbeiten, bis die nächste Sendung Uhren aus St. Petersburg eintrifft – was bis zu einem Jahr dauern kann.

»Dann profitiere ich wenigstens von deinem Geschick, die Preise hochzutreiben«, meint er, »statt daß ich der Leidtragende bin wie jetzt! Es ist unglaublich, daß sich ein Nemez gegen einen Armenier behaupten kann! Ein solches Talent darf ich nicht der Konkurrenz überlassen!«

Zu der widerwilligen Hochachtung, die er für den jungen Deutschen hegt, empfindet er – im Gegensatz zu Blasius – etwas wie Sympathie, soweit ein hartgesottener Geschäftsmann wie er dazu überhaupt fähig ist. Außerdem braucht er längst jemanden in Erevan, der ihn bei seinen vielen Reisen in die angrenzenden Regionen geschäftlich vertritt und erstaunlicher Weise vertraut er dem Nemez mehr als seinen Landsleuten.

Daß sich diese Vertretung auch ins Privatleben ausdehnt, war natürlich nicht geplant. Da er aber eine Beziehung seiner kühlen, abweisenden Frau zu dem jungen Deutschen überhaupt nicht in Erwägung zieht, hat er nicht den geringsten Verdacht.

Blasius mietet ein kleines, ebenerdiges Lehmhaus außerhalb Erevans mit Blick auf die schneebedeckte Kuppe des großen Ararat. Hier kann er sich ungestört mit Anahit treffen und das Gefühl verläßt ihn nicht, daß er durch die Magie einer gütigen Fee in eine Märchenwelt gezaubert wurde, deren Prinzessin ihn zu ihrem Prinzen aus dem Morgenlande erkoren hat, auch wenn er mitten aus dem Abendland kommt. Er selbst muß über diese naive Vorstellung lächeln und schilt sich einen hoffnungslos romantischen Narren, aber Anahit küßt die kritischen Gedanken von seiner Stirn.

»Kein anderer Mann käme auf so hübsche Ideen – wer weiß, vielleicht hat dir wirklich eine Fee den Weg zu mir gewiesen . . »

In ihrer Leidenschaft und Hingabe liegt die ungestillte Sehnsucht vieler Jahre und die trotzige Auflehnung gegen den Zwang ihrer Ehe. Körperliche Liebe war in ihrem Leben bisher nichts als eine unangenehme Pflicht, der hohe Preis für den ehrenwerten Stand einer verheirateten Frau, deren Mann ihr Leben bestimmt und der sie ernährt.

Nun macht sie die aufregende Erfahrung, daß diese Liebe auch etwas ganz Anderes sein kann: Vergnügen, Lust, Seligkeit, Entzücken, die reine Freude, Freude zu bereiten, das Schweben auf kleinen Wolken . .

Von so unglaublichen Gefühlen haben manchmal andere Frauen geschwärmt, sie aber hat diese Erzählungen rasch ins Reich der Fabel verwiesen – sie konnte einfach nicht glauben, daß es etwas so Wunderbares gibt. Ihre Dankbarkeit gegenüber Blasius kennt keine Grenzen. Er wiederum ist zutiefst gerührt von dieser dankbaren Demut, mit der sie ihm begegnet – eine so schöne, stolze Frau wie Anahit!

Vom ersten Augenblick ihrer Begegnung an war in der erwachenden Leidenschaft ein Gefühl des Vertrautseins geborgen. Dieses Vertrautsein und das tiefe Verständnis füreinander, ein Gleichklang der Empfindungen – das ist die Basis ihrer Liebe. Gemeinsam kosten sie dieses kostbare Gefühl aus und betrachten es als ein Geschenk, gemeinsam ertasten sie ihre geheimsten Wünsche.

»In deinen Armen blühen Blumen für mich – mitten im Winter! Schmetterlinge gaukeln durch die Luft und Vögel zwitschern ihre Frühlingslieder . . »

Anahit schwelgt in der blumenreichen Sprache des Orients, sie ist unerschöpflich im Ausdenken neuer Zärtlichkeiten und Liebesbeweise. Und Blasius genießt ihre bedingungslose Hingabe umso mehr, als er seit der Trennung von Ljuba einen weiten Bogen um Frauen gemacht hat – das einzige flüchtige Abenteuer, zu dem er sich verleiten ließ, hat er in dem berühmten Moskauer Badehaus erlebt und es war für ihn kein Anreiz für weitere Eskapaden dieser Art.

Immer neue Kosenamen sucht er für Anahit: *Schelannaya* – kleine Begehrte, *Solnetschnaya* – Sonnenstäubchen, *Laskawaya* – kleine Zärtliche und *Notschnaya* – Nachtvögelchen.

Die Russen sind Weltmeister im Erfinden von herzbewegenden Schmeicheleien und Blasius ist ein gelehriger Schüler. Anahit ist seine *Ljubimaja*, seine *Dobraya*, seine *Krasiwaya* – sein Liebchen, sein Schätzchen, seine kleine Schöne.

Er nennt sie *Malenkaya, Schisnennaya* , *Nenastnaya* – Kleinchen, kleine Fröhliche, kleine Unersättliche. Und sie gurrt wie ein Täubchen vor Freude, wenn er ihr diese Namen in Ohr flüstert: »Niemand außer dir hat so viele wunderschöne Ideen für seine Geliebte !«

Am glücklichsten aber ist sie, wenn er sie »meine kleine Frau« nennt. Sie betrachtet sich als seine Frau – und denkt an die Rückkehr ihres ungeliebten Ehemannes von seinen weiten Reisen jedes Mal mit größerem Schrecken.

Anahit ist älter als Blasius, wieviele Jahre weiß er nicht, es ist ihm auch völlig gleichgültig, denn sie hat sich außer ihrer Schönheit und Lebendigkeit viel von der Unschuld eines jungen Mädchens bewahrt. Nicht nur die funkelnden Lichter ihrer Kohleaugen faszinieren ihn wie am ersten Tag, auch der schräge

Schnitt dieser Augen, der ihnen etwas Geheimnisvolles verleiht und der an ihre tartarischen Ahnen erinnert. Der matte Goldton ihrer Haut bezaubert ihn ebenso wie ihre dunklen, seidigen Locken, die er so gerne zerwühlt, – ihr beschwingter Gang, der an die Leichtigkeit einer Gazelle erinnert, ihre leicht geöffneten, erwartungsvollen Lippen, ihre Hände, die nie müde werden, ihn zu streicheln und zu liebkosen, – ihre natürliche Anmut, der Klang ihrer Stimme... er könnte diese Liste endlos fortsetzen, wenn er sich die Tage und Nächte mit ihr in Erinnerung ruft.

Sobald seine Gedanken in diese Richtung wandern, erledigt Blasius die Arbeit im Kontor des Handelshauses Tumanjan im Eiltempo, um schneller nach Hause reiten zu können. Solange Wardan außer Landes ist, leben sie hier vor den Toren der Stadt wie ein junges Paar in den Flitterwochen.

Aus diesen Wochen werden Monate und Jahre und sie merken es kaum. Glückliche Zeiten haben die fatale Eigenschaft, so schnell zu vergehen wie der Wind den Sand durch die Wüste weht.

»Wer zählt die Sterne, die ihm leuchten, solange er ihren Glanz genießen kann? Niemand denkt daran – aber wir sollten es tun. Manchmal fallen Sterne vom Himmel«.

»Wie meinst du das, *Notschnaya?* fragt Blasius, als sie gemeinsam den raschen Wechsel von der Dämmerung in das tiefe Samtblau der Nacht beobachten.

»Ich meine damit, wir sollten jede Stunde, die uns geschenkt wird, ganz bewußt erleben und dankbar sein dafür. Jede einzelne ist eine Sternstunde«.

Die Liebe macht Anahit noch schöner – und ihn macht sie milder in seinem Urteil. Zum ersten Mal kann er Verständnis dafür aufbringen, daß Ljuba ganz offensichtlich von etwas Ähnlichem wie einem coup de foudre getroffen wurde, als sie ihn wegen Alexander verließ.

18

»Wenn das je aufkommt mit Blasius und Anahit, gibt es Mord und Totschlag!«

Gretel stemmt ihre kleinen Hände in die Taille und sieht Urban vorwurfsvoll an.

»Kannst denn nicht du dem Bläsi ins Gewissen reden, damit er vorsichtiger wird?«

»Das ist vergebliche Liebesmüh! Denk daran, wie er auf mich eingeredet hat, als wir beide Hals über Kopf heiraten wollten – und es war für die Katz'!«

»Gott sei Dank! Sonst wärst du auch einer kaukasischen Tartarin verfallen und in Lebensgefahr wie er!«

Urban schüttelt den Kopf und schmunzelt.

»Ich sehe das nicht so dramatisch. Außerdem ist es längst bekannt und bisher hat es keiner gewagt, Wardan etwas zu sagen – jeder hat Angst vor ihm. Diese Geschichte geht nun schon so lange, allmählich redet kaum noch jemand darüber, die Leute sind zur Tagesordnung übergegangen.«

»Hoffentlich hast du recht, aber mir ist nicht geheuer dabei.«

Urban und Gretel haben sich ein kleines Haus in der Stadt gesucht, als sie die Gastfreundschaft von Ashots Familie nicht länger in Anspruch nehmen wollten. Nach der weiten und abenteuerlichen Fahrt vom nördlichen Ende des Zarenreiches bei St. Petersburg bis zur südlichsten Grenze in Armenien ist ihre Reiselust gedämpft und sie sind froh, ein festes Dach über dem Kopf zu haben.

Die Drehorgeln und die Uhren aus St. Petersburg sind überfällig, aber ein Brief von Meister Dold ist angekommen, in dem er mitteilt, daß sie nach Odessa geschickt wurden, von da über das Schwarze Meer nach Poti und via Tbilisi nach Erevan.

Die gute kaufmännische Ausbildung, die Urban und Blasius dem strengen Regiment Draculas zu verdanken haben, macht sich inzwischen bezahlt: Beide haben eine interessante Arbeit – Urban in der Cognac-Destillerie der Familie Simonjan, Blasius im Handelshaus von Wardan Tumanjan. Sie nutzen ihre reichlich bemessene Freizeit, das Land zu erkunden und sich einen Schlachtplan für den Verkauf ihrer Waren zurechtzulegen – falls sie tatsächlich noch eintreffen sollten.

Ashot ist besonders stolz auf die historischen Höhlenkloster von Gegard, dessen Ursprünge aus dem 4. Jahrhundert stammen und das nur fünfzehn Werst von Erevan entfernt liegt. Seit er seinen Freunden diese schön gelegenen und meisterlich gebauten alten Kirchen gezeigt hat, gehört Gegard zu ihren Lieblingsplätzen. An den Wochenenden reiten sie immer wieder zu fünft hinaus in die Berge, nehmen in den Satteltaschen Essen und Trinken mit und überlegen, wo in Armenien und dem angrenzenden Osmanischen Reich ein guter Absatzmarkt für Schwarzwälder Uhren sein könnte.

Anahit ist wie die meisten Kinder der kaukasischen Völker auf dem Pferderücken groß geworden und reitet so kühn, daß die anderen oft den Atem anhalten, wenn sie im Galopp über die Felder jagt und viel zu hohe Hindernisse nimmt. Dabei jauchzt sie vor Freude und ihre lange, rabenschwarze Haarmähne flattert im Wind.

»Woher hast du nur die schönen Locken?«, fragt Gretel bewundernd, als sie ausnahmsweise ruhig nebeneinander hertraben, »hier haben alle Frauen außer dir glatte Haare.«

»Vielleicht war es ein Schwerenöter aus der Armee Alexanders des Großen, auf dem Weg zum Indus! Oder er selbst – er hat ja erst in Afghanistan Roxane geheiratet. Als er am Berg Ararat vorbeizog, war er noch ein freier Mann! Das ist natürlich schon eine Weile her.«

Sie lacht voll Übermut, ihre Lebenslust wirkt ansteckend und sie hat allen Grund zur Freude: Wardans Reisen werden immer ausgedehnter, vor einer Woche ist er nach Konstantinopel aufgebrochen und es kann ein halbes Jahr dauern, bis er zurückkommt.

Ashot gesellt sich zu ihnen und stellt ihre Vermutung in Bezug auf Alexander den Großen in Zweifel.

»Ebensogut wie ein Grieche könnte es ein Römer gewesen sein! Du hast wohl gar nicht aufgepaßt, als ich euch neulich in Gegard ein bißchen Geschichts-Unterricht gegeben habe! Als Rom noch ein Weltreich war, krönte Kaiser Nero unseren König Tiridates I. und schickte außer einigen Truhen voll Gold auch Legionäre und Baumeister mit nach Armenien, die seine Residenz verschönern sollten. Sie errichteten bei der Festung *Garni* den prächtigen Tempel der Sonne, der sechzehn Jahrhunderte überdauerte und von dessen Schönheit heute noch berichtet wird.«

»Und wo steht er, warum haben wir ihn noch nicht gesehen?«, will Gretel wissen.

»Weil er bei dem verheerenden Erdbeben 1679 unterging, in einer Erdspalte spurlos verschwunden ist. Er wurde in der Überlieferung beschrieben, bewundert und besungen – aber niemand weiß genau, wo sein Platz war.«

*

Nach einem Jahr und einem Monat kommen drei *kibitkas* in Erevan an und bringen die schweren Holzkisten aus St. Petersburg. Niemand kann sich erklären, wo sie so lange hängengeblieben sind, aber das ist auch nicht wesentlich: Hauptsache sie sind da – rechtzeitig genug, daß die Freunde ihren Plan für eine gemeinsame Verkaufsreise wahrmachen können, denn Anahit kann nur mitkommen, solange ihr Ehemann mit fernem Ziel unterwegs ist.

Sie flicht ihre langen Locken zu Zöpfen, steckt sie hoch wie Gretel und leiht sich zwei Gewänder von ihr. In der Länge passen sie, denn beide sind gleich groß, oder besser klein, sie müssen nur enger genäht werden. Blasius ist begeistert als er sie in dieser Verkleidung sieht.

»Du schaust aus wie ein Schwarzwald-Maidli«, sagt er, »alle Männer im Glottertal würden dir zu Füßen liegen!«

»Deshalb müßte sie nicht in die Fremde nach Germania ziehen«, meint Ashot trocken, »die Armenier liegen ihr auch zu Füßen – und wen erwählt sie zu ihrem Favoriten? Einen Nemez! Wenn du nicht mein Freund wärst, könnte ich eifersüchtig werden!«

Sie beladen nur eine *kibitka* und betrachten ihre erste Verkaufsfahrt als eine Art Proberunde für längere Unternehmen dieser Art. Im letzten Moment lädt Ashot noch einige Kisten Cognac auf, damit auch er etwas anzubieten hat unterwegs und nicht nur als Dolmetscher mitkommt.

Gretel trohnt auf dem Kutschbock, lenkt die beiden Zugpferde und das hat seinen Grund: Sie ist guter Hoffnung und seit sie es weiß, reitet sie nicht mehr. Der kleine Urban mantelt sich auf wie ein Pfau und sonnt sich in seinem künftigen Vaterglück.

»Wie ich mich kenne, werden es Zwillinge! Dann lohnt es sich wenigstens, daß wir unter diesen anderen Umständen nicht so schnell wieder wegkommen von Armenien in Richtung St. Petersburg.«

Die Proberunde erweist sich mehr als vergnüglicher Ausflug, denn als Verkaufserfolg. Armenien ist ein armes Land und die meisten gutsituierten Leute wohnen in Erevan. Trotzdem ziehen die fünf Freunde einige Wochen lang nach altbewährter Manier durch die Gegend. Am lustigsten ist es auf den Marktplätzen der größeren Dörfer: Gretel und Anahit spielen abwechselnd die Drehorgel, Urban zeigt seine Petruschka-Späße und das dankbare Publikum ist begeistert.

Ashot preist seinen Cognac als »Liebestrank« an und gleichzeitig als Medizin gegen Leiden aller Art, innerlich wie äußerlich anwendbar – wie weiland Doktor Eisenbart.

Damit wird er seinen ganzen Vorrat los. Diese kühne Idee kommt natürlich von Urban, der für Blasius keinen ähnlich genialen Ratschlag auf Lager hat: Seine Uhren werden zwar begehrlich betrachtet, aber nicht gekauft.

Trotzdem bereuen sie keine Minute der gemeinsamen Reise und sind bei ihrer Rückkehr um eine Erfahrung reicher: Nächstes Mal müssen sie über die Grenzen in die Nachbarländer, nach Georgien, Rußland oder in die Türkei.

»Warum nur heißen Flitterwochen Flitterwochen und nicht Flitterjahre?«

Anahit stellt immer wieder Fragen, die Blasius überraschen.

»Weil – weil sie nur selten länger dauern als ein paar Wochen nach der Hochzeit.«

»Aber das stimmt doch gar nicht! Wir kennen uns nun schon so lange – ich habe viel mehr Zeit mit dir verbracht als mit Wardan – und wir haben immer noch Flitterwochen.«

»Wir sind auch nicht verheiratet – das ist ein Unterschied!«, lacht Blasius.

»So betrachtet, sollte man gar nicht heiraten. Aber nein, Gretel und Urban sind schon seit Jahren ein Ehepaar und noch immer so verliebt ineinander wie wir beide!«

»Du hast recht, daran habe ich jetzt gar nicht gedacht. Aber sie und wir sind eine Ausnahme von der Regel, die da sagt: Nach ein paar Wochen ist eben ausgeflittert!« Anahit sitzt anmutig auf dem untersten Ast eines Aprikosenbaums und wippt mit den Beinen.

»Bevor ich dich getroffen habe, wußte ich gar nicht, daß es so etwas wie Flitterwochen gibt, ich wußte nicht einmal, daß die Liebe das Schönste auf der Welt sein kann. Vorher war sie nichts als eine Last, eine lästige Pflicht für Ehefrauen.«

Sie schenkt ihm ein bezauberndes Lächeln und springt von ihrem Ast aus direkt in seine Arme.

Zur Überraschung aller, die Urban als liebenswerten großen, kleinen Prahlhans kennen, behält er mit seiner Vermutung recht: Seine Gretel schenkt tatsächlich Zwillingen das Leben, einem dunkelhaarigen und einem blonden Buben. Vor lauter Glück sticht ihn der Hafer und als Anahit und Blasius gratulieren, droht er seinem Freund mit dem Zeigefinger:

»Der dunkle Knabe ist natürlich von mir – aber bei dem blonden habe ich so meine Zweifel, denn du hast die Gretel mehr als einmal geküßt!«

»Rein brüderlich – und nur auf die Wange!« rechtfertigt sich Blasius ernsthaft.

»*Nitschewo* – egal wohin, es sei dir gegönnt! Du bist mein bester Freund und da bleibt es in der Familie, also werde ich das blonde Kerlchen nach dir nennen und den Dunklen nach mir!«

Gretel kann vor Lachen kaum protestieren und so wird das Zwillingspärchen einen Monat später in der alten Klosterkirche von Gegard auf die Namen Urban II und Blasius II getauft.

Das freudige Ereignis ist natürlich der Anlaß dafür, daß Urban seine Rückreisepläne auf unbestimmte Zeit verschiebt und von dieser Zeit an redet auch Blasius nicht mehr über das Thema. Armenien hat ihm vom ersten Augenblick an gefallen, die karge Schönheit seiner Wüsten im Kontrast zu dem satten Grün der Bergregionen und den klaren Flüssen tief in den Schluchten.

Die einfache, rustikale Küche des Landes schmeckt ihm, besonders *lawasch,* das in Tonöfen gebackene dünne Fladenbrot, zusammen mit Schafskäse und dem kräftigen armenischen Wein. Er schätzt die Gastfreudschaft der Armenier, ihr kaufmännisches Talent und es macht ihm Spaß, sich beim Handeln mit ihnen zu messen.

Aber all das zählt nichts gegen die Liebe zu seiner kleinen kaukasischen Tartarin, deren Leidenschaft ihn immer wieder auf's Neue entzückt. Er ist überzeugt davon, daß ihre Flitterwochen ewig währen würden, selbst wenn sie heiraten könnten.

Bei Tag wie bei Nacht versichert er ihr, der glücklichste Mann ganz Armeniens zu sein, seit er sie getroffen hat und es wird allmählich ein Ritual, daß Anahit sich dann eng an ihn schmiegt und zärtlich zurückflüstert: »... nur in Armenien? Das ist nicht genug! Ich will, daß du der glücklichste Mann auf der Welt bist!«

*

Wardan reist mehr denn je und seine Rückkehr ist jedes Mal wie eine dunkle Wolke, die den Himmel verdüstert. Aber selbst das bessert sich, als er aus Erzerum eine hübsche junge Türkin mitbringt, offiziell als Dienerin im Haus, inoffiziell als Dienerin auf dem Diwan. Er hat es gründlich satt, daß ihm Anahit immer wieder die kalte Schulter zeigt und bei jedem seiner seltenen Besuche eine andere Ausrede erfindet, um sich ihren ehelichen Pflichten zu entziehen.

Wenn Blasius nicht selbst unterwegs ist, arbeitet er noch immer zur Zufriedenheit Wardans in dessen Handelshaus und eines Tages beklagt dieser sich ausgerechnet bei ihm über Anahit. Er schenkt zwei Wassergläser voll Cognac ein und leert das seine in einem Zug.

»Sag mir, junger Freund, gibt es in deinem Land auch Frauen, die so kalt sind wie ein Fisch im Sewan-See?«

Blasius ist auf der Hut und drückt sich vorsichtig aus.

»Solche Frauen gibt es wohl überall. Sie können nichts dafür – es ist wie eine Krankheit. Aber warum fragt Ihr?«

Wardan seufzt abgrundtief und legt seine fleischige Pranke vertraulich auf Blasius Arm.

»Weil ich selbst davon betroffen bin – aber das sage ich nur dir. Alle beneiden mich um eine so schöne Frau wie Anahit, dabei sollte man mich bedauern: Sie hat ein Herz aus Stein und ist kalt wie . . wie . . » – er sucht nach einem noch besseren Vergleich – »wie das Eis auf dem Berge Ararat!«

»Betrüblich«, sagt Blasius, »Ihr seid wahrhaft zu bedauern. Warum laßt Ihr Euch nicht scheiden und sucht eine bessere Frau?«

»Wie kann ich mich scheiden lassen als Christenmensch?«, entrüstet sich Wardan und fügt listig hinzu: »Aber die Idee mit der besseren Frau ist mir schon selbst gekommen – was glaubst du wohl, warum ich mir die Türkin mitgebracht habe? Die läßt mich keine Not leiden! Du solltest dir auch eine holen, wenn du nächstes Mal über die Grenze kommst – oder soll ich dir eine mitbringen?«

Blasius lehnt das Angebot höflich ab und dankt dem Himmel für Wardans völlige Arglosigkeit, von der er sich jedoch nicht in Sicherheit wiegen läßt. Seine Bauernschläue ist ebenso wenig zu unterschätzen wie seine jähen Wutausbrüche und seine Rachsucht.

Die heimliche Liebe zwischen Anahit und Blasius hätte noch lange blühen können, wären nicht zwei unheilvolle Entwicklungen zusammengekommen.

Die junge Türkin Fatma findet im Lauf der Zeit heraus, daß es um die Ehe ihres Herrn nicht zum besten steht und die Herrin ihm fast immer den Gehorsam auf dem Diwan verweigert.

Warum, so fragt sie sich, sollte ich mich mit der Rolle der Dienerin begnügen, wo ich die Aufgabe der Herrin auf dem Diwan zur Zufriedenheit erfülle? Sie überlegt lange, denn Denken ist nicht ihre Stärke, aber schließlich kommt sie zu einer wesentlichen Erkenntnis: Sie geht davon aus, daß Frauen nicht auf der Welt sind, ihre Nächte allein zu verbringen – und da die Herrin ganz offensichtlich ihren Ehemann verabscheut, muß sie einen Geliebten haben!

Als ihr diese logische Schlußfolgerung gelingt, ist sie froh – jetzt muß sie nur noch diesen Liebhaber finden, ihrem Herrn darüber berichten – und schon wird er seine ungetreue Frau töten und der Weg ist frei, sie zu heiraten!

Fatma atmet erleichtert auf, als sie diese gute Lösung für ihre Zukunft gefunden hat und wartet geduldig ab, bis Wardan wieder auf Reisen geht.

Wie erwartet, läßt Anahit noch am gleichen Abend ein Pferd satteln und galoppiert so eilig davon, als könne sie nicht erwarten, ihr Ziel zu erreichen.

Jetzt erst geht es Fatma auf, daß sie ihr nicht folgen kann und es deshalb gar nicht so einfach ist, dieses Ziel herauszufinden. Sie kommt auch nicht auf die Idee, den Reitknecht zu fragen, doch der Zufall hilft ihr, als sie ein Gespräch zwischen ihm und dem Gärtner belauscht.

»Dieses Mal hat es unser Herr lange ausgehalten in Erevan«, stellt der Reitknecht fest, »da muß die Sehnsucht groß geworden sein! Die Herrin ist losgeritten wie der Teufel und hat dabei gelächelt wie ein Engel.«

»Nicht nur das«, ergänzt der Gärtner, der ein munterer alter Moslem ist, »sie hat auch die roten Rosen im Garten geplündert, in nasses Papier gewickelt, in einen Hafersack gesteckt und am Sattelknauf festgebunden. Dieser Blasius ist der reinste Glückspilz, aber ich neide ihm das Glück nicht! Ich kenne niemanden, der ihn nicht mag und sogar ins Herz geschlossen hat – warum nicht auch unsere Herrin! Wenn einer verdient hat, daß sie ihn liebt, dann er! Und ich wette beim Bart des Propheten, daß unser Herr – Allah erhalte ihn – gar nicht in der Lage ist, ihr zu geben, was sie braucht. Ein derber Holzknecht kann keine zarte Blume lieben.«

Nach dieser langen Rede schneidet er sorgfältig die letzte Rose ab, die er finden kann, riecht genießerisch an ihr und geht ohne ein weiteres Wort zu seiner Hütte.

Der Reitknecht wundert sich. Als Moslem müßte er eigentlich eine wie unsere Herrin verdammen und steinigen, denkt er. Das Christentum ist doch die bessere Religion – hat nicht Jesus gesagt: Wer von euch ohne Sünde ist, werfe den ersten Stein?«

Und wer ist schon ohne Sünde?

Auf weitere Betrachtungen dieser Art läßt er sich nicht ein, denn die Pferde wollen gefüttert und getränkt werden.

Fatma geht zufrieden ins Haus zurück. Nun weiß sie alles, was nötig ist für ihren Plan. Sie muß nur noch herausfinden, wo der Nemez wohnt und sich mit eigenen Augen überzeugen, daß alles so ist, wie sie vermutet und eben auch gehört hat.

*

Wardan ist erst einen Tag unterwegs, als das linke Hinterrad seiner *kalesche* bricht.

Bei all seinen Reisen leistet er sich den Luxus, in dem leichten Einspänner vorauszufahren und am Abend erst auf die schwerfälligen *tanrantassen* und *telegas* zu warten.

Nun wartet er schon mittags und verflucht sein Pech mit dem gebrochenen Rad.

»Wie lange braucht ihr, das Rad zu reparieren«, fragt er die Fuhrleute, als sie endlich eintreffen. Sie machen bedenkliche Gesichter.

»Zwei Tage mindestens«, sagt schließlich einer, »wir müssen zuerst passende Speichen aus dem nächsten Dorf besorgen und einen Schmied für den Eisenreifen.«

»Taugenichtse«, fährt Wardan sie an, »ihr solltet Ersatz dabei haben und selbst in der Lage sein, das schnell zu richten.«

Der bohrende Schmerz in seinem Rücken, der ihn seit Wochen immer wieder überfällt, setzt mit Heftigkeit ein und treibt ihn zu einem schnellen Entschluß.

»Ladet einen der Wagen ab und verteilt die Güter auf die anderen«, befiehlt er, »ich fahre mit der leeren *Tarantasse* zurück nach Erevan. Ihr erledigt die Reparatur und zieht dann langsam weiter, bis ich euch wieder einhole.«

Ein Unglück kommt selten alleine, denkt er auf dem Rückweg und weiß gar nicht, wie recht er damit hat.

Fatma begrüßt ihren Herren demütig auf den Knien, als dieser völlig unerwartet nach Mitternacht wieder in seinem Haus eintrifft. Sie bereitet heißes Wasser, schleppt die Eimer zu der Badewanne und und massiert seinen Rücken, bis die Schmerzen nachlassen. Als sie die Decke auf seinem Diwan zurückschlägt, greift er wortlos nach ihr und sie denkt: Gut so, die Neuigkeiten haben Zeit, es ist unwichtig, ob ich früher oder später den Platz der Herrin auch am Tisch einnehme.

Erst als der Morgen graut und sie Wardan den Tee ans Bett bringt, sagt sie langsam und berechnend: »Die Herrin kann leider nicht zu eurer Begrüßung kommen.«

Er schlürft den süßen heißen Tee und fragt uninteressiert: »Nein – sie kann nicht? Ist sie wieder unpäßlich?«

Nun spielt Fatma ihre Trumpfkarte aus und antwortet: »Sie ist nicht hier, sie hat das Haus gestern abend verlassen.«

Wardans Reaktion kommt unerwartet. Sein schläfriger Blick wird hellwach, er sieht die Türkin scharf an. »Was soll das heißen? Drück dich genauer aus!«

»Die Herrin ist, ähhh – sie ist weggeritten und nicht wiedergekommen.«

Die Zornesader an Wardans Schläfe beginnt gefährlich zu pochen.

»Weißt du wohin?«

»Natürlich – sie besucht den Herrn Blasius. Dort verbringt sie ihre Zeit, wenn Ihr auf Reisen seid. Ich dachte mit Eurem Einverständnis«, fügt sie scheinheilig hinzu.

Klirrend zerbricht die Teetasse auf dem Steinboden. Wardan springt mit einem Satz aus den weichen Kissen, packt Fatma an den Schultern und schüttelt sie grob.

»Das kann nicht sein,« keucht er, »wenn du lügst, bring' ich dich um und wenn du die Wahrheit sagst, erst recht.«

*

Blasius läuft den Hang hinunter Anahit entgegen. Er weiß, daß sie immer den Tag abwartet und erst gegen Sonnenuntergang losreitet, wenn Wardan verreist.

Sie springt leichtfüßig vom Pferd und umarmt Blasius, schmiegt sich an ihn und hält ihn fest.

»Ich habe jeden Tag, jede Stunde an dich gedacht – *nakonjets*, endlich kann ich wieder bei dir sein. Wir waren einander nah und so sehr fern.«

Das Strahlen, das von Anahits Augen ausgeht und ihr ganzes Wesen erfaßt, geht Blasius so zu Herzen, daß er seine Rührung hinter einer Neckerei verbirgt.

»Wirklich jede Stunde, *Notschnaya?* Weißt du, wieviele Stunden das sind in zwei Monaten?«

»Schrecklich viele, ich dachte sie vergehen niemals.«

Sie stellt sich auf die Zehenspitzen und küßt ihn. »Noch nie ist Wardan so lange in der Stadt geblieben. Ohne die Türkin hätte ich das nicht ausgehalten.«

Der Glanz in ihren Augen erlischt, sie beginnt unvermittelt lautlos zu weinen, ihr Körper wird so heftig von Schluchzen geschüttelt, daß Blasius sie auf die Arme nimmt und ins Haus trägt. Er streichelt sie behutsam und geduldig, bis sie sich gefaßt hat und wieder reden kann.

»Es wird immer schlimmer – ich kann Wardan nicht mehr ertragen. Alles in mir sträubt sich, wenn er nur in meine Nähe kommt. Er läßt sich nicht jedes Mal abweisen. Früher, als ich dich noch nicht kannte, dachte ich: Es muß sein, habe die Augen geschlossen und gehofft, daß er bald fertig ist. Was soll ich nur tun?«

Wieder fängt sie an, leise zu weinen und Blasius küßt ihr die Tränen von den Augen.

»Warum gehen wir nicht einfach zusammen weg? Wir kennen und lieben uns nun schon so viele Jahre – »

» – und haben noch immer Flitterwochen! Ja, Bläsi, laß uns weggehen – mit dir würde ich bis ans Ende der Welt ziehen!«

In dieser Nacht reiht sich eine Sternstunde an die andere, sie können nicht voneinander lassen und ihre Sehnsucht erwacht auf's Neue, sobald sie gestillt ist. Als sich die Morgendämmerung am Horizont ankündigt, kuschelt sich Anahit noch enger in die Armbeuge von Blasius und deutet auf eine kleine Wolke, die sie durch das offene Fenster sehen kann.

»Auf dieser Wolke bin ich durch die Nacht geschwebt – du hast mich in den Himmel gehoben! Seit wir uns zum ersten Mal geliebt haben glaube ich, es kann nicht schöner werden – aber du überraschst mich immer wieder!«

Sie richtet sich auf, streicht über seine blonden Haare und zeichnet zärtlich mit den Fingern die Konturen seines Gesichtes nach, von der Stirn über die Augenbrauen, zu den Wangen, über die Lippen zu dem kurzen lockigen Bart.

»Weißt du, an was ich denke, Liebster? Ich denke, wenn ich jetzt sterben müßte, würde ich gerne gehen und ohne zu hadern. Ich habe das Beste erfahren, was das Leben einem Menschen schenken kann. Nichts Besseres kann nachkommen – und in diesem Bewußtsein könnte ich frohen Herzens gehen.«

»Was redest du da für traurige Sachen?«

»Das ist nicht traurig – es ist das schönste und größte Kompliment, das eine Frau einem Mann machen kann!«

In diesem Augenblick hört sie aus weiter Ferne den donnernden Hufschlag eines Pferdes. Sie lauscht noch einmal – ja, da ist kein Zweifel. Ehe das Entsetzen sie lähmen kann, springt sie auf und zieht Blasius mit sich, der noch gar nicht ganz wach ist.

»Schnell, um Himmels Willen! Zieh' was über und spring' aus dem Fenster – jemand kommt den Weg herauf – das kann nur Wardan sein!«

Blasius schlüpft in seine weiten Hosen und den alten *beschmet*. Mit einem Sprung ist er aus dem Fenster, mit einem zweiten auf dem Rücken von Anahits Rappen, der hinter dem Hause an dem spärlichen Gras zupft.

»Schnell – reite los! Ich halte ihn auf, sobald er im Haus ist. Nein, hab keine Angst um mich, ich kenne ihn gut genug und kann mit ihm umgehen, er tut mir nichts!«

Sie wirft ihm einen Handkuß zu, als er immer noch zögert und schickt ein Stoßgebet zum Himmel, damit er diese Lüge glaubt.

Die Haustüre erbebt unter Wardans Fäusten und noch ehe sie den Riegel zurückschieben kann, hat er sie eingetreten und zwängt sich durch das zersplitterte Holz.

Anahit verdrängt ihre Furcht und tritt ihm entgegen.

»Was ist das für ein Benehmen, Wardan? Bist du wieder betrunken? Du solltest dich schämen!«

Wardans blutunterlaufene Augen starren sie böse an, aber gleichzeitig spürt er etwas wie Achtung vor ihrem Mut und der scheinbaren Ruhe. Er läßt die Hand sinken, die er schon zum Schlag erhoben hatte.

»Ich mich schämen? Das überlasse ich dir, du Hure! Was machst du hier im Haus von Blasius, wo steckt der Kerl?« Er greift zum *schaska*, dem kaukasischen Krummsäbel an seinem Gürtel.

»Er ist auf Reisen«, sagt Anahit kühl, ohne auf die Beleidigung einzugehen, »er hat mir sein Haus überlassen, weil die Luft hier draußen frischer ist als in der Stadt.«

Sekundenlang ist Wardan geneigt, ihr zu glauben, weil sie sich nicht einschüchtern läßt. Dann fällt sein Blick auf die Männerstiefel neben dem Bett.

Mit einem Satz ist er neben ihr, packt sie an den Haaren und zwingt sie in die Knie, rasend vor Eifersucht.

»Für ihn machst du die Beine breit und mir verweigerst du mein Recht! Ich schneide dir die Kehle durch, wenn du nicht sagst, wo er ist!«

Seine Stimme überschlägt sich. »Nein, erst sollst du zusehen, wie ich ihn töte, um meine Ehre zu retten!«

Er zerrt am Griff der *schaska*, die in der Scheide klemmt. Diesen Moment nutzt Anahit, sich loszureißen und in das Nebenzimmer zu flüchten.

Wie ein in die Enge getriebenes Wild steht sie dort sprungbereit hinter dem Tisch und droht: »Komm' mir nicht näher, wenn dir deine Augen lieb sind!«

Wardan lacht höhnisch. Er hält jetzt die blanke *schaska* in der Hand und will sich an ihrer Todesangst weiden, aber ganz plötzlich fällt diese Angst von ihr ab und sie erkennt instinktiv, daß Worte ihre einzig wirksame Waffe sind. Sie wirft den Kopf zurück und sagt leise und schneidend:

»Ich fürchte den Tod nicht – alles ist besser als ein Leben mit dir! Von der ersten Stunde an habe ich dich verabscheut! Du bist so widerwärtig, daß jede Frau dir nur für Geld zu Willen ist – und auf deinem Diwan von anderen Männern träumt! Ja, ich liebe Blasius und ich hasse dich!«

Das zornrote Gesicht Wardans wird eine Spur blasser, dieser Tiefschlag hat gesessen. Er holt tief Luft – und in dieser Sekunde der Unachtsamkeit wirft Anahit einen großen Tontopf nach ihm, der auf dem Tisch steht. Das geht so blitzschnell, daß er keine Abwehrbewegung machen kann und mitten ins Gesicht getroffen wird. Flink wie ein Wiesel schlüpft Anahit an ihm vorbei ins Freie, schwingt sich auf sein Pferd vor dem Haus und als er wieder etwas sehen kann, galoppiert sie längst unerreichbar fern ins Tal hinein.

Sie treibt das Pferd zur Eile an, obgleich sie keinen Verfolger hat. Ein unbändiges Gefühl des Glücks und der Freiheit erfüllt sie mit jubelnder Freude, es ist wie das Erwachen aus einer Ohnmacht, wie das Genesen nach langer, schweren Krankheit. Alle Zwänge fallen von ihr ab, sie fühlt sich wie neugeboren – für ihr neues Leben mit Blasius.

Sie gibt sich ganz diesem berauschenden Gefühl hin, ihre langen schwarzen Locken flattern, der Morgenwind umschmeichelt ihr Gesicht wie zärtliche Hände.
Als der Schakal hinter dem Felsen hervorspringt, sieht sie nur einen Schatten, vor dem ihr Pferd scheut, sich aufbäumt und im gestreckten Galopp einen Satz zur Seite macht. Sie wird schräg über seinen Kopf geschleudert und bleibt mit gebrochenem Genick zu seinen Füßen liegen. Es ist ein gnädiger, schneller und schmerzloser Tod, der das glückliche Lächeln auf ihren Zügen nicht auslöschen kann.

19

Erst am zweiten Tag seiner überstürzten Flucht aus Erevan kommt Blasius zur Besinnung. In einem unbenutzten, einsam gelegenen Schafstall hat er sich ein Lager bereitet, denn er wagt es nicht, in einem Dorf oder einer Posthalterstation zu übernachten. Von der Tragödie ahnt er nichts.

Ashot hat ihn mit all seiner Überredungskunst zu dieser Flucht bewogen. Der war zutiefst erschrocken, als er ihn am frühen Morgen aus dem Bett holte und hastig berichtete, was geschehen war.

»Du mußt sofort verschwinden. Jeden Moment kann Wardan in seiner Wut vor der Tür stehen. Er wird dich hier suchen oder bei Urban – und wenn er dich erwischt, bist du ein toter Mann! Reite zu der Karawanserei im Osten, ich treffe dich dort und bringe dir das Nötigste.«

Er gibt ihm eine *burka*, einen am Hals zusammengebundenen kaukasischen Mantel aus grobem Loden und einen *baschlik*, eine Wollkapuze mit Halstuch, die seine blonden Haare und den Bart bedecken. »Sieh zu, daß dich niemand erkennt – ich bin bei dir, sobald es geht.«

Kaum eine Stunde, nachdem er die Karawanserei erreicht hat, kommen Ashot und der kleine Urban, der nicht einmal in dieser Situation das Spotten lassen kann:

»Viele große Liebhaber mußten fliehen, um ihren Kopf zu retten«, behauptet er, »und wenn ich gewußt hätte, wieviel Mühe die Aufzucht von Zwillingen macht, wäre auch ich geflohen, als es noch Zeit war!«

Aber nicht einmal er selbst kann über diesen Scherz lachen. Die Beiden bringen Kleider zum Wechseln, eine Wolldecke, Waffen und Geld. Jetzt erweist es sich als nützlich, daß Blasius sein Erspartes im Geldschrank der Familie Simonjan aufbewahrt hat, weil der ihm sicherer erschien, als sein einsam gelegenes Haus.

Ashot bringt einen hohen Geldbetrag mit.

»Du wirst das brauchen, vielleicht bist du ein Jahr unterwegs bis St. Petersburg. Verstecke es an verschiedenen Stellen, den Rest lasse ich an Meister Dold schicken. Und noch etwas: Deine blonden Haare sind verräterisch, du solltest sie färben, zumindest den Bart. Mein Vater macht das auch, weil ihn die ersten grauen Haare stören!«

Er zieht ein gefaltetes Papier mit schwarzen Pulver aus der Tasche. »Mach's am besten gleich, hier gibt es warmes Wasser und bei den vielen Leuten, die kommen und gehen, achtet keiner auf den Anderen.«

Wenig später ist Blasius mit seinen dunklen Haaren und der sonnengebräunten Haut kaum von einem jungen Armenier oder Russen zu unterscheiden. *Burka, baschlik* und ein *kandschar* mit schwerer Klinge am Gürtel machen die Verkleidung vollkommen. Ashot drängt ihm noch eine Pistole auf, die beim Reiten handlicher ist als eine Flinte.

Urban gibt ihm sein eigenes Pferd und nimmt Anahits Rappen. »Sobald sich der Sturm gelegt hat, bringe ich ihn zurück. Der Verdacht, ein Pferdedieb zu sein, verträgt sich nicht mit dem Ruf eines Frauenhelden!«

Blasius winkt ab. »Das war ich nie und du weißt das! Mein Gott, was soll nur aus Anahit werden, dieser Wardan ist zu allem fähig!«

»Wir kümmern uns um sie, sie ist in unserem Haus willkommen, wenn Wardan sie verstößt. Aber für ihn ist die Rache an dir jetzt das Wichtigste, er wird dich gnadenlos verfolgen, du darfst keine Minute verlieren«, drängt Ashot zur Eile.

»Reite in Richtung Kaspisches Meer nach Kislar, das ist ein gewaltiger Umweg, doch da wird er dich nicht vermuten. Wir versuchen, ihn in die falsche Richtung zu schicken, zum Hafen Poti am Schwarzen Meer. Und mach' dir keine Sorgen um Anahit, sie ist klug und wird ihren Mann schon besänftigen.«

Um welchen Preis, denkt Blasius und der Schmerz um die verlorene Geliebte wird fast übermächtig. Urbans Stimme dringt wie durch Nebel zu ihm: »Laß uns eine Nachricht zukommen, wo du landest und Station machst. Wir treffen uns spätestens wieder in Moskau oder St. Petersburg. Hörst du mir überhaupt zu?«

Blasius nickt und umarmt die beiden Freunde stumm. Sprechen kann er nicht, seine Kehle ist wie zugeschnürt.

Im letzten Augenblick sagt Ashot: »Wir können dir auch eine Nachricht schicken, damit du beruhigt bist. Mein Vater züchtet Brieftauben, wie du sicher weißt. Er hat Freunde mit der gleichen

Leidenschaft in Tbilisi und in Vladikavkaz.«

Er kritzelt zwei Namen auf ein Stück Papier und gibt es Blasius.

Ja, das war der Abschied und seither ist er nur geritten wie betäubt. Das Ausmaß des Verlustes wird ihm erst allmählich bewußt: Er hat nicht nur seine zauberhafte Anahit aufgegeben, sondern auch all seine armenischen Freunde und die beiden Männer, die ihm am nächsten stehen. Auf unbekannten Wegen reitet er in eine ungewisse Zukunft.

*

Die scharfkantigen Tonscherben haben Wardan das Gesicht zerschnitten, Blut läuft ihm von der Stirn in die Augen und das verstärkt seine mörderische Wut, die er an niemandem auslassen kann: Blasius, der elende Hund, ist entkommen und Anahit auch, diese falsche Schlange, diese Hure . . ihm fällt kein Wort ein, das schlimm genug für sie wäre und er würde sein halbes Vermögen dafür geben, wenn er sie jetzt gleich mit eigenen Händen erdrosseln könnte.

Statt dessen läßt er seinen Zorn an der Einrichtung des Hauses aus, zerschlägt die kleineren Möbel und die Fenster mit seinem *kandschar,* schlitzt die Kissen auf und zerreißt die Bücher. Als er eine Flasche Wodka entdeckt, setzt er sie an die Lippen, trinkt sie fast leer und schüttet den Rest auf das Bett. Dabei kommt ihm der erlösende Gedanke, daß er diesen Sündenpfuhl vernichten muß. Ein reinigendes Höllenfeuer, jawohl, genau das fehlt hier! Hat man nicht früher in Europa die Hexen verbrannt, damit ihre verdorbenen Seelen durch die Glut geläutert und ihre Schandtaten getilgt wurden?

In der Küche findet er einen Feuerstein und gleich darauf zieht beißender Rauch durch das Haus. Die Flammen züngeln vom Bett zu den Kelims davor, zu den zerschlagenen Möbeln und nach kurzer Zeit brennt das ganze Haus lichterloh, samt der kleinen Werkstatt und der letzten Lieferung Schwarzwälder Uhren, die erst eine Woche vorher eingetroffen ist.

Wardan betrachtet sein Zerstörungswerk mit Befriedigung und stellt sich vor, daß ihn Anahit aus den Flammen heraus um Vergebung und Rettung anfleht, die er ihr natürlich verweigert. Dann fällt ihm plötzlich ein, daß sie auf seinem Pferd geflohen ist und er nun nach Erewan zurückzulaufen muß. Das schürt seinen Zorn aufs Neue und der lange Fußmarsch wirkt sich weder dämpfend noch ernüchternd aus.

Als die Haustür nicht sofort geöffnet wird, tritt er sie ein, weil das so schön kracht und empfängt die erschreckt herbeigeeilte Türkin mit einem so kräftigen Schlag ins Gesicht, daß sie zu Boden stürzt.

»Du hast wohl deinen Herrn so wenig erwartet, wie die Herrin ihn erwartet hat?«, schreit er sie an. Sein wodkaumnebeltes Hirn signalisiert, daß diese Weibsperson zu seinen Füßen die Überbringerin der schlechten Nachrichten ist und somit schuld an seinem Unglück. Er reißt sie hoch, schüttelt sie, beginnt erneut brutal auf sie einzuprügeln und hätte sie in seinem Rausch wohl erschlagen, wenn nicht Roßknecht und Gärtner herbeigeeilt wären, angelockt durch den Lärm. Sie versuchen Wardan von seinem Opfer abzuhalten und das gelingt ihnen überraschend schnell. Als sie ihm in die Arme fallen, verpufft sein Jähzorn und er lallt nur noch: »Schafft sie weg, zurück in die Türkei, egal wohin, ich will sie nicht mehr sehen.«

Dann sackt er in sich zusammen und schläft für den Rest des Tages.

Roßknecht und Gärtner heben die wimmernde Fatma auf, tragen sie ins Freie, waschen das Blut ab und gießen ihr so lange Wasser über den Kopf, bis sie aus ihrer Ohnmacht erwacht.

»Du hast dich wohl schon am Ziel deiner Wünsche gesehen?«, fragt der Gärtner und nickt bedächtig, »aber da hast du die Rechnung ohne den Wirt gemacht. Pack' dein Bündel, dann bringen wir dich zur Karawanserei – von da mußt du selbst sehen wie du weiterkommst.«

Blasius, Urban und Ashot haben sich kaum auf den Weg gemacht, als Wardans Leute dort eintreffen, hinter sich auf der *talega* die schluchzende Türkin.

*

Ashot hat keine Erklärung dafür, daß Wardan nicht kommt und Auskunft über den Fluchtweg von Blasius verlangt. Denn daß er geflohen sein muß – darüber herrscht Einigkeit in den besseren Vierteln Erevans. Jeder, dem sein Kopf lieb ist, würde unter diesen Umständen fliehen.

Der Skandal spricht sich herum wie ein Lauffeuer und die Rauchschwaden, die der Wind von Blasius' ausgebranntem Haus heruntertreibt, tragen das Ihre dazu bei. Urban reitet hin und findet nichts mehr als geschwärzte Lehmmauern und qualmende, glimmende Balken.

Welches Drama hat sich hier abgespielt? Und wo ist Anahit? Liegt sie etwa unter den Trümmern begraben, hat Wardan das Haus angezündet, um einen Mord zu vertuschen? Aber das war unwahrscheinlich, kein Gericht würde einen Ehemann bestrafen, der sich selbst zum Richter über seine ungetreue Frau macht und sie tötet.

»Wir hätten Blasius nicht zu einer so hastigen Flucht antreiben sollen, wir hätten ihn auch hier verstecken können«, sagt Urban zu Ashot, als er zurückkommt und berichtet.

»Unmöglich, viel zu gefährlich«, widerspricht ihm der, »der Vorsprung, den er jetzt schon hat, ist Gold wert. Du kennst meine Landsleute und ihr hitziges Temperament nicht so gut wie ich.«

Und wie zur Bestätigung stürmt in diesem Augenblick Wardan mit finsterer Miene durch den Torbogen zum Vorhof des Hauses. Er sieht schlimm aus, das Gesicht ist verquollen und voller Schnittwunden, seine Augen haben einen tückischen Ausdruck »Da seid ihr also, ihr Schurken«, sagt er laut und ohne Begrüßung, »ihr steckt unter einer Decke mit diesem Ehebrecher. Wo ist er – ich will seinen Kopf!«

»Wer sucht, der findet!«, antwortet Urban keck und Ashot zuckt die Schultern.

»Blasius ist ein erwachsener Mann – er pflegt sich nicht bei uns an- und abzumelden.«

»Dann will ich eurem Gedächtnis auf die Sprünge helfen! Ich bin der mächtigste Handelsherr Armeniens und kann dafür sorgen, daß niemand mehr Cognac aus dem Hause Simonjan kauft. Erinnert ihr euch jetzt?«

Als die beiden verstockt schweigen, tritt Ashots Vater, ein honoriger Mann, aus dem Hause und begrüßt Wardan liebenswürdig.

»Ich habe Verständnis für Eure Lage und teile nicht die Solidarität der jungen Leute zu ihrem nichtswürdigen Freund.« Er legt Wardan brüderlich den Arm über die Schulter. »Vorausgesetzt natürlich, Ihr nehmt diese Boykott-Drohung zurück.«

Und als Wardan nickt, sagt er: »Blasius ist auf der Flucht nach Poti, ich fürchte, gemeinsam mit Eurer Gattin. Er will über das Schwarze Meer zurück in seine Heimat. Ihr könnt ihnen den Weg abschneiden durch diese Kenntnis.«

Ohne Dank stößt Wardan hervor: »Zur Hölle sollen sie fahren, nicht über das Meer!«

Er stürzt hastig davon und als er nicht mehr zu sehen ist, klatscht Ashot in die Hände. »Das habt Ihr großartig gemacht, Vater – Euer Wort hat Gewicht, Euch glaubt er natürlich viel eher als uns!«

Noch in der gleichen Stunde stellt Wardan seine »Mannschaft« zusammen und die Verfolger brechen in der Nacht auf – Richtung Schwarzes Meer.

Sie sind längst über alle Berge, als ein Hirte am nächsten Tag die tote Anahit findet, die so friedlich im Schatten des Felsens liegt, als würde sie schlafen. Selbst das Lächeln auf ihren Lippen ist nicht erloschen.

*

Blasius reitet nordwärts und wechselt jeden Abend das Pferd auf der Posthalterstation. So kommt er rasch nach Tbilisi, denn er kann nicht wissen, daß es Ashot wirklich gelungen ist, Wardan auf die falsche Fährte zu setzen. Seine Gedanken kreisen unaufhörlich um Anahit, er macht sich die größten Vorwürfe, daß er Ashots Drängen nachgegeben und sie ohne Abschied verlassen hat, ausgeliefert der Willkür Wardans.

Noch ehe er in Tbilisi seinen Freund Ismail aufsucht, reitet er zu der Adresse des Brieftaubenzüchters und wird enttäucht: Es ist keine Nachricht für ihn eingetroffen.

Umso größer ist die Freude bei Ismail und seiner Familie, als Blasius so unerwartet vor der Türe steht. Trotz seiner Verkleidung und der schwarzen Haare erkennt ihn Ismail sofort. Als er den Grund dafür erfährt, findet er die so abrupt beendete Liebesgeschichte mehr abenteuerlich und romantisch als tragisch.

»Ich kann dich gut verstehen«, sagt er, »diese kaukasischen Tartarinnen sind wahre Teufelsweiber und die schönsten Frauen weit und breit – nicht die Armenierinnen verdienen diesen Ruhm, wie unser Freund Ashot meint! Die Tartarinnen sind auch die temperamentvollsten und die zärtlichsten Frauen des Kaukasus – eine seltene Mischung! Und ich weiß, wovon ich rede!«

Blasius ist diese Prahlerei peinlich und er verhehlt es nicht.

»Ich würde alles dafür geben, wenn ich erfahren könnte, wie es ihr geht«, sagt er gequält und Ismail versucht, ihn zu beruhigen.

»Es nützt nichts, wenn du dir damit das Herz schwer machst. Es gibt nur zwei Möglichkeiten: Entweder ihr Mann verzeiht ihr oder er verstößt sie.«

»Oder er bringt sie um. Oder sie flieht auch oder sie versteckt sich«, ergänzt Blasisus.

»Du mußt nicht gleich das Schlimmste annehmen. Die erhitzten Gemüter beruhigen sich in dieser Ecke der Welt meist wieder schnell. Ich habe einen Vorschlag: Du ziehst weiter über Vladikavkaz nach Kislar, spätestens dort wirst du vermutlich eine Nachricht aus Erevan vorfinden. Bis dahin kannst du dir über deine Gefühle klarwerden und dich entscheiden – je nachdem, was die Botschaft besagt. Vielleicht begegnest du unterwegs einer anderen kaukasischen Tartarin, die frei ist – das wäre die einfachste Lösung!«

Doch diese Vorstellung weist Blasius weit von sich.

»Anahit ist einzigartig, eine Frau wie sie gibt es kein zweites Mal – deshalb liebe ich sie ja so sehr!«

»Das denke ich auch meistens«, sagt Ismail leichthin, »und immer wieder werde ich eines Besseren belehrt! Komm, laß den Kopf nicht hängen! Wir wollen unser Wiedersehen feiern und dann begleite ich dich bis an die Grenze Georgiens.«

Die Gesellschaft Ismails tut Blasius wohl, sie lachen und scherzen zusammen und er bemüht sich, den Ritt nach Kislar als längeren Ausflug zu betrachten und nicht als Reise ohne Wiederkehr. Die Türe nach Armenien ist nicht zugeschlagen, wie er zuerst glaubte: Sie ist noch angelehnt und wenn die Lage sich beruhigt hat, kann er zurück. Wer weiß, vielleicht ist Anahit bis dahin schon geschieden und der Weg zum Traualtar offen! Ismail bestärkt ihn gegen seine Überzeugung in solchen Vorstellungen und denkt: Kommt Zeit, kommt Rat, eine der vielen alten Weisheiten, die einander rund um den Erdball ähneln.

Wie lang sich diese Zeitspanne hinziehen würde, wäre ihm allerdings nicht einmal im Traum eingefallen.

20

Ehe sich Ismail von Blasius verabschiedet, spart er nicht mit Warnungen für den Weiterweg.

»Vor Vladikavkaz kannst du eine Abkürzung reiten, dann kommst du direkt auf die Poststraße nach Kislar. Sie durchschneidet den Kaukasus in der Mitte. Hier mußt du auf der Hut sein, die Bergstämme dieser Gegend lieben den Kampf um des Kampfes willen und es ist ihr größtes Vergnügen, auf Raub auszugehen. Daher kommen die vielen unheimlichen Namen wie ›Blutwald‹, ›Räuberfelsen‹ und ›Mordschlucht‹. Sieh zu, daß du dich anderen Reisenden anschließt, die eine Eskorte haben.«

Aber Blasius schlägt diese Warnungen in den Wind. Er ist zu ungeduldig, auf Mitreisende zu warten, er verzichtet sogar darauf, von Vladikavkaz über Beslan zwei Tagesritte zu dem *aul* einzuschieben, in dem er vor Jahren den verletzten Fuchs »Donnerhuf« zurückgelassen hat.

Beides erweist sich als folgenschwerer Fehler. Am hellen Tag, auf dem halben Weg zu einer Ortschaft mit dem unaussprechlichen Namen Ordzonikidzevskaja, sprengt ein Reitertrupp aus einer seitlichen Schlucht heraus und versperrt ihm den Weg. Ein Dutzend verwegener Gestalten umringen ihn, noch ehe er die Pistole schießfertig machen kann und angesichts der Übermacht wäre es selbstmörderisch gewesen, den *kandschar* zu ziehen. Höflichkeit hat noch nie geschadet, denkt er und sagt:

»*Zdrastwujtje! Kak poshiwajetje?* Seid gegrüßt! Wie geht es euch?«

Der Anführer lacht schallend. Er ist ein hagerer Mann mit einer Adlernase in dem Bartgestrüpp, das sein Gesicht überwuchert.

»*Sposibo, otschen choroscho!* Danke, sehr gut! Und weshalb? Weil wir nur selten ein so höfliches russisches Brüderchen einfangen, das obendrein noch schlau ist: Hättest du den *kandschar* gezogen, wärst du jetzt schon tot!«

»Ich bin kein Russe, ich bin ein *Nemez*, ein Deutscher.«

»Kein Russe, hohoho! Dann sind wir auch keine Tschetschenen, sondern Türken! Und was machst du hier alleine im Kaukasus?«

»Ich bin auf der Flucht und will nach Kislar.«

»*Potschemu* – warum?«

Blasius zögert. Dann sagt er: »Wegen einer Liebesgeschichte in Armenien.«

Jetzt lachen die wilden Kerle ohne Ausnahme, es schüttelt sie vor Lachen, als ihr Anführer fragt: »Wollte dich die *djewuschka* unbedingt heiraten – und du bist deshalb geflohen?«

Blasius wird ärgerlich, ihm ist nicht nach Lachen, das Spiel geht ihm zu weit.

»Nein, ich bin vor ihrem Ehemann geflohen.«

Im Gegensatz zu der Liebesgeschichte stößt diese Erklärung auf völliges Unverständnis.

»Und warum hast du nicht gekämpft um sie?«

Seltsam, auf den Gedanken ist er nie gekommen, die Antwort macht ihn verlegen.

Schließlich sagt er: »Ich bin kein Krieger, ich bin ein Uhrmacher und Händler aus Deutschland. Da kämpft man nur um unverheiratete Frauen.«

»Jetzt wird mir's zu bunt«, sagt der *naib* »und es dauert mir zu lang. In der gleichen Zeit könnten wir eine halbe *stanitza* ausrauben. Du kommst mit uns, dann kannst du beweisen, was du behauptest. Wir haben nämlich auch eine Uhr! Na, da staunst du!«

Sie nehmen ihn in ihre Mitte und Blasius beginnt aufzuatmen. Mit dieser Sorte Banditen kann man zumindest reden. Doch er freut sich zu früh. Kaum sind sie in dem Lager angekommen und abgesessen, als die Kerle auf einen Wink ihres Häuptlings sein bescheidenes Gepäck, den Sattel und die Satteldecken durchsuchen und unter Triumphgeschrei die verschiedenen Geldverstecke entdecken.

»Für dein Kostgeld bei uns reicht das«, schmunzelt der naib, als er den hohen Betrag zusammengezählt hat. »Wenn das Lösegeld auch stimmt, kannst du friedlich deiner Wege ziehen.«

Vergeblich versucht Blasius ihm im Laufe der nächsten Wochen klarzumachen, daß es keinen Menschen im ganzen Kaukasus gibt, der bereit wäre, auch nur einen einzigen Rubel Lösegeld für ihn zu beappen.

»Das kann man nie wissen. Wenn dich deine *ljubowniza* in Erevan wiederhaben will, sollte ihr ein so hübscher Kerl wie du auch einen hübschen Batzen Geld wert sein! Wir schicken einen Boten los – es dauert nur seine Zeit. Inzwischen bist du unser

Gast und hoffentlich klug genug, nicht zu fliehen – solche Dummheiten bestrafen wir streng.«

Blasius erinnert sich an das Aufschlitzen der Fußsohlen und an kleingeschnittene Pferdehaare, die in die Wunde gestreut werden. Er schüttelt den Kopf und darf sich von da an ungefesselt innerhalb des Lagers bewegen. Seine blonden Haare beginnen nachzuwachsen und die Banditen nehmen zur Kenntnis, daß er anscheinend doch kein *Russki* ist. Außerdem hat er die Uhr ihres naibs repariert, was ohne richtiges Werkzeug ein Kunststück war. Es ist eine Augenwenderuhr mit zwei Tigern: Die Tigerin versucht dabei ihren Tiger mit kessen Blicken zu verlocken, ein seltenes und höchst originelles Motiv. Weiß der Himmel, wie es den Weg aus der Türkei in den Kaukasus gefunden hat, denn die Uhr muß der Ziffern wegen für das Osmanische Reich gebaut worden sein.

Der Anführer hüllt sich in Schweigen über ihre Herkunft, er wird ohnehin immer schweigsamer, je länger der Bote ausbleibt, den er nach Armenien geschickt hat.

Er führt kleinere Raubzüge durch, läßt aber immer ausreichend Bewachung zurück.

*

Wäre nicht seine Sorge um Anahit gewesen, die Ungewißheit über ihr Schicksal und seine Sehnsucht nach ihr – dann hätte sich Blasius in dem Lager der tschetschenischen *abreken* recht gut gefühlt. Da sie ihm so viel Geld abgenommen haben, sind sie zufrieden mit ihrem Opfer und behandeln ihn freundlich.

Zu seiner eigenen Überraschung schmerzt ihn der Verlust kaum – verglichen mit dem Verlust Anahits ist er ein Nichts. Geld hat ihm nie sonderlich viel bedeutet, er ist jung und kräftig und hat gelernt, sich überall seinen Lebensunterhalt zu verdienen.

Außerdem hat er gemeinsam mit Ismail in Tbilisi einen kleinen Teil seiner Ersparnisse in die Kleider eingenäht – und dort haben die Räuber nach ihren reichen Funden nicht auch noch gesucht.

Er macht sich nützlich im Lager, das in einem schwer zugänglichen Tal versteckt liegt und zum Teil aus schlichten Steinhütten und aus Zelten besteht. Er hackt Holz, kocht, räumt Schnee beiseite, bringt den Räuberkindern das kyrillische Alphabet bei und lehrt sie schreiben und lesen. Zum ersten Mal hat er viel Zeit für sich selbst und auch Zeit, die Schönheit der Landschaft zu sehen, durch die er vorher immer im Eiltempo und zusammen mit seinen Kameraden gezogen ist.

Im Spätherbst verdichtet sich der leichte Dunst in den Tälern zu Nebelschleiern, aus denen die verschneiten Berggipfel fast unwirklich gegen das durchsichtige Blau des Himmels aufragen. Dann beginnt die Schneegrenze zu wandern und der ganze Kaukasus versinkt unter einem weißen, flauschigen Winterteppich.

Zwischen die eisigen Schneestürme, in denen die Welt unterzugehen droht, schieben sich Sonnentage mit klirrender Kälte und glasklarer Weitsicht. Blasius kann sich nicht sattsehen an den winterlichen Sonnenuntergängen, die eine grandiose Farbenskala spielen lassen, von rosigem Licht auf den Gipfeln über Türkis, zu goldgelb, kräftigem Orange, Purpurrot und sattem Violett.

Für Naturschauspiele dieser Art haben die *abreken* keinerlei Sinn und wundern sich immer wieder, mit welcher Begeisterung ihr Gefangener die Sonne untergehen sieht. Für sie ist der Sonnenaufgang viel eher eine Freude, selbst wenn ihre Strahlen noch nicht wärmen!

Eines Tages ist die Geduld des *naibs* erschöpft, als sein Bote verschollen bleibt.

»Entweder er ist selbst unter die Räuber gefallen oder er ist tot«, sagt er zu Blasius, »wir müssen jemand anderen suchen, der dich auslösen kann. Und ich weiß auch schon wen: den Fürsten Barjatinski!«

Blasius sieht ihn verständnislos an. »Der russische Statthalter im Kaukasus und Oberbefehlshaber des Militärs? Ich kenne ihn überhaupt nicht und er mich noch weniger. Er wird nicht einmal eine Kopeke geben!«

»Keine Sorge, weil er dich nicht kennt. Du bist ein Nemez und es macht einen schlechten Eindruck, wenn wir ihm deinen Kopf schicken, das ist auch ihm klar. So etwas kann sich weit herumsprechen – bis nach St. Petersburg!«

Der *naib* sagt das ganz freundlich und fügt mit leichtem Bedauern hinzu: »Wir würden natürlich mit einer Hand beginnen – früher haben wir mit einem Ohr angefangen, aber es hat sich nicht als wirkungsvoll erwiesen.«

Blasius faßt sich unwillkürlich an den Hals und der *naib* lächelt ihn beruhigend an.

»Bis dahin haben wir noch viel Zeit. Jetzt laß uns zusammen einen Schluck Wodka trinken, auf daß der Fürst freiwillig bezahlt.«

*

Diese Hoffnung erweist sich als gründlicher Irrtum. Fürst Barjatinski reist gerne durch die kaukasichen Provinzen, die ihm unterstehen und hat diesen Monat sein Hauptquartier in dem gut befestigten Fort von Vladikavkaz aufgeschlagen. Empört über die freche Lösegeld-Forderung sieht er keinerlei Anlaß, einen hergelaufenen Nemez freizukaufen. Er läßt seinen Regimentskommandeur rufen.

»Diese *abreken* werden immer unverschämter, ganz gleich ob es Tschetschenen, Lesghier, Tscherkessen oder Tartaren sind. Wir müssen energisch durchgreifen und ihnen Einhalt gebieten. Was schlagt Ihr vor, Oberst?«

»Ich kenne einige ihrer Schlupfwinkel, aber ich weiß nicht, in welchem sie den Nemez gefangen halten. Dafür weiß ich, wer er ist: Es kam vor Monaten schon eine Brieftauben-Nachricht für ihn, die an mich weitergegeben wurde, weil er sie nicht abholte.«

»Das interessiert mich nicht,« sagt Barjatinski ungehalten, »ich will wissen, wie Ihr vorgehen wollt.«

»Ganz einfach, Durchlaucht«, antwortet der Oberst, »wir nehmen alle Räubernester gleichzeitig aus. Ich habe den Verdacht, daß der Gefangene da ist, wo der *naib* sein Standquartier hat. Die Gruppe, die dort angreift, befehlige ich. Die anderen überlasse ich meinen Leuten. Wenn Ihr den Einsatz bestätigt, treffe ich alle Vorbereitungen und wir schlagen zu, sobald es das Wetter zuläßt.«

Sie kommen am Ende der Nacht, im beginnenden Morgengrauen. Blasius schläft tief und fest in der Steinhütte, die seine nächtliche Behausung ist.

Sein Bewacher liegt quer vor dem Eingang und stirbt lautlos, als ihm die Kehle durchgeschnitten wird. Eine Hand legt sich auf den Mund von Blasius und eine tiefe Stimme sagt: »Sei ruhig. Wir sind Russen und kommen, dich zu befreien. Folge mir zu den Pferden.«

Es ist noch immer dämmrig, nur Umrisse sind erkennbar. Schemenhafte Gestalten huschen durch das Lager, leises Stöhnen und zwischendurch ein kurzer Aufschrei sind die einzigen Geräusche. Blasius folgt seinem Befreier mit einem großen Gefühl der Erleichterung – und gleichzeitig läuft es ihm eiskalt den Rücken hinunter: Was er hört, sind Todesschreie.

Er steigt auf das Pferd, das von einem Soldaten gehalten wird und überlegt, wo er diese tiefe Stimme schon einmal gehört hat, die ihm bekannt vorkommt und zwiespältige Gefühle in ihm auslöst.

Erst als es heller wird, erkennt er, wer neben ihm reitet: Der Mann, der auch in Lumpen stolz und aufrecht neben der *tarantasse* herging auf dem Weg nach Rybinsk, kaum genesen von seiner schweren Verletzung – und doch jeder Zoll ein Anführer: Alexander Jurjewitsch Gratschjow. Wie viele Jahre das schon zurückliegt!

Nein, das gibt es nicht, denkt er gleichzeitig, das kann nicht sein, entweder ich bin verrückt oder ich träume einen verrückten Traum. Alexander ist in Nischnij Nowgorod und ich bin im Kaukasus. Er kneift kräftig in seinen linken Arm und befiehlt sich: »Aufwachen!«

Aber nichts passiert und der Reiter auf dem Pferd neben ihm sagt:

»Nein, du täuschst dich nicht – ich bin es!«

*

Fürst Barjatinski ist ein stattlicher Mann, ein Mann von Eleganz und er weiß es. Weit besser hätte er in die Salons von St. Petersburg gepaßt als in den Kaukasus: Seine Uniform ist aus feinstem Tuch maßgeschneidert, das versteht sich von selbst, und die goldenen Epauletten glänzen wie das geflochtene Achselband und die vielen Orden, die seine Brust zieren. Er legt Wert darauf, daß auch seine hohen Stiefel glänzen und das Blut nach jedem Ausritt unverzüglich von den Sporen abgewaschen wird. Sein Schnurrbart ist gewichst und die langen Koteletten sind zu einem dekorativen Backenbart herabgezogen. Über die Schulter wirft er sich gerne einen Luchspelz und auf dem Kopf pflegt er einen hohen *papak* aus edlem Breitschwanz zu tragen, der ihn um einige Zentimeter größer macht.

Er sitzt kerzengerade hinter seinem Schreibtisch und betrachtet mit wohlwollendem Amüsement seine Besucher, die gerade in's Zimmer geführt werden. Dieses Amüsement gilt Blasius, der nach Monaten im Räuberlager reichlich verlottert ist und mit seinem blondschwarzen Haupthaar wie ein seltsamer Vogel ausschaut.

Oberst Gratschjow übersieht das Schmunzeln seines Vorgesetzten und nimmt Haltung an.

»Melde gehorsamst, Herr General: Befehl ausgeführt! Lager der *abreken* im Handstreich genommen und vernichtet. Gefangener Nemez befreit, keine Verluste auf unserer Seite.«

»*Otschen choroscho, Palkownik* – sehr gut, Oberst, ich bin zufrieden mit Euch. Man muß diesen Halsabschneidern die Zähne zeigen, sonst lernen sie nie Respekt! Berichtet mir morgen mehr. Mir scheint, der Nemez bedarf eines Barbiers, eines Bades und neuer Gewänder. Sorgt dafür und sorgt für seine Unterkunft.«

Er erhebt sich, das knappe Gespräch ist beendet.

Alexander bietet Blasius einen Raum in der Garnison an und sie reiten gemeinsam zur Festung, die auf einer Anhöhe liegt. Er kann keinerlei Groll mehr gegen diesen Mann empfinden, Anahit hat ihn davon geheilt und die lange Zeit seit der letzten Begegnung hat das Ihre dazugetan.

Sobald der *dinschik* Brot, Schafskäse und Wein auf den Tisch gestellt hat, kann Blasius seine Neugierde nicht länger zügeln und sprudelt seine Fragen heraus:

»Weißt du von einer Brieftauben-Nachricht für mich aus Erewan ? Wo ist Ljuba? Wie hat es dich hierher verschlagen in den Kaukasus?«

»Das sind drei Fragen auf einmal – laß mich mit der letzten beginnen, das ist die einfachste, aber ich muß ein bißchen ausholen: Das Leben in Nischnij Nowgorod war gut, bequem und langweilig. Ich bin kein Mann für den Schreibtisch und auf Dauer eigne ich mich nicht als Aufseher der Wolgaschiffe von Herrn Bugrow. Ich hatte Heimweh nach der Gegend, in der ich geboren bin, nach dem Kaukasus und Ljuba sagte: Wo du hingehst, will auch ich sein. So sind wir nach Tbilisi gezogen, ich habe dem Fürsten Barjatinski meine Dienste als Offizier angeboten und er meinte: Alexander Jurjewitsch, Ihr kommt genau im rechten Moment! Mein Regimentskommandeur, Oberst Sotzky, hat bedauerlicherweise bei einem Scharmützel mit den Tschetschenen seinen Kopf verloren. Ihr könnt seinen Platz einnehmen. Ich weiß, daß Ihr früher dem Fürsten Tarkanow zu seiner Zufriedenheit gedient habt – bis diese Weibergeschichte aufkam. Nun ja, Schwamm darüber – das ist Vergangenheit und ich setze voraus, daß Ihr wegen einer solchen Affäre Euren Kopf nicht noch einmal aufs Spiel setzt, der ist schon im Kampf genügend gefährdet! Als er dann Ljuba sah – und natürlich entzückt von ihr war – zerstreuten sich seine letzten Bedenken, daß ich noch einmal Unruhe im Hühnerstall eines anderen Hahns stiften würde!«

»Also ist Ljuba hier! Aber warum ist sie nicht bei dir?«

Alexanders Gesicht verdüstert sich.

»Ihr ist das Gleiche passiert wie dir – nur unter anderen Vorzeichen: Sie wurde entführt. Aber nicht von Banditen, sondern von Schamyl – das macht die Sache so schwierig. Die *abreken* kann man niedermachen oder ausräuchern in ihren Schlupfwinkeln, aber Schamyl ist ein Freiheitskämpfer, der hohes Ansehen bei der Bevölkerung genießt. Er ist ein muslimischer Gotteskrieger und wir Russen müssen ihn respektieren, auch wenn er unser Feind ist.« Blasius hört fassungslos zu.

»Ljuba ist in seiner Gewalt – und du unternimmst nichts, sie zu befreien?«

»Mir sind die Hände gebunden. Schamyl behandelt seine Gefangenen gut, noch nie ist einer Frau ein Leid geschehen, in seinen Lagern herrscht strenge Zucht und wer sich nicht daran hält, wird ohne Gnade hingerichtet. Er verlangt Lösegeld. Das ist ein einträgliches Geschäft und damit finanziert er seinen Kampf für einen Gottesstaat.«

Erst jetzt sieht Blasius im flackernden Licht der Kerze die Sorgenfalten in Alexanders Gesicht. Dieser füllt die hohen Becher erneut mit dem schweren Kislar-Wein und sagt: »Trink, Blasius – ich wollte, Ljuba säße mit uns am Tisch und könnte mithalten. *Na zdarowje! Budem!* Zum Wohl!«

»Wieviel Lösegeld verlangt Schamyl?«

»Zweitausend Rubel. Er weiß, daß wir nicht reich sind, aber ich habe nicht einmal das, gerade die Hälfte.« Er seufzt.

»Und Fürst Barjatinski? Diese Fürsten schwimmen doch in Geld – für ihn ist das nicht mehr als der Einsatz in einem Kartenspiel an einem geselligen Abend!«

»Von wirklich reichen Leuten kannst du sparen lernen! Außerdem lehnt der Fürst Lösegeldzahlungen grundsätzlich ab.«

Blasius überlegt nicht lange und faßt einen Entschluß.

»Erinnerst du dich an den Hafen von Rybinsk, ehe wir an Bord des Wolgadampfers gingen? Du hast die Fahrt für uns alle bezahlt – mit Geld, das in dein Gewand eingenäht war. Das habe ich von dir gelernt! Die *abreken* haben mir zwar das meiste abgenommen, das ich in den letzten Jahren verdiente, aber alles konnten sie nicht finden. Ich kann dir die fehlenden tausend Rubel für Ljubas Freiheit geben.«

Darauf leeren sie ihre Becher noch einmal und dem völlig übermüdeten Blasius setzt der starke, ungewohnte Wein so zu, daß er am Tisch einschläft.

Nach einer Brieftauben-Botschaft hat er nicht mehr gefragt und Alexander ist froh, daß er ihm erst am nächsten Morgen das Papier geben muß, das in der winzigen Metallkapsel steckte. Er kennt die Nachricht, die der Züchter in das Fort brachte, weil Blasius nicht kam. Sie ist kurz und besteht nur aus zwei Sätzen:

»Anahit beim Reiten tödlich verunglückt. Komm nicht zurück. Ashot«.

21

Die Hiobsbotschaft trifft Blasius nicht ganz unvorbereitet. In den Monaten seit seiner Flucht aus Erewan hat er sich immer wieder den Kopf zermartert über Anahits Schicksal. Es schien ihm unmöglich, daß sie zu ihrem gewaltätigen Ehemann zurückkehren würde, selbst wenn er ihr verziehen hätte.

Ihre gegenseitige Liebe war im Lauf der Jahre gewachsen, ihre Verbundenheit hatte sich vertieft und gleichzeitig wurde Anahits Abscheu vor Wardan immer größer. Für Blasius wurde der Gedanke unerträglich, sie seiner Willkür ausgeliefert zu wissen.

Schon aus verletztem Stolz würde ihr Ehemann nie in eine Scheidung einwilligen, das war keine Frage – aber welche Chance für ein gemeinsames Leben blieb ihnen, wenn nicht die Flucht?

Diesen Gedanken hatten sie zusammen immer öfter erwogen,

er war ihnen verlockend erschienen – aber gleichzeitig schreckten sie davor zurück, alle Zelte hinter sich abzubrechen. Eines wußten beide: Sie standen kurz vor einem Wendepunkt in ihrem Leben und mußten sich entscheiden, welchen Weg sie gehen wollten. Was als leidenschaftliche Romanze begann, hatte sich zu einer tiefen Liebe gewandelt – und genau zu diesem Zeitpunkt überstürzten sich die Ereignisse durch Wardans unerwartete Rückkehr von seiner gerade begonnenen Reise.

Blasius will keinen Trost, er will nichts hören und niemanden sehen, er will nur alleine sein mit seinem Schmerz, seinen Gedanken und der Erinnerung an die nun unwiederbringlich verlorene Geliebte. Seine Kehle ist wie zugeschnürt, seine Augen brennen und die erlösenden Tränen lassen auf sich warten. Er quält sich mit Selbstvorwürfen und mit der ungelösten Frage: Wie konnte dieses Unglück geschehen? Anahit war im Sattel aufgewachsen, war eine außergewöhnlich flinke, geübte Reiterin, die ihm oft bei spielerischen Wettrennen entkam. Ob Wardan sie gejagt und in den Tod gehetzt hat? Unmöglich. Ob ihr Pferd gestürzt ist oder ob sie selbst den Tod suchte, weil sie das Leben nicht mehr ertragen konnte? Fragen über Fragen und keine Antwort.

Nach einer Woche läßt sich Alexander nicht mehr abweisen und bringt eine Überraschung mit. Blasius hat den Kopf in die Hände gestützt und blickt nicht auf, als er hört, daß die Türe geöffnet wird.

»Hier möchte sich jemand vorstellen«, sagt Alexander und neben ihm piepst etwas wie eine Maus. Nun schaut Blasius doch auf und sieht zwei Kinder, die sich hinter ihrem Vater verstecken und neugierig zwischen seinen Beinen hervorlugen.

»Das sind Jefim und Marina. Sie wollen sich bedanken für das Lösegeld, das ihre Mutter wiederbringt.«

»*Bolschoje sposibo*, vielen Dank«, krähen die beiden wie aus einem Mund und strahlen ihn mit Ljubas großen braunen Augen an.

Die Überraschung ist gelungen. »Ich wußte gar nicht, daß ihr Kinder habt – du hast nichts davon gesagt.«

»Wann sollte ich? Du bist am ersten Abend am Tisch eingeschlafen – und seit dem nächsten Morgen hast du nicht mehr mit mir geredet. Jetzt ist eine Woche um und ich reite heute in das Gebiet, das Schamyl kontrolliert. Wir haben einen Boten ausgesandt und wissen, daß er bereit ist, Ljuba gegen das geforderte Lösegeld freizugeben. Kommst du mit?«

Blasius nickt und streichelt die Kinder, die inzwischen zutraulich auf seine Knie geklettert sind und an seinem Bart zupfen.

»Fürst Barjatinski hat den Barbier geschickt, der dir die Haare schneiden kann und ein warmes Bad vorbereitet. Auch andere Kleider liegen bereit – oder willst du Ljuba in diesem zerrissenen Räubergewand begrüßen?«

Zwei Stunden später sind sie unterwegs in Richtung Ali-Jurt, begleitet von einer zwanzig Mann starken Eskorte.

»Er wird natürlich nicht persönlich kommen bei einem so geringen Lösegeld. Ljuba wurde nicht gezielt, sondern durch Zufall bei einem langen Ausritt entführt – künftig läßt sie sich hoffentlich von solchen Abenteuern abhalten! Im allgemeinen ist Schamyl auf hochgestellte Persönlichkeiten als Geiseln aus, Mitglieder der vielen Fürstenfamilien oder auf reiche Kaufleute.«

»Bist du ihm je begegnet, kennst du ihn?«

»Nicht von Angesicht, aber aus der Beschreibung eines anderen Offiziers, den er auch gefangen hatte. Er muß etwa fünfzig Jahre alt sein, sieht aber viel jünger aus. Er kleidet sich meist in eine grüne oder weiße *tscherkessa* aus lesghischem Tuch und um den *papak* aus Lammfell ist ein weißer Turban gewunden. Hochgewachsen ist er und hat ein klares, Ehrfurcht gebietendes Gesicht – du wirst ja wissen, daß er nicht nur als Führer der kaukasischen Bergstämme gilt, sondern auch als religiöser Prophet. Seine Züge weisen große Energie und Entschlossenheit auf – man erkennt auf den ersten Blick einen Mann von hohen Geistesgaben und den zum Befehlen geborenen Führer.«

Alexander erzählt so anschaulich und interessant, daß Blasius von seinem Kummer abgelenkt wird und mehr wissen will. Sie reiten nebeneinander, gut geschützt von den Kosaken vor und hinter ihnen.

»Ist es nicht schwer, einen solchen Gegner zu bekämpfen!«

»Ja, das ist es, aber es gibt achtbare Feinde, denen man Respekt zollt und die man nur bekämpfen muß, weil es die Ideologie verlangt.«

»Solche Gedanken sind mir fremd, ich könnte nie Soldat

sein, da scheiden sich die Geister. Weißt du noch mehr von Schamyl?«.

»Natürlich – er ist jetzt schon eine Art Legende. Jeder weiß, daß er spartanisch lebt, streng auf Sittenreinheit achtet und sie mit drakonischen Strafen durchsetzt. Wer sich in dieser Hinsicht etwas zuschulden kommen läßt, hat sein Leben verwirkt, deshalb sind die weiblichen Geiseln in seiner Gefangenschaft sicher. Aber ganz abhold ist er irdischen Genüssen doch nicht: Da der muslimische Glauben einem Mann einen Harem gestattet, nimmt Schamyl diese Möglichkeit wahr und ist mit vier Frauen verheiratet, alle ausgesprochen hübsch und viel jünger als er!«

Während ihres langen Gesprächs nähern sie sich dem Fluß, an dem die Übergabe stattfinden soll. Von weitem schon sehen sie einen kleinen Trupp schwerbewaffneter Männer bei einem Weidendickicht am anderen Ufer warten. Es sind fünf Reiter mit einer verschleierten Frau und ihre geringe Zahl ist ein deutliches Zeichen dafür, wie wenig Bedeutung Schamyl diesem Austausch beimißt.

»Ihr habt wohl Angst vor uns, daß ihr in vierfacher Übermacht anrückt?« schreit der Anführer statt einer Begrüßung herüber, »das ehrt uns, wir Kaukasier sind die besseren Kämpfer und nehmen es mit vielen von eurer Sorte auf! *Urus jaman* – der Russe ist schlecht!« Er spuckt demonstrativ auf den Boden.

Alexander geht nicht auf die Provokation ein und fragt ruhig zurück: »Wo tauschen wir die Geisel gegen das Lösegeld?«

»In der Flußmitte, das Wasser steht niedrig. Aber keine krummen Touren! Meine Leute geben mir Feuerschutz!«

»Meine auch – und du kannst sicher sein, die schießen nicht nur, die treffen auch!«

Sie reiten aufeinander zu, der Kaukasier führt das Pferd der Frau am Zügel und streckt wortlos die Hand nach dem Lösegeld aus, sobald sie sich treffen.

»So haben wir nicht gewettet! Ich will sehen, ob es die richtige Geisel ist – am Ende bringst du mir deine eigene *babuschka* und nimmst dafür mein gutes Geld!«

Der Anführer knurrt verächtlich. »Urus jaman«, wiederholt er, »der Russe ist schlecht, nicht der Kaukasier!«

Mit einem Ruck reißt er die *tschadra* , den Schleier, vom Gesicht der Gefangenen und Alexander sieht nach elf langen Wochen Ljuba wieder, der die Freudentränen über die Wangen rinnen. Sie schaut so frisch und munter aus wie immer und ist offensichtlich gut behandelt worden.

»Sie soll sich nicht mehr in unserer Nähe herumtreiben,« stört der Anführer die Wiedersehensfreude, »das nächste Mal behalte ich sie als eigene Beute und mache eine rechte Muselmanin aus ihr! Ja – und Schamyl in seiner Güte läßt euch ausrichten, daß er sie nur deshalb für ein so geringes Lösegeld zurückgibt, weil sie Mutter zweier Kinder ist, die hoffentlich noch zum rechten Glauben finden werden.«

»Das weiß ich zu schätzen! Möge Allah diesen Edelmut belohnen!« sagt Alexander sarkastisch und wirft dem Kaukasier den Beutel mit dem Lösegeld zu. Der zählt es sorgfältig und sobald er nickt, reicht Alexander Ljuba die Hand und sie schwingt sich von ihrem Pferd hinter ihn auf das seine.

Wortlos gehen die Kontrahenten auseinander und Ljuba schmiegt sich so eng an den Rücken ihres Mannes, daß kein Blatt dazwischenpassen würde. Sie hält sich mit den Händen an seiner breiten Brust fest und drückt ihn mit aller Kraft.

»Sascha, Saschenka, *moi Ljubimij* – mein Liebster, jetzt lasse ich dich nie wieder los!«

Zärtlich küßt sie ihn auf den Nacken, »kannst du überhaupt noch atmen oder habe ich dir schon eine Rippe gebrochen?«

Alexander lacht glücklich. »Du denkst wohl an unser Märchen vom großen russischen Bären, der zu dem winzigen *Djuimowotschka* sagte: › Hilfe, laß mich los, hab Erbarmen – ich kriege keine Luft mehr!!‹ So ist das mit uns Beiden auch!«

Sie nähern sich dem Ufer und auf einmal fragt Ljuba: »Wer steht denn da bei deinen Kosaken? Träume ich?«

»Das wollte er auch wissen, als ich ihn vor einer guten Woche aus einem *Abreken*-Lager holte. Allerdings nicht gegen Lösegeld, sondern mit Gewalt! Die Welt ist klein.«

Blasius läuft ihnen entgegen, Ljuba springt vom Pferd und begrüßt ihn freudig.

»Du hier – es ist nicht zu fassen!«

»Ja, es ist unglaublich!«

Sie betrachtet ihn aufmerksam. »Du bist mager geworden,

hast Ringe unter den Augen und Trauer im Blick. Haben dich die *abreken* so schlecht behandelt?«

Er kann nicht reden und schüttelt den Kopf.

»Später«, ist das einzige Wort, das er herausbringt, ohne die Fassung zu verlieren.

Während des langen Heimritts weicht Ljuba nicht von Alexanders Seite. Er muß ihr immer wieder von Jefim und Marina berichten, wie gut es ihnen geht, wie lieb die *nana* sie betreut hat, daß sie immer wieder nach ihr fragten und daß er ihnen jeden Abend am Bett ein anderes Märchen erzählte – das von Djuimowotschka zum Beispiel!

Sie kommen erst in der Dunkelheit zurück zur Festung Vladikavkaz und Oberst Gratschjow übergibt einem Kosaken-Offizier das Kommando für den nächsten Tag, den er sich frei nimmt. Zu dritt setzen sie sich zusammen und reden über die Ereignisse der vergangenen Jahre. Blasius sieht, daß Ljuba Alexander noch immer anbetet wie einst in Nischnij Nowgorod. Aber jetzt tut es nicht mehr weh und er sieht ohne jeden Anflug von Bitternis, wie glücklich sie mit seinem einstigen Rivalen ist.

In der Nacht nach diesem langen Tag bricht die Sperre in seinem Inneren, der Damm, den er unwillkürlich aufgebaut hat aus Furcht vor dem übermächtigen Schmerz um Anahit. Er kann wieder weinen und seine Tränen mildern die Trauer. Er kann über seine verlorene Geliebte sprechen, über ihre gemeinsame Zeit in Armenien, ihre Zukunftspläne und es tut ihm unendlich gut, bei Menschen zu sein, die ihm zuhören und Anteil nehmen.

Als er am Ende seiner Geschichte angelangt ist, legt Ljuba ihre Hände auf die seinen und streichelt sie. »Es gibt eine alte Weisheit – und keiner will sie hören, wenn er sie am nötigsten braucht. Sie ist kurz und einfach und hat sich bewährt, seit es Kummer und Leid und Schicksalsschläge gibt, die Menschen tragen müssen. Diese alte Weisheit betrifft die Zeit: Sie ist eine Trösterin und heilt alle Wunden.«

Sie läßt ihre Hände ruhen und schaut ihm mit einem leisen Lächeln in die Augen.

»Sag mir, warum willst du so schnell wieder abreisen von hier? Vor deiner Trauer kannst du nicht davonlaufen – sie begleitet dich, ob du willst oder nicht.«

»Ljuba hat recht wie meistens!« pflichtet ihr Alexander bei.

»Warum bleibst du nicht eine Weile hier? Welchen Sinn hat es, weiter vor einem Mann zu fliehen, der dich mit Sicherheit nicht mehr verfolgt? Er wäre sonst längst hier gewesen. Ich kann mir vorstellen, daß deine Freunde ihn auf eine falsche Spur gelockt haben, der naheliegende Fluchtweg wäre über Gyumri zum Schwarzen Meer gewesen. Auch seine verständliche Wut muß längst verraucht sein. Im Grunde ist es dir jetzt ganz ähnlich ergangen wie damals mir, als ich noch in Diensten des Fürsten Tarkanow stand. Das war der Anlaß zu meinem Gastspiel als Räuber im Norden – aber mit dieser alten Geschichte will ich dich nicht langweilen.«

»Ich kenne sie ziemlich genau«, sagt Blasius, »jeder im Kaukasus kennt sie und amüsiert sich darüber – außer Iwan Tarkanow natürlich!«

»Sogar ich finde sie sehr vergnüglich«, lacht Ljuba, der schon wieder der Schalk im Nacken sitzt, »bei den ›Haremsdamen‹ des Fürsten hat Sascha eine Menge gelernt, das jetzt mir zugute kommt!«

»*Schalunischka!*«

Alexander droht ihr mit dem Finger. »Hör' sofort auf, solche lockeren Reden zu führen! Damals war mir nicht nach Lachen zumute, ebenso wenig wie Blasius – wir können beide froh sein, daß unsere Köpfe noch auf den Schultern sitzen. Hier im Kaukasus kann man seinen Kopf gleich doppelt verlieren – und das sehr schnell: Zuerst bei einer schönen Frau und danach durch ihren eifersüchtigen Mann!«

Es bedarf keiner großen Überredungskunst, Blasius davon zu überzeugen, daß es keinen plausiblen Grund gibt, im Eiltempo weiter gen Norden zu ziehen. Abgesehen davon, wird ihm die Entscheidung von Mutter Natur abgenommen:

Der Winter, der auf weichen Sohlen mit Samtpfoten durch den Kaukasus geschlichen ist und mit ein paar lockeren Schneeflocken kokettiert hat, dreht mit Urgewalt seinen Januskopf. Von einer Stunde auf die andere fährt er scharfe Tigerkrallen aus und zeigt blanke Wolfszähne. Es wird bitterkalt, es schneit ohne Unterlaß, über Berg und Tal fällt eine dichte, weiße Decke, die alles Leben lähmt. Blasius erinnert sich an den glücklosen Wintermarkt in Makariew, bei dem Väterchen Frost alle Kunden vertrieb und ist froh darüber, daß er gar keine Uhren mehr zu verkaufen hat.

Einerseits liegt eine völlig ungewisse Zukunft vor ihm, andererseits fühlt er sich leicht und unbeschwert – wer nichts besitzt, kann auch nichts mehr verlieren!

Als Sicherheit im Hintergrund hat er ja die letzte Sendung Uhren aus St. Petersburg, die noch unausgepackt in ihren Kisten schlummern, wohlverwahrt in der Werkstatt seines Hauses in Erevan. Daß sie Wardans Brandanschlag zum Opfer gefallen sind, kann er nicht wissen.

Wohl dem, der gute Freunde hat, denkt er. Urban wird sie schon für mich verkaufen – und wie ich ihn kenne, wird er nicht nur seine Gretel dafür einspannen, sondern auch die Zwillinge, sobald sie auf ihren Beinchen stehen und krähen können!

Als sich der Winter endlich ausgetobt hat und den Kaukasus aus seiner eisigen Umklammerung entläßt, schickt er eine Brieftaubennachricht nach Erevan und gleichzeitig einen Brief mit der Post. Beides ist unsicher: Die Tauben werden oft von Greifvögeln geschlagen und Briefe gehen ebenso oft verloren. Beim gleichzeitigen »Luft- und Landweg« ist allerdings die Hoffnung berechtigt, daß zumindest eine der Botschaften ihr Ziel erreicht.

*

Er wohnt die ganze Zeit über im Fort wie die Soldaten, es gibt reichlich Platz und er hat einen Raum für sich. Oft ist er bei Ljuba und Alexander eingeladen, zum Essen und Trinken, zum Reden, zum Spielen mit den Kindern und Ljuba sagt immer wieder: »Wenn du nicht dein letztes Geld dazugegeben hättest, um mich bei Schamyl auszulösen, könnten wir hier nicht beisammensitzen. Ich muß dir danken, nicht du mir!«

Sie bringt ihn auch auf die Idee, etwas nachzuholen, das er im vergangenen Herbst versäumt hat: Über Beslan hinaus in den *aul* Dalakowo zu reiten, um zu sehen, was aus dem verletzten Fuchs geworden ist, der den ehrenvollen Namen »Donnerhuf« bekommen hatte.

Alexander kann sich nicht sonderlich für den Plan begeistern, zumal seine erste Begegnung mit dem Fuchs höchst schmerzhaft und wenig ruhmreich für ihn war. Aber schließlich läßt er sich umstimmen und macht aus der Not eine Tugend: Er nimmt einen *Jesaul* mit, einen Kosakenhauptmann, und eine ganze Abteilung Soldaten, die er unterwegs mit *utschenje*, mit Feldübungen, beschäftigt.

»Wir brauchen eine starke Eskorte, wenn wir ins Land reiten. Die *abreken* sinnen auf Rache und haben einen Preis auf meinen Kopf ausgesetzt. Und Schamyl kann immer Lösegeld gebrauchen, am besten gleich für uns Drei.«

Aber weder die kaukasischen Banditen noch Schamyls Leute lassen sich auf ein Scharmützel oder gar einen ungleichen Kampf ein. Immer wieder begegnen sie einzelnen, wild aussehenden Gestalten, die ihnen finstere Blicke zuwerfen und grußlos vorbeireiten. Auch auf Felsen und bewaldeten Bergrücken können sie Späher ausmachen, doch es geschieht nichts.

Ohne Zwischenfall erreichen sie den *aul* , finden den Dorfältesten noch immer bei guter Gesundheit und finden auch den Fuchs, der sie mit freudigem Wiehern begrüßt.

Der Säbelhieb hat eine wulstige Narbe hinterlassen, mehr nicht.

»Wir hatten nie ein besseres Pferd,« sagt der Dorfälteste, »bei Gefechten mit den *abreken* hat er mitgekämpft, daß es eine Freude war! Und die *Lesghier* haben sich nicht mehr blicken lassen, seit dem Raubzug damals und ihrer blutigen Niederlage. Dafür sind wir heute noch dankbar!«

Empört lehnt er ab, als Blasius fragt, ob er Futtergeld schuldig sei.

»Würdest du einem Freund Geld abnehmen, wenn er bei dir ißt und trinkt? In einem solchen Fall gilt Gastfreundschaft auch für Pferde!«

Blasius dankt ihm und zeigt sich dadurch erkenntlich, daß er die beiden Kuckucksuhren genau einstellt und durchsieht, die er vor sechs Jahren im *aul* ließ. Er besitzt fast kein Werkzeug mehr, aber das Wichtigste, ein Fläschchen Uhrenöl hat er immer dabei. Hätte er auch Uhren gehabt – er wäre ein halbes Dutzend losgeworden an die wohlhabenden Bauern und Handelsleute der Umgebung.

Die Kunde von dem Besuch eines russischen Obersts samt seiner jungen, hübschen Frau und einem Freund, der ein blonder *Nemez* ist – diese Kunde spricht sich in Windeseile herum und es kommen mehr ungeladene als geladene Gäste zu dem Festessen am Abend, das die Bewohner von Dalakowo für Ljuba, Alexander und Blasius geben. Doch darauf ist man im Kaukasus eingerichtet, jeder steuert etwas bei und notfalls lassen eben einige Schafe mehr ihr Leben, als geplant war.

Die Kosaken-Einheit lagert am Dorfrand und hat ihre eigene Verpflegung mit – aber nicht das Geringste gegen den knusprigen Hammel am Spieß einzuwenden, der zusätzlich für sie gebraten wird.

Bis in die späte Nacht hinein tanzen Dorfbewohner, Soldaten und Hirten in schöner Eintracht die *Lesghinka*, den Nationaltanz, zum Klang von tartarischen Trommeln, Flöten und einem Zupfinstrument, das einer Balalaika ähnelt. Für die ungläubigen Gäste bringt der Dorfälteste sogar *Tschichir* , kaukasischen Wein, der in Tonkrügen in der Erde aufbewahrt wurde – und trinkt zu deren Überraschung selbst munter mit.

»Was sagen Allah dazu und Mohammed, sein Prophet?«, neckt ihn Ljuba.

Er geht auf ihren Spaß ein und schmunzelt. »Allah hält das für wohlgetan, denn ich trinke nicht Wein, sondern Medizin, die einem alten Mann das Leben erleichtert!«

Blasius erinnert sich an eine ähnliche Nacht, die er vor vielen Jahren hier verbracht hat, zusammen mit Gretel und Urban, Ashot und Ismail, dem Musiklehrer und den Gouvernanten für die Kinder des Fürsten Tarkanow und dem Hauptmann Sergej Maximowitsch, der sich mit seinen Leuten so waghalsig in das Gefecht mit den räuberischen Lesghiern gestürzt hat.

Damals dachte er noch immer mit Wehmut an Ljuba – und hätte sich niemals vorstellen können, zusammen mit ihr und Alexander am gleichen Ort zu sitzen und mit dem gleichen Dorfältesten *Tschichir* zu trinken!

Es gibt schon seltsame Zufälle im Leben, denkt er, Ereignisse und schicksalhafte Begegnungen, die man sich auch mit viel Phantasie nicht ausmalen kann. Sein Freund der ersten Stunde war Urban – und sein treuester Gefährte auf den langen Wegen durch Rußland. So vieles hatten sie gemeinsam erlebt – in den Adelshäusern von St. Petersburg, auf den Reisen und zuletzt während der Jahre in Armenien. Dann kam die überstürzte Flucht aus Erevan, der hastige Abschied – das konnte doch nicht das Ende einer solchen Freundschaft sein!

»Du bist so nachdenklich und redest kaum«, sagt Ljuba, »was geht dir durch den Kopf?«

Er erzählt es ihr – und sie entwickelt sofort einen Plan: »Wenn Urban weiterhin Uhren und Drehorgeln verkauft – warum nur in Armenien und der Türkei, nicht auch in Vladikavkaz und weiter nördlich? Hier gibt es nicht mehr und nicht weniger gut betuchte Leute als anderswo im Kaukasus. Ist das nicht eine wunderbare Idee? Ich würde Urban und Gretel so gerne wiedersehen! Platz gibt es genug im Fort – und unsre Kinder könnten zusammen spielen!«

Auch Alexander gefällt Ljubas Plan.

»Ein bißchen mehr Gesellschaft in Vladikavkaz wäre großartig und um deine alten jungen Freunde kennenzulernen, schicke ich auch einen Kurier nach Erevan – das ist sicherer als Brieftauben und Post zusammen.«

22

Im Mai zieht sich der Winter mit Schnee und Eis endgültig auf die höchsten Gipfel des Kaukasus zurück. In den Tälern hat längst der Frühling Einzug gehalten, die jungen Lämmer weiden an den Berghängen und in den Tälern läßt das Schmelzwasser Flüsse und Bäche über die Ufer treten. In wenigen Tagen verwandeln sich karge, braune Flächen in grüne Felder, übersät mit tausenden kleiner bunter Blumen.

In Erevan blühen Pfirsisch- und Aprikosenbäume, als sich Gretel und Urban mit ihren Zwillingen auf den Weg nach Norden machen. Der berittene Kurier aus Vladikavkaz hat Order, auf sie zu warten, wenn sie die Einladung annehmen wollen, sie dann zu begleiten und an den Poststationen militärischen Begleitschutz anzufordern. Beide sind Feuer und Flamme für das Unternehmen und ihre Begeisterung wirkt ansteckend: Ashot belädt eine zweite *tarantasse* mit Kisten.

»Wir werden das Angenehme mit dem Nützlichen verbinden und wieder mit unserer bewährten Kombination hausieren gehen: Schwarzwälder Uhren und armenischer Cognac! Ich möchte nur wissen, wem wir eine eigene Eskorte zu verdanken haben – Blasius schreibt kein Wort davon.«

»Das ist kein Geheimnis«, sagt der Kurier, dem seine Worte nicht entgangen sind, »Oberst Gratschjow ist der Festungs-Kommandant von Vladikavkaz – und er schickt mich.«

»Gratschjow – Gratschjow – den Namen kenne ich doch, zumindest habe ich ihn schon einmal gehört«, überlegt Ashot laut, »weißt du, wo euer Kommandant herkommt?«

»Natürlich. Er kommt aus Nischnij Nowgorod, aber ursprünglich ist er Kaukasier.«

Ashot erinnert sich zurück an eine Szene vor langer Zeit im Logierhaus der Witwe Ketanjan, kurz bevor der große Markt in Nischnij Nowgorod begann: Blasius hockte kreuzunglücklich in ihrer gemeinsamen Schlafkammer und beklagte den Verlust seiner Freundin, der hübschen kleinen Zofe Ljuba, die ihn aus heiterem Himmel wegen eines anderen Mannes verlassen hatte.

›Ist es der große Kaukasier mit der *tscherkessa?*‹ hatte er gefragt und Blasius hatte genickt. Hieß der Kerl nicht ebenso oder ähnlich? Aber das konnte nur ein Zufall sein. Der Mann, wegen dem Ljuba sich von Blasius abwandte, war ein Räuber, wenn sein Gedächtnis ihn nicht täuschte – und aus einem *abreken* konnte nicht gut ein Festungs-Kommandant werden.

*

Kurz nachdem Ljuba, Alexander und Blasius von ihrer Exkursion zurück sind, läßt Fürst Barjatinski Oberst Gratschjow rufen.

»Ich wünsche, daß in allen russischen Forts im Kaukasus eine Schulklasse für begabte Kinder eingerichtet wird. Nur wir Fürsten und reiche Kaufleute können sich Hauslehrer leisten, wir brauchen aber auch einheimischen Nachwuchs für die Verwaltung. Außerdem macht es einen guten Eindruck bei den Leuten. Schreiben, Lesen und Rechnen genügen für's Erste. Welcher Eurer Leute kann diese Aufgbe übernehmen?«

»Keiner, Durchlaucht«, antwortet Alexander Jurjewitsch überzeugt.

»Keiner?« donnert der Fürst, »wollt Ihr damit sagen, daß keiner Eurer örtlichen Offiziere des Lesens und Schreibens mächtig ist?«

»Mächtig wohl, aber nicht gut genug, um es zu lehren. Wenn Ihr erlaubt, mache ich einen Vorschlag: Der *nemez*, den ich auf Euer Geheiß aus den Händen der tschetschenischen *abreken* befreite, ist noch hier und hat Quartier in der Festung genommen. Er ist gebildet und wäre dieser Aufgabe gewachsen.«

»*Otschen choroscho*, sehr gut. Wer es macht, ist mir gleich. Viel können wir natürlich nicht bezahlen, regelt das nach Gutdünken. Ich reise morgen zurück nach Tbilisi und verlasse mich auf Euch.«

So kommt Blasius unversehens zu einem neuen Beruf als Schulmeister und weiß es einzurichten, daß auch einige der Räuberkinder am Unterricht teilnehmen, denen er schon im Abreken-Lager die Grundbegriffe von Lesen und Schreiben beigebracht hat. Auch die Bezahlung aus der »Kriegskasse« ist ordentlich, wenn auch nicht üppig. Dafür sind Kost und Logis frei.

Wenn das die Glottertäler wüßten, denkt er, vor allem Anton Steurer: Daß ich – statt als Uhrenhändler durch die Lande zu ziehen – hier mitten im Kaukasus in einem russischen Fort lebe und Schüler unterrichte, die aus den Sprößlingen von einem halben Dutzend wilder Bergstämme zusammengewürfelt sind! Wer hätte das gedacht!

Er wartet ungeduldig auf Gretel und Urban und ist überzeugt davon, daß die beiden samt ihren Zwillingen kommen werden, wenn eine der drei Nachrichten sie erreichte. Aber die Ankunft der Freunde zögert sich hinaus: Nach sechs Jahren eines weitgehend seßhaften Daseins in Erevan werden sie unterwegs von heftiger Reise- und Abenteuerlust gepackt!

In Tbilisi wollen sie außer Ismail auch ihre einstigen Reisegefährten aus Frankreich, England und Italien besuchen, die Hauslehrer des Fürsten Tarkanow.

Zu ihrer Überraschung erfahren sie jedoch, daß es der Fürst leid geworden ist, seine Familie in Tbilisi zu haben und seine Residenz als Provinzgouverneur in dem drei Tagereisen entfernten Nukha: Er hat sein »Hauptquartier« verlegt. Sie treffen ihn selbst an und er ist ein Musterbeispiel für den Ruhm der Georgier, »die schönsten Männer der Welt« zu sein: Er liebt es, sich in der noblen Kriegertracht der Tscherkessen zu kleiden, sein *beschmet* ist weiß, die *tscherkessa* braun, beides aus bestem Tuch und verziert mit feinen Borten. Beinschienen und Schuhe sind nach Maß gefertigt, das Fell seines *papak*, seiner Mütze, ist von bester

Qualität, dicht und kurz geschoren. Und seine Waffen sind kostbar, nicht nur Flinte und Pistole, insbesondere sein *schaskar*, der von von solcher Schärfe und Schönheit ist, daß er von *Gurda* stammen muß, dem berühmtesten aller kaukasischen Waffenschmiede.

Zu Pferd sitzt er in der königlich stolzen Haltung, die die Tscherkessen pflegen und so ist es kein Wunder, daß er sich nicht um Nachschub für seinen illegalen Harem kümmern muß – er ist der heimliche Held der Georgierinnen und es gibt kaum ein weibliches Wesen, das nicht für den edlen Fürsten Tarkanow schwärmt, sehr zum Verdruß der leidtragenden Ehegatten beiderseits.

Spontan lädt er die Besucher ein, ihn am nächsten Tag zu begleiten.

»Die Hauslehrer haben sich allmählich an das Landleben im Kaukasus gewöhnt, das auch seine Reize hat! Mein Sohn Iwan schmettert schon Opernarien von Verdi und sie können sich mit der übrigen Familie in englischer wie in französischer Sprache unterhalten. Ich bin sogar geneigt, eine der Drehorgeln zu kaufen, sofern sich ihr Klang gut in meinem Hause ausmacht. Ist das ein Angebot?«

Es ist eines, in der Tat – und so reist Urban samt Anhang nach Nukha, durch eine der schönsten Gegenden des Kaukasus. Zweimal überqueren sie den kleinen Fluß Alasan, zur Rechten Kachetien, den ›Garten Eden‹ des Kaukasus mit seinen üppigen Rebhängen. Zur Linken Bergketten mit beschneiten Eisgipfeln und steilen Felswänden, in deren unzugänglichen Höhlen sich die freiheitsliebenden, aber räuberischen Lesghier verbergen.

Sie treffen die zahlreiche Familie des Fürsten samt den drei Hauslehrern, die in Nukha sehr abgeschieden leben und hell begeistert sind über den Besuch. Sie verkaufen tatsächlich eine Drehorgel, eine Kuckuksuhr und zwei Kisten armenischen Cognacs – und sie eisen sich nach einem dreitägigen Aufenthalt nur mit dem Hinweis darauf wieder los, daß sie in Vladikavkaz von ihren Freunden, vor allem von Fürst Barjatinski erwartet werden.

Der Fürst aber hat inzwischen seine Zelte abgebrochen und sie treffen ihn auf dem Rückweg in Tbilisi. Er hat durch eine Brieftaube aus Nukha von Tarkanow Nachricht erhalten und will unbedingt ein ähnliches Spielzeug haben wie sein Freund: eine

Drehorgel! Und zu seinem großen Vergnügen, hat der sich nicht für das kostbarste Instrument entschieden. Dieses erwirbt nur Barjatinski, ohne viel Zeit auf Handeln zu verschwenden, um den hohen Preis zu drücken.

Der Fürst ist ein Lebemann wie die meisten seiner Standesgenossen und plaudert gern aus der Schule, wenn er Gäste hat.

»Tarkanow hat sein Familienzentrum nach Nukha verlegt«, sagt er, »und im Ausgleich dafür seinen Harem nach Tbilisi – da ist er unauffälliger. Er wäre fürwahr besser in einem unsrer islamischen Nachbarländer aufgehoben als hier im christlichen Georgien!« Er zieht genußvoll an einer teuren englischen Zigarre, lächelt süffisant und bietet seinen Gästen schottischen Whisky an – ein unerhörter Luxus. Alle versuchen, sogar Gretel nippt daran und verzieht das Gesicht.

»Durchlaucht sollten zur Abwechslung unseren alten armenischen Cognac versuchen«, empfiehlt Ashot, »das ist ein neues Erlebnis für die verwöhnte Zunge eines Fürsten!«

Barjatinski winkt lässig ab.

»Natürlich kenne ich armenischen Cognac, aber ist nicht *en vogue*.«

»Ich pflichte Euch bei, Durchlaucht, aber vermutlich habt ihr nicht die Qualität unseres Hauses versucht. Erlaubt, daß ich Euch eine Flasche als Präsent überreiche. Wenn Ihr ihn kostet, werdet Ihr überzeugt sein und wenn ihr ihn dann künftig Euren Gästen anbietet, wird er sehr schnell auch *en vogue* sein!«

Ashot wurde das geschickte Händchen armenischer Handelsleute in die Wiege gelegt und am Ende des gastlichen Abends hat ihm Fürst Barjatinski nicht nur drei Kisten abgekauft, sondern auch für die Zukunft regelmäßige Lieferungen von einer weiteren Kiste pro Monat vereinbart.

*

Auf dem Rückweg über Tbilisi schließt sich Ismail der Gruppe an und so reisen sie in der gleichen »Besetzung« wie schon einmal auf dem langen Weg von Moskau zum Schwarzen Meer, nur jetzt in umgekehrter Richtung.

Urban und Ashot sind guter Dinge und sehr vergnügt. Beide hatten nicht erwartet, so schnell mit zwei georgischen Fürsten ins Geschäft zu kommen.

»Tarkanow ist offenbar ein großer Schürzenjäger?« fragt Urban Ismail, nachdem er von der Einladung nach Nukha erzählt hat.

»Das kann man wohl sagen – aber welcher Mann in seiner Position wäre das nicht – wenn er ein echter Mann ist? Die Jagdlust ist eine ausgeprägte georgische Eigenschaft und sie bezieht sich nicht nur auf vierbeiniges Wild! Das war schon in alten Zeiten so bei uns!«

Er deutet auf die Bergfestung Ananur, an der sie gerade vorbeireiten.

»Hier hat sich vor über hundert Jahren ein Liebesdrama abgespielt, von dem noch heute geredet wird.«

Gretel, die auf der *tarantasse* versucht, die Zwillinge zu bändigen, hat nur die Hälfte gehört und ruft mit glänzenden Augen: »Lauter, Ismail – ich will auch wissen, was da passiert ist!«

»Gut, dann spiele ich jetzt den Märchenerzähler für euch – aber dieses Märchen ist eher eine Moritat und hat sich tatsächlich zugetragen: Es war einmal ein junger, heißblütiger Edelmann, der *Eristaw* Aragwi. Er lebte auf der Bergfeste Ananur und führte ein wildes Leben. Eines Tages lud er seine Freunde zu einem reichen Gelage ein, zu Spiel, zu Speis' und Trank' – und da entdeckte er mitten in der Feier im Tal eine vornehme Dame zu Pferd. Wie es die guten Sitten erforderten, wurde sie von ihrem Beichtvater begleitet, von Dienern und zwei Falknern: Es war die bildhübsche, junge Frau des Eristaws von Ksani, mit dem er in Feindschaft lebte.«

»Aufregend«, sagt Gretel, »hoffentlich dauert deine Geschichte noch ein Weilchen, ich könnte stundenlang zuhören!«

Ismail fühlt sich geschmeichelt und fährt in blumiger Sprache fort: »Seine trinkfreudigen Zechkumpane jubelten und rüsteten sich sogleich für eine Entführung. Sie ließen die Pferde satteln, sprengten zum Tor hinaus, jagten das Gefolge der jungen Fürstin in die Flucht und nahmen sie gefangen. Eine Stunde später schon wehten ihre roten Hose als Fahne auf dem höchsten Turm der Burg.«

Gretels Augen werden noch glänzender. »Du hättest mich sicher nicht alleine mit einem Pfarrer bei einem so gefährlichen Raubritter vorbeireiten lassen«, ruft sie Urban zu, »du hättest mich begleitet oder zumindest fürchterlich gerächt, stimmts?«

Der kleine Urban mimt den Helden, läßt seine Muskeln spielen und wirft Gretel einen Handkuß zu. »Ich hätte den Elenden gepackt und den Bären zum Fraß vorgeworfen. Oder zumindest den Wölfen. Und was hat ihr Mann getan?«

»Natürlich schwur auch er Rache, als seine Gemahlin ohne Höschen und Beichtvater nach Hause kam und zu allem Unglück ihrem Entführer nicht einmal gram war! Er legte einen Eid ab, alle Eristaws von Aragwi auszurotten – der Hauptfrevler hatte nämlich noch zahlreiche Brüder und Vettern, alles wackere Haudegen. Deshalb schaffte er es nicht alleine und mußte sich mit den ungläubigen Lesghiern verbünden. Als sie dann die Festung Ananur belagerten und er die rote Hose immer noch an einer Fahnenstange flattern sah, wuchs sein Rachedurst ganz ungeheuerlich und er gelobte durch einen zweiten Schwur, anstelle dieses »corpus delicti« den Kopf seines Rivalen auf die Fahnenstange zu stecken. Nach einem erbitterten Kampf gelang ihm das auch. Dann, dann endlich konnte er wieder ruhig schlafen und begleitete seine schöne Frau künftig auf allen Ausritten höchstpersönlich.«

»Recht so«, sagt Gretel, wobei nicht ganz klar wird, ob sie damit den leider verlorenen Kopf des Eristaw von Aragwi meint oder die nunmehr streng behütete Tugend der Fürstin. »Am meisten aber interessieren mich die roten Hosen! Was ist aus ihnen geworden?«

Ismail amüsiert sich über ihre Neugierde.

» Einem *on dit* zufolge, sollen sie sich noch heute im Besitz der Familie befinden!«

*

Vor den gefürchteten Wetterstürzen in diesem Gebiet des Kaukasus bleiben sie verschont. Schwimmend überqueren die Pferde den Fluß Terek, die Reiter halten von beiden Seiten die *tarantasse* im Gleichgewicht, damit sie im tiefen Wasser nicht umkippt. Die Sonne trocknet ihre Kleider rasch wieder und die Zwillinge überstehen das kalte Bad mit einem kleinen Protestgeschrei.

Auch den Daryal-Paß, der die Grenze Georgiens nach Norden bildet, überqueren sie ohne Probleme bei blauem Himmel und genießen den prachtvollen Weitblick auf die Schneegipfel zwischen den tief eingeschnittenen Tälern. Nicht nur der abwechslungsreichen Landschaft wegen ist die Reise kurzweilig. Ismail hat eine ganze Reihe ähnlicher Geschichten auf Lager wie die des *Eristaw* von Aragwi und ihm macht das Erzählen ebensoviel Spaß wie den anderen das Zuhören.

Besonders Gretel kann nicht genug kriegen und als sie nach weniger historischen Moritaten aus Grusinien fragt, kann es nicht ausbleiben, daß Ismail wieder auf den Fürsten Tarkanow zurückkommt – und den Oberst seiner Leibgarde, der heimlich in den Revieren seines Herrn gewildert hatte.

Dabei fällt es Ashot und Urban wie Schuppen von den Augen, denn sie haben diese Geschichte schon gehört. Zufall hin und Zufall her – eigentlich kann es keinen Zweifel daran geben, daß es sich bei dem einst in tiefe Ungnade gefallenen Oberst Gratschjow, dem Räuber Alexander und dem jetzigen Kommandanten von Vladikavkaz um ein und denselben Mann handelt.

Zwei Tage später stehen sie ihm gegenüber.

*

Die Neugierde war groß: Was mochte das für ein Mann sein, der einem so gutaussehenden blonden *Nemez* wie Blasius dereinst seine Braut Ljuba abspenstig gemacht hat?

Alexander empfängt sie mit großer Herzlichkeit und nimmt die Freunde von der ersten Stunde an ebenso für sich ein wie Gretel, die ihrem Urban ins Ohr flüstert: »Wenn du nicht wärst – bei *dem* Mann könnte ich auch schwach werden!«

»Untersteh' dich nicht!« flüstert Urban zurück und bemüht sich, grimmig dreinzuschauen, »denk' an die furchtbare Rache des *Eristaw* von Aragwi! Die meine wäre noch viel schrecklicher!«

Zur Überraschung Ashots ist von der einstigen Rivalität zwischen Blasius und Alexander nichts mehr zu spüren, die beiden sind Freunde geworden. Und auch Urban, der die ganze Geschichte nur aus Erzählungen kennt, ist erleichtert über diese Entwicklung. Gretel und Ljuba, die sich in St. Petersburg nur flüchtig begegnet sind, werden schon am ersten Abend ein Herz und eine Seele.

Bald nach ihrem Eintreffen auf der Festung Vladikavkaz dreht sich ein Hammel am Spieß über Holzkohlenglut und der würzige

Geruch des gebratenen Fleisches mischt sich mit dem Duft frischen Fladenbrotes. Alexander läßt auftischen, was die karge Speisekammer seines Regiments hergibt und die Bauern sind froh, daß sie mehr Obst, Gemüse und Kartoffeln als üblich verkaufen können.

Musikanten lassen nicht lange auf sich warten, Ashot bietet seinen besten Cognac als Aperitiv an, der rote und goldfarbene Kislar-Wein macht die Runde und Urban läßt es sich nicht nehmen, zu fortgeschrittener Stunde die Gesellschaft mit seinen Petruschka-Späßen zu unterhalten.

»Das erinnert mich an meine Befreiung aus dem Räuberlager vor Jekaterinaslaw«, sagt Ismail, »Auftritt des weltberühmten Clowns Urban mit Knallfroscheinlage – wißt ihr noch?«

Alle wußten es außer Ljuba und Alexander, die sich die Geschichte mit Vergnügen anhören.

»Die Knallfrösche sind mir leider ausgegangen«, sagt Urban, »aber dafür habe ich einen Doppelsalto rückwärts geübt! Wenn mir der Uhrenhandel keinen Spaß mehr macht, ziehe ich wirklich als Petruschka über die Jahrmärkte, lerne die Zwillinge an und Gretel spielt uns mit der Drehorgel dazu auf!«

Es wird eine lange Nacht. Viel hat sich ereignet im Leben der Freunde, in Nischnij Nowgorod ebenso wie in Grusinien und Armenien. Als das Feuer niedergebrannt ist, beginnt es schon zu dämmern und das Morgenrot färbt den Horizont wie mattes Gold.

*

Am nächsten Tag erst erzählt Urban Blasius von dem unglückseligen Sturz Anahits und vom Brand seines Hauses, bei dem die neu aus St. Petersburg gelieferten Schwarzwald-Uhren Opfer der Flammen wurden.

Zu seiner eigenen Verwunderung berührt Blasius der Verlust seiner restlichen Habe ebensowenig wie der Verlust seiner Ersparnisse bei dem Überfall der *abreken*. Was alleine zählt und was ihn noch immer tief bedrückt, ist der Tod Anahits, an dem er sich mitschuldig fühlt. Daran hat auch das Jahr, das seither verstrichen ist, nichts geändert, daneben ist nichts von Bedeutung. Nur eines tröstet ihn: Er weiß nun, daß Anahit schnell und schmerzlos gestorben ist und nicht länger von Wardan gequält wurde.

»In Erevan gab es tagelang kein anderes Gesprächsthema«, berichtet Urban weiter, »und obwohl die meisten Armenier echte Pharisäer sind, galten ihr Mitgefühl und ihre Sympathie dir und Anahit. Ihr wart schon so lange ein Paar, – und ein treues Paar! – daß sie euch akzeptierten und tolerierten, obgleich sonst immer der ungetreuen Ehefrau die einzige Schuld zugesprochen wird. Aber Wardan hat sich mit seinem Jähzorn und seiner Grausamkeit so unbeliebt gemacht, daß ihn niemand bedauerte. Je mehr er wütete, weil er dich nicht finden und sich rächen konnte, desto mehr schlug die Stimmung gegen ihn um. Er wurde nicht mehr eingeladen und das ging bis zum offenen Boykott seiner Waren. Vor zwei Monaten hat er sein Haus verkauft und ist nach Trapezunt gezogen an die türkische Schwarzmeerküste.«

Alexander lädt die Freunde ein, zu bleiben so lange sie wollen und sie nehmen sein Angebot für einige Tage dankbar an.

»Wenn ihr dann eure Uhren und den Cognac an den Mann bringen wollt, so gibt es keinen besseren Platz als die deutsche Kolonie Karras bei Piatigorsk – bei der Herreise seid ihr in der Nähe vorbeigekommen, ohne das zu wissen. Es sind 160 Werst, der Weg ist im Augenblick ganz ordentlich und ich kann euch zum Schutz eine Kosaken-Eskorte mitgeben.«

Blasius ist drauf und dran sich wieder in seinen Kummer um Anahit zu vergraben und will nicht mitkommen. Er schützt seine Schüler vor.

»Ich spiele hier Lehrer in Vladikavkaz und die kleinen Kerle lernen ungeheuer emsig. Jeder, der zur Schule gehen darf, ist stolz darauf. Da kann ich doch nicht einfach wegfahren.«

»*Konjeschno*, natürlich kannst du das!« Ashot packt ihn an den Schultern und rüttelt ihn. »Ich muß dich ein bißchen schütteln, damit du nicht wieder in Trauer versinkst wie damals, als du Ljuba verloren hast! Deine Schüler freuen sich über Ferien wie alle Kinder und du machst ihnen jetzt diese Freude!«

So ziehen Blasius, Urban, Ashot und Ismail gemeinsam gen Piatigorsk, Gretel bleibt mit den Zwillingen bei Ljuba und ihren Kindern. Es ist die letzte gemeinsame Reise der Freunde und sie wird ein voller Erfolg. Es ist auch das letzte Mal, daß Blasius Schwarzwälder Uhren in Rußland verkauft.

Sein neuer Beruf als Lehrer macht ihm großen Spaß und die enge Verbindung zu Ljuba und Alexander hält ihn in Vladikavkaz, bis Fürst Barjatinski seinen Kommandanten abberuft und mit neuen Aufgaben betraut. Blasius hat inzwischen einen intelligenten jungen Tscherkessen gefunden, der die »Zwergschule« weiterführen kann und bricht seine Zelte gleichzeitig mit Ljuba und ihrer Familie ab.

Er beginnt ein unstetes Wander- und Vagabundenleben, in dem St. Petersburg nur ein fernes, vages Ziel ist. Er läßt sich treiben und möchte so viel wie möglich vom großen russischen Zarenreich sehen, unbelastet von mitgeführten Uhren, unbelastet auch von Geld – denn er hat nichts mehr außer einem Notgroschen und lebt von der Hand in den Mund.

So zieht er durch den südlichen Kaukasus nach Baku und entlang der Küste des Kaspischen Meeres über Derbent bis Mahackala.

Wer nichts hat, dem kann auch nichts genommen werden, denkt er vergnügt und es scheint, als würden die abreken spüren, daß da ein »armer Teufel« des Weges kommt: Er wird nie mehr von Räubern behelligt, obgleich es im Kaukasus davon wimmelt.

Nur einmal nimmt ihn ein Trupp der Freiheitskämpfer Schamyls fest, was ihn nicht weiter beunruhigt.

»Ich bleibe gern eine Weile bei euch – ich kann euren Kindern lesen, schreiben und rechnen beibringen. Nur Geld habe ich leider keines, ich bin so arm wie ihr selbst. Und Lösegeld bezahlt auch niemand für mich!«

Die bärtigen Gesellen schütteln die Köpfe über den seltsamen Vogel, der ihnen da ins Netz ging. Fast unheimlich ist er ihnen, weil er seine Gefangenschaft völlig gelassen hinnimmt, statt darüber zu klagen und zu lamentieren wie die meisten derer, die in ihre Hände fallen. Obendrein zeigt er Hilfsbereitschaft, aber von der hohen Kunst des Lesens und Schreibens halten sie herzlich wenig. Und warum sollten ihre Kinder etwas so Unnützes lernen?

Sie lassen Schamyl durch einen Boten von dem festgesetzten *Nemez* berichten, von dem nicht viel zu erwarten sei. Zwar würde er jede Arbeit im Lager gut und gerne verrichten, aber zu einem rechten Räuber tauge er nicht und somit sei er nutzlos. Erleichtert folgen sie dann dem Befehl Schamyls:

»Freilassen – wir können keine Gefangenen brauchen, die nichts einbringen und trotzdem essen wollen.«

So kann Blasius nach einigen Monaten unbeschadet seine Wanderschaft fortsetzen und nach Kislar weiterziehen. Wenn ihm ein Platz gefällt und er länger verweilt, bietet er seine Dienste als Lehrer an. Bleibt er kürzer, nimmt er bereitwillig jede Arbeit an, die er finden kann, meist nur für das Essen und ein Dach über dem Kopf. Er arbeitet als Holzfäller, zieht mit Fischern die Netze ein, schleppt zentnerschwere Lasten und hilft auf großen Wochenmärkten aus.

Nie legt er sich hungrig schlafen und allmählich beginnt er Gefallen an diesem ungebundenen Vagabundendasein zu finden. Selten nur bleibt er so lange wie in Astrachan, am nördlichen Ende des Kaspischen Meeres: Hier hält es ihn ein ganzes Jahr. Er ist überall gerne gesehen und wo er eine Zeit lang seßhaft wird, ist er im Handumdrehen bei Alt und Jung beliebt.

Viele neue Bekanntschaften macht er, aber neue Freunde findet er nicht und um Frauen macht er einen weiten Bogen, wie in seinen ganz jungen Jahren, bevor ihn die Resi aus St. Märgen in die Liebe einweihte. Öfter als in den vergangenen Jahren denkt er an den Schwarzwald zurück, aber diese Gedanken sind noch kein Anreiz, sich ernsthaft mit Plänen für eine Heimkehr zu beschäftigen.

*

Von Wolgograd aus hätte er auf direkte Weg nach Moskau weiterreisen können, doch er biegt gen Osten ab in Richtung Saratow und will noch einmal nach Nischnij Nowgorod. Dort betreibt die Witwe Ketanjan ihr Logierhaus noch immer am gleichen Platz und ist hell entzückt über seine Wiederkehr. Sie schließt ihn in die Arme, preßt ihn an ihren gewaltigen Busen und betrachtet ihn erst nach dieser stürmischen Begrüßung genauer:

»Immer noch der gleiche Dürrlips«, stellt sie mißbilligend fest, »niemand kocht ordentlich für dich, Söhnchen! Das werde ich gleich ändern, damit du endlich Speck auf die Rippen kriegst!«

Blasius läßt sich gerne verwöhnen und ihr macht es Spaß. Als sie herausfindet, daß er arm ist wie eine Kirchenmaus, wird nicht mehr von Geld geredet und er kann kostenlos in einer Dachkammer wohnen. Dafür hilft er ihr bei allen Arbeiten, die kräftige Männerfäuste erfordern. Am Hafen und auf dem Markt kann er ohne große Mühe ein paar Rubel dazuverdienen.

Nach einiger Zeit kommt er auf die Idee, in den Häusern der begüterten Bürger nachzufragen, ob es Uhren gibt, die gerichtet werden müssen – und aus diesen kleinen Reparaturen entwickelt sich ein einträglicher Verdienst, der seinen bescheidenen Ansprüchen durchaus genügt.

Nischnij Nowgorod ist eine schöne und lebendige Stadt, die ihm schon beim ersten Mal ausnehmend gut gefallen hat. Warum eigentlich sollte er weiterreisen und nicht hierbleiben? Er ist gerade dabei, diese Idee ernsthaft zu erwägen, als ihn Post aus St. Petersburg erreicht.

»Mein lieber Blasius,« schreibt Meister Dold, *»ich habe Deinen Brief erhalten und bin froh, daß Du nach all den Abenteuern im Süden unbeschadet wieder im ›zivilisierten Norden‹ des großen Zarenreiches gelandet bist. Zieht es Dich nicht nach St. Petersburg zurück? Mich plagt in letzter Zeit so manches Zipperlein und ich könnte einen tüchtigen Mann an meiner Seite wohl gebrauchen. Ich mache Dir ein Angebot: Du kannst als meine rechte Hand arbeiten und in zwei Jahren die Handelsgesellschaft als Leiter übernehmen. Bis dahin möchte ich mich aus dem Geschäft zurückziehen, Du kannst an meine Stelle treten, selbständig arbeiten und gutes Geld verdienen – ohne Dir die Hacken krummzulaufen. Das tun dann andere für Dich. Ich hoffe, Du entscheidest Dich bald und positiv – Dein alter Dracula.«*

So schnürt Blasius wieder einmal sein Bündel und nimmt Abschied von der fülligen Witwe Ketanjan, die untröstlich ist, ihr »Söhnchen« wieder zu verlieren, ehe sie es ordentlich rund und fett gefüttert hat.

Jetzt geht er nicht mehr zu Fuß wie in den Jahren seiner Wanderschaft, in denen er sich ohne festes Ziel durch Rußland treiben ließ und nur gelegentlich eine Fahrgelegenheit nutzte. Er hat in Nischnij Nowgorod seine Spargroschen aufgestockt, kann mit dem Postwagen bis Moskau fahren und von dort – zum ersten Mal in seinem Leben – mit der neugebauten Eisenbahn nach St. Petersburg.

Der widerborstige, gestrenge und doch so liebenswerte Dracula ist sichtbar gealtert während der langen Jahre – und er ist kränker, als er in seinem Brief zugeben mochte. Einige Monate noch kann er Blasius in seine neuen Aufgaben einweisen, dann ist seine Lebensuhr abgelaufen.

Blasius, der von Natur aus ein Wandervogel ist, sieht sich plötzlich an einen Schreibtisch gefesselt und ist mit Arbeiten betraut, die ihm nicht liegen. Die russische Obrigkeit beginnt außerdem zu dieser Zeit den Import ausländischer Erzeugnisse zu erschweren, auch Schwarzwälder Uhren sind davon betroffen.

Die Freude an der Arbeit wird von dem Verdruß überschattet und er fühlt sich in dieser großen, weltoffenen Stadt einsamer als in manch kleinem kaukasischem Dorf. Kein einziger »Freund der ersten Stunde« ist noch in St. Petersburg – sie sind in alle Himmelsrichtungen gezogen oder mit gut gefüllten Geldkatzen zurückgekehrt in die Heimat.

Wenn Urban und Gretel zurückgekehrt wären wie er – ja, dann hätte es anders ausgeschaut. Aber den Beiden gefällt es in dem milden Klima Armeniens sehr viel besser als im rauhen Norden, sie haben einen großen Freundeskreis gefunden, gute Arbeit und es gibt nichts, was sie nach St. Petersburg zurücklocken könnte.

Blasius überlegt, ob er selbst wieder in den Süden ziehen soll, aber er weiß, daß ihn alles dort an die glücklichen Jahre mit Anahit erinnern würde und kann sich nicht dazu entschließen: Die Wunde schmerzt noch immer und will nicht verheilen.

*

Als in St. Petersburg Cholera und Pest ausbrechen, wird ihm die Entscheidung abgenommen. Er schließt das Handelshaus für Schwarzwälder Uhren und empfiehlt allen Gehilfen und Knechten, in ihre Heimat zu reisen. Den Schwarzen Tod vor Augen, folgen die meisten seinem Rat und auch er packt seine wenige Habe zusammen.

Ein Fährschiff bringt ihn nach dreizehn Jahren wieder nach Stettin und von da ist es nicht mehr weit nach Süddeutschland, verglichen mit russischen Entfernungen.

Seine Rückkehr nach so ewig langer Zeit ist das Tagesgespräch im Glottertal, niemand hatte noch daran geglaubt, viele wähnten ihn verschollen oder tot. Alle drängen ihn, von seinen Erlebnissen im Reiche des Zaren zu erzählen, doch je mehr er berichtet, desto ungläubiger werden die Gesichter.

»In den Fürstenhäusern von St. Petersburg willst du Uhren verkauft haben? Bei so hohen Herrschaften wie dem Großherzog? Und in Armenien bist du wohl auch in den Palästen der feinen Leute gewesen?«

Blasius nickt ernsthaft. »Ja, bei den Fürsten Tarkanow und Barjatinski. Sie waren gute Kunden.«

»Ach – und dann redest du noch mit uns? Wie nett von dir! Sicher bist du dabei schwer reich geworden. Zeig doch mal deine Rubelchen!«

»Da irrt ihr euch. Ich habe viel Geld verdient, aber alles wieder verloren – ich bin ein paar Mal unter die Räuber gefallen.«

Seine Räubergeschichten wollen ihm die Glottertäler schon gar nicht abnehmen. Sie lachen ihn aus und denken, er wolle seinen Reichtum verheimlichen. Es ergeht ihm wie einstens Marco Polo, dem nach seiner Rückkehr aus dem fernen, sagenhaften Land China niemand in Venedig seine phantastischen Erzählungen glaubte.

An der Spitze der Spötter steht Blasius' Vater Andreas. Beim Frühschoppen im »Engel« prostet er der Männerrunde zu.

»Ich trinke auf die schönen Lügenmärchen meines Sohnes! Selten sind wir so gut unterhalten worden – er ist noch besser als einstens der Türken-Mathi«.

»Stimmt, das war auch so ein Prahlhans. Der Bläsi soll seine russischen Bären anderen Leuten aufbinden!«

Die Glottertäler sind sich wieder mal einig, nur heimlich wundern sich einige, warum ihr Bürgermeister seinen erwachsenen Sohn in aller Öffentlichkeit lächerlich macht? Doch diese Frage ist müßig: Jeder weiß, kein Bauer im Tal behandelt seine Söhne so schlecht wie der Schurhammer.

Von da an erzählt Blasius nichts mehr. Er ist verletzt, fühlt sich fremd und mißverstanden in der alten Heimat. Am meisten hatte er sich auf seinen Freund und Lehrer Anton Steurer gefreut, auf Resi und seine Tochter Franziska, die er noch nie gesehen hat. Aber Steurer ist mit seiner Familie über die nahe Grenze nach Frankreich gezogen.

Ohne Abschied wandert Blasius kurz darauf in Richtung Furtwangen, wie damals in seiner Jugend, als er nach einem heftigen Streit mit dem despotischen Vater eine Lehrstelle suchte. Ihm scheint, das war in einem ganz anderen Leben, in das er nun durch ein ungutes Schicksal zurückgezwungen wurde. Es wäre leicht gewesen, in der Werkstatt des Meisters Pfaff in Waldau Arbeit zu finden, der ihn noch aus der Zeit vor seiner Rußlandreise kannte und zu schätzen wußte. Doch er zieht es vor, als Unbekannter nach Furtwangen zu gehen und sich dort während der Arbeit über den neuesten Stand des Uhrmacherhandwerks zu informieren. Das wiederholt er ein halbes Jahr später in der berühmten Waldkircher Orchestrion- und Drehorgelfabrik Bruder.

Danach aber erkennt er, daß seine Zeit als Uhrmacher abgelaufen ist: Was ihn früher begeisterte, macht ihm jetzt keine Freude mehr. Schlimmer noch – es erinnert ihn immer wieder an Rußland und Armenien. Dennoch kann er sich nicht aufraffen, zurückzukehren, warum kann er sich selbst nicht erklären.

Als er hört, daß im Glottertal das »Busch-Stüble« frei wird, unterschreibt er kurz entschlossen den Pachtvertrag. Die Bedienung, die er für das kleine Wirtshaus braucht, findet er im »Engel« : Es ist Maria Anna, uneheliche Enkeltochter des Engelwirts Fackler. Bei jenem Frühschoppen im »Engel« warf sie ihm als einzige einen freundlichen, aufmunternden Blick zu, als sein Vater ihn dem Gespött preisgab. Das hat er nicht vergessen.

Es stört ihn auch nicht, daß sie selbst zwei ledige Kinder hat: die zehnjährige Kundigunde und den sechsjährigen Isidor.

Maria Anna ist keine Schönheit, aber eine rechtschaffene, tüchtige Frau. Sie versorgt seinen Haushalt, die Küche und die Wirtschaft so gut, daß die Gäste bald gerne ins »Busch-Stüble« kommen. Dabei ist sie anspruchslos und bescheiden und völlig überrascht, als Blasius ihr eines Tages vorschlägt zu heiraten – ein Entschluß zu dem er fast zwei Jahre braucht.

»Ich will ehrlich mit dir sein«, sagt er, »ich liebe dich nicht, aber ich kann mir vorstellen, mit dir zu leben. Wir halten's ja schon eine gute Weile unter einem Dach aus, ohne daß die Fetzen fliegen.«

Ihr genügt das. Ihre Illusionen über Männer hat sie längst verloren als die Väter ihrer beiden Kinder sie sitzenließen. Und daß der weitgereiste Blasius – ein höflicher, gebildeter und gutaussehender Mann –, daß ausgerechnet er sie ehrbar machen und zur Frau nehmen will, das ist ein unverhofftes Glück, für das sie ihm zeitlebens dankbar bleibt.

Er adoptiert ihre zwei Kinder und sie schenkt ihm drei eigene: Ludwiga, Urban und Rosa. Für Blasius ist es eine reine Vernunftehe. Obwohl er mit beiden Beinen fest auf dem Boden der Wirklichkeit steht, lebt er in seinen Gedanken mehr in Rußland, mehr in der Vergangenheit als in der Gegenwart.

Mit seinem Bruder Joseph trifft er sich nur selten. Die langen Jahre im Reich des Zaren haben die Beiden entfremdet, Joseph hat nie auf seine spärlichen Lebenszeichen geantwortet und jetzt wissen sie einander nichts mehr zu sagen. Im ersten Jahr nach seiner Heimkehr wendet Blasius dem Glottertal enttäuscht den Rücken zu. Und als er schließlich das »Busch-Stüble« pachtet, beginnt Joseph mit der Arbeit in Rheinfelden – bis zu seiner Auswanderung nach Amerika.

Resi und seine Tochter Franziska sieht er nie wieder – die Prophezeiung der Zigeunerin bewahrheitet sich.

Seinem Freund Anton Steurer aber begegnet er noch einmal, ehe dieser mit seiner kleinen Familie nach Südfrankreich zieht. Die beiden Männer reden eine ganze Nacht miteinander, der Glottertäler Weißherbst löst die Zungen und Anton Steuerer lauscht staunend Bläsis Erzählungen.

»*Mon dieux*«, sagt er, »ich begreife nicht, warum du aus einem so weiten interessanten Land zurückgekehrt bist in dieses kleine enge Tal. Nach allem was du erlebt hast! Du hattest doch nicht etwa Heimweh?«

Blasius lacht. »*Nitschewo njet*, nein, so gut wie nie, nur am Anfang in St. Petersburg. Aber heute plagt mich das Fernweh – und ich glaube das ist unheilbar!«

»Und warum hast du dann hier einen Hausstand gegründet wie ein braver Bürger, der du doch gar nicht bist? Das Land deiner Träume stand dir doch offen, auch nach deiner Rückkehr.«

»Das ist eine schwere Frage, ich weiß es selbst nicht genau, da kommt einiges zusammen. Manchmal fühle ich mich wie ein Vogel, dessen Schwingen gebrochen sind, der fliegen möchte und es nicht mehr kann. Ich habe das Gefühl, als hätte ich in diesen dreizehn Jahren mein ganzes Leben gelebt – und welch ein Leben, mit welchen Höhen und Tiefen!«

»Du meinst, danach kann nichts Besseres kommen?«

»Genau. Aber es wäre ungerecht, mit dem Schicksal zu hadern – ich habe mehr Abenteuer überstanden und mehr Glück erfahren als die meisten Menschen. Dafür muß ich dankbar sein, nicht klagen und den Rest eben hinnehmen.«

Blasius ist Mitte dreißig, als er sich zu dieser Haltung durchringt. Er weiß nicht, daß als »Rest« noch ein halbes Jahrhundert im Glottertal vor ihm liegt – auch diese Voraussage der Zigeunerin erfüllt sich. Doch damals schon wußte er, daß sein Fernweh unstillbar war und seine Träume ihn immer wieder nach Rußland zurückführten, das Land in dem er die beste Zeit seines Lebens verbracht hatte.

Die Sehnsucht nach diesen Jahren begleitet ihn bis an das Ende seiner Tage.

Joseph

Indianerland am Mississippi

1855–1863

1

Der Glottertäler Dorfbüttel hat viel zu tun im Sommer 1855. Nicht nur Geburten, Hochzeiten und Todesfälle ruft er mit lauter Stimme aus. Während er tief Atem holt, um die nächste Neuigkeit zu verkünden, schwingt er seine Handglocke damit alle aufmerksam werden.

»Hergehört Leute«, schreit er, »spitzt eure Ohren! Wer nicht aufpaßt, erfährt auch nichts! Zum Auswandern nach Amerika haben folgende Personen gnädigst die Erlaubnis unseres durchlauchtigsten Fürsten und Herrn, des Großherzogs von Baden erhalten: die ledige Magd Anna Hilzinger mit ihrem Kleinkind Hans und ihrem Buhlen Friedrich Kunz, Taglöhner aus Oberglottertal; das Ehepaar Wehrle aus Ohrensbach, beide notorisch arm und ohne Grundbesitz. Den Genannten gewähren die Gemeinden einen Reisezuschuß von je 110 Gulden für die Erwachsenen und 42 Gulden für das Kind.

Ferner haben folgende Personen Genehmigung erhalten, sich zu entfernen: Andreas Schurhammer, Altbürgermeister und Rinzbergbur im Libding aus Unterglottertal, sein Sohn Joseph, dessen Ehefrau Magdalena, geb. Tritschler, und das gemeinsame Kind Georg. Wer gegen die Letztgenannten berechtigte Forderungen hat, möge diese binnen einer Woche vorbringen.«

Der Büttel schwingt noch einmal seine Glocke und geht zufrieden nach Hause, um seine strapazierte Stimme mit einem »Viertele« Weißherbst zu ölen.

Auf dem Mattenhof packt Madlen ihre Habseligkeiten in zwei Holzkisten und tröstet ihre kleineren Geschwister, die die Reisevorbereitungen mit großen Augen und noch größerem Wehklagen verfolgen.

»Da gibt's doch nichts zu weinen,« sagt sie fröhlich, »hier ist nicht genug Platz für uns alle. Deshalb fahren wir mit einem Dampfer über das weite Meer, suchen uns eine neue Heimat und wenn wir die gefunden haben, könnt ihr uns besuchen und auch dableiben, wenn es euch gefällt.«

Diese Vorstellung ist ein guter Trost, bei dem die Tränen schnell versiegen, besonders dann, wenn Madlen sie noch ausschmückt.

»In Amerika gibt es riesig viel Platz und genügend guten fruchtbaren Boden für alle, die ihn bebauen wollen. Es gibt auch gewaltige Herden von wilden Rindern mit Zottelfell, die Bisons heißen, die jeder schießen kann – und dann kommt jeden Tag Fleisch auf den Tisch! Früher gab es wilde Indianer, aber die sind jetzt zahm und verkaufen den Siedlern Wildbret, schöne Felle und Pferde«

»Kann ich dann reiten?« kräht der kleine Lorenz, ihr Lieblingsbruder.

Madlen nickt und setzt sich auf die Holzkiste, damit der Deckel zugeht. Die Kinder vergessen ihren Kummer schnell und laufen wieder auf den Hof zum Spielen. Drei Tage noch, denkt sie, dann fährt die Eisenbahn nach Le Havre und es heißt Abschiednehmen. Sie ist nicht so unbeschwert wie sie es wegen der kleinen Geschwister vorgibt und überlegt oft, ob die Entscheidung richtig ist, die Heimat zu verlassen, das Glottertal, den Schwarzwald, ihre Freunde und ihre Familie. Aber sobald diese nagenden Zweifel sich anmelden, schiebt sie sie energisch zur Seite und denkt an das weite ferne Land und die bessere Zukunft, die dort auf sie wartet. Sie denkt an die Freude, die es machen wird, gemeinsam mit Sepp ein neues Leben aufzubauen.

Seit fast drei Jahren ist sie nun schon seine Frau und noch immer schlägt ihr Herz schneller, wenn er in ihrer Nähe ist. Noch immer kann sie ihr Glück nicht fassen, daß er ausgerechnet sie, des Mattenburen Madle, ausgewählt hat. Es gab so viel schönere Maidli im Glottertal, die obendrein noch eine gute Mitgift hätten – und sie kennt keine einzige, die dem großen, schwarzhaarigen Rindsbergsepp nicht mit Vergnügen vor den Traualtar gefolgt wäre. Und dieser Prachtkerl nimmt mich!

Gerade ist die Kiste geschlossen, als sie im Erdgeschoß feste Schritte hört: Sepp ist aus Rheinfelden zurück, heute war sein letzter Arbeitstag.

»Ich komme, ich fliege, ich bin schon da!«

Leichtfüßig eilt sie die Treppe hinunter und springt aus halber Höhe in seine Arme, statt die letzten Stufen zu gehen. Er umarmt sie stürmisch, küßt sie und dreht sich mit ihr um sich selbst.

»Wir sind das einzige Paar weit und breit, das so lange Flitterwochen hat!«

Er lacht, seine weißen Raubtierzähne blitzen und er trägt sie ins Schlafzimmer, ohne auf ihren Protest zu achten. »Laß mich los, du Wildling«, sagt sie, »es ist noch heller Tag und ich habe einen Berg Arbeit!«

»Die läuft ja nicht weg – aber ich könnte weglaufen! Ich habe dich eine ganze lange Woche nicht gesehen und geliebt und bin hungrig wie ein Wolf!«

»Soll ich dir ein Butterbrot machen?« fragt Madlen, versucht ernst zu sein und versucht vergeblich sich aus seiner Umarmung zu befreien.

»Ein Strichi, ha! Du weißt genau, worauf ich Hunger habe! Ich will nicht warten bis heute abend. Du bist jedesmal hübscher, wenn ich heimkomme, wie machst du das nur?«

»Ich mache gar nichts – du machst das!«

Er verschließt ihren Mund mit ungestümen Küssen, zuvor aber die Tür mit dem hölzernen Riegel.

*

Andreas Schurhammer, »Rinzbergbur im Libding«, packt seinen Koffer nicht selbst – er läßt packen. Seine Frau Barbara hat sich in ihrer Ehe daran gewöhnt, ihrem jähzornigen und querköpfigen Mann keine Widerworte zu geben, um ihn nicht unnötig zu reizen. Sie findet es unsinnig, daß er seinen jüngsten Sohn Joseph zuerst enterbt – und ihn dann begleiten will, wenn dieser aus Trotz und Enttäuschung auswandert. Aber sie hütet sich, das laut zu sagen. Sie legt die Kleidungsstücke zusammen und seufzt abgrundtief.

Den Bläsi hat er nach Rußland vertrieben und den Sepp treibt er nach Amerika. Drei so hartgesottene Schwarzwälder Dickschädel in einer Familie – das kann ja nicht gutgehen. Und daß Rosa in ihrer Ehe mit dem Hochstapler Johannes Hoch kreuzunglücklich ist, sieht jeder. Es ist eine Schande, daß ein solcher Halunke jetzt als Rinzbergbur auf dem schönen Hof das Sagen hat, ihn herunterwirtschaftet und sich ein bequemes Leben macht. Sie weiß, daß Joseph den Hof verflucht hat, als er erfuhr, wer ihm sein rechtmäßiges Erbe streitig machte. Und wahrhaftig – es scheint, als liege seither kein Segen mehr auf dem alten Familienbesitz, der durch die Fehlentscheidung ihres Mannes in fremde Hände überging.

Sie weiß auch, daß Andreas diese Entscheidung zutiefst bereut, sich aber eher die Zunge abbeißen würde, als das zuzugeben. Und klammheimlich freut es sie in all diesem Kummer, daß ihr halsstarriger Mann in diesem Fall eine empfindliche Schlappe einstecken mußte: Zum ersten und einzigen Mal in seinem Leben ist er übertölpelt und auf's Kreuz gelegt worden! Er, den die Glottertäler zweimal zu ihrem Bürgermeister gewählt haben, er, der mit Friedrich Heckers Freischaren zog und 1848 in Kandern an seiner Seite kämpfte.

Eine ungeduldige Stimme reißt sie aus ihren Gedanken.

»Zum Teufel, Frau, wie lange brauchst du noch, um die paar Gewänder in den Koffer zu packen? Richte ein ordentliches Vesper her und hole einen Krug Wein, ich erwarte Besuch.«

Seine herrische Art hat Andreas auch als Austrags-Bauer beibehalten. Er ist Befehlen gewohnt und auch daran, daß seine Anordnungen unverzüglich ausgeführt werden.

Viele Freunde hat er sich damit nicht gemacht, aber der Lehrer Anton Steurer stört sich nicht daran. Er ist ein selbstbewußter Mann, der ein offenes Wort nicht scheut, er ist der Einzige, von dem Andreas sich etwas sagen läßt – und manchmal sogar annimmt. Er war der Einzige, der bei den ständigen Konflikten zwischen dem Vater und den Söhnen gelegentlich vermitteln konnte. Er kommt zusammen mit seiner jungen Frau Resi und der kleinen Franziska, die mit ihrem Blondschopf und den haselnußbraunen Augen ein bildhübsches Kind ist.

Andreas betrachtet seine Gäste mit sichtlichem Wohlgefallen.

»Wenn man euch Drei so sieht, könnte man Lust kriegen, noch einmal von vorne anzufangen!«

»Werd' nur nicht übermütig auf deine alten Tage«, foppt ihn Anton, »eine so hübsche junge Frau wie meine Resi würde einen widerborstigen Querkopf wie dich bestimmt nicht nehmen. Für sie kommt nur ein Mann von Welt in Frage, ein Musikus und hochgelehrter Schulmeister wie ich, bestens erhalten und durch keine frühere Ehe abgenutzt!«

Er wirft sich in Positur, zwirbelt seinen Schnurrbart und legt besitzergreifend einen Arm um ihre Schulter. Resi lacht hellauf, schmiegt sich an ihn und antwortet prompt, indem sie gleichzeitig Andreas einen verschmitzten Blick zuwirft:

»Der Rinzbergbur ist ein gestandenes Mannsbild und war ein Freischärler wie du, Anton. Jetzt macht er sich auch noch auf die Socken und entdeckt die Neue Welt! Soviel Abenteuerlust gefällt mir! Also – wenn es dich nicht gäbe, wenn ich noch frei wäre und er auch – dann könnte ich mir das ernsthaft überlegen!«

»Da hörst Du's! Ich habe immer noch Chancen!«

Andreas ist geschmeichelt, zeigt sich von seiner besten Seite und bringt sogar ein knappes »Danke« über die Lippen, als seine Frau Barbara das Vesper und den Wein auf den Tisch stellt.

»Du eitler Gockel«, spottet Anton Steurer gutmütig, » leider hast du die feine Nuance nicht herausgehört: Du *hast* keine Chance, Du *hättest* vielleicht eine – wenn ich nicht wäre! Aber kommen wir zur Abenteuerlust. Dein Beispiel wirkt anregend und wir überlegen uns, ob wir ihm nicht folgen sollten – vielleicht ein Jahr nach euch, wenn ihr Fuß gefaßt habt und berichten könnt, wie es euch gefällt.«

Diese kühne Idee findet großen Anklang bei Andreas und aus dem kurzen Abschiedsbesuch wird ein langer Abend.

Die kleine Franziska schläft längst auf dem Sofa, zusammengerollt wie ein Kätzchen.

Als ihre Mutter sie nach Mitternacht vorsichtig auf den Arm nimmt und hinausträgt, überlegt Andreas: Wem sieht dieses Kind nur so ähnlich? Er kommt nicht darauf. Erst als er später im Bett liegt, fällt es ihm plötzlich ein: Die kleine Franziska schaut aus wie Bläsi als Kind. Die Natur erlaubt sich manchmal seltsame Scherze, denkt er.

Er hat Meister Herder, Resis ersten Ehemann und Bläsis Lehrherrn, nie kennengelernt – und das ist gut so. Und Anton Steurer hütet das Geheimnis sorgsam und würde auch seinem besten Freund Andreas kein Sterbenswörtchen davon verraten, daß Blasius tatsächlich Franziskas Vater ist.

*

Die Eisenbahn fährt in Emmendingen ab und die Wagen sind bis auf den letzten Platz besetzt. Männer, Frauen und Kinder drängen sich auf den Holzbänken eng nebeneinander, Kisten und Kästen stehen im Gang, die Koffer werden im Gepäcknetz verstaut. Die Stimmung der Auswanderer ist eher gedrückt als hoffnungsfroh. Alle sind sich klar darüber, daß eine lange, unbequeme und höchst strapaziöse Reise vor ihnen liegt und eine ungewisse Zukunft auf sie wartet.

Dazu kommt der Abschiedsschmerz, der sich bei den »notorisch Armen« in Grenzen hält, denn sie haben nichts zu verlieren und können nur gewinnen.

Madlen ist die Kleinste und Zierlichste unter den Frauen und ausgerechnet sie strahlt am meisten Optimismus aus. Unverdrossen und mit sanfter Beharrlichkeit, versucht sie »ihre« drei Männer aufzuheitern: den kleinen, widerspenstigen Georg, der jammernd auf ihrem Schoß eingeschlafen ist, ihren großen, wilden, ungestümen Sepp und ihren eigensinnigen Schwiegervater Andreas, der schon während der ersten Stunden Mitreisende in Streitgespräche verwickelt, sofern es ihm wert erscheint, sich mit ihnen anzulegen.

Sepp hockt mit finsterer Miene neben ihr und redet kein Wort, während sein Vater mit einem Pfaffenweiler Bauern in ein hitziges Wortgefecht über Friedrich Hecker gerät.

»Wir haben in Kandern und Freiburg verloren – aber wir sind trotzdem keine Verlierer! Die Menschen sind wachgerüttelt worden durch die Badische Revolution und die Zukunft wird zeigen, daß sich die Opfer gelohnt haben!«

»Hört nur auf mit den alten Geschichten«, sagt ein Dritter, »das liegt nun schon sieben Jahre zurück. Wir haben jetzt andere Sorgen. Die Überfahrt soll schrecklich sein, wer weiß, ob wir überhaupt lebendig an unserem Zielort ankommen. Erst letzten Monat ist wieder einer der Dampfer im Sturm gesunken, mit Mann und Maus untergegangen.«

»Wer wird denn den Teufel an die Wand malen!«

Madlens Stimme ist hell und ruhig und die Männer wenden erstaunt die Köpfe, um zu sehen, welches »Weiberleut« es wagt, sich in ihr Gespräch einzumischen.

»Statt nachzugrübeln, wie schrecklich alles sein könnte, gibt's ja auch Vorstellungen in die andere Richtung: Wie schön es sein wird, in einem freien Land für uns selbst und die Zukunft unserer Kinder zu arbeiten! Sicher ist die Überfahrt kein Zuckerschlecken. Aber Columbus hat das vor gut vierhundert Jahren auch gepackt! Und damals waren die Schiffe noch nicht so modern wie heute! Wer kennt denn das Lied vom Columbus?«

Und Madlen schafft es tatsächlich, daß sich wenig später die trübe und gereizte Stimmung auflöst wie Nebel in der Sonne und die Auswanderer von Columbus singen, der ein braver Mann war und so mache Tat getan hat. Sie kennt alle Strophen – und den Refrain »widewidewittbumbum« brummt sogar Andreas mit.

Eine knappe Woche brauchen sie mit der Eisenbahn, mit Fuhrleuten und der Postkutsche bis sie Le Havre erreichen.

Der Dreimaster »Clarence« der *Companie Generale Transatlantique* liegt fest vertäut im Hafen, ist frisch gestrichen und sieht vertrauenswürdig aus. Doch dieses Bild ändert sich schnell beim Betreten des Schiffes. Die Planken sind schmutzig, sogar am Tag huschen die Kakerlaken von einer Ecke in die andere.

Madlen kraust die Nase und zieht prüfend die Luft ein: Es riecht nach Moder, ranzigem Öl und angebranntem Essen. Während die Männer die Kisten an Bord wuchten, sieht sie sich um und ist erschrocken, wie viele Menschen sich jetzt schon auf Deck drängen und nun für Wochen in dem stickigen Rumpf des Schiffes zusammengepfercht werden sollen. Die »notorisch Armen« schleppen ihre Strohsäcke an Bord, damit sie im billigen Zwischendeck nahe dem Motorraum nicht auf blankem Holz schlafen müssen.

Da haben's die Schurhammers besser. Zwar würde Andreas nie seine Fehlentscheidung mit dem Rindsberghof zugeben, aber der tiefere Grund für seine Reise nach Amerika ist eine Wiedergutmachung des Unrechts an seinem jüngsten Sohn.

Das weiß er in seinem Innern genau, gesteht es sich aber nicht einmal selbst ein und erst ein Wort des Bedauerns – das käme nie über seine Lippen.

Ein Schwarzwälder Dickschädel wie er redet in einer solchen Situation nicht lange, er handelt. So hat er heimlich den Aufschlag für einen besseren Platz von Madlen und Sepp im Oberdeck bezahlt. Er erwähnt das nebenbei während der Fahrt nach Le Havre und sein Sohn nimmt es wortlos zur Kenntnis, wofür er sogar Verständnis aufbringt. Madlen aber umarmt ihn liebevoll und sagt: »Wir danken dir, Vater, das ist sehr großzügig.«

Bei dieser Herzlichkeit überkommt ihn – zu seinem großen Ärger – wieder etwas wie Rührung, ein Gefühl, das er zum ersten Mal spürte, als sie ihm den kleinen Georg in die Arme gab.

Was bin ich doch für ein starrköpfiger Narr, denkt er unwillkürlich. Und ein sentimentaler Narr dazu! Ich habe eine Tochter wie Rosa – und habe mir immer eine wie Madlen gewünscht. Dann bringt mein Sohn genau die Richtige als Schwiegertochter – und ich lehne sie ab, weil sie ein Maidli des Mattenburen ist und keine Mitgift hat. Dabei ist eine wie sie nicht mit Gold aufzuwiegen! Aber das habe ich zu spät erkannt und unseren Hof in fremde und dazu schlechte Hände gegeben.

Er streicht Madlen mit seinen großen Pranken über die Schultern – eine Geste der Zärtlichkeit, die ihm fremd ist – sagt nichts und denkt: *Schurhammer, der Teufel soll dich holen, wenn du in Amerika nicht wieder ausbügelst, was du im Glottertal verbockt hast!*

*

Sepp hat in seinem Reisegepäck ein kleines Buch, das ihm Anton Steurer gegeben hat, als er von seinen Plänen erzählte.

»Wenn du wahrmachst, was du vorhast«, hat er zu ihm gesagt, »dann mußt du das lesen. Es ist der Bericht eines Kollegen, der ihn vor fast hundert Jahren geschrieben hat: Reise des schwäbischen Schulmeisters Gottlieb Mittelberger nach Amerika«.

Wäre er nicht der Rindsbergsepp gewesen und hätten nicht Wut und Enttäuschung samt Abenteuerlust überwogen – diese Lektüre hätte ihm den Schneid abgekauft.

Er verbirgt sie sorgfältig vor Madlen, die mit so viel heiterem Mut und Optimismus bereit ist, mit ihm »bis ans Ende der Welt zu segeln«. Hätte sie gelesen, was Mittelberger aufzeichnete – ihre Entscheidung wäre wohl anders ausgefallen. Die eigene Angst hätte sie ihm zuliebe gewiß überwunden, aber die Angst um den kleinen Georg nicht.

»*Kinder von 1–7 Jahren überstehen die Seereise selten,*« steht bei Gottlieb Mittelberger, »*und müssen die Eltern ihre Kinder manchmal durch Mangel, Hunger, Durst und dergleichen Zufälle elendiglich schmachten, sterben und ins Wasser geworfen sehen. Ich habe solchen jämmerlichen und sehr betrüblichen Zustand, leider an 32 Kindern aus unserem Schiff erlebet, die man ins Meer versenkt hat. Die Eltern bekümmern sich umso mehr, weil ihre Kinder kein Ruhe-Bettlein in der Erde bekommen, sondern im Meer von Raubfischen verzehret werden.*«

Nun hat sich im Lauf von fast hundert Jahren einiges geändert, aber nicht allzuviel bei der christlichen Seefahrt, und das erleben sie schon bald am eigenen Leib. Die Unterkunft an Bord ist mehr als bescheiden, dabei haben sie es noch sehr viel besser, als die armen Teufel, die unter ihnen im Zwischendeck zusammengepfercht sind wie die Heringe, nahe den heißen, stampfenden Maschinen, ohne Licht und frische Luft.

»Während der Seefahrt entstehet auf den Schiffen ein jammervolles Elend, Gestank, Grauen, Erbrechen, Fieber, Ruhr, Kopfschmerz, Hitzen, Geschwulste und dergleichen, welches alles von alten und sehr scharf gesalzenen Speisen und Fleisch, auch von dem sehr schlimmen und wüsten Wasser herrühret, wodurch viele elendiglich verderben und sterben.«

Gottlieb Mittelberger schildert seine Erlebnisse sehr realistisch und was die Schurhammers 1855 während ihrer Überfahrt erleben, ist nur um Weniges besser.

Das Essen an Bord ist kaum genießbar und vollkommen unzureichend, der Schiffszwieback durch feuchte Lagerung verdorben, gespickt mit Würmern und Spinnennestern, nur der ärgste Hunger läßt den Ekel davor vergessen. Und erst das faulige Wasser! Selbst mit dem größten Durst ist es kaum trinkbar! Was hätte Andreas gegeben für einen Krug kühlen, frischen Wassers – von einem Schluck Wein und einem guten Stück Bauernbrot ganz zu schweigen!

Als in der dritten Woche auch noch ein Sturm ausbricht, der tagelang wütet, sind Hunger und Durst vergessen, jeder denkt nur noch ans Überleben und fürchtet, das Schiff werde samt allen Menschen an Bord zugrunde gehen in den haushohen Wellenbergen, zwischen denen es immer wieder versinkt und hochgeschleudert wird, um erneut in die Tiefe zu stürzen.

Sepp erinnert sich genau an die Worte Mittelbergers: *»In solcher Not betet und schreiet das Volk erbärmlich zusammen.«*

So ist es heute noch, der Jammer und das Elend an Bord sind nicht geringer geworden und Sepp schwört sich, nie mehr seinen Fuß auf eine Schiffsplanke zu setzen, wenn er dieses Inferno überlebt.

Madlen erträgt das Elend an Bord klaglos und versucht unermüdlich, diejenigen zu trösten, denen es noch schlechter geht. Ihre größte Sorge ist, daß der kleine Georg gesund bleibt und nicht über Bord fällt. Sobald Sepp oder Andreas auf ihn Obacht geben, verschwindet sie im Zwischendeck, um nach den Kranken zu sehen. Sie hat kein Verbandzeug und keine Medikamente und hilft trotzdem. Sie redet mit den verzweifelten Menschen, hört ihnen zu. Als einer fragt: »Bist du eine Heilerin oder eine Hexe?«, da antwortet sie schlicht: »Keines von beiden. Ich weiß nur, daß manchmal die bloße Hand die beste Medizin ist.«

2

Die Überfahrt fordert zahlreiche Opfer, vor allem unter den jüngsten und den älteren Passagieren. Viele erliegen Krankheiten, andere brechen sich die Knochen oder werden von Brechern über Bord gespült.

Und wo immer Menschen auf so engem Raum zusammengepfercht sind, gibt es Streit. In all dem Elend machen sich selbst Freunde und Familienangehörige die bittersten Vorwürfe und geben sich gegenseitig Schuld an der Reise, die diese Not und Verzweiflung mit sich bringt. Zuletzt ist jeder nur noch auf seinen eigenen Vorteil bedacht, Betrug, Diebstahl und Gewalt der Stärksten nehmen überhand und der Kapitän läßt ein gutes Dutzend Männer in Ketten legen. Aber dieses Mal ist der Sepp nicht unter den Streithähnen, obwohl er für sein Leben gerne rauft.

Die Schurhammers stehen gemeinsam an Deck, als die »Clarence« endlich nach sieben Wochen Fahrt auf offener See und nach zwei orkanartigen Stürmen schwer angeschlagen den Hafen von New Orleans erreicht. Auch die Kranken und Verletzten kriechen aus dem Rumpf des Schiffes nach oben ans Licht, weinen, beten, danken und preisen Gott für ihre Rettung.

Es ist ein herzbewegender Augenblick. Madlen preßt den kleinen Georg an sich, den sie auf den Armen hält und der die Reise völlig unbeschadet überstanden hat. Tränen laufen ihr über die Wangen, als Sepp neben ihr sagt: »Jetzt haben wir's geschafft, jetzt sind wir im Land, in dem Milch und Honig fließen!«

»Glaub nur das nicht, Sohn – jetzt geht's erst richtig los! Das ist kein Schlaraffenland, in dem dir die gebratenen Tauben in den Mund fliegen. Hier heißt es ›lazy fellow work or die‹, das habe ich schon an Bord gelernt: ›Faulpelz, arbeite oder stirb‹!«

Sepp fährt auf und funkelt seinen Vater zornig an.

»Du schimpfst mich einen Faulpelz, wie kommst du dazu?«

Madlen legt begütigend die Hand auf seinen Arm, doch Andreas läßt sich nicht beirren. »Ich habe nicht behauptet, daß *du* ein fauler Strick bist, ich habe nur ein geflügeltes Wort deiner neuen Heimat zitiert. Und ich weiß aus der Vergangenheit, daß du der Meinung warst, es sei genug Arbeit, am Wochenende das Tanzbein zu schwingen und die Burschen aus dem oberen Glottertal tüchtig durchzuprügeln. So geht das hier nicht.«

»Danke für die Belehrung, Herr Schulmeister«, sagt Sepp beleidigt, »aber so gescheit bin ich inzwischen auch.«

»Müßt ihr euch gleich wieder in den Haaren liegen, kaum daß wir hier an Land sind?« fragt Madlen. »Freut euch doch lieber, daß wir alle gesund und gerettet sind! Ihr solltet wahrhaftig dem lieben Gott danken, statt zu streiten!«

Der Papierkrieg, der den Einwanderern aus Europa bevorsteht, ist in New Orleans sehr viel einfacher als in New York – das hat sich mittlerweile bis in die »alte Welt« herumgesprochen. Noch immer ist es eine zeitraubende Prozedur, die viel Geduld erfordert, doch für Neuankömmlinge, die gesund und kräftig sind, die Nachwuchs vorzeigen können, ihre Passage bezahlt haben und obendrein noch Bargeld mitbringen, steht die Tür ins »Land der unbegrenzten Möglichkeiten« weit offen.

Am Kai wartet mitten in dem Getümmel aus Händlern, Agenten, Gestrandeten, braven Bürgern und raffinierten Schwindlern ein kleiner Bub in viel zu großen Kleidern und hält eine Tafel in die Luft, die mit ungelenken Kreidebuchstaben bekritzelt ist.

»Billige Unterkunft in Witwe Mosers *boarding house*«, kräht er lauthals auf deutsch, »freie Fahrt im Ponywagen für Gäste samt Gepäck!«

Er geht fast unter in der Menschenmenge und seine Stimme dringt kaum durch zwischen dem lauten Rufen, Geschrei und Befehlen. Aber Madlen erspäht ihn, gibt ihm einen Wink und er windet sich geschickt zwischen den Wartenden durch.

Er ist etwa zehn Jahre alt, hat ein pfiffiges Gesicht voller Sommersprossen, helle Augen und eine Schiebermütze schräg auf dem Kopf.

»Du bist auch Deutscher?« will sie wissen. »Wie heißt du denn? Und was soll die Unterkunft kosten?«

»Das sind gleich drei Fragen auf einmal, Madam«, sagt er und zieht höflich die Mütze vor ihr. »Erstens: Ich war Deutscher, jetzt bin ich freier Amerikaner. Zweitens: Ich heiße eigentlich Karl, jetzt aber Charley. Und drittens: Eine Übernachtung in sauberen Betten kostet mit Frühstück nur zwei Dollar, Kinder schlafen umsonst bei uns. Das ist konkurrenzlos, billig und gut! Greifen Sie schnell zu, sonst tut's ein anderer!«

Madlen schnappt nach Luft. Das ist also die neue Welt, denkt sie und überlegt im gleichen Atemzug, wie sich ein Glottertäler Bauernbub bei dieser Aufgabe wohl verhalten würde!

So verbringen sie die erste Nacht bei der Witwe Moser, einer blassen jungen Frau, deren harter Lebensweg in ihren Zügen eingeprägt ist: Sie hat ihren Mann und zwei Kinder bei der Überfahrt verloren, alle drei fielen der Cholera an Bord zum Opfer. Nur Charley blieb ihr, für ihn hat sie ihre letzte Kraft zusammengenommen und das kleine Haus gemietet, in dem sie jetzt Gäste beherbergt. Die Kunden findet der tüchtige kleine Kerl am Hafen bei den neu einlaufenden Schiffen aus Europa und das Geschäft florierte von Anfang an – seit sie den Ponywagen haben, noch mehr als zuvor.

Erna Moser lebt seit zwei Jahren in New Orleans und es ist ein glücklicher Zufall, daß die Schurhammers sie treffen – eine bessere Quelle für Auskünfte hätten sie sich nicht wünschen können. Sie hört aufmerksam zu, welche Vorstellungen sie für ihr Leben in der neuen Heimat haben und rät ihnen dann, so rasch wie möglich flußaufwärts zu fahren.

»Am oberen Mississippi gibt es noch reichlich gutes Land. Aber allmählich wird es knapp. In den letzten Jahren sind mehr als hunderttausend Deutsche über New Orleans eingewandert und mindestens ebensoviele Iren – von den anderen Nationalitäten ganz zu schweigen. Nahe den großen Städten ist fruchtbares Land schon unerschwinglich teuer geworden, aber nördlich von Dubuque sind die Preise noch real. Dort könnt ihr euer Glück machen. *The early bird catches the worm!*«

»Was heißt das?« fragt Madlen.

»Der frühe Vogel fängt den Wurm! Oder: Wer zuerst kommt, mahlt zuerst! Könnt ihr denn gar kein Englisch?«

Madlen schüttelt den Kopf und Charley macht ein bedenkliches Gesicht über so viel Unwissen.

»Das ist sehr schlecht«, stellt er fest, »das müßt ihr ganz schnell lernen! Soll ich euch Unterricht geben? Fünf cents die Stunde – oder eine Pauschale!«

Andreas schmunzelt, der Bub gefällt ihm.

»Aus dem wird mal ein tüchtiger Geschäftsmann! Aber im Ernst: Die Idee ist gut. Kann uns der junge Mann nicht ein Stück als Englischlehrer begleiten? Ich bezahle ihm einen halben Dollar pro Tag, außerdem Kost und Logis samt freier Fahrt nach Dubuque und zurück.«

Das ist ein fürstliches Angebot für Charley, der vor Freude darüber einen Luftsprung macht. »Bittebitte, Mama«, bettelt er, »bitte laß mich mitgehen! Ich wollte schon immer mit dem Raddampfer auf dem Mississippi fahren! Und soviel Geld habe ich noch nie verdient!«

Erna Moser betrachtet ihren Sprößling mit Rührung und Stolz gleichzeitig. Dann schüttelt sie den Kopf. »Das geht nicht, Karlchen. Erstens bist du zu klein dafür und zweitens brauche ich dich hier, damit du mir Kundschaft bringst – das weißt du doch selbst!«

Aber Charley läßt sich nicht so schnell entmutigen. »Ich bin schon fast elf, Mama, ich kann alleine unseren Ponywagen durch die Stadt kutschieren und mich alleine im Hafen zurechtfinden. Dann kann ich auch alleine den Mississippi runterfahren! Läßt du mich mit, wenn ich Gäste finde, die so lange bleiben wie ich weg bin?«

Bei so viel Hartnäckigkeit gibt sich Erna geschlagen und es gelingt ihrem Karlchen tatsächlich während der drei Tage, die die Schurhammers in New Orleans bleiben, einen Musiker zu finden, der eine Bleibe sucht und sich vorläufig in Mosers *boarding house* einquartiert, nachdem er eine günstige Pauschale ausgehandelt hat.

Andreas engagiert Charley auch während dieser drei Tag als Dolmetscher und stellt Erkundigungen an nach Preisen für Ackerland und landwirtschaftliche Produkte, nach Gewinnspannen für die Farmer, nach Preisen für Zugochsen, Milchkühe, Schweine und Hühner.

Erna bietet sich an, den kleinen Georg zu hüten und so haben

Madlen und Sepp zum erste Mal in ihrem Leben drei Tage ohne Pflichten, ganz für sich allein.

Glücklich wie Kinder in den Ferien genießen sie diese kostbare Zeit, die der einzige Urlaub ihres Lebens bleiben soll.

»Das ist unsere späte Hochzeitsreise!« sagt Madlen, als sie weit außerhalb der Stadt in der Dämmerung am Ufer des großen Stromes sitzen. »Nie hätte ich mir träumen, lassen, daß der Rinzbergsepp, dem alle Maidli im Glottertal schöne Augen machten, mich zur Frau nimmt und an den Mississippi entführt! Ein Mann wie du, hinter dem sogar die französischen Damen aus dem Elsaß her waren! Ja, natürlich weiß ich das, ich weiß auch, daß du sie erhört hast – und es stört mich überhaupt nicht, im Gegenteil! Das hab' ich dir schon damals gesagt. Denn zuletzt hast du ja mich erwählt und ich bin so stolz darauf, daß ich dir's gar nicht sagen kann! Jetzt sind wir schon so lange verheiratet und ich liebe dich noch mehr als am ersten Tag!«

Sepp ist geschmeichelt von dieser Liebeserklärung – welcher Mann wäre das nicht! Und Madlen springt dabei über ihren eigenen Schatten, vergißt ihre traditionelle, bäuerlich strenge Erziehung und spricht offen aus, was sie empfindet.

Es ist eine milde, mondhelle Septembernacht und sie wünschen beide, daß sie nie zu Ende ginge. Erst in der beginnenden Morgendämmerung wandern sie Hand in Hand zurück nach New Orleans.

Am nächsten Tag bummeln sie wieder durch die große lebendige Stadt, bestaunen den Hafen, den sie bei ihrer Ankunft so schnell verlassen haben: die eng nebeneinander liegenden Dampfboote, Flachkähne, Schoner und Briggs vollbelanden mit Baumwoll-Ballen, Salzsäcken und Waren aller Art aus Philadelphia, Pittsburgh und Baltimore, alles Namen, die sie zum ersten Mal hören.

Sie bestaunen die prächtigen hohen Häuser, die eleganten Geschäfte und Hotels, die breiten Straßen, die rassigen Pferde vor den Kutschen.

Viel mehr aber noch als dieser offensichtliche Reichtum einer gutsituierten Gesellschaft, beeindruckt sie die heitere Atmosphäre, die New Orleans auszeichnet.

»Die Menschen hier lächeln mehr als bei uns, sie sind fröhlicher – sie singen mehr und sie machen Musik, in den Häusern, in den Wirtschaften, auf Straßen und Plätzen. Woran liegt das nur?«

»Ich glaube, es liegt daran, daß sie frei sind – diese Freiheit des Einzelnen, die Hecker angestrebt hat. Jeder ist hier sein eigener Herr und kann sein Leben selbst in die Hand nehmen – ohne Lehnsherrn und Fürsten.«

»Ja, sie haben keinen König – das ist es! Das hat mir auch auf dem Schiff einer gesagt, als es noch nicht so schlimm zuging an Bord und wir miteinander reden konnten. Warum bleiben wir eigentlich nicht in New Orleans? Warum müssen wir weiter nach Norden fahren? Hier gefällt es mir so gut, sogar eine deutsche Tageszeitung erscheint, es gibt jede Menge viele Landsleute, auch aus dem Badischen!«

»Mir gefällt es auch – aber wovon sollen wir leben? Du hast keinen Beruf gelernt und ich auch nicht. Mein Bruder Bläsi hätte eine Chance als Uhrmacher – aber wir?«

»Wir können doch irgendetwas tun, jeder, der fleißig ist, findet in diesem Land eine Möglichkeit, sein Brot zu verdienen – diesen Eindruck habe ich schon nach so kurzer Zeit.«

»Vielleicht. Aber sollen wir als Taglöhner in einer Stadt leben? Wollen wir das? Dann sind wir eher schlechter dran, als wir es im Glottertal waren.«

»Wir können uns doch hocharbeiten – nirgends gibt es dafür so viele Gelegenheiten wie hier!«

»Mein Schatz, du bist ein großes Kind und hast Flausen im Kopf. Arbeit, Arbeit, Arbeit – das dauert zu lange, um nur damit reich zu werden. Wir lassen uns etwas anderes einfallen. Und ich bin sicher, du möchtest ebensowenig wie ich auf Dauer in einer Stadt leben. Wir sind auf dem Land groß geworden und würden uns hier gar nicht wohl fühlen.«

Madlen seufzt, weil sie seine Meinung nicht teilt, aber sie sagt nichts außer: »Mir tun die Füße weh, wir laufen schon den ganzen Tag herum«.

»Da siehst du's, die Stadt ist nichts für ein Maidli vom Dorf – im Glottertal habe ich das nie von dir gehört und da warst du auch den lieben langen Tag auf den Beinen.«

Mit diesen Worten nimmt er sie auf die Arme und trägt sie wie eine Puppe ein gutes Stück des langen Weges zurück zu Ernas *boarding house*.

Andreas wartet schon auf sie, ungeduldig zu erzählen, welche Auskünfte er eingesammelt hat. Als er am Ende seines Berichtes angelangt ist, wiederholt Madlen schüchtern ihren Vorschlag.

»Warum versuchen wir es nicht erst hier in New Orleans? Es ist eine so heitere, lebendige Stadt, in der Menschen aus aller Welt zusammenfinden. Nur ein paar Wochen, dann sehen wir weiter.«

Doch in diesem Punkt sind sich Vater und Sohn ausnahmsweise einig und schneiden ihr schnell das Wort ab.

Schon am Morgen des vierten Tages klettern sie über einen schwankenden Brettersteig auf den Raddampfer »Memphis«, der sie flußaufwärts nach Dubuque bringen wird. Charley ist dabei und strahlt, als habe er das große Los gewonnen. Aus dem Schornstein quillt dicker schwarzer Qualm, der »Union Jack«, die amerikanische Flagge flattert im Wind, die mächtigen hölzernen Schaufelräder beginnen sich zu drehen und das Schiff setzt sich schwerfällig und stampfend in Bewegung. An beiden Seiten des Bugs sind die Brennholzstapel aufgeschichtet, mit denen die gefräßigen Heizkessel gefüttert werden.

Charley findet das alles aufregend und wäre am liebsten in den »Bauch des Dampfers« geklettert, um zu sehen, wie das mächtige Schaufelrad funktioniert, das das Schiff mit soviel Kraft stromaufwärts treibt. Aber er weiß, daß er nicht zu seinem Vergnügen an Bord ist und nach einer Stunde Fahrt kommt der kleine Kerl ganz ersthaft zu den Schurhammers, zückt einen Bleistift samt Schulheft und verkündet: »Jetzt beginnt der Unterricht!«

»Heute schon?« fragt Sepp gedehnt.

»*Of course*«, sagt Charley, »hier ist gleich das erste Wort, das ihr lernen könnt: Es heißt so viel wie ›klar‹ und wird viel gebraucht. *Of course* fangen wir heute schon an. *We start today* – sonst verliere ich ja einen ganzen halben Dollar!«

Während der mehrtägigen Fahrt nach Dubuque setzt Charley seinen ganzen Ehrgeiz daran, mit Andreas, Sepp und Madlen stundenlang Englisch zu pauken und es macht ihm ungeheuren Spaß, Lehrer zu spielen und Erwachsene als Schüler zu haben.

»Als Erstes mußt du deinen Namen ändern«, sagt er zu Sepp, »Joseph ist gut und daraus wird in Amerika Joe – aber Sepp – nein, das geht einfach nicht!«

Natürlich sind die Schurhammers nicht die einzigen *green-*

horns an Bord, es wimmelt nur so von ihnen. Zwei Jahre zuvor, 1853, kamen 36 000 nur aus Deutschland und jedes Jahr werden es mehr. Der große Mississippi wurde zu einer »Völkerstraße nach dem Westen« schrieben die Zeitungen und New Orleans wurde zum zweitgrößten Einwanderungs-Hafen Amerikas.

Da kann es nicht ausbleiben, daß der vergnügte Englisch-Unterricht des kleinen Charley auffällt und etliche der *greenhorns* fragen, ob sie nicht auch daran teilnehmen könnten. Am dritten Tag schon schart sich ein rundes Dutzend Lernwillige um ihn. Er plustert sich vor Begeisterung auf wie ein stolzes Hähnchen und wächst sichtlich bei seiner Aufgabe.

Als seine Schüler klagen, nun ginge auch beim besten Willen kein neues Wort mehr in ihre strapazierten Köpfe hinein, überlegt er kurz und fragt dann: »Wißt ihr eigentlich etwas über die berühmte Schlacht von New Orleans? Das haben wir gerade in der Schule gelernt und unser Lehrer hat gesagt, das muß man einfach wissen, auch wenn es schon 40 Jahre her ist!«

Er rechnet mit den Fingern nach: »Ja, es stimmt – 1815 war das!«

»Und wer hat damals wen besiegt?« Wenn es um's Kämpfen geht, ist der Sepp sofort hellwach.

»Natürlich haben die Amerikaner gewonnen! Über die Engländer – und ein Franzose hat ihnen dabei geholfen!«

»Wieso denn ein Franzose?«

Der kleine Charley blickt den großen Joseph strafend an.

»Na, hör mal, das weiß doch jedes Kind, daß alle Amerikaner aus Europa kommen, also auch aus Frankreich! Nur sind sie nicht von Anfang an Amerikaner, so wie du! Wenn ich wirklich dein Lehrer wäre, würde ich dir eine Sechs in Geschichte geben!«

Sepp grinst in Erinnerung an seine eigene Jugend.

»Das hat mein Schulmeister Anton Steurer auch gemeint. Die einzige Jahreszahl, die ich mir gemerkt habe ist ›333 bei Issus Keilerei‹.«

Davon weiß wiederum Charley nichts und kommt deshalb schnell wieder auf die Schlacht um New Orleans zurück: Das Britische Empire hatte damals große Expansionsgelüste und beschränkte sich nicht auf Säbelrasseln. Englische Truppen überfielen und plünderten Washington und brannten das Weiße

Haus nieder. Dann sammelten sich fünfzig Kriegsschiffe, bestückt mit über tausend Kanonen vor New Orleans und glaubten, auch hier leichtes Spiel zu haben, aber das war ein Irrtum. Die empörten und gedemütigten Amerikaner schickten ihnen General Andrew Jackson entgegen und der konnte nur mit Hilfe des französischen Piraten Jean Lafitte und seiner kampferprobten Haudegen gewinnen.

»Das war ein toller Mann und ein richtiger Held – wie der General!« schwärmt Charley. »Der Lehrer hat uns ein Bild von ihm gezeigt. Er sah aus wie, wie…« er schaut prüfend in die Runde und deutet dann auf Sepp, »so ungefähr wie du, nur noch ein bißchen schöner: mit schwarzen Locken bis auf die Schultern, einen Schnurrbart, einen Hut wie ihn die Seeräuber tragen und mit Säbel und Pistole natürlich. So – und mehr weiß ich nicht!«

»Aber ich schon«, mischt sich da einer der Passagiere auf deutsch ein. »Ich bin ein alter Knabe und lebe schon seit zwei Jahrzehnten hier, ich habe Jean Lafitte noch gekannt. Er sah wirklich so aus, wie ihn Charley beschrieben hat. Ein Draufgänger, furchtlos und mächtig, ein berühmt-berüchtigter Schütze und eleganter Florett-Fechter. Ich glaube, es gab in ganz New Orleans keine einzige Frau, die nicht davon träumte, von ihm geraubt zu werden – und er ließ sich selten zweimal bitten!

Seine Romanze mit einer Tochter des Gouverneurs war Stadtgespräch und seine Liebesaffairen so zahlreich wie die Duelle, die er deshalb ausfocht – und ohne Ausnahme gewann. An der Schlacht von New Orleans aber hat er nicht selbst teilgenommen, man munkelte, ein amouröses Abenteuer sei ihm selbst in dieser historischen Stunde wichtiger gewesen. Dafür stellte er rund siebentausend Flinten zur Verfügung und ließ seinen ›General‹ Dominique You samt seinen Piraten-Mannschaften kämpfen, die dann entscheidend zum Sieg beitrugen. In den Jahren danach sang halb Amerika den Gassenhauer von der Schlacht um New Orleans, in der die Niederlage der Engländer verspottet wird.«

»Oh ja, das kenne ich auch!« Charley hat mit großen Augen zugehört und hebt den Zeigefinger wie in der Schule: »*…they run so fast that the hounds couldn't catch them – down the Mississippi to the Golf of Mexico!*«

Angelockt durch das vergnügte Spottlied gesellen sich immer mehr Passagiere zu »Charleys Klasse«. Einer bringt eine Mundharmonika, ein zweiter ein Banjo. Eine Flasche Rotwein macht die Runde und ein Ire bringt eine Flasche Whiskey.

»Die wollte ich eigentlich aufsparen für Weihnachten«, sagt er, »aber wenn wir darauf singen, daß ›*the bloody British*‹, daß diese verdammten Engländer Prügel bezogen haben, dann spendiere ich sie mit Freuden!«

Sogar Madlen nimmt einen kleinen Schluck, weil sie das alles so schön und interessant findet. Wildfremde Menschen sitzen zusammen, reden, singen, spielen, trinken und machen Musik. Keine neun kleineren Geschwister hängen an ihrem Rockzipfel wie in all den Jahren, vor ihr liegt neues, unbekanntes Land und das Leben dort kann eigentlich nur besser werden als es im Schwarzwald war.

»Wärst du nicht so wasserscheu, könntest du auch Pirat werden wie Jean Lafitte«, neckt sie Sepp, »Charley sagt, du siehst ihm ähnlich und mir scheint, du hast auch sonst noch einiges gemein mit ihm! Außerdem ist Seeräuber offensichtlich ein einträglicher Beruf, wenn er siebentausend Flinten verschenken konnte! Willst du dir's nicht überlegen und vielleicht doch umkehren?«

Sepp wird von ihrem Übermut angesteckt.

»Aha – dieser Lafitte gefällt dir wohl so gut, daß du lieber Seeräuberbraut werden willst als eine ordentliche Farmersfrau? Das hätte ich gar nicht von dir gedacht! Aber daraus wird nichts – auf's Meer hinaus wage ich mich nie wieder, das eine Mal reicht für den Rest meines Lebens. Und als Flußpirat wäre ich sicher nicht so erfolgreich!«

Verglichen mit den Schrecknissen der Ozeanüberquerung ist die Fahrt auf dem Mississippi ein reines Vergnügen. Zu beiden Seiten des gewaltigen Stromes breitet sich fruchtbares Land aus, Hügelketten und Wälder sind in der Ferne zu erkennen.

Der Mann, der von Jean Lafitte erzählte, will mehr von den Schurhammers wissen.

Als er hört, daß sie neue Siedler sind, die sich flußaufwärts niederlassen wollen, nickt er zustimmend: »Ihr kommt gerade noch rechtzeitig, in ein paar Jahren findet ihr keinen *acre* gutes Land mehr zu einem vernünftigen Preis. Der große Ausverkauf hat begonnen.«

»Das haben wir schon in New Orleans gehört«, bestätigt Andreas. »könnt Ihr uns eine bestimmte Gegend empfehlen?«

»Schwer zu sagen, da sollte ich erst einmal wissen, was Ihr vorhabt. Handel, Ackerbau, Viehzucht?«

»Von allem etwas – es wird sich dann heraussstellen, was sich am meisten lohnt.«

»Das ist richtig. Dann solltet Ihr in Dubuque umsteigen auf einen kleineren Dampfer und zumindest bis Reads Landing weiterfahren. In dieser Ecke ist Land noch wohlfeil und dennoch in Flußnähe. Außerdem gibt es in Reads Landing immer gutbezahlte Arbeit für den Anfang.«

Dieser Rat erweist sich als richtig und Andreas denkt später oft an den Mann vom Raddampfer zurück, von dem er keinen Namen weiß und den Madlen den »Lafitte-Mann« nennt, weil er so begeistert von dem kühnen Piraten berichtete, der bei der Schlacht um New Orleans das Zünglein an der Waage war.

In Reads Landing vereint sich der Chippewa Fluß mit dem Mississippi und diese günstige Lage machte aus dem kleinen *Trading post* , dem kleinen Handelsposten, einen bedeutenden Warenumschlagsplatz. Mit kostbaren Pelzen beladene Kanus legen hier an, plumpe Frachtkähne, Raddampfer aus Nord und Süd. Vor allem aber ist Reads Landing das Auffangbecken für *timber*, das Gold dieses unerschlossenen Landes: Endlose Wälder, nicht überschaubar für das Auge dehnen sich aus und Holz wird dringend gebraucht, als Energiequelle und zum Bauen. Täglich treibt die Strömung von Wisconsin aus zahllose Baumstämme hierher. Das lukrative Holzgeschäft läßt Reads Landing aufblühen und oft sind es hunderte von Männern, die die Stämme zu ungeheuren Flößen zusammenfügen. Mehr als zweitausend dieser Riesenflöße nehmen jährlich ihren Weg den Mississippi flußabwärts.

Das ist eine Arbeit wie geschaffen für einen, der so gebaut ist wie Joseph und der seine überschüssigen Kräfte früher mit den obligatorischen Wochenendraufereien im Glottertal verzettelte.

Er findet sofort einen Job, der ordentlich bezahlt wird und der ihm auch Spaß macht, weil es eine interessante, wenn auch gefährliche Arbeit ist, die neben Kraft auch Mut und Geschicklichkeit erfordert.

Madlen hat Angst um ihn. »Wenn du auf einem der nassen

Stämme ausrutschst und ins Wasser fällst, wirst du vom nächsten zerquetscht.«

Er lacht über ihr Bedenken und nimmt sie tröstend in die Arme.

»So ein Pflänzchen wie du wäre da verloren, aber doch nicht ein Kerl wie ich! Ich spanne einmal meine Muskeln an – und dann prallen die Baumstämme daran ab!«

»Prahlhans! Ich sag' das doch nur, weil ich dich nicht verlieren möchte.«

»Na, wenn schon«, entgegnet er leichthin, »dann wärst du eine hübsche junge Witwe, um die sich die anderen Flößer reißen und sich die Kopfe blutig hauen. Und du hast freie Wahl und kannst dir einen aussuchen wie Jean Lafitte!«

»Den hab' ich doch schon – und gerade den möchte ich gerne behalten!«

Die beiden schäkern und turteln immer noch und Madlen genießt dieses Glück viel bewußter als er es kann.

Sie haben eine bescheidene *log cabin* gemietet, eine Blockhütte mit zwei Räumen, die sie mit dem kleinen Georg bald alleine bewohnen, denn Andreas, der sich mit seinem Sohn bei jeder Kleinigkeit in die Wolle gerät, macht sich auf die Suche nach geeignetem Land.

»Alt und Jung unter einem Dach tun nicht gut«, sagt er, »das wußten schon unsere Großeltern und trotzdem muß es jede Generation von Neuem lernen. Ich mache mich selbständig mit Charley und wenn ich das Rechte entdeckt habe, komme ich zurück.«

Er hat den pfiffigen kleinen Kerl schon in New Orleans ins Herz geschlossen und dieses Gefühl vertiefte sich während der Fahrt auf dem Mississippi. Seinen eigenen Kindern gegenüber konnte er nie Ähnliches empfinden. Härte und Unnachgiebigkeit gehörten seit jeher zu seinen wesentlichen Charakterzügen, Gefühlsduselei verachtet er als unmännlich und so wundert er sich selbst über seine Zuneigung zu diesem erstaunlichen Jungen. Er kann keine Erklärung dafür finden und nimmt sie schließlich einfach als das, was sie ist: eine Bereicherung seines Lebens.

Er ist sogar bereit, das Geld für eine Depesche auszugeben, in der er Erna Moser mitteilt, daß ihr Sohn in seiner Obhut gut aufgehoben ist und sich seine Rückkehr um ein paar Wochen verschiebt.

Wer hätte je gedacht, daß der Rinzbergbur, ein Schwarzwälder Dickschädel wie er im Buche steht, zweimaliger Bürgermeister des Glottertals, Weggefährte Friedrich Heckers – daß dieser Mann jetzt am oberen Mississippi mit einem kleinen Buben an seiner Seite auf Landsuche gehen würde?

Während der ersten Wochen in Amerika hat er sich durch Charleys Emsigkeit schon recht ordentliche Grundkenntnisse in Englisch angeeignet, ist aber noch weit davon entfernt, die Sprache auch nur halbwegs zu beherrschen und braucht jemanden, der für ihn übersetzt.

Es ist schwieriger als er denkt, den richtigen Platz für eine Farm zu finden. Land gibt es in Hülle und Fülle, aber die »Filetstücke« am Mississippi sind schon alle vergeben. Mit einem gemieteten Einspänner fahren sie von Reads Landing zuerst nach Wabasha, überqueren den Fluß mit einer Fähre, sehen sich in Pepin und Harrisburg um und bleiben dann für einige Zeit in dem Städtchen Red Wing, benannt nach dem berühmten Dakota-Häuptling »Rote Schwinge«.

Hier trifft Andreas in einer Kneipe am Hafen Erwin Haberstroh aus Offenburg, einen Mitstreiter der »Badischen Revolution« und in ihm eine hervorragende Auskunftsquelle. Die beiden Männer verstehen sich auf Anhieb.

»Kein Wunder«, sagt Haberstroh, »wir *fortyeighters* haben uns alle für die gleichen Ideale engagiert – da müßte es schon seltsam zugehen, wenn wir uns nicht sympathisch wären!«

»Fortyeighters?«

Mit diesem Ausdruck vermag Andreas nichts anzufangen und auch Charley kann ihm nicht weiterhelfen, er hat das Wort nie gehört.

Haberstroh lacht. »Das waren die ›Achtundvierziger‹, die in Kandern und Freiburg auf die Barrikaden gingen wie wir. Es ist schon ein seltsamer Zufall, daß wir uns damals nicht begegnet sind und uns hier am Mississippi über den Weg laufen. So abgedroschen das auch klingt: die Welt ist klein!«

»Das gibt's doch nicht! Du warst dabei damals? Haben sie dich etwa auch im Bruchsaler Zuchthaus eingelocht wie mich?«

»Nein. Als ich sah, daß unsere Sache verloren war, habe ich

mich mit Hecker zusammen in die Schweiz abgesetzt. Hecker ging dann nach Illinois und versuchte in seinem alten Beruf als Advokat wieder Fuß zu fassen. Als das nicht klappte, wurde er Weinbauer, aber ich bezweifle, ob er damit viel Erfolg hat. Und du, wollten sie dich nicht loswerden damals?«

»Natürlich, sie wollten alle loswerden, die in den Aufstand verstrickt waren. Aber mir und meinem Sohn konnten sie zu wenig nachweisen, deshalb wurde uns die Auswanderung nur ›nahegelegt‹, nicht aufgezwungen wie anderen.«

»Und warum kommt ihr dann erst jetzt, sieben Jahre danach?«

»Ich wurde nach der gescheiterten Revolution ein zweites Mal zum Bürgermeister vom Glottertal gewählt. Und es gab Probleme mit der Übergabe unseres Hofes. Aber das ist eine lange Geschichte, die erzähle ich ein anderes Mal«, wehrt Andreas ab.

»*Better late than never!*« Haberstroh wirft Charly einen aufmunternden Blick zu und der übersetzt sofort eifrig: »Besser spät als gar nicht.«

»Ihr seid wirklich ein bißchen spät dran, aber ihr werdet immer noch gutes Land finden. Nur Zeit müßt ihr euch lassen und nicht überstürzt kaufen, das ist ganz wichtig. Wenn du willst, komme ich ein paar Tage mit euch – die Ernte ist vorbei, ich habe Zeit und meine Erfahrung wird dir nutzen.«

Etwas Besseres konnte Andreas nicht passieren. Gemeinsam klappern sie die Gegend um Red Wing ab, können aber nichts Geeignetes entdecken. Weiter nach Norden will Andreas nicht, also fahren sie auf der westlichen Seite des Mississippi wieder zurück. Bei Wabasha, nur wenige Meilen von Reads Landing entfernt, finden sie dann das Richtige: ein weites Gelände, das noch nicht abgesteckt ist, teils Grassteppe, teils bewaldet, teils mit Sträuchern bewachsen. Es liegt zwar nicht am Mississippi, grenzt jedoch an den Zumbro-River und verspricht schon durch die unmittelbare Nähe zum Fluß gute Ernten.

»Es werden 40 bis 50 *acre* sein«, schätzt Haberstroh und prüft eine Handvoll Erde auf ihre Beschaffenheit. »Wenn es wohlfeil ist, solltest du zugreifen, zumal der Wald kostenlos das Bauholz für euer Haus liefert.«

Der *acre* kostet drei Dollar – das ist ein Preis, den Andreas aus der Westentasche bezahlen kann und den auch Joseph nach kurzer Zeit selbst ersparen könnte, denn er verdient zweieinhalb Dollar am Tag.

Als Andreas mit Haberstroh und Charley wieder in Reads Landing ankommen, arbeitet er gerade mit hunderten anderer Männen an dem größten Floß, das jemals vor Ort zusammengefügt wurde: Es ist riesig, mißt dreieinhalb *acre* und bedeckt einen weiten Teil der Wasseroberfläche.

Andreas erkennt seinen Sohn sofort: Er ist der Größte von allen, strotzt vor Kraft und Gesundheit und scheint bereits jetzt, nach so kurzer Zeit als eine Art Vormann zu arbeiten, denn er gibt in seinem gebrochenen Englisch Anweisungen.

»Alles falsch«, jammert Charley, »er macht einen Fehler am anderen – und ich habe mir soviel Mühe gegeben!«

»Macht nichts«, tröstet ihn Erwin, »Hauptsache er redet und wird verstanden. So haben wir alle angefangen.«

Und Andreas denkt: Hätte er früher im Glottertal so zugepackt, statt nur Flausen im Kopf zu haben, Maidli, Tanzen und Raufen – dann wäre heute *er* der Rinzbergbur und nicht dieser Lumpenhund von Schwiegersohn, der sich meinen Hof ergaunert hat.

Madlen freut sich, daß ihr Schwiegervater einen Gast mitbringt und freut sich noch mehr, als sie hört, daß die Suche nach Farmland erfolgreich war.

»Es wird euch gefallen«, sagt Andreas, »aber wahrscheinlich wäre ich mit leeren Händen zurückgekehrt, hätte ich nicht Erwin Haberstroh getroffen. Stellt euch vor, er war 1848 beim Heckerzug dabei, wir haben uns nicht gesehen – und treffen uns jetzt im fernen Amerika. Ist das nicht unglaublich?«

Keine Frage, daß dieses Ereignis gefeiert werden muß! Charley wird losgeschickt, um einen Eimer Bier zu holen, bei dem es natürlich nicht bleibt. Madlen tischt auf, was ihre bescheidenen Vorräte hergeben und nach Mitternacht sind die drei Männer beim Heckerlied gelandet, das Anton Steurer bei der Hochzeit von Sepp und Madlen zum Besten gab. Sie singen mehr laut als schön und in dem erhebenden Bewußtsein, daß in diesem freien Land niemand auf die Idee käme, es ihnen zu verbieten, sie deshalb abzuführen, zu bestrafen und in den Kerker zu werfen. Die

Erinnerung an die preußische Einquartierung und das Bruchsaler Zuchthaus liegt schon weit zurück, ist aber immer noch lebendig.

3

Erwin Haberstroh hat Zeit. Es gefällt ihm in der kleinen, quicklebendigen, pulsierenden Stadt Reads Landing – und es gefällt ihm bei den Schurhammers. Der gemeinsame Kampf für die Ideale von Menschenrechten, Freiheit und Demokratie verbinden, auch wenn der Traum verweht ist.

Er ist kein Adonis, ein fülliger, untersetzter Mann um die vierzig, mit beginnender Glatze, einem runden, gemütvollen Gesicht und hellwachen Augen. Er weiß es und leidet darunter, daß er keinen Eindruck auf Frauen macht. Umso mehr genießt er die Aufmerksamkeit, die ihm Madlen schenkt, ihre Herzlichkeit, ihr Interesse an seinem Leben. Natürlich sieht er, wie sehr sie Joseph liebt und dennoch fühlt er sich neben diesem Prachtkerl nicht minderwertig, sondern fast ebenbürtig. Madlen vermittelt ihm dieses gute Gefühl – und soviel Zuwendung ist ein neues Erlebnis für ihn, das er noch ein Weilchen auskosten möchte.

Er quartiert sich am nächsten Tag in einem der 27 Hotels von Reads Landing ein, beschließt, den Schurhammers bei ihrem Start zu helfen und fährt mit Madlen, Charley und dem kleinen Georg zu dem Land, auf dem ihre künftige Farm entstehen soll.

Andreas ist ihm dankbar, denn er hat genug von der Herumreiserei und möchte Anton Steurer endlich den versprochenen Brief schreiben. Das ist nicht gerade seine Stärke, aber weil es so viel zu berichten gibt, reihen sich Blatt an Blatt, während seine Feder über das Papier kratzt.

»*Lieber Freund*«, schreibt er, »*lange ist es her, daß ich Dir einen Brief geschickt habe. Weißt Du noch woher? Aus dem Männerzuchthaus zu Bruchsal! Damals war ich zwar noch ein paar Jahre jünger, doch jetzt ergeht es mir wesentlich besser als zu dieser Zeit! Die Überfahrt mit dem Schiff war ein Alptraum, den einige Passagiere im Unterdeck nicht überlebt haben. Es gibt die widersprüchlichsten Berichte über dieses unvermeidliche Übel: Manche haben Glück mit dem Schiff, dem Kapitän, mit Wind und Wetter – aber niemand kann vor-*

her wissen, was auf ihn zukommt. Andere geraten in Stürme und können ihre arme Seele nur noch dem Herrgott anempfehlen. In jedem Fall steht fest, daß die Zustände in der billigsten Klasse schauderhaft sind, vor allem dann, wenn sich Krankheiten ausbreiten. Wie es dann in diesen überfüllten Elendsquartieren zugeht, kann ich nur mit der Hölle vergleichen – sogar das Bruchsaler Zuchthaus ist ein Paradies dagegen!

Ich schreibe Dir dies so ausführlich als Warnung, weil Du selbst mit dem Gedanken spielst, samt Weib und Kind hierher, in das ›gelobte Land‹ zu kommen – denn das ist es fürwahr, wenn Du unter den Glücklichen bist, die es erreichen. Bringst Du ein paar Gulden für den Start mit, hast Du's natürlich leichter. Doch auch die notorischen Hungerleider aus unserer alten Welt, diejenigen, die keinen Groschen in der Tasche haben, auch die können hier aus eigener Kraft überleben, sofern sie willens sind, hart zu arbeiten und kein Angebot auszuschlagen, sei es auch noch so gering. Viele, die es schon zu großem Wohlstand gebracht haben, waren am Anfang Holzfäller, Laufburschen oder Taglöhner wie daheim – nur lebt hier auch der ärmste Arbeiter besser als die Mittelklasse in Deutschland.

Noch eine Sache will ich Dir mitteilen, die gerade für Dich von Bedeutung ist: Amerika ist ein musikfreudiges Land! Die Leute singen, tanzen und machen die unterschiedlichste Musik, da sie aus den unterschiedlichsten Ländern kommen. Es ist ein wahrer Völkermischmasch. Sitten und Gebräuche werden wohl bewahrt, gleichen sich aber einander an. Mir fällt am meisten auf, daß die Menschen durch die Freiheit, die sie genießen, ganz unbewußt viel freier und vergnügter sind als bei uns, die wir immer noch am Rande der Knechtschaft leben mit der Willkür unsrer Fürsten. Diese Freiheit ist ein kostbares Gut, um das wir vergeblich gerungen haben bei der ›Badischen Revolution‹.

Unser Kampf ist übrigens in Amerika bekannter, als ich mir vorstellen konnte.

Die geflohenen ›Fourtyeighters‹ sind hier willkommen und hochgeachtet – Du weißt ja, daß alleine aus Baden 80 000 enttäuscht ihr Vaterland verlassen haben, um in der neuen Welt eine neue Heimat zu finden. Einen von ihnen habe ich per Zufall kennengelernt und wir sind schnell Freunde geworden. Er heißt Erwin Haberstroh und stammt aus Offenburg.

Natürlich gibt es hier gute und schlechte Leute wie überall auf der

Welt. In einer großen Hafenstadt wie New Orleans treiben sich viele Gauner herum, vor denen man auf der Hut sein muß. Doch abgesehen davon ist niemand von uns bisher ein Haar gekrümmt worden. Wir fühlen uns vollkommen sicher und es droht auch keinerlei Gefahren von den Indianern. Sie sind scheu und friedfertig und viele von ihnen sind durch Missionare zum Christentum bekehrt.

Mit Hilfe und Beratung von Haberstroh habe ich letzte Woche 40 acre Farmland am Zumbro Fluß bei Wabasha gekauft, das noch gerodet werden muß. Wenn Du Dich rasch entschließen solltest, kannst Du vielleicht noch unser Nachbar werden. Immer mehr Siedler kommen in diese Gegend und alle haben eines gemeinsam: Wenig Geld und viele Kinder. Da ist es nur eine Frage der Zeit, bis eine Schule gebaut und ein Schulmeister gebraucht wird! Zwar bist Du nicht mehr der Jüngste, aber immer noch jung genug für einen neuen Anfang.

Ich bin sicher, daß es auch Deiner Resi gefallen würde. Madlen jedenfalls fühlt sich wohl hier, trotz gelegentlichem Heimweh. Sepp arbeitet in Reads Landing als Floßbauer, eine schwere, gefährliche Arbeit, die aber ordentlich bezahlt wird. Hätte er sich im Glottertal so am Riemen gerissen wie jetzt, wäre er und nicht der liederliche Hoch Rinzbergbur!

Ich warte mit Ungeduld auf eine Nachricht über Deine Entscheidung und verbleibe als Dein getreuer Freund

Andres Schurhammer, Altbürgermeister, Rinzbergbur im Libding und ›Fourtyeighter‹

P. S. Einen so langen Brief hab ich meiner Lebtag noch nie geschrieben.

*

Die gute und einträgliche Arbeit Josephs als Flößer in Reads Landing findet ein jähes Ende, als er sich in einen hitzigen Streit mit seinem Vorgesetzten einläßt, dem er täglich mehr »ins Handwerk pfuscht«. Dieser ist Schwabe und gewohnt, daß jeder seinen Anweisungen ohne Murren folgt. Aber der querköpfige Glottertäler murrt nicht nur, er sagt laut und deutlich, daß er etliche der Anweisungen für schlichten Blödsinn hält. Schlimmer noch: Er macht sie lächerlich und fordert die anderen Flößer zur offenen Rebellion auf. Zur Rede gestellt, duckt er sich nicht, sondern reckt den Kopf noch ein Stück höher und sagt selbstbewußt:

»Nach meiner Methode arbeiten die Männer sicherer und schneller – das haben wir schon bewiesen. Was du uns befiehlst, ist ein alter Zopf und gefährlich obendrein.«

Der Schwabe wird rot vor Zorn, ballt die Fäuste und geht drohend auf Joseph zu.

»So kann nur ein dummes *greenhorn* reden. Nimm dein Geschwätz sofort zurück und entschuldige dich vor versammelter Mannschaft. Dann streiche ich dir nur zwei Tageslöhne als Bestrafung.«

Damit kommt er beim Rinzbergsepp gerade an den Rechten!

»Du – und mich bestrafen, weil ich mit meinen Leuten besser arbeite? Du hast wohl einen Sonnenstich im Herbst und brauchst dringend Abkühlung!«

Spricht's und packt den Schwaben am Kragen wie einstens den braven Wachtmeister Weick aus Freiburg und wirft ihn schwungvoll vom Floß in den Mississippi.

Unter dem brüllenden Gelächter der Arbeiter schwimmt er an Land, geht triefend in das Büro des Hafenkapitäns, berichtet von dem aufrührerischen Schwarzwälder – und dies ist das Ende von Josephs Karriere als Flößer.

Obwohl er recht hat mit seinen Verbesserungs-Vorschlägen, wird er wegen »Tätlichkeiten gegen einen Vorgesetzten« mit dem Entzug eines Wochenlohns bestraft und fristlos entlassen.

An diesem Abend betrinkt er sich gemeinsam mit seinen Kumpeln, die ihn hochleben lassen, seinen Mut und Rebellionsgeist preisen. Um Mitternacht beschließen sie, den neuen Tag in einem *saloon*, einem Etablissement mit zweifelhaftem Ruf zu begrüßen und die leichtgeschürzten Mädchen sind begeistert über die späten Gäste, besonders über den einen, den großen Kerl mit dem wilden schwarzen Haarschopf, der so finster und trotzig dreinschaut.

Den Flößern sitzt das Geld locker in der Tasche – das wissen die Mädchen natürlich und setzen die Preise danach fest. Als sie jedoch von Josephs Mißgeschick hören, ausgelöst durch das unfreiwillige Bad des Schwaben, beschließen sie augenblicks ihm für diese Nacht »freie Damenwahl« als Trost und Erbauung anzubieten.

»Vielleicht kommt er dabei auf den Geschmack und wir angeln uns einen neuen Stammgast«, flüstert die rothaarige Kathy ihrer französischen Freundin Ninette ins Ohr, »stell dir vor, welcher Gewinn das wäre!«

»Wie meinst du das?« flüstert die zurück, »wenn er jetzt arbeitslos ist, hat er doch kein Geld mehr.«

»Du naives Schaf! Von Geld rede ich doch nur nebenbei! Schließlich kann man auch in unsrem Beruf mal Spaß bei der Arbeit haben – und ein so gut gebautes Mannsbild läuft in ganz Reads Landing kein zweites Mal frei herum!«

Die rothaarige Kathy ist das »Paradepferd« des Bordells, kess und munter. Ihre verlockenden Rundungen hat sie in eine schwarze Spitzenkorsage gezwängt und ehe Joseph recht weiß, wie ihm geschieht, sitzt sie schon auf seinem Schoß.

»Ein solches Angebot hat Seltenheitswert bei uns«, sagt sie schmeichelnd, »aber ein Mann wie du auch!«

Sie spürt sein Zögern und legt ein bißchen zu. »Wollen wir wetten, daß selbst du bei mir noch etwas lernen kannst? Wenn ich verliere, gewinnst du eine zweite Nacht dazu!«

Er sträubt sich noch immer halbherzig, doch seine Hände beginnen ihre Liebkosungen zu erwidern und die Erinnerung an seine wilde Zeit im »Glotterbad« wird wach.

»Na, endlich hörst du auf, den keuschen Joseph zu spielen – das paßt überhaupt nicht zu dir! Laß uns nach oben gehen, warum länger warten? Oder gefällt dir eine meiner Freundinnen besser? Schade wäre das, aber noch kannst du dir jede aussuchen, die du haben willst – du Glückspilz!«

Joseph schüttelt den Kopf und hat es plötzlich ebenso eilig wie Kathy. Er faßt sie um die Taille und greift mit der freien Hand nach einer halbvollen Flasche Whisky.

»*No, no Monsieur*«, schnurrt da Ninette wie ein Kätzchen, »*c'est ma bouteille* – das ist meine Flasche. Wenn du die haben willst, mußt du mich auch mitnehmen.«

»Warum nicht, wenn eure Betten breit genug sind?«

Plötzlich hat er keinerlei Hemmungen mehr und küßt beide Mädchen abwechselnd. Ninette ist entzückt.

»*Une menage à trois, c'est formidable – et très rare ici!*«

Kathy gefällt diese Änderung weniger, sieht sie aber von der praktischen Seite.

»Wenn er die Flasche hier auch noch austrinkt, kannst du deinen ›flotten Dreier‹ vergessen! Dann dürfen wir beide ihn höchstens noch ein bißchen verwöhnen, ehe er in Morpheus Arme sinkt – und die unsren verschmäht!«

»*Olala – tu a raison*, du hast recht! Das wollen wir verhindern!«

Entschlossen gießt Ninette den Whisky in den Blumentopf auf der Treppe, in dem eine Zimmerlinde ihr armseliges Dasein fristet. Joseph merkt gar nicht, daß ihm die Mädchen statt dessen frisches Wasser anbieten. Seine Lebensgeister erwachen schnell wieder – und er verliert die Wette, die Kathy ihm vorgeschlagen hat. Denn trotz seiner so erfolgreichen »Lehrzeit« im Glotterbad hat er keine Ahnung was eine *menage à trois* ist.

Nach dieser Nacht weiß er es und muß sich eingestehen, daß er diese neue Erfahrung nicht missen möchte, weil sie ihm so viel Spaß gemacht hat. Kathy und Ninette haben alle Register ihrer Kunst als Freudenmädchen gezogen.

»Weißt du was?« wispert Kathy Ninette ins Ohr, als Joseph gegen Morgen endlich eingeschlafen ist, »das ist der erste Mann, dem sogar ich noch etwas bezahlen würde, statt ihm Geld abzunehmen für Liebesdienste!«

»*Moi aussi*, ich auch«, wispert Ninette zurück, »aber ja nicht laut sagen, sonst wird er zu eingebildet! Wir laden ihn einfach ein, als unser Gast wiederzukommen, auch wenn er keinen müden Dollar hat.«

Joseph wundert sich über dieses großzügige Angebot, das ihm die Mädchen am nächsten Tag bei einem späten, kräftigen Frühstück auftischen. Er schlürft den heißen Kaffee, verschlingt fünf Spiegeleier mit Speck und denkt: Man weiß wahrhaftig nie, wozu eine zünftige Rauferei führen kann! Daß er dadurch seinen Job verloren hat, kümmert ihn jetzt nicht mehr.

Er fühlt sich gut und stark und nicht einmal verkatert, trotz des Saufgelages mit seinen Kumpanen.

Ja, das war's, was ihm schon lange gefehlt hat, ohne daß er es selbst merkte: Abenteuer und Vergnügen, statt den biederen Ehemann zu spielen! Viel zu lange schon hat er sich mit dieser Rolle abgefunden, das wird ihm plötzlich klar.

Mit beiden Händen und Wasser versucht er seinen schwarzen Haarschopf halbwegs zu bändigen, nachdem er vorher Kathys

Kamm bei diesem Vorhaben abgebrochen hat. Seit drei Tagen ist er unrasiert und sieht mit diesen Bartstoppeln ebenso verwegen aus wie er sich fühlt.

Er ruft sich das gute Benehmen in Erinnerung, das er im Glotterbad und bei seinem väterlichen Freund Haffner gelernt hat.

»Meine schönen Damen«, sagt er zum Abschied, »der Besuch bei euch war ein Vergnügen besonderer Art und ich komme deshalb mit Freuden wieder. Nur eine Bitte habe ich: Werft diese häßliche Zimmerlinde auf der Treppe weg – sie läßt die Löffel hängen, genau wie ich, als ich gestern hierher kam!«

Kathy und Ninette sehen sich verstohlen an und denken beide dasselbe: Hätte Joseph die halbe Flasche Whisky auch noch leergetrunken, die im Topf der armen Zimmerlinde versickert ist – dann wäre er jetzt nicht so frohgemut und es ginge ihm wahrscheinlich so miserabel wie ihr.

*

Madlen sagt nichts und fragt nichts, als er am Nachmittag des nächsten Tages heimkommt. Joseph ist das unheimlich, fast wäre es ihm lieber gewesen, sie hätte geklagt und gezetert, wie das andere Frauen zu tun pflegen, deren Männer ohne plausible Erklärung eine Nacht fernbleiben. Sein schlechtes Gewissen hält sich in Grenzen, schließlich hat er ihr schon vor der Hochzeit gesagt, daß er kein guter Ehemann sein würde und ein treuer erst recht nicht. Und dabei war er ihr zwei ganze Jahre lang treu – das hätte er selbst nicht für möglich gehalten!

Er gibt sich betont munter und gelassen.

»Ich hatte eine kleine Auseinandersetzung mit meinem Vorgesetzten, bei der er den Kürzeren gezogen hat und ein bißchen im Mississippi baden ging.«

»Aha – und danach bist wohl du baden gegangen und deinen Job los, du unverbesserlicher Raufbold?«

Sein Vater kann es nicht lassen, sich einzumischen, aber heute schluckt Joseph die scharfe Antwort hinunter, die ihm auf der Zunge liegt. Lieber keinen Streit jetzt!

»Ich wollte ohnehin aufhören«, behauptet er, »Madlen sorgt sich von Anfang an, weil die Arbeit so gefährlich ist. Und außerdem ist es an der Zeit, das Holz für unser Farmhaus zu schlagen und die Stämme herzurichten, damit wir gleich im Frühjahr mit dem Bau beginnen können.«

Dagegen ist kaum etwas vorzubringen und so brummt Andreas nur mißmutig Unverständliches in seinen Bart und räumt das Feld, um den Abend mit Erwin Haberstroh in einem der vielen *saloons* von Reads Landing zu verbringen.

Joseph umarmt Madlen, als sie alleine sind.

»Danke, daß Du mir keinen Ärger machst. Ein Mann muß manchmal eine Nacht mit seinen Freunden durchzechen, wenn es soviel Verdruß gegeben hat wie gestern. Die wenigsten Frauen verstehen das und ich bin froh, daß du es kannst.«

Sie schmiegt den Kopf an seine Brust und schweigt noch immer.

Erst nach einer langen Pause sagt sie: »Ich kann alles verstehen, weil ich dich liebe. Alle haben mich vor dir gewarnt: die Glottertäler Maidli, mein Vater, Deine Mutter – sogar du selbst! Und ich habe alle Warnungen in den Wind geschlagen. Ich wollte dich unbedingt haben. Jetzt habe ich dich – und ich werde dich lieben, was du auch tun magst – solange du zu mir zurückkommst. Mit Untreue kann ich leben, aber ohne dich will ich nicht leben.«

Joseph ist wie vor den Kopf geschlagen. Sie kann unmöglich wissen, was in der letzen Nacht vorgefallen ist, sie kann nur etwas ahnen und erspüren. Ihre Ergebenheit und Sanftmut rühren ihn. Er umarmt sie und sie gesteht ihm an diesem Abend lächelnd und unter Tränen, daß sie wieder guter Hoffnung ist.

*

Der kleine Charley muß trotz allen Bittens und Bettelns die Rückreise auf einem Mississippi-Dampfer nach New Orleans antreten. Seine Mutter braucht ihn und Andreas verspricht, daß er in den nächsten Sommerferien wiederkommen darf: Als Englischlehrer und als Farmhelfer beim Roden und Pflanzen.

»Du kriegst wieder einen halben Dollar pro Tag, wenn du so fleißig bist wie bisher«.

»Für Euch würde ich auch ohne Lohn arbeiten, Sir«, sagt Charley und schluckt, »Ihr seid wie ein Vater zu mir. Mit Essen, Trinken und dem Ticket für den Dampfer bin ich zufrieden.«

»Dann sparst du den halben Dollar pro Tag und gibst ihn deiner Mutter, die hat es schwer genug. Was glaubst du, wie die sich freuen wird!«

Und dieses Abkommen »unter Männern« besiegeln sie mit Handschlag.

Andreas hofft, daß der Kleine im Sommer seinen Freund Anton Steurer flußaufwärts begleiten kann, auf dessen Kommen er sich jetzt schon freut. Aber die Hoffnung zerschlägt sich: Resi hat sich bei der Apfelernte einen komplizierten Beinbruch zugezogen, der nur langsam heilt. Vorher ist nicht an eine strapaziöse Schiffsreise in die neue Welt zu denken.

Auch Erwin Haberstroh verabschiedet sich, um auf seiner eigenen Farm nach dem Rechten zu sehen. Red Wing ist nicht weit entfernt und sie können sich treffen, wann immer sie Lust dazu haben und die nötige Zeit. Er ist nicht reich, aber wohlhabend durch ein Erbe und kann es sich leisten, Leute anzustellen, die für ihn arbeiten.

Anderthalb Dollar ist der Tageslohn für einen erwachsenen Landarbeiter und auch Joseph ist bereit, dieses Geld auszugeben, denn er hat als Flößer täglich einen ganzen Dollar mehr verdient und alles gespart. Ihm liegt daran, daß sein eigenes Blockhaus fertig ist, ehe das zweite Kind geboren wird und dazu braucht er Helfer, das ist aus eigener Kraft nicht zu schaffen.

Andreas hat ähnliche Gedanken und möchte für sich wohnen. Obwohl er nicht plant für immer in Amerika zu bleiben, kauft er ein zehn acre großes Grundstück, das an Josephs künftige Farm angrenzt, und beginnt mit dem Bau eines eigenen Blockhauses. Er hat sich inzwischen einen Einspänner angeschafft und fährt abends, nach getaner Arbeit gerne nach Reads Landing. Seine Englischkenntnisse sind inzwischen so gut, daß er in seinem Lieblings-Saloon ein Gespräch zwischen zwei Mädchen mithören kann, die nicht ahnen, daß er sie versteht.

»Dieser junge wilde Deutsche, der den widerwärtigen Vormann ins Wasser geworfen hat – er ist in jeder Hinsicht umwerfend! Einen wie ihn gibt es kein zweites Mal, dem kann kein einziges Mannsbild weit und breit das Wasser reichen!«

Andreas spitzt die Ohren und ist sich klar darüber, daß damit nur sein Sohn Joseph gemeint sein kann. Einerseits schmeichelt das seinem Vaterstolz, andererseits denkt er: Dieser Lumpenhund, dieser Hurenbock – hat er das nötig mit einer Frau wie

Madlen, die ihm jeden Wunsch von den Augen abliest ? Er seufzt und denkt an seine eigene Jugendzeit zurück. Ja, seine Bärbel, die hat ihm auch mal jeden Wunsch von den Augen abgelesen – und was ist daraus geworden im Lauf der Jahre? Eine kalte, lieblose Ehe. Zumindest ist er so aufrichtig, sich einzugestehen, daß er nicht das Geringste dazu getan hat, sich die Zuneigung seiner Frau zu erhalten. Jetzt lebt er im fernen Amerika und sie daheim im Schwarzwald – und wenn beide ehrlich wären, müßten sie zugeben, daß sie froh sind, einander los zu sein.

Er sitzt alleine in eine Nische des *saloons* und die Mädchen lassen ihn heute in Ruhe, denn er hat sich diese Ruhe mit einem großzügigen Trinkgeld erkauft.

Heute ist ihm nicht nach Gesellschaft, er will nachdenken und dabei nicht gestört werden. Natürlich vermißt er den Badischen Wein – jetzt ein guter Schoppen Weißherbst, ja das wär's! Der Bourbon-Whiskey schmeckt ihm nicht, allenfalls mit dem Bier kann er sich anfreunden und auch dabei nur mit einem einzigen, das ein badischer Brauer in Minnesota herstellt, in einem Städtchen namens New Ulm.

Seit einiger Zeit beobachtet er mit wachen Augen und wachsender Sorge das Verhältnis zwischen Joseph und Madlen. Daß die Leidenschaft abkühlt, ist gottgegeben, wenn aber Liebe Basis für die Ehe war, tritt an Stelle der Leidenschaft später etwas ähnlich Wunderbares: das Vertrautsein.

Bei ihm waren Geld, Grundbesitz und Vernunft Grundlage für seine Ehe, von Gefühlen wurde nicht weiter geredet – und übrig blieb nach Jahren nichts als eine große Leere. Sollte das etwa bei einer Liebesheirat ebenso sein? Er zerbricht sich den Kopf darüber. Madlen ist es gelungen, mit ihrer Liebe und Warmherzigkeit selbst einen Weiberhelden wie Joseph für sich zu gewinnen, doch nun scheint er wieder seiner eigenen Wege zu gehen und in sein altes Lotterleben zurückzufallen. Es fehlte nur noch, daß sie sich im gleichen *saloon* begegnen . .

Und er hat diesen Gedanken noch nicht zu Ende gedacht – da schwingt auch schon die Tür auf und Joseph stolziert herein, entzückt begrüßt von Kathy und Ninette, die ihm gleichzeitig um den Hals fallen. Andreas duckt sich in den Schatten seiner Nische und beobachtet, wie die Drei lachend und schäkernd zuerst einen Drink an der Bar nehmen und dann gemeinsam die Treppe hinaufgehen.

Er belegt seinen Sohn stumm mit Namen wie »Satan« und »Höllenhund«, weil er sich ungern wiederholt und er sein weiteres Repertoire in dieser Richtung schon ausgeschöpft hat. Und im allerletzten, tiefsten und verborgensten Winkel seines Herzens steckt der heimliche Wunsch »mit von der Partie« zu sein – aber das würde er niemals eingestehen. Sich selbst nicht und anderen erst recht nicht.

4

Ein harter Winter mit strengem Frost und eisigen Schneestürmen löst den Herbst ohne Übergang ab. Die Männer arbeiten dennoch im Wald und die beiden Blockhäuser wachsen schnell. Jeder Farmer, überhaupt jeder mit handwerklichem Geschick, versteht sich hierzulande darauf, diese schlichte Art von Häusern zu errichten: Im Erdgeschoß gibt es nur einen Raum, der gleichzeitig als Wohnzimmer, Küche und Schlafplatz der Eltern dient. Im zweiten Stock schlafen die Kinder und übrigen Familienmitglieder und der angebaute Holzschuppen wird gleichzeitig als Vorratskammer genutzt.

Das ist alles – und es ist äußerst bescheiden, verglichen mit den behäbigen großen Schwarzwälder Bauernhöfen. Aber die Schurhammers sind sich ausnahmsweise einig, einig darüber, daß sie sich keine Extrawurst braten und damit auffallen wollen. Sie gehen sparsam mit dem Kapital um, das Andreas mitgebracht hat, Neidhammel gibt es ohnehin mehr als genug.

Das wichtigste und teuerste »Möbelstück« des ganzen Hauses ist der große Küchenofen, der auf drei Beinen steht, aber gleichzeitig an jeden gewünschten Platz des Raumes gerollt werden kann – das bewegliche Ofenrohr macht's möglich. Diese praktischen Eisenöfen gibt es nur in Amerika. Sie heizen das ganze Haus, man kann mit ihnen backen und kochen und sobald dieser Ofen steht, kündigen die Schurhammers das gemietete Blockhaus in Reads Landing und ziehen um.

Madlen hat ein Stück Stoff bestickt, das sie mit zwei Nägeln an der Wand befestigt:

»Eigner Herd ist Goldes wert«. Und von diesem Tag an kocht sie für alle Männer, die als Holzfäller und Bauarbeiter mithelfen.

Vom elterlichen Mattenhof im Glottertal her ist sie gewohnt, daß mindestens ein Dutzend Leute zum Essen um den Tisch sitzen, die kleinen Kinder nicht eingerechnet. Jetzt endlich ist es wieder soweit! Sie ist froh darüber, aber ansonsten hat sie nicht viel Grund zur Freude.

Seit dem Tag, an dem Joseph seine Arbeit als Flößer verlor, ist er verändert. Etwas steht zwischen ihnen, sie weiß nicht, was es ist, kann es nicht greifen und nicht erklären. In einer guten Stunde spricht sie ihn darauf an.

»Du bist so anders geworden, es ist alles nicht mehr wie es war. Sag mir, habe ich Schuld daran? Mache ich etwas falsch? Ich will alles tun, damit du glücklich bist.«

Wieder rühren ihn ihre Demut und die zärtliche Ergebenheit in ihren Worten. Gleichzeitig regt sich sein alter Trotz und gerade weil er im Unrecht ist, sagt er barsch:

»Du siehst Gespenster, Madlen. Alles im Leben ändert sich und jeder Mensch, nicht nur ich. Worüber beklagst du dich? Leidest du Not? Arbeite ich nicht genug? Raufe und trinke ich zu viel?«

Madlen schüttelt den Kopf, obwohl er manchmal drei Nächte in der Woche nicht nach Hause kommt.

»Nein, ich habe keinen Grund zur Klage. Es ist nur – du bist – du bist jetzt wie ein Ehemann – nicht mehr wie ein Liebhaber.«

Er lacht erleichtert auf.

»Das also ist es! Aber ich *bin* doch ein Ehemann! Von mir aus hätten wir nicht heiraten müssen – dann wäre ich jetzt noch dein Liebhaber – und du eine ledige Mutter!«

»Du machst dich lustig über mich! Dabei weißt du genau, was ich meine. Ich möchte, daß mein Mann auch mein Geliebter ist – so wie früher.«

»Nichts kann bleiben wie es war, da verlangst du zuviel. Und außerdem nehme ich Rücksicht auf deinen Zustand.«

Gut, daß ihm noch rechtzeitig diese Ausrede eingefallen ist.

»Du willst mich nicht verstehen. Als ich mit Schorschi guter Hoffnung war, ist es nicht so gewesen. Und sogar in New Orleans noch hatten wir so etwas wie Flitterwochen.«

Er verschließt ihr den Mund mit einem Kuß, was nach seiner

Erfahrung immer ein gutes Argument ist – solange einem kein besseres einfällt.

»Du hast Vorstellungen wie ein romantisches kleines Mädchen! Aber Flitterwochen währen nicht ewig, das sagt schon der Name. Die unseren waren besonders lang und irgendwann werden sie eben vom Alltag abgelöst – das ist ganz normal und die natürlichste Sache der Welt.«

Dennoch lieben sie sich in dieser Nacht wie in der alten Zeit ihres jungen Glücks im Glottertal und Madlen denkt: Wenn das Baby erst da ist und ich wieder so schlank und rank bin wie damals, dann wird alles so sein wie es war.

Josephs Gedanken gehen in eine andere Richtung: Er erinnert sich an seinem »Sündenfall« kurz vor der Hochzeit, an seine Beichte, an Madlens Verzeihen und dem Suchen der Schuld bei sich selbst. Da empfand selbst er so etwas wie Scham – nicht wegen des Seitensprungs natürlich, sondern wegen der bewundernswerten Haltung seiner Braut.

Jetzt steckt er in einer ähnlichen Situation, wird sich aber hüten, wieder mit der Wahrheit herauszurücken. Er fühlt sich auch ohne Beichte erleichtert – wie ein Ganove, der zwar verdächtigt, doch nicht überführt wurde. Kein schlechtes Gewissen plagt ihn, aber er sagt sich gerechter Weise wie schon einmal: »Du Lumpenhund, eine Frau wie Madlen hast du gar nicht verdient!«

*

Das Baby kommt an Ostern zur Welt und ist ein gesunder Bub, der auf den gleichen Namen wie sein Vater getauft wird.

Nach der Taufe nimmt Andreas Joseph ins Gebet.

»Als zweifacher Vater ist es deine verdammte Christenpflicht, das Lotterleben in Reads Landing aufzugeben und endlich ein anständiger Mensch zu werden!«

»Was geht das dich an – und was weißt du schon von meinem Lotterleben?«

»Mehr als du denkst!«

»Ha – und du – warst du vielleicht besser in deiner Jugend? Schließlich bin ich dein Sohn!«

Andreas unterdrückt ein Schmunzeln, runzelt die Stirn und sagt mit strenger Stimme:

»Darum geht es nicht! Blasius ist auch mein Sohn und war nie ein Weiberheld wie du. Du hast dir hier in kurzer Zeit den gleichen schlechten Ruf erworben, den du schon daheim hattest!«

»Ich – und einen schlechten Ruf?? Ich glaube, es ist eher umgekehrt!«

»Fragt sich, wie man's betrachtet! Du hast keinen Grund, dich aufzumanteln – dazu gehört nicht viel – jeder Gockel auf dem Mist kräht über seine Erfolge bei den Hennen!«

Das sitzt. Joseph wird wütend.

»Ich lasse mich nicht mehr von dir abkanzeln wie ein Schulbub! Ich bin ein erwachsener Mann und es geht dich einen Dreck an, was ich tu' und lasse.«

»Nicht ganz«, gibt Andreas zur Antwort, »solange ich hier alles bezahle, geht es mich wohl etwas an, wenn du mein Geld für liederliche Weiber verplemperst.«

Damit hat er Josephs Achillesferse getroffen. Sein Vorsatz, jeden Streit zu vermeiden, ist vergessen.

»Dafür habe ich noch nie einen müden Dollar bezahlt – im Gegensatz zu dir! Dreimal darfst du raten, warum! Ich weiß auch mehr als du denkst und du kannst es dir sparen, vor mir den Moralisten zu spielen! Heuchler! Keiner hat dich gebeten, mitzukommen nach Amerika. Und daß du uns hier Land gekauft hast, ist ein gerechter Ausgleich für das verlorene Erbe, das mir zustand.«

»Und warum habe ich dich enterbt? Das ist kein Geheimnis!«

Jetzt kommt auch Andreas seine Gelassenheit abhanden und er wird zornig. Sie sind bei ihrem alten Thema angelangt und aus dem Fingerhakeln droht eine heftige Auseinandersetzung zu werden. Gottlob ruft Madlen in diesem Augenblick zum Essen und die beiden Streithähne hoffen, daß sie nicht allzuviel von ihrem Wortgefecht mitbekommen hat – es wäre für den einen so peinlich gewesen wie für den anderen.

Von da an wird zwischen Vater und Sohn nie mehr über »liederliche Weiber« im allgemeinen oder im speziellen gesprochen und das Etablissement, in dem Kathy und Ninette ihre Liebesdienste anbieten, verliert einen guten Stammkunden.

Daß es *nicht* Joseph ist, versteht sich von selbst. Andreas räumt das Feld, schließlich gibt es 21 *saloons* in Reads Landing und Konkurrenz belebt das Geschäft.

*

Das Roden des Farmlandes, das Pflügen der Erde und das Einbringen der Saat ist eine Knochenarbeit, die nur langsam vorangeht und die Joseph von Herzen verwünscht – es ist genau das, was ihm keinen Spaß macht. Als Rinzbergbur im Glottertal hätte er sie natürlich den Knechten überlassen und getan, was ihm beliebt. Aber hier muß er selbst kräftig mit anpacken, noch dazu unter den wachsamen Augen des Vaters, den er gerne zum Teufel jagen möchte, aber nicht kann, weil er auf dem Geld sitzt.

Von Erwin Haberstroh hört er zum ersten Mal den Satz:

»*Who has gold makes the rules* – wer das Gold hat, macht die Gesetze« und muß ingrimmig anerkennen, daß er bis aufs i-Tüpfelchen stimmt. Ohne Hilfskräfte ist der Aufbau einer Farm dieser Größe nicht möglich und jede helfende Hand kostet Dollars. Es ist nicht wie im Glottertal, wo ein Knecht an Weihnachten ein paar Gulden bekommt und ansonsten mit Essen, Trinken, einem Dach über dem Kopf und einem neuen Gewand zufrieden ist, wenn das alte nichts mehr taugt.

Alles kostet Geld, nicht nur die Löhne: das Saatgut, Werkzeuge und Gerät, die hölzernen Karren, die Zugochsen, das Jungvieh für die Zucht und selbst das bescheidene Leben auf dem Land ist nicht umsonst.

Er verflucht seinen Jähzorn: Hätte er den schwäbischen Vormann nicht in den Mississippi geworfen – wäre er jetzt noch gut bezahlter Flößer, wäre sein eigener Herr und könnte den anderen die stupide Farmarbeit überlassen, die ihm so gar nicht schmeckt.

Die Zeit geht ins Land und es gelingt ihm nicht, unabhängig vom Vater zu werden. Mißernten machen die Anfangserfolge zunichte: Zuerst eine Heuschreckenplage, dann extreme Dürre, die von Überschwemmungen im folgenden Jahr abgelöst wird.

Zu allem Überfluß erhebt sein Nachbar Emmerling Anspruch auf einen Teil des Landes, nachdem es kultiviert ist. Empörung und Enttäuschung über diese Dreistigkeit halten einander die Waage bei Joseph, denn Emmerling ist Schwarzwälder wie er, kommt aus der Waldkircher Gegend und hat die Schurhammers nach ihrer Ankunft überschwenglich als Landsleute willkommen geheißen. Er war immer zur Stelle, wenn ein Helfer gebraucht wurde, arbeitete sogar beim Hausbau mit, biederte sich an – und erst im Nachhinein stellt sich heraus, was seine wahren Absichten sind.

Sie werden in einen langwierigen Prozeß verwickelt, der nicht nur viel Verdruß mit sich bringt, sondern auch Zeit und Geld kostet.

Manchmal denkt er an Madlens Vorschlag, in New Orleans ihr Glück zu versuchen, diese Idee, die er ohne ernsthaft darüber nachzudenken verworfen hat. Vielleicht wäre das besser gewesen und ohne das Geld des Vaters im Hintergrund, hätten sie auch kaum eine andere Chance gehabt.

Aber es ist müßig, darüber nachzugrübeln. Jetzt bleibt ihm nichts anderes übrig, als das Beste aus der gegebenen Situation zu machen – und das tut er.

Dazu gehören für ihn die Nächte mit Kathy und Ninette, die Zechgelage und Tanzvergnügen in Reads Landing mit seinen Kumpanen. Dazu gehören auch Jagen und Fischen, seine alten Leidenschaften. Oft bringt er so viel Beute mit nach Hause, daß er die Hälfte verkaufen kann. Das wird ein Teil seines Lebens während der Pionierzeit. Im anderen Teil ist er Farmer und gutbürgerlicher Familienvater – genau das, was er nie werden wollte.

Madlen bringt Ende der fünfziger Jahre einen weiteren Buben zur Welt, Andreas II, und die viele Arbeit vertreibt ihre romantischen Vorstellungen vom Eheglück und dem Zusammenleben mit Joseph.

Sie spürt, daß nicht nur er sich verändert – auch an ihr gehen die Veränderungen nicht vorüber. Die früher so lebhaften Gespräche zwischen ihnen werden karg und von der Lebenslust, die sie an dem draufgängerischen Rinzbergsepp so bewundert hat, zeigt er daheim nicht mehr viel. Es bekümmert sie, tut aber ihrer Liebe zu ihm keinen Abbruch. Sie nimmt ihn sogar gegen Andreas in Schutz.

»Warum soll sich ein Mann nicht auch unter der Woche ein Vergnügen gönnen? Er arbeitet so hart, das hat er verdient.«

»Und du, Madlen? Arbeitest du nicht noch mehr? Du bist doch die Erste am frühen Morgen und die Letzte am Abend. Welches Vergnügen hast du?«

Sie schaut ihn spitzbübisch an, das hat sie noch nicht verlernt.

»Mehr als du glaubst! Wenn dein Freund Erwin Haberstroh

kommt, macht er mir immer die artigsten Komplimente und manchmal pflückt er sogar einen Blumenstrauß für mich. Dann habe ich viel Spaß mit den Kindern. Aber das größte Vergnügen ist am Sonntag unsere Fahrt in die Stadt, wenn ich mich herausputze wie eine feine Dame, mit Hut und Feder und kleinem Schleier, einem Fransenschal um die Schultern und meinem besten Rock.«

»Ja, genauso thronst du dann auf eurem Holzfuhrwerk! Die Ochsen zerren es widerwillig durch den zähen Schlamm auf der Straße, Joseph stapft in seinen schweren Stiefeln nebenher und treibt sie an, die Hosenbeine hochgerollt, die Jacke zugeknöpft bis zum Hals, damit das weiße, gestärke Hemd keine Dreckspritzer abkriegt. Das ist ein wahres Bild für Götter!«

»Ich finde es herrlich«, sagt Madlen, »aus allen Himmelsrichtungen kommen die Leute an – und alle im gleichen Aufzug. Nur ein paar Junggesellen oder Strohwitwer wie du fahren im Einspänner und das sei euch auch gegönnt, schließlich habt ihr keine hungrigen Schnäbel zu stopfen wie die verheirateten Leute.«

Das sonntägliche Treffen vor der Kirche ist für das Landvolk der Höhepunkt der Woche, an dem Freunde sich treffen, Erfahrungen ausgetauscht werden, Klatsch und Tratsch blühen. Erwin Haberstroh kommt meist aus Red Wing herunter nach Reads Landing, um die Schurhammers zu treffen und Madlen versucht immer wieder aus dem Kreis ihrer Nachbarinnen die richtige Frau für ihn zu finden.

»Vergebliche Liebesmüh«, pflegt er dann zu sagen, »ich wüßte wohl eine, aber die hat ihr Herz schon verschenkt – und eine andere mag ich nicht.«

»Recht hast du«, bestärkt ihn Andreas, »der Ehestand ist gar nicht so erstrebenswert, wie die Pfarrer uns weismachen wollen. Ich für meinen Teil fühle mich auch ohne Frau pudelwohl und vermisse nichts.«

Neben der Landwirtschaft drehen sich die Gespräche stets im Kreis um Verlobungen und Hochzeiten, Kindstaufen und Begräbnisse. Aber an diesem Sonntag im Frühjahr 1862 gibt es nur zwei Themen: Der nun seit einem Jahr andauernde Bruderkrieg zwischen den amerikanischen Nord- und Südstaaten und die wachsende Unruhe unter den Santee Sioux, einem weitverzweigten Indianerstamm, der Anfang und Ende der fünfziger Jahre vertraglich auf seine Jagdgründe am Mississippi verzichtet hat – gegen eine jährliche Abschlagszahlung in Golddollar, deren Höhe die Regierung in Washington einseitig festlegte: Mit dreißig Cents pro *acre* ungeachtet des geschätzten Wertes von je fünf Dollar.

Die Sioux traten damit den Löwenanteil ihres Territoriums ab und beugten sich dem Druck der fast 150 000 weißen Pioniere, die in ihr angestammtes Gebiet geströmt waren, um es zu besiedeln.

»Unruhen bei den Indianern? Das können nur Gerüchte sein. Sie sind friedlich in die Reservation am Minnesota River abgezogen, die ihnen zugewiesen wurde. Einige jagen noch hier, aber es gibt ja genügend Wild für alle.« Erwin schüttelt den Kopf. »Man kann auch Streit und Konflikte herbeireden. Gerüchte haben schnelle Flügel und jeder, der sie weitergibt, bauscht sie auf.«

»Ich habe es mit eigenen Ohren gehört«, ereifert sich einer der Kirchgänger, »mir hat ein durchziehenden Pelzhändler von einem Überfall auf eine Farm im Renville County erzählt. Zuerst führten die Indianer Kriegstänze auf – und dann wurden drei Kühe samt Kälbern gestohlen.«

»Dazu braucht es keine Kriegstänze! Und wer hat gesehen, daß die Sioux die Übeltäter waren? Es gibt auch Viehdiebe unter den Bleichgesichtern!«

Erwin läßt sich nicht beirren. »Ich lese regelmäßig den *Pioneer*. Erst kürzlich stand dort in einem Artikel: › Das Leben in der Prärie ist sicherer als in der größten Stadt unter dem Schutz der bewaffneten Polizei… Wir sollten uns an unserem Land freuen‹. Und diesen Rat kann ich nur weitergeben. Einen schönen Sonntag noch allerseits!«

Zieht den Hut, steigt auf den Kutschbock und fährt gemeinsam mit Andreas davon.

Die Zurückbleibenden verstricken sich in eine lebhafte Diskussion darüber, ob man den Sioux trauen könne oder nicht und Joseph hört aufmerksam zu.

Als das Gespräch allmählich verebbt, mischt er sich zum ersten Mal ein.

»Ich bin erst ein paar Jahre hier, weniger als die meisten von euch. Aber ich frage mich eines: Warum eigentlich sollen wir

Männer gegen die Südstaaten in einen Bruderkrieg ziehen, um schwarze Sklaven zu befreien, die dort unterdrückt werden? Wird der ›rote Mann‹ bei uns hier nicht auch unterdrückt? Oder haben die Sioux die Verträge mit dem Verzicht freiwillig unterschrieben und sind fortgezogen? Wurden sie ihnen nicht etwa abgepreßt und die Bedingungen diktiert?«

Seine Worte lösen Empörung aus.

»Neger und Indianer sind zwei paar Stiefel! Die faulen Rothäute könnte man eher totprügeln als zu ordentlicher Arbeit zwingen. Das läßt sich doch nicht vergleichen!«

Der Kirchgänger, der vorher schon das Wort ergriffen hat, ereifert sich wieder und Joseph pflichtet ihm scheinbar bei.

»Nein, vergleichen wahrhaftig nicht. Denn die Indianer waren schon da, ehe die Weißen kamen, eigentlich ist es ihr Land. Und die Neger haben erst wir aus Afrika hierher geschleppt.«

Die empörten Stimmen werden lauter.

»Aha, ein Freund dieser falschen Rothäute!«

»Vertrag ist Vertrag – jetzt ist es unser Land und wir lassen es nicht brachliegen wie diese *lazybones*, diese Faulpelze!«

»Es ist unsere Christenpflicht, solche Wilden zu zivilisieren.«

Joseph sieht, daß er in ein Wespennest gestochen hat und es klüger gewesen wäre, abzufahren wie sein Vater und Erwin Haberstroh. Er will keinen Ärger, sondern seine nächste Ernte und sein Jungvieh zu ordentlichen Preisen in Reads Landing verkaufen. Er hebt die Hand und sagt ruhig:

»Ich bitte um Entschuldigung, wenn ich mich falsch ausgedrückt habe und mißverstanden wurde. Ich sagte vorhin schon, daß die meisten von euch länger hier leben als ich und sich besser auskennen.«

Das ist Öl auf die Wogen. Die aufgebrachten Männer beruhigen sich wieder, die Menge zerstreut sich langsam und Joseph begreift, daß er bei bestimmten Themen auch in einem freien Land wie Amerika seine Zunge hüten muß und manche Gedanken nicht offenbaren darf, wenn er geschäftliche Nachteile vermeiden will.

Madlen spricht auf der Heimfahrt aus, was er dachte. Und sie tut es auf die ihr eigene, liebevolle Weise.

»Ich bin stolz auf dich. Wärst Du damals bei dem Streit auf dem Floß schon so diplomatisch gewesen, könntest du längst

Vormann sein und müßtest dich nicht mit der Landwirtschaft abplagen. Ich weiß, daß dir diese Arbeit nicht liegt und danke dir, daß du sie trotzdem für uns tust.«

Er umschließt mit seiner Bärenpranke ihre kleine Hand, eine vertraute Geste aus vergangener Zeit, die sie schon lange vermißt hat.

»Und was meinst du zu dem, was ich gesagt habe?«

»Ich finde, du hast eine Wahrheit ausgesprochen, die keiner hören will. Die Indianer sind übervorteilt und ungerecht behandelt worden. Und ich glaube, es gibt nicht nur in der Regierung viele Weiße, die sie gewissenlos ausbeuten.«

»Du hast recht, aber wir müssen vorsichtig sein und diese Einstellung nicht offen zeigen. Ich habe mich bisher auch nur am Rande mit dem Thema beschäftigt. Jetzt interessiert es mich noch mehr als zuvor und ich möchte gerne hören, was die andere Seite dazu sagt.«

»Die Sioux? Und wie stellst du dir das vor?«

»Ganz einfach: Ich habe beim Jagen und Fischen schon oft Indianer in den Wäldern gesehen, aber sie sind mir aus dem Weg gegangen. Nächstes Mal werde ich sie ansprechen, vielleicht antworten sie mir.«

»Das ist eine gute Idee. Unser Speisezettel ist ohnehin recht eintönig in letzter Zeit – willst du nicht gleich morgen zusehen, ob du wieder einen Elch oder ein Karibu erwischen kannst? Was immer du bringst ist eine willkommene Abwechslung.«

*

»Dark Cloud« ist ein Bruder des Sioux-Häuptlings »Big Eagle« und kein Freund der Weißen. Er ist mittelgroß, kräftig gebaut und ohne ein Gramm Fett auf seinem sehnigen Körper. Seine Haut hat einen warmen, goldroten Farbton und seine Augen sind ebenso schwarz wie die Haare, die er zu langen Zöpfen geflochten hat. Als die Verträge unterzeichnet wurden, die seinen Stamm aus den Wäldern am Mississippi vertrieb, war er noch zu jung, um seine Stimme dagegen zu erheben, doch schon alt genug, um die Jagdgründe seiner Ahnen zu lieben. Er ging mit seiner Sippe in das 180 Meilen entfernte Reservat am Minnesota-River, aber es zieht ihn immer wieder zurück in die vertrauten Wälder zwischen Wabasha und Red Wing.

Geschmeidig und vollkommen lautlos schleicht er sich gegen den Wind an, duckt sich hinter dicken Grauföhren und nutzt ein Weißdorngestrüpp als Deckung. Dennoch scheint das halbwüchsige Elch-Hirschkalb Gefahr zu wittern, denn es steht gespannt, mit aufmerksam spielenden Lauschern inmitten der Waldlichtung. Gerade will es zur Flucht ansetzen, als es von seinem Pfeil getroffen wird. Gleichzeitig knallt ein Schuß.

Der junge Indianer verharrt ohne Regung in seinem Versteck und beobachtet, wie ein großer Mann mit sonnengebräuntem Gesicht auf die Lichtung tritt und sich über das zusammengebrochene Wild beugt. Trotz der dunklen Hautfarbe ist er offensichtlich ein *pale face*. Er legt seine Büchse ab, kniet nieder und entdeckt im gleichen Moment den Pfeil, der das Tier tödlich getroffen hat. Mit einem Satz ist er wieder auf den Beinen – und steht dem Sioux gegenüber, der ihn schweigend und feindselig mustert.

Joseph ist vollkommen verblüfft und sucht nach Worten.

»Sorry«, sagt er schließlich, »es tut mir leid, daß wir das gleiche Wild aufgespürt haben. Kannst du mich verstehen?«

Statt einer Antwort sagt Dark Cloud in fließendem Englisch: »Ein guter Jäger achtet auf den Wind. Der Elch hat deine Witterung aufgenommen. Du hast schlecht gezielt und ihn fast verfehlt.«

Tatsächlich haben die beiden Männer gleichzeitig geschossen und beide getroffen.

»Es ist deine Beute«, sagt Joseph zu dem Indianer, »soll ich dir beim Auswaiden helfen?«

Der schüttelt den Kopf, doch es gelingt ihm nicht ganz, seine Überraschung zu verbergen.

»Du bist ein weißer Mann trotz deiner braunen Haut«, stellt er fest, »nach euern Gesetzen darf ich in diesen Jagdgründen kein Wild mehr erlegen, obwohl der große Geist das Land, das Wasser und die Tiere, die uns ernähren, allen Menschen gegeben hat. Denkst du wie wir, willst du mir deshalb den Elch überlassen?«

»Ja und nein. Vor allem, weil ich schlechter geschossen habe als du. Sag mir, wo hast du unsere Sprache so gut gelernt?«

»In einer Missionsschule.«

»Dann bist du ein Christ?«

Dark Cloud schüttelt wieder den Kopf. »Euer Volk lebt nicht

nach den Geboten seiner Religion. Wie könnte ich da an seinen Gott glauben?«

»Kannst du mir das näher erklären?«

»Willst du es wirklich wissen? Ja? Dann komm' mit mir an unser Lagerfeuer. Wir sind fünf Männer vom Stamme der Santee Sioux und jagen heimlich hier, weil es uns verboten ist. Ich sehe, du wirst uns nicht verraten, deshalb nehme ich dein Angebot an, das ich zuerst abgelehnt habe. Du kannst uns helfen und wir sagen dir, was du wissen willst.«

Die Indianer lagern an einem der vielen namenlosen kleinen Seen, eine Wegstunde entfernt von der Lichtung. Trotz der kalten Nächte haben sie keine *tepees* bei sich, nur ihre robusten kleinen Pferde. Sie zeigen keinerlei Erstaunen, als Dark Cloud mit einem Fremden auftaucht, der gemeinsam mit ihm das Elch-Hirschkalb an einer durchgebogenen Stange trägt. Bereitwillig rücken sie zur Seite, nachdem er ihnen kurz erklärt hat, wo und unter welchen Umständen er Joseph getroffen hat.

Die unvermeidliche Pfeife macht die Runde, dann zerlegen sie schnell und geschickt das Wild, braten zuerst die Innereien über der Glut und danach einen Teil des zarten Fleisches, von dem sie unglaubliche Mengen mit Heißhunger verschlingen. Die Decke wird säuberlich abgeschabt und über einen hohen Ast gelegt, das übrige Fleisch als Proviant gebraten oder in dünne Streifen geschnitten und zum Trocknen aufgehängt.

»Was weißt du von unserem Stamm?«, fragt Dark Cloud nachdem sie schweigend gegessen haben.

»Nicht viel«, gibt Joseph zu, »eigentlich nur, daß ihr vor einem guten Jahrzehnt dieses Land am Mississippi gegen Geld abgetreten habt und weiter nach Westen gezogen seid.«

Dark Clouds Gesicht verfinstert sich. »Über diese Verträge reden wir später. Als erstes solltest du wissen, daß wir selbst uns immer *Dakota* nannten, das heißt *Freunde* in eurer Sprache. Der Name *Sioux* wurde von unseren Gegnern, den Chippewa, erfunden und bedeutet *Schlange* oder *Schlangen-gleicher-Feind.* Die ersten Pelzhändler, die in unser Land kamen, hörten nur diesen Namen und so wurde er unter den weißen Männern bekannter als *Dakota.*«

»Dann seid ihr ein großer Stammesverband und werdet von einem Häuptling angeführt?«

»Nein, die Santees gliedern sich in vier Untergruppen auf, die Mdewakanton, die Wahpeton, die Wahpekute und die Sisseton. Alle haben eigene Häuptlinge, mehr oder weniger bedeutende, die sich treffen und beraten, wenn wichtige Entscheidungen anstehen.«

»Und wer ist euer *chief*, euer Häuptling?«

»Das ist mein Bruder Big Eagle,« antwortet der junge Indianer stolz, »er ist ein geachteter Krieger und trägt sechs Adlerfedern zum Zeichen dafür, daß er im Kampf sechs Feinde unseres Stammes getötet hat.«

»Ist er hier in der Nähe?«

Dark Cloud lächelt zum ersten Mal.

»Natürlich nicht. Ein bedeutender Häuptling wie er geht nicht mit uns jungen Männern auf eine verbotene Jagd. Er lebt in Canoska auf der Südseite des Minnesota Flusses. Soweit das Auge blicken kann, war dieses Land unser Land, wir zogen über die Prärie, frei wie der Vogel in den Lüften und unsere Wigwams standen oft viele Tageritte voneinander entfernt, auch in diesen Wäldern.«

»Kommst du deshalb mit deinen Freunden hierher, um zu jagen?«

»Ja, es ist alles die Erde unserer Ahnen, es sind unsere angestammten Jagdgründe. Und es gibt hier noch viel mehr Wild, weil alle Santees, die früher diesseits und jenseits des großen Flusses (gemeint ist der Mississippi) lebten, sich nun auf einem Gebiet zusammendrängen, das uns zugewiesen wurde und das ihr Weißen Reservat nennt.«

»Wie lebt ihr dort?«

»Schlecht. Wir sind ein Volk von Jägern und sollen Ackerbauern werden nach eurem Vorbild. Manche versuchen das. Die anderen können von dem Geld, das uns jedes Jahr nach den Verträgen zusteht, Nahrungsmittel bei bestimmten Händlern kaufen – aber bis dieses Geld den weiten Weg von Washington hierher findet, geht das Meiste davon verloren und die Santee hungern.«

Das erinnert Joseph an Notzeiten in Deutschland, als die Kartoffelfäule, verbunden mit verheerenden Unwettern und Tierseuchen eine katastrophale Hungersnot zur Folge hatte – einer der Auslöser für die »Badische Revolution« 1848/49. Aber hier in Amerika?

»Willst du damit sagen, daß die Verträge nicht eingehalten werden?«

»Sie wurden noch nie eingehalten und seit die Blauröcke Krieg gegen den Süden führen, kommt immer weniger Geld und selbst das nicht zur rechten Zeit. Aber unser Stamm ist abhängig davon und wenn die Leute nichts mehr zu essen haben, verpfänden sie den weißen Händlern ihren Anteil. Diese sprechen oft mit gespaltener Zunge und betrügen die Santee, die nicht lesen und schreiben können. Ist dann endlich das Geld eingetroffen, fließt der größte Teil gleich wieder in die Taschen der Händler und das Schuldenmachen beginnt von Neuem.«

»Beklagen sich eure Häuptlinge nicht darüber? Gibt es nicht einen Indianer-Agenten, der die Interessen der Stämme wahrnimmt und sie vertritt?«

Dark Cloud winkt ab. »Immer wieder haben wir uns beschwert. Es werden Versprechungen gemacht – und es ändert sich nichts. Diese Männer haben nur ihren eigenen Vorteil im Sinn, nicht den unseren. Und deshalb will ich auch kein Christ werden – weil das Handeln deines Volkes nicht mit dem übereinstimmt, was seine Religion verlangt.«

Das Feuer ist niedergebrannt, die letzte Glut unter der Asche verglimmt und die anderen Santee haben sich längst in ihre Decken gewickelt und zum Schlafen niedergelegt. Joseph streckt sich neben ihnen aus.

»Du hast recht«, sagt er zu Dark Cloud, »nur wenige Christen nehmen ihre Religion ernst – und auch ich gehöre dazu.«

»Trotzdem bist du anders als alle weißen Männer, denen ich bisher begegnet bin. Du bist der erste, der mit mir spricht wie mit seinesgleichen, der mich ernst nimmt, der sich für die Sorgen meines Volkes interessiert. Ich möchte mehr mit dir reden. Willst du morgen mit uns jagen?«

Joseph bleibt drei Tage in den Wäldern und erfährt, wie groß die Not bei den Stämmen der Santee Sioux im vergangenen Jahr geworden ist – eine der wirtschaftlichen Folgen des Bürgerkriegs, erschwert durch Mißernten. Kleine Kinder sterben still an Unterernährung, Kranken und Verletzten fehlt die Kraft zum Gesundwerden. Abgemagerte Frauen ziehen bettelnd von Farmhaus zu Farmhaus und unter den Männern wächst Empörung und Bitternis über die immer wieder gebrochenen Versprechungen. Was am Sonntag nach dem Kirchgang zur Sprache kam, stimmt: Unter den Indianern ist große Unruhe ausgebrochen, sie stehen kurz vor einem Aufruhr.

»Ich kann es kaum glauben«, sagt Joseph, »wieso wird das jetzt erst allmählich bekannt, wenn schon seit langem solche Zustände herrschen?«

»Keiner will es wissen«, antwortet Dark Cloud, »niemand fühlt sich verantwortlich, der Krieg, den der weiße Mann gegen seine eigenen Brüder führt, ist wichtiger. Warum kommst du nicht mit uns und siehst dir selbst an, was du nicht glauben kannst?«

5

Madlen wundert sich über das lange Ausbleiben ihres Mannes auf der Jagd und sie wundert sich noch mehr, als er schließlich zusammen mit fünf Indianern zurückkommt. Sie führen schwer beladene Packpferde am Zügel.

»Ich habe einen Hirsch für uns erlegt,« ruft er und wuchtet ihn vor die Haustüre, »das Geweih ist besonders schön, vielleicht können wir es verkaufen. Und von dem Fleisch werdet ihr eine ganze Weile zehren.«

»Was heißt *ihr*, willst du nicht mithalten?«

»Nein, ich mache einen Ausflug mit meinen neuen Freunden in ihr Reservat. Wir sind jetzt schon jahrelang im Land und haben nichts von Minnesota gesehen als unsere Ecke hier am Mississippi.«

»Und deine Arbeit?« fragt Madlen.

»Da sollen die anderen mal kräftiger zulangen. Wenn ich krank wäre, müßte es auch ohne mich gehen.«

Madlen ist gleichzeitig überrascht und enttäuscht über diesen spontanen Entschluß, aber sie weiß, daß sie ihren Mann von nichts abhalten kann, was er sich einmal in seinem Schwarzwälder Dickschädel vorgenommen hat. Sie atmet tief durch.

»Wann werdet ihr reiten?«

»Gleich, wir wollen keine Zeit verlieren wegen der Jagdbeute. Mach mir ein Kleiderbündel zurecht, ich gebe den Männern inzwischen etwas zu essen.«

Großzügig verteilt er das frischgebackene, noch warme Brot, das Madlen gerade aus dem Backofen geholt hat. In diesem Augenblick nähert sich auf der unbefestigten Straße eine Staubwolke aus Richtung Reads Landing. Ihrer Größe und dem Tempo nach zu urteilen, kann es nur der Einspänner seines Vaters sein.

Andreas bremst seinen Wallach aus dem flotten Trab scharf zum Stillstand und springt vom Bock. Mit gerunzelten Brauen betrachtet er die Gruppe der Indianer.

»Was ist denn das für eine seltsame Versammlung? Kannst du mir das erklären?«

In Joseph beginnt es schon wieder zu rumoren.

Was geht ihn das an, diesen alten Despoten?

Laut aber sagt er ruhig: »Das sind neue Freunde vom Volk der Dakota. Wir waren zusammen auf der Jagd und ich will sie jetzt in ihr Reservat begleiten.«

»Daraus wird nichts«, entgegnet Andreas und deutet mit einer herrischen Geste auf die Männer, »*you ride back home on your one. My son has no time to come with you* – ihr reitet alleine heim, mein Sohn hat keine Zeit mit euch zu kommen.«

Verwunderung blitzt in den Augen Dark Clouds auf. Er neigt kam wahrnehmbar den Kopf und antwortet höflich: »*You are chief of the band, so we follow your order* – du bist der Häuptling des Stammes, wir folgen deiner Anweisung.«

Ein Wink zu seinen Leuten, und schon machen die Pferde eine Wendung auf der Hinterhand und die Indianer reiten davon.

Joseph hat es die Sprache verschlagen. Bis er wieder Worte findet, sind sie schon um die nächste Wegbiegung verschwunden. Empört und zornig geht er auf seinen Vater zu, bis er direkt vor ihm steht: »Wie lange willst du dieses Spiel weitertreiben? Mit mir nicht! Ich steige aus! Lieber verdiene ich mein Brot als Taglöhner, als daß ich mich weiter von dir am Gängelband führen lasse!«

»Gemach, gemach, Herr Hitzkopf!« Andreas ist seiner Sache sehr sicher.

»Du hast jetzt wirklich keine Zeit für Ausflüge. Der Sheriff von Wabasha erwartet uns: Ich habe gerade 250 acre bestes Farmland am Mississippi gekauft, eine Gelegenheit, auf die ich seit langem warte. Ich will es auf Deinen und Madlens Namen ins Grundbuch eintragen lassen.«

Solche Überraschungen liebt er, denkt Joseph und bemüht sich umsonst, die aufkeimende Bewunderung mit seinem Zorn zu ersticken.

Andreas nimmt diesen Widerstreit mit Genugtuung zur Kenntnis.

»250 neue acre plus 50 bewirtschaftetes Land macht 300, eine einfach Rechnung. Nach unseren alten Maßen sind das rund 1,2 Millionen Quadratmeter oder 120 Hektar – eine ordentliche Basis für einen künftigen Großgrundbesitzer. Meinst du nicht auch, das ist ein gerechter Ausgleich für den Rinzberghof?«

»Vater – ist es wirklich wahr?«

Madlen läßt das Kleiderbündel fallen, mit dem sie gerade aus dem Haus kommt. Sie umarmt Andreas und strahlt ihn an. »Ist das dein Ernst?«

»Natürlich, was denkst denn du? Meinst du ich scherze mit so etwas? Schäm dich!«

Er poltert richtig los, gottbewahre, nur keine unmännliche Rührung!

»Vater, du weißt gar nicht, was das für uns bedeutet! Damit sind wir die Angst im Nacken los, daß wir hier vertrieben werden durch den Prozeß. Daß wir nach der alten Heimat auch die neue verlieren!«

Madlen weint vor Freude, für sie ist es ganz natürlich, Gefühle zu zeigen.

Joseph räuspert sich – zum zweiten Mal an diesem Morgen fehlen ihm die Worte. Immerhin läßt er es zu, daß Andreas beide Hände auf seine Schultern legt und schüttelt sie nicht ab.

Der Kauf wird noch am gleichen Tag ordnungsgemäß besiegelt. Anschließend eröffnet Andreas seinem verblüfften Sohn, daß damit seine Mission in Amerika beendet sei.

»Ich war nun gute sechs Jahre hier und habe mein Bestes getan, dir beim Start zu helfen. Die wenigsten Siedler können unter solchen Voraussetzungen anfangen. *Now its your turn* – jetzt bist du dran! Mach' etwas daraus!«

Nun, da sein Entschluß gefaßt ist, heimzukehren in den Schwarzwald, können ihn weder Madlens inständige Bitten noch die Überredungskünste seines Freundes Erwin Haberstroh davon abhalten.

»Im Glottertal sind meine Wurzeln – und einen alten Baum verpflanzt man nicht! Vielleicht kann ich auch den Rinzberghof retten, ehe er den Bach runtergeht. Meine Aufgabe hier ist erfüllt – das könnte eine neue werden.«

Haberstroh versucht es noch einmal.

»So leichten Herzens gibst du unsere Freundschaft auf?«

»Nein, schweren Herzens. Aber mein bester und treuster Freund Anton lebt nicht weit vom Glottertal im Elsaß und ihn vermisse ich am meisten. Er wollte nachkommen hierher, hat den Plan aber aufgegeben. Sag, Erwin – warum machen wir's nicht umgekehrt? Warum kommst du nicht mit mir auf einen Besuch ins Badische? Vielleicht findest du daheim die richtige Braut!«

Diese Idee fällt auf fruchtbaren Boden und Haberstroh ist ein Mann von schnellen Entschlüssen: Zwei Wochen später laden die Beiden ihre Seekisten an Bord des Raddampfers »Memphis«, der die Schurhammers Ende 1855 von New Orleans flußaufwärts brachte. Jetzt fährt er in die entgegengesetzte Richtung.

Madlen weint wieder und winkt mit einem Taschentuch. Den drei Kindern ist es egal, ob der Großvater dableibt oder wegfährt: Er hat nie mit ihnen gespielt, nie Geschichten erzählt, seine Zuwendung beschränkte sich auf die Verabreichung von Kopfnüssen bei passender Gelegenheit.

Und Joseph kann nichts weiter empfinden als ein Gefühl ungeheuerer Erleichterung.

Ich müßte sehr dankbar sein, denkt er, *ja, das müßte ich. Aber ich bin einfach froh, daß er weg ist! Jaja, er hat uns viel geholfen, mehr als die meisten Väter können und wollen. Aber er hatte auch allen Grund dazu! Am dankbarsten bin ich dafür, daß er mich endlich mein eigenes Leben leben läßt und mir nicht mehr dreinredet.*

*

Die Mutter von ›Summerwind‹ war eine reinblütige Santee-Sioux. Ihr Vater kam aus Canada und war ein französischer Pelzhändler, ein liebenswerter, leichtlebiger Abenteurer, mit unruhigem Zigeunerblut. Die beiden heirateten nach den Sitten des Stammes, *French Trader* ließ sich im Lager nieder und wohnte in einem Tepee wie seine neuen Verwandten, ging mit ihnen auf die Jagd und bezahlte die besten Preise für ihre Felle, die sie je erzielt hatten.

Ein Jahr später wurde an einem strahlend schönen Sommertag ein kleines Mädchen geboren, das von seiner Mutter den Namen Summerwind bekam und das sein Vater nur *Jolipetite* nannte. Das Glück dauerte ein weiteres Jahr, dann stellte *French Trader* plötzlich fest, daß er es länger bei den Indianern ausgehalten hatte, als je zuvor an einem anderen Platz.

In dieser Zeit liebte er seine Indianerin mit Zärtlichkeit und Leidenschaft, schwor ihr ewige Treue – und verabschiedete sich dann eines Tages ›auf französisch‹, nicht ahnend, daß er damit der jungen Frau das Herz brechen würde. Sie begann zu kränkeln, als sie letztlich die Hoffnung auf seine Wiederkehr aufgab und – zu seinen Gunsten – annahm, er sei bei der Jagd tödlich verunglückt.

»Sie ist an ihrer Liebe zu *French Trader* gestorben«, sagten die Sioux und keiner konnte verstehen warum.

Gab es nicht genügend gutgewachsene, tapfere Krieger, die eine so hübsche Witwe gerne zur Frau genommen hätten? Warum nur wies sie jeden Bewerber freundlich, aber bestimmt ab? Nicht einmal der Medizinmann konnte ihr helfen mit seiner Kunst, weil er nicht wußte, welche Krankheit er behandeln sollte.

Als ihr Leben zu Ende ging, blieb die kleine Summerwind alleine zurück und die Sippe des Häuptlings Big Eagle nahm sie in ihrer Mitte auf wie ein eigenes Kind. Sie wuchs gleichrangig als Schwester des künftigen Häuptlings und seines Bruders Dark Cloud zu einem Mädchen von großem Liebreiz heran, ein Mädchen, in dem sich die Vorzüge beider Rassen vereinten: der Charme, die Abenteuerlust und die Fröhlichkeit ihres Vaters, vereint mit der Ruhe und der stolzen Gelassenheit ihrer Mutter.

Wie Dark Cloud besuchte sie die Missionsschule und weigerte sich ebenso beharrlich wie er, zum Christentum überzutreten. Schon deshalb, weil die meisten »Bleichgesichter« ihre Hautfarbe und ihre Kultur als Privileg ansahen und es als Pflichtaufgabe betrachteten, den »Rothäuten« Zivilisation beizubringen. Mischlinge wurden herablassend *halfcasts* , *halfbreed* oder *mixed-blood* genannt und als minderwertig eingestuft. Man sagte ihnen nach, sie würden die schlechten Eigenschaften beider Seiten in sich tragen.

Summerwind war der lebendige Gegenbeweis für diese Vorurteile. Sie nannte sich selbst *Jolipi* – dieser Kosename ihres Vaters, eine Abkürzung von *Jolipetite*, war ihre früheste Kindheitserinnerung aus der Zeit, in der sie zu sprechen begann. Er blieb ihr und selbst ihre Sioux-Familie nannte sie später nur noch so.

*

Als die fünf jungen Männer mit der reichen Jagdbeute zurückkehren, ist es ein Freudentag für das ganze Lager: Es gibt ein lange entbehrtes Festessen.

Dark Cloud steckt Jolipi heimlich einige Leckerbissen zu wie Herz und Leber, die sie mit ihren Freundinnen teilt. Sie teilen alles miteinander: die viele Arbeit, die ihnen die Männer zuweisen, aber auch die Vergnügungen und manchmal sogar die jungen Krieger. Dann lachen und tuscheln sie, tauschen ihre Erlebnisse aus und betrachten diese Spiele als ganz natürliche Erfahrungen auf dem Weg zum Erwachsenwerden. Wer möchte schon eine Familie gründen und auf Dauer mit einem Mann Lager und Tepee teilen, wenn er nichts von Männern weiß?

An diesem Abend aber hat Jolipi keine Lust mit den anderen Mädchen zu reden.

Sie schleicht zu dem Feuer vor dem Zelt des Häuptlings, setzt sich außerhalb des Lichtscheins auf die Erde und lauscht unbemerkt.

»Ich kenne kein Bleichgesicht , das mit uns Dakota jagt – auf Jagdgründen, die die Weißen selbst unserem Volk verboten haben. Erzähle uns mehr von ihm!«

Der Feuerschein erhellt das Gesicht Big Eagles, der sein ungläubiges Staunen beherrscht und seinem jüngeren Bruder mit einer leichten Handbewegung das Wort erteilt.

»Du hast recht«, pflichtet ihm Dark Cloud bei, »einem solchen Mann bin ich nie zuvor begegnet. Er sieht auch nicht aus wie ein Bleichgesicht – seine Haut ist dunkler als die meine, gegerbt von der Sonne. Und seine Haare sind schwarz wie die eines Dakotas, doch nicht glatt und lang, sondern kürzer und wild gewachsen wie Gestrüpp. Er ist groß und voller Kraft wie ein Bär. Aber das sind nur Äußerlichkeiten. Wichtiger ist: Er hat nicht die Selbstgefälligkeit des weißen Mannes, ihn interessieren unsere Sorgen und die Not, in die wir geraten sind. Er wollte sogar mit uns hierher reiten, um mehr darüber zu erfahren.«

»Und warum hat er es nicht getan?«

»Im letzten Augenblick ist sein Häuptling aufgetaucht und hat es untersagt. Ich glaube, sie mußten eine wichtige Versammlung abhalten. Mir schien, daß es sein Vater war.«

»Wird er noch kommen?«

»Da bin ich sicher. Wir blieben drei Tage zusammen. Er ist kein geduldiger Jäger, aber ein guter Schütze. Und vor allem ist er ein Mann, der tut, was er will und er läßt sich durch nichts davon abhalten.«

Jolipi hat genug gehört und huscht in der Finsternis zurück zu ihrem Tepee. Sie mag nicht länger mit den anderen jungen Mädchen plaudern, sie möchte lieber über das dunkelhäutige Bleichgesicht nachdenken, von dem ihr Bruder berichtet hat.

*

Einen halben Monat später erreicht Joseph das Dakota-Lager am Minnesota River. Er reitet den Braunen, der bisher den Einspänner seines Vaters zog, und hat ein Packpferd dazugekauft. Es trägt zwei Zentnersäcke Mehl, zwei kräftige Speckseiten und zwei Körbe mit je einem quietschenden Ferkel. Jetzt, Anfang April ist es noch kühl und seine Fracht hat den Drei-Tage-Ritt gut überstanden.

Das Lager ist groß und besteht überwiegend aus hohen, spitz zulaufenden Büffelhaut-Tepees, von denen manche gänzlich schmucklos und andere mit farbigen Zeichnungen verziert sind. Nicht weit entfernt stehen ein paar einfache Backsteinhäuser, die den »Farmer-Indians« gehören, die Ackerbau betreiben und dabei sind, sich der Lebensweise der Siedler anzupassen.

Seine Ankunft spricht sich in Windeseile herum und er wird von einer Kinderschar umringt, die ihm den Weg zum Tepee des Häuptlings weist. Big Eagle und Dark Cloud begrüßen ihn mit großer Freundlichkeit, ohne die geringste Überraschung.

»Mein jüngerer Bruder sagte mir, daß du kommst. Wir haben dich erwartet.«

Sie reichen ihm die Hand und geben einem halbwüchsigen Jungen einen Wink, sich um die Pferde zu kümmern. Während sie die obligatorische Pfeife miteinander rauchen, betrachtet Joseph den Häuptling fasziniert. Er hat noch nie einen Mann gesehen, der so viel natürliche Würde und Autorität ausstrahlt. Sein Gesicht ist schmal, ebenmäßig und gut geschnitten, sein Blick klar und fest. Big Eagle ist nicht so hochgewachsen wie er und auch nicht so atlethisch, aber jeder Muskel seines kräftigen Körpers ist durchtrainiert. Bis auf lange Hosen aus weichem Leder und Mokassins ist er nackt und trägt keinerlei Schmuck außer einem Stirnband. Wie Dark Cloud hat er die Haare zu langen Zöpfen geflochten, die ihm bis zur Taille reichen.

Nach gebührendem Schweigen ergreift er das Wort und sein Bruder übersetzt.

»Was ist der Grund für deinen Besuch?«

»Ich habe bei der Jagd zum ersten Mal aus dem Mund eines Dakota gehört, wie es eurem Volk ergangen ist und jetzt ergeht. Ich wollte das mit eigenen Augen sehen. Wir leben hier in einem Land, das Freiheit und Menschenrechte auf sein Banner schreibt und gegen die Südstaaten kämpft – für die Rechte der Negersklaven. Es bewegt mich deshalb, weil ich ich in Deutschland bei einer Revolution selbst für diese Ideale gekämpft habe.«

»Du bist ein Krieger? Habt ihr die Schlacht gewonnen?«

»Nein, wir haben sie verloren. Es ist alles geblieben, wie es war und viele Menschen mußten sterben, weil sie an eine bessere Zukunft glaubten. Aber das ist schon zwölf Jahre her und Vergangenheit. Wir leben in der Gegenwart und ich will sehen, ob ich etwas für euren Stamm tun kann.«

»Das ist ehrenwert, doch nicht realistisch. Wie denkst du dir das?« fragt Big Eagle.

»Wenn du mir mehr erzählst als ich bisher weiß, werde ich einen Plan machen. Für's Erste habe ich so viel Proviant mitgebracht wie mein Packpferd tragen konnte – und mit den beiden Ferkeln könnt ihr züchten.«

»Das ist Frauensache.«

Dark Cloud ruft laut in seiner Sprache – und sekundenschnell steht Jolipi neben ihnen. Sie muß ganz in der Nähe gewartet haben.

»Das ist unsere Schwester Summerwind, die wir alle Jolipi nennen. Sie wird sich um die Tiere kümmern.«

Joseph starrt wie gebannt auf die junge Indianerin und vergißt dabei völlig, ihr die Hand zu reichen. Das Mädchen ist eine Schönheit und bewegt sich mit der Anmut einer Gazelle. Ihr blauschwarzes Haar ist in der Mitte gescheitelt, in die Zöpfe hat sie bunte Glasperlen geflochten und an ihrem Ende Metallringe befestigt.

Er ist von der ersten Sekunde an verzaubert und seine schlummernden Jagdinstinkte werden hellwach. Jolipi mustert ihn ebenso unverhohlen und denkt: Genauso habe ich ihn mir vorgestellt in meinen Träumen. Er ist anders als die jungen Sioux – nicht nur größer und stattlicher, auch männlicher. Er hat etwas von einem Raubtier an sich. Und was gefällt mir am besten an ihm? Alles! Besonders sein kurzer dunkler Bart. Ich werde ihn Black Bear nennen, »Schwarzer Bär«.

Sie öffnet die Lippen zu einem Lächeln und zeigt eine Reihe kleiner, ebenmäßiger, perlweißer Zähne. »Willst du mir nicht die Hand geben zur Begrüßung?«

Mit einem Satz springt Joseph auf die Beine und auf den Boden der Wirklichkeit zurück.

»Ich bitte um Entschuldigung – die Verwunderung, daß du so gut englisch sprichst, hat mich verwirrt. So unhöflich bin ich sonst nie!«

Schelm, denkt sie, mir kannst du keine Märchen erzählen! Du bist nicht nur verwundert – dich hat der Flügelschlag der Liebe gestreift! Ich bin neugierig, was daraus wird.

Das Intermezzo hat nur Sekunden gedauert, doch es ist Big Eagle nicht entgangen. Nichts entgeht ihm, Jolipi kennt ihn gut genug, um das zu wissen. Sie trägt die beiden Körbe mit den quieckenden Schweinchen weg, füttert und tränkt sie und geht zurück in das Tepee, um beim Zubereiten des Essens zu helfen.

»Du wolltest mehr über unser Volk wissen«, nimmt Big Eagle das unterbrochene Gespräch wieder auf. »Ich will versuchen, dir unsere Lage zu schildern: Die Dakota haben unter dem Druck der weißen Regierung neun Zehntel ihres Stammesgebietes abgetreten. Die Bleichgesichter sagten, sie würden unser Land mit dem Recht des Stärkeren nehmen, auch mit Gewalt, wenn wir nicht freiwillig darauf verzichten – und dann bekämen wir nicht einmal eine Entschädigung dafür. Bei den Bedingungen der Verträge und bei dem Preis durften wir nicht mitreden, sie wurden einseitig festgelegt – und unser ganzer Stamm wurde nach der Unterzeichnung auf einem Landstreifen hier am Minnesota River zusammengedrängt. Es waren schlechte Verträge für uns, und gute für dein Volk.«

»Das klingt verdammt nach Erpressung«, sagt Joseph, »und die Entschädigung – oder der Kaufpreis – war anscheinend auch zu niedrig. Stimmt das?«

Big Eagle nickt.

»Es stimmt, ist aber nicht das Schlimmste. Noch ehe die erste Rate bezahlt wurde, mußten wir Nahrungsmittel kaufen, denn unsere alten Jagdgründe waren verloren.

Wir durften aber nur bei bestimmten Händlern in unserem Reservat kaufen. Sie gaben uns, was wir brauchten ohne Geld und schrieben alles in ein Buch. Sie nannten das Kredit, etwas, das wir nicht kannten und nicht wollten – viel lieber hätten wir sofort bezahlt! Das Land wurde uns auch sofort genommen! Aber wir hatten keine andere Wahl. Und bis das Geld vom ›Großen Vater Präsident‹ endlich eintraf, behielten die Händer gleich den größten Teil. Sie sind wie Raubvögel.«

»Mit anderen Worten: Sie haben euch betrogen!«

»Die meisten von uns konnten nicht lesen oder schreiben und sich deshalb nicht gegen den Betrug wehren«, erklärt Dark Cloud, »und den wenigen, die es konnten, hat es nichts genutzt: Wenn das Geld aus Washington kam, erhoben die Händler Anspruch darauf. Ihre Zahlen wurden anerkannt und die der Dakota nicht – sie bekamen Recht und damit auch das Gold. So begann die Spirale des Schuldenmachens schon im ersten Jahr nach unserer Vertreibung. Wie soll sie je enden?«

»Dazu kamen die Mißernten und die Heuschrecken – auch wir hatten zwei schlechte Jahre am Mississippi«, wirft Joseph ein.

»Aber ihr seid geübte Farmer – wir sind Jäger ohne Jagdgründe. Wir müssen das Bebauen des Landes erst mühsam erlernen, wir wissen nicht, wie man das macht und die meisten wollen es auch gar nicht.« »Da kommt einiges zusammen«, sagt Joseph mit dem Gefühl, daß er im Begriff ist, sich auf ein Abenteuer mit sehr ungewissem Ausgang einzulassen.

Big Eagle erhebt sich und strafft die Schultern. »Es fehlt an vielem und manche Familien hungern. Das ist schlecht, aber es ist zu ertragen. Notzeiten gab es schon immer und sie gehen vorüber. Schlimmer ist die Verachtung, mit der uns die meisten Bleichgesichter begegnen – schon durch ihr Benehmen machen sie deutlich, was sie denken: Wir sind bessere Menschen als ihr. Trotzdem mißbrauchten weiße Männer Indianerfrauen auf gewisse Weise und entehrten sie . .

Viele unserer Leute sind durch all dies mit großem Zorn gegen die Weißen erfüllt. Mehr habe ich nicht zu sagen.«

Er verschränkt die Arme, schaut Joseph eine Sekunde länger in die Augen als üblich und winkt ihm dann einladend zu, in das Tepee einzutreten.

*

Das Essen wird schweigend eingenommen und Joseph überlegt dabei, was er von sich aus tun könne, um die Situation zwischen den Weißen und den Indianern zu entschärfen. Ihm ist klar, daß eine grundlegende Verbesserung von Washington ausgehen muß – ob sie aber dann auch über die weite Entfernung hier in Minnesota durchgesetzt würde, ist mehr als fraglich und obendrein langwierig. Besser gleich mit den Leuten reden, die es angeht: die Händler. Oder mit dem örtlichen Indianer-Agenten, der die Verantwortung mitträgt . .

Seine Gedanken schweifen ab, er spürt, daß Jolipi in unverwandt anschaut. Gleichzeitig fühlt er den beobachtenden Blick Big Eagles und seine warnenden Worte klingen in seinem Ohr. Eine vertrackte Situation! Er setzt sein gleichmütigstes Pokergesicht auf und versucht, die Gedanken wieder einzufangen.

Er kann gut reden und Menschen überzeugen, eine Gabe, die sein Vater ihm vererbt hat. Aber er zweifelt erheblich daran, ob alleine das helfen würde, wenn es um Geld geht. Er bräuchte jemanden auf seiner Seite, der Einfluß und Gewicht hat – nur wen? Plötzlich fallen ihm Friedrich Hecker und Franz Siegel ein, die beiden »Forty-eighters«, die es inzwischen in der Konföderierten Armee zum Oberst und zum General gebracht haben. Vielleicht war das eine Möglichkeit, vielleicht konnten sie ihren Einfluß geltend machen, falls sie nicht gerade an der Front kämpften.

*

Am nächsten Morgen fragt er Dark Cloud , wo er die Händler finden kann, von denen die Rede war.

»Es gibt viele von Ihnen«, erklärt der, »und sie alle leben an zwei Plätzen: der Upper Agency am Yellow Medicine River und der Lower Agency flußabwärts bei Redwood.«

»Haben sie etwas wie einen Häuptling?«

»Ja, ihr Häuptling befiehlt beide Agenturen und lebt am Yellow Medicine River. Er kam letztes Jahr, heißt Major Thomas Galbraith und er ist kein guter Mann.«

»Du hast schon bei der Jagd erzählt, daß der ranghöchste Indianer-Agent seine eigenen Interessen vertritt, nicht eure. Meintest du ihn?«

Dark Cloud nickt.

»Keiner vor ihm ist uns mit so viel Mißachtung begegnet. Er weiß nicht das Geringste von unserem Volk und will auch nichts wissen. Er kennt kein Mitgefühl und wenn wir alle verhungern würden, gäbe es für ihn nur eine Klage: Daß niemand mehr da ist, den er betrügen kann.«

»Das sind harte Worte.«

»Sie sind hart und ich könnte noch härtere finden, die zutreffen. Reite zu ihm und bilde dir selbst ein Urteil!«

Weder Big Eagle noch Jolipi sind an diesem Morgen zu sehen. Joseph läßt sein Packpferd im Dakota-Lager und verspricht wiederzukommen. Er reitet den Cottonwood River entlang und sieht nicht weit entfernt die kleine Stadt New Ulm liegen. Es ist eine schöne Gegend, hügelig, sanft abfallend zum Fluß, umrandet von dichten Wäldern, die in endlos weite Prärien übergehen. Ein Teil des fruchtbaren Landes ist schon urbar gemacht und über den Feldern liegt der hellgrüne Schimmer der keimenden Saat.

Dieses New Ulm ist eine Siedlung, die erst Ende der fünfziger Jahren gegründet wurde, überwiegend von Deutschen, zusammen mit einigen Skandinaviern. Ihm fällt ein, daß es sogar eine deutsche Brauerei hier geben soll – und der Gedanke an ein kühles, frisches Bier läßt einen weiteren Gedanken keimen: Warum eigentlich nicht hier, vor Ort, weitere Erkundigungen einziehen über die Schwierigkeiten, in denen seine neuen Freunde stecken? Wie hieß noch diese Brauerei? Es will und will ihm nicht einfallen, also fragt er den ersten Mann, dem er in New Ulm begegnet auf deutsch danach.

Der lacht. »Du bist wohl nicht von hier, wenn du das nicht weißt! Jeder kennt doch August Schell!«

Richtig, das war der Name! »Und wo finde ich ihn?«

»Gar nicht zu verfehlen – gleich auf dem Hügel dort rechts, ein bißchen außerhalb. Der Schell ist in Ordnung. Er hat zuerst als Maschinist gearbeitet und vor zwei Jahren die kleine Brauerei gegründet.«

Wenig später sitzt er mit August Schell bei einem Krug Helles und macht eine Entdeckung, die sein Vater schon kurz nach der Ankunft am Mississippi in Red Wing gemacht hat: Die Welt ist klein und die aus Deutschland geflohenen »Fortyeighters« haben sich über ganz Amerika verstreut. August Schell stammt aus Durbach bei Offenburg und gehört zu den desilliusionierten Hecker-Anhängern, die bereits 1848 ihre Heimat verließen.

»Ein Glottertäler! Das hätt' ich mir auch nicht träumen lassen, daß ich hier mal Besuch aus der Ecke kriegen würde! Reserl, richt' ein Bett her für die Nacht – es ist zwar erst Mittag, aber unser Gast beibt bis morgen! Er weiß es noch nicht, aber ich!«

Theresa Schell ist eine adrette junge Frau mit glatt gescheiteltem Haar, unauffällig gekleidet mit einem dunklen Rock und hochgeschlossener Rüschenbluse. Freundlich lächelnd bringt sie einen neuen Krug Bier und einen Korb mit noch warmen Brezeln, die sie selbst gebacken hat.

»So ein Luxusleben hatten wir nicht, als wir hier ankamen! Da gab's nur trockenes Maisbrot, oft war das tagelang die einzige Nahrung. Und wenn wir einen abgenagten Schinkenknochen hatten, wurde er über den Tisch gehängt und wir strichen mit dem Brot daran herunter, damit es nach etwas schmeckt!«

»Wir hatten auch nichts am Anfang, nur mein Vater – und dem wollten wir nicht dauernd auf der Tasche liegen. Wir haben dann ‚Brotohnewurst' gegessen. Oder als Steigerung eine große Brotscheibe, auf der ein ganz kleines Scheibchen Wurst lag. Das haben wir dann mit den Zähnen immer weitergeschoben, das ganze Brot roch danach – und mit dem letzten Biß hatte man dann den Hochgenuß!«

»Herrlich! Habt ihr auch schon einmal die gepflanzten Kartoffeln vor lauter Hunger wieder ausgegraben?«

»Fast hätten wir!« Joseph schmunzelt in Erinnerung daran. »Aber mein Vater hat uns im letzten Moment daran gehindert, als er es mitbekam!«

August erzählt, wie er – ebenfalls von Le Havre über New Orleans – den Mississippi aufwärts fuhr, dann aber über den Ohio River in Cincinnati landete.

Joseph erzählt von seinen Anfängen als Flößer in Reads Landing und August klatscht in die Hände vor Vergnügen, als er von dem unfreiwilligen Bad des schwäbischen Vormanns hört. Dann kommt er zu seinem Anliegen und das Gespräch wird ernst.

»Ich war gerade im Lager von Big Eagle und möchte gern wissen, wie du die Lage der Dakotas beurteilst?«

»Und weshalb? Warum interessiert dich das?«

»Herrgott – warum! Ich habe mir in Kandern und Freiburg für Heckers Ideale die Kugeln um die Ohren pfeifen lassen – da kann ich diese Ideale in Amerika doch nicht einfach unter den Tisch kehren! Sind Indianer schlechtere Menschen als Neger? Ich meine, sie sind die eigentlichen Herren des Landes. Sie wurden vertrieben, entmachtet und behandelt wie der letzte Dreck. Die schwarzen Sklaven aber versuchen die Blauröcke mit einem Krieg zu befreien, Neger, die gar nicht hierher gehören und aus blanker Profitgier von Afrika nach Amerika verschleppt wurden. Ist das nicht verrückt?«

»Du hast mich falsch verstanden – ich wollte wirklich nur den Grund für dein Interesse wissen. Ansonsten pflichte ich dir bei. Aber solche Ansichten behält man in der Öffentlichkeit besser für sich.«

»Das habe ich auch schon mitgekriegt, drüben in unsrer Ecke bei Wabasha, die früher auch den Dakota gehörte.«

August Schell klopft Joseph spontan auf die Schulter.

»Du sprichst etwas aus, was ich nie laut zu sagen wagte. Und den Indianern geht es wirklich miserabel. Sie werden von allen Seiten betrogen – es ist eine Schande.«

»Also doch! Genau das wollte ich wissen – und zwar von einem Bleichgesicht! Was weißt du über Major Thomas Galbraith?«

August schüttelt sich, als sei er mit etwas Widerwärtigem in Berührung gekommen.

»Sagtest du Major? Damit fängt es schon an: Er ist kein wirklicher Major, es ist kein Rang , den er sich verdient hat. Dieser Titel wurde ihm – wie allen anderen Indianer-Agenten – verliehen, um seine Autorität unter den Indianer zu erhöhen und sein Prestige bei den Weißen.«

»Wie ein Ehrendoktor?«

»Na ja, das ist zu hoch gegriffen: Für einen Ehrendoktor muß schließlich eine Leistung erbracht werden, er wurde rein nach politischen Gesichtspunkten ausgesucht – und diese Entscheidung könnte in einem Desaster enden.«

Joseph steht auf und läuft unruhig im Zimmer auf und ab.

»So verfahren ist die Situation schon?«

»Ja leider. Und das geht auf Galbraiths Konto. Du kennst ihn nicht! Er hat keine blasse Ahnung von der Mentalität der Indianer und reizt sie mit seinem Verhalten bis aufs Blut. Er ist auf unglaubliche Weise arrogant und überzeugt davon, stets das Richtige zu tun. Ratschläge von Leuten, die schon lange hier leben, lehnt er rigoros ab – er ist sturer als ein Hammel und weiß alles besser. Obendrein ist er ein Säufer. Eine feine Mischung! Und von diesem Mann wird es abhängen, wie sich die schwierige Situation weiterentwickelt.«

»Hat sich die Lage nur wegen ihm und der beiden Mißernten so zugespitzt?«

»Natürlich nicht. Die Dakota nehmen seit Jahrzehnten das Unrecht hin, das ihnen zugefügt wird. Insgesamt haben sie auf 24 Millionen acre verzichtet, ein Königreich haben sie für ein Butterbrot eingetauscht. Sie sehen nur einen Bruchteil des Geldes, das ihnen nach den Verträgen zusteht und um das Wenige werden sie von den Händlern betrogen. Dennoch haben sie sich bisher weitgehend an ihren Teil der Verträge gehalten: Das angestammte Land samt den Jagdgründen zu räumen und keine feindlichen Handlungen gegen die Weißen zu begehen. Doch der Betrug ist leicht und lukrativ und deshalb kaum aufzuhalten. Für die kostbaren Felle, die sie anboten, zahlten die Händler miserabel. Für die Nahrungsmittel, die sie brauchen, werden ihnen aber weit überhöhte Preise angerechnet. Dazu kommen die ständigen Demütigungen – kaum erträglich für ein so stolzes Volk. Beleidigungen vergessen sie niemals. Das ist der Hintergrund. Zähle die jetzigen Schwierigkeiten dazu, dann kannst du dir an fünf Fingern ausrechnen, daß ein Funke genügt – und das Pulverfaß fliegt in die Luft.«

Joseph tritt ans Fenster. Von dem Hügel aus hat man einen ungehinderten Weitblick in alle Himmelsrichtungen.

»Man sollte meinen, daß ein so riesiges Land ausreichend Platz bietet für alle, die hier leben wollen.«

»Das sollte man. Aber die Gier der meisten Weißen nach schnellem Reichtum ist größer als das größte Land. Kennst du die Geschichte von ›Long Trader‹?«

»Nein, wer ist das?«

»So nennen die Dakota den Pelzhändler Henry Hastings Sibley. Bei dem letzten Vertrag, den die Indianer 1858 in Washington unterzeichneten, wurden ihnen 475 000 Dollar in jährlichen Raten für die Überlassung von rund einer Million acre zugesagt – ein lächerlicher Betrag! Aber glaube nur nicht, daß sie das Geld auch bekommen hätten! Das alte Spiel wiederholte sich. Als Erster forderte ›Long Trader‹ 145 000 Dollar davon – mit der fadenscheinigen Begründung, seine *American Fur Company* habe den Sioux zu hohe Preise für Felle bezahlt. Genau das Gegenteil war der Fall, doch er bekam recht: Von dem damaligen Indianer-Agenten Alexander Ramsey, der auch die erfundenen Ansprüche anderer Händler anerkannte – so daß die Dakoka zuletzt fast nichts für ihr Land erhielten, während die Weißen sich mühelos bereicherten.«

»Ist das der neue Governeur Ramsey?«

»Genau der! Und der Gentleman hat für sich auch ein dickes Stück von dem Kuchen abgeschnitten. Sein offizieller Titel war damals *Superintendent for Indian Affaires* und in dieser Eigenschaft war er am Zustandekommen des lausigen Vertrages beteiligt. Für diese Mühe billigte er sich selbst 15 Prozent der Gesamtsumme zu, die Kleinigkeit von 66 750 Dollar seinem Sekretär und Freund Hugh Tyler ließ er zusätzlich 55 000 Dollar zukommen: Weil dieser dafür sorgte, daß der Senat den Kuhhandel absegnete und bewilligte.«

»Unglaublich! Und woher weißt du das so genau?«

»Ich habe ein paar gute Drähte – und ich bin allergisch gegen solche Schweinereien. Wenn ich davon erfahre, mache ich mich auch schlau!«

»Das sollte in allen Zeitungen stehen!«

»Dreimal darfst du raten, warum es verschwiegen wird! Weil kein Schreiber eine so brisante Story ohne das Okay seines Chefs veröffentlichen darf. Die großen Herrn stecken alle unter einer Decke und von den Kleinen will keiner seinen Job verlieren. *Who has the gold makes the rules.*«

»Den Spruch kenne ich zur Genüge aus eigener Erfahrung! Aber alles andere ist neu für mich – und nachdem ich nun aufgeklärt bin, kann ich mir den Weg zu dem falschen ›Major‹ Galbraith am Yellow Medicine River wohl ersparen.«

»Ja, das wäre ein Metzgergang«, pflichtet ihm August Schell bei, »wenn du etwas bewirken willst, mußt du dir etwas anderes einfallen lassen.«

6

Jolipi ist ärgerlich auf ihren Bruder Big Eagle. Im Morgengrauen hat er sie geweckt und zusammen mit den anderen jungen Mädchen so viel Arbeit aufgehalst, daß der ganze Tag darüber vergeht: Sie müssen die Hirschdecken von der letzten erfolgreichen Jagd an den Rändern mit kleinen Löchern versehen und schmale Lederstreifen durchziehen. Dann werden die Felle zum Trocknen stramm zwischen senkrecht in die Erde gerammte Pfosten gespannt, die durch waagrechte Querstangen verbunden sind. Und nun erst beginnt die eigentliche Arbeit: Mit breiten Messerklingen und Schaufelknochen von der Schulter wird jede Unebenheit, jeder kleinste Rest von Fett oder Fleisch an den Unterseiten entfernt, damit sie glatt und sauber trocknen können.

Als die Mädchen endlich fertig sind, nehmen sie ein Bad im Fluß, gehen zum Lager zurück und Jolipi macht sich auf die Suche nach dem schwarzhaarigen Weißen, den sie in Gedanken ›Black Bear‹ nennt.

»Suchst du das Bleichgesicht?« fragt eine alte Frau, die vor ihrem Tepee sitzt und Mokassins näht. »Er ist weggeritten.«

»Er ist fort? Wohin? Das glaube ich nicht – er ist doch gerade erst gekommen.«

»Frag deine Brüder, woher soll ich das wissen?«

Nein, denkt Jolipi, die Alte schwatzt Unsinn. Ich weiß, daß er mit mir reden wollte, ich weiß, wie er mich angeschaut hat – zwischen uns war vom ersten Augenblick an ein geheimes Einverständnis. Unmöglich, er kann nicht ohne ein Wort gegangen sein. Dann sieht sie sein Packpferd und atmet auf.

Unbemerkt ist Dark Cloud neben sie getreten.

»Kleine Schwester, ich kann in deinem Gesicht lesen und was ich sehe, erfüllt mich mit Trauer. Viele unserer jungen Krieger möchten dich zur Frau nehmen, aber du willst mit keinem sein Lager und sein Feuer teilen. Warum gefällt dir der weiße Mann vom Mississippi besser? Du bist schon vielen Bleichgesichtern begegnet, aber keinem hast du Blicke geschenkt wie diesem.«

»Du hast das bemerkt?« fragt Jolipi überrascht.

»Jeder konnte es sehen, auch Big Eagle.«

»Warum nicht?« In ihrer Stimme schwingt ein Anflug von Trotz mit. »Dieser Mann gefällt mir, weil er so – so – anders ist als alle, die ich kenne. Mein Herz begann gleich für ihn zu schlagen. Ich habe ihm heimlich den Namen ›Black Bear‹ gegeben.«

»Kleine Schwester, du bist noch sehr jung. Dein Herz wird bald für einen unserer Krieger schlagen. Diesen Weißen mußt du vergessen: Er hat schon eine Squaw und in seinem Tepee ist kein Platz für dich.«

»Woher willst du das wissen?«

»Ich habe sie gesehen – und seine Kinder auch.«

Jolipi hat seit ihrer Kindheit gelernt, sich zu beherrschen und läßt sich die Enttäuschung nicht anmerken. »Ich könnte seine zweite Frau werden – Häuptling Little Crow hat sogar vier Frauen!«

Dark Cloud lächelt über ihre Naivität. »Seit wann träumt meine kleine Schwester am hellen Tag? Little Crow ist Dakota und bei den Bleichgesichtern ist es nicht der Brauch, mehrere Frauen zu haben.«

»Mein Bruder schickt seine Gedanken in die Zukunft, ich nicht«, entgegnet sie leichthin. »Sag' mir lieber, warum ›Black Bear‹ nicht mehr bei uns ist?«

»Er wollte zum Yellow Medicine River und mit Major Galbraith reden.«

»Und davon erhofft er sich etwas?« Jolipi lacht hellauf und stellt dann sachlich fest:

»Er wird zwei Tage unterwegs sein, vielleicht muß er auch warten. Erlaubt mir mein Bruder, daß ich ein Pferd nehme und in den Abend reite? Ich möchte fasten und alleine sein mit meinen Gedanken.« Jolipi hat durch ihre Herkunft Privilegien, die für andere Indianerinnen undenkbar sind. Sie galoppiert über die Prärie und bald liegt das Lager weit hinter ihr.

*

Joseph und August Schell zerbrechen sich den Kopf nach einer greifbaren Möglichkeit, die Situation zu entschärfen, doch es fällt ihnen nichts ein, als den geplanten Brief an Friedrich Hecker und Franz Siegel gemeinsam zu schreiben.

»Man kann nie wissen, vielleicht ist der Bruderkrieg bald zu Ende und die beiden wollen nach den Schwarzen auch den Roten helfen!«

August Schell redet Joseph zu, die Nacht bei ihm auf seinem ›Bierhügel‹ zu verbringen, aber der ist zu unruhig.

»Laß mich in Frieden ziehen, Freund«, sagt er, »ich bin inwendig ein halber Nomade und für mich ist es das Schönste, unter freiem Himmel zu schlafen. Wir werden uns wiedersehen, ich war bestimmt nicht das letzte Mal in New Ulm.«

Er reitet in Richtung Dakota-Camp und will sich bei einbrechender Nacht einen Lagerplatz suchen. Dark Clouds Schwester Jolipi geht ihm nicht aus dem Kopf, obgleich er sich redlich darum bemüht. Er sucht auch nach einer Erklärung für den Zauber, den das junge Mädchen auf ihn ausübt. Er bemüht sich, seine Empfindungen in Worte zu kleiden, nur für sich selbst – doch es gelingt ihm nicht.

Jolipi ist bezaubernd und er ist wie verzaubert. Sie hat Gefühle in ihm erweckt, die er schon verloren glaubte mit dem allmählichen Ende seiner »Sturm- und Drangzeit«.

Die Sonne steht schon tief und er beginnt nach einem geeigneten Lagerplatz Ausschau zu halten, als er am Abendhimmel die Silhouette eines einsamen Reiters erspäht. Ein weißer Jäger oder ein Indianer? Unwahrscheinlich, meist wird in Gruppen gejagt. Er ist neugierig, beginnt zu traben und als er näherkommt, sieht er, daß es eine Reiterin ist. Es ist Jolipi.

Er treibt seinen Braunen zum Galopp an und als sie in gleicher Höhe sind, wendet Jolipi blitzschnell ihr Pferd und springt mit einem Satz und einem Freudenschrei hinter ihn. Sie klammert sich an ihm fest und und jubelt: »Josse Black Bear – du bist wirklich gekommen!«

Einen Atemzug später landen beide unsanft auf dem harten Boden der Prärie. Der brave Braune ist solcherlei Kunststücke nicht gewöhnt, buckelt nach einer Schrecksekunde und macht gleichzeitig einen Luftsprung.

Sie fallen dicht nebeneinander und der Sturz endet in einer langen Umarmung.

»Endlich, endlich! Halt mich fest, ich will dich spüren!«

»Sagst du endlich?« neckt Joseph Jolipi, »höre ich recht? Weißt du wie lange wir uns schon kennen? Einen ganzen Tag!«

»Und eine Nacht! Gestern schon wollte ich mein Lager mit dir teilen, wenn Big Eagle es gebilligt hätte. Ich habe dich gesehen und wußte sofort, daß ich dich zum Mann will – und daß du es auch wolltest!«

Joseph ist verblüfft über ihre Offenheit. Seit seiner »Lehrzeit« im Glotterbad ist er ein Meister im Deuten von Gesten und Blicken, mit denen Frauen mehr oder weniger diskret zu verstehen geben, daß sie einem amourösen Abenteuer nicht abgeneigt sind. Dabei wird zumindest der Schein gewahrt. Aber so klar und ohne jede Scham hat ihm noch nie ein Mädchen gesagt, daß es ihn begehrt.

Er umfaßt mit beiden Händen ihre Schultern und hält sie ein Stückchen von sich ab, um ihr Gesicht besser zu sehen. Sie erwidert seinen prüfenden Blick mit einem Lächeln, das eher scheu ist, in dem Sehnsucht, Verlangen und Verlockung liegen, aber nicht die geringste Koketterie oder gar Verworfenheit. Jetzt erst bemerkt er, daß ihre Haut heller ist als die seine und ihre Augen von einem tiefen, dunklen Blau sind .

Sie errät seine Gedanken, ehe er sie ausspricht.

»Du wunderst dich, Josse? Ich bin keine leibliche Schwester von Big Eagle. Meine Eltern sind gestorben, meine Mutter war eine Dakota, mein Vater französischer Canadier. Ich bin das, was die Weißen ein *half breed*, nennen, ein Mischblut. Sie meinen das verächtlich, aber ich bin stolz darauf!«

»Ja, ich wundere mich und ich bewundere dich! Noch nie bin ich einer Frau begegnet, die den Mut aufbrachte, ganz offen zu sagen: Ich will dich!«

Behutsam zeichnet er mit seinen rauhen Fingerkuppen die Konturen ihres Gesichtes nach, von der Stirn über die hochgewölbten Brauen, von den Wangen zu den Lippen. Sanft umrandet er ihre Linien ohne sie zu küssen. In ihren Augen glimmt ein weicher Schimmer auf und als sie sie schließt, berührt er mit seinen Lippen die geschlossenen Lieder. Er spürt wie sie erbebt und sich an ihn drängt und dann, einem plötzlichen Impuls folgend, wieder aus seiner Nähe löst.

»Wieviele Männer haben dir schon gesagt, wie schön du bist?«

Nun errötet sie doch über das Kompliment, das mit der Frage verknüpft ist und antwortet mit einem kaum wahrnehmbaren Zögern in der Stimme .

»Viele unserer jungen Krieger haben mir das gesagt, aber ich wollte es nur von wenigen hören. Und mit den wenigen habe ich das Lager nicht oft geteilt.«

»Warum nicht? Hat es dir keinen Spaß gemacht?«

Sie schüttelt den Kopf und verbirgt ihr Gesicht an seiner Brust.

»Ich – ich dachte – - ich habe mir die Liebe anders vorgestellt als sie war.«

Sie sitzen noch immer auf dem harten, trockenen Gras der Prärie. Die Vertrautheit ihres ersten Gesprächs überrascht beide. Noch mehr ist Jolipi von der Behutsamkeit und den zärtlichen Händen Josses überrascht. Von einem so großen, kräftigen Mann hat sie eher ungestüme Heftigkeit erwartet und insgeheim befürchtet.

Die Sonne geht unter, ohne daß sie es bemerken und ein frischer Wind vertreibt die Hitze des Nachmittags.

»Wir können nicht hierbleiben«, sagt Jolipi, »es wird nachts zu kühl in der offenen Prärie. Ich kenne einen besseren Platz, nicht weit von hier.«

Sie fangen die grasenden Pferde wieder ein und erst jetzt wird sich Joseph klar darüber, wie unwahrscheinlich dieser Zufall ist, der sie hier in der Einsamkeit zusammengeführt hat, stundenweit entfernt von jeder Siedlung.

Und wieder scheint Jolipi seine Gedanken zu lesen.

»Ich habe dich nicht erwartet. Dark Cloud sagte mir, daß du zum Yellow Medicine geritten bist. Ich wollte alleine sein, deshalb bin ich hierher gekommen. Nur heimlich in meinem Innern habe ich gehofft, dich zu treffen. Mein Traum der letzten Nacht ist wahr geworden! Sag mir, Josse, warum hast du deinen Plan geändert?«

»Ich war zuerst in New Ulm und habe dort einen Deutschen kennengelernt. Er konnte mir nur Schlechtes von Galbraith berichten, deshalb bin ich umgekehrt. Es wäre sinnlos gewesen, zur Upper Agency zu reiten, um mit ihm zu reden.«

»Das war klug von dir – und ein Glück für uns!«

Der Wald beginnt in einer Talsenke und sie erreichen ihn beim rotgoldenen Schein des letzten Tageslichts. Joseph bindet die Vorderhand der Pferde so locker, daß sie grasen, aber nicht weit laufen können und Jolipi breitet eine Büffelfelldecke unter den weit ausladenden Zweigen einer Grauföhre aus. Sie lehnt sich an den Stamm und genießt die köstlichen Minuten der Vorfreude, bis Joseph sie in die Arme nimmt, ihr Gesicht mit kleinen Küssen bedeckt und dann mit seinen Lippen ihre Lippen sucht.

Ihr eben noch so weicher, anschmiegsamer Körper spannt sich an und wird starr. Sie wendet den Kopf ab und flüstert: »Was tust du, Josse?«

»Was ich tue? Ich küsse dich.«

»Küsse dich? Küssen, was ist das?«

»Du weißt nicht, was küssen ist? Mein kleines wildes Täubchen – hat dich keiner der jungen Krieger geküßt, denen du erlaubt hast, dein Lager zu teilen?«

Er kann nichts mehr sehen, aber spüren, daß sie den Kopf schüttelt.

»Unser Volk kennt das Wort nicht. Ist es ein Brauch der Weißen? Wie macht man das? Tun das nur die Männer?«

»Hmmm – ich dachte, alle Liebenden küssen sich, ob rot oder weiß, schwarz oder gelb! Und wie man das macht? Hmmm – man streichelt sich gegenseitig mit den Lippen – so beginnt es . . »

»Warum nicht mit den Händen?«

»Mit den Händen auch. Komm, ich will's dich lehren.«

Er lächelt, biegt ihren Kopf zurück und verschließt ihre Lippen mit einem Kuß, ohne auf ihr Sträuben zu achten. Es dauert nur Sekunden bis ihr Widerstand erlahmt, bis ihre Lippen sich öffnen und sie sich eng an ihn schmiegt.

Jolipi erweist sich als eine gelehrige Schülerin und als er sie nach einer kleinen Ewigkeit freigibt, holt sie tief Atem und sagt leise: »Das ist schön, es gefällt mir, bitte noch einmal, Black Bear!«

Während des Küssens streift er ihr loses Gewand von den Schultern und liebkost sie, voll Entzücken über die Schönheit ihrer Brüste, die darunter verborgen sind, über ihre schmale Taille und die weich gerundeten Hüften. Sie ist ein verspieltes Schmusekätzchen und eine Wildkatze gleichzeitig, die ihre scharfen Krallen in seinen Rücken schlägt, bis er aufstöhnt.

Sie streicheln und küssen sich, bis er spürt, daß ihr Verlangen übermächtig wird, aber selbst dann hält er sich noch zurück und erfindet neue Zärtlichkeiten und Koseworte bis sie ihn anfleht: »Ich kann nicht mehr warten, Josse – komm zu mir, und erlöse mich – ich verbrenne.«

Sie lieben sich im samtigen Dunkel der Nacht, ohne Mond, ohne Sterne und dennoch scheint diese Nacht von einem unwirklichen Licht erhellt. Die Leidenschaft trägt sie in Wogen empor zu diesem Licht, immer weiter und weiter bis ihre Körper und Seelen zu einer Einheit verschmelzen.

Jolipis Gesicht ist tränenüberströmt und er schmeckt das salzige Naß, als sich ihre erschöpften Körper endlich voneinander lösen.

»Du weinst? War ich zu heftig, habe ich dir wehgetan?«

»Ich weine vor Freude. Ich habe nicht gewußt, daß es so viel Glück bei der Liebe gibt, habe es nur geahnt. Mit den jungen Kriegern war es nicht wie mit dir!«

»Vielleicht sind sie zu jung und verstehen mehr vom Krieg als von der Liebe… »

Zärtlich küßt er ihr die Tränen von den Wangen.

» – - und sie wissen nicht was küssen ist! Ich wußte es auch nicht, aber jetzt habe ich es gelernt – und es ist *sha!*«

»*Sha* – das habe ich noch nie gehört.«

»Es heißt soviel wie wunderschön und ist ein Dakota-Wort. *Sha!* Du bist ein sehr guter Lehrer, Josse, mein großer Black Bear!«

Es gefällt ihm, wie sie ihn nennt, wie sie den letzten Buchstaben von Joseph verschluckt und ›Black Bear‹ zu ihm sagt. Ihr Kopf liegt auf seiner Brust, sie streichelt ihn mit kleinen, scheuen Bewegungen, abwechselnd mit den Händen und den Lippen.

»Weißt du, daß ich Angst hatte?«

»Angst – vor mir? Warum denn?«

Sie zögert und muß sich erst überwinden, weiterzureden.

»Der rote Mann hat ein glattes Kinn und keinen Bart im Gesicht wie der Weiße. Er hat auch keine Haare auf der Brust wie du. Ich finde das schön, aber in unserem Stamm sagt man, es ist häßlich und ein Zeichen dafür, daß die weißen Männer Tieren ähnlich sind, auf einer Stufe mit ihnen stehen – und daß sie deshalb ihre Frauen auch lieben wie Tiere: von hinten.«

Sie verbirgt ihr Gesicht in seiner Armbeuge und er lächelt über ihre Unschuld und plötzliche Schamhaftigkeit. Sie paßt so gar nicht zu dem Mut, mit dem sie ohne jede »Anstandsfrist« bekannte, daß sie ihn begehrte, sein Lager teilen und seine Frau sein wolle.

»Und diese Gerüchte haben dir Angst gemacht?«

Sie nickt. »Ja, doch jetzt bin ich froh, weil ich weiß, daß es nicht stimmt.«

»Vielleicht ist ein Körnchen Wahrheit an dem Gerücht – aber das ist kein Grund sich zu fürchten. Nichts in der Liebe ist schlecht, wenn beide es wollen und es sie glücklich macht.«

Sie nickt wieder, schmiegt sich eng an ihn und das gerade erst gestillte Verlangen erwacht von Neuem.

Zwei Tage und drei Nächte können sie sich nicht von ihrem Liebesnest trennen, leben nur im Hier und Jetzt, denken nicht an die Vergangenheit und nicht an die Zukunft. Jolipi hat ein paar Fladen Maisbrot als Proviant dabei und einen kleinen Beutel *Jerkey*. Joseph hat nichts, kann aber einen wilden Truthahn schießen. Frisches klares Wasser finden sie an einem Bach und es schmeckt köstlicher als der Champagner in Reads Landing je schmeckte.

Seit seiner Ankunft in Amerika hat er sich nie so frei und glücklich gefühlt, nicht einmal als sein Vater das Land am Mississippi für ihn kaufte. Jetzt erscheint es ihm als zusetzliche Fessel und jeden Gedanken an die Farm, an Madlen und die Kinder schiebt er weit von sich. Seine Gedanken schlagen Kapriolen:

Ich war schon auf dem besten Weg, ein braver Spießbürger zu werden – dabei bin ich eher als Bürgerschreck geboren, als Rebell, als Kämpfer und Vagabund. Nur die Umstände – und ein dominierender Vater wie Andreas – haben mich zum Bauern werden lassen mit allen lästigen Pflichten, die dazugehören. Was war ich doch für ein Narr, als ich meine goldene Freiheit aufgab, heiratete, und die Familie gleich mitnahm ins »Land der unbegrenzten Möglichkeiten«. Statt alleine zu fahren und mir erst einmal frischen Wind um die Nase wehen zu lassen.

Ist die Begegnung mit diesem bezaubernden Naturkind Jolipi nicht ein Wink des Schicksals und damit die Chance für einen Neuanfang?

Ist die Liebe mit ihr nicht einzigartig, schöner noch als in seiner ungestümen Jugendzeit?

Hat er sich nicht immer ein freies Leben als Jäger und Fischer gewünscht?

Hier ist es – inmitten eines freien Indianervolkes! Aufrechte Männer seines Schlags als Freunde, statt der bigotten Neidhammel von Nachbarn. Gelegentlich ein Kampf mit einem feindlichen Stamm – ja genau das wäre ein Leben nach seinem Geschmack! Aber dieses Ideal ist so fern wie der Mond.

Eine tiefe Falte gräbt sich zwischen seinen buschigen Augenbrauen ein und Jolipi versucht, sie mit zwei Fingern zu glätten.

»Welche finsteren Gedanken verbirgt mein schwarzer Bär hinter seiner Stirn? Liebe ich ihn nicht gut genug?«

Sie weiß sehr wohl, was ihn beschäftigt, will es aber von ihm selbst hören.

Doch noch ehe er es erklären kann, nähern sich Reiter in dem leichten Morgendunst, der über der Prärie liegt: Die Sioux suchen »Sommerwind«. Ihr langes Ausbleiben ist unerklärlich, sie befürchten, der Schwester ihres Häuptlings könne etwas zugestoßen sein.

Dark Cloud reitet an ihrer Spitze. Sein Gesicht ist unbewegt, als er vom Pferd springt.

»Ich habe gehofft, meine Schwester Jolipi zu finden, statt dessen finde ich auch meinen weißen Bruder Josse. Beide sind unversehrt. Es ist ein guter Tag.«

Keine Frage, kein Vorwurf, obgleich die Situation eindeutig ist. Nur die jungen Krieger hinter ihm schauen grimmig. Joseph, der sich zu seinem eigenen Ärger vorkommt wie ein ertappter Sünder, atmet tief durch.

»Unsere Wege haben sich hier gekreuzt, als ich von New Ulm kam«, sagt er wahrheitsgetreu, »wir wollten heute zurück ins Dakota-Dorf.«

»Du warst nicht am Yellow Medicine?«

»Nein. Nach allem, was ich in New Ulm über Galbraith erfahren habe, bin ich umgekehrt. Ich muß mir etwas anderes ausdenken und mich besser vorbereiten.«

»Mein Bruder hat recht.«

Dark Cloud ist so wortkarg wie Jolipi, aber ihr glückstrahlendes Gesicht mit den leuchtenden Augen sagen alles. Lange reiten sie schweigend nebeneinander, erst als sie in die Nähe des Dorfes kommen, ergreift Joseph das Wort.

»Ich habe nicht vergessen, was Big Eagle am ersten Abend sagte: Daß weiße Männer Indianerfrauen entehrten. Ich gehöre nicht zu dieser Sorte Männer. Jolipi ist meinem Herzen nah, sie ist kein flüchtiges Abenteuer für mich, ich liebe und ehre sie und es gäbe nichts Besseres für mich, als sie zur Frau zu nehmen und mit eurem Stamm zu leben.«

»Was sprichst du da, Josse?« fragt Jolipi, »du *hast* mich doch schon zur Frau genommen!«

»Ja und nein. Ich möchte dich nicht nur lieben, ich möchte auch dein Leben teilen – und das kann ich nicht.«

»Warum nicht?« Jolipi fragt, obgleich sie die Antwort weiß.

Joseph setzt zweimal zum Sprechen an und stockt wieder. Er möchte ihr nicht wehtun und hat doch keine andere Wahl. »Ich habe schon eine Frau.«

Zu seiner Überraschung ist sie völlig unbeeindruckt.

»Das macht doch nichts – warum solltest du nicht zwei oder drei haben? Du bist stark genug, alle glücklich zu machen!«

Wenn das so einfach wäre, denkt er!

Und Dark Cloud sagt streng: »Schwester, stelle dich nicht unwissend. Es ist dir wohl bekannt, daß der weiße Mann andere Gesetze und Sitten hat als der rote.«

Aber sie läßt nicht so leicht locker.

»Manchmal gibt es Ausnahmen von Sitten und Gesetzen – warum nicht bei uns?«

Joseph bleibt eine Woche im Lager der Indianer und wird freundlich in ihrer Mitte aufgenommen. Big Eagle ist zu einem

Treffen mit anderen Häuptlingen der Santee Sioux geritten, Dark Cloud vertritt ihn.

Er weist Josse und Jolipi ein kleines gemeinsames Tepee zu und die Vorstellung, daß Ausnahmen wirklich die Regel bestätigen könnten, wird immer verlockender für ihn. Für Jolipi gibt es ohnehin nichts Unmögliches.

*

Madlen hat sich längst daran gewöhnt, daß ihr Mann kommt und geht wie es ihm beliebt, sei es nun zum Jagen und Fischen oder »in Geschäften« nach Reads Landing, wo er meist auch die Nacht verbringt.

Sie hat sich längst eingestanden, daß die Warnungen vor diesem ungebärdigen, eigensinnigen und leidenschaftlichen Mann berechtigt waren, all diese Warnungen, die sie in den Wind schlug.

Was hatte ihre Großmutter damals gesagt, als der Vater gegen den Rindsbergsepp wetterte: »Wo die Liebe hinfällt, bleibt sie liegen – und wenn's ein Misthaufen ist!«

Ja, sie wollte nicht auf die Ratschläge hören, auf die gutgemeinten nicht und auf die hämischen erst recht nicht. Sie stellte ihren Sepp auf ein Podest, unendlich stolz darauf, daß dieser rebellische und vielbegehrte Held *ihr* Held war.

Als dieses Podest immer kleiner wurde, als er letztlich auf dem Boden der Wirklichkeit stand und sich im Lauf der Jahre als ganz normaler Mensch entpuppte, sogar als einer mit besonders vielen Fehlern und Schwächen – da stellte sie mit Verwunderung fest, daß sich nicht das Geringste an ihren Gefühlen für ihn änderte.

Das war die Zeit, in der das Verliebtsein aufhörte und die Liebe begann.

Sie spürte, daß dieser Wandel nur in ihr stattfand und an ihm vorüberging und sie wußte instinktiv, daß sie einen Mann wie ihn nur halten konnte, wenn sie ihm alle Freiheiten ließ.

Die Kinder und die nicht enden wollende Arbeit auf der Farm geben ihr nur selten Gelegenheit, ihren Gedanken nachzuhängen. An diesem Abend aber kann sie nicht schlafen, trotz aller Müdigkeit. Daß Joseph länger als eine Woche ausbleibt, ist noch nie vorgekommen – und nun beginnt bereits die dritte. Sie weiß keinen Grund dafür und betet darum, daß kein Unglück geschehen ist.

Gegen Mitternacht wird sie von Hufegetrappel vor dem Blockhaus aufgeschreckt.

Sie springt aus dem Bett, reißt die Haustür auf – und vor ihr steht Joseph: abgerissen, schmutzig, eine breite, blutverkruste Wunde auf der linken Backe, den rechten Arm in einer Schlinge, die er aus einem alten Wollschal geknotet hat. Sein schwarzer Bart ist um einige Zentimeter gewachsen und seine Augen sind voller Lebenslust. Mit einem Blick sieht sie: Trotz der Verwundungen ist er in seinem Element und könnte Bäume ausreißen.

Er umarmt sie stürmisch, und denkt dabei an die Ermahnung Jolipis: »Josse, du hast Kraft für zwei Frauen, aber nicht unendlich! Spar dir ein bißchen davon auf für deine erste Frau!«

Es ist gut, wieder daheim zu sein, eine Empfindung, die er gar nicht erwartet hat. Madlens Fürsorge tut ihm wohl und daß sie weder Fragen stellt noch Vorwürfe ausspricht, nötigt ihm wieder einmal Achtung ab.

Die Wunde auf seiner Wange, untersucht sie kritisch und berührt sie nicht.

»Das heilt,« sagt sie, » und der Schmiß wird dir gut stehen!«

Als sie ihn aber aus dem dreckstarrenden Hemd schält und seinen Arm sieht, zieht sie hörbar die Luft ein: Der Oberarm ist dick verschwollen, Blut und eitriges Sekret fließen aus einer entzündeten Wunde.

Sie beherrscht sich, schaut stumm zu ihm auf und nur weil sie noch immer nichts fragt, sagt er leichthin: »Es hat einen kleinen Kampf gegeben, nicht ganz nach Regeln des Anstands: Zwei gegen einen. Deshalb bin ich auch ein bißchen verletzt. Aber gewonnen habe ich trotzdem!«

»Ein Glück! Und wie kommt das Loch in deinen Arm? Ein Schuß?«

»Nein, ein Pfeil, der am Knochen abgeprallt ist. Es war schwierig, die Spitze mit den Widerhaken herauszuziehen, ich hab' mit dem Messer nachgeholfen und dann ging's.«

Mehr sagt er nicht . Er beißt die Zähne aufeinander, als Madlen die Wundränder säubert und hofft, daß die zerrissenen Muskelfasern wieder zusammenwachsen. Das reine Tuch, das sie mit einem Ansatz aus Arnikablüten und Alkohol tränkt, brennt zuerst, kühlt dann aber wunderbar und er läßt sich in eine wohlige Müdigkeit fallen.

Erst als sie nebeneinander im Bett liegen, erzählt er, was geschehen ist:

Zwei junge Krieger haben ihn kurz nach dem Verlassen des Dakota-Lagers aus einem Hinterhalt überfallen, als er – nichts Böses ahnend – vorbeiritt. Er sprang vom Pferd und stellte sich unbewaffnet dem ungleichen Kampf mit zwei bewaffeten Gegnern.

»Sie hatten Messer und Keulen und offenbar nicht damit gerechnet, was ein Schwarzwälder Dickschädel so aushält! Einer schlug zu, einer stach zu – und darauf packte ich beide ihm Genick und knallte ihre Köpfe zusammen – meine altbewährte Methode bei den Raufereien im Glottertal! Eine wahre Freude, wie sie wachsweich in die Knie gingen und sich nicht mehr muckten! Ich war mit einem Satz wieder im Sattel, galoppierte los, aber einer rappelte sich dann doch zu schnell wieder auf und schickte mir diesen verdammten Pfeil hinterher.«

»Kannst du das verstehen? Du hast ihnen doch nur Gutes getan, mit ihnen gejagt und zwei Sack Mehl gebracht als Gastgeschenk.«

»Keine Ahnung, warum sie mir aufgelauert haben«, lügt Joseph, »vielleicht wollten sie ihre überschüssigen Kräfte an einem Bleichgesicht erproben.«

Einen Monat später eröffnet er Madlen, daß er den Sommer über nach Westen an den Minnesota-River reiten werde.

»Wir haben genügend Helfer für die Ernte, es muß nochmal ohne mich gehen. Wahrscheinlich kommt Charley wieder aus New Orleans wie jedes Jahr. Er ist fast erwachsen und steht seinen Mann. Die Ecke am Minnesota ist interessant, in New Ulm wohnen meist Deutsche, sogar ›Fourtyeighters‹ habe ich entdeckt. Das Land ist sehr fruchtbar – vielleicht verkaufen wir hier am Mississippi und siedeln uns dort an. Aber erst einmal muß ich mich gründlich umsehen und das braucht Zeit.«

Kein Wort von den Dakota, an deren Schicksal er mehr Anteil nimmt, als jeder andere Weiße in ganz Minnesota.

Aber der Hauptgrund für seinen Plan ist natürlich Jolipi.

7

Bisher haben die *trader*, die Händler der Oberen und der Unteren Agentur, den Dakota immer Kredit eingeräumt. Nicht aus Freundlichkeit natürlich, sondern weil sie ihre überhöhten Preise dann mit Zins und Zinseszins weiter aufstocken konnten. Es war ein abgekartetes, lukratives, sehr einfaches und ebenso übles Spiel, mit denen die Indianer um die jährlichen Abschlagszahlungen für den Verzicht auf ihre Ländereien gebracht wurden: Niemand überprüfte, ob die Forderungen der *trader* richtig waren und im Zweifelsfall bekamen immer die Weißen Recht.

Im Frühsommer 1862 aber weigern sich die Händler zum ersten Mal, Lebensmittel gegen Schuldscheine auszugeben.

Major Galbraith genießt einen tiefen Schluck aus der Brandyflasche unter seinem Schreibtisch und nimmt Haltung an. Völlig unnötiger Weise, denn Andrew Merryk, der ihm gegenüber sitzt, ist Mitarbeiter der Agentur, kein Vorgesetzter. Doch er ist ein schätzenswert harter Mann mit Prinzipien, der Wert auf sein Äußeres legt.

Er pflegt seine Haare quer von rechts nach links zu kämmen, um die Stirnglatze zu verdecken. Ein sorgsam ausrasierter Kinn- und Backenbart soll seinem Gesicht eine charaktervolle Note verleihen, verstärkt aber eher den dumm-dreisten Ausdruck.

»Wir sind uns einig, Major: Diese *red lazy bones*, diese roten Faulpelze, müssen endlich erzogen werden! Seit Jahren erklären wir Ihnen die Vorzüge von Ackerbau und Viehzucht im Vergleich zur Jagd und es geht nicht in ihre Holzköpfe!«

»Richtig – Vorratshaltung ist ein Fremdwort für sie. Warum sollen sie nicht am eigenen Leib erfahren, was Hunger heißt? Das wird eine bessere Lehre sein als all unsere Worte.«

Galbraith beugt sich vertraulich vor. »Außerdem gibt es noch Wichtigeres: Es gehen Gerüchte um, daß der Kongreß dieses Jahr die Renten der Sioux nicht zahlen kann.

Oder nicht zahlen will! Der Krieg gegen die Südstaaten verschlingt die flüssigen Mittel. Und wenn sie schon sparen müssen, sparen sie hier bei dem Dakotagesindel am rechten Platz! Aber das bleibt unter uns.«

Ein gerissenes Grinsen erscheint auf Merryks Gesicht, als er Galbraith beipflichtet:

»Ihr habt recht wie immer. Wir sind Geschäftsleute und wollen nichts riskieren. Schon gar nicht mit so unsicheren Kunden.«

»Dann sind wir uns einig. Wenn sie wieder ankommen und betteln, weisen wir sie ab. Nein bleibt nein. Bei solchen Leuten hilft nur Konsequenz.«

Das zugesicherte Geld der Indianer trifft tatsächlich nicht zur rechten Zeit ein – und diese rechte Zeit ist zudem mit indianischen Worten im Vertrag festgelegt, denn bei so unwesentlichen Passagen überließen die Weißen den Roten großzügig die Formulierung: »*So soon as the prarie grass is high enough for pasture*« (Sobald das Präriegras hoch genug für die Weide ist). Das war spätestens Ende Juni.

Die Gerüchte, daß der ›Große Rat‹ (Kongreß) nicht zahlen könne wegen des Bruderkrieges, dringen bis zu den Dakota vor. Das Mißtrauen und die Angst nehmen zu, die Vorräte nehmen ab, Nahrungsmittel werden immer knapper.

Die Häuptlinge der vier Santee-Sioux-Stämme treffen sich erneut zu einem großen Rat und beschließen, mit Nachdruck ihre Rechte einzufordern, wenn schon nicht in Bargeld, dann wenigstens in Waren.

Es sind viele Häuptlinge. Zu den wichtigsten und einflußreichsten gehören Big Eagle, Little Crow, Wabasha und Red Middle Voice.

Little Crow nimmt neben Wabasha den höchsten Rang ein. Er fühlt sich verantwortlich für die Lage, denn er war einer der Unterzeichner der Verträge, die sein Volk um das Land der Väter brachte.

Er stammt aus einer alten, angesehenen Häuptlingsfamilie, deren Entscheidungen stets geachtet wurden. Nun werden sie zum ersten Mal angezweifelt.

»Es waren schlechte Verträge«, sagt Red Middle Voice überheblich, »ich hätte niemals eingewilligt! Und wenn diese schlechten Verträge auch noch gebrochen werden, müssen wir mit Gewalt holen, was uns gehört.«

Er zählt zu der kämpferischen Gruppe, die nicht gewillt ist, noch mehr Ungerechtigkeit hinzunehmen.

Big Eagle und Wabasha widersprechen, sie gehören zu den Gegnern von Gewalt.

»Ehe wir zu den Waffen greifen, müssen wir friedliche Mittel versuchen. Wenn sich tausende von uns versammeln und Nahrung für ein hungriges Volk verlangen, ist das machtvoller als Krieg.«

Little Crow stimmt zu, obwohl sich auch seine Ernüchterung allmählich in Zorn wandelt.

So strömen dann im Juli 1862 mehrere tausend Dakotas zusammen, um bei der Upper Agency am Yellow Medicine ihre überfälligen Renten abzuholen und dafür Lebensmittel zu kaufen.

Josse und Jolipi sind unter ihnen.

*

Als Joseph im Mai zum zweiten Mal in das Lager der Mdewakanton Sioux kam, empfing ihn Big Eagle mit großem Ernst, wenngleich nicht unfreundlich. Sie rauchten die Pfeife miteinander und schwiegen. Nach langer Zeit erst sagte der Häuptling:

»Du hast meine kleine Schwester ›Summerwind‹ zur Frau genommen. Sie kann den Mann wählen, der ihr gefällt, aber du hast unsere Sitten nicht respektiert und mich zuvor gefragt. Ich will dir das nachsehen, weil dir unsere Gebräuche nicht vertraut sind. Du hast uns bei deinem ersten Besuch Mehl gebracht und dieses Mal zwei Hirsche als Jagdbeute – ich werde das als Brautpreis betrachten. Mehr habe ich nicht zu sagen.«

Mit seinem Einverständnis waren Josse und Jolipi damit offiziell zu Mann und Frau erklärt, einer weiteren Zeremonie bedurfte es nicht. Und daß der frischgebackene Ehemann schon verheiratet war, galt nicht als Hindernis.

Es gibt keine Feier und schon gar keinen Hochzeitsschmaus in dieser Zeit der Not und Joseph lebt zum ersten Mal so wie er immer leben wollte: frei und ungebunden, ohne Pflichten und lästige Arbeit und ohne jemanden, der ihm am Zeug flickt wie es sein Vater Andreas tat.

An die Zukunft verschwendet das junge Paar keine Gedanken, nur die Gegenwart zählt – und diese Gegenwart ist voll kleiner Wunder, im wahrsten Sinn des Wortes ›wundervoll‹. Gemeinsam mit Jolipi entdeckt er die Welt neu – ihre Welt, die nun auch die seine ist.

»Sag mir Josse – was machen die jungen Krieger bei den Bleichgesichtern, wenn sie heiraten?«

Er lacht, nimmt ihr Gesicht in beide Hände und küßt sie.

»Sie tun das, was alle tun: Sie lieben sich!«

»Das meine ich doch nicht! Das weiß ich auch!«

Jolipi schaut ihn scherzhaft strafend an, Sonnenstäubchen in den Augen.

»Ich meine – was machen sie Besonderes?«

»Besonderes? Hmmm – manche machen eine kleine Reise ganz allein zu zweit. Wenn sie reich sind. Und genug Geld dafür haben.«

»Was ist genug reich und wieviel ist genug Geld?«

Jolipi gelingt es immer wieder, ihn mit ihren Fragen in Verlegenheit zu bringen.

»Hmm – wenn sie zum Beispiel mit der Postkutsche fahren oder mit der Eisenbahn, dann kostet das Geld. Und wenn sie in einem *boarding house* übernachten und dort essen – auch das muß man bezahlen.«

»Wollen wir das?«

»Nein, wir können das gar nicht.«

Sie jubelt .«Dann brauchen wir doch kein Geld! Wir haben Pferde und der Himmel ist unser Tepee! Du jagst und fängst Fische – und wir werden keinen Hunger leiden. Für zwei reicht es immer.« So einfach kann das sein!

Und so ziehen sie einen Monat lang über die Prärie und durch die Wälder, von einem Neumond zum nächsten. Josses sonnengegerbte Haut wird noch dunkler und ohne seinen Bart und den ungebändigten Haarschopf, hätte ihn jeder für einen Indianer gehalten. Sie machen einen weiten Bogen um die Farmen und leben von dem, was Mutter Natur auf ihrem Speisezettel hat: Beeren, Pilze, Wildgemüse und eßbare Wurzeln, die Jolipi kennt und ausgräbt. Josse erlegt nur kleinere Tiere, *Muskratten*, Hühner und *racoons*, Waschbären. Das Fleisch von Großwild würde in der Hitze verderben.

Es sind die schönsten Wochen seines Lebens und alles andere erscheint ihm daneben bedeutungslos – die frivolen Spiele von Kathy und Ninette im Saloon von Reads Landing ebenso wie die demütige Anbetung Madlens, in der er sich einst sonnte und die ihn nun langweilt.

Das große weiche Bärenfell ist ihr Himmelbett – und es ist in Sekunden aufgeschlagen, wann immer ihre Sehnsucht danach verlangt. Oft genügt ein einziger Blick, eine zufällige Berührung, ein leichtes Streicheln mit den Fingerspitzen.

Instinktiv erfaßt Jolipi das ewig weibliche Spiel der Koketterie, von dem sie nie hörte, und sie entzieht sich Josses Werbung mit einem verheißungsvollen ›Nein‹.

Und er findet Gefallen daran und erobert sie immer wieder auf's Neue. Er zwingt sie mit sanfter Gewalt dazu »Ja« zu sagen zu seinen Wünschen, ihm Worte ins Ohr zu flüstern, die ihr fremd sind und von denen sie keine Ahnung hatte.

War ich je in meinem Leben so verliebt, so verrückt nach einer Frau? Diese Frage streift Josse nur ganz flüchtig, während sich Jolipi an ihn schmiegt und ihn mit Zärtlichkeiten verwöhnt. Sie streichelt und liebkost ihn von den Lippen bis zu den Zehenspitzen, zerzaust seine Haare, bedeckt seinen Körper mit kleinen Küssen und er, der dachte, nichts in der Liebe sei ihm fremd, ist überrascht von den Gefühlen, die ihn dabei überwältigen.

Gleichzeitig ist es ein unendliches Vergnügen für ihn, sie zu lehren, was er von der Liebe weiß – und sie zeigt sich als wißbegierige Schülerin, zurückhaltend und verschämt am Anfang, ein seltsamer Gegensatz zu der Offenheit, mit der sie ihm offenbarte: »Ich will dich, will dich ganz und gar, jetzt, gleich sofort und ich will keine Stunde warten!«

Dennoch ist sie scheu und das ändert sich erst mit dem zunehmenden Vertrautsein. Dann aber dauert es nicht lange, bis sie ihn zu seinem Entzücken selbst mit neuen Einfällen überrascht.

Sie lagern immer an ausgesucht schönen Plätzen, am Ufer der klaren Flüsse und an den vielen namenlosen, stillen romantischen Seen, in denen sich die Silhouetten der Bäume spiegeln. Oft gefallen ihnen diese Plätze so gut, daß sie sich kaum davon trennen können und von einem paradiesischen Leben »allein zu zweit« träumen – wie einst Adam und Eva.

Die Sonne scheint von einem makellos blauen Himmel, die Luft ist lind und sie sind übermütig wie Kinder, lassen ihre Kleider auf dem Bärenfell, rennen nackt durch das seichte Wasser, spritzen sich naß und spielen »fangen« entlang dem weichen, sandigen Ufer. Jolipi ist flink wie eine Wildkatze und schlägt gekonnt Haken, aber Josse hat viel längere Beine. Wenn er zum Spurt ansetzt, hat sie keine Chance, ihrem Jäger zu entkommen – und genießt es, wenn er sie einfängt!

»Wie habe ich so viel Glück verdient? Ich wußte gar nicht, daß es das gibt.«

Jolipi kuschelt sich in seine Armbeuge und schmiegt sich eng an ihn.

»Ich möchte so nah bei dir sein, so eng, daß kein Haar Platz findet zwischen deinem und meinem Körper.«

Josse streichelt ihre glatten, glänzenden Haare und ihren Nacken, während sich ihre Nägeln seinen Rücken krallen. Er stöhnt auf.

»Du bist mein sanftes Täubchen und meine Wildkatze – und ich liebe beide! Aber frag' nicht nach dem Glück! Ich hab's gewiß viel weniger verdient als du!«

Nie zuvor und nie mehr danach ist Joseph so fröhlich, so unbeschwert, so ausgelassen lustig wie in diesen Tagen. Alle Sorgen und Probleme sind fern.

»Josse, mein Mann«, flüstert Jolipi, »sag mir – wie soll ich weiterleben ohne dich? Ich habe geahnt, daß Liebe mehr sein muß als das, was ich kannte. Du hast es mir gezeigt – nun werde ich immer Sehnsucht danach haben.«

»Ja, ich weiß das«, sagt Joseph überzeugt, »mein Täubchen! Meine wunderschöne kleine indianische Frau! Du hast auch mein Leben verändert, so wie ich das Deine. Warum sollten wir nicht ein gemeinsames Leben daraus machen?«

*

Die Lagerhäuser in der Oberen Agentur am Yellow Medicine River sind ebenso prall gefüllt mit Waren wie die der Unteren bei Redwood. Aber unter den Händlern herrscht Einigkeit darüber, daß die Indianer nichts von den dringend benötigten Lebensmitteln bekommen, ehe das Geld aus Washington eintrifft.

Die Dakotas, die sich zu tausenden versammelt haben, sind erregt und empört. Viele der Männer führen Kriegstänze auf, andere ballern mit ihren Gewehren in die Luft. Major Thomas Galbraith hat Unruhen befürchtet und deshalb Wachsoldaten von Fort Ridgely angefordert, die aber auch dann nicht eingreifen, als die Indianer eines der Warenhäuser aufbrechen und

Mehlsäcke herausschleppen: Der verantwortliche Offizier bringt es nicht fertig, auf hungrige Menschen schiessen zu lassen, die nichts weiter verlangen als ihr Recht. Mehr noch, er versucht Galbraith zu überreden, weitere Nahrungsmittel auszuhändigen.

Josse und Jolipi haben sich unter die Menschenmenge gemischt und warten gespannt darauf, wie es weitergeht.

»Sieh dir das an, wie selbstherrlich der Herr Agent dasteht, wie hochmütig er auf uns herabblickt! Er ist gut im Futter, ihm fehlt es an nichts. Und ich möchte wetten, er rückt freiwillig kein Maiskorn heraus!«

Josse verspürt große Lust, den arroganten Kerl nach seiner bewährter Manier durchzuprügeln.

Während dessen spricht Leutnant Seehan eindringlich zu Galbraith.

Er hat nur hundert Soldaten vom Fünften Minnesota Regiment dabei, die leicht von den Indianern überrannt werden könnten, trotz ihrer besseren Waffen. Doch das ist nicht der alleinige Grund für seinen Einsatz: Er ist gebürtiger Ire, sechsundzwanzig Jahre jung, hat noch Ideale und dazu einen ausgeprägten Gerechtigkeitssinn.

»Ich appelliere an Ihre Vernunft und Ihre Fairness«, sagt er zu dem Agenten, »die Leute fordern nur, was ihnen zusteht. Ich werde keinen Schießbefehl erteilen.«

Aber Vernunft und Fairness sind Fremdwoirte für Galbraith, er bleibt unerbittlich. Das einzige Zugeständnis, das er sich abringen läßt, ist das Versprechen, an der Unteren Agentur Mehl und Schweinefleisch auszugeben, ein Wort, an das er sich nicht gebunden fühlt, wie sich bald herausstellen soll. Für ihn ist es lediglich Taktik, um Zeit zu gewinnen und die protestierenden Indianer zu zerstreuen.

Nur die Menschlichkeit Leutnant Sheehans und seine entschlossene Haltung verhindern ein Blutbad.

Die Geduld der Dakota ist erschöpft, sie sind das vergebliche Warten und die gebrochenen Versprechungen leid. Little Crow kann sich kaum noch gegen die kriegerischen jungen Männer der Santee-Sioux durchsetzen, die Taten sehen und keine leeren Worte mehr hören wollen.

Joseph ist ihrer Meinung, er hat die Sache des Stammes zu seiner eigenen Sache gemacht und ist bereit, sich mit allen Kräften dafür einzusetzen. Längst hat er den verräterischen Bart abrasiert, seine inzwischen lang gewachsenen Haare mit Wasser geglättet und im Nacken zusammengebunden. Jolipi näht Hosen aus weichem Leder für ihn und ein mit Fransen und bunten Perlen verziertes Hemd, weil die Kleidungsstücke der anderen Männer nicht passen.

»Mein ›Black Bear‹ ist größer als die roten Bären!« neckt sie ihn und stellt sich auf die Zehenspitzen, um ihn zu küssen. »Ich wollte, du könntest nur einen Lendenschurz tragen wie viele unserer Krieger – aber die Haare auf Deiner Brust würden sofort verraten, daß du ein Bleichgesicht bist.«

Sie schmiegt zuerst die linke, dann die rechte Wange an seine Brust und umarmt ihn. »Oh, es ist *sha, sha, sha* – es ist so schön! Ich fühle mich so geborgen hier, auch wenn die anderen *squaws* die Nase rümpfen und sagen, es ist das Fell eines Tieres!«

»Sie haben ja recht«, lacht Joseph, »ist ein Schwarzbär, ein Black Bear, etwa kein Tier? Bedauern dich die anderen Mädchen vielleicht?«

»Nein, nein – sie beneiden mich eher! Deine Haare sind abstoßend und anziehend gleichzeitig für sie. Vor allem sind sie neugierig.«

»Aha! Und was verrätst du ihnen?«

»Nichts natürlich! Nur daß die Liebe mit dir *sha* ist!«

Josse hebt Jolipi hoch und dreht sich einmal mit ihr um sich selbst.

»Dann will ich dir gleich etwas zeigen, was noch mehr *sha* ist.«

»Noch mehr? Das kann ich mir nicht vorstellen! Das gibt es nicht! Was und Wo?«

Er wirft einen vielsagenden Blick auf das Tepee und sie versteht sofort.

»Josse Black Bear«, sagt sie und versucht vergeblich ein ernstes Gesicht aufzusetzen, »wir sind hier im Dorf, nicht im Wald! Die helle Sonne steht am Himmel – kannst du nicht warten, bis der Mond sie ablöst?«

»Nein«, sagt er, »das kann ich nicht. Und du auch nicht! Du bist neugierig – ich kann es in deinen Augen lesen!«

*

Im August ziehen Little Crow, Big Eagle, Dark Cloud und eine ganze Reihe anderer Häuptlinge mit fünfhundert Kriegern erneut zur Upper Agency. Joseph ist dabei, Frauen und Kinder bleiben im Lager. Dieses Mal kommen sie nicht als Bittsteller, sie demonstrieren nicht, führen keine Kriegstänze auf und schießen nicht in die Luft. Little Crow verlangt Major Galbraith zu sprechen und läßt ihm durch den Dolmetscher sagen, daß er und seine Krieger den Platz nicht verlassen werden, ehe er sie anhört.

Galbraith läßt die Dakota eine halbe Stunde in der glühenden Sommerhitze schmoren, dann tritt er betont langsam und lässig vor die Türe, neben sich Andrew Myrick, andere Händler und den Dolmetscher. Er verschränkt die Arme und sagt ohne Gruß, mit spürbarer Herablassung:

»Ich höre, was die Sioux zu sagen haben, aber nicht länger als fünf Minuten. Meine Zeit ist wertvoll.«

Joseph bewundert die stoische Ruhe seiner Freunde und die Beherrschung, die Little Crow zeigt. Er tritt vor und spricht mit ruhiger Stimme: »Lange Zeit warten wir auf das Geld, das uns gehört, aber wir bekommen es nicht. Wir haben nichts zu essen und die Lagerhäuser sind voll mit Nahrung. Wir fordern von dem Regierungsagenten, uns Lebensmittel zu geben, bis die Zahlungen eintreffen. Sonst werden wir unseren eigenen Weg finden, den Stamm vor dem Verhungern zu bewahren. Hungrige Männer helfen sich selbst.«

Galbraith hört ohne Regung auf die Worte des Häuptlings und die kaum verschlüsselte Drohung. Dann wendet er sich an die Händler und wälzt die Entscheidung auf sie ab.

»Nun, was wollt ihr tun? Es sind eure Waren.«

Andrew Myrick, der sowohl in der Oberen wie in der Unteren Agentur einen Laden hat, antwortet für die anderen und läßt sich Zeit damit. Er fixiert Little Crow und verzieht die Lippen zu einem Lächeln voll bösem Spott.

»Wenn ich recht höre, sind die Sioux hungrig – so sollen sie doch Gras fressen oder ihren eigenen Mist! Die Vorräte bleiben im Lager.«

Der Dolmetscher weigert sich zuerst, diese Ungeheuerlichkeit zu übersetzen und als er es schließlich doch tut, verharren die Dakota für einen Augenblick regungslos in lähmendem Schweigen. Dann erhebt sich ein Schrei der Empörung aus vielen Kehlen und Joseph schreit mit, außer sich vor Zorn über diese Beleidigung.

Die zugespitze Lage wird durch Andrew Myricks Zynismus und seine höhnischen Worte weiter verschärft. Leutnant Sheehan hat schon vor Tagen einen Kurier nach Fort Ridley geschickt und seinen Kommandanten gebeten, so schnell wie möglich zum Yellow Medicine zu kommen. Als Captain Marsh eintrifft und erfährt, was geschah, ist ihm der Ernst der Situation sofort klar: Sollten die Indianer die Agentur angreifen und plündern, können die hundert Soldaten der Übermacht nicht lange standhalten.

Er befielt Galbraith, einen Teil der gehorteten Lebensmittel an die Dakota auszuhändigen und droht jedem Händler sofortigen Arrest an, der weiterhin mit Worten und Taten die Feindseligkeiten anheizt.

130 Säcke Maismehl und Reis und 30 Fässer gepökeltes Schweinefleisch werden übergeben und glätten die Wogen für kurze Zeit. Aber die Beleidigung Myricks vergißt kein einziger Dakota und alle sind sich einig, daß er eines nicht zu fernen Tages dafür büßen muß.

*

Für so viele Menschen reichen Mehl und Fleisch nicht lange. In manchen Lagern werden Pferde und Hunde geschlachtet und dennoch verhungern in drei Tagen sechs Kinder. Angst und Mißtrauen breiten sich aus wie ein Flächenbrand und die Gerüchte über das Ausbleiben der Jahresrenten werden immer dramatischer.

»Der große weiße Vater kann nicht bezahlen, weil sein Krieg zuviel Geld kostet – die Not der Dakota kümmert ihn nicht, er braucht alles Geld für seine Soldaten.«

Bald eilen geheime Boten von Stamm zu Stamm, die für einen Aufstand des gesamten Volkes der Santee-Sioux plädieren.

Die warnenden Stimmen der älteren und vernünftigen Indianer werden nicht gehört, ebenso wenig die Stimme Josses. Er kennt die militärische Macht einer gut ausgebildeten Armee mit modernen Waffen, aber seine Worte stoßen auf taube Ohren.

»Besser im Kampf sterben als vor Hunger«, ist der Wahlspruch der hitzigen jungen Krieger.

Dennoch hätte sich die Krise entspannen können, denn inzwischen war der so lange überfällige und vergeblich erwartete Geldtransport von 71 000 Dollar in Goldmünzen auf dem Weg an seinen Bestimmungsort. Aber niemand weiß davon und der Weg von Washington zum Minnesota-River ist weit.

Der Funke, der das Pulverfaß letztlich entzündet, geht von vier jungen Kriegern aus, die an einem Sonntagmorgen von einer erfolglosen Hirschjagd aus den ›Big Woods‹, den großen Wäldern von Kandiyohi zurückkommen.

Sie sind müde, verdrossen und hungrig, als sie am Zaun eines Farmhaus nahe dem Städtchen Acton zufällig ein Hühnernest finden.

Einer holt die Eier heraus und sein Kamerad macht ihm Vorhaltungen.

»Das sind Eier eines zahmen Vogels, die einem Bleichgesicht gehören. Du darfst sie nicht nehmen, sonst gibt es Ärger.«

»Dummes Zeug«, gibt der erste ungehalten zur Antwort, »welchen Wert haben schon ein paar Eier? Wir sind hungrig – warum sollten wir sie nicht essen?«

»Weil es nicht unsere Hühner sind, sondern die eines weißen Mannes.«

»Was bist du tugendhaft – wagst es nicht, ein paar elende Eier auszuheben!«

Wütend über die Ermahnung seines Gefährten wirft er sie auf die Erde.

»Ich sehe, du bist ein Feigling – hast Angst ein paar Eier zu nehmen, weil du die Bleichgesichter fürchtest. Jawohl, ein Feigling bist du! Und ich werde es jedem sagen, der es hören will!«

›Feigling‹ ist das schlimmste Schimpfwort für einen Indianer, es ist eine schwere Beleidigung und die Reaktion entsprechend.

»Ich ein Feigling? Sag das nicht noch einmal! Ich werde dir beweisen, daß ich keine Furcht vor dem weißen Mann habe. Ich gehe in sein Haus und erschieße ihn. Hast du Mut genug, mitzukommen?«

»Ja, ich werde mit dir gehen und wir sehen dann, wer von uns mehr Tapferkeit zeigt.«

Die beiden Streithähne nehmen ihre Gewehre und gehen auf

das Blockhaus der Farm zu. Die anderen beiden kommen hinterher, denn sie wollen auch keine Feiglinge sein. Und diese kindische Mutprobe von zwei Hitzköpfen endet mit einer Tragödie, der fünf Menschen zum Opfer fallen:

Die Indianer töten drei Männer und zwei Frauen, obgleich sie ursprünglich nur einen erschießen wollten. Dann stehlen sie zwei Pferde, spannen sie vor einen Wagen, fahren in ihr Lager am Rice Creek zurück und berichten Häuptling Red Middle Voice was sie getan haben.

Ausgerechnet dieser Häuptling zählt zu den kompromißlosen Befürwortern eines Aufstandes gegen die Weißen. Er ist unredlich, räuberisch, gewalttätig und hat einen schlechten Ruf unter den ehrbaren Dakota. Dementsprechend verhält er sich jetzt: Statt Distanz zu wahren und das Mörder-Quartett dingfest zu machen, nimmt er ihre Tat zum Anlaß, eine sofortige Versammlung der Stammesführer zu verlangen.

Sie findet noch in derselben Nacht im Dorf von Häuptling Little Crow statt, der – schon durch sein Alter – als Einziger die Autorität, das Prestige und die Möglichkeit hat, die vereinten Santee-Sioux gegen die Weißen anzuführen.

Big Eagle ist dabei und wird später als Chronist Zeugnis von diesem Konzil ablegen, das das Schicksal der Santee-Sioux in verhängnisvoller Weise bestimmt. Er ist sehr ernst als er im beginnenden Morgengrauen zurückkehrt. Niemand außer den Kindern und den alten Frauen hat in dieser Nacht geschlafen, alle warten gespannt auf die Entscheidung, die getroffen wurde.

Joseph und Jolipi streiten sich zum ersten Mal.

»Die Vier haben ein schweres Verbrechen begangen und müssen dafür verurteilt werden. Warum liefert Red Middle Voice sie nicht an Fort Ridgley aus? Niemand außer ihnen trägt eine Schuld an dem, was geschehen ist. Wieso wird aus diesem Anlaß ein Kriegsrat einberufen?«

»Josse, das verstehst du nicht. Der Stamm selbst könnte die Vier bestrafen, aber die Weißen würden kurzen Prozeß machen und sie aufhängen. Und nach einem so schmählichen Tod, können ihre Seelen keinen Eingang in die ewigen Jagdgründe finden.«

»Und warum, zum Teufel, verurteilt sie der Stamm nicht?«

Big Eagles Ankunft enthebt Jolipi einer Antwort.

Das Gemurmel der versammelten Indianer verstummt und weicht gespanntem Schweigen.

»Brüder, wir werden das Kriegsbeil ausgraben und unsere Jagdgründe zurückerobern – der Kampf gegen den weißen Mann ist beschlossen. Alle wissen, welches Unrecht uns geschehen ist und immer noch geschieht. Dennoch ist dieser Kampf nicht mein Wunsch und auch nicht der von Wabasha. Blut kann Blut nicht abwaschen. Als rangältester Häuptling sprach auch Little Crow dagegen. Er sagte: »*Krieger, ihr seid wie kleine Kinder, ihr wißt nicht was ihr tut! Ihr habt nie die großen Lager der Bleichgesichter gesehen, die sie Städte nennen. Ich war dort und ich weiß, sie sind wie Heuschreckenschwärme, die den Himmel verdunkeln gleich einem Schneesturm. Ihr mögt einen töten, zwei, zehn, ja so viele wie die Bäume des Waldes Blätter tragen – und ihre Brüder werden sie nicht einmal vermissen. Ja, tötet einen, zwei, zehn – und zehnmal zehn werden kommen, euch zu töten.«*

Er hält inne und Dark Cloud erhebt seine Stimme zu einer Frage.

»Wie kann es sein, daß Little Crow die vereinten Dakota anführen wird, wenn er diese Erkenntnis hat? Kämpft er gegen seine eigene Überzeugung?«

Big Eagle nickt.

»Alle Häuptlinge sagten ihre Meinung. Viele sprachen für den Frieden, doch noch mehr für den Kampf. Little Crow schalt sie Narren, unvernünftig wie Kinder. *Ihr werdet sterben wie die Hasen, wenn die hungrigen Wölfe sie im Hard Moon jagen.* Daraufhin nannte ihn Red Middle Voice einen Feigling, der den weißen Mann fürchtet. Und das gab den Ausschlag.«

Da war es wieder, dieses unselige Wort, das zahllosen Menschen Tod und Verderben bringen sollte. Big Eagle fährt fort:

»Little Crow sprach, Krieger, seht meine Adlerfedern! Ich bin kein Feigling! Ich habe keine Angst vor dem Tod. Ich werde euch anführen und mit euch sterben!

Wabasha und ich folgen seinem Beispiel, obgleich wir wissen, es ist die falsche Entscheidung.«

Er wirft einen Blick auf Joseph, der inmitten der Indianer auf der Erde sitzt.

»Was wirst du tun, Black Bear? Willst du uns verlassen oder mit uns gegen deine Brüder kämpfen?«

»Meine weißen Brüder haben meine roten Brüder belogen und betrogen und begegnen ihnen mit Verachtung. Ich stehe auf eurer Seite – aber ich kämpfe nur gegen Soldaten, nicht gegen Siedler und Händler.«

Jolipi drückt heimlich seine Hand und wirft ihm einen dankbaren Blick zu.

8

Mit der schwerwiegende Entscheidung Little Crows, die vereinten Santee Sioux anzuführen, sind die Weichen für den tragischen Konflikt gestellt, der als »Dakota War« oder »Indianerkrieg am Mississippi« in die Geschichte Amerikas eingehen soll und danach über ein Jahrhundert verdrängt wurde.

Er verliert keine Zeit und befiehlt, gleich am nächsten Tag die nahegelegene »Lower Agency« anzugreifen. Während im Lager Big Eagles die Frauen noch Kugeln gießen die Männer ihre Flinten reinigen und Tomahawks schärfen, überfallen Gruppen der militanten Indianer bereits einzelne Farmen und erschlagen gnadenlos ganze Familien, verschonen weder Frauen noch Kinder. »*All white must die* – alle Weißen müssen sterben!«

Ohne die Bleichgesichter, so sagen ihre Häuptlinge, würden die Dakotas wieder frei durch die Wälder streifen und in der Weite der Prärie Büffel jagen. Sie würden keinen Hunger mehr leiden, das gestohlene Land zurückerobern und auf den Pfaden ihrer Väter gehen, auf jenen Wege, die der *Great Spirit*, der große Geist, für sie bestimmt hatte. Kein Vertrag und kein gegebenes Wort mehr würden gebrochen, keine Krankheiten und kein Feuerwasser mehr würden in die Tepees der Dakota gebracht.

Tötet sie – und das Leben würde sein, wie es einst war. Tötet sie alle!

Der 18. August 1862 verspricht ein strahlender Sommertag zu werden. Die »Lower Agency« liegt im Licht der Morgensonne hoch am südlichen Ufer und bietet einen freien Blick auf das üppige Tal des Minnesota-Flusses.

Hier haben viele Händler nicht nur ihre Geschäfte, sondern auch ihre Wohnungen. Ihre Gehilfen leben hier, Regierungs-

Angestellte und Dolmetscher, ein Lehrer, ein Arzt und ein Missionar mit ihren Familien. Sie sind ahnungslos und glauben, die Unruhe unter den Indianer habe sich durch die ausgegebenen Lebensmittel gelegt.

Der verhaßte Andrew Myrick ist am Vorabend von der Oberen Agentur am Yellow Medicine River gekommen und soll als einer der Ersten die aufgestaute Wut der Indianer zu spüren bekommen, die sie so lange bezähmt haben. Vergeblich versucht er zu fliehen, seine Leiche wird später mit einem Büschel Gras im Mund gefunden. Kein einziger Krieger hat seine höhnisch-geringschätzigen Worte vergessen, mit denen er ihre Bitten um die dringend benötigten Nahrungsmittel ablehnte:

»Wie – die Sioux sind hungrig? Dann laßt sie doch Gras fressen – oder ihren eigenen Mist!«

Dreizehn Menschen verlieren ihr Leben beim ersten Angriff auf die Agentur, sieben weitere beim Versuch zu entkommen. Zehn werden gefangen genommen, der Mehrzahl aber gelingt die Flucht, weil die Indianer sich in einem Freudentaumel über den einfachen Sieg mehr mit Plündern und Brandschatzen beschäftigen als mit ihrer Verfolgung.

Einer der Helden an diesem ersten Tag des Dakota-Aufstandes ist der Fährmann Charlie Martel, der die Fliehenden über den Fluss bringt. Todesmutig kehrt er immer wieder zurück, bis er bei der letzten Überfahrt von einem Schuß getroffen wird und das rettende Ufer nicht mehr erreicht.

*

Von dem spontanen Überfalll auf die Untere Agentur erfährt Joseph erst von den rebellischen jungen Männern aus Little Crows Dorf, die in Kriegsbemalung durch die Lager der Santee Sioux ziehen, jubelnd den Sieg verkünden und mit der reichen Beute prahlen. Viele sind betrunken.

Big Eagle stellt sich ihnen zornig in den Weg.

»Seit wann ziehen die Dakota voll mit Feuerwasser in den Krieg? Täuscht euch nicht – von jetzt an sind die Bleichgesichter gewarnt und lassen sich nicht mehr abschlachten wie die Schafe! Legt euch nieder, damit der Schlaf die bösen Geister des Feuerwassers aus euren Köpfen und Gliedern vertreibt! Morgen werden wir Fort Ridgley angreifen!«

Ernüchtert durch seine Worte halten die jungen Rebellen inne und Joseph nutzt die Gelegenheit, zwischen ihnen zum Tepee des Häuptlings vorzudringen.

»Big Eagle spricht wahre Worte«, sagt er, »warum aber wollen die Männer der Dakota warten bis zum nächsten Tag? Nun, da der Krieg im Stammesrat beschlossen ist, zählt jede Stunde. Nie war die Gelegenheit günstiger Fort Ridgely zu erobern!«

»Auch mein Bruder spricht wahre Worte«, entgegnet Big Eagle, »ich weiß es ebenso wie Little Crow. Aber es wird einen Tag dauern, bis alle Krieger der Sioux aus den verschiedenen Lagern und Dörfern versammelt sind und dann vereint angreifen können.«

Tatsächlich waren die Chancen nie besser, Fort Ridgeley einzunehmen, das runde fünfzehn Meilen von der geplünderten Lower Agency entfernt liegt:

Nur einen Tag vorher ist eine Einheit von fünfzig Mann unter dem irischen Leutnant Timothy Sheehan als Verstärkung für die Konföderierten-Armee abgezogen worden. Mit hoher Wahrscheinlichkeit würde auch der Kommandant, Captain Marsh, mit einer größeren Gruppe Soldaten das Fort verlassen, sobald er von dem Blutbad in der Unteren Agentur erfährt. Und mit den verbleibenden Wachen würden die Indianer leichtes Spiel haben.

»Wer das Fort besetzt, hat die Kanonen und beherrscht das ganze Minnesota-Tal.«

Joseph spricht eindringlich zu Big Eagle. »Einzig von dieser Position aus kann der Aufstand der Dakota Erfolg haben. Wenn wir Fort Ridgely erobern, haben wir eine gute Verhandlungsbasis – nur so ist es möglich, auch das Land zurückzuerobern und die weißen Siedler zu vertreiben. Jetzt könnten wir es schon mit zwei- oder dreihundert Kriegern schaffen.«

»Alles, was mein Bruder sagt, ist richtig. Aber selbst diese Anzahl von Kriegern kann sich nicht binnen Stunden versammeln. Wir müssen warten bis morgen.«

Joseph ballt die Fäuste. Die beste Gelegenheit, diesen aussichtslosen Kampf vielleicht doch zu gewinnen, verstreicht ungenutzt.

Die ungezügelten jungen Krieger aber, zum größten Teil aus dem Lager von Red Middle Voice, nutzen jede Stunde. Mordend und sengend ziehen sie in kleinen Gruppen durch das Tal, überfallen wahllos Siedlungen und einzeln gelegene Farmen. Sie verbreiten Terror und Entsetzen, hinterlassen Tod und Verderben.

Die meisten Pioniere sind ahnungslos und völlig überrascht. Es ist unvorstellbar für sie, daß ihre indianischen Nachbarn, denen sie in Notzeiten oft geholfen haben, plötzlich als Mörder vor ihrer Türe stehen.

Einige freundschaftlich gesinnte Dakota eilen von Farmhaus zu Farmhaus und warnen die Bewohner.

»*Po-kat-schi* – geht fort!« sagen sie, »*nippo* – morden!«

Doch diese Warnungen werden in den seltensten Fällen ernst genommen und meist in den Wind geschlagen: Die Siedler halten sie eher für einen schlechten Scherz.

Das Unheil ist nicht mehr aufzuhalten, der Dakota-Aufstand eskaliert und noch ehe das erste Gefecht ausgetragen wird, sterben zahlreiche Farmerfamilien einen grausamen Tod. Die Ereignisse überstürzen sich an diesem 18. August: Schockierte Überlebende der Massaker fliehen in Panik nach Fort Ridgely und berichten dem Kommandeur vom Treiben der Indianer. Captain Marsh stellt erwartungsgemäß einen starken Spähtrupp zusammen, um weitere Erkundigungen einzuholen und gefährdete Siedler zu schützen, aber das Unternehmen endet mit einer Tragödie. Die Männer werden in einen Hinterhalt gelockt, ihr Hauptmann fällt und mit ihm einunddreißig seiner Soldaten. Das stärkt den Sioux weiter den Rücken und sie sonnen sich in dem Irrglauben, die Bleichgesichter seien mühelos zu besiegen. Jetzt kann niemand und nichts mehr den Krieg aufhalten, der sich gleich einem lodernden Präriefeuer ausbreitet.

Wie durch eine Ironie des Schicksals erreicht am Nachmittag dieses unglückseligen Tages eine Postkutsche mit vier schwerbewaffneten Wächtern Fort Ridgely: Sie bringt die so lange und vergeblich erwartete Jahreszahlung an die Sioux, nämlich 71 000 Dollar in Gold. Wäre die kostbare Fracht ein paar Tage früher eingetroffen, hätte es wahrscheinlich eine Chance gegeben, den blutigen Aufstand zu verhindern, ungeachtet des angesammelten Zündstoffs.

Von diesen Ereignissen erfahren Joseph und der Stamm Big Eagles erst am Abend durch einen Läufer.

»Nach allem, was heute passiert ist, wird das Geld nicht ausbezahlt. Jetzt ist ein schneller Angriff auf Fort Ridgely noch wichtiger, ehe neues Militär kommt. Am besten gleich diese Nacht.«

Joseph ist ungeduldig und drängt, die Vorteile liegen klar auf der Hand, aber Big Eagle winkt ab.

»Die Zeit ist zu kurz. Und indianische Krieger kämpfen nicht in der Dunkelheit. Wie könnten sie ihr Ziel erkennen?«

»Wenn wir Brandpfeile in die Gebäude schießen und sie in Flammen stehen, sehen wir den Feind, aber uns schützt das Dunkel.«

Der Häuptling erkennt sofort die Vorteile dieses Plans, und dennoch ist es unmöglich, die Krieger schneller zu versammeln als geplant. Erst am nächsten Morgen strömen sie zusammen, zu Fuß und zu Pferd und ziehen über die Prärie in Richtung des Forts, Little Crow an ihrer Spitze auf einem prächtigen Schimmel.

Sie haben Kriegsbemalung aufgetragen, viele sind nackt bis auf einen Lendenschurz, aber gut bewaffnet: mit Gewehren, Pulver und Blei, Keulen, Tomahawks, Messern und oft noch Pfeil und Bogen. Nur wenige tragen enge Beinkleider und bunt verzierte Lederhemden – und zu diesen wenigen gehört Joseph. Auch er hat sich bemalt und ist nicht mehr von den Dakota zu unterscheiden – nur durch seine Größe fällt er auf.

Jetzt erst wird ihm in aller Deutlichkeit klar, daß militärische Disziplin die Sache der Indianer nicht ist. Obgleich schnelles Zuschlagen jetzt das Wichtigste wäre, haben sie es in keiner Weise eilig. Als sie auf dem halben Weg zwischen Fort Ridgely und New Ulm angelangt sind, lassen sie sich zu einem ausgiebigen Mahl nieder, führen Kriegstänze auf und beginnen noch einmal zu palavern.

Little Crow spricht erregt auf sie ein, auch Big Eagle und die erfahrenen Häuptlinge Wabasha und Mankato ergreifen das Wort. Aber die jungen Krieger scheinen sich zu widersetzen. Joseph versteht kaum etwas bis Dark Cloud ihm sagt, worum es geht.

»Sie wollen zuerst New Ulm angreifen und dann das Fort.«

»Aber warum nur in drei Teufels Namen? Das ist doch völlig sinnlos!«

»Die jungen Krieger sehen das anders. Sie wollen wieder leichte Beute machen, die Läden plündern und die hübschen weißen Squaws gefangen nehmen.«

Joseph schlägt sich mit der flachen Hand an die Stirn.

»Unglaublich – und in Fort Ridgely liegt euer Gold!«

»Richtig – aber da stehen auch die Kanonen, vor denen sie großen Respekt haben.«

»Und was ist mit dem Respekt vor Little Crow und den anderen Häuptlingen? Ich denke, sie sind eure Anführer?«

»Das sind sie auch– aber die Mehrheit entscheidet. Und die hat soeben beschlossen, zuerst New Ulm anzugreifen.«

Joseph ist am Ende seiner Geduld angelangt. Diese undisziplinierten Rothäute sollen ihm den Buckel runterrutschen.

»Ohne mich!« sagt er wütend. »Ich habe schon erklärt, daß ich nur gegen Soldaten kämpfe, nicht gegen Zivilisten. Und eines sollst du wissen: Wenn meinem Freund August Schell und seiner Familie etwas zustößt, drehe ich jedem von euch eigenhändig den Kragen um, der Schuld daran trägt. Er wohnt auf dem Hügel hinter der Stadt.«

Dark Cloud lächelt zuvorkommend.

»Zorn zu zeigen ist unwürdig, mein Bruder sollte sich besser beherrschen. Er muß tun, was er für richtig hält – und ich muß tun, was die Mehrheit der Krieger für richtig hält. Aber ich werde versuchen, den Freund meines Bruders zu schützen.«

Durch den Wald, der ihnen bisher Deckung verschafft hat, läuft Joseph alleine zurück zur »Nachhut« der Frauen, die mit leeren Karren und Packpferden auf das Beutegut warten. Er kann nicht das geringste Verständnis für diese unlogische Entscheidung aufbringen, noch weniger dafür, daß die Häuptlinge sie mittragen.

Jolipi läßt sich ihre Überraschung nicht anmerken, als sie ihn sieht. Seine finstere Miene zeigt ihr, daß es Ärger gegeben hat. Und noch ehe sie eine Frage stellen kann, deutet er in die Prärie, die sich vor ihnen ausdehnt: Kleine dunkle Punkte zeichnen sich am fernen Horizont ab und nähern sich rasch.

»Ich habe es gewußt!«

Er knirscht mit den Zähnen. »Ich habe es gewußt – und sie

wollten nicht auf mich hören! Jetzt ist fast Mittag und Fort Ridgely könnte ohne große Verluste in unserer Hand sein, wenn wir nachts oder am frühen Morgen angegriffen hätten. Da hinten kommt die Verstärkung, die zu erwarten war!«

Tatsächlich hat die Unvernunft der beutegierigen jungen Krieger Fort Ridgely gerettet: Nur mit sechsundzwanzig Soldaten unter dem 19jährigen Leutnant Thomas Gere besetzt und mit schockierten, verwundeten Flüchtlingen überfüllt, hätten die Indianer leichtes Spiel gehabt.

Die Truppe, die jetzt anmarschiert, ist 50 Mann stark und steht unter dem Befehl von Leutnant Sheehan, der von einem reitenden Boten mit den alarmierenden Nachrichten zurückgerufen wurde und sofort das Kommando von dem sehr jungen und obendrein an Mumps erkrankten Gere übernimmt.

Am Nachmittag treffen zusätzlich Major Galbraith mit den erfahrenen Renville Rangers ein und erhöht damit die Anzahl der kampffähigen Männer auf 180, die wohl imstande sind, das Fort gut zu verteidigen.

Joseph flucht so laut und schändlich, daß die Squaws samt Jolipi erschreckt zusammenzucken, obwohl sie kein Wort verstehen. Denn Joseph flucht auf glottertälerisch – und mit dieser Sprache hat selbst ein Deutscher seine Probleme, der nicht aus der Gegend stammt.

Nachdem er seinem Herzen Luft gemacht hat, besinnt er sich. Ihm fällt eine List ein, die er Jolipi flüsternd mitteilt.

Sie lacht hell auf und flüstert zurück.

»Mein Josse Black Bear hat Gedanken wie kein anderer Mann – in der Liebe wie im Krieg! Sag mir, warum willst du überhaupt an der Seite der Dakota kämpfen? Ich weiß doch, du glaubst nicht an einen Sieg über die Bleichgesichter.«

»Die besten Häuptlinge glauben auch nicht daran, weder Little Crow noch Big Eagle, und sie ziehen dennoch in den Krieg. Manchmal müssen Männer kämpfen, wenn zu viele Gründe dafür sprechen – selbst dann, wenn die Hoffnung auf einen Sieg gering ist. Vielleicht um des Kampfes willen, vielleicht aber auch um ihre Würde und ihre Ehre zu wahren.«

Jolipi sieht ihn zweifelnd an.

»Das kann ich nicht verstehen. Was nutzen Würde und Ehre

einem toten Mann? Mir tut das Herz weh, wenn ich daran denke, daß dich eine Kugel trifft. Laß uns Deinen Plan ausführen als Deinen Anteil an diesem Krieg – und dann laß uns weggehen.«

»Weggehen und die anderen im Stich lassen, nachdem ich versprochen habe, an ihrer Seite zu kämpfen? Nein, Jolipi, das ist unmöglich.«

»Nichts ist unmöglich«, beharrt sie, »man muß es nur wirklich wollen! Wir könnten nach Norden ziehen und im französischen Teil von Canada ein neues Leben anfangen, in der Gegend, aus der mein Vater stammte.«

Das ist in der Tat eine verlockende Idee von großem Reiz. Das alte bürgerliche Leben mit Madlen und den Kindern auf der langweiligen Farm abschütteln und ohne Zögern kühn in eine abenteuerliche Zukunft springen, egal was sie bringen mochte – es konnte nur Gutes sein mit einer so zauberhaften jungen Frau wie Jolipi an der Seite. Wenn ihn bei den Gefechten wirklich eine Kugel treffen und er fallen sollte, dann würde er irgendwo in der Prärie verscharrt, kein Hahn würde nach ihm krähen und niemand wüßte, was aus ihm geworden war. Warum also nicht heimlich nach Canada ziehen?

Jolipi liest in seinem Gesicht wie in einem offenen Buch.

»Ich liebe dich so sehr, Josse«, sagt sie weich. »Du weißt, vor dir gab es junge Krieger auf meinem Lager, aber mit keinem war es wie mit dir. Es ist jedes Mal neu und wunderbar – es ist einfach *sha*, *sha* und immer wieder *sha!* Komm, laß uns miteinander fliehen, solange es möglich ist.«

Joseph kann sich selbst nicht erklären, was ihn letztlich davon abhält – die Solidarität zu seinen indianischen Freunden oder die schon so lange verdrängten Gedanken an Madlen? Zuneigung, ein Rest der einstmals großen Liebe? Respekt vor der Vergangenheit, Glut unter der Asche?

»Nein, mein wildes Täubchen«, sagt er, umarmt und küßt sie. »Es geht nicht, Jolipi, nicht jetzt, vielleicht später. Ich kann mich nicht in der Stunde der Not und der Gefahr davonschleichen wie ein Coyote. Die Verachtung deiner Brüder würde mich mein Leben lang verfolgen, denn sie sind auch meine Brüder geworden. Geh' jetzt und tu', was ich dir gesagt habe.«

Jolipi sieht, daß sie ihn nicht umstimmen kann und gibt auf –

aber nur für den Augenblick. Sie geht zu den wartenden Squaws bei den Packpferden und erzählt ihnen, was Josse plant. Im Nu breitet sich große Heiterkeit aus, unter Lachen und Schnattern sammeln sie die leeren alten Säcke auf den Karren ein und schneiden sie mit Messern in kleine Stücke. Nur drei bewahren sie auf und füllen sie abwechselnd mit den Fetzen, mit dürrem Gras und nassen Erdklumpen.

*

Am Himmel türmen sich dunkle Wolkenberge und ein scharfer Nordwind vertreibt die linde Augustluft. Ferner Donner grollt und das Gewitter zieht rasch näher.

Als die ersten Blitze zucken und der Regen herunterprasselt, sprechen die hart bedrängten Bewohner von New Ulm ein Dankgebet.

Von geflohenen Farmern gewarnt, haben sie einen Angriff der Dakota befürchtet, aber nicht so schnell erwartet. Sie sind nur notdürftig auf eine Verteidigung ihrer Stadt eingerichtet. Es fehlt an Waffen, an Munition und viele junge Männer aus der Stadt dienen in der Unions Armee als Freiwillige. Der Sheriff Charles Roos und Jacob Nix, ein Deutscher mit militärischer Erfahrung, organisieren die Verteidigung. Auch August Schell ist bei der kleinen Gruppe von vierzig wehrfähigen Neu Ulmern und steuert seine Kenntnisse als ›Fourtyeighter‹ bei.

Gott gebe, daß Joseph Schurhammer nicht mit den Sioux gegen uns antritt und ich auf meinen Freund schießen muß, denkt er. Die Bewaffnung erinnert ihn an die der badischen Bauern, die mit Friedrich Hecker ins Gefecht zogen und gerade geschliffene Sensen mitbrachten, wenn sie keine Flinten besaßen. Hier haben sich die Farmer mit Mistgabeln, Äxten und Pfostenhammern ausgerüstet, die auch beim Errichten der Barrikaden gute Dienste leisten.

Frauen und Kinder werden kurzerhand in das ›Dakota House‹ evakuiert, das bald derart überfüllt ist, daß die Frauen ihre Reifröcke ablegen und aufeinander stapeln müssen, um Platz zu finden. Ihr Anblick in den spitzenbesetzten langen Unterhosen gibt, ungeachtet der drohenden Gefahr, Anlaß zur Heiterkeit, ansonsten aber haben die Neu Ulmer nichts zu lachen an diesem 19. August 1862.

Gegen drei Uhr mittags klettern etwa hundert Sioux wieselflink den Steilhang hinter der Stadt herab und beginnen unter wildem Kriegsgeheul auf die Verteidiger zu schießen. Die erwidern, geschützt von den Barrikaden, das Feuer so gut es geht und halten die Indianer davon ab, die Stadt zu stürmen. Der Schußwechsel dauert zwei Stunden an und es ist ein Glück im Unglück, daß die Sioux ohne Schlachtplan vorgehen. Sie sind auch ohne Anführer, alle Häuptlinge haben sich geweigert, New Ulm zu diesem Zeitpunkt anzugreifen.

Einige der Holzhäuser geraten durch Feuerpfeile in Brand und die Flammen drohen auf andere Gebäude überzugreifen.

»*Goddamned wind*, gottverdammter Wind«, schimpft Sheriff Roos, »wenn es so weiterbläst, gibt es eine Feuersbrunst und wir werden bei lebendigem Leib geröstet.«

»*Goddammned red knaves*, gottverdammte rote Schurken«, schimpft Jacob Nix, »unsere Munition geht zur Neige und die Kerle wetzen schon ihre Skalpiermesser!«

»Ihr solltet euch umdrehen und einen Blick nach hinten werfen«, sagt August Schell, »dann werdet ihr aufhören zu fluchten und den lieben Gott preisen! Da kommt mit dem Wind eine gewaltige Gewitterfront auf uns zugeflogen. So sicher wie das Amen in der Kirche vertreibt sie die Indianer. Und der Regen wird das Feuer löschen.«

Tatsächlich ziehen die Sioux so schnell ab wie sie gekommen sind. Naturgewalten wie Sturm und Gewitter bedeuten für sie ein Grollen des *Great spirits*, des Großen Geistes, und sind eine furchterregende Angelegenheit.

So wird New Ulm für's erste gerettet: durch ein Unwetter – und durch den Verdruß der Häuptlinge über ihre beutegierigen und unbotmäßigen jungen Krieger, denen sie die Gefolgschaft versagt haben.

Joseph kommt das Gewitter ebenso gelegen wie den Neu Ulmern. Zusammen mit Jolipi reitet er durch den prasselnden Regen in Richtung Fort Ridgely, ein Packpferd trägt die drei Säcke mit dem ungewöhnlichen Inhalt.

Jolipi ist vergnügt und ihrer Sache sicher: Wenn Josse jetzt nicht mit ihr nach Norden ziehen will, braucht er eben noch ein bißchen Zeit für diesen Entschluß – und die soll er haben. Und was er heute vorhat, ist für sie ein Abenteuer und ein großer Spaß. Daß der Plan auch scheitern und sie entdeckt werden könnten, kommt ihr nicht in den Sinn.

Inzwischen ist es stockfinster geworden, aber sie kann in der Dunkelheit sehen wie eine Katze. Sie binden die beiden Reitponies an einem Baum an und umwickeln die Hufe des Packpferdes mit Lappen.

Regen und Wind verschlucken jedes Geräusch, die Posten umgehen sie geschickt und ein Eindringen in das Fort ist einfach: Kein Mensch verläßt bei einem solchen Wetter freiwillig das schützende Dach.

»Halte das Pferd und warte auf mich«, flüstert er, schultert zwei der Zentnersäcke und ist im Dunkel verschwunden. Wenig später schleicht er so leise zurück, daß nicht einmal Jolipis feine Ohren ein Geräusch wahrnehmen können. Er packt den dritten Sack und als er wiederkommt, verlassen sie das Fort mit der gleichen Vorsicht.

Beide sind naß bis auf die Haut und übermütig wie Kinder nach einem gelungenen Streich: Hand in Hand laufen sie zurück zu den Ponies und malen sich die verdutzten Gesichter der Soldaten aus, wenn sie morgen ihre Geschütze gegen die angreifenden Dakota abfeuern wollen: Joseph hat die Kanonenrohre fest mit dem Inhalt der drei Säcke verstopft!

9

Weder die Wahl des Platzes noch die Konstruktion von Fort Ridgely sind geeignet, einen Angriff erfolgreich abzuwehren. Es liegt auf einer Hochebene, etwa 150 Fuß über der Talsohle. Tiefe Schluchten und Hohlwege im Osten, Norden und Südwesten machen es Feinden leicht, ungefähdet auf Schußweite heranzukommen. Die offene Prärie dehnt sich nach Nordwesten aus.

Es gibt keine schützenden Palisaden, nicht einmal einen Zaun, was Joseph bei seinem gestrigen Kanonenstreich zugute kam. Das Ganze ist mehr eine Ansammlung von freistehenden, unbefestigten Gebäuden, teils aus Steinen, teils aus Holz.

Die Dakotas haben mit ihren Spähern die Anlage genau erkundet und wissen um diese Nachteile.

»Wer ein militärisches Fort so ungeschützt errichtet, muß entweder ein Narr sein oder von allen guten Geistern verlassen«, stellt Joseph fest. »Die Pferdeställe stehen jenseits der Straße nach New Ulm, das Munitionsmagazin und das Provianthaus zweihundert Yards entfernt in der Prärie. Da kann man sich doch nur an den Kopf fassen! Und einen Brunnen gibt es auch nicht – das Wasser muß unten vom Fluß heraufgebracht werden. Eine geniale Fehlkonstruktion ist das Ganze! Aber uns kann es nur recht sein.«

Er ist wieder in das Prärielager der Dakota zurückgekehrt, Jolipi ist bei den Frauen geblieben. Little Crow hat etwa vierhundert Krieger um sich versammelt, die dabei sind, ihre Kriegsbemalung zu erneuern: rot, blau und gelb in grellen Farben, dazwischen weiße Schlangenlinien. Ihre Stirnbänder schmücken sie zur Tarnung mit Gräsern und Blättern.

Auch diejenigen, deren Angriff auf New Ulm gestern abgeschlagen wurde, sind guten Mutes. Sie singen, scherzen und lachen über die List von ›Black Bear‹. Schade, daß nicht alle Bleichgesichter sind wie er! Aber dann würde man ja um das Vergnügen des Kampfes gebracht – und Krieg ist die größte Jagd nach dem größten Wild, es ist eine Prüfung für Mut, Tapferkeit und Stärke. Für dieses Kräftemessen sind die Männer der Dakota erzogen – nicht um Löcher in die Erde zu graben wie die Präriehasen und Samenkörner hineinzuwerfen. Ihr Lied ist der Kriegsgesang, nicht die Hymnen der weißen Missionare!

Jeder Dakota, der einen Soldaten an den *wagon guns* tötete, einen der Kanoniere, würde mit einer Adlerfeder für sein Stirnband belohnt. Und Little Crow würde die Auszeichnung persönlich verleihen!

So nähern sie sich Fort Ridgely und Joseph wird von ihrer Begeisterung angesteckt.

Dieses Mal gibt es einen Schlachtplan: Sie nähern sich von allen vier Himmelsrichtungen: Little Crow führt die Krieger an und lenkt mit einem Scheinmanöver an der Westseite des Forts die Aufmerksamkeit der Verteidiger ab. Währenddessen klettert ein Großteil der Sioux unbemerkt die gegenüberliegende Schlucht herauf und erobert in einem Handstreich einige der äußeren Gebäude, an ihrer Spitze Big Eagle und Joseph.

Der irische Leutnant Sheehan, der bei der Demonstration der

Dakota in der Upper Agency so viel Verständnis für ihre Lage gezeigt und mit seiner Besonnenheit ein Blutbat verhindert hat, läßt gleichzeitig seine Männer auf dem Paradegrund des Forts antreten und befiehlt »Feuer«. Die Indianer, gedeckt durch Bäume und Häuser, haben keine Verluste bei diesem ersten Schußwechsel, zwei der Soldaten werden getroffen, einer tödlich.

Bei den Kanonieren bricht indessen Verwirrung aus und deftige Flüche erklingen. Nur drei der sechs schweren Geschütze werden in Stellung gebracht, zwei wendige Sechspfünder-Feldhaubitzen und ein massiver Vierundzwanzig-Pfünder: Es fehlt an Männern, die damit umgehen können. Einer der wenigen Soldaten mit Erfahrung auf diesem Gebiet ist Sergeant John Jones, doch auch ihm gelingt es nicht zu feuern.

Big Eagles Augen leuchten auf.

»Gut gemacht, Black Bear«, sagt er und Joseph freut sich diebisch, daß sein nächtlicher Besuch im Fort nicht umsonst war.

Sergeant Jones schlägt ungläubig mit Stiel des Ladestocks an das Rohr der Kanone: Es gibt ein merkwürdig dumpfes Geräusch und plötzlich scheint ihm ein Licht aufzugehen. Er schaut von vorne in das Kanonenrohr, langt hinein und zieht eine Handvoll feuchter Fetzen heraus, fest vermischt mit Erde und Gras!

Bis die Rohre gesäubert und die Geschütze schußbereit sind, gibt es eine erhebliche Verzögerung, die die Angreifer nutzen, um die besetzten Häuser und die Pferdeställe zu plündern. Joseph beobachtet die schwitzenden Kanoniere aufmerksam und ruft laut »Deckung«, als es endlich soweit ist.

So richtet die erste Salve keinen Schaden bei den Sioux an, dann aber werden sie von den Kanonen in Schach gehalten und schießen nur noch aus sicherer Distanz zurück. Sie geben den besten Bogenschützen des Stammes Feuerschutz, damit diese gezielt ihre Brandpfeile abschießen. Als die ersten der trockenen Schindeldächer in Flammen aufgehen, wird das wilde Kriegsgeheul der Indianer noch durchdringender.

Jeder Tropfen Wasser, den die Verteidiger zum Löschen nehmen, tut ihnen weh: Es ist kostbares Trinkwasser, sie sind von der Quelle und vom Fluß abgeschnitten. Und mit mehr als zweihundert, meist verwundeten Flüchtlingen ist das Fort überfüllt, die über hundert Soldaten nicht eingerechnet.

Big Eagle, Dark Cloud und Joseph liegen hinter dichtem Gestrüpp in Deckung. »Wir kämpfen jetzt schon seit fünf Stunden und kommen nicht weiter«, sagt Joseph, »warum hören wir nicht auf, Kugeln zu verschwenden und belagern sie? Wenn sie nicht verbrennen wollen, brauchen sie ihr Wasser zum Löschen. Und wenn sie nicht verdursten wollen, sind sie nach einem Tag reif zur Übergabe – ohne einen weiteren Schuß!«

Diese Überlegung ist logisch, aber ohne den ›Großen Geist‹ geht die Rechnung nicht auf – und der grollt. Er ist den Bleichgesichtern gewogen, nicht den Rothäuten und er schickt zur entscheidenden Stunde erneut dunkle Regenwolken – wie am gestrigen Tage nach New Ulm. Ohne Donner und Blitz dieses Mal, aber der Himmel öffnet auch ohne Gewitter seine Schleusen und schickt wahre Sturzbäche herab.

Dankbar stellen die Eingeschlossenen von Fort Ridgely jedes vorhandene Gefäß ins Freie, leere Fässer und Tonnen, Kochtöpfe, Waschzuber und Schüsseln.

Und die Dakota beugen sich dem Groll und dem deutlichen Willen der höheren Macht. Sie ziehen sich zurück – unter solchen Umständen ist das nicht unehrenhaft. Es war kein Sieg, aber sie haben auch nicht verloren. Der Krieg geht weiter.

Am übernächsten Tag erst läßt der Regen nach – Zeit genug für Little Crow, die doppelte Anzahl von Kriegern um sich zu versammeln. Am 22. August 1862 treten rund 800 Santee-Sioux aus allen vier Stämmen zum zweiten Sturm auf Fort Ridgely an.

Dieses Mal sind sie innerlich auf die schlimmsten Waffen der Bleichgesichter eingestellt – vor dem ersten Angriff hatten sie noch nie die schreckliche Gewalt schwerer Geschütze direkt erlebt. Jetzt wissen sie, was Artillerie ist und haben entsprechenden Respekt, besonders vor den *»rotten balls«*, den »verrotteten Bällen«. So nennen sie die Kugeln, die nach dem Aufprall in Splitter zerbersten.

Joseph kämpft wieder Seite an Seite mit Big Eagle und kann kein Verständnis für die neue Strategie Little Crows aufbringen, der als Erstes einen Hagel von Feuerpfeilen auf das Fort befiehlt.

»Das ist doch völlig sinnlos! Das Holz der Häuser und die Schindeln sind tropfnass von dem langen Regen – wie sollten sie da brennen?«

»Fragen die Soldaten der Weißen ihren Häuptling, ob sein

Kommando einen Sinn hat – oder gehorchen sie einfach? Sagt ihr nicht ›Befehl ist Befehl‹?«

Von dieser Antwort gibt sich Joseph geschlagen, aber in der Sache hat er recht: Die wenigen Flammen, die an den Gebäuden des Forts aufzüngeln, sind von dem jetzt reichlichen Wasservorrat rasch gelöscht.

Als nächsten Schritt befiehlt Little Crow, die Verteidiger mit Dauerbeschuß von allen Seiten mürbe zu machen. Er hofft, daß ihre Munition bald ausgeht und sie dann im Kampf Mann gegen Mann von der Übermacht der Indianer besiegt werden.

Aber auch dieser Plan scheitert. Nach stundenlangem Schußwechsel unter gellendem Kriegsgeheul, beginnen die Sioux einem Sturmangriff an der schlecht geschützten Südwestecke der Festung. Sergeant Jones entdeckt die drohende Gefahr in letzter Minute und feuert gezielt eine Ladung Kanonenschrot in die Front der Angreifer. Die furchtbare Wirkung dieser Munition treibt die Indianer in wilder Flucht auseinander. Das Gleiche wiederholt sich im Westen des Forts, auch Little Crow wird durch ein Schrapnell verletzt – und damit ist der Kampf zu Gunsten der Weißen entschieden, obwohl die Sioux vier zu ein Mann überlegen sind.

Die beste Gelegenheit, diesen Krieg zu gewinnen, ist vertan. Wenn es mit 800 der tapfersten Krieger nicht möglich war, das Fort einzunehmen, ist jedes weitere Gefecht hoffnungslos – und in Kürze würde mit Sicherheit weitere Verstärkung eintreffen.

Der Abzug von Little Crows Männern gleicht einer stillen, freudlosen Prozession.

Das Lachen und Scherzen ist ihnen vergangen, auch das Prahlen mit künftigen Heldentaten wie dem Töten und Skalpieren der weißen Soldaten. Es gibt keine Adlerfedern zu verteilen und die Karren für die erwartete Beute sind noch immer leer. Mehr als einhundert tote Krieger haben ihre Reihen gelichtet, die Verluste sind ungleich höher als die der Bleichgesichter, denen die besseren Waffen zum Sieg verhalfen.

Big Eagle schreibt später über die Angriffe auf Fort Ridgely:

»Wir dachten, das Fort sei die Tür zum ganzen Tal bis hinauf nach St. Paul. Und wir dachten, wenn es uns gelingen würde, durch diese Tür zu gehen, könnte uns nichts mehr stoppen auf dieser Seite des Mississippi. Aber die Verteidiger des Forts waren sehr tapfer und hielten die Pforte verschlossen.«

*

Gouverneur Alexander Ramsey sitzt an seinem Schreibtisch und traut seinen Augen nicht. Er ist ein derber Mann, dessen Gesicht einen ausgeprägten Egoismus wiederspiegelt, seine groben Züge werden von kalt abwägenden Augen und fest zusammengepreßten Lippen beherrscht. Wenn es um seine Vorteile geht, kennt er keine Skrupel.

In den Händen hält er ein zerknittertes Blatt Papier, einen dramatischen Hilferuf des jungen Leutnant Gere aus Fort Ridgely, den ein völlig erschöpfter Eilbote soeben brachte: Er hat die 125 Meilen nach Fort Snelling in achtzehn Stunden zurückgelegt, unterwegs mehrfach die Pferde gewechselt und zwischendurch eine kurze Schlafpause in der rollenden Postkutsche eingelegt.

»*To hell with these damned Sioux* – zur Hölle mit diesen verdammten Sioux«, denkt Ramsey laut.

Einen Aufstand kann er im Augenblick nicht gebrauchen, er ist intensiv mit diversen gewinnträchtigen Geschäften ausgelastet. Die Rothäute kommen ihm nur dann gelegen, wenn es gilt, einen neuen Vertrag zwischen ihnen und der Regierung in Washington auszuhandeln – das bringt gutes Geld in die Privatschatulle, über 60 000 Dollar waren es letztes Mal, ein hübsches Sümmchen.

Die Erinnerung daran bringt ihn auf eine Idee: Sein alter Freund Henry Sibley, genannt »Long Trader«, hat 1858 erfolgreich bei einem der Verträge mitgewirkt, der die Indianer um ihr Land brachte. Natürlich nicht ohne entsprechenden Anteil an diesem lukrativen Handel. Er kennt die Sioux, ihre Gebräuche und ihre Sprache aus jahrzehntelanger Praxis – und er ist eine Führernatur, genau der richtige Mann, diesen albernen Aufstand niederzuschlagen. Zwar hat er keine militärische Erfahrung, aber das läßt sich durch einen entsprechenden Rang ausgleichen. Im Geist ernennt er ihn flugs zum Colonel, zum Oberst und ist sicher, daß dieses verlockende Angebot nicht ausgeschlagen wird.

»Long Trader« ist überrascht und erfreut, als ihn Ramsey zu sich rufen läßt und da beide Männer von schnellen Entschlüssen sind, verläßt er den Gouverneurssitz als frischernannter Oberst Sibley. Am nächsten Tag schon steht er in einer schmucken Offiziersuniform vor dem Spiegel, die er sich über Nacht auf den Leib schneidern ließ. Er ist hochgewachsen und gutaussehend, erfolgreich, ein Liebling der Frauen und mit unerschütterlichem Selbstvertrauen gesegnet. Auch diese neue Aufgabe wird er spielend meistern.

Am nächsten Tag startet er in Richtung St. Peter mit einer hastig zusammengestellten Truppe von vier Kompanien aus dem 6. Minnesota Regiment. Von dort sind es nur noch zwei Tagemärsche bis Fort Ridgely.

*

Zur gleichen Zeit beschließen die Dakota, New Ulm erneut anzugreifen, besser vorbereitet und mit mehr Kriegern als beim ersten Mal. Trotz der abgeschlagenen Attacke auf das Fort überwiegt bei den meisten noch immer die Hoffnung. Sie sind überzeugt, letztlich die Bleichgesichter doch zu besiegen. Daß nun auch »Friedens-Häuptlinge« wie Big Eagle und Wabasha teilnehmen wollen, bestärkt sie in ihrem Optimismus. Schließlich gibt es in der Stadt nur verängstigte Deutsche, die um ihr Leben bangen, keine Soldaten mit Kanonen.

Little Crow erklärt sich trotz einer Verwundung bereit, den Angriff zu führen.

» Frische Truppen der Weißen werden kommen und sie müssen den Weg über New Ulm nehmen. Wenn wir die Stadt erobert haben, können wir diese Truppen mit dem Nachschub davon abhalten, Fort Ridgely zu erreichen und es wird kampflos ausgehungert. Wer von den Häuptlingen hat noch etwas zu sagen?«

Wabasha meldet sich zu Wort.

»Ich pflichte Little Crow bei. Der Plan ist gut, wenn er schnell ausgeführt wird. Wir können viele hundert Gefangene als Geiseln nehmen, das macht uns stark bei Verhandlungen mit den Bleichgesichtern.«

»Aber nur dann, wenn sie nicht schwer verletzt sind und gut behandelt werden«, wirft Big Eagle ein, »kein roter Krieger sollte Hand an eine weiße Frau legen.«

Diese Forderung wird von vielen der Sioux mit Murren und

lautstarker Empörung beantwortet. Schließlich waren seit jeher eroberte Squaws eine verlockende Kriegsbeute und ein Ansporn für die Tapferkeit der Kämpfer. Und jetzt sollte das plötzlich nicht mehr so sein?

Little Crow erhebt sich und die Männer schweigen.

»Wir brechen noch heute Nacht auf und werden vor Sonnenaufgang in New Ulm ankommen. Ihr habt vernommen, was die Häuptlinge fordern. Diejenigen Krieger, die nicht mit uns ziehen wollen, sind frei, zu tun, was ihnen beliebt.«

Als er die Stadt einige Stunden später erreicht, begleiten ihn etwa die Hälfte der Männer.

Die anderen machen sich in Gruppen auf, wieder abgelegene Siedlungen und Farmen zu überfallen – ohne einen Anführer, der ihnen Einschränkungen auferlegt. Den Spaß, die Squaws der Bleichgesichter zu rauben, sich an ihrer Angst und Hilflosigkeit zu weiden, sie gegen ihren Willen auf das Lager zu zwingen – nein, dieses Vergnügen lassen sie sich nicht so leicht nehmen, dieses grausame Spiel gehört für sie einfach zum Krieg.

Joseph hat andere Gründe, nicht mit Little Crow zu ziehen. Er bleibt bei seiner Weigerung, gegen Zivilisten zu kämpfen und gesellt sich wieder zu den wartenden Squaws, um in Jolipis Nähe zu sein.

Sie schmiegt sich an ihn, zärtlich wie ein Kätzchen.

»Verstößt das nicht gegen gute indianische Sitten?«

Lächelnd legt er den Arm um sie und preßt sie so fest an sich, daß sie nach Luft ringt.

»Halt ein, Josse, Hilfe, nein – willst du mich erdrücken?« fragt sie atemlos und versucht ihn abzuwehren.

»Das sagst du immer, wenn dir etwas gefällt«, neckt er sie, »soll ich dich wirklich loslassen? Ist es nicht *sha?*«

»Nein – ja – doch! Aber es ist wirklich gegen die guten Sitten«

Sie deutet auf die anderen Mädchen und Frauen, die kichernd und schwatzend beieinanderstehen und zu ihnen herschauen. Das Kugelgießen ist jetzt Nebensache.

»Seit wann stört dich das?« fragt er scheinheilig.

»Es stört mich ja nicht, mir fehlt nur unser Tepee…«

»Aha – auf diese Idee wäre ich gar nicht gekommen! Was können wir da nur tun?«

Es macht ihm immer wieder Spaß, sie in Verlegenheit zu bringen – sie sieht so bezaubernd aus, wenn sie rot wird!

»Nun – fällt dir nichts ein?«

Sie wirft ihm einen Blick zu, einen dieser Blicke, die er so liebt an ihr: verschämt und verlangend, sehnsuchtsvoll und scheu gleichzeitig. Sie sagt nichts, der Blick sagt alles und geht ihm unter die Haut. Auf einmal hat er es eilig.

»Mein Pferd scharrt mit den Hufen, es möchte laufen. Und es ist stark genug, uns beide zu tragen – bis zu dem Wäldchen dort drüben ist es nicht weit.«

Mit einem Satz springt er auf den Pferderücken, zieht Jolipi mühelos zu sich hinauf und galoppiert aus dem Stand heraus an.

»Jetzt beneiden mich die anderen Frauen wieder um Josse Black Bear«, lacht sie und läßt sich die Haare vom Wind zerzausen, »ihre Männer kämpfen und meiner hat etwas ganz anderes im Sinn.«

»Du hast es erraten – genau das Gegenteil! Liebe machen ist schöner als Krieg!«

Beide ahnen nicht, daß sie sich zum letzten Mal so unbeschwert fröhlich in den Armen halten.

*

Nicht nur die Dakota haben sich auf die zweite Schlacht besser vorbereitet, auch die Bewohner von New Ulm. *»There was no time for mourning* – niemand hatte Zeit zum Wehklagen.«

Die Verwundeten sind notdürftig versorgt und die Gefallenen begraben. Die Barrikaden sind verstärkt, Schützengräben ausgehoben. Aber das Wichtigste sind die inzwischen aus der Umgebung herbeigeeilten Helfer, alle bereit, die Pionierstadt unter Einsatz des eigenen Lebens zu verteidigen.

Kurz nach dem ersten Angriff schon ist Charles Flandreau eingetroffen, ein tüchtiger, hochgeachteter Mann, einer der wenigen ehrbaren Indianer-Agenten, der sich nach dieser Aufgabe als Anwalt niederließ.

Gouverneur Ramsey hat auch ihn in einer Blitzaktion zum Colonel ernannt und er führt jetzt eine Truppe von 125 Grenzsoldaten aus St. Peter und Le Sueur. Außerdem bringt er drei Mediziner mit, als Verstärkung für den hoffnungslos überlasteten einzigen Arzt in New Ulm. Unter den drei Medizinern ist ein gewisser *Dr. William Mayo*.

Die bunt zusammengewürfelte Truppe, die Flandreau nun befehligen soll, ist miserabel ausgerüstet – nicht mehr als dreißig Mann haben gute Gewehre.

»Eine schlechter bewaffnete Armee hat wahrscheinlich nie eine Attacke erwartet«, stellt er nach einer ersten Inspektion fest und Zeit, die Leute zu trainieren, bleibt ihm auch nicht.

In den frühen Morgenstunden sehen die Wachen Flandreaus in Richtung Fort Ridgely schwarzen Rauch aufsteigen. Das ist ein böses Anzeichen und läßt darauf schließen, daß die Festung gefallen ist und die Sieger nun von der Nordseite des Flusses angreifen.

In Wirklichkeit aber hat Little Crow verlassene Farmen, Ställe und sogar erntereifes Getreide in Brand setzen lassen, um diesen Eindruck hervorzurufen. Flandreau fällt auf diese Kriegslist herein und schickt eine 75 Mann starke Truppe aus, der – sobald sie den Fluß überquert hat – von den versteckten Dakota der Rückweg abgeschnitten wird: Die Verteidiger New Ulms sind damit um 75 Männer ärmer.

Noch ehe Flandreau sich von diesem Tiefschlag erholt hat, läßt Little Crow mit einer einfachen, gut durchdachten Strategie angreifen:

Die Stadt wird im Halbkreis von beiden Seiten umrundet, die Lücke dazwischen schließt der Fluß. Die Fähre ist versenkt, ein Entkommen also nicht mehr möglich.

Die Verteidiger sind eingekesselt und in dieser schwierigen Ausgangsposition beschließt Flandreau einen Gegenangriff auf die Sioux, bei dem die Männer hinter den Barrikaden Feuerschutz geben.

Diese Szene gräbt sich unauslöschlich in sein Gedächtnis ein und Flandreau beschreibt sie später so: »Im hellen Sonnenlicht war der Ansturm der indianischen Krieger aus den Wäldern über die Prärie ein ungeheuer eindrucksvolles Schauspiel. Besonders für so unerfahrene Soldaten wie wir, war es außerordentlich erregend. Anderthalb Meilen von uns entfernt breiteten sie sich mit wachsender Geschwindigkeit aus wie ein Fächer. In sicherer Entfernung von unseren Schüssen verharrten sie kurz in geschlossener Front, stießen ein markerschütterndes Kriegsgeheul aus und brachen von allen Seiten über uns herein wie der Wind.«

Einer der Häuptlinge, der die Krieger befehligt und immer wieder anfeuert, reitet einen prächtigen Schimmel und zeichnet sich durch seine Tollkühnheit aus. Er scheint unverwundbar und die Verteidiger New Ulms rätseln, welcher der Häuptlinge es sein mag: Little Crow, Big Eagle, Wabasha oder Mankato.

Nachdem es den Indianern im ersten Ansturm nicht gelingt, die Stadt einzunehmen, zieht sich der Kampf über den ganzen Tag hin bis in die Nacht hinein. Die Ärzte haben alle Hände voll zu tun, um die Verwundeten in ihrem Nothospital zu versorgen. Die Türen werden ausgehängt, um als Bahren zu dienen. Während Dr. Mayo den zerschmetterten Fuß eines Mannes amputiert, sieht er zwei Weiße am Fenster entlangschleichen. Er hält sie für Drückeberger, springt mit einem Satz zur Türe und droht ihnen mit dem blutigen Skalpell.

»Wollt ihr wohl kämpfen, ihr Waschlappen – oder soll ich euch Beine machen?«

Angesichts des wutschnaubenden Doktors besinnen sich die Beiden und kehren auf ihre Plätze bei den Barrikaden zurück.

Das nicht endenwollende Kriegsgeheul der Indianer, die Kriegsbemalung ihrer nackten Körper, ihre schlangengleichen Bewegungen, ihre ungezügelte Wildheit und ihr Todesmut im Angriff, lehren viele Weiße das Fürchten – vor allem diejenigen, die noch nie gegen sie angetreten sind. Aber die Verteidiger wissen, was sie und ihre Familien im Fall einer Niederlage erwartet und so wird der Kampf von beiden Seiten mit ungeheurer Erbitterung weitergeführt.

Einer der wenigen Männer, die sich nicht an den Gefechten beteiligen, ist der einzige Bäcker Neu Ulms. Durch die vielen Flüchtlinge in der Stadt sind die meisten Lebensmittel schon knapp und gehen zur Neige, nur Mehl gibt es noch ausreichend.

Der Bäcker füllt die frisch gebackenen Brotlaibe in einen Sack, um sie den hungrigen Frauen und Kindern im Dakota-House zu bringen. Dann hüllt er sich in ein Büffelfell, weil er eine den Schüssen der Indianer ausgesetzte Stelle überqueren muß und nicht erkannt werden will. Tatsächlich halten ihn die Sioux für einen der ihren – aber ein Weißer hält ihn für einen Indianer und tötet ihn mit einer gezielten Kugel.

Bei der zweiten Schlacht um New Ulm ist noch weniger Zeit zum Wehklagen als bei der ersten. Jeder tut, was er tun muß und die Frau des Bäckers trägt den Sack mit dem kostbaren Brot an seinen Bestimmungsort, ohne sich um die Gefahr zu kümmern.

»Mein Mann wollte das Brot bringen, aber er kann es nicht mehr. Jetzt mache ich es für ihn – so hätte er's gewollt.«

Entgegen ihrer sonstigen Kampfweise stellen die Indianer bei beginnender Dunkelheit die Angriffe nicht ein. Jedem Dakota ist klar, daß der ganze Aufstand vergeblich war, wenn diese Schlacht nicht gewonnen wird und so kämpfen sie mit dem gleichen Mut der Verzweiflung wie die Weißen.

Es ist eine Nacht des Schreckens. Der Himmel ist vom Widerschein der brennenden Häuser gerötet, der Feind in der Finsternis verborgen und nur durch sein gellendes Geheul zu orten. Hinter den Barrikaden aus Holz und Sandsäcken stöhnen die Getroffenen und Sterbenden, in den überfüllten Häusern wimmern die Kinder vor Angst und Hunger.

Flandreau und seine Männer wissen noch immer nicht, ob Fort Ridgely erobert wurde oder nicht und sind von der Vorstellung gepeinigt, die Kanonen könnten in die Hände der Indianer gefallen sein.

Doch dieser Alptraum läßt die Verteidiger von New Ulm auf eine Idee kommen, die zur Rettung der Stadt beiträgt:

Im Morgengrauen montieren sie ein langes schwarzes Ofenrohr auf einen hölzernen Karren mit zwei großen Rädern und stellen das Ding in der Minnesotastraße auf. Dieser Platz ist von den Belagerern gut einsehbar und als der Schmied mit zwei Ambossen im nahen Pennsylvania-Haus donnerähnliche Geräusche macht, gibt es den Anschein, als hätten die New Ulmer heimlich über Nacht eine Kanone erhalten.

»Vor Kanonen haben sie einen Heidenrespekt«, sagt Flandreau, »ich bin neugierig, was jetzt passiert. Vielleicht können wir ihre List mit der unseren wettmachen.«

Und tatsächlich ziehen sich die Dakota am nächsten Morgen zurück, nachdem sie noch einige Salven abgefeuert und eine Rinderherde weggetrieben haben. Als die Sonne höher steigt, sind die Hügel um die Stadt und die Prärie leer.

Ob nun die falsche Kanone den Ausschlag gab, die hohen Verluste oder die Müdigkeit nach zwei durchwachten Nächten – der Grund für den Abzug der Indianer wird ungeklärt bleiben.

190 Häuser Neu Ulms liegen in Schutt und Asche. Vierzig davon haben Flandreau und seine Männer selbst niedergebrannt, alle Gebäude, die außerhalb des Stadtkerns standen und den Indianern Feuerschutz bei ihren Attacken boten.

Viele Tote und Verwundete sind zu beklagen, aber die unmittelbare Gefahr ist gebannt. Colonel Flandreau, der sich bei der Verteidigung der Stadt diesen Rang verdient hat, beschließt, die Bewohner zu evakuieren. Es fehlt an Platz für so viele Menschen, es fehlt an Vorräten, an Medizin, an Verbänden für die Verletzten und außerdem bedrohen Hunger und Seuchen die Überlebenden.

»Noch nie gab es in Amerika eine so herzbewegende Karawane«, beschreibt Flandreau den armseligen Zug der Flüchtlinge später: »Es war ein jammervoller Anblick, zweitausend Leute zu sehen, die ein paar Tage vorher glücklich und wohlhabend waren und nun am Bettelstab gingen, gebeugt von dem Verlust ihrer Angehörigen.«

Mit den Schlachten um Fort Ridgely und New Ulm hat das Volk der Dakota seinen Kampf bereits verloren. Was nachfolgt, ist nur noch ein letztes, verzweifeltes Aufbäumen gegen das Schicksal. Ihrem Zorn und Rachedurst fallen – mit wenigen Ausnahmen – diejenigen zum Opfer, die ihnen nie Böses getan, sie belogen oder betrogen haben.

Auch umgekehrt trifft bald die Rache der Weißen nur selten die verantwortlichen Sioux, die rechtzeitig fliehen, wie die gewalttätigen Häuptlinge Red Middle Voice und Shakopee samt ihren skrupellosen Anhängern, Männer, die den letzten Anstoß zu dem Aufstand gaben und deren Grausamkeit unvorstellbar war.

Zur Rechenschaft gezogen und bestraft werden nur die, die das Militär einfangen kann oder die sich freiwillig stellen – weil sie ein reines Gewissen haben.

10

Die Kolonne der geschlagenen Dakota bietet keinen minder traurigen Anblick als die der abziehenden Bürger von New Ulm.

Sie haben die getöteten und verwundeten Krieger mitgenommen. Über ihre Lippen kommen keine Klagen, aber alle ahnen, daß diese Niederlage der Anfang vom Ende ihres Freiheitskampfes ist.

Quer über dem Packpferd, das Big Eagle am Zügel führt, liegt der Leichnam Dark Clouds, den eine Kugel ins Herz getroffen hat. Das Gesicht des Häuptlings zeigt keinerlei Regung, aber er ist zutiefst bewegt. Hätte er auf seine innere Stimme gehört und und die Teilnahme an dem Aufstand verweigert, wäre sein Bruder noch am Leben.

Er erinnert sich an die unbeschwerten Tage ihrer Kindheit, an ihre rebellische Jugendzeit, an alles, was er seinen jüngeren Bruder lehrte, der zu einem tapferen Krieger heranwuchs und seinem Herzen näher stand als jeder andere Mensch.

Seit dem großen Rat der Häuptlinge über Krieg oder Frieden mit den Bleichgesichtern ist erst eine Woche vergangen, doch ihm scheint er in ferner Vergangenheit zu liegen – zu viel ist geschehen inzwischen.

Wabasha und er an der Spitze und selbst Little Crow haben sich für den Frieden stark gemacht und erklärt, daß ein Kampf gegen die Übermacht der Weißen sinnlos ist. Aber die jungen Krieger und ihre Sprecher wollten diese Warnung nicht hören, wollten nicht glauben, daß ein Krieg einem Selbstmord gleichkommt. Und so haben sich die Friedenshäuptlinge der Übermacht der Kriegshäuptlinge gebeugt, weil die Tradition eine Mehrheit der Stimmen respektiert.

Jetzt bedauert er diese schnelle Entscheidung wie er nie zuvor eine Entscheidung seines Lebens bedauert hat. Nicht wegen seiner eigenen Zukunft – wegen der Zukunft seines Stammes, für den er verantwortlich ist. Sie würde beklagenswert sein und die Bestrafung durch die Bleichgesichter schrecklich. Die wichtigste Aufgabe eines Häuptling ist es, mit Weisheit und klugem Handeln das Geschick seines Volkes gut zu lenken – und in diesem Punkt hat er versagt.

Der Boden rings um New Ulm ist getränkt vom Blut gefallener Krieger und Dark Cloud hat sein jungen Leben verloren wegen dieser schicksalsschweren Fehlentscheidung.

Das macht ihm am meisten zu schaffen – und daneben die Zukunft seiner Schwester Jolipi. Er weiß, daß Josse Black Bear sie aufrichtig liebt, daß er um dieser Liebe willen die Sache der Dakota zu der seinen gemacht hat . In zweiter Linie erst wegen seines Hangs zur Freiheit und seines ausgeprägten Sinnes für Gerechtigkeit.

Aber er weiß auch, daß Black Bear zurückkehren wird in die Welt der Bleichgesichter. Bliebe er in ihren Reihen, würde er über kurz oder lang als Weißer erkannt und als Verräter geächtet werden, als einer, der auf Seiten der Indianer gegen die eigene Rasse gekämpft hat. Mit mehr Wahrscheinlichkeit noch würde er der Wut seiner Landsleute zum Opfer fallen. Und für diese Wut hat Big Eagle Verständnis, wenn er an Schandtaten denkt, die die Mörderbande von Red Middle Voice und seiner Gesinnungsgenossen an friedlichen Siedlern verübt haben.

Die geschlagene Schar der Dakota-Kämpfer ist vom Lagerplatz der Frauen nur noch eine Wegstunde entfernt. Big Eagle läßt sie an sich vorüberziehen und bleibt zurück.

Er möchte alleine Abschied nehmen von seinem Bruder, um dessen Tod und die Niederlage mit der nötigen Selbstbeherrschung zu bekennen.

*

Josse und Jolipi haben sich in dem kleinen Wäldchen beim Lagerplatz häuslich eingerichtet und erwarten dort die Rückkehr der Krieger. Joseph schiebt alle Gedanken an die Vergangenheit und an die Zukunft weit von sich, sobald sie sich nähern. Jolipi dagegen hat ihre Pläne nicht vergessen und nutzt die Gunst der Stunde. Wie bei ihrer ersten Begegnung haben sich aus Moos und trockenen Blättern ein weiches Lager bereitet, auf dem sie eng aneinandergeschmiegt liegen und in den blauen Himmel träumen.

»Wird mein Liebster mit mir in das Land meines Vaters ziehen? Wird er ein neues Leben beginnen, in dem wir beide glücklich sind?«

Ihre zärtlichen Hände gleiten über seine Brust und über die kräftigen Arme zu seinen Schultern, wandern höher, liebkosen sein Gesicht und zerzausen seinen dichten, schwarzen Haarschopf.

»Welches Glück, daß es dich gibt und daß wir uns gefunden haben! Schon wenn ich deine Nähe spüre, schwebe ich auf einer kleinen Wolke am Himmel – noch nie war mein Leben so *sha* wie mit dir! Ich hab' es dir schon so oft gesagt – wird es dir nicht langweilig?«

»Ich kann es gar nicht oft genug hören!«

»Du kannst es immer hören, wenn du willst«, schmeichelt sie, »dein ganzes Leben lang, wenn du mit mir gehst. Ohne dich ist es grau und trübe, mit dir voller Sonnenschein und Freude, voll Lachen und Seligkeit.«

»Du kannst einen Mann schon mit Worten bezaubern – du solltest ein Lied schreiben über unsere Liebe, das du dann unseren Kindern vorsingen kannst.«

Es dauert eine Sekunde, bis sie erfasst, was er gesagt hat und die Bedeutung begreift.

»Josse! Ist das wahr? Oder ist es ein Traum? Heißt das, du kommst mit mir und wir bleiben für immer beisammen?«

Er nickt und ist in diesem Augenblick des Glücks überzeugt davon, daß er einer so wunderbaren Frau wie Jolipi bis in alle Ewigkeit treu bleiben kann. In ihr ist alles vereint, was sich ein Mann von seiner Geliebten wünschen kann: Leidenschaft, Sinnlichkeit, rückhaltlose Hingabe und der Zauber kindlicher Naivität – für ihn eine erregende Mischung von großem Reiz. Sie kann bei seinen Neckereien schamrot werden – aber sie schämt sich nicht, ihm immer wieder zu zeigen, wie sehr sie ihn begehrt.

»Ja, mein wildes Täubchen«, sagt er und umarmt sie, »ich will mit dir kommen, will den Krieg hier vergessen und alles was vorher war. Wir bauen uns ein Nest im französischen Kanada und wollen unser Glück hegen und pflegen, damit es uns nie verläßt.«

Sie sind so versunken in ihr Glück, daß sie Big Eagle erst gewahr werden, als er mit seinem Packpferd hinter ihnen steht.

Der Tod ihres Bruders geht Jolipi so nahe wie Big Eagle. Die Träume von einer verlockenden Zukunft mit Josse werden von der Trauer in den Hintergrund gedrängt. Zusammen mit den anderen Gefallenen findet Dark Cloud noch am gleichen Tag seine letzte Ruhe in dem Wäldchen beim Lagerplatz – ohne die üblichen Zeremonien bei Beerdigungen. Dafür bleibt keine Zeit jetzt, die Frauen können die rituelle Totenklage erst anstimmen, wenn sie zurück sind in ihrem Dorf. Sie wollen den Rückmarsch antreten, sobald die erschöpften und enttäuschten Krieger ein paar Stunden geschlafen haben.

Big Eagle raucht Pfeife mit Joseph und betrachtet prüfend sein bärtiges Gesicht – durch die Ereignisse der letzten Tage hat er nicht mehr daran gedacht, sich zu rasieren.

»Niemand wird Black Bear für einen der unsrigen halten wie er jetzt aussieht. Das kann gefährlich sein, aber auch von Nutzen.«

»Wie soll ich das verstehen?«

»Es ist wichtig zu wissen, was die Bleichgesichter jetzt planen. Ein Läufer hat berichtet, ›Long Trader‹ sei Häuptling einer Soldatentruppe geworden und auf dem Weg hierher. Bist du bereit, Kundschafter für uns zu sein, damit wir mehr dazu erfahren?«

Das ist eine Aufgabe nach Josephs Geschmack, aber seine indianische Kleidung würde ihn verraten. Während er noch überlegt, hat Jolipi eine Idee.

»Zieh dich einfach aus, Josse, und leg' nur einen Lendenschurz an. Wenn du einem Bleichgesicht begegnest, kannst du sagen, die Indianer hätten dich beraubt – das wird dir jeder glauben!«

Er findet diesen Vorschlag abenteuerlich, aber gut.

»Im rechten Moment fällt dir immer das Richtige ein! Das wird sehr nützlich sein für unser neues Leben in Kanada!«

Sie hat vom Weinen gerötete Augen, doch bei diesen Worten beginnen sie wieder zu lächeln.

»Heute ist ein Tag des Glücks und des Unglücks für mich«, sagt sie leise, »geh' rasch und komm' bald zurück, damit wir fliehen können, solange noch Zeit dazu ist.«

So macht sich Joseph unverzüglich auf den Weg nach Mankato, einen Tag, ehe der Flüchtlings-Treck aus New Ulm dorthin zieht. Unterwegs findet er in einem verlassenen Farmhaus Arbeitskleidung, die Hose ist zwar zu kurz und das Hemd zu eng für seinen athletischen Körperbau, aber allemal besser als der Lendenschurz. In dieser Verkleidung kam er sich reichlich seltsam vor und die Reaktion der Sioux bei seinem Abschied war entsprechend: Sie lachten zum ersten Mal seit ihrer Niederlage. Nur Jolipi schaute ihn bewundernd an.

»Mein Mann ist *sha*, schöner als jeder andere Krieger! Ich bin stolz auf ihn!«

»Dann weise auch jeden anderen Krieger ab, der sich deinem Lager nähert!« scherzt Joseph, »warte auf mich – nach zwei, drei Nächten schon wird mich die Sehnsucht zurücktreiben in deine Arme!«

Da er nicht an der letzten Kämpfen teilgenommen hat, ist er gut ausgeruht und erreicht Mankato nach wenigen Stunden. Unterwegs hat er sich eine Geschichte zurechtgelegt, die in diesen Tagen hundertfach passierte: Sioux haben seine Farm überfallen, bei der Flucht wurde er von seiner Familie getrennt, jetzt sucht er sie und will wissen, wann militärische Hilfe durch die Truppe von ›Long Trader‹ Sibley zu erwarten ist?

Er tippt dem nächstbesten Mann auf die Schulter, den er vor dem halbblinden Schaufenster eines kleinen Ladens stehen sieht. Der dreht sich um – und beiden verschlägt es die Sprache: der junge Mann ist Charley aus New Orleans, der ihm als Schulbub vor acht Jahren Englisch beibrachte und seither jeden Sommer auf seiner Farm mithilft, die Ernte einzubringen.

»Das gibt es doch nicht – wo kommst du denn her?«

»Das Gleiche frage ich dich, Joseph – ich suche dich wie die berühmte Stecknadel im Heu!«

Die Wiedersehensfreude weicht einem unguten Gefühl der Beklemmung.

»Und warum suchst du mich?«

Charley wird ernst.

»Das fragst du? Du hast dich vor vier Monaten verabschiedet, weil dich die Gegend von New Ulm interessiert – und seither bist du in der Versenkung verschwunden! Madlen hat kein Wort von dir gehört, sie weiß nicht, ob es dir gut geht oder schlecht und ob etwas passiert ist, ob du überhaupt noch lebst!«

»Ach, was soll schon passieren? Meine Reise hat sich einfach ein bißchen ausgedehnt, das ist alles.«

Der junge Mann schaut ihn kopfschüttelnd an.

»Das kann ich nicht verstehen. Madlen weint sich die Augen aus vor Sorgen um dich. Der Prozeß mit eurem Nachbarn Emerling ist verloren – ihr müßt die Farm verlassen, wenn ihr nicht in Berufung geht. Die Heuschrecken haben wieder einen Großteil der Ernte vernichtet. Und deine Frau hätte fast eine Fehlgeburt erlitten durch die viele Arbeit, die sie alleine machen muß. Wenn sie das Kind austragen will, muß sie liegen, sagt der Doktor. Und wie soll sie das, ohne Hilfe?«

»Was – Fehlgeburt? Wieso? Wer ist schwanger?«

»Bist du immer so schwer von Begriff? Wer soll schon schwanger sein? Madlen natürlich, das sagte ich doch!«

»Das hast du gesagt? Unmöglich! Ich war ja so lange nicht mehr daheim!«

»Jetzt reicht mir's!« Charley schaut Joseph an, als ob er an seinem Verstand zweifle. »Ich bin inzwischen neunzehn und aufgeklärt, falls dir das entgangen ist. Die Babies bringt nicht der Storch, sie brauchen neun Monate bis zur Geburt und du bist erst Anfang Mai ›verreist‹. Dein Kind kommt im Oktober, wenn alles klappt.«

Joseph stöhnt auf.

»Dann war Madlen im Mai schon schwanger, als ich gegangen bin?«

Weder der verlorene Prozeß, noch die drohende Vertreibung von Haus und Hof, noch die Heuschrecken interessieren ihn.

»Natürlich, wenn du bis drei zählen kannst! Aber sie hat dir's nicht gesagt, weil sie wußte, daß du unbedingt zu deinen Indianern willst. Und sie wollte dich nicht damit unter Druck setzen.«

»Mein Gott, das darf nicht wahr sein!«

»Ist es aber«, sagt Charley ungerührt, »und ich verrate dir gleich noch etwas: Sie hat mich nicht auf die Suche nach dir geschickt – sie wollte mich davon abhalten. Und es ist ein blanker Zufall, daß wir uns hier getroffen haben. Ich wollte zuerst in St. Peter nach dir forschen, weil ich gehört habe, was in New Ulm los ist. Aber dann bin ich in den falschen Postwagen gestiegen und hier gelandet.«

Die unbequeme Vergangenheit hat ihn eingeholt, die verlockende Zukunft mit Jolipi, die gerade noch greifbar nahe war, rückt in weite Ferne.

Er sieht das fruchtbare Farmland am Mississippi vor sich: Trotz Unwettern und Heuschrecken wird es reiche Ernten bringen. Er sieht das Blockhaus vor sich und die Felder, die er als Pionier eigenhändig gerodet hat. Und das soll verloren sein, wegen eines

Nachbarn, der sich ohne jeden Skrupel durch einen Meineid vor Gericht bereichern will?

Er sieht die Kinder vor sich: Den störrischen Georg, der ihm so ähnlich ist, der noch im Glottertal geboren wurde und nun bald zehn Jahre alt wird – den Seppi, der seinen Namen trägt , bald nach ihrer Ankunft in Amerika zur Welt kam und nichts als Unsinn im Kopf hat – und den kleinen Andres, den Madlen nach dem Großvater nennen wollte. Er hat im Frühjahr laufen gelernt, als dieser sich auf den langen Rückweg in den Schwarzwald machte. Andres ist der Sonnenschein der drei Buben, ein problemloses, liebenswertes Kind, dessen Fröhlichkeit nur noch von seiner Neugierde übertroffen wird.

Joseph weiß, daß er ein miserabler Vater ist, einer der mit der Mühe der »Aufzucht« nichts zu tun haben will. So kennt er es aus seiner Familie und seine Mutter hat ebensowenig darüber geklagt wie Madlen.

Madlen! Er sieht ihr Gesicht vor sich, die sanften Augen, die liebevolle Ergebenheit, die aus jedem Blick spricht und die Duldsamkeit, mit der sie seine Eskapaden übergeht. Sie weiß nicht was Diplomatie ist und hat dennoch mit ihrem diplomatischen Geschick viele Wogen geglättet, die er mit seinem ungezügelten Temperament aufwirbelte. Wahrhaftig, eine wie sie hat einer wie ich nicht verdient, denkt er, wie schon so oft. Und umgekehrt hat sie nicht verdient, so schnöde im Stich gelassen zu werden, wie ich es vorhatte. Hatte – oder habe?

Er hockt mit Charly in einer Bretterbude, die sich Bar nennt und rührt in einer Tasse mit brauner Flüssigkeit, die Kaffee sein soll.

Denkt er an Madlen, plagt ihn das schlechte Gewissen und er spürt, daß von der einst jungen, ungestümen Liebe immer noch Zuneigung und ein Gefühl der Verbundenheit übriggeblieben sind.

Denkt er aber an Jolipi, beginnt sein Herz laut zu klopfen und er sehnt sich nach ihr mit jeder Faser seines Körpers.

Der Zwiespalt zeichnet sich offenbar in seinem Gesicht ab, denn Charley legt die Hand auf seinen Arm und fragt:

»Willst du mir nicht erklären, was dir zu schaffen macht?«

»Wie kommst du darauf?« fragt Joseph abweisend. »Deine

Nachrichten aus Greenfield sind keine Freudenbotschaften. Das allein schon ist Grund zur Sorge. Und meine Freunde, die Dakotas, sind mit ihrem Aufstand gescheitert. In Zukunft wird es ihnen noch viel schlechter gehen als zuvor.«

Charley runzelt die Stirn.

»Sagtest du Freunde? Mit dem Wort solltest du vorsichtig umgehen, nach allem was diese Schurken verbrochen haben!«

»Red' nicht über Sachen, die du nicht verstehst! Sie sind nun mal meine Freunde, jetzt nach ihrer Niederlage erst recht. Und die Redlichen unter ihnen verurteilen die Ausschreitungen ebenso wie du und ich.«

Aus ihrem Disput entwickelt sich ein hitziger Streit, der durch die Ankunft der langen Flüchtlingskolonne aus New Ulm unterbrochen wird: Die ersten der 153 Wagen rumpeln durch das Städtchen Mankato. Müde, traurige Frauen mit leergeweinten Augen kauern auf den Resten ihrer Habe, wimmernde Kinder neben sich, bewaffnete Männer gehen mit schleppenden Schritten nebenher.

»Da siehst du, was sie angerichtet haben, deine sauberen Freunde!«

Charley kann sich diese Bemerkung nicht verkneifen und Joseph versteht seine Reaktion bei diesem Bild des Jammers. Er will den Disput beilegen und sagt versöhnlich: »Über das Thema müssen wir in Ruhe reden, hier ist nicht der rechte Platz.«

Charley lenkt sofort ein.

»Dafür haben wir auf der Heimfahrt viel Zeit. Der nächste Postwagen in Richtung Mississippi geht morgen früh.«

»Heimfahrt?« fragt Joseph gedehnt. »Wer redet denn davon? Ich kann jetzt nicht zurück, das ist unmöglich.«

»Nach allem, was ich dir berichtet habe?« Charly starrt ihn ungläubig an. »Wie soll ich das Madlen beibringen?«

»Sag ihr einfach, ich käme, ich weiß nur noch nicht wann. Das muß ihr genügen. Bleib du solange in Greenfield, ich will dich gut entlohnen, sobald ich kann.«

So kehrt Charley alleine zurück zu Madlen, die zu seiner Verblüffung weder empört ist, noch jammert und klagt. Im Gegenteil: Sie schaut ihn glücklich an und für einen kurzen Moment hellt sich ihr verhärmtes Gesicht auf.

»Ich bin dankbar für die Nachricht«, sagt sie, »dankbar, daß du ihn gefunden hast und von Herzen froh, daß er lebt. Das ist das Wichtigste. Wann er zurückkommt, ist Nebensache, Hauptsache er kommt.«

Joseph hat indessen in Mankato alle Informationen gesammelt, die er braucht:

General Sibley ist mit einer 1 400 Mann starken Truppe auf dem Weg von St. Paul nach Fort Ridgley und wird voraussichtlich um den 28. August dort eintreffen.

Die Soldaten haben vier Aufgaben: Sie sollen Farmen und Ansiedlungen vor weiteren Angriffen schützen, die Toten begraben, die gefangenen weißen Geiseln befreien und die schuldigen Rothäute ihrer Bestrafung zuführen.

*

Der Rückweg in Big Eagles Dorf führt Joseph über New Ulm und er kann der Versuchung nicht widerstehen, der weitgehend niedergebrannten Stadt einen Besuch abzustatten. Noch immer hängt Rauch in der Luft, glimmen und qualmen dicke Balken unter den Trümmern, nur etwa dreißig Häuser sind unbeschädigt.

Es ist eine menschenleere Geisterstadt, aber Joseph schließt nicht aus, daß sich ein paar eigenwillige Bewohner der Evakuierung entzogen haben.

Dabei denkt er natürlich an die Schell-Familie und die außerhalb gelegene Brauerei und als er näherkommt, sieht er, daß das Gebäude tatsächlich von den Flammen verschont wurde. Aber es ist verlassen wie die anderen Häuser auch, die Fenster stehen offen und die Türen sind unverschlossen. Er sieht, daß in größter Hast gepackt, aber das Meiste zurückgelassen wurde, sogar Lebensmittel.

»Vergelt's Gott, Reserl!« sagt er laut und schneidet eine dicke Scheibe von einem Schinken ab, den die Schells in der Eile offensichtlich vergessen haben. Brot kann er keines finden, aber gekochte Pellkartoffeln in einem Topf und einen ganzen Korb voller Maiskolben. Jetzt merkt er erst, wie hungrig er ist und als er auch noch stapelweise Holzkästen mit vollen Bierflaschen entdeckt, ist die Festmahlzeit perfekt.

Er probiert einen Schluck und schnalzt mit der Zunge.

»August, du braust das beste Bier in Minnesota. Ich trinke auf dein Wohl und die glückliche Rückkehr der ganzen Familie nach New Ulm!«

Bei einer Flasche bleibt es nicht, seit Monaten hat er keinen Tropfen Alkohol getrunken – und zuletzt liegt Joseph, voll des guten Bieres, quer im Ehebett der Schells und schläft seinen Rausch aus. Wenigstens die Stiefel hat er vorher ausgezogen!

Es spricht für die Qualität des Schellschen Gerstensaftes, daß er am nächsten Morgen frisch, ausgeruht und ohne Brummschädel erwacht. Die Errungenschaften der Zivilisation haben auch ihre Vorteile, denkt er, weder Bett noch Bier gibt's in einem indianischen Tepee! Dann setzt er sich im Büro an den massiven Schreibtisch und schreibt einen Brief:

Liebes Reserl, lieber August!

Hier sitzt ein reuiger Einbrecher, der gestern fürstlich bei euch gespeist und getrunken hat, leider ohne die Gastgeber! Selten nur habe ich ein Mahl so genossen, habt Dank dafür!

Es ist mir ein Bedürfnis, euch das mitzuteilen. Und ihr sollt wissen, daß ich nicht an den Angriffen auf New Ulm beteiligt war. Auch habe ich meine Dakota-Freunde gewarnt und gesagt: Ich drehe jedem eigenhändig den Hals um, der der Schell-Familie Böses antut! Sie kennen mich inzwischen und wissen, daß ich in solcher Angelegenheit nicht spaße!

Ich habe noch einiges zu tun und hoffe, wir sehen uns bald wieder.

Joseph

Er beschwert das Blatt Papier mit einer vollen Bierflasche, steckt sich zwei weitere Flaschen in die Jackentaschen und verläßt das Haus vergnügt pfeifend.

Im Garten steht ein kräftiges graues Pony, das gerade mit sichtlichem Genuß die üppigen Sommerblumen auffrißt. »Hallo, du Raubtier – du hast dich wohl versteckt, als die New Ulmer ihre Pferde von der Weide holten? Gefällt es dir hier besser?«

Das Pony kommt neugierig näher, angelockt von seinen Worten. Er krault seine Mähne, streift ihm eine Wäschleine über den Kopf und verknotet sie am Hals.

»Braves Raubtier!« lobt er und schiebt ihm noch eine Handvoll Blumen ins Maul, »unter den Umständen kann ich meinen Biervorrat noch etwas aufstocken!«

*

Der verwundete Sioux liegt schon seit Tagen am Rande eines tiefen Grabens bei Fort Ridgely, gequält von Schmerzen, Durst und Hunger. Als ihn die Splitter trafen, konnte er sich in das nahe Gebüsch retten und dort verbergen. Niemand fand sein Versteck, weder die weißen Soldaten noch die Dakota bei ihrem eiligen Rückzug.

Er ist noch jung und wäre gerne erst später in die ewigen Jagdgründe eingegangen, aber der »Große Geist« hat es anders bestimmt und er muß sich seinem Willen beugen. Er bereitet sich auf seinen Abschied vor, als er das Klappern von Pferdehufen auf dem steinigen Boden hört. Zwischen den Zweigen erspäht er in der Ferne ein großes, schwarzhaariges Bleichgesicht auf einem grauen Pony und wäre sein Blick nicht schon verschleiert gewesen, hätte er Josse Black Bear erkannt, den Freund seines Stammes. So aber rückt er seine doppelläufige Flinte zurecht und wartet bis der Feind auf Schußnähe herankommt. Dann zielt er sorgfältig und sieht, daß er trifft. Ein reiner Glückstreffer in seinem Zustand – und das letzte Glück seines Lebens.

Ehe er die Augen schließt und stirbt, denkt er bedauernd: Wie schade, daß ich seinen Skalp nicht nehmen kann, er hätte mir sicher eine Adlerfeder eingebracht.

Joseph reitet den Minnesota-River entlang und fühlt sich so nahe von Fort Ridgley besonders sicher. Die Kämpfe sind vorüber und er nähert sich völlig arglos dem Rand der Schlucht, als ihn der Schuß trifft.

Das Pferd macht einen erschrockenen Satz und rast dann in gestrecktem Galopp über die Prärie. Joseph spürt einen Schlag auf dem Oberschenkel und einen jähen, scharfen Schmerz. Statt den Grauen zu zügeln und zurück zum Fort zu lenken, beißt er die Zähne zusammen und treibt ihn noch an.

Nur weg hier, denkt er, Big Eagle wartet auf die Nachricht über Colonel Sibley und seine Truppen. Die Wunde blutet stark, doch er hat nichts, um sie zu verbinden. Schließlich hält er an, reißt die Ärmel seines Hemdes ab und wickelt sie straff um den Oberschenkel. Er reitet weiter und ist schon in Höhe der Redwood Ferry, als das Bewußtsein verliert, geschwächt vom Blutverlust. Kurze Zeit noch kann er sich am Hals des Pferdes festklammern, dann lassen seine Kräfte nach, er rutscht ab und fällt zu Boden.

Der Graue ist robust und noch nicht müde, nur hungrig. Er bleibt stehen, beginnt zu grasen und entfernt sich dabei mehr und mehr. Der Verband ist längst durchgeblutet, doch die Wunde kann sich wegen der Knochensplitter nicht schließen.

In der Ferne stimmen die Coyoten ihr schauerliches Geheul an, ehe sie ihren nächtlichen Beutezug beginnen.

*

John Other Day gilt bei den Dakota als einer ihrer furchtlosesten und gefährlichsten Kämpfer. Er hat bei früheren Gefechten mehrere Krieger feindlicher Stäme getötet, er wird wegen seines Mutes und seiner Stärke geachtet – seit einiger Zeit allerdings wird ihm dieser Respekt eher widerwillig gezollt: Other Day ist ein ›Cut hair‹ geworden, einer der die glänzenden schwarzen Haare halblang trägt. Sein gut geschnittenes Gesicht zeigt Willenstärke und Entschlossenheit. Er hat sich zum Christentum bekehrt, lebt und kleidet sich nach Art der Bleichgesichter und betreibt erfolgreich eine Farm. Er ist einer der wenigen Vollblut-Sioux, denen es gelungen ist, die Liebe einer weißen Frau zu erringen – in den meisten Mischehen ist es umgekehrt.

Seine Würde als Häuptling hat er dadurch nicht verloren: Bei der letzten großen Versammlung der Sioux am 19. August, die über Krieg oder Frieden mit den Weißen entschied, ist er derjenige, der seine Stimme am leidenschaftlichsten gegen den Krieg erhebt. Zu dieser persönlichen Entscheidung steht er auch nach der Abstimmung, ohne sich der Mehrheit zu beugen.

Er nimmt an keinem der Gefechte teil und warnt gleich zu Beginn des Aufstandes seine Freunde in der »Upper Agency« vor dem Überfall. Mehr noch: Er verhilft sechzig Menschen zur Flucht und geleitet sie sicher nach St. Paul.

Das betrachten einige seiner Stammesgenossen als Verrat, sie brennen seine Farm nieder und die erntereifen Felder gleich dazu. John Other Day hat einen solchen Racheakt befürchtet und deshalb seine weiße Frau und das Kind ebenfalls nach St. Paul gebracht. Dort hat er durch den »Whispering Ghoast« , den

Telegraph, davon erfahren und die Nachricht von der Vernichtung seiner Existenz mit Gelassenheit hingenommen.

Jetzt ist er mit einigen seiner Getreuen auf dem Heimweg und hat mehr Zeit dazu als ihm lieb ist. Er kommt gerade mit seiner Jagdbeute zurück zum Lagerfeuer, als einer seiner Männer in die Prärie deutet.

»Dort grast ein starkes Pony alleine. Das kann kein wilder Mustang sein – sollen wir es einfangen als Packpferd?«

John Other Day nickt.

»Ich mache das selbst. Du, Chaska kommst mit mir, zu zweit ist es einfacher.«

Der Graue hebt der Kopf, als er die beiden Reiter sieht, seine Ohren spielen aufmerksam, er wiehert und setzt sich in Trab.

»Versuche ihm von links näherzukommen, ich bleibe auf der rechten Seite!«

Chaska wendet sein Pferd, sie galoppieren zu dritt auf gleicher Höhe – bis der Graue plötzlich stehenbleibt. Auf dem Boden liegt ein großer, kräftig gebauter Mann, die Erde um ihn ist dunkel von Blut.

»Wer kämpft hier gegen wen?« fragt Other Day und schaut in alle Himmelsrichtungen. Als sich nichts rührt, gibt er Chaska ein Zeichen, kniet neben Joseph nieder und lauscht an seiner Brust.

»Er lebt, wir nehmen ihn mit. Ich meine, ich habe ihn schon einmal gesehen, aber ich kann mich nicht erinnern wo.«

Gemeinsam wuchten sie ihn auf den Grauen, binden ihn mit dem Lasso fest und bringen ihn zum Lagerfeuer. Im flackernden Licht der Flammen untersucht John Other Day das Bein und zieht mit Vorsicht und Geschicklichkeit die Knochensplitter aus der Wunde. Es blutet noch immer, der Oberschenkel ist stark geschwollen und er braucht jetzt beide Ärmel des Hemdes für einen Verband.

In einem Lederbeutel hat er getrocknete *Weißwalnußrinde*, die er in einem kleinen Topf zerstößt und mit Wasser zu einem Sud aufkocht. Sobald dieser abzukühlt, tränkt er den Verband damit und nach kurzer Zeit kommt die Blutung zum Stillstand.

Joseph erwacht erst am nächsten Morgen. Im ersten Moment weiß er nicht, was geschehen ist, dann kommt die Erinnerung wieder – an den Schuß unweit von Fort Ridgely – die Schmerzen, der wilde Ritt, die Schwäche – und jetzt liegt er hier an einem Lagerfeuer, umgeben von vier schweigenden Sioux. Es scheint, er lebt noch in dieser Welt – und ist nicht in die ewigen Jagdgründe eingegangen!

»Wer hat mich hierher gebracht, wem bin ich Dank schuldig?« fragt er – und weiß im gleichen Augenblick die Antwort. Es muß der ›Cut hair‹ sein, der ebensoviel Autorität ausstrahlt wie Big Eagle mit seinen langen Zöpfen. Er ist zum Häuptling geboren und erzogen und es gibt nur einen einzigen Mann dieser Art im Volk der Dakota.

»Du bist John Other Day.«

Es ist mehr ein Feststellung als eine Frage.

Der Häuptling nickt zustimmend.

»Und du bist Josse Black Bear aus dem Lager von Big Eagle und hast Jolipi zur Frau genommen. Ich habe dich nur wegen des Bartes nicht gleich erkannt. Wer hat auf dich geschossen? Deine eigenen Leute?«

»Keine Ahnung. Die Kugel traf mich aus dem Hinterhalt in der Nähe von Fort Ridgely. Aber da ich im Augenblick wie ein Bleichgesicht aussehe, wird's wohl ein Indianer gewesen sein.«

Er verbeißt ein Stöhnen, als er sein Bein bewegt.

»Es ist eine böse Verletzung«, sagt John Other Day, »kein glatter Durchschuß, der Knochen ist getroffen und mehrere große Adern, sonst hättest du nicht so viel Blut verloren. Die Knochensplitter am Rand der Wunde habe ich entfernt und die Blutung gestillt. Weiter kann ich nichts tun.«

Das kurze Gespräch strengt Joseph mehr an, als er wahrhaben will. Nach einer kurzen Pause fragt er: »Wie soll ich hier wegkommen und wie wieder gesund werden?«

»Das sind zwei Fragen auf einmal. Wegkommen wirst du nicht so schnell – wir können dich nicht mitnehmen. Und der Knochen braucht Ruhe, um zu heilen, du darfst dich nicht bewegen.«

Joseph ist zu schwach, um Protest einzulegen, er schließt die Augen und merkt kaum, daß ihn die Dakota behutsam auf eine Decke legen, die sie an zwei starken, geraden Zweigen befestigt haben. Auf dieser einfachen Bahre tragen sie ihn zu einer kleinen Höhle, die John Other Day schon oft als heimlicher Schlupfwinkel gedient hat.

»Du bleibst bei ihm«, sagt er zu Chaska, »der Sud aus Weißwalnußrinde darf höchstens zwei Tage auf die Wunde geträufelt werden. Dann braucht er die heilsame *Sarsaparillen-Wurzel,* die hier nicht wächst. Aber unser Medizinmann hat einen Vorrat davon. Ich werde ihn bitten, zu kommen, bei Black Bear zu bleiben und dich abzulösen.«

11

Die nächsten Tage und Wochen erlebt Joseph in einem Dämmerzustand zwischen Wachen und Fieberträumen. Der Extrakt aus Weißwalnußrinde hat das Blut gestillt und die Schwellung zurückgehen lassen, konnte aber nicht verhindern, daß die Wunde sich entzündete.

Viel schlimmer als die Schmerzen ist sein Wissen um Jolipis Kummer, die sich sein Ausbleiben nicht erklären kann. Schon ihr französischer Vater ging eines Tages ohne großen Abschied auf eine kurze Reise – um nie mehr wiederzukommen. Sie hat ihm ihre Angst gestanden, daß ihr das Gleiche geschehen könne. Wohl hat er John Other Day gebeten, ihr eine Nachricht zu übermitteln, aber es ist zweifelhaft, ob das in den Wirren des Krieges möglich sein würde.

Die »Wachablösung« zwischen Chaska und dem Medizinmann nimmt er kaum wahr. Er riecht den würzigen Duft von verbrannten, trockenen Kräutern, er sieht schemenhaft den alten Mann tanzen, hört ihn Beschwörungsformeln murmeln, hört eintönigen Gesang und stundenlanges, rythmisches Trommeln. Damit soll der böse Geist vertrieben werden, der den Kranken in seinen Klauen hält.

»Geh' zurück in die Wildnis, was willst du hier in der engen Höhle? Du hast dich verlaufen – die Wälder sind schön und die Prärie ist weit, geh' zurück! Dort sind die anderen Geister, dort sind deine Freunde und warten auf dich! Geh', geh' schnell, laß' dich nicht so lange bitten!«

Der Alte fastet, singt, tanzt und trommelt und versetzt damit sich selbst und seinen Patienten in einen Trancezustand. Zwischendurch kocht er kräftige Wildsuppe für Joseph und brät Fleischstücke und Mais über der Glut, ohne selbst etwas davon anzurühren. Die heilende Sarsaparillen-Wurzel hat er mitgebracht, verwendet sie aber noch nicht: Er will vermeiden, daß sich die Wunde schließt, aus der immer noch Knochensplitter herauseitern.

»Warum tust du das alles für mich?« fragt ihn Joseph eines Tages, »wie kann ich dir danken dafür?«

Der Medizinmann wendet ihm sein Gesicht zu, das von tief eingekerbten Runzeln durchzogen ist.

»Ich muß es tun, weil ich die Macht dazu habe. Und danken sollst du nicht mir, sondern John Other Day – er bezahlt mich dafür. Doch für Geld allein würde ich es nicht machen: Ich kann nur Menschen heilen, die es wert sind, geheilt zu werden.«

»Und warum zählst du mich dazu? Weil ich mit den Dakota gegen die Weißen gekämpft habe?«

»Nein, John Other Day kämpft mit den Bleichgesichtern gegen unser Volk und ich schätze ihn dennoch.«

So viel hat der Alte in den ersten beiden Wochen nicht geredet, nun aber, da er sein Fasten beendet hat, wird er gesprächig und weiht Joseph in einige seiner Geheimnisse ein, die Medizinmänner sonst eifersüchtig hüten.

»Merk dir wenigstens ein Mittel gegen Schlangenbisse, Josse Black Bear,« schärft er ihm ein, »die Blätter des *Klapperschlangen-Wegerich* sind das beste Gegengift: Sie werden gekaut und auf die Wunde gelegt. Auch gekaute *Schlangenwurzel* ist hilfreich. Das sollst du immer bei dir haben. Und wenn du beides nicht hast, nutzt es, einen Absud von den Knospen oder der Rinde der *Weißen Esche* zu trinken.«

»Und woher weiß ich, wie ein Klapperschlangen-Wegerich aussieht?«

»Wie – du kennst ihn nicht?« fragt der Medizinmann grollend. »Unglaublich! Was seid ihr Bleichgesichter seltsam: Ihr kauft gierig Land gegen Papier, das ihr Geld nennt, dabei kann man Erde so wenig verkaufen wie Wasser, Wolken und Luft, die der »Große Geist« allen Menschen gegeben hat. Aber etwas so Wichtiges wie Klapperschlangen-Wegerich kennt ihr nicht! Schlangenwurzel etwa auch nicht?«

Joseph verneint und der Alte verspricht ihm beides zu zeigen, sobald er wieder auf den Beinen ist. Die ersten Schritte tun höllisch weh, die ganze Muskulatur ist geschwächt vom langen Liegen, aber der Knochen ist allmählich verheilt. Nach einigen Übungstagen ist Black Bear soweit, daß er das Bein wieder belasten kann und John Other Day hat offensichtlich diesen Zeitpunkt errechnet, denn er schickt Chaska mit zwei Pferden, um ihn und den Medizinmann abzuholen.

Inzwischen geht die zweite Phase des großen Sioux-Aufstandes ihrem Ende entgegen. Nach wie vor ist Sibleys »Armee« in desolaten Zustand. Seine wackeren Soldaten haben so wenig Disziplin, daß er sich genötigt sieht, nachts die aufgestellten Wachen persönlich zu kontrollieren – und sie immer wieder schlafend vorfindet. Er beschließt, eine militärische Expedition zu entsenden, die zwei Befehle ausführen soll: Die bei den Sioux-Überfällen getöteten Siedler zu bestatten und herauszufinden, ob sich noch Indianer in dem Gebiet aufhalten.

Obgleich sie zwei erfahrenen Offizieren unterstellt sind, erleidet diese Truppe bei einem nächtlichen Überraschungsangriff hohe Verluste. Es gelingt den Dakota, sich anzuschleichen, die Blauröcke unbemerkt einzukesseln und ihnen am nächsten Tag bei der »Schlacht von Birch Coulee« die schwerste Niederlage des Krieges zuzufügen.

Big Eagle war einer der Anführer. Unter ihm hätte Joseph gerne mitgekämpft, wie bei den Attacken auf Fort Ridgely. Daß sein Retter John Other Day auf der anderen Seite der Kampflinie bei den Weißen stand – das freilich wußte er nicht. Zu dieser Zeit lag er noch mit hohem Fieber in der Höhle.

Es folgen Gefechte bei Acton, Angriffe auf Forest City, Hutchinson und Fort Abercrombie. Oberst Sibley hat nur wenig Kavallerie und überwiegend neu rekrutierte, kaum ausgebildete Soldaten in seinen Truppen, die die berittenen Krieger der Sioux nun zu Fuß verfolgen. Aber das soll sich bald ändern.

Eine weitere, gut geplante und vorbereitete Schlacht bei Wood Lake am 23. September 1862 endet nur durch eine Verkettung von Zufällen mit einer Niederlage der Indianer. Aber Little Crows Krieg gegen die Weißen ist damit endgültig verloren.

»Ich schäme mich, ein Dakota zu sein«, sagt er am nächsten Morgen verbittert in seiner letzten Rede, »unsere besten Krieger wurden von den Bleichgesichtern besiegt. Ich kann mir diese Schmach nicht erklären, unter uns müssen Verräter sein.«

Er befiehlt seinen vier Squaws alle Habseligkeiten zusammenzupacken und bereitet sich auf die Flucht vor. Mit ihm ziehen die Kriegstreiber, Häuptlinge wie Red Middle Voice, die verantwortlich sind für die Massaker an den weißen Siedlern. Und mit ihm zieht die Mehrzahl der Wald-Sioux, Männer, Frauen und Kinder in Richtung des mehr als 500 Meilen entfernten Minniwakan Lake (Teufelssee), in das Gebiet, in dem ihre Vettern, die Prärie-Sioux, leben.

Der Mond des Wilden Reises, der September, geht zu Ende und die kalten Monde stehen bevor. Sie ziehen einem eisigen Hungerwinter entgegen und einer hoffnungslosen Zukunft.

*

Für die weißen und mischrassigen Gefangenen in den Lagern der verbliebenen Sioux beginnt gleichzeitig Hoffnung aufzuflackern. Nur eine kleine Minderheit von ihnen hatte Glück im Unglück und wurde gut behandelt.

Die meisten sind schon wochenlang in den Händen der Indianer, haben böse Zeiten hinter sich, beklagen den Verlust ihrer Lieben und ihrer gesamten Habe. Sie wurden verspottet und mißhandelt und mußten täglich damit rechnen, selbst umgebracht zu werden. Es gab viele Krieger, die dafür stimmten, die Gefangenen zu töten – aus blanker Mordlust, aus Rachedurst und aus der einfachen Erwägung heraus, daß selbst das spärlichste Essen für über zweihundert Menschen ihren eigenen Familien fehlte. Doch es gab auch viele, die sich energisch dagegen wandten, darunter Big Eagle, Wabasha und John Other Day. In diesem Punkt waren sie sich einig.

Joseph fällt das Reiten noch schwerer als das Gehen, aber niemand kann ihn davon abhalten, den Minnesota-River entlang zu ziehen, als er Big Eagles Dorf verlassen vorfindet.

»Habt ihr Jolipi Summerwind vom Stamme der Mdewakanton-Dakota gesehen, die Schwester von Big Eagle?«

Er fragt jeden, dem er begegnet auf seinem Weg, doch niemand weiß etwas, auch nicht über den Aufenthalt Big Eagles. Überall ist Chaos und Verwirrung, Indianer wie Weiße suchen verzweifelt ihre verlorenen Angehörigen. Flußaufwärts am Yellow Medicine Rivr trifft er endlich auf den Lagerplatz von Big

Eagle und seinen Getreuen, doch Jolipi ist nicht bei ihnen. Er erfährt, daß sie ihn in der Gegend sucht, aus der er gerade kommt. Sie haben einander verfehlt. »Sie konnte mich gar nicht finden – ich habe in einer verborgenen Höhle meine Schußwunde ausgeheilt, an der ich fast verblutet wäre. Hat euch John Other Day keine Nachricht geschickt?«

»Nein, wie sollte er? Er kämpft für die Bleichgesichter«, sagt Big Eagle mit abweisender Miene.

Joseph möchte am liebsten sofort umkehren und seinerseits Jolipi suchen, aber in seinem geschwächten Zustand ist es vernünftiger zu warten, bis die weißen Gefangenen ausgeliefert sind und die Lage sich beruhigt hat.

*

Oberst Sibley hat auf dem verlassenen Schlachtfeld von Birch Coulee in einem gespaltenen Stock eine kurze Botschaft hinterlassen:

»*Wenn Little Crow einen Vorschlag zu machen hat, soll er ein Halbblut zu mir schicken, das unbehelligt das Lager betreten und verlassen darf.*«

Als am 25. September tatsächlich ein Bote mit weißer Flagge auftaucht, glaubt er an eine Kapitulation Little Crows. Der Bote aber ist einer der Gefangenen, der einen Brief aus dem »Friendly Camp« bringt:

»*Die Geiseln sind sicher unter unserem Schutz, die Soldaten mögen kommen und sie abholen.*«

Während des ganzen Feldzugs schon hat sich Oberst Sibley Zeit gelassen – so viel, daß seine Kritiker später von »schneckenhafter Langsamkeit« sprechen. Auch jetzt überstürzt er nichts. Während die Gefangenen ihrer Freilassung entgegenfiebern, läßt er die Truppen zehn Meilen in Richtung des Camps marschieren und befiehlt eine aufwendige Parade seiner Männer in den besten Uniformen. Vielleicht um noch unentschlossene Sioux-Krieger zu überzeugen, daß es sinnlos ist, weiterzukämpfen. Vielleicht auch um die schlechte Moral seines zusammengewürfelten Regiments zu stärken. Verborgen hinter einem Gebüsch am Waldrand beobachtet Joseph die Parade und schüttelt den Kopf über so viel unnötiges Säbelrasseln und die Verschwendung kostbarer Zeit.

Am nächsten Tag erst legt Sibley den letzten Rest der Strecke zurück und marschiert mit einer Eskorte unter Trommelwirbeln und Fahnenschwenken in das Gefangenenlager ein. Red Iron – trotz seiner friedlichen Gesinnung ein tradioneller Dakota – begrüßt ihn stolz in Stammestracht mit Adlerfedern im Stirnband und übergibt die Geiseln: 107 Weiße und 162 Mischlinge, die im Dienste der Bleichgesichter standen.

Der Häuptling ist überzeugt, daß er mit dieser noblen Geste und seinem persönlichen Einsatz für den Frieden, »Long Trader« Sibleys Freundschaft gewonnen hat. Der gleichen Überzeugung sind alle, die sich nicht Little Crows Zug angeschlossen haben und geflüchtet sind: Diejenigen, die gar nicht an den Kämpfen teilnahmen. Diejenigen, die Weiße gewarnt, gerettet und in der Gefangenschaft beschützten und diejenigen, die sich keiner Schuld bewußt sind, weil sie sich nur in fairen Gefechten Mann gegen Mann geschlagen haben. Zu ihnen gehören Wabasha und sein Schwiegersohn Ra-in-yan-ka, den er überredet hat, zu bleiben.

Zu ihnen gehört auch Big Eagle.

Wer immer sich friedlich ergeben und mithelfen würde, die Geiseln lebend auszuliefern, käme nur kurz in Kriegsgefangenschaft, versicherten die Mischlinge unter ihnen – und sie kennen schließlich die Weißen aus erster Hand.

Doch diesen Irrtum korrigiert Oberst Sibley umgehend: Er läßt seine Artillerie ringförmig um das Lager auffahren und fordert durch Boten alle Sioux im Minnesota-Tal auf, sich hier, im »Camp Release« zu stellen.

»Wer sich weigert, freiwillig zu kommen, wird mit Gewalt geholt oder getötet. Alle bleiben so lange Kriegsgefangene bis die Verbrecher festgestellt und gehängt sind.«

Joseph traut seinen Ohren kaum.

Es darf doch nicht wahr sein, daß die Schuldigen fliehen und die Friedfertigen für deren Missetaten zur Rechenschaft gezogen werden!

Er ballt empört die Fäuste und ringt um Beherrschung.

Aber war es nicht umgekehrt ebenso gewesen? Hatten nicht die Sioux ihren gerechten Zorn und die angestaute Wut auch an den Falschen ausgelassen? Die Siedler, die den aufgebrachten Indianern zum Opfer fielen, hatten nicht das Geringste mit den

Betrügereien, den Lügen und Demütigungen der Händler und Agenten zu tun.

Er sieht, wie die meisten Männer erregt aufeinander einreden, einige protestieren, andere beteuern unterwürfig ihre Freundschaft zu den Bleichgesichtern. Wabasha wirft ihnen einen verächtlichen Blick zu und spricht mit seinem Schwiegersohn.

Big Eagle steht alleine abseits, sein stolzes Gesicht ist ruhig und beherrscht.

Joseph geht langsam auf ihn zu, verharrt einen Augenblick und sagt so leise, daß nur er es hören kann:

»Ich werde für Long Trader jetzt wieder ein Bleichgesicht sein, aber ich bleibe einer der euren und ich will, daß du es weißt.«

»Das ist *sha*, ich danke dir, Josse Black Bear!« antwortet Big Eagle ebenso leise.

Er hat sein Gewehr und den Tomahawk bereits abgelegt und so bleibt es ihm erspart, von Sibleys Soldaten entwaffnet zu werden wie die anderen.

Während die Krieger der Dakota aus dem großen Lager zusammengetrieben werden wie eine Herde Schafe – wohlgemerkt, die Friedlichen, die eine reibungslose Übergabe der Geiseln ermöglichten –, während dieser Zeit beginnt eine andere Gruppe von Soldaten Bäume zu fällen und einen riesigen Holzbau zu errichten.

Er ist das erste Gefängnis der rund 600 Männer, die paarweise aneinandergekettet, hier eingesperrt werden.

Big Eagle hat allen Grund seine Entscheidung zu bereuen – aber einer der Gründe dafür war Jolipi. Er fühlt sich verantwortlich für seine jüngere Schwester.

Er weiß nicht, wo sie ist, und wie es ihr geht – aber er weiß, daß er ihrer Verbindung mit Josse Black Bear zugestimmt hat. Er weiß auch, daß Josse schon eine andere Frau am Mississippi hat. Aber ob er künftig mit beiden Frauen unter einem Dach leben will oder ob er eine verlassen wird, wie das die Bleichgesichter oft tun – das steht auch für ihn in den Sternen.

*

Die Gefangenen lachen und weinen vor Freude über ihre Befreiung – die Weißen sind fast ausschließlich Frauen und Kinder, abgerissen, hungrig, verhärmt und verängstigt.

An einem langen Tisch tragen sie ihre Namen in eine Liste ein, nachdem Oberst Sibley sie begrüßt hat. Jetzt bespricht er sich mit einem seiner Offiziere und Joseph nutzt die Gelegenheit, zu ihm vorzudringen.

»Ich heiße Joseph Hecker und bin keiner der Gefangenen«, stellt er sich vor, »ich bin Farmer aus der Gegend von Morton.«

Long Trader Sibley schenkt ihm einen wohlwollenden Blick, er begegnet nur selten Männern, die so groß sind wie er und denen er direkt in die Augen schauen kann

»Hecker? Wie der berühmte Fortyeighter? Wie hieß er noch – Friedrich?«

»Richtig – er ist mein Bruder«, lügt Joseph frech weiter, »er ist Oberst wie Sie und kämpft jetzt in der Nordstaaten Armee für die Freiheit der Negersklaven.«

»Bravo, solche Männer brauchen wir. Und was machen Sie hier?«

»Ich suche – ähh – ich suche meine Familie«, spinnt er sein Geschichte weiter, »und ich habe gehofft, sie unter den Gefangenen zu finden.«

»Und – ist sie dabei?«

»Leider nicht. Aber ich habe Big Eagle gesehen, Häuptling der Mdewkanton-Sioux. Meine Farm ist in der Nähe seines Dorfes – er hat mich gewarnt, ehe der Aufstand losbrach, wir konnten fliehen, wurden aber unterwegs getrennt. Er und seine Krieger haben keine Siedler überfallen – die Mordbrenner und Plünderer waren überwiegend Leute von Shakopee und Red Middle Voice.«

»Interessant – davon habe ich auch schon gehört. Sind die verdammten Bluthunde hier im Lager?«

»Kein einziger – die haben sich rechtzeitig aus dem Staub gemacht. Dies hier ist ein Lager der ›*Friendlies*‹. Im Vertrauen darauf, daß sie nichts Böses getan haben, sind sie geblieben. Hätten sie kein gutes Gewissen, wären sie geflohen.«

»Dies wird die Untersuchung zeigen,« meint Sibley hochmütig und schaut Joseph scharf an, »und was kann ich nun für Sie tun?«

»Ich möchte, daß Sie meine Aussage zu Protokoll nehmen und daß ich mein Pferd mitnehmen kann. Es ist der graue Wallach, der drüben bei den Ponies grast.«

Long Trader winkt seinem Adjudanten, der Josephs Aussage niederschreibt und ihn unterzeichnen läßt. Sie trägt bei dem späteren Prozeß wesentlich zur Entlastung Big Eagles bei.

Joseph war klar, daß er Jolipi nicht über Oberst Sibley finden würde, deshalb hat er sein spontanes Märchen aufgetischt. Hätte er seine wahre Geschichte erzählt, wäre die Aussage des Mannes einer »Halfbreed« nur halb so viel wert gewesen.

Von Big Eagle kann er sich nicht mehr verabschieden. Er ist bereits von den Soldaten abgeführt worden, angekettet an einen seiner Krieger.

Ruhelos, getrieben von seiner Angst um Jolipi und seiner Sehnsucht nach ihr, zieht er zuerst den Minnesota-River hinauf bis zu dem Dorf Standing Buffalos. Er reitet über die Prärie zurück, vorbei an zahllosen verlassenen und ausgebrannten Farmhäusern. Auch viele der reifen Felder sind niedergebrannt oder verwüstet, auf anderen ist das Getreide verrottet, weil niemand es rechtzeitig geerntet hat.

Wahnsinn, denkt Joseph wie schon so oft! Hunger war einer der Auslöser dieses unseligen Krieges – und jetzt ist die Nahrung vernichtet, die den Hunger gestillt hätte. Das Land ist so weit und so fruchtbar, alle könnten satt werden und gut leben, wenn nicht die Gier einer Handvoll Weißer wäre.

*

Joseph sucht unermüdlich weiter nach Jolipi und findet nicht die geringste Spur von ihr. Wo immer er anklopft, schütteln die Leute den Kopf auf seine Frage oder sie weisen ihn ab. Fünf Wochen reitet er von Farm zu Farm, von Siedlung zu Siedlung und durch die verlassenen indianischen Dörfer. Zuletzt beschließt er, auch in New Ulm nachzuforschen, obwohl er sich nicht vorstellen kann, Jolipi dort zu finden.

Die kleine Stadt ist noch immer in einem desolaten Zustand, aber die Hälfte der Bewohner sind zurückgekehrt und einige der Häuser wurden schon wieder aufgebaut. Es geht zu wie in einem Bienenstock, die Menschen haben sich in den Straßen versammelt, ungeheuere Erregung liegt in der Luft.

Die Brauerei August Schells steht auf der anderen Seite, ein Durchkommen ist schwer möglich. »Was ist denn hier los?« fragt er eine Gruppe wild diskutierender Leute, »kommt der Präsident von Amerika oder wenigstens Gouverneur Ramsey?«

»Bist du vom Mond? Oder liest du keine Zeitung? Du siehst gar nicht aus wie ein Analphabet!«

Einer der Männer gibt ihm einen Rippenstoß und ein anderer sagt: »Präsident oder Gouverneur, da kann ich nur lachen! Das sind keine Helden, aber unser General Sibley – das ist einer! Er hat die Gefangenen befreit und diese schurkischen roten Bestien dingfest gemacht!«

»Rote Bestien?«

»Natürlich, Mann! Du kommst wohl doch vom Mond! Was glaubst du, wie dieses elende Lumpengesindel hier gewütet hat!«

Joseph verschluckt eine Antwort. Und niemand erwartet eine.

»General Sibley?« fragt er nur, »Ich dachte, er sei Oberst.«

»War er, war er! Aber sie mußten ihn ganz schnell ernennen wegen seiner Verdienste: Er hat nicht nur die Geiseln lebend befreit, er hat auch sofort ein Militärgericht einberufen und – ruckzuck – über dreihundert dieser Teufel in Menschengestalt zum Tode verurteilt!«

»Von den ›*Friendlies*‹?«

»Was heißt hier ›*Friendlies*‹! Sie sind allesamt rote Schurken, Mörder und Vergewaltiger!« Der Mann deutet auf einen Korb voller Steine am Boden. »Und sie sollen gleich einen Vorgeschmack unserer Wut kriegen, ehe sie am Galgen baumeln. Sie sind auf dem Weg von Camp Release nach Mankato und kommen gleich hier vorbei!«

Drei Frauen schleppen gemeinsam einen Kessel mit kochend heißem Wasser an, den sie sorgsam bedecken, damit er nicht abkühlt.

Joseph hat ein flaues Gefühl im Magen, will etwas sagen, weiß aber, daß jedes Wort sinnlos ist. In der Ferne hört er einen Trommelwirbel.

»Sie kommen!« ruft eine der Frauen. »Auf diese Stunde habe ich gewartet!«

Und sie kommen tatsächlich, bewacht von den Soldaten, an deren Spitze Long Trader reitet: die Alten, die Squaws und die Kinder auf Karren, die einstmals stolzen Krieger in Ketten, gedemütigt und schleppenden Schrittes.

»Sie sind nicht die Schuldigen!« schreit Joseph, »laßt sie in Frieden!«

Doch was er sagt, geht in einem ungeheueren Tumult unter.

Ein Hagel von Schmähungen, von Steinen und Ziegelbrocken geht auf den traurigen Zug nieder. Die Frauen schütten mit Töpfen kochendes Wasser auf die Gefangenen und dann geschieht etwas Entsetzliches: Eine von ihnen springt wie eine Furie auf den letzten Karren, reißt einer jungen Indianerin ihr Baby von der Brust, schwenkt es wie eine Trophäe durch die Luft und schmettert es zu Boden.

»Jetzt bist du da wo mein Kind ist!«

Ebenso entsetzlich ist, daß die anderen diese Frau umarmen und lautstark belobigen.

Joseph wendet sich ab und versucht sich einen Weg durch die wütende Menge zu bahnen. Gleichzeitig, aber zu spät, befiehlt Sibley seinen Soldaten, mit aufgepflanzten Bajonetten den Mob von weiterer Lynchjustiz abzuhalten.

*

Wann er zum letzten Mal geweint hat, weiß Joseph nicht mehr.

Als der Rindsberghof in fremde Hände ging? Als das Schiff in Le Havre ablegte und die alte Heimat verloren war? In einer der endlosen, einsamen Nächte ohne Jolipi?

Männer sind stark und vergießen keine Tränen – in dieser Tradition ist er aufgewachsen. Und dennoch kann er nicht verhindern, daß ihm unaufhaltsam Tränen übers Gesicht laufen, als er seinen Grauen losbindet und New Ulm verläßt.

Er denkt nicht mehr daran, seinen Freund August Schell aufzusuchen, er will nur eines: weg, weg, weg! Big Eagle in diesem Zug der Verdammten zu sehen, blieb ihm erspart.

Ohne Ziel reitet er los, läßt sein Pferd laufen, wohin es will und findet sich nach Stunden vor einem Blockhaus, dessen einziges Fenster erleuchtet ist. Noch ehe er anklopfen kann, öffnet ein alter Mann die Türe und sagt:

»Hier ist jeder willkommen, der kein Räuber und keine Rothaut ist!«

»Danke! Ich bin keine Rothaut, aber ich könnte ein Räuber sein!«

Der Alte winkt ab. »Bist du nicht, das sehe ich. Und bei mir gibt's auch nicht viel zu holen. Komm' rein!«

Das Haus ist mehr eine Hütte und spartanisch eingerichtet: eine schmale Holzbank als Lager, ein Tisch, zwei Stühle, ein Regal, ein paar Haken in der Wand für die Kleider. Und ein gußeiserner Herd zum Kochen und Heizen. Ein Topf Suppe brodelt darauf und als Joseph den guten Geruch wahrnimmt, merkt er erst, wie hungrig er ist.

Der Alte gibt ihm ein Stück trockenes Brot und schöpft die Suppe in zwei Schüsseln.

»Gesegnete Mahlzeit«, sagt er, »laß uns essen – und dann laß mich wissen, warum du mich besuchst.«

Joseph erzählt all das Schreckliche, das er in New Ulm erlebt hat, es sprudelt nur so aus ihm heraus und er fühlt sich danach seltsam erleichtert. Und dann fragt er, weil er das seit Wochen jeden fragt: »Ich suche meine Frau Jolipi... hast du sie vielleicht gesehen?«

Zu seiner grenzenlosen Überraschung nickt der Alte.

»Sehr jung und hübsch? Schwarze kurzgeschnittene Haare und helle Augen, gutes Englisch? Ja, ja, die hab' ich gesehen!«

Joseph springt auf und packt ihn an den Schultern.

»Mein Gott, wann und wo? Schnell, sag mir's?«

»Sachte, junger Mann! Hier natürlich! Sie klopfte an die Tür und fragte genau wie du, nur umgekehrt: Ich suche meinen Mann Josse, er ist stark wie ein Bär und hat einen Bart oder auch nicht. So etwa sprach sie.«

»Und dann? Laß mich nicht zappeln!«

»Dann war sie sehr traurig, als ich nichts wußte. Sie ist wirklich hübsch, aber dünn und blaß. Wenn du nicht gesagt hättest, daß sie ein ›mixedblood‹ ist, hätte ich sie für eine Weiße gehalten. Sie sagte, du seist weggegangen und nicht wiedergekommen – genau wie ihr Vater. Ihre Mutter starb vor Kummer um ihn, weil sie ihn so liebte. Und das sei auch ihr vorbestimmtes Schicksal, weil sie dich noch mehr lieben würde.«

»Mein Gott, das darf nicht wahr sein! Jolipi war immer so fröhlich und guter Dinge. Was hast du ihr gesagt?«

Der Alte schmunzelt.

»Ich fragte sie, wie lange sie schon verheiratet ist. Sie antwortete: Ein rundes halbes Jahr. Und darauf sagte ich: Kindchen, das ist doch gar nichts! Nach so kurzer Zeit denkt jede junge Frau, es gibt nur diesen einen Mann auf der Welt! Und dreißig Jahre später denkt sie: Wäre er nur da, wo der Pfeffer wächst.«

Wider Willen muß Joseph lächeln über diese Philosophie.

»Was meinte Jolipi dazu?« fragt er und kann sich die Antwort schon denken.

»Sie sagte, das sei vielleicht bei anderen Leuten so, aber nicht bei ihr und Josse – und sie war felsenfest überzeugt davon!«

»Hoffentlich hast du sie davon abgebracht – ?«

»Das habe ich natürlich versucht, aber es ist mir nicht gelungen!«

Der Alte nimmt eine Prise Schnupftabak und wirft Joseph einen verschmitzten Blick zu. »Ich habe ihr gesagt, andere Mütter hätten auch schöne Söhne – und mit denen sei sie besser bedient, als mit einem der verloren ging!«

»Und sie?«

»Sie war für den Rest des Abends beleidigt mit mir. Und weißt du was? Zum ersten Mal auf meine alten Tagen hab' ich es bereut, daß ich sie nicht selbst von dem überzeugen konnte, was ich sagte!«

12

Die Todesurteile wurden schnell gefällt – teils gleich im Camp Release, teils in nicht zerstörten Häusern der Lower Agency. Long Trader hat ein Militärgericht aus fünf Offizieren zusammengestellt, von denen einige juristische Erfahrung mitbringen. Daher wissen sie, daß die Angeklagten keine Verteidiger brauchen. Kein Indianer ist amerikanischer Staatsbürger und folglich hat er auch kein Anrecht auf Beistand!

Dies beschleunigte das Verfahren ungemein, mancher Fall konnte in fünf Minuten abgehandelt werden. Viele der Mischlinge versuchten ihren eigenen Kopf aus der Schlinge zu ziehen, indem sie die reinblütigen Sioux denunzierten, sei es zu Recht oder zu unrecht. Die Exekutionen könnten zügig vollstreckt werden, wenn Sibleys Vorgesetzter, der Oberkommandierende General John Pope nicht plötzlich Hemmungen hätte, die Urteile zu unterschreiben.

Grundsätzlich befürwortet er natürlich die gebotene Härte und die drakonischen Strafen, aber gleich dreihundert auf einen Streich – da möchte er nicht alleine verantwortlich sein. Er läßt die Urteile nach Washington schicken, damit sie dort an höchster Stelle abgesegnet werden. Aber was geschieht? Zur maßlosen Empörung der Bürger Minnesotas und zur Enttäuschung der Generäle läßt Präsident Lincoln die Urteile einzeln von Zivilrichtern überprüfen. Er ist ein gewissenhafter Mann und will sich keine Ungerechtigkeit nachsagen lassen.

Welch ärgerliche Verzögerung eines aufregenden Schauspiels – wer möchte nicht dabei sein, wenn diese roten Schurken gleich in Hundertschaften baumeln! Viele haben keine Geduld, abzuwarten und beschließen, der Gerechtigkeit nachzuhelfen: Die Einwohner Mankatos können nur durch massiven Einsatz des Militärs von nächtlicher Selbstjustiz an den Verurteilten abgehalten werden.

Auch diejenigen Dakota, die sich freiwillig gestellt haben und nicht für schuldig befunden wurden, rund 1 700 Männer, Frauen und Kinder, werden in die allgemeine Verdammnis mit einbezogen. Weil die Ernährung so vieler Menschen in provisorischen Lagern nicht möglich ist, werden sie nördlich nach Fort Snelling verlagert – ein vier Meilen langer Elendszug, ähnlich dem der weißen Flüchtlinge aus New Ulm kaum sechs Wochen vorher.

Als die armselige Kolonne sich durch Hendersen schleppt, läuft das gleiche makabre Spektakel ab wie in New Ulm: die Bleichgesichter erwarteten die Rothäute mit Messern, Flinten, Keulen, mit kochendem Wasser, mit Steinen und anderen Wurfgeschossen. Die Bürger sind so aufgebracht, daß es den Soldaten kaum gelingt, sie zurückzuhalten.

*

Die letzten milden Herbsttage sind gezählt, Joseph ist gezwungen, eine Entscheidung zu treffen. Jolipi bleibt unauffindbar, er kann sich nicht vorstellen, wo sie noch stecken könnte.

Er war in Mankato und hat versucht General Sibley zu erreichen, er hat versucht, Big Eagle zu sehen, doch beides war vergeblich. Immerhin glückt es ihm, sich eine Liste der 307 Todeskandidaten zu beschaffen: Big Eagles Name steht nicht darauf.

Er ist müde. Müde von vielen Wochen des ruhelosen Umherziehens auf der Suche nach Jolipi.

Der Winter kommt spät in diesem Jahr und seine Vorboten im November lassen ahnen wie grimmig er werden wird: Eiseskälte, peitschende Winde mit gefrierendem Regen werden von Schneestürmen abgelöst. An einen Ritt nach Canada ist nicht mehr zu denken – und diese Tatsache nimmt ihm die Entscheidung ab: Er muß auf das Frühjahr warten, um dort nach seiner verlorenen Geliebten zu suchen.

Langsam, sehr langsam macht er sich auf den Rückweg an den Mississippi und je näher er kommt, desto schwerer wird ihm das Herz. Die letzten Meilen bis Greenfield kommen ihm endlos vor. Ob seine Familie überhaupt noch auf der Farm ist oder ob sie schon gepfändet wurde nach dem verlorenen Prozeß? Zumindest darum hätte er sich kümmern müssen. Aber er will kein schlechtes Gewissen haben und stärkt sich selbst das Rückgrat: Der Dakota-Aufstand, in den er verstrickt war, hat all seine Kraft beansprucht.

Vor dem Haus spielen seine drei Söhne im Schnee und starren ihn einen Augenblick sprachlos an, als er in den Hof reitet und vom Pferd springt. Dann wendet sich Georg, der Älteste, mit finsterem Blick ab, doch die beiden Kleinen fliegen auf ihn zu. Sie klammern sich an seine Beine, lassen sich willig auf die Arme nehmen und hoch in die Luft heben.

»Daddy – warum warst du so lange auf der Jagd? Hast du einen großen Elch geschossen mit langen Hörnern?«

Der sechsjährige Seppi schaut ihn erwartungsvoll an.

»Nein, mein Sohn, der Elch hat gerade seine Hörner abgeworfen und in Schaufeln umgetauscht, dabei darf man ihn nicht stören!« Seppi nickt ernsthaft und der kleine Andreas kräht: »Der Papi hat keinen Elch!«

Beide reden deutsch mit glottertälerischem Einschlag, sie wissen, ihr Vater will, daß sie – neben englisch – mit der Muttersprache aufwachsen.

Er wundert sich, daß Madlen nicht herauskommt, sie hat Ohren wie ein Luchs und muß die Begrüßung gehört haben.

Statt dessen erscheint Georg unter der Tür, ganz Trotz und Ablehnung, und sagt demonstrativ mit amerikanischem Akzent: »*Mom askes you, to come in* – Mutter bittet dich, ins Haus zu kommen.«

Er erschrickt, tritt ein – und sieht sie im Bett sitzen: schmal wie eh und je und bleich, sehr bleich. Sie hält ein kleines Bündel im Arm.

»Wie schön, daß du wieder da bist, Sepp! Und ausgerechnet jetzt – so ein Glück! Deine kleine Tochter ist gerade einen Tag alt. Wie willst du sie nennen?«

Eine Tochter! Nach den drei Buben ist es natürlich gut, ein Mädchen zu haben, aber es hätte nicht gerade jetzt sein müssen! Er fühlt sich höchst unwohl in seiner Haut und weiß nicht, was er sagen soll. Es gibt keine, aber auch gar keine Entschuldigung für sein Verhalten und weil ihm nichts anderes einfällt, nennt er den nächstbesten Namen, der ihm in den Sinn kommt:

»Mina – wir wollen sie Mina nennen. Gefällt dir das auch?«

Verlegen tritt er an das Bett heran und streicht mit dem Zeigefinger über das winzige, runzlige, rosarote Gesichtchen.

»Natürlich gefällt es mir«, versichert ihm Madlen mit einem liebevollen Blick und fügt schuldbewußt hinzu: »Sie ist ein bißchen klein und wiegt nur fünf Pfund, aber es ist ja auch nur ein Mädchen.«

Joseph hört gar nicht, was sie sagt, er sieht nur ihren Blick und weiß: Er muß keine Märchen erfinden, sie will auch keine hören, sie will nicht wissen, was war. Für sie zählt nur eines: Er ist heimgekommen zu ihr.

Sei wenigstens jetzt ehrlich, ermahnt er sich, laß sie nicht in dieser Hoffnung!

Es ist alles vorbei, was einmal war zwischen ihnen, so gut es auch gewesen sein mag. Soviel Anstand und Mut mußt du aufbringen und ihr sagen, daß du nicht mehr sie, sondern Jolipi liebst und ein neues Leben beginnen wirst, sobald du sie wiedergefunden hast. Und daß nur der Winter dich heimgetrieben hat.

Aber seine Lippen bleiben verschlossen, er bringt es nicht übers Herz, das Glück in Madlens Gesicht ist zu groß, ihre Augen sind zu gläubig. Und daß sie – wie bisher immer in ihrem gemeinsamen Leben – kein Wort des Vorwurfes für ihn hat, weder fragt und gekränkt scheint, das rührt ihn zutiefst unter seiner rauhen Schale.

Er beugt sich hinunter zu ihr und küßt sie sanft auf die Wange.

»Ich hab' dich so vermißt«, flüstert Madlen, »und die Buben auch. Dem Himmel sei Dank!«

Gleich am nächsten Morgen zeigt ihm Charley die Farm, die Felder, die Ställe und das Vieh: Hühner, Schweine, Kühe und Ochsen, die bis zum ersten strengen Frost noch auf der Weide sind. Alles ist tadellos in Ordnung. Trotz seiner Jugend hat er Madlen sachkundig, treu und unermüdlich zur Steite gestanden.

»Die späte Ernte war nicht so schlecht wie wir befürchteten«, berichtet er, »wir konnten auch ordentliche Preise erzielen und haben mit dem Geld ein paar dringende Anschaffungen gemacht.«

»Hoffentlich ist noch genug übrig für deinen Lohn«, scherzt Joseph, »sonst kannst du nicht zurück nach New Orleans und mußt dich gedulden, bis wir wieder etwas in der Kasse haben!«

»Das ist kein Problem – ich würde ohnehin gerne hierbleiben und mich noch mehr in die Landwirtschaft einarbeiten. Meine Mutter hat wieder geheiratet und braucht mich nicht mehr als ›Schlepper‹ für ihr *boarding house*.«

»Das freut mich – dann bist du sofort als Großknecht engagiert und bekommst morgen den Lohn, den ich dir schulde. Gibt es sonst noch etwas Wichtiges?«

Charley zögert.

»Das ist nicht erfreulich, aber ich habe es ja schon in Mankato erwähnt. Dieser Emmerling, unser feiner Nachbar, hat den Prozeß um das Farmland in erster Instanz gewonnen. Ich bin sicher, er hat die Richter gut geschmiert. Uns bleibt nicht mehr viel Zeit, Widerspruch gegen das Urteil einzulegen. Du mußt das entscheiden. Dieser Bastard weiß genau, wieviel Verdruß und Geld die Streiterei vor Gericht kostet – und darauf legt er's an. So billig kann er nie wieder an gutes Land kommen. Und außerdem weiß er natürlich, daß du monatelang nicht da warst.«

»Halt ein, Charley – das ist ja eine halbe Räubergeschichte! Aber du hast natürlich recht, wir sollten ihm nicht das Vergnügen machen, kampflos aufzugeben und uns nach Kräften wehren. Am besten verpasse ich ihm zum Auftakt erst mal eine ordentliche Tracht Prügel!«

»Bloß nicht! Darauf lauert er nur – dann kann er dich noch einmal verklagen. Solche Prozeßhanseln tun das.«

»Da sprichst du ein wahres Wort gelassen aus – auf dem Gebiet hab ich auch meine Erfahrungen.«

Und endlich fällt ihm ein, an wen ihn dieser zuerst so hilfsbereite, servile Nachbar Emmerling erinnert: An seinen Schwager Hoch aus dem Glottertal, Rosas Mann, der sich auf ähnliche Weise in das Vertrauen von Andreas Schurhammer eingeschlichen hat. Und der nun – nachdem ihm das gelungen war – auf dem besten Weg ist, den Rindsberghof zugrunde zu richten.

»Nein, nicht noch einmal«, sagt er laut, *»over my dead body* – der Emmerling kriegt unsere Ranch nur über meine Leiche! Wir gehen in Berufung!«

Madlen hat ebensoviel Anteil wie Charley an der tadellosen Führung der Farm während der langen Abwesenheit von Joseph. Nicht umsonst ist sie eine Glottertäler Bauerntochter, die die Arbeit ihrer kranken Mutter auf dem Mattenhof übernahm und zehn jüngere Geschwister großzog.

Nur mit Prozessen und dem Gericht will sie nichts zu tun haben und ist erleichtert, daß Joseph sich schnell und energisch dieses Problems annimmt. Was immer er tun würde, selbst wenn er seine ausgedehnten Besuche in den bewußten Saloon von Reads Landing wieder aufnähme – sie wäre froh und dankbar, daß er wieder daheim ist. Auf die Idee, sich von einem solchen Bruder Leichtfuß zu trennen, einem Mann, der das Wort Treue nicht kennt und so wenig Verantwortungsbewußtsein zeigt – auf diese absurde Idee käme sie nie. Sie weiß um all seine Fehler und schwachen Seiten, aber sie liebt ihn ohne Vorbehalte und ist sich klar darüber, daß er sich nie ändern wird. Sie will nichts weiter, als ihn glücklich machen, weil das ihr größtes Glück ist.

*

In einem Sumpfgelände bei Fort Snelling werden die 1 700 Dakota untergebracht, die weder angeklagt noch verurteilt sind – überwiegend Frauen, Kinder, Alte und Männer, die nicht an den Kämpfen teilnahmen. Sie haben den leidvollen Marsch hinter sich gebracht und sind »sichergestellt«, bis über ihr weiteres Schicksal entschieden ist. Hungernd und frierend hocken sie in primitiven Baracken und Zelten und bereuen, daß sie nicht mit Little Crow Flucht und Freiheit gewählt haben.

Dieses Lager ist Josephs letzte Hoffnung – eine vage Möglichkeit gibt es, daß Jolipi unter den Gefangenen ist.

Er sieht die Angst in Madlens Augen aufflackern, als er sich nach nur zwei Wochen schon wieder verabschiedet. Mit der halben Wahrheit rückt er heraus.

»Mach dir keine Sorgen, dieses Mal komme ich bald wieder, ich reite nur nach Fort Snelling. Falls dort einer meiner indianischen Freunde eingesperrt ist, muß ich versuchen, ihm zu helfen.«

»Sei vorsichtig«, mahnt Madlen, »es ist gefährlich heutzutage, ein Freund der Sioux zu sein.«

Er winkt ab. »Ja, ja, ich weiß. Ich werde es schon keinem auf die Nase binden, was ich vorhabe.«

Der Lageraufseher ist verblüfft, als ein weißer Besucher anklopft und Einlaß begehrt.

»Woher soll ich wissen, daß du keinen Racheakt im Sinn hast?« fragt er mißtrauisch. »Neulich kam ein Mann und wollte die nächstbeste rote Kanaille da drinnen abknallen. Mir ist das egal und schade wär's auch nicht drum, aber ich habe die Verantwortung.«

Joseph beruhigt ihn und erzählt ihm die gleiche Geschichte wie General Sibley: Er sei Farmer, von einem Dakota rechtzeitig vor Überfällen gewarnt worden und nun wolle er sich als Christenmensch erkenntlich zeigen.

»Blödsinn!« knurrt der Aufseher. »Einer der Halunken da drin ist so schlecht wie der andere, etwas Gutes hat keiner im Sinn. Es sind allesamt wilde Bestien, die Weiber eingeschlossen. Die sind imstande und kratzen dir die Augen aus!«

»Darauf laß ich's ankommen! Seh ich so aus, als könnte ich mich nicht wehren?«

Der Aufseher mustert ihn von oben bis unten und grinst.

»Nicht ganz. Also dann – rein in die Höhle des Löwen!«

Die gefangenen Sioux sitzen teilnahmslos auf der feuchten Erde und blicken kaum auf, als er durch ihre Reihen geht. Es scheint, als hätten sie jetzt schon alle Hoffnung aufgegeben. Er hält Ausschau nach einem vertrauten Gesicht, aber niemand aus Big Eagles Dorf ist dabei – all seine Krieger haben an den Kämpfen teilgenommen und sind in Mankato bei den Verurteilten.

Der Aufseher ist nicht mitgegangen und so kann Joseph ungeniert nach Jolipi forschen , doch niemand kennt sie oder hat auch nur ihren Namen gehört.

Es ist ein trostloser Platz und er fragt sich mit welchem Recht diese Menschen hier eingepfercht und festgehalten werden. Er überlegt, ob es Sinn hat, noch einmal mit General Sibley zu reden und verwirft den Gedanken gleich wieder. Long Trader und Gouverneur Ramsey sind so etwas wie Spießgesellen, die sich gegenseitig Titel und lukrative Geschäfte zuschanzen. Keiner von beiden verhehlt seine Meinung zum Aufstand der Santee-Sioux, keiner käme auf die Idee, einen Teil der Schuld auch bei sich und anderen Weißen zu suchen.

Ramseys Forderung läßt an Deutlichkeit nichts zu wünschen übrig: »*We have to exterminate the Dakota or to drive them forever beyond the borders of the state Minnesota* – wir müssen die Dakota ausrotten oder sie für immer hinter die Grenzen des Staates Minnesota vertreiben.«

Dieses Mal kommt Joseph wie versprochen in kurzer Zeit wieder heim nach Greenfield.

Auf dem Rückweg überlegt er sich, was geschehen wäre, wenn er Jolipi tatsächlich wiedergefunden hätte in Fort Snelling? Was hätte er gemacht, wie eine Lösung für den Konflikt gefunden? Ohne seine Farm konnte er nur als Flößer in Reads Landing oder als Holzfäller in Wisconsin Geld verdienen für ihren Lebensunterhalt – und beides war in einem harten Winter unmöglich.

Und wenn er Jolipi mitgebracht hätte nach Hause? Ein kühner Gedanke! Was wäre dann passiert? Hätte es eine Möglichkeit gegeben für eine Art heimliche Ehe zu dritt? Eine ungeheuerliche Vorstellung für die fromme Gemeinde ringsum!

Und Madlen – würde sie auch das hinnehmen ohne Protest?

Ja, stellt er nach kurzem Nachdenken fest, ja – es gibt nichts, was Madlen nicht hinnehmen und ertragen würde, um seine Liebe zu erhalten oder wenigstens einen Teil davon.

Aber Jolipi? Nein, seine kleine Wildtaube, seine Wildkatze – die würde sich nicht damit zufrieden geben, ihren Josse Black Bear zu teilen, auch wenn sie anfangs davon gesprochen hatte. Sie wollte ihn alleine für sich haben, mit Haut und Haaren. Und sie würde immer versuchen die Bessere zu sein, die Andere, die Erste auszustechen – und sie würde ihre Rivalin das gnadenlos wissen lassen.

Nein, jede Vorstellung in diese Richtung mußte er vergessen, ein Zusammenleben mit Madlen und Jolipi wäre umöglich, das muß er sich eingestehen, nachdem er diesen Gedanken durchgespielt hat.

*

Präsident Abraham Lincoln ist mit dem Bürgerkrieg gegen die Südstaaten voll in Anspruch genommen und der Aufstand der Sioux in Minnesota kam ihm sehr ungelegen. Und dann über dreihundert Todesurteile! Diese Militärs sind immer schnell bei der Hand mit drakonischen Strafen, auf ein paar Köpfe mehr oder weniger kommt es ihnen nicht an.

Trotz allem, was sich die Indianer zuschulden kommen ließen, hat er für so viel Härte nur wenig Verständnis, denn er weiß, daß diese Revolte nicht grundlos ausgebrochen ist. Es gab genügend mahnende Stimmen, denen kein Gehör geschenkt wurde.

Als die unabhängigen Richter in Washington die 309 Todesurteile einzeln überprüft haben, bleiben 39 übrig, die in ihren Augen berechtigt sind. Der Präsident schreibt diese Liste eigenhändig und verfügt: »Die anderen verurteilten Gefangenen sind bis zur Erteilung weiterer Anordnungen festzuhalten. Es ist dafür Sorge zu tragen, daß sie nicht entkommen oder irgendwelche ungesetzlichen Gewalttätigkeiten an ihnen verübt werden«.

Ein Schrei der Empörung geht durch ganz Minnesota, als die gekürzte Liste in den Zeitungen veröffentlicht wird. Joseph ist einer der wenigen, die erleichtert darüber sind, aber er hütet sich, das zu zeigen.

Die Hinrichtungen werden auf den 26. Dezember 1862 festgesetzt, direkt nach Weihnachten und als Freunde aus Wabasha ihn einladen, dieses Volksfest mit ihnen zu besuchen, schützt er eine Erkältung vor.

Ganze Scharen sensationslüsterner und rachegieriger Weißer kommen an dem Tage in *Mankato* zusammen, dieser kleinen Provinzstadttadt, die nach einem der großen Häuptlinge der Dakota benannt wurde.

Um Ordnung zu wahren, wird ein ganzes Regiment bewaffneter Soldaten eingesetzt, aber es gelingt dennoch kaum, die aufgebrachte Menge in Schach zu halten. Als ein Offizier verkündet, daß im letzten Moment der Sioux Tatemima (»Round Wind«)

begnadigt wurde, droht das Publikum die erhöhte Tribüne zu stürmen, auf der die neununddreißig Galgen stehen.

»Jetzt ist noch einer der Galgenvögel durch die Schlinge geschlüpft«, ereifert sich ein Zuschauer, »und es werden ohnehin viel zu wenig gehängt!«

»Jawohl, ein Jammer ist es mit so einem Präsidenten wie Lincoln, der die Todesurteile gleich reihenweise ausstreicht! Gelobt sei, was hart macht!«

Eine Matrone mit Ringellocken und enggeschnürtem Kleid schlägt ihrem schmächtigen Mann so bekräftigend auf die Schulter, daß seine Knie einknicken.

Die Stimmung ist gereizt, aber gleichzeitig ausgelassen, weil jetzt endlich der Tag da ist, an dem diese blutrünstigen roten Schurken die Quittung für ihre Untaten bekommen. Leider sind es nicht genug, aber dreihundert Galgen wären auch zu teuer geworden – in diesem Fall hätte man das Lumpengesindel auf Raten hängen müssen. Immerhin ist es selbst so die größte Massenexekution Amerikas. Und das will schon etwas heißen, damit kann man sich sehen lassen!

An Ständen werden Steaks, Sandwichs und heiße Würste angeboten, und wer einen kräftigen Schluck Feuerwasser braucht, hat eine passende Flasche in der Jackentasche.

Indessen erwarten die meisten Todeskandidaten nach Dakota-Tradition mit stoischer Ruhe und Gelassenheit ihre letzte Stunde.

Auch Radainyanka, der Schwiegersohn Wabashas, ist zu stolz für Klagen. Aber er diktiert einen bitteren Brief an seinen Häuptling, dessen Rat er gefolgt ist und sich kampflos ergeben hat. Er ist getauft wie die meisten von ihnen, christliche Missionare leisten ihnen Beistand, sie dürfen ihre Angehörigen noch einmal sehen und ein betagter Krieger versucht seine Familie zu trösten:

»Trauert nicht um mich, ich bin schon alt und würde nicht mehr lange leben. Betrachtet meinen Tod als Übergang in eine bessere Welt. Ich glaube an einen direkten Weg zum »Großen Geist«, bei dem ich in Ewigkeit glücklich sein werde.«

Dann werden den Verurteilten die Fußketten abgenommen und sie singen den Todesgesang der Sioux, während sie vom Gefängnis in aufrechter Haltung zum Galgen gehen.

Diese Art zu sterben ist schmählich für einen der ihren, nicht im Kampf von Mann zu Mann, durch einen Pfeil, eine Kugel oder den Tomahawk. Am schmählichsten aber ist es, daß die Soldaten weiße Kapuzen über ihre Köpfe streifen, ehe sie die Schlingen um ihre Hälse legen. Der letzte freie Blick vor dem Tode wird ihnen verwehrt und alle suchen blind die Hand des Nächststehenden zu ertasten – eine Szene, die bei manchen Zuschauern in der johlenden Menge dann doch etwas wie Mitleid erweckt.

Der Mann, der das Seil durchschneidet, ist William Duley, eines der wenigen überlebenden Opfer des Massakers von Lake Shetek. Drei seiner Kinder waren vor seinen Augen ermordet worden, zwei weitere und seine Frau gerieten in Gefangenschaft.

Alle Zeitungen Amerikas berichten ausführlich über die Vollstreckung der Urteile, die meisten auf polemische Weise.

Joseph liest jede Zeile und wundert sich, daß auch kritische Stimmen zu Wort kommen wie die des Bischofs Henry Whipple, den die Indianer »Straight Tongue« nennen, »Aufrechte Stimme«.

Dieser war kurz nach Kriegsende bei Präsident Lincoln und berichtete ihm über die Schurkereien der Weißen beim Handel mit den Dakotas. Und er schickte am 17. Dezember 1862 einen Brief an den »St. Paul Pioneer« , in dem forderte, das Indianer-Problem mit ruhigen Überlegungen und ohne Emotionen zu lösen.

»Die Geschichte wird jeden fadenscheinigen Vorwand ebenso entlarven wie die Dummheit leichtfertiger Berechnungen.«

Auch die Missionare Dr. Williamson und Riggs schrieben ähnlich unpopuläre Artikel, die den Volkszorn anheizten, aber dennoch ihre Wirkung nicht verfehlten. Joseph ist sicher, daß ohne diese drei mutigen Gottesmänner der bewegende Abschiedsbrief Radainyankas an Häuptling Wabasha nicht veröffentlicht worden wäre:

»Du hast mich getäuscht«, schrieb der junge Krieger, *»du hast mir gesagt, wenn wir den Anweisungen von General Sibley folgen und uns ergeben, würde alles gut werden. Kein Unschuldiger würde verurteilt. Ich habe keinen weißen Mann getötet, verwundet oder verletzt. Ich habe nicht an den Plünderungen ihres Eigentums teilgenommen. Und dennoch bin ich heute zum Tode verurteilt worden und*

muß in wenigen Tagen sterben, während andere, die schuldig sind, im Gefängnis bleiben.

Meine Frau ist deine Tochter, meine Kinder sind deine Enkelkinder. Ich übergebe sie alle deiner Obhut und stelle sie unter deinen Schutz. Lasse sie nicht leiden. Und wenn meine Kinder groß sind, sage ihnen, daß ihr Vater starb, weil er dem Rat seines Häuptlings folgte.

Sag ihnen, daß er vor den Großen Geist treten wird und sich verantworten kann: An seinen Händen klebt kein Blut des weißen Mannes.

Meine Frau und meine Kinder stehen meinem Herzen nah. Sie sollen sich nicht grämen um mich. Rufe in ihre Erinnerung, daß ein Krieger stets für den Tod bereit sein muß und so werde ich sterben wie es einem Dakota geziemt.«

Zu den Indianern, die der Hinrichtung entgingen und dennoch offen zugaben, an den Kämpfen teilgenommen zu haben, gehörte Big Eagle.

»Ich bin kein Mörder«, erklärte er seinen Richtern, »und ich war auch nicht dabei, wenn Morde verübt wurden. Wenn ich einen Mann getötet oder verwundet habe, dann im fairen, offenen Kampf.«

Die Höhe der Haftstrafen für die Einzelnen wird nicht offiziell bekanntgegeben, die Weißen finden ohnehin, daß diese Urteile zu mild sind.

Geheimgehalten wird auch ein Irrtum, wie er »in der Hitze des Gefechtes« schon mal geschehen kann: Zwei der Hingerichteten standen gar nicht auf der Liste des Präsidenten – sie waren unschuldig und wurden versehentlich gehenkt. Einer davon war Opfer einer Namensverwechslung: Chaska und Chaskadon, was in der Tat recht ähnlich klingt. Nur war Chaskadon tatsächlich ein Verbrecher und Mörder. Und Chaska hatte der weißen Arztfrau Sarah Wakefield samt ihren Kindern das Leben gerettet.

Erst neun Jahre später wird der Fehler offiziell zugegeben.

»Es ist sehr bedauerlich, daß es zu solchen Irrtümern kam,« erklärt dann einer der Zuständigen, »aber es ist gewiß nicht mit Absicht geschehen.«

13

Nach dem freien, ungebundenen Dasein bei den Santee-Sioux kann sich Joseph nur schwer wieder eingewöhnen auf der Farm in Greenfield und sein Verständnis für die Verweigerung der Indianer wächst: Die meisten von ihnen wollen und können die Lebensart der Weißen nicht annehmen, auch wenn ihnen die Vorteile immer wieder gepredigt werden.

Noch schwerer wird Joseph das Zusammenleben mit Madlen, gerade weil sie so geduldig und verständnisvoll ist. Er weiß, daß sie sich nach ihm sehnt – und er bringt es nicht fertig, sie in die Arme zu nehmen wie früher. Er schilt sich selbst einen sentimentalen Narren und denkt: Was ist schon dabei, wenn ich mit ihr schlafe? Sie macht es glücklich und mir macht es nichts aus, ich kann dabei an Jolipi denken und sie merkt es nicht.

Aber das ist blanke Theorie. Wenn er dann nachts neben Madlen liegt und ihre Nähe spürt, empfindet er nichts. Schlimmer noch, er reagiert mit Ablehnung und kann sich nicht überwinden, ihr auch nur die kleinste Zärtlichkeit zu schenken.

Er ist noch immer wie verzaubert von Jolipi, er gehört zu ihr mit Leib und Seele und er – ausgerechnet er, der es nie im Leben ernst nahm mit der Treue – er kann seiner Geliebten nicht untreu werden mit der eigenen Frau.

Madlen ist zu stolz, ihn zu drängen und auf Verführungskünste hat sie sich nie verstanden.

»Du liebst mich nicht mehr«, sagt sie eines Nachts und dieser Satz ist eine leise, traurige Feststellung, in der keine Frage mitschwingt.

Joseph schweigt und dieses Schweigen ist eine beredte Antwort.

So leben sie den ganzen Winter nebeneinander her, ohne Zank und Hader, aber wie Bruder und Schwester, nicht wie ein Paar. Ihre Gemeinsamkeit wird noch immer getragen von gegenseitiger Zuneigung und er ist Madlen dankbar, daß sie seine Trauer um das Schicksal seiner indianischen Freunde respektiert. Sie versucht auch nicht, in ihn zu dringen und zu erforschen, was geschehen ist.

Nur einmal, an einem Sonntag, als die Kinder im Bett sind

und Ruhe eingekehrt ist, da legt sie vorsichtig ihre Hand auf seinen Arm.

»Du bist heimgekehrt und sitzt neben mir«, sagt sie, »aber in Wirklichkeit bist du weit, weit weg. Ich weiß nicht wo, aber ich weiß, daß du dort sein möchtest, wohin deine Gedanken wandern. Ich sehe es und ich spüre es, auch wenn du nicht darüber reden kannst.«

»Ja, so ist es.« Ein warmes Gefühl der Dankbarkeit steigt in ihm auf.

Zum ersten Mal seit langem sieht er Madlen wieder in die Augen und sie erwidert seinen Blick liebevoll und bemüht, keinen Kummer durchscheinen zu lassen.

»Dann sollst du wieder gehen, wohin es dich auch zieht. Ich komme auf der Farm mit den Helfern und Charley zurecht. Ich will nicht, daß du aus Pflichtgefühl oder Mitleid bleibst. Ich liebe dich zu sehr, um das zu ertragen.«

Er sieht, mit wieviel Anstrengung sie die Tränen zurückhält, und dennoch bringt er es nicht über sich, sie zum Abschied zu küssen. Einen Tag später bricht er auf nach Französisch-Canada. Monatelang sucht er dort nach Jolipi, reitet von Ranch zu Ranch, von Ort zu Ort – vergebens, er findet nicht die geringste Spur. Als es Sommer wird, gibt er die Hoffnung auf und macht sich wieder auf den Rückweg zum Mississippi.

*

Woher die gewaltigen Findlinge auf der Schurhammer-Farm kamen, wußte niemand. Sie waren schon da, als Andreas das Land kaufte, überwuchert von Jungholz, Unkraut und Gestrüpp und wurden erst bei der Rodung freigelegt.

Natürlich haben Steinbrocken dieser Größe nichts zwischen Maisfeldern und Viehweiden zu suchen, aber wer hätte sie entfernen sollen und wohin? Außerdem gefielen sie Joseph, es sah aus, als hätten Riesen sie aus Übermut durcheinandergeworfen.

»Das wird einmal der schönste Naturspielplatz für unsere Buben«, befand er, »nah genug, um zu sehen, was sie anstellen und weit genug, daß ihr Lärm nicht stört.«

Georg, Seppi und der kleine Andres lieben diesen Platz so sehr wie die anderen Kinder aus der Nachbarschaft. Seine Winkel und Nischen sind herrliche Verstecke, in ihrer Phantasie werden sie in Räuberburgen, Märchenschlösser oder Drachennester verwandelt. Sie werden zu einer Domäne der kleinen Helden – und Mädchen dürfen nur ausnahmsweise mitspielen, zum Beispiel wenn sie daheim Pudding geklaut haben oder Kekse. Oder wenn eine Prinzessin gebraucht wird.

Madlen steht an diesem heißen Junitag mit einem Berg schmutziger Kleider am Waschtrog hinter dem Blockhaus. Das Baby Mina krabbelt im Laufstall daneben und nagt mit seinen ersten Zähnchen an einer Brotrinde. Plötzlich bricht das fröhliche Kindergeschrei vom Felsenspielplatz ab – so plötzlich, daß Madlen erschreckt von ihrer Arbeit auffährt.

Und aus dieser unheimlichen Stille klingt eine hohe, verängstigte Bubenstimme:

»Schnell, Mami, schnell – hilf uns!«

Madlen läßt die nasse Wäsche fallen, rennt zu den Kindern – und auf dem halben Weg kommt ihr Georg entgegen, der keuchend seinen kleinen Bruder Andres anschleppt.

»Um Himmels willen – was ist passiert?«

»Eine Schlange, eine Klapperschlange.«

»Wo hat sie ihn gebissen?«

»In die Hand. Sie lag auf einem Stein in der Sonne – er hat sie nicht gesehen und ist von oben auf sie gesprungen.«

Georg setzt seine Last ab. Seppi weint, Andres ist still und hat große, vor Schreck geweitete Augen. Madlen drückt ihn an sich, trägt ihn ins Haus und bindet den Arm oberhalb des Gelenks ab. Er beginnt schon anzuschwellen, die Bißstelle ist deutlich zu erkennen und sie ruft sich ins Gedächtnis, was sie über Schlangenbisse gehört hat.

»Sei tapfer, mein Schatz, es tut weh, aber es muß sein.«

Mit einem scharfen Küchenmesser macht sie zwei schnelle, tiefe, kreuzförmige Einschnitte, nimmt zärtlich seine Hand und saugt die Wunde aus. Sie versucht, das schreiende Kind zu beruhigen, legt ein nasses Handtuch auf den Arm und überlegt fieberhaft. Charley ist mit den Arbeitern weit draußen auf den Feldern, der nächste Arzt in Reads Landing. Bleibt nur Georg.

»Kannst du den Doktor holen, mein Großer?«

Er nickt ernst und sie hat keine Bedenken. Er ist zwar erst zehn, aber ein geübter Reiter.

Der kleine Andres hört auf zu schreien, er wimmert nur noch und selbst dieses leise Klagen erstirbt. Seine Augen sind starr und unnatürlich geweitet, mit seiner unverletzten Hand umklammert er die Finger seiner Mutter.

Mit entsetzlicher Klarheit erkennt Madlen, daß er eine tödliche Dosis des Gifts in sich hat und daß keine Macht dieser Welt ihn retten kann. Dennoch reißt sie ihn an sich und versucht ihm ihren Atem einzuhauchen, versucht ihn mit der Kraft ihrer Liebe am Leben zu erhalten.

Es dauert bis er Arzt eintrifft und die Zeit kommt ihr endlos vor. Madlen hält ihren Sohn noch in den Armen, als er vom Pferd springt und ins Haus eilt. Mit einem Blick erkennt er, daß es zu spät ist. Sanft löst er den kleinen Körper von ihr, diesen kleinen Körper, der bereits steif zu werden beginnt. Er schließt die Augen des Kindes und legt Madlen tröstend den Arm um die Schultern.

»Ich konnte nichts mehr tun. Hier kamen zwei Dinge zusammen: Er war ein zartes Kind und die Schlange hatte viel Gift angesammelt. Sie müssen jetzt tapfer sein.«

Tapfer sein sein! Das wurde immer von ihr verlangt!

Madlen steht wie versteinert, unfähig zu weinen, unfähig ein einziges Wort zu sagen. Sie hört die Worte des Doktors wie aus weiter Ferne.

»Es tut mir so leid. Auch uns Ärzten sind Grenzen gesetzt. Und machen Sie sich keine Vorwürfe – ich selbst hätte die Erste Hilfe nicht besser leisten können. Wann kommt eigentlich ihr Mann zurück? Sie sollten jetzt nicht alleine bleiben.«

Unter Aufbietung aller Kräfte zwingt sie sich zu einer Antwort.

»Ich bin nicht allein – ich habe die Kinder und Charley und die Arbeit.«

»Gut, das ist vernünftig, Arbeit ist der beste Trost, ich weiß das aus langer Erfahrung. Soll ich den Pfarrer verständigen? Die Beerdigung muß gleich morgen früh sein.«

Madlen nickt, bringt den Doktor noch zur Türe, dann dreht sie den Schlüssel um und geht langsam zurück zu ihrem toten Kind, um Abschied zu nehmen. Sie streichelt und liebkost den kleinen Körper, küßt seine Wangen, seine Stirn, seine Augen, seine Lippen, nimmt sein Köpfchen zärtlich in die Hände und birgt ihr Gesicht in seinen Haaren. Und endlich kommen die erlösenden Tränen.

Andres findet seine letzte Ruhe unter dem Apfelbaum im Garten.

Alle Kinder und auch die erwachsenen Trauergäste pflanzen Blumen auf dem flachen Hügel, der bald bunt und fröhlich aussieht. Nur das einfache Holzkreuz erinnert daran, daß es ein Kindergrab ist.

Joseph sieht es als erstes, als er eine Woche später nichtsahnend heimkehrt. Er liest die kurze Inschrift auf dem Kreuz »Andreas Schurhammer 1859–1863« und stürmt ins Haus. Madlen sieht in dem schwarzen Kleid noch blasser aus als sonst, ihre Augen sind noch größer und vom Weinen gerötet. Sie steht mit hängenden Schultern da und sagt tonlos: »Sei mir nicht böse – ich hätte besser aufpassen müssen.«

Mit einem Satz ist er bei ihr und schließt sie in die Arme. Er spürt wie sie zittert, wie sie wieder versucht, das Weinen zu unterdrücken und davon übermannt wird. Er sagt nichts, hält sie fest und wiegt sie wie ein Kind, das Trost sucht. So stehen sie stumm, lange Zeit, ihm erscheint es wie eine Ewigkeit und er fühlt wie aus dem gemeinsamen Leid die alte, vertraute Zärtlichkeit wieder aufzukeimen beginnt.

*

Gouverneur Alexander Ramsey ist ein Mann von Prinzipien und einer, der es gewohnt ist, durchzusetzen, was er sich einmal vorgenommen hat.

Die meisten Häuptlinge und Krieger der aufrührerischen Santee Sioux sind zwar tot, in Gefangenschaft oder außer Landes, aber er schickt dennoch General Sibley auf eine großangelegte militärischen Strafexpeditionen, damit keiner der rothäutigen Rebellen die Grenzen Minnesotas jemals wieder überschreitet.

Die früheren Verträge mit den Dakota werden in Washington für nichtig erklärt, das Geld als Entschädigung für weiße Siedler bestimmt. Und der niedergeschlagene Aufstand hat natürlich auch andere positive Aspekte: Es ist ein Leichtes für die Bleichgesichter, sich des restlichen Landes der Sioux zu bemächtigen, ohne einen einzigen Cent dafür zu bezahlen.

Ramsey wird bei seiner unerbittlicher Forderung »ausrotten oder vertreiben« von der überwiegenden Mehrheit der weißen Bevölkerung lebhaft unterstüzt: Ganz gleich, ob schuldig oder unschuldig, alle Indianer sollen den Staat Minnesota für immer verlassen, auch die benachbarten Winnebagos, von denen nur wenige den Sioux geholfen haben. Auf diese einfache und praktische Weise wird eine weitere Million Acre reiches Farmland kostenlos bereitgestellt und den Siedlern günstig angeboten!

Das neue Reservat der Verbannten heißt Crow Creek und liegt inmitten einer trostlos kahlen, trockenen Prärie – Einöde soweit das Auge blicken kann. Es gibt keinen Wald, keine Bäume, kein Wild, keine Beeren, keine eßbaren Wurzeln. Die Erde ist völlig unfruchtbar, Regen selten und das Wasser alkalihaltig, bitter und ungenießbar.

Die Vertriebenen, entkräftet von Hunger und den Strapazen des langen Weges an diesen traurigen Ort, verlieren jeden Lebenswillen. In nur einem Monat sterben einhundertfünfzig von ihnen, am Ende des ersten Sommers sind es schon dreihundert.

Nur ganz wenige Priviligierte werden von diesem Schicksal verschont wie die Häuptlinge John Other Day und Big Eagle. John Other Day, weil er so vielen Bleichgesichtern das Leben gerettet und eindeutig auf ihrer Seite gekämpft hat. Und Big Eagle, weil seine außergwöhnliche, integre Persönlichkeit selbst bei den Weißen respektiert wurde, trotz der langjährigen Haftstrafe zu der er verurteilt war. Nach drei Jahren Zuchthaus wird er aufgrund der vielen Fürsprachen begnadigt. Er darf sich in einer Siedlung bei Granite Falls niederlassen und es wird ihm erlaubt, »farmer indian« zu werden, eine Zukunft für die sich John Other Day schon vor der Rebellion freiwillig entschieden hatte.

Die Familien des Stammes sind getötet, vertrieben oder verbannt. Die Verbundenheit der Sippe ist zerstört. Die Götter der Dakota sind tot, der *Great Spirit* hat sie verlassen. Die alte Ordnung ist verloren. Big Eagle ist kein Häuptling mehr, er ist ein entlassener Sträfling. Aber er ist aus dieser demütigenden Zeit stolz und ungebrochen hervorgegangen.

Sobald Joseph von der Begnadigung erfährt, besucht er seinen Freund, berichtet ihm von seiner langen vergeblichen Suche nach Jolipi und hilft ihm beim Aufbau einer bescheidenen Landwirtschaft – einer Arbeit, die beiden Männern nicht liegt und die beide machen müssen, um ihren Lebensunterhalt zu verdienen. Für Big Eagle ist es tröstlich, daß sein Freund Josse Black Bear dabei die gleichen Empfindungen hegt wie er und das freie Jägerleben mehr liebt alles andere.

Aus dieser Zeit stammt ein Ausspruch von Big Eagle, der überliefert ist:

»*Die Weißen haben immer versucht, die Indianer dazu zu bringen, ihr Leben aufzugeben und wie die weißen Männer zu leben, nämlich Land zu bebauen, schwer zu arbeiten und zu tun, was sie taten. Doch die Indianer wußten nicht, wie man das macht und wollten es auch nicht... Hätten die Indianer umgekehrt versucht, die Weißen dazu zu bringen, so zu leben wie sie, dann hätten die Weißen sich gewehrt – und das taten auch viele Indianer.*«

*

Josse Black Bears leidenschaftliches Eintreten für die Sache der Indianer beim »Sioux Uprising« bleibt ein gut gehütetes Geheimnis, das in der Familienchronik der Schurhammers nicht erwähnt ist und nur in mündlicher Überlieferung weitergegeben wird.

In seinem Bemühen, Jolipi wiederzufinden, läßt er trotz seiner ersten erfolglosen Reise nach Französisch-Kanada nicht locker. Er sucht zeitlebens immer wieder nach ihr und nach dem Traumbild, das er in seinem Herzen trägt – doch sie bleibt verschollen. Daß ihre Liebe am grauen Alltag zerbrochen wäre, will er nicht wahrhaben. Und er kann auch nicht glauben , daß sie tot ist oder sich einem anderen Mann zugewendet hat. Mit ihr sucht er das Leben, das er so gerne gelebt hätte und nicht leben konnte.

Andererseits weiß er wohl, daß er mit Madlen ein Glückslos gezogen hat und niemand außer ihr so viel Geduld, Verständnis und unerschüttlerliche Liebe aufbringen würde. Er betrügt sie weiterhin bei jeder Gelegenheit, die sich bietet und verschafft sich damit auch in seiner neuen Heimat den zweifelhaften Ruf eines *big runaround*, eines großen Schürzenjägers. Aber nie wieder begegnet er einer Frau, die seiner Jolipi auch nur ähnlich ist.

Wohlmeinende Nachbarinnen sprechen Madlen darauf an und warnen sie, doch sie hat immer die gleiche gelassene Antwort parat:

»Einen Mann wie Joseph kann man nicht für sich alleine haben – seht ihn doch an! Es sind die Frauen, die es ihm so leicht machen! Aber ich liebe ihn und er liebt mich und um ihn zu behalten, bin ich auch bereit zu teilen – Hauptsache, er kommt immer wieder zurück!«

Madlens Einstellung löst nicht nur Ärger, sondern auch Empörung, Verwirrung und Unverständnis aus.

Eine Weile wird sie gemieden, ihre Gedanken sind so provozierend wie erschreckend in der puritanischen Gesellschaft – und noch erschreckender ist es, daß diese Haltung Madlens um sich greifen und die eigenen Ehemänner infizieren könnte! Doch davon ist keine Rede.

Die Ehe der Schurhammers entwickelt sich ungeachtet aller Unkenrufe nicht besser und nicht schlechter als andere. Bei einem Mann wie Joseph, der so viel Starrsinn, Leidenschaft und blanken Egoismus in sich vereint, ist es ein Wunder, daß sie überhaupt Bestand hat.

Keine andere Frau hätte es mit ihm ausgehalten – und Jolipi schon gar nicht, die Frau, mit der er die glücklichste, freieste und abenteuerlichste Zeit seines Lebens verbrachte. Aber von ihr träumt er bis an das Ende seiner Tage einen hoffnunglosen Traum.

*

Madlen und Joseph bleiben beisammen.

In zweiter Instanz gewinnen Sie den Prozeß gegen Emmerling und bis zum Ende des 19. Jahrhunderts gelingt es ihnen, den Landbesitz am Mississippi auf über 600 acre zu verdreifachen.

Sie haben neun Kinder miteinander, acht Buben und Mina als einziges Mädchen.

Madlens Lebensziel ist und bleibt es, diesen Mann glücklich zu machen, ob er es nun verdient hat oder nicht. Sie verfolgt es mit sanfter Hartnäckigkeit – und es gelingt ihr immer wieder diesem Ziel nahezukommen.

Zumindest wäre es keiner anderen Frau besser gelungen – keine andere hätte sich so selbstlos und unermüdlich darum bemüht, wie sie es tat.

Nachwort und Dank

Während der Recherchen für »Die Wildlinge« bin ich jahrelang immer wieder an die »Tatorte« gereist: ins Glottertal im Schwarzwald – nach Russland, an die Wolga und nach Armenien – nach Amerika, an den Mississippi, in das historische Städtchen New Ulm und an die Schauplätze der Indianerkämpfe.

Nur so war es möglich, die Spuren meiner Ahnen zurückzuverfolgen, Details aufzuspüren und Dichtung mit Wahrheit zu verknüpfen.

Der größte Teil des Manuskripts ist auf der Ratzinger Höh' im Chiemgau entstanden, meiner oberbayerischen Heimat seit Jahrzehnten. Viele Kapitel habe ich im Glottertal geschrieben, aus dem die abenteuerlustige Sippe der Schurhammers stammt. Hier sind meine Wurzeln, wo könnte ein Autor eine Familien-Saga besser zu Papier bringen?

Den *Rinzberghof* gibt es noch immer, an seinen Rebhängen gedeiht jetzt einer der besten Weine des Tales, liebevoll ausgebaut und gepflegt im Weingut Salwey. Mit den Besitzern des *Gullerhofs*, Familie Reichenbach, bin ich bis heute befreundet. Unter ihrem Dach wurde meine Großmutter Rosina geboren, die Urban heiratete, den einzigen Sohn des »russischen Uhren-Bläsi«. Und mitten im Ort steht die *Schurhammer*-Schule, so benannt zu Ehren meines Onkels, Pater Georg Schurhammer, dem Verfasser der inzwischen hundert Jahre alten Chronik.

An dieser Schule unterrichtet Bernhard Hoch, *der* Fachmann für die Geschichte des Glottertals, dem ich für seine sachkundige Betreuung danken möchte. Und für seine große Geduld bei meinen endlosen Fragen! Das gleiche gilt für Wolfgang Heck, *dem* Experten für alte Schwarzwald-Uhren.

Ich danke Christian Beha, Selfmademan und erfolgreicher Unternehmer, einem großen Sohn des Glottertals, Begründer der weltweiten BEHA-Group / Elektrotechnik. Und ebenso der Firma UPAT / Befestigungstechnik im benachbarten Denzlingen. Diese beiden Sponsoren haben einen Teil der Reisekosten für die Recherchen übernommen.

Den russischen Teil des Buches hätte ich ohne Oberst Alexander Jurjewitsch Gratschjow nicht schreiben können wie ich ihn geschrieben habe. Er hat mich bei allen historischen Fragen beraten, er hat die Quellenliteratur beschafft und mich mit seinem Ideenreichtum zu vielen Szenen inspiriert. Von Anfang hat er es abgelehnt, ein Honorar anzunehmen und so habe ich als Dank für seine unschätzbare Hilfe der schillernden Figur von Blasius' großem Gegenspieler und Rivalen seinen Namen gegeben.

Für den dritten, den amerikanischen Teil, bin ich in Minnesota auf Spurensuche gegangen und am Mississippi fündig geworden: Unter den zahlreichen Nachkommen Josephs gibt es eine – im wahrsten Sinne des Wortes – herausragende Persönlichkeit: Charles Reuben Schurhammer, einer der zehn größten Diamantenhändler der Welt und mit einem Gardemaß von zwei Metern ein echter Nachfahre seines aus dem Glottertal eingewanderter Urahns!

Ihm danke ich ganz besonders für seine Unterstützung. Ebenso Darla Gebhard vom Brown County Historical Society-Museum in New Ulm für ihre Hilfsbereitschaft bei den Recherchen vor Ort.

»Vor Ort« in Deutschland gibt es noch eine Frau, die mir während der dreijährigen Arbeit zu diesem Roman verständnisvoll, unermüdlich und uneigennützig zur Seite stand, gerade dann, wenn Probleme auftauchten: Regina Jamm.

Und last but not least bin ich von Herzen dankbar für die Zusammenarbeit mit meinem Lektor und Kollegen Hans Dollinger. Er hat mich schon bei früheren Manuskripten betreut und es war jedes Mal eine Freude: Er versteht sich auf die Kunst, berechtigte Kritik und Lob wohldosiert weiterzugeben.

Ohne seine Ermutigung hätten meine drei »Wildlinge« keine Gestalt angenommen!

Glossar

I

Anken	– Butter
Bännewägeli	– kleiner Pferdewagen
Bindelistag	– Zahltag zum Jahresende
Brutwage	– Brautwagen
Chrisiwässerli	– Kirschwasser
Drei-Zester-Sack	– ein guter Zentner
»Du bisch un blibsch e Großhans!«	– »Du bist und bleibst ein Prahlhans!«
Erdäpfel mit Bibbeliskäs'	– Kartoffeln mit Quark
Glottertäler Weißherbst	– Roséfarbener Wein aus hell gekelterten Spätburgundertrauben, die nur kurz (auf den Schalen) im Saft stehen. Dadurch wird den Schalen nur wenig Farbe und Gerbstoffe entzogen. Die Weine sind sehr fruchtig und süffig, eine begehrte Spezialität der Winzergenossenschaft Glottertal.
Guller	– Gockel, Hahn
Haupterbe	– Eine seltene Tradition, die überwiegend im Schwarzwald beheimatet war; der jüngste Sohn wurde auch »Hofengel« genannt.
Hostig	– Hochzeit
Kaib	– Schuft
Knieschnackler	– weiche Knie
Libding	– Austrag, Altenteil
Libding-Vertrag	– Übergabe-Vertrag bei einem Hofgut (Bauernhof)
Maien	– kleine Blumensträuße
Matte	– Hang
Pulvermännli	– Spottname für Soldaten
Rinzbergbur	– Rinzbergbauer
Rinzbergbüri	– Rinzbergbäurin
Riste	– Flachs
Scheese	– Kutsche
Schwefelhüte und Filzhüte	– Glottertäler Trachtenmädchen und -burschen
Steißtrommler	– Lehrer
Streitguller	– Streithähne
Strichi	– bestrichenes Brot
ungattig	– ungnädig, übellaunig

verkalbt – totgeborenes Kalb
wegklepfen – abschießen, abknallen
Zibärtli – Wildpflaumenschnaps
Zossen – Gäule, Pferde

II

aul – kaukasisches Dorf
chorowaz – Schaschlik-Spieße
beschmet – kaftanartiger Leibrock der Tataren
dinschik – Bursche zur Bedienung der Offiziere
djewuschka – Mädchen
Djuimowitschka – »Däumelinchen«: Dieses Märchen gibt es mit kleinen Variationen auch in Rußland.
Eristaw – alter Ehrentitel für das Oberhaupt einer großen Sippe
Garni – bei Ausgrabungen 1909 bis 1911 entdeckte der russische Orientforscher Nikolai Marr die Überreste des hellenistischen Sonnentempels. Er wurde in den dreißiger Jahren anhand der erhaltenen Teile rekonstruiert.
Grusinien – alte Bezeichnung für Georgien
Kalaschnikow – der erfolgreiche russische Uhrenhändler war tatsächlich ein Namensvetter des späteren Erfinders des Kalaschnikow-Maschinengewehrs
Kalesche – leichter, vierrädriger Einspanner
kandschar – gerade Hiebwaffe mit schwerer Klinge
kibitka – einfacher, federloser Bretterwagen oder Schlitten mit Mattendach
Krätze – hölzernes Traggestell der Schwarzwälder Uhrenhändler
kwas – leicht vergorenes Getränk aus Schwarzbrot mit Hefe und Rosinen
lapscha – Nudelsuppe
jubimaya – Liebste, Liebling
ljubowniza – Geliebte
milaya – Schätzchen
naib – Anführer, Häuptling
nana – Kinderfrau

Nemez	– der Deutsche (die russischen Wörter werden im Infinitiv wiedergegeben und nicht konjugiert)
ogun / sig	– Lachsart im Ladoga-See
papak	– hohe Fellmütze der Kaukasier
pelmenij	– kleine gefüllte Teigtaschen, ähnlich den Ravioli
piwo	– *Bier*
poruschka	– Mini-Sardellen
Sascha	– Diminutiv des Namens Alexander / Kosename und Anrede unter Freunden
schaska	– gekrümmter kaukasischer Säbel
staniza	– Kosakensiedlung
talega	– federloses Bretterfuhrwerk
tarantasse	– das häufigste Gefährt auf alten russischen Landstraßen: bedeckter Wagen mit langen Tragbäumen
Tiblisi	– georgischer Name der Hauptstadt Tiflis
toujourgilet	– Alltagsweste – vom französischen »toujours« (immer) und »gilet« (Weste)
tschadra	– langer, Kopf und teilweise das Gesicht und den Körper bedeckender Schleier der mohammedanischen Frauen
Werst	– Wegemaß im zaristischen Rußland: 1 Werst = 1 066,8 Meter

III

American Fur Company	– Amerikanische Pelzhandels-Gesellschaft
boarding house	– Herberge
Dr. William Mayo	– Vater der Brüder Charles und William Mayo jr., Begründer der weltberühmten Mayo-Klinik in Rochester / MN
French Trader	– französischer Händler
Jerkey	– in Streifen geschnittenes, luftgetrocknetes Büffelfleisch
Jolipetite	– »Kleine Hübsche«

Klapperschlangen-Wegerich	– polygala senega
1 acre	– 0,4047 ha
Mankato	– Dakota-Häuptling; nach zeitgenössischen Berichten entwarf Little Crow zwar die Strategie der zweiten Schlacht um New Ulm, nahm aber wegen einer Verletzung nicht daran teil und übergab Mankato das Kommando; Mankato fiel in der letzten Schlacht des Dakota-Krieges bei Wood Lake.
Muskratten	– Bisamratten
pale face	– Bleichgesicht
›Pioneer‹	– einzige deutschsprachige Zeitung Minnesotas Mitte des 19. Jahrhunderts
Sarsaparillen-Wurzel	– smilax sarsap
Schlangenwurzel	– aristolochia serpentina
tepees	– Zelte der Indianer
timber	– Nutzholz
verplempern	– verschleudern, sinnlos ausgeben
Weiße Esche (Rinde)	– fraxinus carolin
Weißwalnußrinde	– juglans alba

Literaturnachweis

Eine Reihe von Büchern waren mir als Quellen-Literatur sehr hilfreich. Geordnet nach den drei Abschnitten des Buches waren es:

I

1848/49 Revolution der deutschen Demokraten in Baden. Katalogbuch zur Landesausstellung in Karlsruhe. Baden-Baden, 1998

1848/49 Revolution und Zuchthaus in Bruchsal. Hrsg. von der Stadt Bruchsal. Ubstadt-Weiher, 1998

Heck, Wolfgang/Metzger, Wolfram, *Und ewig ticken die Wälder*. Karlsruhe, 1995

Hoch, Bernhard, *Das Glottertal*, Geschichte und Erinnerungen. Freiburg, 1980

Hockenjos, Fritz, *Wäldergeschichten*. Freiburg, 1980

Jüttemann, Herbert, *Die Schwarzwalduhr*. Karlsruhe, 1990

Schaaf, Berthold, *Die Reise ins Uhrenand*. Karlsruhe, 1997

Scherzinger, Oswald, *Die Uhrmacher im Schwefeldobel*. Gütenbach, 1990

Weeger, Edmund, *Pfaffenweiler, eine Ortsgeschichte*. Freiburg, 1997

II

Ananikian, Rem, *Jerewan*. Moskau, 1989

Dmitrev, Maxim Petrowich, *Focused by time itself*. Nizhny Novgorod, 1996

Dumas, Alexandre, *Gefährliche Reise durch den wilden Kaukasus*. Stuttgart, 1995

Giljarowski, Wladimir, *Kaschemmen, Clubs und Künstlerklausen*. Berlin, 1934

Hofamnn, Tessa, *Annäheung an Armenien*. München, 1997

Karelin, Andrey Osipourich, *Creative Heritage*. Nizhny Nowgorod, 1994

Lermontow, Michail, *Ein Held unserer Zeit*. Zürich, 1882

Reise nach Moskau. Büchergilde Gutenberg. Frankfurt/Main

III

Augustin, Siegfried, *Die Welt der Indianer in Augenzeugenberichten*. München, 1997

Berghold, Alexander, *Indianer-Rache oder Die Schreckenstage von New-Ulm*. Graz, 1892

Brown, Dee, *Begrabt mein Herz an der Biegung des Flusses*. Hamburg, 1972

Carley, Kenneth, *The Sioux uprising of 1862*. St. Paul, 1976

Giem, Elliot, Judith, *Wabasha County*. Charleston, 1999

Huber, W., *New Orleans: A pictural history*. Gretna/Louisiana, 1991

La Farge, Oliver, *Die große Jagd*. Geschichte der nordamerikanischen Indianer. Freiburg, 1956
Nau, John F., *The german people of New Orleans*. Hattiesburg/Mississippi, o. J.
Nix, Jakob, *The Sioux uprsing 1862*. Edited by Don Heinrich Tolzmann. Indianapolis, 1994
Schultz, Duane, *Over the Earth I come. The great Sioux Uprising of 1862*. New York, 1993